逞娇

CHENG JIAO

Ⅱ

蓬莱客 著

九州出版社
JIUZHOUPRESS

图书在版编目（CIP）数据

逞骄. 2 / 蓬莱客著. —北京：九州出版社，2023.1

ISBN 978-7-5225-1295-2

Ⅰ. ①逞… Ⅱ. ①蓬… Ⅲ. ①长篇小说－中国－当代 Ⅳ. ①I247.5

中国版本图书馆CIP数据核字（2022）第198034号

逞骄2

作　　者　蓬莱客　著
责任编辑　王佶
出版发行　九州出版社
地　　址　北京市西城区阜外大街甲35号(100037)
发行电话　(010) 68992190/3/5/6
网　　址　www.jiuzhoupress.com
印　　刷　三河市中晟雅豪印务有限公司
开　　本　700毫米×970毫米　16开
印　　张　24.25
字　　数　410千字
版　　次　2023年1月第1版
印　　次　2023年3月第1次印刷
书　　号　ISBN 978-7-5225-1295-2
定　　价　52.00元

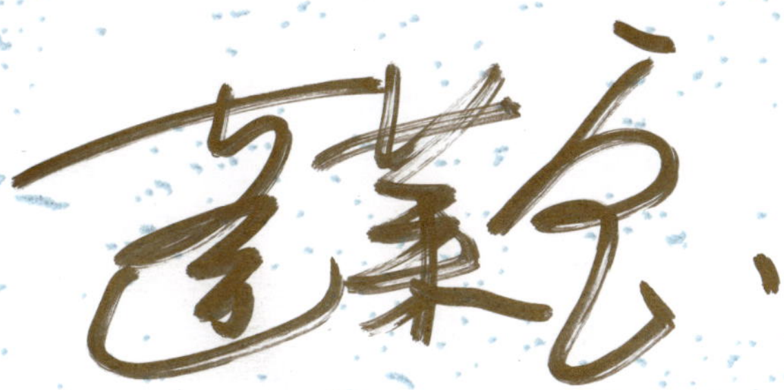

目录

第一章

叶汝川今天就要动身回叙府了。

从叙府到天城行程辗转，舅舅年过半百，急匆匆地赶来，没待几天就要回去，就是为了看一下自己在这边的情况，苏雪至十分感动，生平第一次有了一种自己不再是孑然一身的归属之感。现在舅舅要走了，虽然再三嘱咐她不必去送，但苏雪至还是早早赶到饭店，和表哥一道给舅舅送行。

叶汝川有钱也舍不得花在自己的身上，来的时候火车票买的是硬座，生生连着坐了几天几夜。这回表兄妹做主，替叶汝川和苏忠他们买了卧铺票，今晚七点半发车，上车后就能躺下休息了。

叶汝川对外甥女自然少不了一番叮嘱，又问她寒假要不要回去。

期末一放假，苏雪至就要随校长去京师参加万国医学大会，到叙府的路程实在是远，一趟来回路上就要好久。她就把情况解释了下，说年底实在没时间，没有回去的打算。

叶汝川叹气，很是遗憾，但也知道她时间不够，又叮嘱她一个人在这里务必当心身体，照顾好自己。

一旁的叶贤齐插了一句："我不是人吗？我留下来陪雪至，她怎么算是一个人？"

叶汝川"呸"了一声："你也算个人！给我滚远点！看见你就来气！"

苏忠见父子又起口角，忙上来说："舅老爷，时辰也差不多了，再不出发，当心赶不上火车。"

叶汝川狠狠瞪了儿子一眼，这才作罢。

苏忠带着随从和叶贤齐一道，搬行李下去。

苏雪至在后面，给舅舅递上御寒的帽子和衣服，帮他穿戴完毕，也走了下去。

今天恰是西方圣诞节，饭店下面一层的大堂晚上要举行一个公使馆的庆祝酒会。他们下去的时候，酒会也快开始了，饭店里名流汇集，正门外铺出去一条红毯，人声鼎沸。

为免拥挤，一家人就没走铺了红毯的正门，而是从饭店为了今夜特意开的一扇人少的侧门走了出去。

叶贤齐叫父亲和表妹在门口稍等，自己跑去叫东洋车。

等待的功夫，叶汝川迟疑了下，对外甥女低声道：“雪至，舅舅要回去了，你娘那边，你就没有什么话要捎带一句的？”

苏雪至的脑海里便浮现出自己离开当日母亲立在门口目送，似想对着自己挥手，那手却又半途落下的一幕。

不知道为什么，苏雪至也感到自己现在的心肠好似软了许多，就说：“劳烦舅舅，回去了帮我带句话，让母亲她照顾好身体。明年等我这边空了下来，我就回家。”她又添了一句，“顺便，也帮我向红姨问好。”

外甥女出来小半年，不但学业突飞猛进，叶汝川感到她的性情也比从前随和周到了许多，不住地点头：“好，好，舅舅一定帮你带话！”

苏雪至笑着道谢，这时表哥跑了过来，说他去叫东洋车时，遇到了傅明城，获悉他们要去火车站乘车，当即说开车送他们一程。

“他执意要送，已经去取车了，我就答应了。爹，雪至，你们坐汽车去也好，没那么冷！我和忠叔他们坐东洋车载行李吧！”

苏雪至抬眼，见一辆汽车已从饭店的停车场开了过来，停在了侧门附近的马路边上。

傅明城从车里下来，西装革履，应该是来参加酒会的。

见他已经走了过来，停在几人面前，苏雪至便替舅父介绍了下。

叶汝川知道他是傅氏的新船王，也知道他就是外甥女从前在省立医校里的老师，但以前没碰过面，没想到今晚这里遇到了，忙说久仰大名，又感谢他以前对外甥的关照。

傅明城笑道：“我前两天就听说叶伯父到了天城，有意前来拜访，但考虑到伯父行程匆忙，加上素昧平生，怕唐突了您，故未敢冒昧成行。没想到这么巧，今晚这里遇到了。伯父要走，我自然是要送一程的。”

叶汝川惊讶，忙客气了一番，又连连推辞。

“伯父不必见外，小事一桩。”

叶汝川看了眼外甥女。

苏雪至望去，傅家司机已从不知客气为何物的表哥手上接过了舅父的几件随身小行李，放在了车上。

“苏雪至，你不必顾虑，送一下伯父于我只是举手之劳。天冷路滑，伯父年长，乘汽车方便些。”傅明城对苏雪至说道。

苏雪至迟疑了下，又见表哥已把小件行李都放进车里了，总不能再叫人拿出来，就和舅父说了一声，再向傅明城道谢。

傅明城道了句无妨，叫司机下来，说自己开车送。

叶汝川过意不去。

傅明城笑着解释：“今晚的酒会其实没什么事，不过是洋人过节，大家来凑趣，场面交际而已。还是我送伯父吧，聊表心意。”

片刻后，载着贺汉渚和曹小姐的汽车抵达饭店，停在了大门之外，立刻有侍者奔上来停车。

众人看见贺汉渚和曹家的十二小姐到了，纷纷望了过来。

曹小姐已脱去了御寒的斗篷，露出身上那条美丽的紫色长裙。

两个人一到，就成了瞩目的焦点。

曹小姐挽住贺汉渚的一侧臂膀，面带笑容，一路频频和向自己打招呼的熟人点头，在周围无数道目光的注视之下，走进了酒会大堂。

“贺司令，你可来了！迟到，可是要罚酒的！”周市长正和几个洋人谈笑，看见贺汉渚到，立刻走了过来，让人给贺汉渚倒酒。

曹小姐笑道：“他最近遵医嘱，需戒烟戒酒。周市长，你们就不要为难他了。”

周市长和边上的人相视而笑：“好，好，既然曹小姐都这么说了，我们就是有天大的胆，晚上也不敢再让贺司令喝酒了！”

“贺司令不但有曹小姐的关心，今晚和曹小姐连衣装都相衬，祥瑞之紫，可谓是联袂生辉，实在是叫我们这些人眼红！”

周围笑声不断。

曹小姐佯怒：“论年纪辈分，你们个个都是我的叔伯，却好意思在这里取笑我一个做晚辈的侄女？”

众人忙告罪。

一片欢声笑语里，英公使的夫人来了，曹小姐这才得以脱身，挽住了对方的胳膊，在一群太太小姐的簇拥下，说说笑笑地去了。

“贺司令，恭喜你采得明珠啊！全天城，不，再加一个京师，全部男人加起来也没谁有你的福气好！什么时候能喝到你和十二小姐的喜酒？份子钱我可是老早就准备好了！”周市长还打趣着贺汉渚。

贺汉渚笑，未应，转头恰见丁春山分开人群朝着这边走了过来，和周市长等人道了句失陪，转身迎了过去。

丁春山小声说："司令，叶老爷和苏少爷乘傅明城的车走了。"

贺汉渚眉头微微蹙了一下："怎么回事？不是让你等在外头的？"

丁春山说，他刚才一直等在饭店正门对面的街道，却没想到叶老爷和苏少爷他们从侧门出来。他正要赶过去，不料傅明城就在边上，早了一步先说上话，送走了他们，他也就不便再去抢人。

"是我办事不力，请司令责罚！"看上司似乎不悦，丁春山有点忐忑。

贺汉渚看了眼外面黑漆漆的天："算了，他送也是一样。"

酒会正式开始，一番致辞之后，公使和夫人领舞，其余人也纷纷携着舞伴，下了舞池。

贺汉渚和曹小姐二人身影翩跹，是整个舞池里最为引人注目的一对。人人盛赞郎才女貌天生一对，又相互打听，好事何时会近。

跳完了第一支舞，贺汉渚便和曹小姐再次分开，各自应酬。

衣香鬓影，你来我往，上流之人，衣冠楚楚，个个面带笑容，一双眼里却藏着不能被旁人知道的机锋和欲望。

这样的场合，贺汉渚原本得心应手，但今夜不知为何，贺汉渚却是心不在焉，大概是晚饭没吃就过来的缘故，人也有点乏。

"傅先生怎么还没来？"

忽然，他听到近旁有人议论傅明城。

"是啊，奇怪了！开场前，我还在大门口遇见过，打了招呼的。"

"刚才公使也问起过他。"

贺汉渚下意识地看了眼大堂入口的方向。

确实，傅明城一直没见回来。饭店距火车站不远，按理说半个钟头足够他来回了。所以，他是送完人又去了哪里吗？和谁在一起？

傅明城驾车，很快便将几人送到了火车站。

火车出发的时间还没到，叶贤齐和苏忠他们也慢些，人还在后头。一个车站乘警从前见过傅明城，认出了他，告诉站长，站长赶忙亲自跑出来迎，将几人请进了贵宾室候车，又送上热茶，殷勤招待。

坐了一会儿，叶贤齐、苏忠等人赶到了，火车也轰鸣入站。

站长引叶汝川走贵宾通道，提前上了火车，找到铺位安顿下来。

这列火车是从京师出发南下的，天城是个大站，作二十分钟的停留。

叶汝川催外甥女早些回，天冷，不用等火车开。

叶贤齐将苏雪至扯到一旁说："雪至，我听忠叔说，你舅舅昨天去了东亚制药厂，想订购他们的什么药，回去了考察下行情，定了就打定金过来。忠叔的意思，你舅舅可看好这生意了，但我觉着还是先别做了。”

“怎么了？”

“前些天，我那边不是有个中学教师来报案吗，说他有个朋友失踪。那个教师姓余，是从西洋留学回来的微生物学博士——学的什么穷酸专业！脾气还不好，专门得罪人，越混越差，最后只能去个中学靠教生物度日了。他的朋友就在东亚制药厂里做事，他怀疑他朋友的失踪和东亚制药厂有关，要我们查。我听说药厂有来头，大东家和天城方方面面的人都有往来，上头不让管，说姓余的诬告。我这几天没啥大事，就帮他找找人罢了。我倒不是说那个余穷酸说的一定就是真的，但既然有这么个说法，还是让你舅舅别一门心思钻钱眼，日后万一出了事，破财不说，还惹上一身骚。”

苏雪至说：“你自己怎么不和舅舅说去？”

叶贤齐撇了撇嘴：“他现在看见我两个眼珠子就发红，恨不得把我给生吞了，我哪敢说？说了他会听？”

东亚制药厂的大东家姓顾，据说是前清首席太医的后人，还留过学，学贯中西，合二为一，归国后开了东亚药厂。药厂早年曾濒临破产，后来开发出两种药，一个醒脑丸，一个戒烟丸，功效卓著，销路极好，有神药之誉，因此获利丰厚，一跃成为天城乃至北方都数一数二的著名药厂。

苏雪至此前在报上看到过东亚药厂的广告，直觉有点不靠谱。这么厉害，要么是广告做得太好，民众跟风入套，要么就是药的成分可疑。

现在制药业日益发达，而医药管理制度混乱，药商竞相在广告里夸大其词，丸散、膏丹、药水，名目众多，补血、壮阳、生子，天花乱坠。

因为和自己也无关联，所以她此前也没过多留意，现在听表哥这么说，就趁开车前的这点时间转述给舅舅。

叶汝川迟疑：“不会有事吧，这么著名的大药厂！我听说销路极好，订单都排到了明年！订购得少，根本不接！价钱也不肯让！”

苏雪至说：“既然有这么个事，您还是谨慎点好，别急着汇定金。不如这样，我帮您留意这个事，要是真没问题，您再订购也不迟，反正一时半会儿，省城那边也不会有人抢生意。”

叶汝川在药材行里浸淫了半辈子，当然知道里头水深，也知道西药里有不少可谓见效神速的奇药，所以觉得是个大商机。现在被外甥女这么一说，虽然还是有点舍不得，但他天性不是冒险之人，于是答应了。

送走了叶汝川一行人，苏雪至和叶贤齐从车站里出来。

苏雪至知道他晚上还要巡逻，急着回去，直接让他不用送，现在时间还早，她自己回就可以。

叶贤齐还在犹豫，发现傅明城居然没离开，正在一旁和站长说着话，见两人出来了，便走了过来。

叶贤齐向傅明城道谢。

傅明城含笑道："其实应该是我谢谢苏雪至才对，他为我父亲的纪念陈列一事费了不少心血和时间。你们是要回去了吧？天冷，东洋车也不多，我顺道载你们一程。"

"我警棚那里还有事，先走了！既然这样，就劳烦傅先生送雪至回学校好了！"叶贤齐摆手，急匆匆地跑了。

"傅先生，您还要回饭店参加酒会的，真不用麻烦您，我自己回。"苏雪至见傅明城看过来，立刻说道。

"没事，你稍等，我去把车开来！"他说着便去取车。

苏雪至只好等着。

对他这种近乎极致的周到，说实在的，苏雪至感到有点不适，上车后，说："真的不好意思，我表哥不大会替人考虑情况。其实你有事，完全不必送我的。"

傅明城笑道："你表哥心直口快，挺好。你放心，少交际一次，不会影响我生意。而且实话说，我这几天正好想回学校看一下，趁这个机会去一趟吧。我听说关于我父亲的陈列展览进度很快。"

到了学校，苏雪至取来钥匙，来到实验楼，进入了以船王命名的实验室。

校方为建这个实验室，腾出了一块占地面积很大的地方，从国外订购了许多当代最为先进的科研设备。

进了实验室，最先经过的就是船王的生平陈列纪念室。

傅明城走了进去，从悬在墙上的第一幅带有船王生平中英文简介的全身像开始，慢慢地依次看过去。

最后，他停在一幅特别制作的脑部病理解剖细节照片之前，目光落于其上，久久地立着，身影一动不动。

看他神色沉重，苏雪至轻声说："傅先生，这张照片，您若觉得不合适，可以去掉的。"

"不，不，你误会了！"傅明城回过神，立刻摇头，"这张照片选得很好，放在这里，很有价值。我刚才只是想起了我父亲的意外，感到有些难过，如果我从前能对他多些关注和陪伴，或许那天晚上他就不会和我大哥争执，也不会出那种意外，更不至于这么早就离开了人世……”

苏雪至被他情绪感染，安慰道：“傅先生，您不要太难过了。令尊虽去，但他一手建立的傅氏王国，如同他的存在，也是他这一生的勋章。我相信您不但能继承这个王国，将来也一定会发扬光大。”

傅明城凝视着她，缓缓地颔首：“谢谢你。但愿我能如你所言。”

苏雪至微笑：“您看，这里大致就是这样了，要是有需要增删的，尽管告诉我，我们会以您的意见为布置的第一参考要素。”

傅明城的目光从她脸上挪开，环顾四周，道：“已经非常完美，我不觉得有什么需要改动的地方。非常谢谢你，谢谢你出色的工作。”

家属满意，苏雪至也就松了口气，笑道：“您觉得没问题就行。那我们就这样布置了。”

傅明城点头，两人又闲谈几句，苏雪至便关灯，两人一道出来。

因为是礼拜天，实验楼外的照明灯没开，光线昏暗，苏雪至没看清脚下，下台阶的时候被一块翘出来的地砖绊了一下，险些摔下台阶。

走在她边上的傅明城一把扶住她，帮她稳住了身体。

苏雪至很快站稳，反应了过来，忙道谢。

他慢慢地松开了扶着她胳膊的双手，随即问她有没有扭到脚。

苏雪至摇头：“没有。谢谢您了。”

“你没事就好，”他在原地立了片刻，道，“我也该走了。”

苏雪至便送他。

在往校门走的路上，他一言不发，似乎在想着心事。苏雪至以为他还沉浸在关于他父亲去世的思想里，自然也不会出声打扰。

两人快到校门时，傅明城忽然停了下来，转过脸。

“苏雪至！”他叫了一声，声音听起来似乎有点微微的紧绷。

苏雪至停下脚步，看向他，等着他继续说下去。

但是不知道为什么，他却忽然又停住，就立在那里。

“傅先生，您还有事吗？”苏雪至等了片刻，见他看着自己欲言又止的样子，正不解，这时门卫跑了进来，说外面有个巡警过来找她。

苏雪至来到校门口，认出了来人是表哥的一个手下，之前见过面的。他骑着表哥的那辆脚踏车赶了过来，带来了一个坏消息，周家庄的那个小姑娘周小玉出事了。

晚上，积雪压塌羊圈，当时她正在羊圈下喂羊，人当场被埋在了下面，被扒拉出来后，发现头被砸破，血如泉涌，根本就止不住。三嫂十分惊慌，想到之前那个姓叶的警长说过，要是有事，让他们去警棚找他。

到警棚比到学校找苏雪至要近，三嫂和几个邻居就把周小玉送到警棚去求助，叶贤齐送小姑娘去清和医院，让手下到学校来找苏雪至。

苏雪至和傅明城脸色微变，对望了一眼。

“我送你去医院！”

天城饭店，酒会进行到一半，庆贺圣诞的气氛也达到了高潮。

“贺司令，我的朋友！你看，我带来了谁？”在一阵嘈杂的欢呼和乐队的奏乐声中，贺汉渚听到有人在自己身后操着有点僵硬的腔调说了一句，转头，见是英国公使马顿来了。

他一眼就看到了跟在后面的那个中国人，正是廖寿霖的堂弟，之前他去廖家吊丧时曾掏枪威胁过他的廖寿光。

“贺司令，廖先生想向你赔罪，就找到我，希望我做个中间人，我推辞不过，借着今晚的机会来试一试了。用你们中国人的话说，宰相肚里能撑船，不知道贺司令能不能给我几分面子，将之前的不愉快一笔勾销？”

廖寿光走了上来，连声赔罪，说自己之前听信谗言，上当受骗，现在万分懊悔，希望贺汉渚大人大量，不要见怪。

贺汉渚笑道：“廖师长客气了，应该是我向廖师长赔罪才对。大家原本都是好朋友，有话好好说才对，还是我修养不够，竟失手伤了师长。对了，你的伤应该问题不大吧？”

廖寿光摸了摸还结着疤的脑门，哈哈地笑：“早就好了！要我说，幸好有贺司令那天的这一下，要没这一下，怎么能把我敲醒！”

几人又谈笑几句，便好似真的什么事都没有了，片刻后，贺汉渚看见那个日本人木村朝着这边走来，看向自己，他朝公使点了点头，向木村走了过去。

木村是来向贺汉渚道谢的，说他刚从孙孟先那里得知一个好消息，医院应该很快就会重新进入审核。

贺汉渚看了眼不远处正和人喝酒谈笑的孙孟先，说：“分内之责罢了，木村先生不必如此。清和医院是天城条件最好的西医医院之一，为民众解除病痛，听闻木村先生更是妙手仁心，我很是佩服。”

木村性情谦恭，忙躬身自谦几句。

“听说木村先生和傅先生是忘年之交？”叙了两句闲话，贺汉渚随口问了一句。

木村笑着摆手：“不敢！不过是傅君从前留学日本时结识下来的一段

浅交。后来鄙人迁居贵国，蒙傅君不弃，还记着从前的交往罢了。”

贺汉渚含笑，环顾一眼四周，问：“傅先生今晚怎么不见人？”

木村也看了下人群，神色疑惑：“确实，我刚也在找傅君。是傅君对我说孙局长今晚会在这里的，邀我同来，以便询问医院的审核之事。”

这时，饭店的大堂经理走了过来，对木村道：“木村先生！刚刚傅先生打了个电话过来，说他现在人在清和医院。有个叫周小玉的女孩出了事，血止不住，他叫你尽快回医院去！”

木村一惊，神色立刻变得焦急了起来，转向贺汉渚，躬身道歉，说自己现在必须得走了，请他见谅。

贺汉渚目送木村匆匆拨开人群离去的背影，立了片刻，转身而去。

半个小时后，饭店二楼的贵宾棋牌室里，烟雾缭绕。

贺汉渚打牌又输一局，面前的筹码变得越来越少。

同桌几人有些意外，贺汉渚是个桥牌高手，打牌从不会输，这在天城社交圈的一众牌友里人尽皆知。

坐在贺汉渚左手边的是周市长的小舅子，他赢了钱，开怀大笑：“贺司令是怎么了？竟是送钱来了？我明白了！”他看了眼同伴，故意一停，卖了个关子，“所谓情场得意，赌场失意嘛。贺司令不就是个现成的例子？”

话音落，众人恍然大悟，看着贺汉渚，全都哈哈大笑了起来。

贺汉渚顺手将自己面前剩下的筹码一推，站了起来，叫一旁看的人替自己打，随后走了出去，踱到了棋牌室旁的一间阳台上。

一出去，冰冷干燥的空气猛地灌入了他的鼻腔。

他咳了几声，压下咳后，嘴里继续叼着烟。

对面，那片霓虹闪烁的绚丽街景投影在他的一双瞳孔里，五彩斑斓。

这片灯火明亮的夜景过去，是平民的住宅区，那里街巷交错，偶尔可见零星几点灯火。远处漆黑一片，像是一个能吞噬一切的黑洞。

贺汉渚眺望了片刻，收回目光，改而望向城北的那个方向，微微出神之际，听到身后响起了一道女子的声音：“烟桥，鲁道夫医生和我联系过，叫我劝告你，这种天气要多注意保养身体。”

曹小姐走到他的身旁，说：“前两天我去寻了一个有名的老中医，也说调理第一。我看你今晚上倒是没怎么喝酒，但倘若你能把烟也一并给停了，那不是更好？”

贺汉渚微笑：“曹小姐是要我看破三界跳出五行吗？”

曹小姐叹息摇头，神情显得有些无奈。

贺汉渚道："这边冷，你进去吧。"

曹小姐却不走，目光落到对面街道上的一块用霓虹灯圈出来的招牌上，片刻后，轻声道："烟桥，你还记得吗，我们第一次认识，是在欧洲，也是一个圣诞的夜，我遇到几个喝醉了酒的混子，是你救了我。"

贺汉渚依然叼着烟，没出声。

曹小姐继续笑道："现在第二次，你又救了我，将我从一段可怕的婚姻里解救了出来。要是没有你，我的家族就会将我嫁给那些令人感到面目可憎的男人了……"

贺汉渚道："我与你口中面目可憎的男人并无区别。曹小姐不必客气，更无须感谢，各取所需罢了。"

曹小姐一顿，说："你说得是，各取所需。"

"走吧，进去了。"贺汉渚温声道，随即掐了烟，迈步朝里走去。

"等一下！"曹小姐说。

贺汉渚停下来。

"是这样的，今晚过后，我要回京师去了。但我母亲前两天又打了个电话给我，希望年底你能到我家去坐一下。我家有些长辈没见过你，想看看你，然后看情况，明年我们先订婚，或者直接结婚……"

贺汉渚没有立刻回答，只看着她。

她的面上露出歉疚之色："我知道你应该不喜欢这种见面。我很抱歉，对你提了这样的额外要求，这原本并不在我们的协议里……"

一阵脚步声打断了曹小姐的话，是饭店的侍者找了过来。

侍者看见贺汉渚，走了过来，躬身道："贺先生您在这里！下头有个叫叶贤齐的人来找您，说有急事，想见您。"

贺汉渚来到饭店一楼的大门口。

骑了脚踏单车拼命赶来的叶贤齐几步并作一步地奔上饭店台阶，跑到了他的面前。

贺汉渚见他额头都冒着汗星子了，心急火燎的样子，问什么事。

"表叔，清和医院里有个小孩叫周小玉，失血过多，需要输很多的血！雪至要从她身上抽血给周小玉！我劝她，她不听，说不过量，就对身体没影响。话虽这么说，但我爹刚回去，要是我表——"他一顿，"要是我表弟出了什么事，我怎么向我爹交代！"

贺汉渚一怔，问他详情。

叶贤齐喘了两口气，再把事情从头解释了一遍，周小玉被送到的时候，就已经失血过多，情况危急。之前木村曾为周小玉建过医疗档案，也联系好了几个紧急情况之下愿意提供血源帮助的人。但非常不幸，那几个人，一个不在家，一个喝醉了酒，另外两人临时变卦，不肯输血。

木村知道自己的血型和小玉的相同，当即先抽血输给小玉，在场的其他人也都接受紧急检验，看谁能够匹配。

“就我表弟与周小玉血型一样！还有傅明城说他是什么C型血！木村说C型血也可以输给小玉的，但雪至却说不行，就让抽她的！表叔！你是没看到，你不知道，那个木村第一个先抽的血，好像抽了好多，抽完人就当场晕了过去，我看他的脸色白得像个死人！我家雪至身子弱，我怕她吃不消！表叔你能不能赶紧过去，帮我拦住她，让傅明城抽好了！”

“需要什么血型？”贺汉渚问。

“A！”

“我去替她吧。”他道了一句，“我是A型，晚上也没喝酒。”说完，立刻转身快步下了台阶，朝停车场而去。

叶贤齐松了口气，忙跟上去，扭头想让饭店的门房看好自己的脚踏单车，可别被人给偷了，话没说完，见贺汉渚已经快要不见人影了。

“哎，表叔你等下我，我坐你的车——”叶贤齐把脚踏单车一丢，拔腿就追了上去。

曹小姐从门里跟出，看见贺汉渚的汽车从停车场里开了出来，一个警察模样的人追上去，上了车，汽车随即疾驰而去。

她转脸，问近旁的一个饭店门童：“刚才那个和贺司令说话的警察有提到什么地方吧？你有听到吗？”

“曹小姐，好像是说清和医院。”门童恭敬地应。

曹小姐立了片刻，返身而归。

已是晚上十点了，本就不早，又天寒地冻，街道上空无一人。

贺汉渚踩下油门，往清和医院疾驰而去，不过十来分钟就到了。

他将车停在门口，下了车，往里大步而去，到了通往诊疗室的走廊时，他的脚步顿了一顿。

诊疗室外，等着几个村民模样的人。

一道熟悉的穿着白衣的身影正从那扇拉了帘子的门后走了出来。

贺汉渚下意识地往后退了几步，退到了走廊的拐角处。

傅明城跟着苏雪至走了出来，说：“木村先生说他身体好，坚持抽了将近800cc，输的血应该差不多了，小玉伤口也在慢慢凝血了。就算还不够，之前登记过的那两个人现在也来了，随时愿意提供输血。你不必担心。”

苏雪至知道刚才傅明城亲自去找那两个登记过却又临时反悔的血源提供者，应该是他许了什么好处，那两个人都赶了过来。

“谢谢您，傅先生，小玉能转危为安，您帮了很大的忙。”苏雪至是真的感动。

傅明城道：“我曾经想当个最好的医师，现在做不成，能出一份微薄之力，于我也是一种安慰。你也累了，休息一下，我先去打电话。”

他匆匆去往院长办公室，苏雪至望着他离去，慢慢地吁了口气。

等在门外的三嫂和几个村民围了上来，向苏雪至打听小玉的情况。

苏雪至说小玉的情况已经趋于稳定，让她不用过于担心。

贺汉渚独自站了片刻，看着她被村民围住了在说话，慢慢地退了出来，随即转身往医院大门走，迎面看见叶贤齐跑了上来，冲着走廊那头的苏雪至就要喊话，立刻上前一步，拦住了他。

“不要提我来过！”贺汉渚低低地道。

叶贤齐看了眼走廊那头自己表妹的背影，又看了眼他，神色不解：“怎么了，您刚才不是说——”

“血源已经解决了。她不必自己抽血了。”贺汉渚解释了一句。

叶贤齐闻言松了口气。

“你可以进去了，但记住我刚才说的话，不要在她面前提我来过！”他加重了语气，话里带着一种强烈的命令的意味。

叶贤齐有点蒙：“为什么？”问完，见他两道目光投向自己，眸光沉沉，一顿，“知……道了……”

贺汉渚微微颔首，随即快步走出了医院大门，驾车离去。

叶贤齐看着汽车迅速地消失在夜色里，挠了挠头，随即走了进去，叫了声自己的表妹。

苏雪至问他刚才去了哪里。

叶贤齐迟疑了下，终于使劲地憋了下去，含含糊糊地说：“我去找能输血的人……兜了一圈，没找着，就回来了……”

“不用找了！小玉应该不会出大事了，原先那两个登记过的人现在也来了！”苏雪至丝毫也没起疑，“表哥，今晚也多亏了你，及时把小玉送进医院。要是再晚一步，恐怕就要出大事了！”

叶贤齐嘿嘿一笑：“那下回等你见着你舅舅，你别忘了替我说一下这个事！”

“行，知道！医院这边没别的事了，表哥你可以回去休息了，我再进去看看小玉的情况……”苏雪至进了诊疗室。

叶贤齐立在原地，站了片刻，再次转头看了眼走廊通往医院大门的方向，费解地摇了摇头。

贺汉渚驾车回到饭店，今夜的圣诞派对也要结束了，饭店大门前依然灯火辉煌，礼堂里，大乐队奏出的最后一支圆舞曲的欢快旋律从里面飘了出来，如烟似雾，飘荡在停车场的上空，又钻进了人的耳鼓里。

停车场里光线昏暗，远处悬着一盏汽灯，在寒风里不停地晃动，光晕投在附近的一团积雪地上，泛出冷冷的一片反光。

贺汉渚在幽暗的车里抽了半支烟，才推开车门下去，回到了大堂。

派对结束了，他的脸上带着笑，和迎面遇上的熟人招呼，一路走了进去，遇到了曹小姐。

曹小姐正和公使夫妇辞别，忽然看见贺汉渚，微微一笑。

贺汉渚走了过去，和公使夫妇道别，从侍者手里接过曹小姐的斗篷，替她披上，随即带着她离开饭店，送她回住的地方。

路上，他一言不发，专心地开着车，曹小姐也没说话，直到汽车开到了她现在还住着的王家，停在门口，贺汉渚说：“抱歉，明天我有事，抽不出时间送你了。”

曹小姐笑道：“我也正想和你说这个呢！不用你送我，我自己去就行，也很方便的。就是……”她迟疑了下，“晚上我提到的那个事，我家里人希望你年底去一趟，你是怎么想的？”她顿了一顿，“我刚才没来得及说，其实……这也是我伯父的意思……”

贺汉渚转脸，望向了她：“曹小姐，我虽然做事向来不择手段，但也不想将无辜的女人卷进来。事关你的名誉和一生，我最后说一遍，如果你自己不方便到他面前说明情况，我可以去找大总统，说是我这边的原因，没法接受他的好意——”

“不！你千万不要！”曹小姐的声音陡然变得尖锐了起来，“你就不怕因此而得罪了我的伯父？烟桥，你难道不知道，从我伯父看上你的第一天起，你就没有说不的机会了。除非你想另立山头！而且，真若那样了，我也一定会被我的家族另外安排嫁给别的男人，我将生不如死！”

她的一双眼睛一眨不眨地看着面前的这个男人：“你不将女人卷进来，没错，但我不是普通的女人！我知道……我想要的，是什么。”

贺汉渚望着她美丽的脸孔，说：“曹小姐，你确定，你没在我这里有任何的违心之言？”

“我很确定。所以我无须你对我负任何的责任！当初我知道我伯父的意思后，立刻去找你，就是因为我知道你和别的男人不一样，你我一定能够成为对彼此都有利的、最好的婚姻搭档！”

说出这段话的时候，曹小姐的一双美眸未曾眨动一下。

贺汉渚点头：“那么我没问题了。看你那边的意思，安排吧。”

曹小姐望着他，美丽的面容上慢慢地露出了一缕发自肺腑的笑容。

“谢谢你，烟桥。我相信，这将是一个对你自己也有着莫大利益的决定，明智的决定。”她说道。

贺汉渚离去。曹小姐回到了她的房间。

她没有立刻卸妆，慢慢地坐了下去，望着摆在桌上的一瓶鲜花，身影一动不动，仿佛陷入了沉思。

片刻后，传来了叩门声，她起身走过去，打开门。

是她的司机兼保镖，也是她保姆的儿子，出身行伍，名叫曹云。

曹云闪身进了房间，低声道：“小姐，晚上我跟着四爷到了清和医院，看见他去了诊疗室，但没进去，甚至都没靠近。里头出来了那个苏家的少爷和傅明城后，四爷就在一个拐角处站了片刻，随后回了饭店。”

“就这样？”曹小姐的语气里带了几分惊讶。

“是，就只这样。不过不知道为什么，他回来后，没有立刻进饭店，一个人在停车场的车里坐了好一会儿，好像在抽烟，像有心事的样子，等到酒会快结束的时候才走了进去。”

“晚上医院里出了什么事？”

“是一个小女孩，情况危险，需要输血，能提供血源的人不够，一开始只有木村和那个苏少爷，四爷过去的时候，问题好像已经解决了。”

“你确定，你看到的就这些？四爷去了医院，没和苏少爷见面？”曹小姐再次问道。

“是，这就是全部了。我怕被四爷发现，不敢靠太近。但确定，今晚没别的事了。司令连面都没露，直接就走了。”

曹小姐的眼前浮现出今晚亲眼看到的贺汉渚驾车离去的那一幕。

她又想起了之前在王家寿宴上，苏家少爷出现在贺兰雪的房间里。

原本她以为两人在交往。看当时两个人的坦荡态度，事情应该也是得到了贺汉渚的默许，或者说两个人都不怕被贺汉渚知道。

出于对贺兰雪的关心，随后她着重留意了下，却又根本看不到这两人有交往的迹象。

一向爱护妹妹的兄长，能允许妹妹和一个男人夜处一室——当时的时间已经不早了。普通的朋友，关系再好也绝不至于留到那么晚才走，但贺家妹妹和那个男人之间，却分明没有特殊的关系。

曹小姐暂时还想不明白，但她得出一个结论，这个苏家少爷和贺家兄妹关系应该非同一般。

而今夜，就在这一刻，曹小姐的心里突然生出了一种直觉，危险的直觉。贺汉渚和那个苏家少爷之间，一定有着某种不为人知的秘密关系。

这个名叫贺汉渚的男人，从她第一次见到他起，就将他留在了心底。

这么多年，是时局的成全，也是自己的努力，好不容易一切终于有了眉目，她怎么可能允许再出任何的意外?

曹小姐也感觉得出来，他对这桩联姻的态度是可有可无的，是她太想促成事情了，反而患得患失，她不敢掉以轻心。

而同样，也是她的直觉告诉她，如果真的会有意外，这个意外一定会和那个带了点传奇色彩的苏家儿子有关。

年少俊美，才华出众，来到军医学校不过短短半年，就成为校长的得意门生，据说，他还要以助手的身份随校长一起去参加年底在京师举行的万国医学大会。

曹小姐又想起了之前保姆偷偷告诉她的一个秘闻——据说王家儿子曾为了这个苏少爷和王太太起过争执，竟闹出疯事来，王太太如临大敌。后来大概是被王太太用手段压了下去，事情也就过去了。

当时保姆是把这个王家秘闻当成笑料说给她的，曹小姐也只是一笑了之，但现在曹小姐忽然有点心惊肉跳的感觉。

她沉吟了下，低声道："我明天回京师，你留下，找人替我查那个苏家少爷的底，尤其是他和四爷的往来。当心点，别让四爷发现你！"

苏雪至在医院里留了一夜。

天明时分，周小玉转危为安，再住院几天，问题应该就不大了。

昨晚因为失血过多休克过去的木村在休息过后，精神也恢复了不少。

现在没大事了，苏雪至和同样在医院里待了一夜的傅明城离开，她回到了学校。

昨晚下半夜，她只在医院的值班室里休息了两个小时，回来用冷水洗了把脸，振奋了一下精神就去上课了。

中午，她回到寝室，感到有点困，反锁了门，拉上窗帘，让自己的身体彻底放松下来，随后上床，刚想睡觉就听到有人敲门。

敲门的是住隔壁的一个同学，说昨晚有点感冒了，现在发烧头疼，大冷天懒得跑去医务室，问她寝室里有没以前吃剩下的阿司匹林。

苏雪至说没有，让他去医务室开药，打发了人，闭目了片刻，突然想起了一个事。

阿司匹林被称为医药史上的三大经典药物之一，是世界上应用最广泛的解热镇痛抗炎药。后来，这种药也被证实具有抑制血小板的聚集从而避免血栓形成的抗凝作用。

而现在，这种药刚问世不久，在医学上纯粹还只被用作解热、镇痛、抗炎。因为疗效好，阿司匹林在各西医院和诊所里应用广泛。

血友病患者，对这种药物是绝对禁忌的。

苏雪至忽然想起了周小玉，她昨天受了伤，现在出血虽然止住，但保不齐接下来会出现发热等症状……

苏雪至觉也不睡了，急忙从床上爬了下去，匆匆整理好自己，跑到校长办公室，借电话打到了清和医院。

木村先生在医院里又忙了半个早上，见没大事，中午才被医生劝回家休息了。

接电话的是医院的护士长，笑道："苏少爷你放心吧。好巧，木村先生中午离开前，也提醒过我们，不能给周小玉用这种药。"

苏雪至这才松了口气。

"苏少爷，你真的很厉害啊。我们都不知道阿司匹林还有这种禁忌！我们院长是研究血液的博士，你对这方面应该也有研究吧？要不怎么知道的，还有昨晚，你不让傅先生输血给周小玉？"护士长的语气带着敬佩。

O型血现在还被称为C型血，被认为是一种万能血型，可以输给任何血型的患者。

这是现在关于输血的最新也最权威的一种认知，在很长的时间里，一直延续了下去。医学界普遍主张同型输送，O型血只有在应急的情况之下允许少量输血，因为过多也有可能导致输血反应。

周小玉情况又特殊，苏雪至担心出意外，所以昨晚在自己可以抽血的前提下，当然不会同意让傅明城输血。

苏雪至说，是医学院之前做的一个药学实验里无意发现这个结果，自己也不十分确定，出于谨慎，所以打电话提醒下。

打完电话，她放心之余，对木村在血液方面超时代的研究感到十分敬佩。按照惯例，等他研究完毕，他应该会写论文，发表他的发现。

苏雪至更敬佩木村的医德。能坚持为一个陌生的中国小女孩输血800cc，是正常献血量的两倍，苏雪至自问做不到这样的地步。

一周后，周小玉平安出院，苏雪至和傅明城送她回到周家庄。三嫂千恩万谢，小姑娘依依不舍。辞别回来后，离期末也越来越近，苏雪至一心扑在了医学大会和期末考试的准备上。

礼拜天，她去了趟租来的房子里，打算洗个澡，然后早点回校做事。

到了住的地方，她意外地发现白天基本不会在家的表哥居然也在，表哥一看到她，就把她拉了进去，栓门，随即将她扯进屋里。

“干什么？你是不是又干了什么好事？”苏雪至见他一副神神秘秘的样子，直觉就没好事，警惕地看着他。

叶贤齐说自己在等她，探头出窗，又看了下左右，确定没人，关上窗户，从兜里摸出一封信，递给她。

“这是什么？”

“上次我不是告诉你，有个余博士报案未果吗？他那个朋友我暂时还没找到。不过，余博士昨天又来找我，说他几天前收到了他那个朋友寄来的一封信，里头什么都没有，就是一张利丰银行替人保管物件的取物凭单。他猜出了朋友预留在银行的密码，通过银行核对，去拿了东西，里头有个盒子，还有这封信。你看看。”

苏雪至接过信，越看越是心惊。

这个写信的人，名叫吴青鹤，和报案人余博士早年是留学的同学，两人成绩优异，也是至交好友。余博士回国后，到处碰壁，最后靠当教书匠糊口，吴青鹤却进入了东亚药厂，担任研发经理。

这几年，随着药厂扩张，产品甚至远销南洋。吴青鹤本该坐享其成，名利双收，但他在信里说，看着药厂日益著名，销售量惊人，他的良心也是备受折磨。

吴青鹤说，药厂赖以成名的醒脑丸添加了咖啡因，至于戒烟丸，更是含有一种毒性强烈多倍的新型西药。具体的开发不是他经手的，所以他也不清楚东家顾祥杰是从哪里得到的配方，但不可能是他自己研制出来的。

顾祥杰所谓的西医博士身份，不过是他往脸上贴金的头衔罢了，他没这样的能力。而药厂的背后，利益复杂。

从半年前起，吴青鹤利用职务之便，伺机复制了财务经理的钥匙，偷看到一些药厂资金秘密往来的账目，户头众多，数额惊人。看完后，他利用自己超群的记忆力，回来一一记录。

上个月，他怀疑自己偷看账目的举动被药厂察觉。虽然一时还没动静，但他有种预感，自己应该是活不久了。

此前，也曾有进步报纸质疑过东亚药厂广告的真实性，但杂声很快就被压了下去，无一例外，一个执意追查的记者甚至横遭意外。

吴青鹤说，他不知道自己该不该将正在做的这件或许根本就不可能完成的事告诉朋友，更怕他也被连累。但除了他之外，自己也找不到另外可以托付的人，犹豫再三后，存了一点侥幸和不甘，最后还是将凭单放在了一封信里，特意潜到外地，委托当地邮局半个月后挂号寄出。

他知道，自己一旦失踪，以余博士和自己多年的友情，一定会有所关注。等余博士收到凭单，他也一定能猜出自己预留在银行的核对密码。吴青鹤恳求自己的朋友，暂时隐忍怒火，在不能自保的前提下，不要擅自打开盒子，也不要莽撞地公开。

“最近我常和那个余博士见面，帮他一起找人。他说我和别的警察不一样，我身上有正义——”叶贤齐加重语气，顿了一顿，“所以他考虑过后，昨天又偷偷地来找我，给我这封信，问我有没有办法能帮他。我说我试试，让他存好东西，不要告诉别人。雪至，你说怎么办？”

苏雪至皱眉，出神。

叶贤齐看她脸色凝重，半天不说话，渐渐有点心虚：“雪至，你不会觉得我多管闲事吧？”

苏雪至回神，摇头：“不是，表哥你别误会。是这个事太过严重，我刚才在想该怎么办才好。”

“就是！这个什么药厂，昧了良心的奸商！卖假药就算了，居然卖这种鬼玩意儿！名为戒烟，实际比大烟更要害人！亏我英明，早就看出了端倪，没让你舅舅做这个生意！要不然，你舅舅他也是帮凶！”

苏雪至说：“这样吧，我先去确定一下药的成分，等有结果了，再想法子。”

“行，那就这样，我等你消息。”

苏雪至又再三叮嘱，让表哥务必保密，叫那位余博士保管好东西，近期也不要再到处高调找人，免得惹来注意，叶贤齐一一答应。

苏雪至澡也不洗了，立刻出来，去东亚药房里买了那两种药，回来，撕掉商标，打散后，以实验需要为借口，送到了学校的实验室，请一个平日和自己关系不错的药学教师帮忙检测成分。

第二天，结果出来了。

苏雪至拿到检测报告单，看了一眼就明白了。

醒脑丸含有咖啡因就算了，让她愤怒而震惊的，是戒烟丸含吗啡和双乙酰合成物的成分，这就是海洛因了。

在国外，现在已经有了这种合成药物，但使用范围基本局限于医学实验室，被视为一种效果比吗啡强多倍的强效镇痛剂，临床很少使用。而现在，这个东亚药厂竟然往戒烟丸里添加这种药物！只不过含量极其微小，少到了几乎可以忽略的地步。

如果没有先进的特殊仪器，用实验室里的普通设备，其中的成分很容易逃脱检测。

苏雪至谢过药学老师，带着报告单回到寝室，又拿出那封信，从头到尾再看了一遍，无法克制自己的情绪。

但就像写了这封信的吴博士说的那样，在没有自保的前提下，贸然公开这件事，非但不能达到揭露和禁止的目的，恐怕还会生出种种波折。

苏雪至想了许久，忽然想到了一个人。

贺汉渚!

之前自己被警察局长叫去做事，事后他不是有点不高兴，命令自己以后无论做什么事之前都得先去向他报告，征得他的同意吗?

这件事，苏雪至知道，光凭自己一个人的力量，远远不够。

苏雪至不再犹豫，将检测单和信贴身收好，傍晚时寻了个空，出校去找人了。

出发前苏雪至特意往司令部打过一个电话，当时是秘书接的电话，说贺司令白天不在，和警察局长出去检查了，但在司令部六点下班前应该就能回来，所以苏雪至才想趁着傍晚赶过去堵人。

她到的时候是五点半，隆冬腊月，这个时间天已经黑了。卫兵说司令还没回来，大概知道她是司令亲戚的缘故，态度倒也算是客气，允她入内，在门口烧了取暖炉的岗屋里等待。

苏雪至等到六点，工作人员陆续下班，楼里的灯也灭了。

七点钟，整个司令部就只门口这里有片光，其余地方黑漆漆一片。

苏雪至已经等了快两个小时了，她怀疑他结束检查巡逻后，直接回了公馆，当然，更大的可能是去了什么好地方应酬或者放松。

事情重要，加上人都出来了，就这么回去不甘心，于是苏雪至抱着一点点他或许是回了公馆的期待，在卫兵那里留了个口讯，又找去贺公馆。

果然，门房老夏说，贺先生一早出门，现在还没回来。

苏雪至有点失望，但也知道这很正常，让老夏给贺汉渚带个口信。

“那麻烦你，他回来帮我带句话，我找他有事。”

老夏答应。

苏雪至正要走，看见一辆汽车从林荫道往这边开了过来，她还以为运气好，遇到了回来的贺汉渚，大概是想到了自己即将要找他说的事，竟感到一阵微微的紧张，睁大眼睛盯着，等汽车停下，发现是贺兰雪。

苏雪至暗暗呼了一口气，随即和她打招呼：“贺小姐！”

贺兰雪下了车，乍看见她，似乎一愣，当听老夏说苏少爷是来找她哥哥的，脸上便露出了微笑，邀苏雪至进去等，态度很是礼貌。

苏雪至怀疑贺汉渚说不定要深夜才能回来了，自己在这里守株待兔也不是什么好方法。再说之前他有让自己娶他妹妹的计划，虽然现在没了动静，但搞得苏雪至心理阴影难消，更不清楚贺兰雪知不知道这么一回事，现在进去有点不大合适，于是解释事情不是很重要，等她哥哥有空再见也不迟。

“苏少爷，那你坐我的车回去吧！”

“不用了，这边出去就有很多东洋车。谢谢贺小姐。我走了。”

苏雪至在贺兰雪投来的默默注视中，离开了公馆。

这个事，黑幕之重、利益牵扯之广，绝对是她前所未遇的。

别说彻底打掉黑幕了，就算她想公之于众，最起码能让社会大众知道这是什么魔鬼东西，阻力之大、危险之巨也绝对超出她和表哥两个人能掌控的范围。否则，那位极有可能已经丧生的吴博士早就可以登报公开，何至于连送出一封书信也要如此隐秘而曲折。

单打独斗做孤胆英雄，不但不现实，反而会连累无辜。

她需要伙伴，也需要建议。

她考虑过和校长，她相信以和校长的正直，得知真相之后，怒火绝对会远胜于自己，不会坐视不管。但苏雪至却担心，在那些手里有枪的当权者的眼里，与巨大利益冲突的时候，任何企图阻止者都可以成为被扫除的对象，哪怕是最著名的学者。

她也考虑过傅明城。不是她不信他的人品和能力，而是她觉得傅明城也不是最好的人选。他刚继承傅氏不久，立足未稳，这个时候拉他下水，她于心不忍。

所以，最后她决定找贺汉渚。

拿他之前说过的那句话当作去找他的借口，不过是自我调侃罢了。

让手里有枪的去对付有枪的。在这样的黑幕面前，只有这样，自己这一边才不至于一开始就落下风，处于任人宰割的劣势。

但说实话，苏雪至对他得知事情后会是什么样的态度，心里也不是很有底。只是凭直觉——她无脑的直觉。

开局不顺，苏雪至心绪有点紊乱。她回到学校时才晚上八点多，休息还早，她也没心思做别的，想到这段时间忙碌，之前制定的体能锻炼计划已经落了两次，就换了身衣服，去了学生活动中心。

她需要出身热汗来帮自己调整情绪，也想再考虑一下，倘若贺汉渚不支持，那该怎么办。是听从他的，当什么事都没有，去告诉表哥和余博士这个世道本就如此，不要再管下去，还是再去想别的办法。

苏雪至做了些常规的体能锻炼，等身体活动开，在手掌上缠了几圈绷带，再套上打西洋拳的手套，来到沙袋前，开始砰砰地击起沙袋。

很快，她浑身发热，开始出汗，感受着每次击中沙袋后，那种反震到身体上的力量，渐渐心无旁骛。

离关门还有半个小时，近旁的几个人陆续走了，剩下她一个人。

打得有点久了，隔着两层保护，手背渐渐也感觉到一丝隐隐的疼痛。

苏雪至却还不想走。

她的西洋拳“教练”蒋仲怀曾说过，有难事，有想揍不能揍的人，狠狠地打沙袋，保准没错。

她整个人热汗淋淋，大口地喘息着，却咬着牙，继续狠狠地击着面前那只被她打得来回晃动的沙袋。

又一下，她用尽全力，狠狠击回了正冲着自己荡来的沙袋，忽然瞥见门口立了道身影，那人似乎穿着制服，披了件军大衣，有点眼熟。

她一个晃神，没留意面前那只刚被她打过去又荡了回来的沙袋。

“砰”的一声，被撞了个结结实实，她直接飞了出去，趴到了地上。

那人立刻大步跑了过来，伸手一把止住了还在晃荡的沙袋，接着蹲到她的身边，伸手轻轻扶住了她的肩，问道：“你没受伤吧？”

苏雪至刚被沙袋撞得气血翻涌，抬起头，对上了一双正俯视着自己的乌眸。

是贺汉渚。

他居然来了？

苏雪至缓过神，立刻从地上爬了起来，往后退了几步，摇头说没事。说完，见他慢慢地站起身，立在原地看着自己一声不吭，眼睛里仿佛藏了点极力忍住的笑意，心知自己刚才的模样确实挺狼狈，也难怪他觉得可笑。

"抱歉，刚才我真不是故意的，是看你很专心，所以没打扰你，倒害你被撞。"他很快就正色起来，开口向她道歉，语气听着倒挺真挚。

苏雪至当然不会和他计较这种芝麻小事，擦了擦额头的汗，说没事。

"我听卫兵说，你傍晚来司令部找过我？本来今天能回得早些，后来又去了个远的地方，耽搁了，所以回来得晚。你也知道，年底了，更容易出乱子，要盯得紧点。"他看着她擦汗，又解释了一句。

苏雪至恍然，原来是加班干活去了，不是去夜总会找乐子。

"表舅辛苦了，这么大冷的天。"苏雪至发自内心地称赞了一句。

他两手插在身上那条军裤的裤兜里，笑了笑："你找我有事？"问完话，顿了一下，他又解释了一句，"晚上是我正好没别的事，又听说你找过我，等了些时候，我回去也早，所以顺便过来，问一声。"

苏雪至当然求之不得，连声道谢，请他稍等，说自己立刻就出去，说完，却见他目光环顾一圈，视线最后落到她的身上，问："你怎么会想到练这个？有人教你？"

苏雪至点头："我以前臂力不够，体能也差点，是我室友蒋仲怀建议的，我练着也喜欢，就练下来了。"

"你和他的关系不错？"贺汉渚一听到这个名字，就想起之前丁春山提了一嘴，说她好像还替这个人洗袜子，心里忽然没来由地一阵不悦。

苏雪至浑然未觉，点头："就睡我隔壁床。他爷爷是前清武举，他也很厉害，从小习武，后来打西洋拳。他人很好，教我很耐心，看我有兴趣，常给我做陪练……"

贺汉渚听着，未发一声。

苏雪至见他忽然沉默了，疑心他嫌自己啰唆，加上有重要事，急忙打住："表舅稍等，我马上就好，我晚上找您，确实有事——"

她摘下手套，正要去掉绷带，忽然见他解了身上的军大衣，拿起一双拳击手套，戴了上去，砰砰地试着对撞了两下，随即扭脸，对上她不解的目光说："来。我来做你陪练，看看你学得如何。"

他的兴致来得实在有点突然。

苏雪至迟疑间，见他说着话就朝着自己走了过来，停在面前。

大约是见她没有给予回应，他又挑了挑眉："怎么，看不上我？"

不知道是不是错觉，苏雪至总觉得他的这个表情，这种语气，似乎带了点不快。

晚上想找他说的事确实很重要，但也不至于急得差这么一时半刻。反正他人都已经来了，他又有这个兴致，何必扫他的兴。让他高兴点，等下也更容易开口说事。

她立刻摇头："不是，表舅误会了。只是我练这个还没多久，班门弄斧，怕您见笑。"

他笑了笑："无妨。我本就是当你的陪练，你尽全力就是。"

苏雪至应了声，戴回刚脱掉的那只手套，回到场地和他对练。

日常练习西洋拳，除了增强反应能力和自保能力之外，对于增加肺活量、提升体能的效果也是非常出色。并且女孩适当练习拳击，还能令小腿变得更加修长，兼具提臀细腰的功效。

教苏雪至的蒋仲怀，应该算是国内最早接触西洋拳的那批人之一，他以前还曾跟从过一个得过世界锦标比赛冠军的洋人系统地学习过。所谓名师出高徒，有他悉心指导，加上徒弟自己修行，苏雪至不敢说已经完全入门，但说渐渐有所领悟也没有夸大。

但现在对练的却是贺汉渚，刚开始苏雪至难免有点拘束，几个回合后，他停了下来，说道："你的那位蒋同学，平常就是这样教你的？"

他的语气让苏雪至有点不高兴，倒不是因为自己受到他的嘲笑，而是不想让教自己的蒋仲怀被他连带嘲笑，于是打起精神全力以赴，两个人又你来我往了几个回合。

苏雪至看准一个机会，主动出手，以勾拳攻击他的面部，被他用手臂挡住。

出于条件反射的反应，在挡了对方的攻击后，贺汉渚顺势还击。

就在那一拳快要击落到她的身体时，他却又下意识地一顿，停住，苏雪至这时为了挡他的回拳，换了只手，出了一记连勾拳，结果，没有遇到任何的回挡，"砰"的一声，拳击手套直接砸到了他的脸上。

他大概是没有防备，被打得一下就侧过了脸，顿了一顿，慢慢地转回脸，盯着她。

苏雪至不知道他为什么突然收手，这才导致被自己一拳打中了面部，见他这样盯着自己，她顿时尴尬了。

平常和蒋仲怀对练的时候，她都是逮着机会就打。一是真能打中蒋仲怀的机会不多，二来，反正他皮糙肉厚，被自己打中了，非但不气，还会夸她。

但现在对练的毕竟是贺汉渚，她要叫表舅的人。这样被她狠狠地打了一下脸，怕他面子下不来，忙停住向他道歉，又问他疼不疼，说她不是故意的。

贺汉渚摸了摸刚被揍了一下的脸，又扭了下脖子，忽然冲她一笑，露出一副白森森的牙齿："没事，挺舒服的，筋骨都活了。我刚才都说了，是给你当陪练的，尽管来，能有多大力气，都给我使出来！"

他这么大度，苏雪至也就放了心，在他的鼓励之下，全力以赴。

二人又练了几个回合，贺汉渚见她额头渐渐又冒出了一层汗星子，面庞绯红，呼吸也有些不稳，变得急促起来，知道今晚上她的体力应该也耗得差不多了，正想建议让她休息一下，这时头顶的照明灯忽然闪了几下，接着黑掉，顿时眼前一片漆黑，什么都看不见了。

停电了！

天城目前为止只有一个电厂，靠的是火力发电，线路输出不是很稳定，时常会有断电的意外发生。

电一停，两个人也都停住了。

周围黑得伸手不见五指，突然就静了下来。

远处，隐隐传来了一阵正在为了期末考而夜学的学生们的解脱似的欢呼声，显得这里愈发寂静了。

空荡荡的场馆里，仿佛只剩下了两人在黑暗中发出的喘息之声。

苏雪至对学校突然断电习以为常。

根据她的经验，恢复供电要看运气，有时候快，三五分钟立刻恢复，但大部分时间，一旦断电恢复就要很久，甚至极有可能接下来一晚上都来不了电，只能靠煤油灯来照明。

她反应了过来，正好体力也耗得差不多了，有点累，她一开始就站着没动，等气息平了些，眼睛也开始适应黑暗，低低地抱怨了一声，随即建议："表舅，要不我们走吧？等来电，不知道要等多久。"

她说完，漆黑里听到他低低地应了声好，她便凭了感觉，往位于自己左手一侧的器械架走去，不料贺汉渚也恰好迈步往那边去，也不知道是他挡了她的路，还是她挡了他的路，两个人接下来差点撞到了一块儿。

幸好苏雪至反应得快，在感觉到要撞他之前，及时地停了步，又往一侧让了让。

可算是避开了他的身体，但黑灯瞎火的，好像还是撞到了他的脸，且又踩了他一脚。

就在两人相互避让的那一刹那，黑暗之中，贺汉渚感到自己的脸仿佛被她的面颊蹭到了。

碰触短促得如同电光火石，但贺汉渚的皮肤感官却前所未有的敏感。

他清清楚楚地捕捉到了这种感觉。她的面颊皮肤细而光滑，仿佛一片丝绸，带着剧烈运动过后的滚烫温度，擦过了他。但同时她那蹭过他脸的精致而小巧的鼻尖，却又是温凉如玉的感觉。凉热交替，他被她擦碰过的皮肤似是一阵细微的电流经过，又酥又麻。

或许在黑暗中，人的五官功能真的会比平常敏锐许多。

就在这短暂无比的近身相错之间，贺汉渚的鼻间仿佛又吸入了一缕他说不出的气息……

不是他时常会闻到的来自女人身上的洒了香水的那种幽幽暗香，而是……是婴儿身上带着的那种奶奶的汗香。

好像是他小时候在刚出生没几个月的妹妹的身上，闻到过类似的气味。

他天生带点洁癖，那时不喜欢，嫌奶臭。

但现在，他的嗅觉好像改变了，一点儿也没觉得抗拒，反而有点想再深深地呼吸一口气……

他一个恍惚，避让的脚步，便就定住了。

"表舅，对不住，踩到您的脚了吧？"苏雪至赶紧缩脚，又后退了一步。

那种脸颊被擦碰的感觉，那股汗香的味道，随着她的道歉，突然消失了。

贺汉渚还没反应过来，眼前豁然一亮。

电回来了！

苏雪至松了口气，这么快就来电，今晚的运气真的算是好了。

活动中心也快关门了，她丢下还站在那里的贺汉渚，先到了器械架前，摘下手套，拆下缠在手上的绷带，随即拿起自己的毛巾擦汗。

"表舅，我们走了，这里等下就要关门。"

贺汉渚没有作声，慢慢到了她的身侧，脱下手套，放回去，无意间看见她手背皮肤泛红，略微有些肿胀。

他忍着不去拿她的手，问："手疼不疼？"

苏雪至看了一眼，揉了几下手背，笑着摇了摇头："没事，回去泡下热水，搓一下，明天就会消下去的。"

“下次注意着点，有疼痛就要说，别让自己受伤。”他也有点懊悔，自己刚才太粗心了，也不知道哪根筋不对，居然迫她和自己对打。她是女孩儿，像贺兰雪一样的女孩儿，不是什么他可以随意磋磨的男人。

“我记住了，谢谢表舅。”她笑着，简短地应了一句。

贺汉渚点了点头，伸手正要去取自己的外衣，突然，手停了下来。

苏雪至见他有点反常，不解地看向他，却见他的目光陡然变得锐利，猛地掉头，视线扫向门口的方向。

她一愣，顺着他的视线看过去，并没见到什么人，正要问他出什么事了，见他已经迈步，迅速地奔了出去。

贺汉渚追到外面，但没走远，就停在活动中心外的台阶下，视线扫了一圈四周。

周围，树影黑魆魆的，看起来并没有什么异常。

喵——

突然，伴着一道凄厉的猫叫声，不远之外，一片树丛之后，暗处窜出来一只野猫，从他面前一掠而过，消失在了夜色里。

“怎么了？出什么事了？”苏雪至顺便帮他拿了衣服，这时也追了出来，见他停在门外，问道。

贺汉渚收回目光：“没事儿，一只野猫。我们走吧。”

“对了，晚上你找我，有什么事？”他又低声问。

苏雪至急忙说道：“表舅您跟我来，这里说话不便。”

第二章

苏雪至将贺汉渚带进实验楼，经过一具陈列在外的人体骨架模型标本，穿过一道昏暗的长廊，最后来到了还没开放的傅氏实验室，这才将自己在上个礼拜日从表哥那里得知的事情讲给他听，特意强调药厂背后极有可能和政要有着利益的输送关系。

出于谨慎，以及保护余博士的目的，苏雪至没有立刻提余博士的名字，也没有将那封信拿出来给他看，而是说自己表哥收到举报，有这么一回事，她得知后去买了东亚药厂的药剂，请人做了成分鉴定。

她再打开一个文件柜，取出检测单递给了他，先向他解释这种新药在临床上作为镇痛剂效果惊人，但同样，作为毒品危害也是加倍的扩大。

“药剂里的药物含量显然是经过严格配比的，非常低，很容易逃过一般仪器的鉴定，又能令服用者得到一定的安抚效果，药学专业的老师也是采用了最新的仪器才检测出来的。但我可以肯定地说，即便是如此低的剂量，对人的毒害也远胜鸦片。这种药物，人长期服用之后，一旦上瘾，依赖性极大，想彻底戒断的可能性很小。更可怕的是，它会摧毁人体的免疫系统，从而导致各种疾病缠身，而人体失去原本具备的抵抗能力，即便是小小的一次流感发烧，也有可能导致死亡。东亚药厂的这种药，名为戒烟丸，实际毒性远超大烟，再放任下去，对社会将是荼毒无穷。”

苏雪至说完，办公室静默了下来。

她见他看着检测单，一言不发，又道：“您或许觉得我夸大其词。我可以做个实验，让您看下这种药物的毒害。”

她带贺汉渚进入自己的实验室，戴上口罩和手套，让他也戴上口罩，取出她为了这个实验预先经校长的同意从学校里领用的一定剂量的药品，加上另一种催化剂，以一定的配量混合之后投入坩埚，用酒精灯燃煮。

在经过加热蒸发之后，慢慢地实验室的空气里弥漫了一股奇怪的刺鼻味道，坩埚里的混合物也渐渐地融合，最后水分脱干，变成了一簇白色的结晶。

冷却后，苏雪至将结晶用蒸馏水融化，取了注射器，提出笼子，抓出一只白兔，用注射器将药水注入了兔子的体内。

兔子很快有了反应，起先惊躁，很快又安静了下来，变得昏昏欲睡。

苏雪至让贺汉渚观察它的瞳孔，出现了肉眼可见的放大迹象，随后流涎呕吐，最后，在一阵肢体抽搐后，兔子心跳停止。

短短不过几分钟的时间，活蹦乱跳的兔子就这样死去了。

实验做完了，苏雪至处理着剩余的药水和白兔的尸体，看了眼他，他踱到了窗边，推开窗户，点了支香烟，对着窗外的夜色开始抽烟。

实验室里原本是禁止抽烟的，但她现在也不能阻止他，收拾完，见他背影凝重，也不敢出声打扰，就靠在了实验台的侧边上，默默地望着他。

良久，他掐了香烟，转过身，走了回来。

苏雪至一边观察他的神色，一边轻声解释："刚才的实验，您都看到了。我只是用了最原始也最粗糙的方法，大致做出了这种药。药厂生产的制剂，无疑更加精细。它绝对是比鸦片更可怕的幽灵……"

"这件事，你有没告诉过别人？"贺汉渚打断了她的话。

苏雪至摇头："没有，您是第一个。"

"我只相信表舅您一个人，所以只告诉了您。"她又强调了一句。

他瞥了她一眼，撇了撇唇角："那我可要多谢你的信任了！快年底了，还替我找了这么个大麻烦！"

苏雪至装作听不懂他的讽刺，知道他应该还有话，老老实实一声不吭。

他沉吟了下，神色转为严肃，道："我只能对你这样说，我没法保证明天就能立刻查封药厂，我也没法保证让所有和药厂有利益往来的背后势力都受到应有的惩罚，但我可以向你保证一点，我会留意这件事，想法子尽快禁止戒烟丸的继续生产和流通。"

实验室顶的灯光落在他的脸上，他站着她的面前，俯视着背靠着实验桌的她，说道："苏雪至，以前我以为你很老实，还有点傻，现在看来，你也很是狡猾。你来找我，却又不相信我。我知道你还有情况在向我隐瞒。你大概也知道，这不是你或者你们当中的谁能撬得动的，所以你才会找上我。"

苏雪至顿时尴尬了，张了张嘴。

他摆了摆手，语气听着不大好："行了，不必解释了！既然找我了，就劳烦你把你手上的东西都交给我。快期末考了吧？是学生就做你学生该做的事，专心复习去，别的什么都不要管！”

可以说，他算是相当痛快地应承下了这件事。

苏雪至大大地松了口气。

而且，他越是这样带着几分勉强，甚至是讥讽的语气，反而越发令苏雪至感到放心。和这个人认识也差不多半年了，他现在的反应，基本也符合苏雪至对他的认知。说实话，他要不这样，而是信誓旦旦义正词严地答应下来，苏雪至可能反而更要起疑心。

她不再犹豫了，承认：“什么都瞒不过表舅，我这边确实还有点东西。”

她从刚才的那个文件柜里取出了余博士收到的那封信，告诉他余博士报案未果，但认识了她的表哥，出于信任，最后决定将这封信给了表哥希望求助的原委，说完将信递了过去。

贺汉渚接过信，浏览了一番。

“对不起表舅，吴博士很有可能已经像他自己在信里说的那样被害了，现在就剩余博士是知情人，所以我一开始不方便全部说出来……”

贺汉渚的视线从信上抬了起来：“信里提到的账目，现在还在那个余博士的手上？”

“是的。有必要的话，我可以现在就陪你找我表哥去，让我表哥带你去找余博士。余博士现在就只相信我表哥一个人。”

贺汉渚道：“不必了。我说过，这事接下来你不要管。信我留着了，事情就交给我，我这边会联系你表哥去取东西。”

苏雪至答应了。

“走了！”他收了信，道了声，随即伸手去够他之前挂在椅背上的大衣。

苏雪至这回眼疾手快，也不嫌什么了，抢上去一步，先拿了起来，双手递过，毕恭毕敬：“表舅，给您。”

他盯了她一眼，接过大衣，随手搭在臂上，随即迈步朝外走去。

苏雪至送他出了实验楼，本想殷勤些，再送他到校门口。

“你回吧，不必送了。”

苏雪至只好照他吩咐，停步，目送他朝外而去的背影，等快要看不见了，忽然想起一件事，急忙又追了上去。

“谢谢您！”

他应了这么大的一件事。苏雪至其实很清楚，即便如他，处置起来，恐怕也不能轻轻松松，甚至他也可能面临危险。她没资格代表别人去向他道谢，道谢本身其实也挺无力的，但无论如何，这三个字是她现在唯一能向他表达敬意的方式，为他那一句能向自己保证的承诺而道谢。

“表舅，您其实是个好人。”道完谢，她忍不住冲着前方的那道背影，又说了一句。

贺汉渚停了下来，身形在夜色里顿了一顿，随即慢慢地转过头，看着她，笑了起来。

“小苏，”她听见他这么叫自己，语气竟然意外地温和，不复片刻前在实验室里的那种咄咄逼人，“我当不起这个头衔，你应该留给更适合的人。我答应下来，一是职责所在，二来，我这个人，虽然也是无利不早起，半截埋在了烂泥坑里，只是这种吸民众血的钱，我不赚。我既然不赚，当然也不能让别人赚得那么轻松，否则那些现在被吸走的每一口血，将来都有可能会成为对付我的枪炮。我这么说，你明白了吗？所以，以后千万不要在什么都不知道的自我感动里用这种词来奉承我，我会有一种听到丧钟的感觉，不吉利。”

苏雪至怔住了。

她不明白，为什么会有人对再寻常不过的“好人”这样的感谢之言，都会流露出如此强烈的抗拒。

她也不知道是不是她多想了，在他这段充满自我贬低，直白到了极点的言辞里，她却感觉到了一种冷酷的自我解剖和辛辣的自我嘲讽。

原来他不只是喜欢抓住一切机会肆意地嘲讽她，轮到他自己的时候，也是毫不留情。

但不知道为什么，这样的一个他，却好像轻轻地触动了她心底的某个地方。

她感到迷惑，也有点难过，他原来还有这样的一面。

从前她只知他人前翻云覆雨、通权达变，又以心狠手辣而出名，人皆以“四爷”“司令”尊他，即便是他的敌人，也只能避其锋芒，最多在背后咬牙切齿罢了。

她却没想到，人后他竟也有阴郁颓丧到了极点的一刻，唯其这种突如其来流露而出的阴郁和颓丧，和平常的他对比分明，宛如昼白和夜暗的两色，才愈发叫人惊讶，难以忽略。

到底是经历过什么，一个人才会把加在他身上的“好人”两字称赞都能听成是丧钟的声音？

这巨大的反差之下，到底哪一个贺汉渚才是真正的贺汉渚？

苏雪至想继续追上去拦住他，认真地告诉他，她刚才的那句话，不是出于奉承，而是出于她的真心实意。她真觉得他是好人，即便他像他自己说的那么不堪。但至少，在她向他表达谢意的这件事上，他不坏。

这就够了。

但是她没有这样的胆子，只能看着他说完话转身继续朝前走去，最后他的身影彻底地消失在了她的视线里。

贺汉渚走出医学校的大门，和向他敬礼的门岗低声说了两句话，在校门口停了一停，环顾了四周。

丁春山今天随他一同外出巡检，晚上也一直等在这里，见他出来了，立刻下车来迎，替他打开了车门。

贺汉渚上去，低声吩咐了几句话。

丁春山一一点头。

“还有个事，等明天天亮，你再派个人来一趟，检查下学校围墙的周围，看看有没有人翻墙的痕迹。”

“有人跟踪您？”丁春山立刻警觉了起来。

“我怀疑今晚有人在旁刺探，趁着停电的机会靠近，但大概没想到电力恢复很快，仓促间退走，被我察觉。我刚问了学校的门卫，确定今天傍晚之后，大门没有进入过校外人员。如果我感觉没错，人应该是翻墙进出的。”

“明早我自己来！”丁春山应是。

贺汉渚点了点头，靠在后座上，开始闭目假寐。

抵达贺公馆，贺汉渚让丁春山直接开车回去办事。

丁春山替他打开车门，贺汉渚却见他欲言又止，问道：“还有事？”

丁春山看了眼大门里的方向，迟疑了下，终于还是说道：“确实有个事。我听我手下报告，叶公子今天又和小姐偶遇，搭讪说了几句话，问小姐礼拜天是不是还去宣传戒烟，还说等活动完，小姐要是有空，他可以教她骑脚踏单车……”

丁春山觑着上司脸色，心里没谱，说话也吞吞吐吐：“因为是苏少爷的表哥，也是四爷您的亲戚，所以我的手下也不知道该不该拦……”

贺汉渚听了，没什么表情，只道了句不必拦，随即走了进去。

凌晨，公馆的大门紧紧关闭，贺兰雪房间的灯熄着，用人们也结束了一天的事，这个时辰早已酣然入眠。

贺汉渚刚从他的书房回到房间，也预备休息了。

他除去身上的衣物，走进浴室，拧开龙头。

水落在头顶，浸湿了年轻男人脖颈前那突出的喉结，落在一副宽阔的肩背上，又迅速地裹满了肌理清晰，精瘦而有力的躯体。

重要的事，他已经考虑得差不多了。

然而，今夜还有一件并不那么重要的小事，当夜深人静，在这个最为私密的沐浴时刻，却又突然从他的脑海里浮了出来，甚至驱之不散，令贺汉渚感到几分没来由的懊恼和不快。

他从小就有夜间干咳的毛病，发作最剧烈的时候连呼吸都困难，家人十分担忧，所以从小他就被家人当宝一样护着，慢慢调理到了十几岁的时候，已经算是治愈了。

不料命运生变，朝廷降罪，一夕之间家族遭遇灭顶之灾，十二岁的他带着妹妹逃亡，流离了一段时间。后来，在王孝坤的帮助下，妹妹得以安顿，少年的他也登上了去往欧洲的轮船，到柏林就读军校。回来后，他投身革命，成为千千万万埋葬清廷和旧世界的起义者之一。

柏林山区冰天雪地里的那几年，他脱胎换骨，但旧疾也就此复发。虽然在那里结识的鲁道夫医生对他的病情也多有帮助，但从此之后旧疾再没消除过，只是有时发作剧烈，有时轻些罢了。

贺汉渚早就习以为常，也根本没什么可担忧的——也许等不到哪天真的发病闷死，在那之前他就极有可能已经死了。他唯一的痛苦，就是有时发作起来整夜都无法入睡。后来他发现，睡前洗个热水澡，排空脑子，什么都不想，洗完了上床睡觉，好像对抑咳也有所帮助，于是这个习惯慢慢固定了下来。

但今晚此刻，他却控制不住。

淌过他全身皮肤的热水促使毛孔扩张，这感觉，竟令他突然想起晚上在军医学校的训练馆里，停电之后，苏家女儿的脸擦碰过自己脸的那种感觉。

当时他是想避开她的，却没想到还是差点撞到了一起，不仅如此，当时恰好他微微低了头，竟就和她面颊擦了一下。

他是个正常的成年男人，当时他的身体是什么反应，他自己不可能不清楚。

正是因为如此，现在回想起来，他才感到愈发不可思议，并且有点懊恼。

太过荒唐了。

他在哗哗落下的热水里，闭目，反省着自己。

要是别的女人也就罢了，竟是苏家的女儿，这个他没法用常理去看待的女人。

又想到上一次，他洗澡的时候控制不住思绪，似乎也是因为苏雪至，当时他是怀疑她隐瞒的身份。

还有今晚，他为什么要这么殷勤?

今晚巡检回来后，他本是另外有个应酬的，但得知她傍晚来找过自己，竟然忍不住，调转方向就去找她了。

他发现自己竟不知不觉似有点被这个至今还套着一层男人皮的苏家女儿给羁绊住了。

这个认知，令贺汉渚的心情愈发败坏。

他伸臂，摸到龙头，猛地旋停了热水。瞬间，水温转凉，继而彻底变成冷水，哗哗而落，当头而下。

他在陡然无情浇落的冷水里，一动不动地立着，仰面任冷水冲刷，如此闭目了片刻，等刚才那种仿佛还残留在他脸部皮肤上的异样之感彻底消失，方才慢慢伸手，关了龙头。

冷水停了，只剩几滴残水还沿着龙头的边缘断断续续地滴落，打在了年轻男人那张湿漉漉的英俊脸庞之上。

贺汉渚睁开眼睛，扯过了挂在一旁的一条干浴巾，擦干头发和身体，等走出去的时候，思绪已经彻底地平静了下来。

欲望是欲望，结婚是结婚。

曹小姐没法令他生出类似于这样的欲望，但如果无法推脱，那么他娶曹小姐，目前而言无疑是最合适的选择。

他必须要在各方的势力对抗里，维持住平衡。

曹、陆、王是现在势力最为强大的三方，背后各有附庸。

而自己根基还不够强，如果现在贸然得罪了曹家，曹、陆联手绞杀，他没有稳胜的把握。

至于联合王孝坤去对付……把希望放在别人身上，总是很危险的。人有时候为了利益，连自己都能毫不犹豫地出卖掉。

所以现在，避其锋芒，附向正如日中天的大总统，对他而言是最简单也最有效的方式。

在最后的复仇之前，他还需要让自己变得更加强大，同时他也要等着时局的变化，顺时而动。

这些都是需要时间的，他必须要有耐性。

他的生活里，不需要任何的意外，也不能有意外。

第二天，丁春山向贺汉渚汇报了结果，说在学校西北角朝向野坟场方向的一段围墙上确实发现了一片被蹭过的痕迹，并且在围墙之外附近的一处覆着浅草的软泥地里也找到了几个可以辨认的新鲜足印。

丁春山问过学校保安处的人，前学生监李鸿郗对学生的纪律抓得极其严格，在他因为那个意外离校“休假”之前，他刚针对部分学生趁夜翻墙私自外出制定新的惩处措施，一旦被发现，毋论原因，当场予以记过。

李鸿郗现在虽还没回来，但措施还一直执行着，没再发现有人胆敢违例。而且，根据保安处的说法，全校也就只有那个本科班的蒋仲怀有胆子带头干这种事，而最近他去了军队参加冬训，所以丁春山断定是有外来之人翻墙出入。

“司令，出于谨慎，我还叫了个警察局下的消防兄弟，借灭火检查为名，到司令您昨晚发现人的体育活动中心外头也搜查了下痕迹。结果，在附近角落的一片冬树后头发现了几个新的脚印。这种地方学生平常应该不会进去的。奇怪的是，经过对比，我发现这两组脚印不一样，属于两个人所有。”

贺汉渚哼了声：“军医院的庙不大，妖风倒是不小。”

当时在场的只有自己和她两个人，是刺探自己，还是针对她的?

他沉吟了片刻，吩咐：“你安排个自己人到保安处，负责保护苏雪至，观察学校里可疑之人。有任何事，可以直接越级向我报告。”

丁春山应是，敬礼后退出。

城南的山麓附近，和煦的冬阳已经照了几天，村居道上的积雪渐渐开始融化。

午后，周家庄的几个村民寻到了这里，带着本村土产和一幅他们今年最新印出来卖得最好的吉祥年画，来向木村表达他们对他之前救了周小玉的感激之情。

木村十分高兴，热情招待了他们，亲自送走村民后，他进了屋，把那张印着喜庆胖娃娃和鲤鱼的年画贴在了自己书房的墙上。

年画的旁边是一幅他前几天在家中休息时刚写的字：静以修身，俭以养德。一左一右，一闹一静，非但没有对称之美，反而因为风格差异过大，看着有点奇怪。但木村却并不在意，反而站在年画之前，饶有兴味地欣赏着画面上的细节。

个附近村民打扮的中年人为木村家送来了柴火，熟门熟路走到后院，将柴火堆放在墙角后，转头望了一眼身后，随即进入木村的书房，朝着木村的背影鞠了一躬，用日语低声说道：“主人，我来了。”

木村没有回头，依然欣赏着年画，说道：“中国人是一个懂得感恩的民族，这一点，比我们大和民族要好得多。他们的民间艺人也很是了不起。你看这幅版画，线条多么的复杂，但杂而不乱，流畅优美。我非常喜欢村民送给我的这幅画，这代表了他们真挚而淳朴的感情，我很珍视这种感情，我会好好保管这幅画的。”

他说完转过身，盘膝坐到了榻榻米上的一张矮桌后，朝那人点了点头，神色转为肃穆。

那人这才走了过来，跪坐，朝面前的木村行了一个叩拜之礼，随即道：“我收到了军医学校自己人的消息，他向我证实，无论是最近还是以前，医学部或者药学部，实验室里的所有实验，都从没有出现过阿司匹林和血液的药物反应现象，也没有相关的任何报告。事实上，他也是第一次听说有这样的事。”

“确定？”

“千真万确。”

木村缄默时，村民又道：“另外，根据您的吩咐，我也留意着傅君，目前在他的身边对他影响最大的人，应该就是那位姓苏的医学生了。您应该已经知道，傅君为医学院捐了一笔巨款，用以建立实验室，指定属于校长和苏雪至。苏雪至则为他的父亲建了一个纪念展览室。而在这之前，两人的往来也是不少。苏雪至在校外租房，租到的房子就是傅君为了他特意从原主那里买下来的，但他却没有告诉苏雪至这一点。总之，傅君对苏雪至非常关照，两人的关系很好，非同一般。”

木村笑道：“原来如此！我很为傅明城感到高兴，除了我之外，也结交到了一位如此好的朋友。那位姓苏的学生，看起来不但医学水平高超到了令我自叹不如的程度，同时也是一个正直而善良的人——很多中国人都具备这样的优秀品德，我对这样的人也非常尊敬。”

村民又道：“学校里的人也提了一句，昨晚贺汉渚来了，到学生活动中心去找苏雪至，远远看见他陪着苏雪至练习西洋拳，但听不到两人说话，趁着停电，他想靠近些，但好像被觉察，贺汉渚追了出来。不过您放心，最后没有出事，贺汉渚并没发现他……”

木村眉头紧皱，生气地打断：“太愚蠢了！你是怎么训练他的？立刻去告诉他，让他做什么他就做什么！没有吩咐的事，绝对不要去做！更不要试图去刺探贺汉渚！他是什么人？万一暴露，后果非同小可！”

村民面露惶恐，急忙又叩首于地，连声谢罪。

木村的神色稍缓：“你停留得够久了，可以走了。去告诉他，听命行事，不会亏待他的。”

村民答应，随即迅速地退了出去。

城西，傍晚，在路人的侧目和闪避里，叶贤齐晃晃悠悠地骑着单车，后面跟着十来个巡警，就这样一路回到了警棚。

今天的事差不多做完了，他把单车往门口一靠，和跑得上气不接下气的手下进了警棚。

快年底了，上头命令加强治安巡逻，尤其夜间更不能缺岗。

听说连贺汉渚和孙孟先这两天都亲自参与夜间巡逻，叶贤齐自然不敢怠慢，进去后，他这刻安排今夜的轮流值班，尤其辖区下那几段容易出事的路段务必整夜有人。

手下懒洋洋的似乎不大乐意，一个老油条巡警嘀咕：“这么冷的天，用得着整夜嘛……”

叶贤齐拍了下面前那张全是污秽和划痕的破桌子：“不想干了？贺司令和局长都亲自下来巡夜了，你们敢偷懒？我告诉你们，要是我这边辖区出了事，我倒霉没事，大不了我不干了，你们可是有老有小，到时候拉着全家到天桥蹲着喝西北风去！”

众人无可奈何，这才稀稀拉拉地应了声是。

叶贤齐从兜里掏出一个沉甸甸的纸筒，一掰，“哗啦”一声，顿时，锃亮的银圆散了出来，落了一桌。

“干好了，这个月我给你们额外发奖金，每人半个月……不对，多发一个月的月钱！”

众人看着桌上的银圆，眼睛发亮，顿时喜笑颜开，争相道谢，伸手去拿，叶贤齐一把又把钱给兜了回来。

“不是现在！年底！当我不知道你们？一个比一个鸡贼！现在给了，你们还会干活？”

众人这才把手缩了回来，嬉笑着奉承，连声答应。

叶贤齐打发了人，把钱收了回来，看看下班时间也到了，想起余博士那件事。他找表妹也有几天了，不知道她那边现在怎么个进展，心里有点记挂，就想去学校找她问问，走到刚才靠单车的地方，发现单车没了！

他起先以为手下哪个人眼馋，骑了在旁边玩，扭头看了一圈，没看见，就叫来一个刚才在门口的巡警，问有没有看到自己的车。

手下摇头："刚听说发钱，我跑了进去，没留意……"

叶贤齐这才觉得不对劲，赶紧叫人出来，帮自己到附近找找，找了一圈，连个影子也没有，这才不得不承认一个事——光天化日，他的单车就停在警棚的门外，居然被人给偷了！

叶贤齐气得要命，一辆单车一百多块，是巡警差不多一年半的薪资。

他的手下更是心疼万分，义愤填膺，破口大骂毛贼胆大包天，竟敢到警棚的大门口来偷东西，这是对他们的公然挑衅，纷纷拍着胸脯保证，一定要帮他把车子给找回来。

天城这么大，好多地方其实暗地都是照着帮派的规矩走，连警察也只能走走表面的程序罢了。

叶贤齐实在没信心能把车子找回来。临时再去买一辆应急的话，手头就没钱给手下发奖金了。但又实在不好意思向表妹借这么多的钱……

叶贤齐窝了一肚子的火，也没心思管余博士了，抱着一点侥幸的念头，立刻带了几个手下，到老城最有可能销赃的几个地方，睁大眼睛搜索街巷。找到天黑，什么也没发现，大家肚子也饿了，叶贤齐只能自认倒霉，从兜里摸出两块钱，打发手下去吃饭，自己没精打采地往家里去。

走了一段路，突然，身后有人拍了拍他肩，他扭头，见是一个脸生的东洋车夫打扮的人，笑道："叶先生在找洋单车？我知道个地方，你上来，我拉你去。"

叶贤齐感觉不对劲，摸了摸腰上的枪，心一横，坐了上去，车子在巷子里七弯八拐，最后停到了一座关帝庙前。

"进去吧。"车夫躬身笑道。

叶贤齐看了下四周。

对面不远的地方就是城隍庙，老场夜市刚刚开张，此刻人来人往，十分热闹。

他犹豫了下，手摸着腰，壮着胆慢慢地走了过去，试探着推开门，他一下愣住了。

庙里燃着大灯，光线足够照明。

他的单车真的在这里，此刻就靠放在关帝爷的神座前。

不止这样，边上还有一个人，长衫礼帽，背影看着有点熟悉。

那人转过身来。

"贺汉——"实在是太过惊诧了，叶贤齐做梦都没想到，会在这里遇到贺汉渚，脱口差点叫出名字，叫了一半，回过神，硬生生地把最后一个字给吞了回去，“表叔！怎么是您？”

他放松了下来，一脚迈了进去，跑到近前。

贺汉渚看了他一眼，唇角含笑，伸手轻轻拍了拍单车：“东西不错啊，蓝牌？德国货？看不出来，你还挺会玩儿。”

叶贤齐赔笑：“凑合……凑合……哪里比得上表叔……”

他心里好奇得要命，不知道他为什么要弄走自己的车，兜了这么一大圈，最后把自己叫到这里，但他也不敢问，只能极力地忍着。

“我听说，你要教我妹妹骑车？”做表叔的笑道。

叶贤齐一惊，顿时想起他之前对自己说过的那带了几分警告意味的话，下意识地就想否认，嘴都张开了，对上对方投来的两道目光，迟疑了下，又改了主意，硬着头皮解释：“这个……好像吧，确实是有这么一回事……不过表叔您放心，您的每一句话我都牢牢记着！贺小姐她是我表姑，我得孝敬她！她不会骑单车，又想学，我一时热心，所以提出来帮助她……”

他解释完，偷偷觑着贺汉渚的神色，见他不置可否，礼帽帽檐遮挡，脸半明半暗，也看不出是什么表情，心里不禁惴惴，正忐忑着，忽见他从身上摸出一封信，朝自己晃了晃。

“苏雪至找过我。”贺汉渚简短地解释了一句。

叶贤齐一眼就认了出来，正是自己那天拿给表妹看的信，他彻底地松了口气。

那个教骑车的事，好像就这样过去了？

至于这个事，表妹相信他，叶贤齐当然也就相信了。

叶贤齐低声道：“我这就去找人，把东西取来，表叔稍等。”

叶贤齐出了关帝庙，坐刚才那个人的东洋车赶到了余博士教书的中学，在一间除了书架就没什么长物的破旧单人宿舍里找到了人。

年底供电紧张，余博士正就着一盏昏暗的煤油灯，在看着什么书，见是叶贤齐来了，低声说他这边已经找到一个强大的靠山，他起先十分兴奋，但听到叶贤齐催促，一个劲地要东西，又说对方在等着，迟疑了下，道：“要是可以的话，我想亲自交给他，再向他道谢。”

叶贤齐一口答应，立刻带着余博士又赶回关帝庙。

贺汉渚果然还没走，一个人靠坐在那辆脚踏单车的后座上，正对着关帝爷的神像抽着烟。

余博士进去，一眼看到贺汉渚，一愣，随即一言不发，立刻转身就走。

叶贤齐有点蒙，赶紧追了出去：“余博士你怎么了？赶紧的，有冤说冤，把东西拿出来！”

余博士走出关帝庙，猛地停步，扭头看了眼身后那扇透出昏光的庙门：“你说的靠山，就他？卫戍司令部的那个贺汉渚？”

“是啊！怎么了？”

余博士脸上露出怒容，压低声：“叶警长，我是信你为人，觉得你有几分正气，这才把事情托给了你，你却想骗我的东西？这个姓贺的，我虽然不认识，但也知道他根本不是什么好人！说不定药厂的背后他也有份！他怎么可能会帮我们？”说完，掉头又要走。

叶贤齐急忙追上去，这时，暗巷里悄无声息地出来了一道人影，拦住两人的去路。

余博士愈发愤怒了，扭头道：“你们想干什么？杀人灭口？”

叶贤齐“哎哟”了一声，扯住余博士的衣袖，低声解释：“他是好人！大好人！他还是我表叔！我拿脑袋给你担保，行不？”

余博士冷笑不语。

叶贤齐跺了跺脚：“你到底怎样才相信？要不，我叫我表弟来给你担保！就那个和宗先生一起上过报纸的，和校长的得意门生！贺司令就是我表弟去找过来的！你不信我没关系，和校长的为人，你总该知道吧？”

余博士再次扭头看了眼关帝庙门后的那片暗光，迟疑不决。

贺汉渚眯着眼睛，听着外面传来的说话声，慢慢地抽完了手里的烟，又点了一支，举起来，冲关帝老爷晃了一晃，随手插进神案前的香炉里，随即走到门后，打开门，冷冷地道：“余博士，我知道你的来历，像你这种做学问的人，我见过不少。我明白，你们个个清高，穷得吃不上饭也不会低头，看不起我才是正常。但我实话告诉你，我之所以会等在这里，是你的运气还算不错而已。你不信我，我不勉强。随你。”

他说完，戴上礼帽，提了提身上长衫的下摆，迈步出了门槛，从余博士和叶贤齐的身边走过，扬长而去。

余博士看着他的背影渐渐远去，眼看就要消失在暗巷的尽头，一咬牙，追了上去。

“等一下，我给！”

次日，苏雪至从表哥口中获悉，贺汉渚昨晚亲自见了余博士，最后终于从多疑的余博士的手里拿走了装着账目的铁皮盒子。

根据表哥的说法，余博士之前应该没有开过那个上了锁的盒子，递交出来的时候，大约依然不放心，他要求自己也看一眼。

贺汉渚当场撬了锁，随即让他看。

“我就趁机也凑过去瞄了一眼，全是一串串的银行账号，看得我眼花，什么也没看出来，倒是后头那些金额，好家伙！一笔笔，最少都是几万几万的！我不吃不喝干一百年，发的工钱也不够它一笔转账的！药厂到底是有多赚钱？还有那个姓吴的博士，说真的，他的脑子是什么做的，他看了一遍，居然就能记下来了！真要死了，也太可惜了！”

表哥带来的消息让苏雪至放下了心，也就照着贺汉渚之前的吩咐，不再去想这个事，一心准备自己的期末考试。

转眼半个月过去，药厂那边却一直没什么动静。

苏雪至努力说服自己，既然去找贺汉渚了，那就要信他，相信到底，别去怀疑什么。

但说得容易，眼看一天天过去，毫无音讯，她很想去问他计划进展如何，是不是调查后发现情况实在太过困难，所以需要从长计议？

即便真的这样，现在不能动药厂，苏雪至也完全能够理解。

账目已经交到了他的手里，以他的能力，现在肯定已经查到了那一串串数字后的人，她唯一担心的是有没有可能对方和他有共同的利益，或者说，立场，所以他……

她被这个担忧驱使着，很想去试探一下他，却又想起那天自己说他是好人时他的回应，又打消掉了念头，告诉自己，那一刻的感觉不会骗人，他也不会骗自己的。

就这样，她在反复思量里又过了两天。

这天早上，苏雪至收拾好了，习惯性地先去图书馆查看当天送到的报纸，刚走进去，就看见几个来图书馆复习的学生围在放报纸的架子前，正争相在传阅着报纸，仿佛出了什么大事。

“苏雪至你来了？快来看，今天有个大消息！东亚药厂出事了！”一个同学叫她。

苏雪至的心咯噔一跳，急忙接过还散发着浓重油墨味的报纸，迅速地浏览了一遍。

昨天有人抬着一具尸体到警察局报案，说是吃了东亚药厂生产销售的一种药品伤风丸后死了，怀疑是药的成分有问题，请求警局主持公道。

局长孙孟先获悉告状，十分重视，不但接了状，还立刻亲自组织人员，于昨夜奔赴港口码头的一个仓库里，突击检查一批刚从一艘英国籍货轮上卸下来等待清关的药厂货物，结果有了惊人发现，撬开箱子，名为正常药物原料的整整两吨货，里面竟然全部都是鸦片！

大总统对鸦片深恶痛绝，不止在一个场合里公开宣扬过禁烟，上行下效，这才有了连中学生都上街的戒烟宣传。而现在，东亚药厂竟然敢冒天下之大不韪偷偷进口鸦片，一次的数量就如此巨大！

孙孟先大为震惊，消息灵通的新闻界也迅速获悉了事件，昨晚下半夜的事，立刻登上了今天的早报。

事关重大，根据报纸最后的报道，截至凌晨三点钟发稿下印前，卫戍司令部已接管这件事，后续消息等待最新跟进。

学生越聚越多，议论纷纷，有的表示愤慨，怀疑药厂背后有阴谋，有的则认为东亚药厂是遭了同行陷害，说什么的都有。

苏雪至看完报纸，却突然松了一口长气。

她相信，接下来的每一个步骤，他一定也早已经安排好了。

她需要做的，就是照他的话，去复习功课，准备期末考试。

一大早，五点不到，外面天还黑咕隆咚的，吴妈正在睡觉，被门房老夏敲门吵醒，说警察局的孙局长赶了过来，有急事要找司令汇报。

吴妈抱怨了两声，披上棉袄，打着哈欠上楼去敲贺汉渚的门。

孙孟先等在客厅里，过了一会儿，看见贺汉渚下来了，急忙站了起来，迎上去道歉："哎呀司令，实在是对不住，大冬天的，这么早就把你给吵醒了，莫怪，莫怪！"

贺汉渚握拳压着口鼻咳了两声，坐到了客厅的沙发里。

"昨晚老毛病又发了，咳了一夜，三四点才睡过去，你又来了……"他看着精神显得有些不济。

孙孟先连连赔罪。

贺汉渚摆了摆手，喝了口吴妈送来的热咖啡，示意孙孟先随意，随即问："出什么事了？"

孙孟先将带来的报纸递了过去。

贺汉渚放下咖啡，接过报纸。

孙孟先也端起杯子，一边喝着咖啡，一边观察上司神色，估摸他看得差不多了，说道："司令，这个消息真不是我传出去的，我也不知道那些记者的鼻子怎么就这么灵，我这边才刚从仓库里出来，还想着怎么立刻去通知你，转个身他们居然就都追到了警局，我实在是没办法，也瞒不住，只好据实简单说了下我的所见。至于报道最后说的什么事情已经转到了你这边，这就纯属他们自己的推断，随意加上去的，我敢发誓，我绝对没有提过半句！”

贺汉渚的视线从报纸上抬了起来，射向对面的孙孟先。

孙孟先一脸含冤莫白之色，见他半晌不开腔，表情高深莫测，激动地站了起来，说道：“贺司令，你要我怎样才会相信我的话！你说，就算要我老孙的人头，我也保管不会眨一下眼睛！”

贺汉渚这才微微一笑，朝他压了压手，示意他坐回去，说：“在天城，咱俩是焦不离孟孟不离焦，孙局长你都露脸了，外界扯上我，没什么可奇怪的。我说你不好了吗？再说了……”他脸色转肃，弹了弹报纸，“啪”的一声，重重地甩在了茶几上，“东亚药厂想干什么？他们不会不知道私下进口如此数量的鸦片是什么罪名！何况有一就有二，依我看，很有可能之前就一直在大量进口，只不过没有被发现而已！”

孙孟先再次气愤地站了起来，说：“可不是嘛！上个甲子以来，鸦片荼毒，贻害无穷，至今仍未肃清余毒，教训历历在目！现如今连大总统也多次强调彻底禁毒，东亚药厂却悍然顶风作案，视国家民众利益如无物，太可恨了，古往今来大奸大恶，也不过如此！”

贺汉渚示意他少安毋躁，让他把这件事的经过给自己讲清楚。

孙孟先经过这一番试探之后，心里稍稍有点谱了。

昨晚他在查到港口仓库里有走私的鸦片后，最担心的是贺汉渚会给他下绊子，所以迫不及待把消息捅了出去，又暗示自己的喉舌，在报道里不要忘记加上卫戍司令部，以造成一个捆绑的既定事实。

而整件事情的起头，说起来其实非常的偶然。

昨天有个苦主拉着死人来闹事，那人本来就是个有名的无赖，一开始警局下面的人没理睬，周围看热闹的也说顾老板处处周济穷人，开粥厂、建保育堂，是个好人，骂苦主讹诈。谁知苦主非但不走，反而闹得更厉害，一口咬定人就是吃了他们家的药死了的，眼看人越来越多，又牵扯到东亚药厂，事情最后转到了局长孙孟先那里，由他定夺。

孙孟先这个人，平日追求不多，就喜欢钱，私下常挂在嘴边的一句话就是出来混，什么都不牢靠，官位会丢，女人会跑，只有钱最牢靠。

东亚药厂发家之后，药厂老板顾祥杰生活奢侈无比，于是等到年底，孙孟先派人过去暗示了一番。顾祥杰随后委托人送来了一盒金条，折价大约一千块，说生意不好做，请他笑纳，不要嫌少。

一千块，对于普通人而言也不算少了，但孙孟先听说顾祥杰为了娶四姨太，一个有名的歌女，不惜一掷万金，而到了自己这里，竟只区区一千块。这不啻在打脸，孙孟先很是不快，但也因此猜到，药厂的背后一定另有靠山，所以对方才看不上他，随便对付。

当时他也查不到药厂背后的人，只能忍下，此后表面上再不提旧事，但这个疙瘩却一直留着在心里。

昨天，他一听说有人抬着死人来讹东亚药厂，就琢磨起来怎么给姓顾的来个教训，还是经幕僚侯长清提醒，想到之前安插在四方会里的一个人，那个人现在在港口混，有可能知道一些他不知道的事。

没想到当晚，侯长清居然真的带回来一条线索，说昨天到港的一条英籍货轮上有东亚药厂的一批货，卸货入关的时候走的不是正常通道，而是便捷通道，有可能货物有问题，建议去查一下。

孙孟先立刻安排人手，亲自带队，直奔还没来得及出关的那一批货，当场开箱检验，竟真的叫他抓到了大鱼。

当时兴奋过后，他立刻就冷静了下来。考虑一番过后，他便决定先斩后奏，把贺汉渚也拖下水。到时候立功，自己是首功，是名副其实的禁毒英雄。真要捅到了东亚药厂的马蜂窝，也有贺汉渚陪着——最坏的可能，即便贺汉渚或者他背后的势力是药厂的靠山，这种社会上下一致强烈反对的事一旦被揭露，正常的操作应该就是极力撇清关系，谅他们拿自己也没办法。

何况他的背后也有人有枪，他们真想动他，也没那么容易。

贺汉渚听完眉头紧皱，怒道："查！一定要查个明白！这事交给你了！你不必担心，有事我顶着！"

"得令！我回去了就立刻派人清查药厂！贺司令你再去睡觉！你还年轻，保养身体要紧！你等我消息！"孙局长表达了一番对他身体的关心，便匆匆离去。

当天，这件事就立刻传开了，消息还传得神乎其神，最后连戒烟丸都被牵扯了进去。据说，东亚药厂有神药之名的戒烟丸，其实是利用鸦片添加处子之血制成的。

谣言四起，孙孟先带人赶去药厂检查。

放血的少女当然是没有看到，但搜查了一番仓库，居然连一颗鸦片也没找到！

孙孟先自然不甘就此作罢，以码头仓库里查获走私鸦片为由，下令查封药厂。

顾老板自己没露面，委托律师于次日登报，声称一切全是谣言，东亚药厂自成立之日起便严格守法，并广施慈善，至于码头仓库里查获的违禁之物，应该是竞争对手或者仇家的恶意报复，公司将会聘请律师组团，对抗不公平的封厂禁令，为维护清白名誉而战斗到底，同时也希望广大民众不信谣、不传谣。最后表示，药厂一定很快会回归，将继续为广大国民制造出更多良效而薄利的药。

东亚药厂声情并茂的声明，引起了社会广泛共鸣，很多之前受过慈善恩惠的人改口，不少受了药厂资助的团体也公开改站药厂，指责天城的当权方急功近利盲目打压，一言以蔽之，概因利益而已。

孙孟先被骂得狗血喷头，连警察局的门都不敢出了。现在他没辙了，心急火燎，等到当天晚上，正想偷偷找贺汉渚问下一步的对策时，接到了司令部打来的一个电话。

接完电话，孙孟先差点没仰天大笑。

隔日，孙孟先召开了一个对外记者会，当着全部人的面出示了一份来自京师医学研究会出具的药物检测成分报告单。

这些年来，随着西学东进，国内陆续出现了众多的医学协会，京师医学研究会就是目前国内最为权威的一个医学组织，带有半官方的性质。

随他一同出席记者会的药学博士是鉴定人之一，他解释说，他们受到委托，针对东亚药厂生产销售的多种药丸进行了精细的成分检测，最后发现戒烟丸里的有效药物是一种在国外被称为"海洛因"的新药。

这种药物用于实验室和临床，被当作强效镇痛剂，如果长期服用，上瘾的后果比吸食鸦片还要严重得多，对人的生命健康危害巨大。

博士当场用了一只兔子做活体实验。当看到兔子在被注射少量药液之后，几分钟内，流涎、蹬腿抽搐，继而死亡，全场无不变色。

就在记者会快要结束的时候，孙孟先又收到一个报告，在药厂里发现了一个入口隐秘的巨大地下室。

他立刻带了人再次赶去，这回在地下仓库里，终于找到大量来不及转移走的鸦片和半成品的戒烟丸。

消息传开，愤怒的民众不顾路远，纷纷赶到药厂，冲击大门。也不知道是意外，还是民众故意引燃，药厂随之起火。

火烧得很快，等消防队赶到，连办公楼也随之陷入了火海。

孙孟先让人去抢救里头的文件和账本，但火势逼人，根本没法靠近，最后等灭了火，搬出一些已经烧得焦黑的铁皮柜子，打开发现里头的所有纸张都已化为灰烬，什么都没了。

这个堪称惊天的公开制毒大案，牵涉之广、影响之恶劣，可谓近二十年来之最。那些曾站出来为药厂摇旗呐喊的团体纷纷闭口，舆论则要求彻查和制药相关的全部黑幕，包括源头、运输，以及药厂背后的势力。

涉及货运的英国轮船公司办事处负责人前去配合调查，同时登报声明，船司对东亚药厂走私鸦片一事全然不知，船司也是受害者。

民众当然不会听这一套，包围了办事处，打烂门窗，还涌到了英公使馆进行示威抗议。

孙孟先刚处理了这个，又冒出来那个，还要追查逃走的顾祥杰的下落，忙得不可开交。

几天后，逃亡在外的药厂所有人顾祥杰被发现服毒自杀，死在一间旅馆的房间里，而追查药厂背后资金往来的后续行动也因为大火烧毁原始材料陷入停顿。

一时间众说纷纭，最后也不知道哪里流出来的消息，居然推到了不久前死去的廖寿霖的头上，廖家剩下的人自然极力辩白拒不承认，少不了又是一场大戏。

外面风波四起，风雨如晦。

这个晚上，在萧肃而空旷的贺公馆里，贺汉渚一个人坐在书房里，目光落在面前的那一叠账册上。

这多达十几个的银行账号，背后对应的公司有一个共同的特点，注册于南洋，几个所有人的社会关系，最后都指向了同一个人。并且，在东亚药厂事发之后短短几天的时间里，这些账号就陆续销号。

那个高高坐在背后的人，应当以为已经抹净痕迹，从此可以高枕无忧。

他做梦也不会想到，这一叠纸张，留下了这些钱往来的唯一，也是致命的痕迹。

香烟在指间燃着，慢慢地烧短。烟头逼近了手指，当皮肤开始感觉到炙痛之时，贺汉渚终于回过神来。

他掐了烟，将这一叠纸收了起来，放回到盒子里锁了起来，封入了黑暗之中。

他起身，踱步来到窗前，对着外面眺望了片刻。

窗外是片浓重得仿佛永世难明的黑夜。

但他喜欢黑夜，也习惯了，他本来就是属于黑夜里的人。

今夜，大概是天又要下雪，天穹连墨，连半点星子也无。

贺汉渚微微仰头，看了夜空片刻，走回桌前，又拿起了桌上今天刚收到的一封请柬。

请柬来自傅氏，是傅明城首次以傅氏执掌人的身份举办的一个联谊见面酒会，到时嘉宾云集，除了傅氏的众多商业伙伴，还有各界人士和社会名流。

这个酒会其实原本早就该举办的，之所以推到现在，是出于孝道，需等老船王满三月祭。正好现在也快过年，就有了傅氏的这一张邀请函。

在邀请函的下方，还印了一行小字，“暨庆祝傅氏医学实验室建成典礼”，时间是三天后的晚上七点，地点在天城饭店。

也就是说，到时候苏雪至也将出席，还极有可能会以实验室负责人之一的身份和傅明城共同现身。

苏家的这个女儿，可真是个大忙人。

这两天应该是她学校里的期末考试的日子，完了就是参加这个酒会，再接下来放假，她似乎又要跟着校长去京师了。

贺汉渚研究了片刻，摸出打火机，啪地点了火，将火苗凑近请柬的一角点了，玩火似的，又继续烧着第二个角……

他注视着自己放的火，从四面卷向中间，毫不犹豫，彻底地将这张印制精美的请柬连同上面的黑字全都烧成了灰烬，半点儿也没剩下，他的心里终于感到舒适了些。

从收到请柬的那一刻起，他就压根儿没想过要去。

他是不会去的，纯属浪费时间，贺汉渚在心里冷冷地想。

次日早晨七点钟，贺汉渚精神抖擞地下了楼，遇到妹妹贺兰雪，兄妹一起坐下吃早餐，贺汉渚一边吃东西一边翻报纸，忽然听到妹妹叫了声自己，抬起头。

“哥哥，叶贤齐说，今天是苏少爷考试的最后一天了，考军事体育，考完就放假了。他说要过去看，给苏少爷鼓个劲，问我去不去……我可不可以去？”

“你自己想不想去？”

贺兰雪见兄长神色有点冷淡，问完自己，他的目光就又落到了手里的报纸上头，对这个话题不大感兴趣的样子，迟疑了下，轻声道：“我有点想去……”

兄长又倏然抬眼望了过来。

她忙道：“哥哥你不要误会，不是你想的那样！我学校昨天放假了，今天没事，只是想去替他鼓个劲而已！我记得以前他因为骑不好马被教官用鞭子抽，还被罚跑，但他没有放弃，一直都在锻炼，我很佩服他。现在要考试了，我也想去替他鼓劲……”

贺汉渚扭头让梅香也去吃早饭，等边上没了旁人，对妹妹说道：“你能这么想，我很高兴。你要是想去，当然没问题了。”

贺兰雪仿佛松了口气，又道：“哥哥，我现在真的想明白了，以前是我太傻了。其实，喜欢一个人，不一定非要得到的。能经常看到，只要他好，每天过得很开心，我自己就也很开心了。”

贺汉渚忍不住有点惊讶，看着妹妹：“丫头片子！怎么突然就变哲学家了？”

贺兰雪摇了摇头，随即认真地道：“叶贤齐说的。”

贺汉渚：“他？他能说出什么好话来？”

贺兰雪显得有点不满：“哥哥你不要随便瞧不起人。他这个人虽然有点傻乎乎的，不过他真的挺热心的，我觉得他也很有想法。上周的礼拜天，他教我骑单车，我学了半天才勉强能骑几步路，他也不着急，没嫌我笨，还夸我学得好，正好之前他和苏少爷租了房子，我都没什么表示，这次就想送他点什么东西，一并表示感谢，我就问他，想要什么，他说……”

她突然停了下来。

“他说什么？”贺汉渚立刻警惕起来，追问。

贺兰雪咬了咬唇，似乎有点难以启齿，但在兄长的目光威慑之下，还是老老实实地说了出来：“他说，我是他表姑，我开心，他就高兴。”

贺汉渚的脸色登时不好看了，冷冷地哼了一声：“油嘴滑舌。兰雪，你记住，男的和你说这种话，全是骗人的！”

贺兰雪的神色倒显得挺轻松的，说：“我无所谓他是不是骗人。反正我看他自己是整天乐呵呵的，什么烦恼都没有，我有点好奇，就问他是怎么做到天天那么开心的，他跟我说，天塌下来也有高个顶，知足常乐。我又问他，如果他喜欢一个人，但是注定不可能得到，他会怎么办。他说……”她顿了一顿，“喜欢不一定要得到，只要喜欢的人每天过得很好，那也就和自己过得好差不多了。我回来后，这几天仔细地想了下，哥哥，我觉得这话很有道理。你说呢？”

贺汉渚端起面前已经有点冷掉的咖啡，几口喝完，说道：“她考试的场地在北营场附近，路有点远，叫司机送你去吧。顺便，你也可以帮她把东西从学校载到住的地方。”

今天是军医学校本学期的最后一天。前几天的专业期末考，苏雪至自然没什么问题，等着成绩出来就可以了。

昨天的马术考核也十分顺利，她和大公马配合默契，取得了第一名的好成绩。兴奋之余，她也没忘记诺言，给了之前应许马夫的钱，又另外添了些钱，请他继续好好照顾大公马。

今天安排本科班的五公里负重越野考。

表哥说今天要来给她助威，早上快要八点，班里一同参加考试的同学陆续抵达考场，苏雪至一到，果然就看见了自己的表哥。

令她意外的是，贺兰雪居然也来了。

叶贤齐一眼就看见了她，跑过来替她加油助威，接着贺兰雪也面带笑容主动地走了过来，叫了一声苏少爷。

少女目光明亮，笑容明朗。

说实话，今天在这里看到贺兰雪，苏雪至就已经很意外了，现在见她竟又是如此态度，苏雪至更是诧异。

她已经好久没有再看到这样的贺兰雪了。记得只是刚开始认识的时候，小姑娘会露出这样的笑容，后来每回碰见了总觉得她有点郁郁寡欢，再加上中间她哥哥的一系列安排和操作，搞得苏雪至每次看见贺兰雪总是发虚。现在她又变成了一开始的样子了，惊讶之余，苏雪至自然是感到高兴，于是也笑着回应。

贺兰雪微笑道："苏少爷，你表哥说你昨天的马术考试得了第一名。我真的太佩服你了！可惜昨天我没空，没能亲眼来看，所以今天也一起过来了，想替你鼓个劲。今天你一定也能取得很好的成绩！"

苏雪至连声道谢，说自己努力，尽量争取最好成绩，说了几句话，看看时间差不多了，笑着向两人挥了挥手，跑向起点。

这是一段附近驻军用来日常训练的环形土路，要求每个人背负相当于实战中军医需随身携带的大约七公斤重的背包，完成越野。

苏雪至锻炼了一个学期，练耐力，练负重，就是为了这次考试，考前自然做了充分的准备。

她今天其实还怀有一个小小的野心，目标是跑进良好线，如果能冲击优秀当然最好不过。

测试开始后，她遵守最科学也是最合理的体能分配方式，匀速跑。

除了刚出发的短暂加速之外，就采用自己体能可以支持的最高速度进行匀速跑。

前面三公里，她落在后面，被很多人超了过去，但等跑到后半程，她的体力分配策略开始显效，渐渐超越前头的人。

最后一公里的时候，许多一开始在她前头的男生已经体力不支，脚步迟滞，但她仍剩足够的体力，她开始加速，逐一超越前面的人，最后成绩是二十三分钟，过了良好，离优秀仅仅也只差了几十秒。

叶贤齐兴奋得不得了，冲过来把她一把抱了起来，差点没扔出去。

贺兰雪也十分高兴，恭喜她获得好成绩。

苏雪至还是没能达到优秀的标准，一开始她有点失望，但很快就知道她已经超越了一开始的自己，变得越来越好，这就够了。

付出有所回报，这就是最大的成功。

优秀，不是不顾实际，什么都要去和别人强行竞争第一，而是不断地超越过去的自己。

何况以现在这个成绩，结合期末考和平时测试，综合评定名列第一，苏雪至还是有相当的信心，下学期她就能重新回到单人宿舍了。

她很快就变得高兴了起来，让表哥放下自己，又向贺兰雪道谢。

“放假了！放假了！万岁——”有人突然翻了个跟头，欢呼一声。大家顿时全都被放假的喜悦给感染了，跟着欢呼声四起。

苏雪至笑着走了出来，看了一眼贺兰雪，想起贺汉渚和药厂的事，迟疑了下，正想过去向她打听他这几天的动静，忙不忙，忽然听到一个同学喊：“傅先生来了！”

她转头，果然看见了傅明城。他站在路边，和几个与他打招呼的学生含笑点头，随即转脸望向了这边，走了过来。

苏雪至也迎了过去：“傅先生，您今天怎么也来了这里？”

傅明城停在了她的面前，微笑道：“今天你考这个项目，我正好没事，就过来看看。”

“苏雪至，恭喜你取得了好成绩。我不止为你高兴，也为你感到骄傲……”他的双眸凝落在她的脸上，“真的，你非常出色！你让我感到……”他仿佛有点说不出来，或是词不达意，蓦然停住了，随即转了话题，“今天学校放假吧？宿舍里东西不方便搬，我开车过来的，可以帮你。”

苏雪至还没来得及回答，见贺兰雪走了上来，礼貌地向傅明城打了个招呼：“傅先生！”

傅明城自然认得她，看了眼她和跟上来的叶贤齐，笑着点头：“贺小姐，叶先生。”

贺兰雪笑道："傅先生，我刚听见你和苏少爷说帮他搬东西，刚才我和叶贤齐都说好了，搬东西用我的车……"

叶贤齐的目光在自己表妹和傅明城中间转了一下，忽然想到表妹喜欢他，赶紧出声打断："表姑，要不还是算了吧，我看让傅先生帮忙也挺好的。你不是还没学完洋单车吗？我再教你去，你再学一下，保管就成了！"

"可是……"贺兰雪还牢牢记着自己哥哥今天早上的吩咐。

"哎呀，没什么可是不可是的，就这样了，劳烦傅先生！"

叶贤齐又冲表妹说："雪至你考完了，那就没事了，我们走了！"说着拽着贺兰雪的衣袖，强行拖走显得还有点不情愿的她。

苏雪至目送表哥和贺兰雪走了，收回目光说："谢谢您，傅先生，不过我还没打算搬，实验室后天就是落成典礼，新到的一些设备我还需要和工程师进行调试。等全部弄好，我再离校。况且东西也不多，无须汽车，到时我自己随手就能带走。"

傅明城颔首："好，那你先忙，辛苦你了，有事你尽管叫我。"

"不辛苦，感谢傅先生您的资助。"

傅明城一笑，摆了摆手："相反，我很荣幸能有这样的机会。"他想了下，"那么，后天下午我来接你，一起去饭店，你觉得怎么样？"

校长必须明天就先动身去京师准备医学大会的事，这边的实验室全权交给了苏雪至。

苏雪至点头："可以。校长说他很抱歉，不能亲自到场了。"

"没事。你忙，那我不耽误你了。"

苏雪至回到学校后，别人忙着唱歌收拾东西回家时，她又一头钻进实验室，和几个助手与工程师检查调试陆续送到的仪器和设备。

经过数日忙碌，苏雪至终于赶在傅氏酒会的那一天完成了所有的准备工作。

第三章

这个白天，卫戍司令部的执法行动处处长丁春山从一大早开始，整个人就处于紧张的状态，每隔一段时间就要催问一下办事的进展。

他之所以这么急，是因为他的上司在催问结果。

说实话，他感觉这个上司越来越不好伺候了。今天的这个事，他真的有点想不明白为什么要得这么急。

海上虽然有无线电了，可以保持通讯，但受到客观环境的影响很容易失去联系，上司应该不是不知道这一点。

幸好下午那个孙局长跑了过来找上司汇报情况，他才没有继续催问自己这个事。

丁春山看了下表，下午三点了，估计孙局长差不多要走了，就又一次地走进了司令部电讯处的门。

电讯处的处长被他催得也是十分紧张了，一看他又来，赶紧上来用话堵他的嘴：“好消息！刚刚终于重新接通了！已经发去询问，就等回复！一有回复，我就立马跟你说！”

丁春山不想出去，说：“我就这里等着吧。”

办公室里，孙孟先逐一向贺汉渚汇报了这几天关于药厂一案的后续进展。

顾祥杰畏罪自杀，周围的一干相关之人，包括药厂经理、财会等人员也都相继归案，正在一一调查当中。

关于那位药厂开发经理吴博士失踪的事，随着调查的进行和记者的发掘，也渐渐被公众知晓。

根据药厂知情人透露给报纸的消息，吴博士在失踪前，很有可能是因为掌握了一些关键证据，但还没来得及发声，就被顾祥杰察觉了。

公众十分关心这位最早力图揭开黑幕的吴博士的确切下落，但十分遗憾，虽然警局已到处张贴照片，大面积搜索，吴博士还是不见踪影，据推测很有可能已经遇害，但局长表示他会继续查找。

本市流通的戒烟丸都已回收，等待销毁，外省则由上头的卫生防疫部门下发通知追缴，铲除余毒指日可待。现在最大的问题反倒是民间出现了别有用心之人，在知道所谓戒烟丸的真相后大肆高价收购，竟也吸引了不少愚昧民众跟风搜罗。局长拍着胸脯保证，哪怕是一颗，也绝不允许民众私留。

最后一件事，药厂破产正在清算，经销商造成的损失也在统计当中，后续这些经济方面的纠纷接下来法院会接管，和他们无关了。

说完这些，孙孟先又一顿抱怨，说自己这段时间累得像牛，还天天被报纸的记者追着采访，躲都躲不开。

他口里埋怨，表情却隐隐带了点得意，又很诚恳地要求贺汉渚也务必接受采访，免得让人误会，显得全是他一个人的功劳。

贺汉渚靠坐在椅子里，笑道："本就是你立下首功，先发现了港口仓库里的问题，和我有什么关系？我就免了吧。"

孙孟先自谦了一番，又拍马屁："司令你客气！要不是你想到请药学博士来公布检测结果，咱们哪能这么快就旗开得胜！司令你实在是高，不愧是留过洋的人！果然，在那什么科学面前，一切的牛鬼蛇神都将显露原型！"

贺汉渚听着孙孟先的奉承，有点走神，眼前浮现出那天晚上苏雪至带着自己在实验室证明她的话那一幕。

她一身白衣，戴着口罩，只剩一双眼睛露在外面，低着头，视线始终落在那口坩埚之上，目光专注无比。

那一刻，贺汉渚觉得自己如同空气，全世界就只剩下了她和她面前的那口锅子……

"司令你还有没有事，有的话，尽管吩咐！"

贺汉渚的思绪突然被耳边的说话声给拽了回来，见孙孟先正看着自己，"哦"了一声："你处理得不错，辛苦你了，我这边暂时没别的事。"

孙孟先点头，又叹气："可惜啊，药厂里的全部文件都被烧光了，就只死了个姓顾的，之前那些钱，怀疑有数百万之巨，也不知道落到了谁的手里。更不知道那个吴博士到底知道了什么才被灭了口，可惜了。"

孙局长一脸惋惜，啧啧了两声，见贺汉渚端起桌上的茶杯，喝了一口，顿悟似的拍了下自己的脑门，站了起来。

"看我，年纪一大就爱啰嗦。晚上傅氏在天城饭店开酒会，请帖老早送我那里了，我最近真忙得不行，这张老脸都没时间刮……"他摸了摸脸，“司令要是没事了，我先走了？听说晚上唐小姐也会到场。我老孙可不像司令，年轻英俊，一表人才，唐小姐眼里本来就只看得见司令你一个，我再不收拾下，怕是连跳个舞都没机会了。”

贺汉渚笑了笑，起身亲自送出了局长，回来看了眼时间，又伸手去拿电话，才拨了个号，就听见有人敲门，丁春山来了。

他放下了电话。

丁春山快步走了进来，敬礼后，递上一个文件夹，里面是刚刚收到的电文。

“水警那边来消息了！拦截到了傅氏的那条船，已经登船，顺利解除武装，也控制了电台，截断了他们和外界的联系。”

贺汉渚一下站了起来，接过电文，快速浏览了一遍。

东亚药厂的进口原料大部分来自南洋，承运的船司除了之前那条被逮住的英籍船所属的公司，就只有傅氏。

前些天，傅氏承运东亚药厂货物的两条在海上的船——唐远号和明扬号陆续入港接受检查，没有发现异常。但贺汉渚又收到消息，傅氏另外还有一条宋高号，月初从南洋出发，按照正常到港时间，现在应该入港了，但还没有到达。

贺汉渚没有传讯傅氏，而是自己调遣了负责海上缉私的一条船，派出去搜索，今早收到船上发来的电报，在距离港口几十海里的一片海域上发现了宋高号。宋高号与港口背对而行，估计转向意图离开港口，水警追了上去。然后，无线电失联。

事发地点在海上，无线电信号丢失是常有的事。虽然一时失联，但货轮属于傅氏所有，船上即便配备武装，谅他们也不敢乱来，况且派出去的海上缉私人员都是受过专门训练的，在这方面很有经验。

丁春山个人觉得问题不会很大，见贺汉渚看完电报又不说话了，迟疑了下，发问：“司令，要不要让他们立刻检查货仓？”

贺汉渚放下了电文，说：“让他们控制住船就可以，暂时不要动，停留原地等待后续命令。”

他再次看了眼时间，快要下午五点了。

“我亲自去和傅老板谈一下，听听他有什么高见，是误会，还是别的什么原因。”

贺汉渚拿起外套，快步走了出去。

货船出发是傅明城执掌傅氏之后的事了。

贺汉渚不认为傅明城会这么蠢，为了那点东西冒这么大的风险，实在不值当。

事情一旦败露，对傅氏的信誉损害，多少钱都买不回来

贺汉渚推测，极有可能是傅氏下面的人瞒着傅明城的操作。在获悉消息后，他们舍不得抛货，大约想改道停到附近港口，将东西卸下再回来。

至于傅明城……

贺汉渚忽然有点同情他。他当然不是吃素的，但是刚上位，这么大的傅氏，有所忽略，一不小心被下面的老东西给坑了，也是人之常情。

但同情归同情，事情归事情。

反正晚上这个酒会，真不是贺汉渚想去，更不是故意想破坏他的心情。

他得和傅老板谈谈怎么解决，同时也提醒他一下，不是所有的老人都是值得信任的，新官上任，切忌念旧，不狠心清洗周围一些倚老卖老的东西，将来难免还要再受其害。

贺兰雪今天晚上也要去的，因为有庆祝苏雪至的实验室的活动，她想去替他捧个场，但她没想到，原本说不去的哥哥也改了主意。

贺兰雪自然高兴，带着送给苏雪至的庆贺花篮，坐上了哥哥的车，早早地出发去往饭店。

路上，她见兄长的心情仿佛很是不错，就问："哥哥你今天有高兴的事？"

贺汉渚开着车，眼看着前头："没有。"

"我看你好像脸上带笑。"

"有吗？"贺汉渚半点也不觉得。

"有。"

"你看错了。"他的语气很是坚决。

贺兰雪一向相信兄长，他说什么就是什么，以为自己真的看错了。

但她的心情却真的很好，忍不住在兄长面前又夸起了心上人，说他那天负重越野跑的成绩很好，还说他学业又好。

"哥哥，我跟你说过的，那天傅先生也去了，特意替他加油鼓劲，还说帮他搬寝室的东西。傅先生应该很忙，却记得这个事，应该是他的好朋友了。我有点羡慕傅先生，什么时候我要是也能做他的好朋友，那就好了。"

贺汉渚一言不发，眼睛继续看着前面，开着车。

他也算是做到了答应过她的事，离九死一生固然很远，但也算是费了一

番周折，她见到了自己的妹妹，竟一句都没问他如何。

女人，果然是……

贺汉渚忍不住，在心里冷冷地想。

说了半天，没听到回应，贺兰雪扭脸看兄长：“哥哥你怎么了？”

“我怎么了？”贺汉渚有点莫名其妙。

“我看你好像又不高兴了？”

“没有。”贺汉渚朝着妹妹微微一笑，“饭店到了。”他瞄了眼车后座上的那个花篮，“别忘了你的花篮。”

看着妹妹下车，亲手抱着花篮，都不肯让门童来接的样子，贺汉渚忽然感到有点遗憾。作为朋友……不，作为合作者，他怎么就没想到也给傅明城送个花篮呢。

不过没关系，没准备花篮，但他准备了一个比花篮更好的惊喜，极大的惊喜。

贺汉渚下了车，把钥匙丢给来接的门童，正要陪着妹妹进去，忽然听到身后有人叫了声自己：“司令！”

他转头，见是丁春山开着司令部的车追了上来，停了一停，吩咐妹妹先进去，自己转身走了回来，停在一个人少些的角落里。

“怎么了，追到这里？”

丁春山向他禀报，就在他离开后没多久，傅明城打了个电话来找他，随后他的机要秘书送来一封傅明城的亲笔手书，说务必交给贺司令，丁春山就带着信开车直接赶到了这里。

贺汉渚皱了皱眉，接过信，取出浏览。

丁春山见他视线落在信上，半晌不动，问道：“是不是和宋高号有关？不可能啊！他们说一上去就控制了电台，他现在应该还不知道宋高号上发生的事……”

贺汉渚的脸色笼上了一层阴霾。

傅明城的信里说，他公司的宋高号没有准时抵达，通讯也时断时续，发去的消息未能及时得到回复。鉴于这段时间这片海域也没有风浪的消息，船却暂时失联，就在昨天，出于谨慎，他立刻对公司内部进行自检，结果就在今天下午，酒会即将开始之前，他意外发现负责宋高号运营的经理阳奉阴违，瞒着自己私下承运东亚药厂的违禁货物，从而导致了宋高号的异常。

事发突然，他今天更是彻底无法联系到宋高号，不知道货轮的具体情况，而客人在旁，他也无法脱身立刻去见贺汉渚，只能第一时间先主动报告异常，允诺等今夜过后，一定将事情立刻调查清楚，给司令部一个交代。

“司令？”丁春山叫他。

贺汉渚慢慢地折起信，压下心里涌出的莫名滋味，想了下，说：“给他们发电报，不用搜查了，直接让宋高号返航，回港！”

丁春山得令，匆匆走了。

贺汉渚站在饭店的外面，阴沉着脸，尚在迟疑之时，又听到有人叫他，原来是几个本市的商界名流和唐小姐这时恰也到了，其中的马副会长眼尖，看见了他，急忙过来招呼。

贺汉渚脸上露出笑容，摆了摆手，瞥见唐小姐立在原地，含笑朝他叫了声贺司令，略略点了点头，转身随众人一起进去了。

他才到门口，迎面就见傅明城和苏雪至两人站在一起，似乎在迎他的妹妹。

傅明城西装革履，两件套的外衣左胸襟口袋里插了一块折作精致三角的深红色丝绸手帕，装扮显得正式而隆重。

她今晚也穿了套裁剪合体的西装，打着领带，左胸一侧的口袋同样装饰了物件，斜插一朵深红色的康乃馨。

她笑着，正和他的妹妹说着话。

饭店穹顶上的巨大水晶灯放着耀光，映在她利落的乌黑短发上，她的脸白皙如玉，目光温和，举手投足之间，风度自若。

实话说，这样的两个人站在一起，盛装之下竟也非常匹配，悦目得很。

妹妹指着大门方向，她便和傅明城一起扭头看了过来。

贺汉渚收回目光，若无其事转过脸。

苏雪至看见贺汉渚到了，穿着军制服，颇有绅士风度地替走在他身边的唐小姐扶了扶门，等唐小姐进了，他才迈步跟了进来。

今晚酒会的主人——傅氏新船王傅明城面带笑容大步地走了过来，亲自迎接饭店大门刚到的这一拨宾客。

他先招呼的自然是贺汉渚，然后是和他一道进入的唐小姐，后面是马副会长等人。

傅明城停在了贺汉渚的面前，等边上的人进去了，微笑道：“多谢贺司令捧场，不知可否借一步说话？”

贺汉渚随他转入了饭店专为酒会主人而设的一间会客包间，随意坐到了一张沙发上，对着前头的那道背影说道：“有话请讲。”

傅明城随即转过身，方才脸上的应酬式笑容也消失了，肃穆道：“下午我获悉公司有条船出了事，应该是和东亚药厂有所牵扯，想着得向司令你这边交代一下，但仓促之间应对不周，也就只能先派了人往你那里传书代言。不知司令是否已经看到了？”

“傅老板神机妙算，不早不晚，就刚才，我到饭店门口的时候，手下赶了过来，送到了傅老板的信。”贺汉渚似笑非笑地说道。

傅明城似乎并未觉察他话里带的微微嘲讽之意，颔首：“司令收到了就好。请司令移步，是想对司令再道一句，不管司令信不信，我信中所言字字为真。过去这几年，傅氏的一些生意是我兄长在做，他的很多想法与父亲不同，甚至可以说是背道而驰，公司表面一体，背地分裂，甚至一些公司元老这两年也投向了他，隐患丛生。南洋的航线，傅氏开发已久，这次宋高号出的事，就是之前那些隐患造成的后果，具体我不便多说，一句话，怪我无能，失察至此地步。事已出，我知道司令明察秋毫，且又涉及东亚药厂一案，事关重大，我不敢隐瞒，惟望司令不吝赐教，指点一条明路，以图亡羊补牢。”

他顿了一下。

“实不相瞒，英籍船司今日之名誉，如前车之鉴，令我不寒而栗。这次宋高号的事，于我傅氏，是教训，更是警醒。”他望着面前的贺汉渚，一字一句地缓缓说道。

贺汉渚和他对望了片刻，忽然笑了起来：“令尊是真的有眼光，当初选择了你。傅老板，上次在南城的日本汤池里，你一开口，我就知道你是天生做大事的人，果然如此。要是你现在依然从医，恐怕商界就要少了一位注定能叱咤风云的大人物了。”

傅明城道：“贺司令谬赞，愧不敢当。恳请指点明路。”

贺汉渚笑：“有什么不敢当的？我又何来的明路可以指点？傅老板你自己的路子，就已足够叫我佩服了。”

他站了起来，没再说话也没再停留，转身朝外而去。

“大恩不言谢。贺司令，我傅氏再欠你一个人情，极大的人情。”身后传来了傅明城的声音。

贺汉渚走了出去。

不必再说什么，也根本无须说什么。失踪了的宋高号很快将会回归正途，船上那些东西该怎么处置，傅明城也会比他更清楚。

这个晚上，对于贺汉渚来说，简直是个前所未有的糟糕夜晚。

他从来没有想到，自己竟也会有失策到如此地步的一天，来之前的所有的计划全都落了空。

傅明城的解释，正符合了他之前的调查和推断。

但重点是，不管傅明城知不知道，因为宋高号，他有把柄被牢牢地捉住了。

在贺汉渚原本的设想里，今晚应该是他拿捏酒会主人，像玩弄老鼠的猫，不动声色地享受着猎物在自己的爪下期望求生的那种乐趣。

贺汉渚承认自己确实非常卑劣，无所谓，反正他不当圣人。

但他没想到，自己还是低估了傅明城。

傅明城能和他在同一时刻就获悉宋高号出问题，可见傅明城执掌傅氏后是如何的谨慎。

得知问题后，又当机立断自曝其短，主动示弱。

他这一系列的应对，可谓深谙人心。他应该笃定，贺汉渚最后一定会用这种他需要的方式来处置意外。

他赢了。

确实，除了这样，贺汉渚别无选择。难道把傅氏也推出去，让傅氏再掉入和英籍公司一样的舆论旋涡，落得个声名狼藉的下场?

从一开始，贺汉渚就压根儿没想过这种可能。

他原本只是打算今晚上教训一下那个意气风发的酒会主人，如此而已。

而现在，受到挫败的人变成了他。

贺汉渚手里端着一只酒杯，站在充满了喧哗和吵闹的这个地方，看着灯红酒绿，衣香鬓影。他面带微笑，和所有走到自己面前搭讪的人说着话，后来又陪着妹妹跳了一支舞。跳完舞后，大约是到了今晚酒会的高潮时段，在全场的瞩目下，他看见她和傅明城一起登上了设在今晚场地中的一处高台上。

台上铺着米兰进口的手工织就华丽羊毛地毯，周围簇拥着鲜花，两个人都是面带笑容，等司仪说了一通之后，她也说了几句，转达校长的致辞，感谢傅明城的慷慨和对医学研究的大力支持，然后全场热烈鼓掌，记者围上来给她和前大学医学老师拍照……

贺汉渚想不明白，自己怎么能忍到这个时候，看这些无聊的场面。

他一把放下手里的酒杯，和身旁正笑着与他谈论台上事的周市长道了声失陪，丢下其他人，转身找到了妹妹。

贺兰雪正仰头，凝视着台上那个在左胸西装口袋里斜插一支深红康乃馨的仿佛会发光的人，脸上带笑，拼命地鼓掌，她忽然看到兄长走来，低声说他要走了，问她要不要一起走，她有点不情愿：“刚才他答应一会儿和我跳一支舞……我还没跳呢，我也想向他请教一点关于大学专业的事……哥哥你再等等，好不好？”

“好吧，等你。”

贺汉渚丢下了显然今晚已经顾不上他的妹妹，决定先出去，到外头抽支烟，这里头的暖气太大了，他感到呼吸不畅。

走在饭店的走廊上，他放慢了脚步，摸出香烟，又摸打火机，却意外地发现，打火机不知道什么时候大概从口袋里滑了出去，不见了。

他扭头，想找个侍者借火，四周却空荡荡的，一个人也没有，大概此刻全都去了酒会那边帮忙了。

贺汉渚有点懊恼，嘴里叼着没点着的烟，人立在原地，满心晦气，忽然听到身后起了高跟鞋落地的清脆脚步声。

他再次扭头，看着唐小姐从酒会大堂的方向款款而来，从她挎着的一只镶嵌珍珠的小巧晚宴包里取出一只精巧的打火机，用染着鲜红指甲油的玉手握住，“啪”地点了，含笑递了过来。

贺汉渚看了她一眼，低头，凑上去，点着了烟。

“谢谢。”他深深地抽了一口，随即继续朝前走去，来到了阳台。

“贺司令，您要是累，我可以帮您放松一下，我会推拿。”身后传来唐小姐的声音，“不怕您笑话，我跟的第一个男人，就是看中了我的手艺，说每次我替他推拿的时候，最舒服了，那会儿我好像十六岁吧……”

唐小姐含笑跟了过来，和他像老朋友似的闲聊了起来：“这是个很需要手劲的技巧活儿。我是穷人家的女儿，很小就跟着我娘一起在澡堂子里打杂，我娘是澡堂子里推拿手艺最好的一个，我就是跟她学的。后来我爹死了，我娘带着我改嫁。继父是个酒鬼，动不动就打我娘和我，在我十三岁的时候，我娘也病死了，有天晚上，继父爬上我的床，被我用藏在枕头下的剪子给扎破了脖子，我怕他没死，又往他脖子扎了好几下，我搜刮了他所有的钱，放了把火，跑了。我跑到这里，再然后，就是靠着我的推拿手艺，遇到了一个能保护，也愿意保护我的人。”

唐小姐红唇含笑，好像在说一个有趣的故事。

“那是好些年前的事了，可惜那个人本事还是不够大。不过，我混得倒还算是不错，现在出去，都有人跟在我后头追着喊老板了。我小的时候，觉得能被叫老板的人，厉害得就像是天上的神仙……”

她的一双美目在面前男人的身上扫了一下，目光温柔。

“贺司令，隔着衣服，我也能看得出来，您肌肉紧张，应该好久都没放松了。您要是感到有点累，您不妨试试我的手艺。我其实也好几年没有替人做这个了，不知道手生了没，上回，还是您要我去伺候的苏先生。”她仿佛想起了什么，笑着摇了摇头，“今晚上又见到了他！苏先生真的是蔫坏，不要就不要，难道我会吃了他不成？那天晚上居然骗我进了浴室，把我反锁在房间里，他自己跑了，恰好打出去的电话又不通，害得我只能拍门，才引来了人替我开了门，简直太丢脸了……真是个小坏蛋啊……”

唐小姐玉手掩嘴，笑了起来，对上贺汉渚投来的沉沉目光，忙收了笑：“您不要误会，我的意思只是帮您推拿放松一下。当然，如果您看得上我，我求之不得。贺司令，我见过不少的男人。他们看见我的时候，是想一口吞了我的，您和别人不一样，所以我喜欢您，心甘情愿伺候您，不会替您惹麻烦，不但这样，相反，只要您有需要，我也能帮您做事。你知道的，我也认识不少人，不止天城，京师里也有。任何的事，只要您说一声，我都愿意帮您做……”

她安静了下来，望着身边这个始终一言未发的男人，等待着他的回应。

贺汉渚眺望前方的黑暗，一动不动，忽然道：“你先上去吧。”

唐小姐眼睛里闪出喜悦的光，低低地应了声是，随即轻轻走了。

贺汉渚一个人站在夜晚冷冽的空气里，慢慢地抽完一支烟，低低地咳了两声，最后转身走了进去。

苏雪至才拍完照下了台，迎头就见马太太带着一个作传统打扮的年轻小姐笑眯眯地朝着自己走了过来。

“小苏，小苏！”马太太朝苏雪至招手。

苏雪至装没看见也没听见，扭头要走，马太太却已经追了上来，拦住她的去路：“小苏，你的这个实验室，等我回去了，我叫我们家老爷也捐款！”

苏雪至连声道谢。

“记得我之前给你提过的我侄女吗？今晚上她恰也来了，你们认识一下。”马太太随即将身后那个面皮泛出阵阵红晕的少女拉到了面前，“我侄女，名叫秀秀，我们家家风很正，女孩子也不送去那些什么乱七八糟的新学堂，就请了西席在家中读书认字，女红也是顶好的……”

“苏少爷！”

身边却跟了个打扮妖艳的年轻女郎，亲亲热热。

贺兰雪被吸引了注意力，视线跟着这俩人的背影，直到消失在了饭店门口，醍醐灌顶，扭头问："苏少爷，我哥哥和唐小姐！他们！他们是不是也……"

她猝然闭口，神色震惊，一副难以接受的样子。

苏雪至清了清嗓，劝说："贺小姐你或许是误会了，贺司令和唐小姐未必就是你想的那样，再说了，就算是真的，这也没什么，贺小姐你不要多想了。这里冷，我们先进回吧。"

苏雪至带着贺兰雪回去，感觉她情绪有点低落，过了一会儿，贺兰雪说想先回去了。

苏雪至有点不放心，和正忙着应酬的傅明城说了一声，自己陪着贺兰雪出来，借饭店的电话叫来了她的司机，又陪她在一楼的休息室坐等。

"苏少爷，你说，我哥哥以后会不会不关心我，不管我了？"贺兰雪忽然闷闷地问道。

苏雪至这才顿悟她刚才情绪的变化，想必是由唐小姐又想到了曹小姐，让小姑娘感到失落和不安。

这种别人的私事，她不好说什么，她也不知道那个姓贺的以后会不会因为女人太多疏忽了妹妹，只能劝贺兰雪，血浓于水，她的兄长就她这么一个妹妹，无论什么时候，肯定都会关心她，爱护她。

贺兰雪勉强一笑："谢谢你安慰我。"

司机很快赶了过来，苏雪至送贺兰雪上了车，等车开走，她独自在饭店门口站了一会儿，出了神。

大概是受了贺兰雪心情的影响，她感到情绪有点低落，提不起劲，想走了，但还没向姓贺的那个人道谢——他应承下了自己的委托，做了这么大的一件事，致谢是最起码的礼节……

一阵寒风吹来，她打了个寒噤，回过神，忍下了也想走掉的念头，转身走了进去。

贺兰雪坐在车里，回头望了一眼身后那座夜色下灯火辉煌的饭店建筑，咬了咬唇，忍不住道："停车，我要回去！"

贺汉渚乘了电梯抵达顶层，踏着落地无声的地毯，经过一段无人的走廊，最后停在了一个房间的门口。

唐小姐打开了门，含笑出现在了门后。

她看起来刚洗了澡，身上只穿了件饭店房间里提供的天鹅绒浴衣，领口包得很严，全身上下只露出一小截脖颈和浴衣遮挡不住的小腿，但即便这样也掩不住她细柔的皮肤和姣好的身材。

贺汉渚走了进去，她关上门，跟了上来，接过他脱下的外套，挂到一旁的衣架上，随即体贴地问道："要我伺候你洗澡吗？"

贺汉渚道了声不用，自己进了浴室。

贺汉渚打开水龙头，仰面，任水哗哗地朝着自己的面门浇泼而下。

水柱之大，打得他皮肤微微发疼。

他闭着眼睛，一动不动。

多年以来，他仿佛从没有真正地放松过，睡过一个彻底的、没有防备的好觉。

至少现在，唐小姐让他感觉很舒服，不带任何的侵略性，无论是容貌、身材还是她来自成熟女性的聪明和温柔，都很符合他的口味。

在唐小姐这里，他应该可以放松一下。

出去就行了。

但这一刻，不知道为什么，贺汉渚的脑子里竟不合时宜地浮现出了一道身影，一张面容，一双明眸，清冷的明眸，专注的明眸，也是熠熠生辉的明眸……

那双明眸，此刻好像就在暗处注视着他。

这当然是不可能的，这双眼眸的主人现在正和别人一起，忙着以半个酒会主人的身份应酬，连他已经离开都分毫未觉吧。

但这种感觉还是让他有点烦躁，甚至对接下来要发生的事也没有多少兴奋之感。

贺汉渚冲淋了很久，久到连自己都觉得不应该的地步，却仍然不是很想出去。

脸被水柱打得愈发疼了，疼得渐渐到了麻木的地步，像有无数牛毛针尖在密密地刺着他，仿佛下一刻面皮就要被揭掉，血淋淋地离他而去，他却生出了一种因为折磨而感到近乎变态的痛快之感。

就在这种持续不断的混乱感觉里，他忽然想起了之前，自己曾对王庭芝说过的那些话。

记住，你们不是同一类人，离她远些……

如果是他，他是绝对不会……

那些他自己说过的话，历历在耳，掷地有声。

贺汉渚微微一凛，不再犹豫，迅速驱散了脑海里那双仿佛无所不在的眼眸，伸手一把关掉龙头，抹去满脸的水，扯过一条浴巾裹在腰间，开门。

唐小姐还在静静地等着他，没有半点不耐。

在她欣赏而惊艳的目光里，贺汉渚面无表情地走了出去，趴在床上。

房间里，窗帘低垂，寂静无声。

唐小姐关了大灯，只剩下一盏昏黄而柔和的床头灯。

灯光照在年轻男人那没有半寸赘肉的肩背之上，如被风吹过的沙丘，起伏平缓，线条流畅，其下却是隐含着随时便能喷薄而出的雄浑力量。

唐小姐挽起衣袖，开始为他推拿。手掌慢慢地游走，停留，施压，间以肘的辅助，然后缓缓往下，来到了劲瘦的后腰，继续推拿片刻，指尖终于沿着中央那道凹陷的脊柱，下去，轻轻地触碰到了还裹在他身体上的浴巾，她试图帮助他卸去身体上的最后一点束缚。

就在她要脱下盖巾之时，刚才一动不动仿佛睡着的男人突然抬起一只手臂，阻止了她的动作。

唐小姐或是发力的缘故，光洁的额上已微微沁出一层香汗。

她一愣，看了他一眼，迟疑了下，没有再继续，但也没有松开，而是慢慢地反握住了他压着浴巾角的那只手，用带了点气声的嗓音轻声道："贺司令，你只要放松就可以，我会让你感觉很舒适的。"

贺汉渚依然趴着，一动不动，沉默了片刻，忽然低低地道："算了吧。"

他的声音听起来有些疲惫，挣脱开她的手，一个翻身坐了起来，重新卷紧有些松开的浴巾，待要起身，唐小姐挡了一下，神色微微惊惶："贺司令？是我哪里做得不好，让您不满意吗？"

柔和的灯光之中，美人衣领已开，一侧斜滑，任由衣裳落到了肩下，不再遮挡美好的身体，一双美眸之中更是充满了不安和恳求。

贺汉渚看着她，声音温柔："你很好，手法也不错。是我的问题。"他从床上站了起来，"今晚就这样吧，劳烦你了，回头我让人给你打钱。"

他丢下唐小姐走进了浴室，出来时已着装整齐，拿了他的外套套上，一颗一颗扣好纽扣，朝唐小姐点了点头，朝外走去。

唐小姐终于回过神，胡乱系了下刚也有些松了的浴衣，追出来送他。

"贺司令，我不要您的钱，我也不是出于钱的目的接近您。要是您还瞧得起我，以后无论什么时候，只要您有需要，尽管再来找我。"

贺汉渚停在门后，转头看了她一眼，微微颔首，随即打开门，正要走出去，看见门口的对面走廊里赫然站着一个少女。

走廊的灯光落在那少女的身上，看样子，她好像来了已经有一会儿了。

贺汉渚吃了一惊："兰雪！你怎么在这里？"

贺兰雪盯了一眼门后的唐小姐，眼圈一红，什么也没说，掉头就往楼梯跑去。

贺汉渚拔腿追了上去，终于追上妹妹，问她怎么回事。

贺兰雪依然不说话，吧嗒吧嗒开始掉眼泪。

贺汉渚急忙带着妹妹来到下面一个无人的楼梯间里，哄她，又问怎么回事。

贺兰雪慢慢止住眼泪。

"哥哥，你到底喜欢哪个女人？你喜欢这个唐小姐？"她忽然问道。

刚才的一幕居然被妹妹这么看见了，未免尴尬。

贺汉渚咳了声："没有的事。"

"你不喜欢，为什么要和她上来？"

"没有没有，找她有别的事而已！你别乱想！"贺汉渚感到有点狼狈。

"你骗我！你当我还是小孩子吗？你们在房间里干什么？她还穿着那种衣服。我什么都知道！"

贺汉渚的额头不禁开始冒热汗了。

贺兰雪说完，眼圈又是一红。

"哥哥，你喜欢唐小姐，很快又要娶曹小姐了，以后你会不会不关心我，不要我了？"终于，她闷闷地问道，又掉了眼泪。

贺汉渚一愣，这才明白了过来，他一阵心疼，又一阵懊悔，急忙将妹妹拥入怀中安慰，又发誓不会，说无论哪个女人，都不可能比得上妹妹在他心里的地位。

"真的吗？"

贺汉渚点头："真的。"

贺兰雪咬唇看了他片刻，闷闷地点了点头："好吧。刚才苏少爷也这么对我说的。"

"苏少爷？她怎么跟你说这些？"贺汉渚盯着妹妹问，刚下去的汗又冒了出来。现在是冷汗了。

"他说找你有事，我就带他找你，大堂里的人说你和唐小姐上来了，他就不让我上来找你，说会打扰你，说他就在下面等你……"

贺汉渚心脏一阵狂跳，没等妹妹说完，让她自己下去，沿着楼梯几步并作一步，飞奔而下。

他一口气冲了下去，停在门口，环顾四周，却没有看见她，问一个站在门口的侍者，侍者指着对面说道：“刚才有个报纸的记者采访苏少爷，去了那边的休息室。”

贺汉渚转身，又疾步去休息室，快到的时候，忽然又放慢了脚步，悄悄地停了下来。

透过那扇开着的门，他看见她正从椅子上站起来，和刚结束采访的记者说笑着，随即送记者出来，贺汉渚的脚步忽然微微一顿。

被她看见了！

她看见了自己！

贺汉渚心脏又是一阵狂跳，竟有点挪不动步子的感觉，就停在了原地，看着她送出了人，随即转向自己，那双黑白分明的眼似乎从头到脚扫了一下他的全身。很快她的脸上露出了笑容，朝他点了点头，主动迎了上来，叫了声表舅，道：“您来了？正好，我找您。”

她的笑容得体，语气如常，迎向他打完招呼，便停在了他的面前。

礼貌，却疏远——贺汉渚感到了她扑面而来的这种疏远。

他一时没明白，自己从何而来的这种莫名之感——他也无暇细想，只觉得很是不适，胸腔里刚才那催促他一口气奔下来无声却又剧烈的鼓动之感，犹如被一只看不见的手猛地掐住了，喉咙随之一堵，一时竟说不出话。

她猜到了自己今晚上都干了些什么。

一定是猜到了，否则她怎么会劝阻还不通人事的妹妹上来找自己，还说那样的话……

她会怎么想自己？

一个游戏花丛，男女关系混乱的色中饿鬼？

其实他对别人如何看待自己根本不会在意，更是从来没有刻意去经营什么洁身自好的形象。

在别人把他和曹十二小姐相提并论之前，他之所以没有和女人沾边，是因为在他的身边，没有哪个女人能让他放心地去放纵自己的本能欲望。

唐小姐真的是个相当完美的对象，然而就在今夜，他却发现她还是无法令自己全然松懈下来。而现在，当这双明眸这样看向自己，在贺汉渚的心里，竟又生出了一种类似于自惭形秽的心虚之感。

她和他打完了招呼，不知道是在等着他的回应，还是别的什么缘故，没再看他，目光好像飘到了他身侧那面墙上挂着的一幅西方油画上，周围随之静默，两个人都不说话，气氛也就变得微妙了。

一种尴尬的微妙。

“我……”

下一秒，两个人忽然同时开口，撞了起来，接着又各自猝然停了下来。

短暂的四目相对过后，她再次露出笑容，朝他点了点头：“您先说。”

贺汉渚顿了一顿，视线落在了插在她左胸上的那支深红色的康乃馨。

“花不错……很配你……”他从不知道自己会有如此口拙的一天，莫名其妙地说出了这么一句话。

她一愣，随他目光低头，看了眼胸前的花，抬起头，笑了笑：“谢谢您的赞赏。”

他也就跟着笑了笑，若无其事。

“听说你找我？”他语气轻松，“我妹妹说的——”

苏雪至“嗯”了声，语气也很轻快：“是，不过，其实也没什么重要的事，就想着上次的那件事，倘若没有您出手，恐怕不可能这么顺利进行下去，更不敢想有这样的结果。所以必须得向您道个谢，以表达我对您的感激和敬重。”

“谢谢您，贺先生！”她郑重地向他道谢。

“我没别的事，抱歉打扰了您，您忙吧，我走了。”她笑着告辞，从他身边走了过去，来到酒会的门口，和傅家管事说了一声，劳烦他代自己向傅明城道别，随即往饭店的大门走去。

贺汉渚眼睁睁看着她就这样走出了饭店的大门，只觉喉咙眼里愈发堵了，仿佛有话要从嗓子里涌了上来，他实在控制不住，追了出去。

他追出大门，看见她已经走到马路旁。

“等一下！”他喊了一声，快步下了台阶。

她听见了他的声音，停下转头看着他走向自己。

“不早了，我送你回吧——”话说出口，贺汉渚才惊觉，自己的语气竟带了一点恳求般的意味。

她应该也有所觉察，诧异又戒备地盯了他一眼，下一刻再次微笑：“谢谢您，不过真的不用，我自己回去，也方便的——”

恰一辆东洋车来了，被她叫住，车夫停车，抽下绕在脖子上的白洋巾，弯腰替她掸了掸位子，她坐了上去，车夫拉起车，她要被带走了——

“等等！”贺汉渚再次追了上去。

苏雪至让车夫停车，扭头，看着他，投来两道目光：“您还有事吗？”

贺汉渚望着这双明眸，发现他刚刚丢下了才掉完眼泪的妹妹，甚至等不及听她说完话，急匆匆地跑下来找她，然而……

当面对面的时候，那一刻真正想让她知道的话，他根本没法说出口。

“账册的后续，你就不想知道，也不关心我怎样处置吗？”他终于开口。

苏雪至说：“这大概远远地超出了我可以知道的范畴。您完成了之前答应的事，我已经很感激，别的无论您怎么决定，我想应该都有您的道理，我能理解。”

他沉默了。

她也不再说话。

两个人，一个坐在车里，一个站在车外。

一阵寒风吹过，卷起街边角落里的一堆不知哪里卷来的枯叶，瑟瑟地响。

几个夜行赶路的人缩着脖子，从侧旁匆匆走过。

车夫仰头看了眼阴霾的夜空，在一旁跺着冷得发麻的脚，嘴里抱怨了一句，又奇怪地打量这两个看起来有点古怪的男人。

“先生，还走不走了？”车夫小心地问了一句。

苏雪至回过神：“就这样吧，我走了，下雪了，您也进去吧。”

她转过脸，示意车夫拉车，出去了一段路，等拐了个弯，低头盯着自己左胸口的那支康乃馨，压不下心里涌出的一阵浓烈嫌恶之感，一把拔了出来，扔出车外，丢到了路边。

雪从头顶飘落，刚开始是一片两片，稀稀落落，慢慢地越来越密，很快纷纷扬扬，如盐似絮，落在了贺汉渚的头发和肩膀之上。

贺兰雪被哥哥莫名其妙地丢下，一个人从楼上爬了下来，到处地找，在侍者的指点下，可算是找到了他，见他独自站在饭店大门前的街边，背影凝滞，一动不动，喊了一声哥哥。

贺汉渚压抑着内心的怅然若失，转过脸，面上已带着从容的微笑，朝着妹妹走了过去。

“又下雪了！哥哥你怎么一个人站在街上？苏少爷呢？你看见他了吗？我刚才找了一圈，也没看到他。”

贺汉渚道：“他刚走了。我们也回吧。”

贺兰雪眺望了眼街道的尽头，收回目光，“哦”了一声。

贺汉渚替妹妹将披肩披在了肩上。司机开车过来，他示意司机不必下车，自己替妹妹打开了车门。

贺兰雪坐了进去，他仰头看了一眼从头顶夜空里悄然而落的飘雪，也上了车。

车里，身边的妹妹在不停地说着关于苏雪至的事，说后天有可能会同乘一个班次的火车北上。

“哥哥，要是恰好同次火车，他若不是包厢的票，我们可以邀他来包厢。晚上他休息好了，第二天才有精神做事，哥哥你说对不对？苏少爷要是顾忌我也在，我可以去外面，把包厢留给你和苏少爷休息。”

贺汉渚视线透过车窗，望着外面落雪的街景，目光渐渐凝定。

就算一同北上，即使他们开口相邀，她也不可能再接受这种好意的。

心里有一个声音，这样告诉他。

她大约是瞧不起自己这种男人的——有了即将谈婚论嫁的对象，还和另外的女人发生关系。

再也没有以后了。

就在片刻之前，当自己追出去，叫住她的时候，她回过头看过来的时候，他分明看见了那双眼眸里透出的一缕嫌恶之色，即便是浓重如斯的夜色也无法完全遮掩。

这样更好，贺汉渚心里想。

当初他怎么教训的王庭芝，现在就该怎么断绝自己可能就要行差踏错的一条危险歧途。

虽然过程出了意外，然而最终殊途同归，可谓是求仁得仁了，他何必多此一举竟还企图解释，又何必像现在这样怅然若失。

本就不是自己该有的东西，也从没有得到过，谈何若失？

早年刚去德国的时候，出于学习语言的目的，他也曾拜读过一本文坛巨匠所著的叫《少年维特之烦恼》的小说，小说里的主人公在遭受百般自我折磨之后殉情而死。

他早已不是少年了，当然更不可能会像书里主人公那样，为那种一时扰人心神、可有可无的所谓感情而奋不顾身。

以前不会，现在和将来也都不会。

就这样吧，他没有时间也没有耐心再和自己过不去了。

让这个没有一件顺心事的失控夜晚，就此过去。

“等到时候，再看吧——”贺汉渚转回脸，微笑着含含糊糊地应了一句。

第二天上午，苏雪至还在学校的实验室里忙碌，接到傅明城的电话，说他临时有急事需要出差，没法为她送行了。他问她去京师的火车票订好了没，如果还没订，自己可以帮她。年底火车票一票难求，非常紧张。

苏雪至说自己多日前就让表哥路过车站的时候顺便去买了，让他不必再费心。两人在电话里闲谈两句，苏雪至挂了电话继续忙事，傍晚时才彻底收尾，她锁了门，回到寝室收拾好东西，回到城里租住的地方安顿了下来。

叶贤齐昨晚在警棚那边值班，没回来。第二天，苏雪至准备出门，买些水果去拜访余博士，回来顺道再去警棚取票，出来时看见叶贤齐骑着自行车回来了，一看见她，喊了声，飞快地骑到她面前，从兜里掏出一张火车票，献宝似的递给她。

“喏，你叫我买的火车票，今晚九点出发，你睡一觉，明早就到了！”

苏雪至接过一看，诧异不已，居然是张最好的包厢票。

现在的火车里最高级的车厢，配备之豪华，服务之周到，堪比可移动的五星级房间。当然，价钱昂贵，非一般人能承受不说，因为资源稀少，普通的有钱人一般也很难订到，更不用说这列北上发往京师的火车了，还是年底这种交通最繁忙的时候。

苏雪至有点心疼扔出去的叮叮当当的大洋，而且——

“你怎么买得到这种票？”

叶贤齐说：“你不是早早就叫我订了吗，车站辖区警棚的警长是我好兄弟，让提前帮着订的呗！要坐一个晚上的车，让你不睡干坐着，休息不好，你哪来的精神做事？”

苏雪至想想也是，再说了，票都买了，难道还拿去退不成？

“表哥你花了多少钱，我给你。”

苏雪至知道自己这个表哥花钱大手大脚，现在订这种票，除了票面价，肯定还要额外再花点钱。

“不用不用，我是你哥，一张火车票我还收你钱，我成什么人了。不说了，我回来就给你送个票，我还有事，先走了，晚上要是有时间，我再送你去火车站！”叶贤齐一口拒绝，跳上自行车，蹬着就跑了。

苏雪至提着一网兜的水果，来到了余博士任教的中学。

中学位于老城区，好像是早年驻城的兵丁营房改的，就读的学生大多来自普通人家。学校上周已经放假，锈迹斑斑的两扇大门紧紧地关闭，透过栅栏看进去，几排黑乎乎的教室，一片白皑皑的积雪，空荡荡的。

苏雪至听表哥提了一句，余博士老家的亲人很多年前因为鼠疫已全部过世，所以他放假不回家，现在依然住在学校的宿舍里，于是她使劲敲着铁栅栏，敲了好一会儿，才见一个头戴狗皮帽的看门人慢腾腾地走出来，没好气地问是什么事，听到说是来拜访余博士的，撇了撇嘴，打开了铁门。

“那个余先生啊，放假后就只出来过一趟，买了点米面，连个人影也见不着。平常也是，教完书，不是窝在屋里，就是钻进破房子里摆弄瓶瓶罐罐，好像身体还不好，再这样怕是死了都没人知道……”说着，他拿下巴戳了戳操场西北角的一排矮屋，“喏，就住那边，最靠里面的！”

苏雪至向他道谢，见他眼睛盯着自己手里提的东西，就拿了两只橘子出来，递过去，看门的接了，这才又缩着脖子钻回了屋。

苏雪至踩着脚下咯吱咯吱的积雪，穿过空无一人的操场，来到了看门人指点的那间宿舍门前，听见里面传来一阵断断续续的咳嗽声。

她敲了敲门，过了一会儿，门开了小半道，出现一个戴眼镜的中年人，四十来岁的年纪，面容清癯，目光有神，但却留着一把乱须，头发也是乱糟糟的，不知道几天没梳了，像是顶了一只鸟窝。

他的面色蜡黄，看着像是久病的样子，身上穿了件于这天气来说已经十分单薄的破旧灰布棉长袍，人站在门后，用戒备的目光打量她。

“你是谁？你找谁？”

苏雪至忙自报身份，说自己是那个姓叶的小警长的表弟，姓苏，今天特意过来拜访他。

余博士似乎知道她，态度这才客气了起来，开门，请她进来。

屋子窄旧，只有十来个平方，门后的一个角落里放了一只炉子和简单的炊具，对面是一张单人床，一张简陋的书桌，其余空间几乎全被书和纸张给占满了，显得十分杂乱，甚至找不到可以落脚的地方。

这年头购置书的价钱并不便宜，苏雪至随意扫了一眼，就看见好几本原版的医学书籍，像这种进口类的价格只会更贵。

屋里很冷，炉子也没生火。

余博士胡乱收了一张空椅上堆着的一叠书，让她坐，又去给她倒水，提起水壶，里面却是空的。

“小苏你坐，我这就烧水去，早上看书入神，忘了起火……”

刚才在门口的时候，她见堆在墙角的煤球也没剩几只了，怀疑这位余博士的钱大概全都拿去买书了。

她忙站起来："不用不用，我不渴，先生您不用忙了，还是坐下说话吧。就是我刚才听见您在咳嗽，是不舒服吗？没去医院看下吗？"

余博士说入秋的时候生了个病，最近几个月又出事了，一直东奔西走，到处找失踪的朋友，没来得及调理。

"我没关系，就是至今尚无青鹤的下落，我每每想起，心中便觉忧虑无比。"他神色忧懑，顿了一顿，平复情绪，"不幸之万幸，这回叫我遇到了叶警长还有小苏你们，当然，也仰仗贺司令，这才得以铲除药厂之毒瘤，避免流毒更甚。青鹤若生，如今必欢欣鼓舞，这正是他当初所愿。倘若万一他不幸已去，有这结果，于他应当也算是一个告慰。"

苏雪至也说："吴先生不但心中始终存有正光，更是身体力行，令人敬仰。我今天过来，除了拜访您，也是想问一声，吴先生如今生死未卜，家中是否还有需要照顾的亲人？若有，在吴先生归来之前，我愿尽一分心力。"

余博士摇头："他和我是同乡，当年鼠疫，家人也几乎没了，只剩一位母亲，已于前两年过世，身边也无妻子牵绊。"

苏雪至沉默了片刻，说："我听说贺司令有发过话，让警局寻人，直到有确切消息的一刻。吴博士有您这样的朋友，也是一件幸事，余先生您已尽力，自己的健康也要当心。"

余博士微微点头："谢谢你，小苏。你很年轻，但之前我在报纸上也看过关于你的几次报道，很出色，今天见面，你果然是个富有精神的年轻人，难怪贵校校长对你如此器重，好好用功，将来必有大的成就。"

苏雪至感谢他的勉励，看着他课桌上正摊着的一本书，问道："我能看看吗？"

余博士递了过来。

这是一本前几年刚出版的关于化能无机营养菌的自养和生长方面的专业书，应该属于当代微生物学的最前沿研究了。

苏雪至今天过来，除了探望余博士，其实还有另外一个想法。

制造工业化的青霉素，这个计划全靠自己一个人不现实。

工业制造的第一步，实验室里需要微生物方面的专家。

之前得知有余博士这么一个人后，她就立刻想到了自己的计划。等药厂一案算是结束后，她便委托校长打听了下这位余博士的来历，感觉他似乎就是自己需要的那个人。

余博士名叫余绍笙，年轻时是清廷选拔公派去欧洲留学的学生之一，成绩优异，后来师从德国一位著名的病原生物学家。他在柏林大学获得博士学位，听闻国内洋务大兴，便欣然归来，谁知专业没有用武之地，蹉跎数年之后，无奈接受当年的导师建议，再次出国，一边在大学里担任讲师，一边在实验室工作，协助研制白喉血清，就这样终于等到了新民国的成立。

那时余博士已将要被聘为副教授，但在爱国之心的驱使之下，他再次毅然放下了在国外已得到的一切归国，期望这一次自己能为新中华贡献力量。

归国后，他起初供职于内务部下属的卫生处，但很快他就发现卫生处里外行指挥内行，官僚主义盛行，与从前毫无差别。第二年他主动从办公室出来，协助防疫处开发生产国产的白喉血清，但药厂利益复杂，没有严格按照流程去走，品控出现问题，出了一批数量不小的次品，他主张全部销毁，但没人听从，他到处上诉，依然无果，次品最后还是流通入市。直到导致多名儿童救治无效死亡，药品才陆续得以回收销毁，但相关的负责人却不过是象征性地调了个岗位而已。

他对自己亲历的一切失望至极，愤而辞职，但因供职卫生处的这几年得罪了不少人，被人暗中作梗，加上专业冷僻，竟无法顺利到大学去教书，加上身体不好，几经周折之后，他心灰意冷，最后经朋友介绍，来到了这里，教中学生物。

这一教就是五六年，物质清贫无妨，他平常教书之余，便一头扑进自己的研究，旁人眼里他穷困潦倒，日常都要靠朋友的周济，他倒也安之若素，直到几个月前老友出事，雪上加霜，自己身体也快要撑不下去，绝望之际得遇叶贤齐热心出手，药厂一事才算是没有辜负老友的委托。

他心存感激，对苏雪至的态度自然也十分客气，笑道："怎么，你对这方面也有所涉猎？"

苏雪至道："博士，微生物可以成为治疗的药物，您应该是这方面的专家。"

余博士摆了摆手："不敢当。不过你说得确实没错，譬如有一种微生物能抑制尿中炭疽杆菌的生长，这一点早在几十年前就得以发现并被证明过，被称为抗毒素。"

"我计划培养并在将来工业化生产一种前所未有的霉菌，也就是你说的抗毒素，它能杀死多种致命细菌，克服人体的败血感染，而对活体没有毒害。我可以培养霉菌，但分离选择菌种、改造发酵、提炼生产等，如果有专业人士加入，事半功倍。您是这方面的专家，不知道有没有兴趣和我一起来做这件事？”

余博士露出了感兴趣的样子，又似乎有点不信：“有这样的细菌存在？”

“有，是自然存在，除了我刚和您提过的这种，应该还有别的！”苏雪至的语气肯定，“我们需要做的就是发现它们，分离出它们，并让它们为医学所用。我在学校里有了一个独立的实验室，条件相当不错，研究自由。如果您有兴趣，我非常期待您的加入，到时候我们一道去做这件事。”

余博士略一沉吟，点头：“我没问题，可以一试。”

苏雪至为他的信任向他表示感谢。

余博士看了一眼四壁，苦笑：“你客气了。当年我学成之时，也如同今日之你，踌躇满志，不想四处碰壁，现如今人已中年，一事无成，只剩一副残病无用之躯，本以为行将就木，过一天算一天罢了，还能有这样学以致用的机会，我反而要谢谢你。”

苏雪至知余博士必定手头拮据，看他身体也很差的样子，离开之前，有心留些钱下来，先助他渡过难关，转念一想，他应当不会随意接受自己这样的资助，到时候若是推来推去，自己也是尴尬。

像这种事，交给表哥去做，保管比自己应付自如。

她出来后，心情很是不错，看天也不早了，该出发去火车站了，便回到住的地方，却发现不但表哥已经回来了，原本说今天也要北上去过年的贺兰雪居然也在。

贺兰雪告诉她，因为兄长临时有事，所以推迟北上。

“我反正没事，就和你表哥一起来了，送你去火车站。”

苏雪至恍然，向她道谢，随即将叶贤齐叫到一边，说了下余博士的事，拿出二十银圆，叫他再去买些好炭，再买些吃食，明天一道送过去。

叶贤齐答应了，又嘀咕一句：“幸好我从前跑得快，要不然，万一也混成了余博士这个样子，我看你舅舅怎么办！”

苏雪至白了他一眼：“先有人家那个学识，再去担心这个吧！”

叶贤齐搔头：“宁可不要！我头发要紧。”

兄妹说笑着出来。

苏雪至取了已收拾好的一只箱子，乘贺兰雪的车到了火车站，等了一会儿，等到火车，上了位于火车前部的包厢，打开车窗探身出去，和两人挥手道别，催他们快些回去。

火车在站里停留了二十分钟，再次出发，咣当咣当沿着铁路朝北而去。长长的一道黑影，越去越远，最后消失在了夜色之中。

叶贤齐送走了表妹，就奉承贺兰雪：“我表姑就是厉害！我叶贤齐三生有幸，遇上了这样的表姑，五体投地，不用下辈子，这辈子我就做牛做马，报答表姑的好！”

贺兰雪忍不住又笑，笑完了说：“要是让我哥哥听到了，当心他又说你油嘴滑舌！”

叶贤齐吓了一大跳，急忙追问，这才知道贺兰雪竟把上次自己哄她的话都告诉了贺汉渚，他顿时被吓出了冷汗。

“姑奶奶，我叫你姑奶奶行不？你可千万别再在你哥哥面前什么都说，你这是想要我的命啊！”

贺兰雪哼了一声：“所以你到底是不是油嘴滑舌在骗我？”

“绝对没有，我对天发誓！我对姑奶奶你的孝敬之心，神明可鉴，有半句假话，天打雷劈，叫我下辈子变成乌龟，专门驮你，这样行不？”

贺兰雪知道他满口都是胡说八道，偏偏也没真的讨厌，反而觉得十分新奇，心里乐滋滋的，点了点头，说：“走吧，我哥哥叫我送完苏少爷去司令部找他，跟他一起回家。你也去吧。”

这回表妹要去京师开会，叶贤齐想替她买张包厢的票，但一列火车里也就只有那么两个包厢，现在又是年底，他知道光凭自己肯定是买不到的，前几天就委托那个警长帮忙，结果还是没有如意，只有当日白天的火车才能弄到一张，晚上只有集体卧铺的票了。

表妹白天有事，没法走，指定要他买晚上的班次。

虽然只有一夜，但让她在火车上和不知道什么来路的人躺一块，叶贤齐有点不乐意，想到贺兰雪，昨晚去找她帮忙，问有没有路子可以再试试。

这正中了贺兰雪的下怀，她立刻找兄长，正式邀苏少爷同来包厢。兄长听了后，告诉她他正好临时有事，要推迟出发，让她把票拿给叶贤齐，又叮嘱让叶贤齐务必不要告诉苏雪至车票来自自己这里。

叶贤齐说给钱，贺兰雪当然不会要，他也就算了，没想到运气这么好，一分钱都不用花就弄来了包厢票，今天一大早，跑来献宝。

虽然不大明白贺汉渚为什么那么吩咐，但人家都发话了，他当然不敢违逆，怕表妹再追问票的来历，给了票就匆匆跑了。

现在叶贤齐送走了表妹，听到贺兰雪让自己也去司令部，一想起贺汉渚，他就觉得头皮发麻，心里发怵，一声不吭地陪着到了司令部的门外，忽然说自己警棚里另外还有事，打死不进，推开车门，下去就跑了。

贺兰雪看着他脚底抹油丢下自己就走，不高兴地嘟了嘟嘴，走了进去。

第四章

已经快要十点了，司令部的人都已下班，贺汉渚让秘书和丁春山也早早地回去了，自己一个人在办公室里等妹妹。

灯下，他低着头，独自坐在桌后，正翻着一些公文，电话忽然响了。

他接了起来，打来电话的是曹小姐。

“烟桥，我刚听章益玖说，你打电话给他，让他明早不用去车站接你？怎么了？”她的声音带着一丝关切。

贺汉渚眼睛继续扫着手里的文件：“临时有事，所以改了日期，明天再动身。”

曹小姐仿佛微微松了口气：“我还以为你出什么事了，有点不放心，没事就好，那你早点回去休息，别太累了。”

贺汉渚“唔”了声，要挂电话前，忽然问道：“十二，京师那边也下雪了吧？”

虽然隔着电话，但曹小姐也感到他的语气变了，听起来很是温柔，前所未有的温柔，还这么叫自己，她心不禁微微一跳，顿了一顿，屏住呼吸：“是，也下了，怎么了？”

这边，贺汉渚的目光已经转为阴沉，淡淡道：“也没什么，就是忽然想起来，随口问一句。顺便告诉你，你的那个司机，他的腿断了，大概是这边雪滑，前两天摔了一跤。毕竟是你的人，叫我遇上了，也不能不管，就叫人送他回你那边去了，你应该很快就能见到。”他看着推门走了进来的妹妹，继续说道，“别忘了慰劳下他。毕竟，他是在替你办事。”

他说完，挂了电话，朝妹妹露出笑容：“回来了？”

贺兰雪点头：“苏少爷也乘火车走了。”她走到兄长的身边，“哥哥，我就是有点不明白，为什么不让叶贤齐告诉苏少爷车票是你的呢？”

贺汉渚的脑海里浮现出了那一双投向自己的眼眸，纵然夜色浓重，也掩不住眼眸里那一抹嫌恶的神色。

他笑了笑，拧上水笔的笔帽，站了起来，拿起自己挂在椅背上的外套，穿了起来。

“走吧，回去了。”

他带着妹妹走到门口，正要关灯，忽然桌上的电话丁零零地跳了起来。

贺汉渚让妹妹先下去，到车里等自己，走了回来，接起电话。

打电话的是丁春山，他的声音听起来紧张无比：“司令，不好了！陈英那里送来一条刚得的消息，据说极有可能有人买了杀手，意图今晚在火车上刺杀你！你临时改动行程，但对方恐怕还不知道。如果消息属实，我怕苏少爷会有危险……”

贺汉渚的眸光瞬间暗凝，猛地放下电话，转身大步奔了出去。

陈英说，近几年有个在道上叫同袍社的暗中招募并培训亡命之徒，专门从事这种活动，不和雇主有任何联系，只通过中间人收钱干活。

同袍社里有陈英的线人，线人获悉今晚有个行动，目标是九点发往京师那班火车的一号包厢里的乘客，得知那人是贺汉渚后立即通知陈英，陈英随即转给丁春山。

但那个线人也只知道今夜可能会有这么一场针对贺汉渚的行动，至于杀手是独狼还是多人配合，是提早混上火车伺机而动还是在中途的某个站点上来，他并不清楚。

贺汉渚狂奔而出，让司机另外送妹妹回家，随即便在贺兰雪投来的错愕注目之中，自己开走了汽车。

他风驰电掣，疾驰到了位于城北的铁路交通管理局。

这个局子负责调度从天城发往京师方向线路的火车，并监督各个站点之间的路签发放，以保证火车行车的安全。

站里，今夜值班的副站长和两个手下正围在火炉旁喝着小酒，打发时间，忽然听见身后的门被人砰地撞开，一阵冷风灌入，扭头，见冲进来了一个人，正要呵斥，他认出了来人，吃了一惊，忙站起来迎了上去。

“贺司令，这么晚了，您……”

“今晚九点开往京师的一〇次班车，现在到了哪里？”他打断，劈头就问。

副站长一愣，还没反应过来，又听他厉声喝道：“回话！一〇次班车现在到了哪里？上一站的路签，发放是否正常？”

他的脸仿佛蒙了一层晦影，目光凶狠，整个人看起来像是一头突然闯进来的就要噬人的凶兽。

副站长想回他话，偏一慌乱，脑子反而一团糨糊，幸好一个手下机灵，飞快地应："天城到京师总站的这条线路，平时十个站，现在年底，增开四站，总共十四站。二十分钟前，我们刚刚和小林庄站核对过，他们给火车发放了从双桥站解锁的路签，火车出站，所以火车零点左右将抵达双桥。"

也就是说，至少在二十分钟前，在火车离开小林庄站继续北上的时刻，她还是安全的!

贺汉渚稍稍稳了稳心神。

"给我接双桥站!"

副站长的脑子终于灵清了回来，哪还敢问是什么事，冲进调度室，立刻要求接双桥站，接通后，说贺司令有话。

贺汉渚一把拿过话筒，向对面的值班长交代了三件事。

第一，车站里可能会有危险。现在立刻关闭，封掉所有入口，已经进站的全部驱走，不许放任何人进候车室，更不许靠近站台。

第二，仔细检查站台周围所有的地方，确保没有藏人的可能。

第三，火车到站拦停，不许发放路签放出站。如果火车到站，而自己还没到，第一时间去将一号包厢里的乘客带下车厢，予以能做到的最严密级别的安全保护，直到自己抵达的一刻。

"我另外会叫双桥当地警局派人火速赶去车站加以协助。"

"听着，我重复一遍，一号包厢里的人非常重要，现在有人要对她不利。"

"如果人在你的车站出了意外，我要你的脑袋!"

贺汉渚通常不会用这样充满威胁的口气去吩咐下面人办事。但是今晚的情况太特殊了，他不能容许别人有失误，半分也是不行。

一旦出事，于他，便是无可挽回。

他听着那头的人发出的唯唯诺诺的应许之声，结束通话，在心里迅速地估了下路程和时间。

夜间火车时速五十公里左右，从这里到双桥站，铁路约一百五十公里。假定零点到达双桥站，那么留给他的时间只有不到两个小时了。

但他能走的只有铁路修通之前的那条官道。官道并非完全沿铁轨并行，中间不可避免会有绕行，有两百多公里的路。

万幸，他的汽车搭载了一台现在最好的顶配凸轮轴四缸发动机，最大输出九十五马力，他试过的实际最快时速是一百三十公里，理论上应该还可以更高一些。

不利的是，前几天下雪，道路积雪。年底官道交通繁忙，现在大部分的路段积雪应已融化铲除，但行车的速度必然还是会受影响。

“贺司令，现在怎么办？”

这时，丁春山带着几个手下追着找到了这里。

贺汉渚没回答他，接着又往京师警察总局打了个电话，让他们派人立刻赶往双桥车站，随即挂了电话，倏然转头。

“去双桥站，拦下火车！”

在这个结着冰雪的夜晚，贺汉渚驾着他那辆轮胎缠了铁链的汽车，在引擎发出的咆哮声中离开了天城，沿着一条数百年来被车马和行人脚步丈量过无数回的车马古道，往北疾驰而去。

一个白天的往来车马践踏，令路面上积着的大部分冰雪都化作了肮脏泥水。

车灯之下，前路像是一条残破的黑色布条，被两边旷野里那一望无际的大片白色积雪挤压着，朝着前方艰难地曲折延伸，消失在了看不见的夜幕之末。

贺汉渚和丁春山同车，另外几个手下开着另一辆汽车在后随行。

一出城，转上官道，车便急速前行。

贺汉渚开着车，心里不停地祈祷，祈祷杀手现在还没有登上火车，祈祷在他赶路的这一百多分钟，这七千秒里，她不会遇到任何的意外。

他无法想象，也不敢想象，倘若挽救不及，因为他的缘故，阴差阳错之下，苏家的那个女孩就这么横遭意外……

他感到肢体一阵发冷，恐惧让他双目陡然泛红，紧紧地盯着前方，忍着眼底突如其来的微微酸胀之感，命自己不许再想这些。

双桥站是这段铁路中间的一个大站，周围交通发达，水陆相连。

如果杀手计划在途中上车行动，这个地方就是一个极好的登车地点。

如果杀手已伏在车里，这个站点也是动手的好时机，便于逃遁。

夹杂着碎冰的一片污泥被急速卷动的车轮带起，从车窗的一道缝隙里甩了进来，溅到了贺汉渚的脸上，他打了一个寒噤。

想什么都没用了，现在他唯一能做的就是以他最快的速度赶到，追上她。

不是尽量，而是必须。

他必须要在火车到达之前先赶到车站。

他把着方向盘，牢牢地掌控着汽车，猛地再次踩了一脚油门，踩到底，直到无法再多下去半分。

丁春山感到自己的心跳随着汽车的不断加速也在不停地加快。

污泥夹着冰雪屑子被车轮卷带着不断地飞溅，打在汽车车身两边的铁皮上，发出噼噼啪啪的声音。高速行驶，加上轮胎缠了铁链，汽车在路上颠簸得厉害。当汽车冲上了前方的一道桥坡，又毫无减速迹象，往下继续疾冲而去时，那一刻，丁春山感到自己的心脏仿佛被摘掉了，猛地悬空，人都差点飞了出去。

这不是开车，这简直是在玩命。

丁春山也有点看不懂上司的危险行为，那个小苏是上司亲戚没错，但平时也没见上司对这个亲戚有特别浓厚的感情。

手下人的那辆汽车，现在早被甩得远远落后，几乎看不见了。

他的后背已经绷出一层冷汗，又不敢说，只能暗暗抓住身侧的车门，尽量固定住自己身体，心里祈祷关二爷保佑。

要是这趟能平安回去，他保准去关帝庙上个香，是真的。

大概是关老爷听到了他的心声，虽然一路煎熬，但可算是有惊无险，汽车狂飙着陆续经过了途中的几个地方，北仓、杨村，又将小林庄也抛在了后头。

从小林庄到双桥，中间将近百公里的路，只开了大约四五十分钟，终于在零点还差五分钟的那一刻，远远地看到了前方的双桥车站。

汽车引擎轰鸣，在随时仿佛就要爆缸的速度里，冲进了车站的站前广场，那个司机猛地踩下刹车，伴着一道轮胎打滑摩擦路面发出的刺耳声中，汽车又继续朝前滑行了十几米，这才停了下来。

引擎熄火，却还发出一阵不绝于耳的余火之声。

丁春山惊魂稍定，转头，没看见手下的那辆车，再转头，见上司已推开车门下去，朝着车站冲去，只剩下了一道背影。

他擦了把手心里的汗，摸了摸插在腰后的手枪，急忙也跟着一路狂奔，追了进去。

离时刻表上这一班火车到站的时间，只剩不到五分钟了。

虽然是子夜，但临近年底，从四面八方赶来这里打算乘火车去往京师的乘客还是不少，至少五六十人，早早地来到了车站，想要进去。

今晚却不知道为什么，车站竟突然临时关闭，连候车室也不让进，还来了一大群巡警四处巡逻，气氛紧张。

乘客一开始还在外头等着，见发车时间就要到了，车站还是半点都没有开放的意思，又天寒地冻的，众人不满起来，有人带头去找车站的人理论，很快发展成争吵，警察过来驱赶，门口乱成一团。

贺汉渚一把推开了挡住自己的人，冲到门口。守门的巡警正要拦，忽然认出来人，急忙立定敬礼。

贺汉渚没片刻的停留，径直冲了进去，一口气奔上站台。

站长和当地警长很快就赶了过来。

站长告诉他，火车还没进站，但应该很快就能入站。

“贺司令，已经照您吩咐，检查过站台内外所有的地方，没有异常！”警长也向他报告。

贺汉渚目光沉凝，扫视了一圈周围。

站台里空荡荡的，近处照明昏暗，再过去些，铁轨笔直朝前延伸，延伸进了黑暗，什么都看不见。

他立在站台的边缘，眺望着那个方向，一言不发地等待。

很快，在浓墨似的黑幕尽头，传来了一阵轰鸣之声。

那声音起初很小，若有似无，很快变得清晰可辨，越来越大，越来越大。

随着那个被蒸汽马力牵引的钢铁巨物的逼近，站台上的地皮仿佛也开始战栗，微微地颤抖了起来。

火车进站了!

贺汉渚迈步，迎头奔了上去，跑向站台的终点，伸臂，在火车即将和自己相交而过的那一刹那攀住了靠近一号包厢所在的车厢车门，一个纵身就登上了还在行进中的火车。

包厢里的设施和条件非常好，空间很大，一个包厢就是一个独立的车厢，带小盥洗间，墙壁和地板装饰着柚木，床上铺着犹如熨过的雪白床单和枕巾，桌上有中西餐可选的菜单，还有咖啡和茶。

苏雪至一上去，就吩咐列车员不用来车厢里服务，锁闭包厢的门，拉紧窗帘，解了身体的全部束缚，到盥洗间洗漱了下，出来换上套睡觉的衣裳，看了一会儿为医学大会准备的资料，想养好精神，就熄了灯，早早休息了。

伴着耳边有规律的车轮碾过铁轨发出的咣当咣当声，她睡了过去，不知道过了多久，迷迷糊糊间，又被身下床铺传来的一阵震颤给弄醒了，知道这是火车入站，在减速。

就要抵达的这一站，应该是双桥。

离火车到达终点还早。

苏雪至打了个哈欠，翻身朝里，又闭了眼。

火车的速度越来越慢，最后停了下来，应该是入了站。

苏雪至继续闭着眼睛，但很快感觉有点不对劲。

前头几站到站的时候，乘客上上下下，站台吵吵嚷嚷。虽然自己这边没受打扰，但嘈杂声还是能听到的。

而现在，耳边居然静悄悄的，好像一个上下车的人都没有？

苏雪至感到有点奇怪，想起身看一眼，又懒得爬起来。正犹豫着，突然一阵急促的脚步声传了过来，似乎有人正往自己这个包厢跑了过来，接着，“砰砰砰——”有人拍包厢的门。

深夜，急促的拍门声听起来十分突兀，令她心里涌出一阵不祥的感觉。她在昏暗里飞快地坐了起来。

“谁？”

“是我！开门！”门外传来了一道压抑而快速的应话之声。

姓贺的？

这怎么可能？

“贺汉渚！快开门！有急事！”那人接着就自报家门了。

居然真的是他！

苏雪至诧异至极，一骨碌从床上爬了下去，开灯后，连鞋都来不及穿，光着脚就跳到了地板上，冲到放衣服的台子前，手忙脚乱地翻到了睡前解下来压在了衣服堆下的束胸。

“你等一下——”她扭头，冲着门的方向喊了一声。

与此同时，每节车厢之中预备在本站下车的乘客已拿着各自的行李，迫不及待地挤到了车门的附近，等待停车下去。

一个个头不高身形瘦小在前头小林庄站上车的生意人，也提了一只手提箱，从最靠近包厢的一节车厢厕所里走了出来，往车头的方向迅速走去，很快走到了通往包厢车厢的连接口。这时却上来了两个警察，挡住乘客的去路，高声命令所有人立刻都回到原来的位置，不许起来，更不许随意走动。

半夜了，旅途疲惫，乘客不满，有大胆的质问了起来。

“凭什么不让下去，都到站了！”

“就是，什么意思？”

警察拿着警棍喝道：“上头的命令！紧急情况！叫你们坐回去就赶快坐回去！快点！谁再磨蹭，一律以妨碍公务论罪！”

乘客虽有所不满，却也无可奈何，嘴里抱怨着，只能掉头走了回来，各自回到自己的位置上。

“出什么事了？”

“怎么来了这么多警察？”

车厢里剩下的乘客也感觉到了异样，张望着月台交头接耳，低声议论。

“不要吵！肃静！快点，全都回去，不许走动！”警察催促，又重复了一遍指令。

生意人的脚步一顿，透过身旁的一面车窗看了眼外头，略一犹豫，立刻掉头，若无其事地回到了厕所前，闪身走了进去，随即丢下箱子，推开车窗，看了眼左右，身影一晃，人就从狭窄的车窗里翻了出去，迅速爬进车底，沿着月台高出路基的空间，紧紧地贴着车底，猫腰朝前头的那节包厢而去。

丁春山带着人正在月台上巡视，眼角隐隐看见有团黑影一晃，再看已消失不见。

那人在车底迅速前行，随即爬过路基，从对面钻了出来，正要攀上车厢，这时，丁春山已从车头的方向绕了过来，举起了手里的枪。

“砰”的一声，他毫不犹豫地开了枪。

一击未中，对方反击。

丁春山顺势趴到雪地里，瞄准前方，连着又开数枪。

杀手似乎中弹，倒在了地上。

警察闻声，迅速地跑了过来，一边朝着地上的杀手继续开枪，一边围了上去。

丁春山松了口气，从地上一跃而起，朝着那个被自己击中的杀手奔去，才跑了几步，突然感到有些不对。

他在原地顿了一顿，猛地抬头，竟见车顶之上，有道黑影正从车尾的方向朝着这边弯腰疾奔而来。

丁春山心跳大作，顿悟——刚才被自己击中的那个杀手，只是前奏，这个爬上了车顶的才是后手。

而后手，往往才是最致命的。

他疾奔而去，朝着那道黑影开枪。

杀手的身手灵活无比，弯着腰，在车顶上避过射来的子弹，转眼就奔到了一号包厢的顶上，翻了下去，朝着玻璃开了一枪，紧接着扔进去一个拳头大小的黑乎乎的东西。

“司令！有炸弹！”丁春山目眦欲裂，厉声大吼。

包厢里，片刻之前，苏雪至正伸手探入睡衣里，手忙脚乱地裹着束胸，突然，听到外面起了枪声。

她的手一顿——

几乎同一时刻，包厢的门也被人一脚给粗暴地踹开了，“砰”的一声巨响，门撞到了墙壁上，又弹了回来。

“喀喇”一下，残破的黄铜门锁掉落在地板上。

一个男人冲了进来。

从听到他敲门叫自己开门，到第一道枪声响起，再到他踹门闯入，不过短短几十秒的时间。

苏雪至猝不及防，下意识地抬起头，和冲了进来的贺汉渚打了个照面。

她还没整理好自己，手甚至还停在胸前，她吃了一惊，也不知道他看出端倪没有，见他两道目光投向自己，迅速地反应过来，背过了身去。

“快跟我走！有刺客！”身后的男人喝了一声。

她心神一凛，顿时什么也顾不得了，一把松开还没弄好的束胸，伸手去拿外衣——这时，却又听到头顶起了一阵异样的动静。

紧接着，又是混乱的枪声。

贺汉渚伸手，从后一把抓住了她的胳膊，将她拽了过来，猛地推到了包厢靠门的一个角落里。

几乎就是同一时刻，伴着车窗玻璃碎裂飞溅的刺耳声音，一颗子弹射入了对面的柚木墙，在墙上打出一个洞，木屑飞扬。

苏雪至还没喘过来气，紧跟着又看见那面没了玻璃的窗户里飞进来一个拳头大小的黑色铁球。

铁球砸落到地板上，滴溜溜地滚着圈，滚到墙角，嗤嗤地冒着白烟。

贺汉渚脸色微变，猛地收紧了攥住她的胳膊，带着她冲出包厢，在车厢门口，他抱住了她，从那扇打开的车门里，纵身跃了出去。

落地的那一刻，身后传来“轰”的一声巨响。

炸弹爆炸。

苏雪至感到贺汉渚的双臂仿佛铁钳，紧紧地抱着自己，将自己纳在他的怀里，两人被身后的残余气流推着，竟无法止住滚势，沿着积雪地，滚出去了七八米远，才终于停了下来。

她的耳朵被震得嗡嗡作响，气鼓，胸口有点气血翻涌的感觉，但很快就恢复了过来，试着深呼吸了几次，呼吸顺畅，便知自己应该没有受伤，身体放松了下来，这才感到身上很是沉重，她睁眼，见贺汉渚还是那样抱着自己，依然没有松手。

他就压在她的身上，脸埋靠在她的一侧耳畔，一动不动。

苏雪至知道，他就如同自己的掩体，刚才全是靠着他，自己才没受到爆炸余波的过大冲击，才能这么快就恢复了过来。

但他受到的冲击绝对大过自己。

现在她是没事了，他却还是没有反应。

苏雪至不禁慌了，急忙伸手，试着推了推他。

所幸，他很快有了反应，动了一下，慢慢地抬起头。

爆炸的包厢车厢起火，来自其余车厢的乘客惊叫声此起彼伏。有人不顾一切地跳下车，站台上乱成了一锅粥。

身后，跳跃的火光勾勒着男人的脸，半明半暗。

两人四目相对。

不知道是火光的余热，还是来自他的呼吸，苏雪至感到一阵热气扑到了自己的面颊上。

“你还好吗？身上哪里疼吗？”他再次低下头，附到她的耳边问道。

“我好！你呢？”她立刻问他。

“我也没事。”他顿了一顿，低低地应。

丁春山击毙第二个杀手，带着人推开受惊后四处乱跑的乘客，朝着这边奔来。

“司令，你怎么样，你没事吧——”他声嘶力竭地吼，声音充满了焦惶。

“站住！都不要过来！”贺汉渚突然转头，喝了一声。

苏雪至一愣，下一刻，身上一轻，见他放开了自己，迅速地脱下了他身上的外衣，扔到她的身前，随即从地上站了起来，转身朝着丁春山他们走了过去。

苏雪至是真的没有想到他会有如此的举动。她感到一阵短暂的茫然，又好似若有所悟。

她的心倏然跳得厉害，心绪有点乱。

火光里，她看着他一边和丁春山以及警长站长等人说着话，一边不时地回头望自己一眼，匆匆穿上宽大的衣服，又背过去整理了下，随即站了起来。

贺汉渚很快走了回来，告诉她这里还不能保证安全，火车也不能走了，恢复铁路交通最快也要明天，她有事，所以他会立刻开车和她继续北上。

“你放心，保证会让你如期赶上明天开幕的医学大会。”他说完，又看了眼不远之外那节被火海吞没的车厢，面露歉疚之色。

车厢正燃烧愈烈，火光冲天，周围到处都是从爆炸里飞出来的小簇火苗以及插在雪地里的各种碎片，看着触目惊心。

“不过，也是对不住你，等到了那边，我会替你准备衣物，但别的都没了，但愿不会影响你这次的行程。”他又说道。

“没关系。需要的资料我可以再准备，都在我这里。”苏雪至已经恢复镇定，指了指自己的脑袋。

他微微一笑，点头，视线掠了一眼她全身，在她的胸口停了一停，往下，最后落到了她的脚上。

车厢爆炸前，她是光着脚的，现在就踩在雪地里。

刚开始因为紧张，也没什么感觉，一放松，就觉得冷了，大脚趾紧紧地勾蜷，一只脚正踩在另一只脚的脚背上。

发现他的目光停在了自己的脚上，苏雪至顿悟，急忙放平脚：“我不冷——”

“丁春山！”话音未落，见他扭头喊了一声。

丁春山打发走了警长和站长，自己正带着人停在上司四周戒备，听见上司喊他，让手下继续盯着以防意外，跑上去。

“司令还有事？”

“去找双鞋过来，还有毯子。动作快点！”

丁春山这才留意到了小苏的窘状，点头应是，转身去了。

“你再稍等一下。”贺汉渚对苏雪至说，脱了身上穿的那件深灰色的开司米羊绒背心，蹲了下去，铺在雪地里，让她踩在上面取暖。

他的外套已经给了自己，身上就剩这件针织背心可以保暖，再脱掉就只剩下一件衬衫了。他还有咳嗽的毛病。

苏雪至一愣，忙摇头：“不用！我真不冷！你赶紧穿回去……”

他恍若未闻，蹲在她的脚前，伸过来手，轻轻握住她正往后缩的一只脚，用一股轻柔却不容抗拒的力道带了回来，替她拂去脚底沾着的冰雪，让她踩了上去，又将她的另一只脚也牵引了过来，最后卷起背心，让织物完全地包住了她的双脚。

脚被仿佛还带着体热的羊绒针织物紧紧地捂住，立刻就暖了起来。

“等下我就穿回去。另辆车里应该也有他们为外出行动准备的备用衣服，我再去拿一件。我不冷。”他说完，仰面朝俯首正看着自己的苏雪至笑了一笑，眉目舒展，站了起来。

苏雪至只能踩在他脱下给自己包脚的衣服里，心里五味杂陈，一种说不出来的奇怪感觉。

她不觉得自己可以接受他这样的照顾。这种感觉太奇怪了，完全超出了两人正常的关系范畴。

但在他这样有力道的温柔坚持之下，她又没法拒绝。

她只能立着，一动不动，感到自己的脚都快要起火了，幸好丁春山很快就回来了，拿了毯子和一双崭新的内绒皮靴。

苏雪至松了口气，赶紧接过靴子。

穿好鞋，她从雪地里捡起背心，正要掸掉上面的雪，弄干净了再还给他，他却不知为何，似乎不想让她碰，伸手将衣服从她手里直接接了过去，自己随意抖了几下，便套了回去。

今夜运气算好，一号包厢是独立车厢，空间也大，爆炸除了波及近旁一间包厢里一对预备入京的官员夫妇，两人受了点程度不同的皮外伤，其余车厢问题不大。就是乘客受惊不小，在枪战和爆炸过后，因为踩踏又伤了几个人。乘客聚在候车室外，吵嚷声不绝于耳。

贺汉渚环顾了一圈四周，再次吩咐丁春山组织善后，安抚乘客维持秩序，安排伤者治伤，尽快灭火恢复铁路。他吩咐完，便不再停留，带着苏雪至迅速地出了站，让她上了车，将毯子递给她，自己走到后面那辆车旁，接过一个手下递来的衣服穿上，随即回来，启动汽车，驾车离去。

苏雪至转头，看着身后的车站渐渐消失在了夜色里，想起刚才的一幕，犹带几分劫后余生的心惊和庆幸。

只是她又不解。

今晚的刺客，很明显目标是自己。

她不明白她的存在到底妨碍了谁，会大动干戈如此安排。

她转脸，看向身旁正在开车的贺汉渚，想先向他道谢，却听他忽然道：“你不必谢我。今晚的目标原本是我。”

苏雪至一怔，看着他，在脑子里绕圈圈，绕了好几圈，终于勉强有了点头绪。

“你什么意思？你是说，我表哥给我的票是你的？”

“是。”他顿了一下，“今晚原本我也要带我妹妹去京师的，临时有事去不了，听说你恰好同路，顺便转给了你的表哥。”

他说完，转过脸，看了眼满脸都是错愕表情的她。

“火车出发后，我才获悉可能会有一场针对我的暗杀，所以追了上来。我很抱歉，我真的没有想到，因为我，今晚让你受了这么大的惊，差点——”

他猝然停了下来。

不知是情绪的变化，还是别的什么原因，他咳了几声，身形一僵，皱了皱眉，似乎极力将情绪压了下去，又接着道：“我真的抱歉，全是我的过失，连累了你——”

苏雪至刚才只是太过意外而已，并非责怪他。

难怪表哥当时匆匆地来，丢下票又匆匆跑了。

见他咳了起来，面似带了微微的痛楚之色，她急忙摇头：“没事，和你无关，我没怪你。你怎么样了，很难受吗？难受就不要说话。”

“我没事。”他笑了下，神色又恢复如常，“你不怪我就好。到京师还要两三个钟头，我开慢点，你休息吧，想睡就睡，到了我会叫你。”

他不再说话了，苏雪至也沉默着，在耳畔传来的汽车引擎声中将身子蜷成一团，缩在来自他的衣服和毯子的包裹里。

不知怎的，她想起了自己之前也曾亲历过的那一场针对他的暗杀。

她又想起了不久之前的那个晚上，她说他是好人的时候，他对自己讲的那些话。

她忍不住在毯子的遮掩下偷偷看了眼那张侧脸。

他开着车，目光平视着前方，神色显得专注而平静。

苏雪至看了他一会儿，心里不知道为什么又有了之前那个晚上曾有过的空洞洞的仿佛类似于难过的感觉。

这个人，在男女关系方面的私德上确实是烂透顶了。

但除了这一点，其余好似并无可指摘之处。

也不知道他过的到底是种什么样的生活，看他似乎连对这种随时就能要了他命的恐怖暗杀都习以为常了。

他的肩膀忽然微微动了一下。

苏雪至心一跳，怕被他觉察自己在看他，急忙转回脸，拉高毯子，把身子缩得更紧，随即闭上了眼睛。

他的车开得很是平稳，速度不快也不慢，光线昏暗，身上也暖洋洋的，原本确实很是适合睡觉，但苏雪至睡不着，闭着眼，又想起了他踹门闯入包厢，随后脱下衣服给自己的那一幕……

突然，前方路上，从野地里横蹿出一条野狗。

他踩下刹车。现在的车没有安全带，苏雪至没防备，出于惯性，整个人从位置上猛地前冲，眼看人就要撞到汽车的前玻璃，他一把拽住了她。

苏雪至被他大力地拽了回来，一时惊魂未定，坐稳后，下意识地转头看他，见他慢慢地停下车，身体一动不动，尤其是右侧，显得有点僵直。

苏雪至顿时想起刚才他咳嗽时面上露出的微微痛楚之色，开始觉得不对劲了，出于医生本能，问道："你怎么了？你身体有伤？"

他似乎很快就缓过来了。

"没事，我们继续上路——"

他再次伸出手，要操作汽车。

"等一下！"

车里光线暗，苏雪至打开了照明灯，打量他。

"我真的没事！你这么看我干什么？"他若无其事。

"脱衣服！"

他不脱，笑道："你要我脱衣服干什么？我可是你的表舅！尊卑上下，不知道吗？"又扭头看了眼后头，"我手下上来了，我们走吧！"说完，伸手又要开车。

苏雪至拔了车钥匙。

"你脱不脱？你不脱，我动手！"

在她的逼迫之下，他终于慢吞吞地脱了外衣。

"转过来！背！"

他显得有点无奈，只能照做，转了过去。

"真的没事，我跟你说，就一点小皮肉伤而已，根本不算什么……"

随着他转过身，在照明之下，苏雪至看见他身上那件羊绒背心的右边一侧已被血渗透，染湿了一块。

她命令他趴在车门上，掀高他的背心，就见他的贴身衬衫背后染了一片的血。

她将衬衫的下摆从系着皮带的裤腰里拉了出来，小心地卷起，终于看见在他后背右侧靠肩胛的部位嵌入了一块疑似火车铁皮的铁片，从伤口的长度判断，长七八厘米，目测深度应该也不浅，铁皮的大部分已入肉，只剩一个小三角的部位还露在外。

细细的血丝正从那道狭长的伤口里慢慢地渗出来，染红了他大半的腰背。

那时候在车站，站台上的火光晃眼，场景又那么混乱，他伤口的渗血应该也不多，她一直没有觉察他其实已经受了伤。

不知道深度到底几厘米。这个部位靠近肺，如果万一深得插入了肺，引发气血胸……

“我真没事！这点皮肉伤我自己知道，撑得住的，明早到了京师，我去医院处理下就行了——”

他转过头，笑嘻嘻地解释，冷不丁撞到她恼怒地盯着自己的一双眼眸，一顿。

“你怎么回事？你逞什么能？”

难怪他不让自己替他整理背心，应该就是想瞒住她，免得被她发现衣服上的口子。

“你明明受了伤，我两次问你，你为什么就是不说？”她的语气非常严厉。

他脸上的笑容僵住了，迟疑了下，喃喃道：“好吧，是我错了，我确实不该逞能……”说完，见她依然一言不发，心虚地看她，“那你说现在怎么办……”

对着这样的人，苏雪至也实在不可能气久，想了下，问道：“前面哪里有可以就医的地方吗？我先帮你处理下，晚上也不要开车了，找个地方先休息，明天再上路。”

“你不是要开会吗？”他小声地提醒。

“不急，明天只是开幕，不重要，只要能赶上校长的课题报告就可以了，是最后一天，第三天。”

“好。”他松了一口气的样子，又冲她一笑，“你别生气了啊，我都听你的，真的。前面再开几十公里，有个高平镇，我们可以停在那里。你坐好，我跟手下说一声，然后我们就开过去。”

苏雪至却下了车，走到他的一侧，替他拉开了车门：“下来，坐过去！”她指了指自己刚才的位置。

“怎么了？”他不解地看着她。

“你这样你还能开车？你不怕我怕！你给我过去，坐着不要动！”

“你会？”

“只要你不怕翻车送了命，我是没问题的。”苏雪至说完，看了眼已跟上来停在后面的那辆车，“当然，你要不放心，我去叫你的人来，帮你开。”

“不用不用，我不要他们！就你，挺好的，我不怕翻车……”贺汉渚一边说，一边又闷咳了两声，但又好像是在闷笑，见她盯着自己，似乎有点不悦，急忙收了笑，下车，老老实实地坐了过去。

他的手下跑了过来，问是怎么回事。

苏雪至说晚上不赶路了，到前面的镇上过夜，说完上车，拿起自己刚才盖过的毯子，压在他的身上，再次警告他不要乱动，随即发车，试了试手感，便驾车朝前而去，在他的指引下，很快顺利抵达了高平镇。

高平镇地方虽然不大，但却是往来京师和天城之间的必经之地，商业本就繁荣，如今在附近又修了火车站点，十里八乡的人出门都要路过这里，镇内是百行皆齐。

苏雪至开到镇上已是一点多，夜梦正浓的时刻，镇上家家闭门锁户，远远看去黑漆漆的，一个人也看不到，只远处偶有犬吠之声传来。不过他们运气不错，沿着镇口的路开进去没多远，竟见到路边有间门口钉了一个红十字标记木牌的西医小诊所。

能在这里遇到西医诊所，自然是好事。

诊所开在人家里，估计医生也住里头，苏雪至立刻停了车，让贺汉渚先在车里等着，自己下车去拍门，拍了一会儿，听到里面传出一道声音，问是怎么了，得知有人受了外伤，便喊：“本诊所不擅外科，只看内科！别拍门了！再进去点，往右拐，找一个跌打馆，叫跌打郎中给你们治去！”

苏雪至看见他门口的木牌上就打着内外兼治的广告，分明是没有医德，不想接待夜诊，心头火起，握拳重重地捶了一下门：“我要酒精和沃杜丁儿！这些你总有吧！你开不开门？再不开，信不信我开车撞烂你大门！”

这个医生是天冷不愿起床接诊，一开始听对方声音年轻沉悦，说话也很礼貌，就没放眼里。反正外伤一时也死不了人，打发掉算了，不想对方突然凶悍，不敢再推脱了，只好起床。

很快，门里透出了灯光。

贺汉渚拿掉了她之前强行盖在他身上的毯子，从车里走了出来。

他的两个手下也跟了过来。

三人站在路边，一声不吭，默默地看着她拍开了门。

医生打着哈欠出来，拿了挂在墙上的白大褂，一边穿一边打量进来的人。

受伤的是个身穿制服的青年军官，大概是失血的缘故，脸色惨白，眉目鸦黑，进来后就没开过口，但脸上一直带着几分淡淡笑意，看着挺和气的一个人。

门口两个像是手下的，也是沉默无言。

唯独那个叫门的，模样长得倒是清秀，打扮邋里邋遢，像半夜随意披了件家里大人衣服就跑出来的，看年纪似乎是这个笑面青年军官的跟班，态度却最是恶劣。

医生避过，只和笑面军官说话，问是怎么受的伤，让他坐下，自己先检查伤口。

苏雪至打量了一眼周围环境，诊所邋里邋遢，墙上挂的行医资质许可证上落满灰尘，医师穿上的那件白大褂颜色发暗，胸前带着几点不知道是什么脏污痕迹。

“让开！”

苏雪至自己打开了外科手术工具箱，拿出需要的器械，叫来贺汉渚的一个手下，让他跟着这个医师过去，盯着用开水煮沸十分钟，自己拣取了消毒用品和纱布等物。

一阵忙碌，等准备好，苏雪至用剪子剪开已被污血凝固黏在他身上的衣物，冲洗干净伤口，仔细检查了一番后，往贺汉渚嘴里塞了块纱布，让他咬着忍痛，随即用器械夹住了露在外的三角部位，成功拔出铁皮，根据铁皮目测伤口深度约四厘米。

换成是肌肉层相对较薄的女性，这种深度一般已是入肺。

万幸，他的背肌还是可以的。

她试着按了按他左侧相同位置背肌的厚度，根据解剖经验，判断应还没伤到肺。

苏雪至终于稍稍松了口气，随即进行伤口的内部清洁处理，消毒后，缝合伤口，观察不再出血，即用纱布覆盖，最后往他身上缠了几圈固定。

处理完伤处，她看了他一眼。

整个过程里，他就坐着一动不动，嘴里叼着那块自己刚塞进去的纱布，一张脸白白的，额头沁出了一层薄汗，忽抬眼，也看向了自己。

她忍着想问他疼不疼的念头。

反正肯定疼，不用问她也知道，就吩咐他明天一到京师立刻去医院注射破伤风血清。

这家小诊所里没有血清。

他长长的眼睫毛动了一下，吐掉了嘴里的纱布，闷闷地“嗯”了一声。

苏雪至见他一副没精打采的样子，怕是失血过多，又值深夜，应是早已疲倦了，就说：“没事了，咱们找个地方赶紧休息。”

他没说话，接过一个手下递来的外套，默默穿上，抬脚就往外走去。另一个手下扔下一个银圆，也跟了出去。

苏雪至一边洗手，一边问医生镇上哪里有旅馆，条件好一点的。

医师大概是目睹了她刚才处置伤情的利索，态度客气了不少，说沿着门口的路一直往里，在镇子的对面入口处，路边有土岗子，那里有镇上最大的旅馆。

苏雪至向他道了声谢，走了出去。

贺汉渚已坐在车里，眼睛看着前面，她上了车，他也没说话。

苏雪至也没在意，继续开车，往前慢开了几百米，在路边看见了一个挂着硕大招牌名叫祥福的旅馆，于是把车停在路边，推门走进狭窄昏暗的店堂，到柜台前叫醒了一个正横在后头长椅上呼呼大睡的伙计。

伙计惊醒，睁开惺忪睡眼，见来了生意，赶紧抬袖擦了擦吊在嘴角的一挂口水，爬了起来。

苏雪至出来，走到车旁，敲了敲车窗，弯腰对还坐在车里的那个人说：“有房间！但条件不大好，委屈你凑合一下，先休息吧。”

他的手下走了上来，看了看她，又看了看车里的上司，见上司和起先一样，一声不吭，似乎全是她在指挥，不敢多问什么，于是跑到车旁，替上司打开了车门。

贺汉渚走了下来，跟着苏雪至进去。

“两间房？”伙计看了眼进来的一拨人，问。

他两个手下睡一个房，至于自己和他……

苏雪至抬眼看他，恰见他也望了过来，四目短暂相对，又各自分开。

“三间。”她说。

“得咧！我领你们过去！”

半夜来了笔大买卖，伙计挺高兴，拿着钥匙带客人进去。

屋里用煤油灯照明，十分简陋，窗帘的颜色暗得几乎认不出本色了。

苏雪至让贺汉渚睡那个最大也最干净的房间。

他进去后，坐在凳子上，还是一言不发。

她感到他好像不高兴，从那家诊所出来就不高兴的样子，但她想不通原因。

“你怎么了？我看你不高兴？”她忍不住问了一句。

“没有。”他断然否认。

苏雪至很快放弃了试图探究别人情绪如何的行为。

她看了眼床，想了想，让他稍等，出去到车上拿了毯子回来，走到床前，替他铺在床上，铺好后，说：“你过来，睡上头，再卷过来，这样干净点。”

他站起来，走了过来，坐到了床沿上，三两下蹬掉脚上的鞋，人往后一仰，仰到一半，大概是拉到伤口，身形一顿，轻轻嘶了一声。

苏雪至眼疾手快，伸手一把托住了他的背，扶着他，帮他慢慢地侧躺了下去，轻声责备：“你怎么搞的，慢点不会吗，当心扯坏伤口出血！”

躺下去，他两个手就摊着，一动不动。

她只好又帮他将毯子拉过来，盖在他身上，再压了床棉被，伺候完大老爷，问他渴不渴，要不要喝水。

“不喝。”他拒绝。

苏雪至点头：“行，那你休息，我走了。你手下住在你左边，我在右边，有事的话尽管叫我。”

她往外走去，走到门口，迟疑了下，停步，慢慢地回头。

他还那样侧卧着，果然，如她刚才的感觉，他看着自己的背影。

她终于转过身去，走了几步回去，最后停在了屋子的中间，低声问他：“你是什么时候知道我是女人的？”

她问完，屏住呼吸看着他。

床头的桌角上，点着一盏煤油灯，玻璃灯罩已被熏得乌黑。

昏暗的灯火之下，苏雪至听到他低低地应：“有些时候了。”

苏雪至的心咚地一跳。

今夜之前，她丝毫未察觉到这一点。

她定了定神，顿时想起一件旧事。

“是那天在城南的日本汤池里遇到，你认出我的吗？”

“算是引子吧。不过，当时我以为看错了，是后来才确认的。”

“后来你是怎么确认的？”

“说来话长。”他就这么回应她。

她顿了一下，改问自己另外一个最大的疑问：“你既然知道了，为什么没揭发我？”

“除非哪天你自己想做回女人了，否则我为什么要揭发你？”

苏雪至沉默了片刻。

“那么放假前，我的室友走了，也是你的手笔？”

“是。算是之前因为我的缘故让你失去单人住宿的弥补吧。”

“谢谢你替我保守这个秘密。”苏雪至说道。

他笑了笑：“小事。”

苏雪至缓缓地吁出了一口气，望着他，一字一句，郑重道：“虽然你这么说，但我真的很感谢你。谢谢你，表舅，我很是感激。这个身份对我来说，非常重要——”

他沉默着。

“不打扰你了，休息吧。”

她轻轻地走了出去。

苏雪至回到了隔壁屋里，在昏暗中和衣躺到了木板床上。

尽管她闭着眼睛，想引导自己尽快入睡，等醒来就能出发，但大脑皮层活动却似乎完全不受控制，她始终睡不过去。

估计已经两三点了。

她听见自己每翻动一下身体，不知是床板还是床脚就跟着咯吱一声，在这寂静的深夜听起来分外扎耳。

她禁止自己再翻身，正拘着身体，突然，屋子的角落里又发出一阵轻微的窸窸窣窣之声。

苏雪至感觉自己躺得浑身酸胀，洞鼠又吵得厉害，她索性爬了起来，走到窗前，拉开耷拉着一角的破窗帘，推窗看向了外面。

旅店地势很高，建在一个土岗子上，视野大概是唯一的可取之处了，站在窗前能看到高平镇的大概模样。

这是一个典型的北方集镇，带着院落的四合平房星罗棋布。淡月洒在屋顶没有融化的积雪上，泛出一层莹莹的白光。

有点冷，苏雪至搓了搓手指。忽然，鼻息里飘入了一股香烟的味道。

苏雪至迟疑了下，探出头，看隔壁的窗户，两扇窗户之间恰被一道微微凸出来的墙挡了视线，什么也看不到。

她又使劲闻了闻，确定香烟的气味就来自隔壁，心里顿时又一阵恼火，转身来到隔壁门前，敲了敲，发现门没反锁，直接推了进去。

果然，贺汉渚在抽烟。

屋里没灯，但能看见他爬坐到了那面破窗户上，一条腿支在上头，架在对面的窗棂上，另一条长腿松松地沿着窗台挂下来，嘴里叼着烟，烟头的红光在夜色里一明一灭。

他听见她进来的动静，扭头看了一眼。

苏雪至走了过去，停在窗前。

“哪来的香烟？”

“手下给的。”

“为什么不睡觉，抽烟？”

“疼。睡不着。”

苏雪至一顿，刚才的火气一下就消了不少，语气不再是质问，变得缓和了。

“别抽了，对伤口不好。给我吧。”她伸出手，举到他的面前，向他要烟。

他仿佛没听到。

苏雪至等了一会儿，见他油盐不进的样子，又隐隐地气了起来，手伸向他的嘴，自己去拿。

他立刻抬手，从嘴里取了烟，举了起来。

苏雪至去够，每次眼看快要够到了，下一秒他又举得更高一些，就是不让她够得到。

苏雪至停了下来，看向他，变得很生气了：“给我，马上！”

他的脑袋歪靠在窗棂上，扭过脸在看她。

窗外的月光和雪色映照他一侧的面孔。他面容惨白，眼睛在黑暗里，却黑黢黢地发着光，像两口吸人魂魄的深渊。

“小苏，我这么烂的一个人，你也在乎我的死活？”他慢吞吞地开口了，语气像在和她调笑。

苏雪至不看他的脸，盯着他还举着的烟：“你这个人确实挺烂的，不过，病人烂不烂，和我无关。晚上住下来是让你休息，不是抽烟。”

他一顿。

“我就抽，你管不着。”说完，他当着她面又吸了一口，不止这样，竟还挑衅似的朝她面门喷了一口刚吸进去的烟。

苏雪至没防备，吸了进去，呛住，咳了几下，抬头，见他竟很开心似的低笑，气得火冒三丈，这下也不客气了，一手揪住他拿烟的胳膊，阻止他再动，另手伸过去再夺，这回眼看就要拿到了，不想他竟换了只手，再次高高举起。

苏雪至气急败坏地跳起来又够，他似乎愈发快活了，一边避着她的手，一边闷笑个不停，到了最后，笑得肩膀都在微微发抖了。

苏雪至再跳几下，顿悟了过来——这个人，他是在耍自己而已！

她停住了，喘了两口气，等呼吸平稳了些，冷冷道："算我多管闲事了，贺司令，您想怎样就怎样吧。"说完转身就走。

贺汉渚扭脸，看着她掉头走掉，就要开门出去了，他突然掐了香烟，从窗台上一个翻身下去，几步就追上她，一把抓住她的胳膊，将她拽了回来，猛地按在了门上，用自己的身体一下将她兜在了门后。

这变化猝不及防，苏雪至被迫背抵在了门板上，抬起头，就感觉到一阵灼热的呼吸扑到了自己的眉头之上。

她知道他低头正在看着自己。

夜色昏暗，贺汉渚近在咫尺，近得她几乎能清晰感觉到来自他的体热。

她浑身冒出了一层鸡皮疙瘩，脖子登时僵硬，人都不能动了。

她怕声音大了吵醒隔壁他的手下，忍着心里涌出的一阵惊慌，定了定神，极力将自己的身体往门板上贴，尽力不去碰到压靠过来的男人，吞着声，用愠怒的声音质问："姓贺的，你要干什么？"

他低头看着她，既没有下一步的行动，也没有后退松开。

两人便如此，在黑暗里僵持着。

苏雪至的心跳越来越快，后背如有无数芒刺，就在她快要忍受不住时，突然，感到他似乎慢慢地松了手。

"你走吧——"

"我是想和你说，不抽了。"

黑暗中，她听到他在自己的耳边低低地道了一句。

话音落，挡着她的那一双臂膀从墙上落了下去。

逼迫而来的压力之感也随之立刻消失了。

苏雪至喘了口气，立刻转过身，打开门快步走了出去，回到了自己的房间。

她不知道自己是怎么糊里糊涂地回到房间里的，直到重新躺了下去，在黑暗里闭目了好一会儿，脑子才从刚才那一阵带给她的巨大的冲击感里彻底地清醒了过来。

她固然平日粗枝大叶的，对不感兴趣的人和事不大会投以过多的关注，但这并不表示她是白痴……

刚才的最后一刻，贺汉渚竟把她堵在了门后，那样对她，当时她没完全反应过来，但现在再想，很明显，他在勾搭自己。

她有一种强烈的感觉，当时在黑暗之中，他随时就要亲吻自己了，只是不知道为什么最后又止住罢了。

现在，脑子清醒了，在她心里，随之而来是一股浓重的厌恶之感，前所未有。

以前，她固然有时也不大看得上此人在男女关系上的行径，但也称不上真正的厌恶。

这属于个人私生活的范畴，和他有牵扯的女人们自己都不在乎，她在乎什么。

但她是真的做梦也没想到，他竟把主意打到了自己的头上来。

他是什么时候开始对自己有了这种可怕念头的？是在知道自己是女人之后吗？然后，因为今晚，对自己有了救命之恩，他开始觉得自己应当以身相许，做他的下一个猎物？

一瞬间，她对这个男人的下流无耻达到了空前的厌恶程度。

她更是恼火无比，自己当时怎么就那么老实，任他禁锢了那么长的时间。再不济，也应该跳起来抽他一个耳刮子，帮他好好清醒一下。

黑夜里，洞鼠继续大摇大摆地游弋，用尖利的牙齿放肆地啃咬不知道哪个角落里的木头，以此来嘲笑着人类的软弱和愚蠢。

苏雪至就这样在震惊厌恶和气恼的各种情绪里辗转反侧，最后也不知道到了几点，困意袭来迷迷糊糊睡去的时候，脑子里的念头已变成了反省。

固然姓贺的风流成性是主因，但是不是自己的态度也存在些问题？她回忆昨晚和他的相处，分析是否对他太过随意，模糊了原本和外人之间应有的界限，这才惹他误会，造成这样令人不适的可怕局面……

这个下半夜剩下的时间里，苏雪至做着乱七八糟的梦，第二天醒来，她感到头昏脑涨，看了眼窗外，又吃了一惊。

外面天光大亮。阳光透过窗帘照射进来，光线有些刺目。

感觉已经很迟了。

她很是懊恼，急急忙忙爬了起来，胡乱洗漱了下，匆匆开门，却见贺汉渚的一个手下就站在走道里，见她开门，快步走来，递上手里的一只包袱，说是早上从镇上临时买的一套衣裳，让她暂时穿一下。

苏雪至身上自然还是昨夜的那一套，睡衣加他的外衣，显得不伦不类。

她接了，回到房间，打开包袱。

里头是套新的外穿普通冬男袍、保暖的里衣，另外还有一双棉纱袜，尺寸都和自己差不多。

她在纠结的心情里换了衣服，收拾好出来，往外走去，心情忐忑而烦恼。

昨夜出了那种意外，现在她实在不知道该怎么去面对那个姓贺的。

装作什么都没发生，若无其事，避免更多的尴尬？还是冷脸相对，以表达自己对昨夜之事的愤怒和不满？

昨夜她的反应太过软弱无力，实在不该。

要是早上再不表明态度，会不会再次给他造成新的错觉，以为自己是在欲拒还迎，并非强烈反对？

快到旅馆的大门口，她的脚步变得迟疑了起来。

昨夜的伙计看见她，追了出来，请她去用饭，说在厨房里热着。

苏雪至哪来的胃口，说不吃，心一横，跨了出去，看见贺汉渚就站在不远之外的一道用石头垒起来的矮墙前，背对着这边一动不动，似在眺望远处镇上的街景。他的两个手下检查着汽车的状况。对面，十来个住附近的小孩和闲人三三两两地站着，用好奇的目光围观着汽车和这几个不速之客。

苏雪至的脚步停在了旅馆的门口，进退维谷。他的一个手下看见她，叫了一声，她看见他随即扭头，看了眼自己的方向。

苏雪至的心跳立刻又失控地加快了，竟有些紧张，她飞快地调整情绪，立刻下了决心，正要冷脸以对，见他已朝着自己走来，停在距她七八步远的地方，微微地点了点头。

“还有点路，你开车也累，今天让他们开吧。”他竟神色如常，语气也是如常，说完喊了一声，他的一个手下就从后跑了上来。

他也没再停留，说完话，迈步往后面那辆汽车走去。

他的手下替他打开了车门，他弯腰钻入后座，那辆汽车发动，在后头几个小孩的大胆追逐下从她的面前经过，先开走了。

苏雪至不禁再一次感到意外了。

从昨夜起，她满脑子想来想去，把自己折磨得心神不宁。她可真的没想到，一夜过后他竟是这样的反应，好像什么事都没发生过。

要不是昨夜那真真切切的记忆还在，光看他刚才的样子，她差点以为全是自己做的一场乱梦。

她立在原地，看着前头那辆已离去的汽车，一时之间回不过神来。

“苏少爷，您请上车。”

苏雪至猝然回神，收回目光，上了另外一辆为自己打开门的汽车。

他的这个手下姓姚，司令部里人都叫他姚老二，他追着前头的车上了路，用带了点讨好的口吻道：“苏少爷您放心乘我的车，我开车在司令部里算是稳的，路上您好好休息。”

苏雪至压下心里混乱的感觉，为自己今早的迟迟不起而致歉。

姚老二笑道：“没事，是司令不让叫你的。昨晚那种事，碰上了也是倒霉，但也可见，你和我们司令都是命大之人，将来必有后福。”

苏雪至不再说话，看着开在前面的那辆车，想了一会儿，吁了口气。

算了，不想了，想得脑瓜子疼，浪费精力。

昨晚应该就是自己敏感过度。

贺汉渚是花丛老手了，像自己这种样子，他怎么可能会有兴趣?

昨夜已过去，什么都没发生。反正吸取教训，往后提点自己，无论何时何地，多加注意言行，勿随意越线。

第五章

午后两点多，汽车开到京师，经过渐渐热闹起来的南郊，从正阳南门下经过，走了几条两边全是商铺的通衢大道，最后抵达京师饭店。

这是京师里最著名的饭店之一，诸多名人抵京后的首选下榻所在。

路上，贺汉渚乘的那辆车一直开在前，入京师后，道路上车水马龙，很快淹没在车流里不见。

姚老二在饭店门口停下车，苏雪至下来，果然没再看到人，那辆车也不在，只看到另一个替他开车的手下等在饭店门口，告诉她已替她开好房，等下会有人给她送来需要的衣物。最后说，贺司令让自己转话，他有事先走，他住在城西丁家花园，让她有事随时可以去找。

“苏先生您请进，随我来。”穿着制服的饭店侍者恭敬相迎。

苏雪至到了开好的房间里，等了大约半个小时，侍者送来一个崭新的旅行箱，另有两套刚熨过的西服。箱子里装着从头到脚的另外一些衣物，还有二十封用簇新牛皮纸包的银圆，十个一筒，共两百元。

苏雪至看着东西，心里很不是滋味，无精打采的。

她不想接受来自他的这种东西了，但现在情况特殊，也只能这样。

医学大会的会场在京师医科大学，位于城东。她本来与校长约好今早在城东那边他住的饭店里碰头。

昨晚半路的火车事件，以现在的新闻传播速度，最快也要今日晚报才能见报，早上校长没等到自己，想必先走了，现在在开会。

现在大半天已经过去，自己也没必要再过去，详情等晚上见了面再说。

现在最要紧的是抓紧时间把后天需要的资料再准备一下，能准备多少是多少。

苏雪至冲了个澡，极力打起精神，坐到桌前，开始专心做事。

贺汉渚独自开车，到了位于城西的那处寓所。

他不在的时候，这里的房子是由从前贺家一对远亲管事夫妇老鲁和贺妈看守。他们知道兄妹这两天要来，早早地将房子整理收拾妥当，就等他们抵达，却没想到出了意外，今天一早起，客厅里的电话铃声响个不停，老鲁夫妇担忧不已，终于等到贺汉渚开车抵达，两人才松了口气。

老鲁打开大门，将他迎了进来，说已经知道了昨晚火车上的事，幸好他没事，又告诉他，一早起这里电话就没停过，王孝坤、章益玖、大总统府秘书等人都打来了电话，询问他的下落。

“他们说你要是到了，叫你立刻回个消息——”

贺老妈子闻声也赶了出来：“孙少爷，你可来了，你没事就好！我和老鲁担心了你一天，你饿不饿，先吃点东西……”

贺汉渚停在楼梯上，转头，对老鲁夫妇笑道：“我想先休息一下。无论谁找都说我不在。”

他上了楼，进到房间里，一把拉上了遮光的窗帘。

光线被挡在了外面，周围立刻变得昏暗一片。

贺汉渚走到床前，在床边坐了片刻，伸手拉开床头柜的抽屉，拿了支烟，点燃抽了几口，忽然被呛住，剧烈地咳嗽了起来。他压下咳后，胡乱灭了烟，一臂支着刚因咳嗽牵到伤口而变得隐隐胀痛的后背，慢慢地躺了下去。

昨夜一夜无眠，此刻躺下之后，疲倦仿佛潮水一般缓缓地朝他涌了过来。

不知道过了多久，贺汉渚仿佛看见了自己行走在一片混沌当中，心里空荡荡的，似乎在找什么人，渐渐地云雾渐散，前方有道倩影正漫步而行，他顿感心跳加快，仿佛那道影子就是他在找的人。

他看见自己追了上去，然而她却若即若离，他始终无法够到。

脚下云雾再次迷离，他迟疑了，开始停下步伐，那道倩影却亦停了步履，等着他，转头回眸一笑。

刹那，云消雾散，山辉川媚，心神荡漾间他听见有个声音告诉自己，这一定是在做梦，要尽快出来。

但他却始终走不出来，反而继续做着梦。在这个梦的又一个深梦里，他仿佛再次回到了昨晚的旅途，在那个昏暗而简陋的路边旅馆房间里，他情不自禁地逗弄着一个女孩儿，把人惹怒了，丢下他走了，他心痒难耐，又追上去，将她堵在了门墙和自己的身体之间。

他和她的距离，是如此之近。

她如在怀中，皮肤柔软，呼吸温热。

定是黑暗的怂恿，他竟情急欲盛，热血沸腾，他在渴望……

一辆汽车开到了大门口，停了下来，发出的短促的喇叭声将贺汉渚从梦境中惊醒了。

他弹坐而起，心跳得快要蹦出喉咙，睁目四顾，方醒悟身在何处。

房间里的光线愈发暗沉，天应该已经黑了。

他在床上继续坐了片刻，一动不动，突然猛地翻身下床，快步走进浴室，伸手拧开盥洗台前的一个黄铜龙头，放出水，俯身把头凑了过去，用水哗哗地冲，片刻后才直起身体。

心还在勃勃地急促跳动。

他在黑暗里继续站立了片刻，抬手，指尖慢慢地摸到了电灯的开关，打开灯，随即一把扯过毛巾，擦干自己的头和脸，转身出了浴室，开始穿衣，下楼去见他避不开的、需要见的所有人。

来的是王太太和王庭芝。

昨夜丁春山照贺汉渚的吩咐，处置完火车站的乱子后回了天城。

如此安排，一是司令部需要亲信值守，二是出了这样的事，贺汉渚让妹妹暂时继续留在天城。这个白天，丁春山又从手下那里获悉，上司昨夜在爆炸中受了伤，傍晚王庭芝打电话向他询问情况，他便据实以告，王庭芝有些担心，王太太获悉后，也说要来。

贺汉渚从楼上走了下来，王庭芝立刻快步迎了上去，神色关切："四哥，你伤势怎么样？什么时候到的？到了怎么也不说一声？"

贺汉渚和二人打了招呼，说自己无事，一点轻微皮肉伤，已经处置好了，随即又笑着解释自己是午后到的，因昨夜没休息好，当时有些乏，打算小憩片刻再向周围报个平安，没想到睡沉了。

"怪我，一时疏忽，竟叫大家伙担心。"贺汉渚赔罪。

王太太道："快别这么说，你没事就最好了。知道昨晚上的事后，我是一整天都心惊肉跳。你救那位小苏，本也是应该的，但不是伯母多嘴，烟桥你这样实在太过危险了！这事原本根本不必你亲自去的，又不是你故意的。幸好你福大命大，吉人天相，躲过这一劫！"

王太太双手合十，拜了几拜，随即指着贺妈捧着的食盒，说是自己特意替他炖的补品，让他趁热吃，补补身体。

贺汉渚连声道谢

王庭芝咬牙切齿："一定是陆宏达干的！总有一天，我要他好看——"

"庭芝！"王太太皱眉喝止儿子，"烟桥你放心，你伯父会帮你查的，等查出凶手，一定不会放过他们的！”

贺汉渚道谢。

王太太问贺兰雪什么时候来，得知出于安全考虑，暂时不打算让她来了，叹气直说可惜，道自己想念她。她又谈了些关于曹小姐最近的事，道她出面四处奔走，组织京师里的太太小姐们捐款筹建了一个慈幼院，曹小姐自任院长，最近十分忙碌。

贺汉渚含笑倾听。

王太太和他闲谈之时，王庭芝便坐在一旁一言不发。

再坐片刻，王太太说不打扰了，让贺汉渚也早点休息，起身告辞。

贺汉渚起身相送，王太太让他止步，自己也停在客厅门口，等儿子先出去了，边上没人，她望着贺汉渚，欲言又止。

“伯母您还有话？”贺汉渚微笑问道。

王太太迟疑了下：“烟桥，我是把你当自己人，就直说了。你和那个唐小姐，是怎么回事？”

“唐小姐？”贺汉渚挑了挑眉，反问一句。

这几天，京师里突然有个流言，满城交际圈里的人都在说，贺汉渚和唐小姐在天城饭店开房过夜。

要说这种事，放平常也没什么，但他求亲在即，又被有心之人暗中煽风点火，到了闲人的嘴里，难免就成了他对曹小姐乃至曹家的不敬。

王太太听说曹家老太太很不高兴，骂贺汉渚不知好歹，还勒令曹小姐待在家，哪里也不准去了。

王太太提点：“烟桥，这事主要是时候不对。我听说是陆家的一个姨太太跑去曹老太太跟前添油加醋进的谗言，把老太太气得半死。另外，我今天还听说，你打断了曹小姐一个奶妈儿子的腿？曹小姐有心要替你隐瞒，却没瞒过去。打狗也要看主人，我有点担心，要不你休息两天，等身体好了点，先去曹家赔个不是，澄清误会，免得万一婚事不顺，岂不是遂了小人的心？”

贺汉渚听完沉默了片刻，道：“谢谢伯母的提醒和关心，但我恐怕是没什么能澄清的。”

王太太见他年轻气盛，语气依然漫不经心，自己倒是皇帝不急太监急了，暗叹口气，想着不如让丈夫来劝，于是改口让他休息。

贺汉渚点头，送走了王太太和王庭芝。

贺妈去厨房替他准备吃的东西，他独坐在客厅，出神之际，忽见王庭芝又折了回来。

他不由抬眉："庭芝你还有事？"示意他坐。

王庭芝却不坐，道自己母亲还在外头等着。

"四哥，苏雪至怎么会坐了你的包厢差点没了命？"

贺汉渚顿了一下："是我临时有事改了行程，将订好的票给了她表哥。是我连累了她。"

"他有事吗？受伤了吗？"王庭芝问完，屏息看着他。

贺汉渚说运气好，人没受伤。

王庭芝松了口气，面露笑意，望着贺汉渚诚挚地道："多谢四哥你救了他。没事了，我走了，四哥你早点休息。"

贺汉渚微笑，目送王庭芝离去，等人一走，笑容消失，又感到后背的伤处隐隐开始地抽痛。

他一直记着她吩咐过的话，让他尽快去医院注射血清。

但他却懒洋洋的，半点也不想去。

血清最好在二十四小时内注射，否则防护效果大打折扣。

关于这一点，她肯定比自己更清楚。

他看了眼立在客厅里的落地大钟，还有几个小时。

她现在应该已与校长会合了，必定早把自己丢到了九霄云外。

贺妈来请他用饭。

贺汉渚坐了下去，没什么胃口，吃了些就起身，接下来的时间就被络绎不绝的电话给占满了。

他不停地重复自己白天失去联系的原因，说自己一切平安，只受了点皮肉伤，为对方的关切致谢，请对方不必特意来看自己。

快要十一点了，响了一个晚上的电话终于静默了下去。

忽然，它又跳了起来。

贺汉渚的心微微一跳。

按理说，社交电话应该不会这么晚还打过来。

白天和她分开之前，他曾让手下给她留下地址还有电话号码，让她有事可以随时来找。

贺汉渚不知道自己是怎么了，明知那是不可能的，但当听到深夜时分再次响起电话铃声，他竟突然暗暗有点紧张，一把拿起电话，接了起来，没立刻开口，微微屏息，等着那边的声音。

"是我！我亲爱的孩子，这么晚没打扰你休息吧？"听筒里传来了一道说着德语的浑厚嗓音。

是鲁道夫医生。

贺汉渚一顿，立刻笑道："没有，还没睡，今天刚到，所以没来得及和你联系。你最近过得怎么样？"

鲁道夫说一切顺利，今天去参加了医学大会，见了不少人，晚上还认识了来自军医学校的校长以及他的那位助手，一个姓苏的年轻人。

"原来他就是之前那个曾替你缝合过伤口的人。我和他谈了一会儿，他知识渊博，对医学很有见解，用你们的话说，我简直有种相见恨晚的感觉！我太喜欢这个年轻人了！"

听着鲁道夫对她赞不绝口，贺汉渚竟隐隐也有种与有荣焉之感，沉默地听着。

"哦对了，看我，一兴奋就忘了正事。我听说昨晚你出了事，受了外伤，注射了破伤风血清吗？"

贺汉渚的心再次暗暗一跳，若无其事："你怎么知道我受伤？"

鲁道夫说，贺兰雪刚才打了个电话给他，说晚上从王家公子那里得知他受了伤，拜托自己关照，提醒他尽快打血清。

"你没去注射？"鲁道夫的语气有点不悦。

贺汉渚沉默。

"不行，万一出事！你等着，我现在就去你家——"

"不，这么晚了，还是我去你那里吧。"贺汉渚说道，压下心底自己也说不清道不明的失落之感，挂了电话。

第二天，总统府派了医生来看他的伤，报纸则到处转载前夜发生的火车刺杀事件。贺汉渚以养伤为名足不出户，但前来探望的同僚朋友却是一拨接着一拨，丁家花园的这处寓所从早到晚客人不绝。

不止如此，大概不久前的药厂一案令他声誉有所挽回，宗先生又从校长那里得知那天晚上他特意赶过去救了苏雪至，也送来了慰问函。

舆论谴责暗杀行为，虽没明说，但暗指应是陆宏达的所为。

据说陆宏达十分愤怒，极力辩白。

第三天的上午，王孝坤打了个电话来，告诉还在家养伤的贺汉渚，大总统对此次的暗杀事件十分愤怒，第一时间便下令追查案子。

"陆宏达昨晚跑到大总统面前剖心喊冤去了。他就算真没干这事，肯定也不想看到你娶曹家小姐。"王孝坤停了一停，"烟桥，这两天的一些小报，你有没有看到？"

贺汉渚今天闭门谢客，刚睡醒，人也没收拾，额发凌乱垂落下来，覆着额，歪靠在沙发里，手里拿了支烟，接着电话。

“没看。怎么了？”

“倒也没大事，就是提醒下你，大总统就算不在乎这种事，但他是个出了名的孝子，之前为老太太寿日增光，亲自放下身段去向宗先生求字。要是老太太哄不回来，婚事怕没那么顺利。”

贺汉渚慢慢坐直身体：“我要是不去赔罪，伯父你怎么看？”

王孝坤似乎一愣，迟疑了下，道：“这样的好事，我当然希望你能顺利办成，不过，看你自己吧。有，固然锦上添花，没有，也强求不来。”

贺汉渚微笑道：“多谢伯父。”

他才挂了电话，几乎是下一刻，铃声就又响了起来。

这次是章益玖打来的，问他身体恢复得如何了，要是出得来，邀他一起吃个便饭，替他压压惊。

“咱们兄弟有些时日没见了，这回本来说好接你的，结果出了这种事，也没接着你，怪想你的。”

贺汉渚目光微动，狠狠地吸了口烟，随即将手里那支还剩一半的烟慢慢地捻在了面前的一只烟灰缸里。

“章兄你请客，别说就这么点皮肉小伤，就算叫人抬，我也得去。”他大笑着一口答应。

章益玖请客吃饭的地方是家开在什刹海边上旧王府里的粤菜馆。

能把饭馆开到这里，且生意兴隆，老板自有两把刷子。

贺汉渚到的时候，已不复早上在家之时的萎靡之状，衣冠整齐，精神奕奕。

章益玖亲自等在外头，接到人，称兄道弟地亲热说笑着穿过园子，曲径通幽，最后来到一座硬山过垄脊的重楼前，登楼到了顶层包厢落座，穿着整洁的堂倌便跟进来沏茶。

章益玖笑道：“这地你保准没来过，是你去了天城后才开的，半年工夫就声名鹊起，现在又是年底，想来吃顿饭，不提早几天打招呼都不行。我想着你平常大鱼大肉应也腻了，所以今天咱们换个口味。”

贺汉渚闲闲靠坐，透过近旁的一扇花窗，眺了眼楼外。

近前楼外，波光粼粼，远处西山，顶覆白雪。

“看来我今天是有口福了。不来几个大菜狠狠敲你一笔，都对不住这出来的一趟。”

章益玖做了个请的姿势，笑道：“早就该请了，聊表心意，今天是得偿夙愿。”

之前通过贺汉渚的介绍，章益玖替傅氏办了事，自然也从中获利丰厚。

自那之后，章益玖愈发觉他深不可测，隐有几分手眼通天之感，彻底将他引为知己，早想请他吃顿饭了。

他又道：“可惜你前几天受了伤，今天也就不好劝你喝酒了，否则咱们兄弟可以不醉不归。对了，你身体怎样了？”

贺汉渚道无妨，下次再喝，到时自己请客，章益玖欣然答应。

两人你来我往，寒暄几句，又就着菜单点了几道招牌菜，花胶鸡丝、五柳石斑、火腿扒白菜、蟹茸燕窝。上菜后，一边就着湖光山色落箸，一边闲聊，谈得很是投机，包厢里笑声不绝。

一顿饭下来，七八分饱腹，章益玖叫了壶极品红心铁观音，茶汤清亮，兰香沁人心脾，他起身亲手给贺汉渚倒茶。

贺汉渚忙推让，章益玖坚持。

“你去天城不过半年，便起底了东亚药厂的勾当，于国于民都大有功劳。如今很快又有大喜事了，所谓乘龙快婿，如斯人也，我辈凡夫俗子，倒杯茶而已，你跟我客气什么。”

贺汉渚不再推拒，端起茶杯，品了一口。

“章兄你取笑我，什么乘龙快婿，我是没这福分的。”

章益玖笑吟吟地看了他一眼。

“看你这话说的！老哥我今天请你吃饭，除了叙旧，其实也是想问问，你和十二小姐的婚事到底是怎么想的？”

贺汉渚靠在椅中，一手握着只空茗杯，修长的指转着杯子，微笑：“我说了，我是没这福分了。”

章益玖打发掉站在包厢门外的伙计，给贺汉渚递了支香烟，自己也点了一支，一边吞云吐雾，一边闲聊。

“烟桥，你和唐小姐的这个事，要我说，男人嘛，那种场合逢场作戏有什么打紧的。就是你运气不好，被人看见传开了，陆家知道了当然要兴风作浪从中作梗。还有十二小姐奶妈子的儿子断了腿的事，我嫂子回来跟我说，十二小姐自己是想隐瞒的，是被一个平常和她不和的堂嫂知道了，告到了老太太的面前。十二小姐对你极是维护，当时就对家里承认，说是她派人盯梢被你发现，你一时气愤，教训了一下而已，但府里的那位老太太……”章益玖指了指头，“老太太的脑子转不过弯，觉着没了面子，不高兴。我是真把你当自己兄弟，想你好，所以今天找你出来，给你透个底儿。”

他压低声说：“你也不用慌，多大的事啊，大总统对你其实没什么意见，知道后还责备了一番十二小姐，说她不懂事，没规矩。也是，这还没结婚呢，就这样派人盯梢，是个男人都受不了，何况你的脾气？我嫂子平日经常出入曹府，和十二小姐的母亲关系很好。曹太太也没怪你的意思。你选个时间，我嫂子陪你一起去曹家看下老太太，让曹家有个台阶下，这事也就过去了。”

他推心置腹，说完这一番话，却见贺汉渚嘴里叼着烟看着窗外，依旧沉默不言。他不禁有点疑惑，想了下，又劝：“烟桥，我知道你年轻，难免气盛，但我提醒你一句，你要是不肯低头去认个错，婚事难保不会起变故。虽说只是无伤大雅的小事，但都传得这么开了，大总统再怎么赏识你，也不能当什么事都没有。要就那样把侄女嫁了，这不是打自己的脸吗？再说了，十二小姐的追求者也是不少，据我所知，陆家有个外甥，留学回来，条件就很是不错，也正追着十二小姐。”

贺汉渚视线终于从窗外转了回来，开口：“希望十二小姐另择佳偶，我不耽误她了。”

章益玖一阵错愕，嘴里香烟没咬住，一下掉到了地上：“你当真？”

贺汉渚一笑，俯身捡起了掉在地板上的那截继续燃着的烟头，扔进了一盘剩菜里，又从烟盒里重新取了一支，奉了上去。

章益玖看着他，接了：“不是，你到底怎么想的？我怎么看不懂你了？”

贺汉渚拿起桌上置着的一盒洋火柴，抽出一根火柴棒，划火，举过去，嘴里道：“这么说吧，其实章兄你要是今天不请我吃饭，我也打算这两天要劳烦你的。我就一寻常人，做不了圣人，没法保证日后不再犯错。既然已经不愉快了，勉强维持，我怕将来反目成仇，反而弊大于利。我已想好，此事就此打住。大总统跟前还望章兄你替我美言几句。大总统若要责罚，我绝无半点怨言。总之，全是我的过错，耽误十二小姐，光这一条，我便是个罪人了。”

章益玖看了他片刻，忽然若有所悟，指着他，不住点头：“明白了，明白了！驸马难当！这碗饭其实不好吃！以前我不便说罢了，难得烟桥你年纪轻轻，自己想得开，能及早抽身不失是个明智之举。”

贺汉渚微笑：“章兄客气，比起章兄，我是自叹不如，这方面以后要多请教。那这个事，就拜托章兄你了？”

“好说。你既然自己想通了，那我就帮你到大总统面前转圜，交代一下。你放心，大总统也不是心胸狭隘之人。再说了，真要怪也怪不到你头上，又不是你主动追求十二小姐，既然现在闹出了不愉快，这么结束了最好不过。就是外人说起来，你这边可能要难听点，曹家看不上你，婚事作罢。”

“那是自然，原本就是如此。”

“行，没问题，包我身上，你等我的消息！”章益玖想了下，忍不住又调笑，“那个唐小姐我以前也曾见过一面，确实是个极品美人，难怪连老弟你也把持不住。”

贺汉渚笑了笑，走到门口，叫堂倌送来一壶酒，亲手斟了敬他，自己连喝三杯。

“多谢，今日薄酒三杯，不成敬意，等下次什么时候章兄你方便了，我再另外摆酒致谢。”

贺汉渚吃完了这顿饭，回到丁家花园的宅邸。

章益玖答应帮忙，那么这件事应该就能画上一个句号了。

他做事向来是定好目标，周密计划，审慎而动。

然而此刻，当独处之时，回头审视自己最近这段时间干出来的种种事情，贺汉渚却不得不承认，他其实没了目标。

他就像被一股没法抵抗的力量怂恿着，听凭冲动，一步步盲目而愚蠢地背离他当初选定的那条最稳妥的联姻借势之路。

不知道什么时候开始，每每遇到和苏家女儿有关的事，他似乎就失了章法，没了计划。

代价是名声，他成了一个彻头彻尾的风流浪子。

代价是冒险，有可能他丢掉的这个机会会让他的仇敌捡起，陆家和曹家联姻，往后势力更进一步，想动他就更难了。

但他居然不怎么在乎。

结果令他如释重负，甚至心底有种只有自己才能体味到的暗暗快乐。

但这种快乐没维持多久，想到自己名声彻底毁掉，苏家的那个女孩儿应该会更加瞧不起自己，贺汉渚的心情忽然又变得恶劣了。

他在书房里待着，腿架在桌上，忍着后背时不时传来的令他很不舒服的隐隐抽痛之感，一支接一支地抽着烟，看着放在面前桌上的怀表，时间一分一秒不停流逝，当想到今天是她来此与会的最后一天，明天她应该就要走了，他心里忽然又生出了一种新的冲动。

他想要去看一下她，哪怕是在远处看一下。

这个念头一冒出来就在他的心里迅速地扎根，发芽，无法遏制。

他再次看了眼时间，下午四点。

他现在就过去，应该还能赶得上。

反正已经干了那么多蠢事了，再多一件也无所谓。

贺汉渚不再犹豫，收腿站起身，飞快掐了烟，快步下去，迎面碰见贺妈端着一只托盘从厨房里走了出来。

“孙少爷你下来了？正想给你送点心，我做了你爱吃的桂花栗子糕，桂花是先前我自己晒的，栗子粉是新鲜碾磨……”

贺汉渚冲到了老妈子的面前，伸手拈起一块糕，一下丢进嘴里，冲她一笑，随即转身，在贺妈诧异的目光注视之中疾步奔出客厅。

深夜，一艘船头带着傅氏标志的货轮停泊在了近海。

船头灯光照亮近处，海波拍打船舷。再过去些，稍远的地方，海平面便和夜幕连成了一体，漆黑一片。

半个小时前，跟踪夹击宋高号并迫使它返回港口的缉私舰已开走。宋高号也收到了电报，此刻正等待着它的掌舵之人到来。

没有等待多久，港口方向的海面尽头出现了一条小型舰艇，它以二十节的速度劈波斩浪，迅速地朝着这边而来，很快驶到近前，等在船头甲板上的宋高号船长和两名大副忙指挥船员放下连接桥，将那位傅氏上位还没多久的年轻新船王接上了船。

夜间的海面之上疾风劲吹，几人见他迎风大步登上甲板，神色阴沉，站定后两道目光便扫射而来，几人心中不禁惊惧。

他竟亲自乘船出海，在海上航行一个昼夜，直接赶到这里。

不等他开口，船长立刻跪到了甲板上，认罪祈饶，诉东亚药厂的货一向是经理亲自发的单，他虽是船长，但无权过问，更做不了主。他请求新船王再给自己一次机会，往后他定尽心效力，不敢再有半分欺瞒。

海面渐渐起了浓雾，萦绕着这条固定往返在南洋海域上的货轮。船尾，在傅明城的监视之下，一箱箱鸦片被倾倒入海。船员忙碌到了天亮，直到最后全部倾尽，一颗也没剩下。

傅明城离开宋高号，回到舰艇之上便全速返航，于次日深夜归来。

这时，距离傅氏酒会结束已过去三四天了。

他马不停蹄，连夜又到了位于新界的傅氏公司总部。

孙元兴掌管包括宋高号在内的数条南洋轮船运营，是傅氏资格最老、地位也最高的经理之一，于昨夜从外地刚赶到天城，此刻就立在傅明城的面前。年过半百的人了，却神色惊惶，一句话也说不出来，再也不见半分往日的精明模样。

傅明城坐在一张略显年头的梨木桌之后，用手帕仔细地擦着手中那副玻璃面上沾了点灰尘的金边眼镜，擦净后架回到鼻梁上，抬起眼，终于开口：“孙叔，我记得我小的时候，经常在这里看到我父亲与您议事。父亲教导我，你们是陪着他一路打拼出来的老兄弟，所以我要称呼你们为叔伯，以此表示对你们的尊敬——”他环顾了一圈办公室，目光在一张悬在墙上的老船王的照片上停了一停，随即落到对面人的脸上，“我至今还牢牢记着父亲的话，就是不知道您还记不记得当年和我父亲一起打拼的日子？”

孙经理的嘴唇微微颤抖，勉强迈步，朝前走了几步，颤声道：“二公子，宋高号运这种货，起初不是我能左右，是长公子的意思。二公子你也知道，前两年开始，公司的一些业务就转给了长公子，长公子要接这种活，我没办法，也不敢告诉你父亲，怕影响父子感情——”

“住口！”傅明城突然变色，“就算从前你是迫于我大哥的压力干这种脏活，现在呢？我接掌傅氏后做的第一件事是什么，你不会不知道吧？我不止一次对你们说，以前怎样我既往不咎，但从我立下规矩的第一天起，我要我下面的每一条船都必须干干净净！你是怎么做的？最令我匪夷所思的是你获悉出事竟然不是命令宋高号就地销毁货物，而是下令掉头！你想干什么？趁东亚药厂倒闭，私吞鸦片，借机再发一笔黑财？你有半点为傅氏考虑过吗？”

“二公子，是我错了！我糊涂了——”

孙元兴再也撑不住，牙关颤抖，双腿发软，跪了下去。

“是我年纪也大了，我想着，趁这个机会，最后再做完这一次，赚一笔养老钱，我就不干了……”

傅明城拍案而起：“老混账！我父亲在世的时候有亏待过你吗？你手里的傅氏股份难道还不够你养老？人心不足，分明是你贪财好利！知道我父亲为什么和大哥不合？他不赚这种钱！也怪我，把你当成我父亲的老兄弟，想着你们应该不会太过，我没想到因为我的心软，差点让你把傅氏带下了火坑！”他冷笑，“要不是这回运气好，我还能亡羊补牢，我傅氏的名誉就将彻底毁在你的手里！”

孙元兴不停地磕头。

“我会叫人清算你手里的股份，你拿了钱就走吧。”

孙经理面若死灰，除了接受和道谢，知道再无别的可能了。

他被人支着，勉强才从地上爬了起来，步履蹒跚地出了办公室。

人走了，傅明城慢慢地吐出一口气，召进秘书，叫秘书室准备明天开股东会议。

秘书应是，又告诉他一件事，两天前的深夜，往来天城和京师之间的一列火车在双桥站发生了炸弹暗杀事件，看报纸的新闻，公司捐建实验室的那位小苏险些遭难，好在有惊无险，人应该没出什么大事。

傅明城脸色大变，立刻叫秘书取来前两天的报纸，迅速浏览了一遍相关新闻，他霍然而起，取消会议。

"定明天最早到京师的火车票！"

一转眼，今天就是万国医学大会的第三天了，按照流程也是会议的最后一天。

这次会议的主办和发起方是一个著名的国外慈善基金和与该基金有着合作关系的京师医科大学，邀列国的医学专家教授来华交流讲授，目的是为了扩大西医在华的影响，促进国内的医学研究和教育的发展。

与会总共大约两百人，除国外的医师和教授，国内已开展西医教育的主要省份也都来了代表，共同出席这难得一遇的医学大会。

第一天开幕式后就是专家学者的专门论题和演讲，内容涉及当今医学的一些前沿和热点领域，也有关于专利药品、公共卫生、国内目前医学教科书的体系以及翻译等问题的探讨。

苏雪至错过了第一天的会议，傍晚时分就退了贺汉渚替她在京师饭店开的房间，搬到了和校长下榻的地方。

当天的会议还没结束，校长在休息时就从晚报上看到了火车爆炸案的消息，联想到她早上失约，担忧她的安全，心急火燎立刻赶回饭店，发现她已平安抵达，这才大大地松了口气。

当晚，校长叫她一起去饭局，介绍她认识了几位他这几天新结交的同行，其中有个在京师医科大学任教的德国教授鲁道夫，老头子谈吐幽默，苏雪至对他印象不错，交谈中又无意获悉原来他就是贺汉渚的医生。

第二天，她随校长列席会议，听取各种报告，如日程安排那样一项一项正常进行，晚上则参加与会代表自发组织的讨论和活动。

苏雪至年纪最小，身份又是校长的助手，这样的场合里自然不会争风出头。她充当跟班，默默记录，这一天过得忙碌而充实。

到了第三天，照会议原本的日程，下午四点，和校长将作为华医代表向全体与会人员做他的专题报告，时间是一个小时。

但没想到，出了一点意外。

这个下午，安排在校长之前做演讲的是位来自英国的怀特教授。

怀特其人兼跨数个医学领域，但于甲状腺的研究和手术一项最是专长，可谓当今权威。

照预定流程，怀特教授的演讲时间是从下午一点半到三点半，两个钟头，等他完毕就是和校长的时间。

但不知何故，他到达会场已迟半个多小时，演讲从两点之后才开始。

他起初的演讲内容是关于甲状腺的常规手术方法，后面渐渐发挥开来，论述的主题变成了甲状腺的被膜解剖技术。

大约是兴致上来，怀特教授一直讲到了四点多，还滔滔不绝。

这项技术，在当代还属于非常前沿，基本刚有这样的概念而已，距离完善相差极远。

苏雪至在教授的演讲中，就听到不止一处于她而言并不严谨甚至是错误的提法——不过这没什么，任何的技术都要经历一个从探索到完善的不断纠正的过程，医学更是如此。

这项新的外科技术现处萌芽最初阶段，正是有一代代医师学者花费时间和精力去实践纠错，才有了将来的进步和完善——苏雪至对作为先行者之一的怀特教授非常尊重。

但怀特教授显然不知道该如何去尊重别人。

组委会秘书递上纸条，委婉地提醒教授他的时间已经到了，下面的一个小时按照计划属于一位中国的教授。

台上的怀特教授看一眼纸条，耸了耸肩："非常抱歉，这位中国教授，我想你应该不会反对我再向你借一下时间，来继续阐述我正在研究的这项堪称伟大的新的外科手术技术。感谢你的理解。"

他的语气听起来十分礼貌，但神态里的漫不经心和高傲却表露无遗。

大礼堂里除了与会的代表，后面也来了许多旁听的本校医学生，还有一些记者，或坐或站，全都是人。他话音落下，台下就发出一片交头接耳的嘈杂议论之声。

怀特教授说完，旁若无人，示意助手继续，自己也接着讲授。

礼堂里又渐渐安静了下来。

很快，组委会的一个中方秘书找到了等待着的和校长，用十分抱歉的语气请他谅解，最后询问是否可以临时取消他的演讲内容。

根据秘书的说法，怀特此人恃才傲物，此次大会他原本不愿出席，是组委会再三邀请，最后才勉强答应的。

现在出了这样的意外，组委会也没办法，总不能上去强行打断怀特，只能请和校长见谅了。

此次参会的国外代表里当然有像鲁道夫这样的友好人士，但也不乏怀特教授这样的人。

华医在这次大会里发言机会本就极其有限，三天时间就只有昨天的一场发言和今天和校长的这一场，时间还只有一个小时。然而现在，连这区区一个小时也这样被取消了。

刚才有位同仁说，怀特教授是因为午觉睡迟，所以才推迟开讲。

占用时间就罢了，态度还如此傲慢无礼。

现在已经下午四点多，看这场演讲至少要到五点结束，等他讲完，再照流程就是全体人员的合照留念，接着是晚上聚餐，然后大会结束，校长没有机会再发表已经准备许久的论题了。

和校长沉吟了下，对边上几个纷纷表达不满的同仁说道：“算了，就这样吧，此次参会本就抱着交流学习的目的来的，诸位若对我的议题有兴趣，等大会结束，我们可以私下交流，不一定非要在大会中阐述。”

校长的语气听起来平静，但苏雪至知道他也很是遗憾和无奈，见他说完转向自己道：“小苏，就是有点对不住你，你为了这一个小时，先前花费了许多心血，昨晚还熬夜重新准备今天的演示资料。不过你不要失望，酒香不怕巷子深，有宝贵价值的东西是不会被埋没的。我相信这套外科技术迟早会得到推广普及，造福医患。”

苏雪至口中说没事，心里讨厌死了那个傲慢的英国佬，渐渐有了另一个想法，若无其事地跟着校长回到了会场的位置里，听完了怀特演讲。

这时已经五点多了，全场掌声雷动。

掌声落下之后，是自由提问时间。

前面有人陆续提了几个问题，怀特一一解答，最后环顾一圈：“还有谁有什么问题吗？如果没有，今天我的演讲就此结束。”

苏雪至高高举手示意。

怀特看了一眼，见是个非常年轻的中国人，似乎是学生助手之类的身份，本不想理睬，但见她自己已经站了起来，便略略点头，冷淡地道：“你有什么问题？”

苏雪至用流利的英语说道：“我刚才听完了教授您的全部演讲，非常精彩。感谢您珍贵的先进经验和无私的分享教授，尤其关于甲状腺的被膜解剖技术一项，可谓甲状腺外科的一项革命性创新，我收获良多——”

英国人的脸上露出微微的得意之色。

苏雪至话锋一转：“但我想说，按照您刚才的演示，极有可能伤害到喉返神经和喉上神经外支。据我所知，这些部位一旦损伤，患者轻则变声失声，重则引起呼吸困难，甚至窒息从而危及生命。如您刚才所言，传统的手术方法发展到现在，已大大地降低了病人的死亡率，但大量的后遗症不可避免。探讨这项新技术的意义，就是为了减少刚才提到的后遗症。那么教授，我想请问，如果在手术中运用这项新的技术，怎样才能最大限度地保护喉返神经和喉上神经外支？”

她提问的时候全场都看了过来，等她问完，几乎每个人都面露诧异之色，看着她低声议论，打听她的身份。

坐她身旁的和校长也十分惊讶地看着她，迟疑了下，最后还是没有阻止。

台上的怀特开始面露不悦：“年轻人，你是谁？”

“我姓苏，一名普通的医学助理。我真诚地向您提问，期待您的解答。”

英国人盯了她一眼，用带了几分勉强的语气道：“仔细解剖，彻底止血，严格按照规范进行操作！”

苏雪至点头：“是，教授您说得当然对，但这只是一个笼统的概括，恕我直言，似乎不具备任何的实际操作性——”

大胆的评论，令全场顿时变得鸦雀无声。

苏雪至从位置上走了出去，在全场的注目下，来到怀特教授助手的身边，从助手手里接过一截粉笔，在黑板上熟练地画了一幅甲状腺被膜解剖图，分别标注上甲状旁腺、下甲状旁腺、喉返神经、甲状腺上极分支血管和下动脉的位置，指着说：“解剖中，结扎好甲状腺的上极分支血管，能保护喉上神经。选择用什么样的方法去缝扎小血管，处理Berry韧带区的麻烦出血点，我相信也非常值得做进一步的探讨。”

她画完，丢下粉笔，转向会场，面对着台下几百与会之人和到场的记者，说出了她真正想要说的话：“我的老师和教授，在今天原本的论题时间里，就是想与在座的诸位探讨分享一些外科手术中针对各种血管以及不同手术部位的有差别的缝合方法。我相信很多内容应该都能称得上是创新和实用，并且之前也是在实验室和临床上得到过对照和验证的。有兴趣的诸位，不妨耽误一下合照吃饭的时间，我想和教授会很愿意分享他被推迟了的这场介绍。”

她话音刚落，众人都看向了和校长。

又一阵窃窃私语，鲁道夫先生带头鼓掌，很快会场里掌声四起。

和校长望了眼微笑望来的苏雪至，回过神，在掌声里起身，向四周略微躬身致意后，取了讲义，走了上去。

怀特教授的脸色有点难看，但还算勉强维持着风度，与主动伸手的和校长握了握手，旋即让出位置。

他落座后便紧紧抿嘴，高傲之态尽显无遗。

和校长开始讲解，苏雪至作为助手，根据校长的演讲内容现场在黑板上绘图演示，或者向台下展示预先制好的各种图例。

外面天渐渐黑了，会场里的灯亮了起来，却没有一个人离场，连一开始表情僵硬的怀特教授也渐渐变得专注，听得很是仔细。

这一场专题演讲持续了将近两个小时才结束，反响很大，会场里讨论热烈，尤其那些涉及外科的医生和专家一致认为内容极有价值，值得进行尝试并进一步验证效果。如果被证明，能进一步提高外科手术的成功率，价值无量。

可以说，单就现场的效果而言，是这三天当中所有的演讲里最为成功的一次。

组委会主席也是个外科医生，为和校长做的这个精彩报告向他表示感谢，随即请他做总结发言。

校长笑道："感谢在座中外同仁的认可，但实话说，今天的这场演述不是我的成果。我的助手苏雪至善于观察和思考，从身边的普通从医者那里获得了最初的启发，并举一反三，他才是实际促成这场演讲内容的最大贡献者。我想请他说几句，应该比我会更合适。"

不止全场惊讶，苏雪至也是一愣。

见校长一说完，台下那么多双眼睛立刻齐刷刷都看着自己，她一时间有点慌，想推脱，却对上了校长含笑望着自己的目光。

苏雪至知道是没法推脱了，望了眼台下那一道道的身影，忽然有所顿悟。

她很快就镇定了下来，感谢和校长的谦逊，把这样一个珍贵的表达机会让给自己，也感谢台下所有的人，愿意听自己这样一个无名小卒去说话。

"在大约一千五百年前，罗马法开始禁止城市葬人，并规定清扫街道。到了现在，公共卫生学已发展成为一门学科，是医学生的必修之一。"

“在一千三百年前，炼金术盛行，也被当时的人视为一种制药的方法。到了现在，药物学在不断地进步，并获得了许多堪称伟大的药品，为病人更好地解除罹患的各种病痛。”

“在一六一六年，哈维医生发现血液循环，大约五十年后洛厄医生进行了从狗到狗的输血试验。摸索了几百年后，到了现在，人类认识到了血型的种类，并利用这一点，能安全有效地用输血来拯救生命了。”

“还有，十六世纪医学显微镜被发明后，微观世界和细菌学随之建立发展。十三世纪费里德里希二世允许医生实行人体解剖后，到现在我们已能清楚地了解到了人类身体内外几乎所有的肌肉血管骨头内脏乃至神经的构造和组成，进行病理解剖。”

“我举这些众所周知的例子，是有感于刚才我的老师说他的演讲内容出于我的启发。我不能、也绝不敢接受这样的称赞。这不是属于我个人的东西。我平凡而渺小，有幸投身医学，进入这个圣殿。倘若教授的这节演讲内容，确实被证明有它的价值，倘若将来我能侥幸取得任何的成绩，荣誉都不属于我自己。”

她看着对面的人们，顿了一顿，用郑重的语气说道：“全部的荣誉，归于早于我迈入这座圣殿的所有那些或天才或勤奋的前人们。”

礼堂里寂静无声，所有的人都看着她，听着她的声音。

“百年之后，医学将会发展到如何一个高度，或许是我们现在的人所无法想象的。但同样，我们的后人，无论他们能取得怎样的成就，都离不开当代所有医者的探索与贡献。这些探索和贡献也来自今天，来自与会在座的每一位师长。在我眼里，你们每一个人都很伟大。我谨代表我个人，向你们致以最大的敬意和最诚挚的感谢。”

苏雪至发言完毕，朝台下的人深深地鞠了一躬。

礼堂里静默了几秒钟，没有半点杂音，忽然爆发出一阵雷鸣般的掌声。

苏雪至的心里忽然充满了感动，不停地鞠躬，等掌声稍歇，想了下，转向坐在前排中间的怀特教授。

“教授，我也想为我刚才的无礼向您道歉。在我们大多数人都还为掌握普通的救人手术方法而苦苦研究的时候，在您的领域，您已经走到了这个时代的前列。您的敏锐远识和探索精神，是您身后的人所无法比拟的。如果我刚才的言行有所冒犯，恳请您的谅解。”

她说完，朝对方也深深地鞠了一躬。

怀特教授仿佛有些动容，忽然从位置上站了起来，快步回到台上，手伸向和校长，主动地握住他的手重重地晃了几下。

“我很抱歉，教授，为我的傲慢和无知，忘记了我首先也是站在我的老师和众多前人的肩膀之上的。您的演讲内容不但极其精彩，价值非凡，而且，您有一个出色的学生。他给我上了很好的一课！”

他到了苏雪至的面前，张臂抱了抱她，又轻轻拍了拍她后背，随即放开，转向对面的人，道：“我很高兴我没有拒绝邀请，来到这里，参加了这个会议，这是我最近做出的最正确的一个决定。”

他看向苏雪至，又道：“年轻人，希望不久的将来，我能在瑞士医学大会上再次见到你的面！”

伴着再一次爆发的掌声，全场纷纷站了起来，继续鼓掌。在久久不息的掌声里，这节专题演讲暨大会至此圆满结束。

结束后原本该是拍照的活动，但许多人还是对校长的议题很感兴趣，上去围着校长继续探讨，也有过来和苏雪至说话的，会堂里场面一时很是混乱，到处都是走动的人。

苏雪至又和主动找来的怀特教授交谈，原来他还是惊讶于她先前在黑板上画的那幅甲状腺被膜解剖图的精细程度以及她提到的那两个点，询问她之前是否专门研究过，表示回去后希望和她保持通信往来，就这个问题做进一步的交流。他又建议她将来可以投身到关于甲状腺问题的专门领域里去，还说，如果她想留学继续深造，自己可以做她的推荐人，去任何她想去的医学院，包括自己所在的瑞士苏黎世大学。

苏雪至向教授表示感谢，这时一个记者过来采访教授，苏雪至趁机溜走，忽然听到身后有人叫自己，声音十分熟悉。

傅明城？

她迟疑了下，扭头，真的看见了他。

傅氏酒会那夜过后，第二天清早他打电话给她说有急事出差，没想到现在竟会在这里看到他！

她正要朝他走去，傅明城已快步走到了她的面前，没等她开口，就告诉她，自己昨夜出差归来，获悉她乘坐的火车遭遇意外，他十分担心，今天没事，所以赶了过来看她。

“你没受伤吧？”

苏雪至对上他关切的目光，急忙摇头，说自己没事，只是一场虚惊，感谢他的关心。

傅明城点了点头，望着她，随即微笑道：“我有幸，来的时候，正赶上了你和校长的演讲。总之，我还是那句老话，为你高兴骄傲，但愿你不要笑话我的词穷。”

苏雪至想起来了，确实，好像每次差不多这样的场合，他都是这么说的，一时也是忍俊不禁，抬手捂了捂嘴。

他注视着她，也跟着笑了起来，随即问她住在哪里，接下来有什么安排。两人再交谈了几句，苏雪至看见校长和几个他的朋友叫自己，就和傅明城一道走了过去。

贺汉渚一个人，站在会场的一扇偏门角落里。

他看着她举手发言，独自上台，嘴里蹦出一个又一个他完全陌生的名词，质疑权威之余，巧妙地将话题引了过来，拿到了机会。

他看着她协助校长做报告，专心致志，熟练细致。

她没有出半点的错。像她这样的人，怎么可能会出半点的错?

他又看着她，发表了那一段连他听了也想用力鼓掌的感言——尽管他只是个毫无关系的门外汉。

他一边想着，感到骄傲，一边远远地凝视着她泛了一层淡淡红晕的脸颊，心里觉得她真的无与伦比，是个谁也比不过的美人。

然而，他还没从自己的骄傲中恢复过来，就又看见了傅明城。

他怎么又来了?

贺汉渚的心里瞬间涌出了一阵强烈的愤怒之感。

他远远地看着她和傅明城谈笑风生。

也不知道傅明城说了什么，她竟还伸手掩了嘴，冲着他笑……

贺汉渚又妒又恨，忍着直接走过去拿掉她捂嘴的手的冲动，又默默盯了片刻，心里刚才那因为傅明城的现身而生出的怒火仿佛一只放了气的球，慢慢地瘪了下去。

算了，不想看了。

她以男人身份示人。

看她这架势，恨不得投胎就是个男人，似乎完全没打算做回女人了。

他最后又看了一眼，看着她和傅明城一起走向校长他们，终于下定决心，转身退了出去，一个人慢慢地踱在离开大礼堂的路上。

外面，天已黑透，便如他此刻心情，冷冰冰，感受不到半点温度。

中午那顿饭后到现在，他好像就只吞了块桂花糕，感到人也有气没力的，后背的伤口又开始一阵阵地抽痛，痛得仿佛深入骨髓，痛得他恨不得拿把小刀狠狠地剜它几下，痛得他简直都没法再多走一步了。

他停在了礼堂大门附近的一根柱子旁，等着这阵抽痛之感过去。

身后走廊里，医学院的学生三三两两地从里面出来，热烈地议论着今晚的所见所闻，从他身后经过。

他忍了一会儿，习惯性地掏了支烟，叼在嘴角，点了，一侧肩膀靠在柱子上借以支撑身体，微微仰头看着前方的夜色，想着心事，冷不丁看见了一道熟悉的身影。

王庭芝竟从他斜对面的礼堂的另外一扇门走了出来。

贺汉渚的心微微一跳，立刻侧了下身，藏了藏自己的身影。

他默默地立在柱子后的一道暗影里，看着王庭芝的身影消失在了夜色里，心情变得愈发败坏，再站片刻，又怕被里头的人出来看见，终于打起精神，踱步去了。

第二天，继续在家养伤的贺汉渚听打来电话找自己的鲁道夫说，医学大会昨晚结束，但此次参与大会的众多华医代表却意犹未尽，决定对目前国内分散而凌乱的众多自发性质的医师团体进行整合，拟成立一个统一的华医协会，同心协力，制定医学标准，定期交流，以提高教学和临床水平。

在场的人都很兴奋，一道吃饭的傅明城更是表示他将赞助协会的成立和以后的各项活动。众人一致推举和校长担任会长，又破格吸收苏雪至加入，成为其中的一员。

鲁道夫昨晚也在聚餐会上，他接受邀请，成了特别会员。

他似乎颇为兴奋，说了一大通的话后，听到对面话筒里一声不响，才想了起来："哦，对了，我的孩子，我打电话是想问你，你的伤怎么样了？你伤口不浅，这三四天是恢复的关键期，一定要按时换药，别抽烟，别喝酒，多多休息，避免感染。要是哪里不舒服，记得随时找我。"

贺汉渚闷闷地应了一声，说自己一切都好，挂了电话。

他其实不是很想再收到和她有关的消息了。

隔日，他从报纸上又看到了一个消息。

大总统得知了大会最后一天的跌宕起伏，亲自去了与会人员住的那家饭店，宴请诸多华医代表，还指定见了苏雪至，和她合影，称之前就曾听过她的名字，宗先生全程陪同，另外随大总统一起的还有好些教育部的官员。

贺汉渚盯着报纸上的合影照片看了一会儿，便丢掉不再看了。

又过去一天，在他受伤后的第六天，他没法再闭门了，只能打起精神出门去参加章益玖兄弟的儿子的百日宴。

也不知道章家的那个胖小子看上了他什么，竟不怕他，要他抱。

众目睽睽，他勉为其难，只好接过小孩，假意抱了抱，结果小儿朝他吐泡泡，他被糊了一领子的口水。

他心里是嫌弃万分，恨不能立刻脱了衣服，怕小儿的口水沾染到自己的脖子，表面却只能露出慈爱的长辈笑容，跟着身旁的人夸赞小儿可爱。

总之，没有一件事能令他感到顺心。

前去吃酒的人哪个不晓得他最近惹了风流官司，就这两天，消息也传开了，据说大总统不满他的荒唐行径，已改主意，不打算将十二小姐嫁他了，可能要和陆家联姻。

众人原本暗暗要看笑话，但见当天的酒席上，章益玖对他依旧亲亲热热，请在上座，大总统身边的亲信都还对他如此礼遇，推测他或许还没失宠，于是又纷纷过去敬酒。

贺汉渚来者不拒，不知道喝了多少酒，宴毕乘车回去，半路却叫司机停车，下去对着路一阵呕吐，回到家，趴到床上，闭目就睡了过去。

他一觉睡到了第二天的中午，醒来头痛欲裂，人好似发了烧，他懒得起来，摸着床头柜的杯子想喝口水，摸到了一张昨天收到的邀帖。

华医代表结束了一切活动，今明两日陆续离京，宗先生设宴欢送，知他一周前连夜追上火车方救下了苏雪至，对他高看一眼，昨日遣人特意送来请帖，请他赏脸，今日一道赴宴。

房间的窗帘没有拉好，半遮半掩，日光从外面透进来，正射向了床头的方向，有些刺目。

贺汉渚趴在枕上，眯着眼，盯着手里的这张请帖。

请的是午饭，现在已经快要中午了。

他正微微出神，贺妈轻轻敲了敲门，听到他应了一声，告诉他，章益玖打来了电话。

贺汉渚揉了揉额，丢下请帖，翻身下了床，到书房里接起电话。

章益玖是来通知他关于刺杀案件的调查进展情况的。

大总统对一周前的那桩火车刺杀事件非常恼火，督促京师警察厅抓紧查办，厅长段启年亲自挂帅，日夜追击，在同袍会浮出水面后，短短一周已抓住几个头目，审讯后顺带破了几件陈年的刺杀案件，顺藤摸瓜也查到了中间人。

但可惜的是还是晚了一步，昨天报告人已死了，线索也就如此断掉了，恐怕又要变成一桩无头公案。

贺汉渚微笑道："罢了，无头公案到处都有，添我一桩也无所谓。就是大过年的，还要老段如此费心，辛苦他了，有些过意不去。"

章益玖提醒他多添几个保镖，又安慰了他一番，最后笑道："你不必客气，过意不去的是老段，说他没办好事，趁着你现在还在这边，托我捎句话，晚上他在凤来楼包了一层，叫的也都是好兄弟，请你去，大家一起吃个饭，听个曲儿，替你压压惊，再赔个罪。"

贺汉渚笑着一口答应，说自己也许久没见他们了，这趟过来本就想好好聚一聚的，没想到出了这个意外耽搁了，约好晚上七点见，随即挂了电话，从椅上站起来，抬脚要走，他却忽然感到一阵微微眩晕，没站稳，伸手扶了扶椅，慢慢地坐了回去。

贺妈端着碗吃食，正走了过来，在门外看见，吓了一跳，慌忙进去。

"孙少爷你怎么了？你脸色不大好，你不舒服？"

贺汉渚闭了闭目，随即睁眼，笑道："没事，昨晚喝醉了，刚没醒透。我再回去睡睡就好了。"

贺妈狐疑地看着他，很是担忧，见他说完就站了起来，只好让他先吃东西。

贺汉渚接过，随意吃了两口就放下了，回到卧室，再次拿起那张请帖，歪靠在床边，又盯了片刻，迟疑之时，脑海里掠过前夜她看着傅明城掩嘴笑的那一幕。

践行饭，傅明城必也在。

刚吃下去的那几口东西好像在胃里翻涌，贺汉渚胸闷气堵，人很不舒服，头也还是发晕，一把扔掉请帖，纸飘入床底。

他走到房间靠墙的一个斗柜前，胡乱吞了颗阿司匹林，又走回来，趴了回去，扯过被子蒙住头，闭目继续睡觉。

与会的华医代表在活动结束后，这两日陆续离京。

苏雪至乘的是今晚七点的火车，与和校长、傅明城等人一起走，宗先生的饯行饭就定在了中午。

吃饭的地方是家有名的老饭馆，口味很是地道，宗先生是这里的常客，定了一个大包厢。客人里，除了今日要走的和校长、傅明城、苏雪至这一拨人，也请了贺汉渚和鲁道夫。

德国老头子欣然到来，但贺汉渚却没来。

宗先生替他解释了一下，道收到了他的回帖，他恰好另外有事，所以这顿饭来不了，托自己恭贺和校长专题演讲顺利，再代他向在座的诸位赔个罪，待回天城，校长哪日得空赏面，他再做东吃饭。

众人自然理解，纷纷道他是忙人，情有可原，随即各自落座。

坐定后，饭桌上免不了要闲谈，自然谈起了贺汉渚这几天最惹人注目的那桩婚变。

有人提了一句，是他惹下了风流官司，开罪曹家，所以大总统改了主意，不嫁侄女了。议论了几句，又有人问鲁道夫，听闻他和贺汉渚的关系好，有没听他提及此事，是不是真的。

老头子三天两头地告诫贺汉渚，少饮酒，勿抽烟，自己却是整日烟斗不离手，还喜欢喝酒，来了中国后就钟情于老白干。

他方才坐下，还没吃东西，先喝了两口，一听这话就放下酒杯。

他还真没听贺汉渚跟自己说起过这个，更不知道居然发生这样的事，还以为他年底这趟过来是为求婚，未免诧异，摇头说不知。忽然又想起之前他还曾半夜打电话向自己询医的旧事，一时愈发不解。

宗先生道："罢了，贺司令的私事而已。我看他，于公倒也算是可以的，从前倒是有些误会了。先前不但捣破东亚药厂，这回还奋力救了小苏，尽到长辈亲戚之责了。所谓大德不逾，小节不拘。年轻人，难免如此。"

众人点头称是，议论两句也就过去了，开始热议起关于年后要成立华医会的事，饭桌上的气氛渐渐热烈，宾主开始相互敬酒。

众人眼里，苏雪至的年纪小，再加上经过那天会场的事后，皆视她如同团宠，对她极是照顾，不用她推脱就不让她饮酒，剩下那些会喝的你来我往，更因白天无事了，只等傍晚乘车，大家都很放松，一顿饭下来都喝了不少，鲁道夫更是喝了差不多一斤的白干，醉醺醺的，最后站都站不稳了。傅明城打电话，叫来了他的一个学生，才将人接走了。

吃完饭，苏雪至随校长等人回了下榻的饭店。

距离出发去车站还有几个钟头。校长他们都带醉，先去休息了，约定五点吃个简餐，然后一道出发。

苏雪至回了房间，收拾东西。她的行李还是一周前贺汉渚叫人给她送来的那些，很简单，这几天也没花钱，一分都没用，银圆原封不动。

两百块，不算是小钱。她向校长另外借了几块钱，留在身边当零用。那些钱她中午带了过去，本想还给他的，没想到他没来。现在只好先带回天城，找机会再还他了。

东西很快整理完毕，随后便无事了。

她在房间里枯坐发呆。

鲁道夫知道她在学习德语后，中午来的时候带了一本德语诗集送给她。她现在无事，可以看书打发时间，还能学一下语言。

却不知道为什么，她懒洋洋的，完全提不起劲，最后放下书，起身来到窗前，靠在窗边，眺望远景。

从那个登上北上火车的夜晚开始，这一周她的生活就乱了。

阴差阳错险些送命的余悸还没彻底消去，每天又忙于活动和交际，认识各种各样的人。

她还是想快点回到天城，恢复原本的规律作息，让生活回到正轨吧。

好不容易终于等到了五点左右，外面天色渐暗。看看时间差不多了，她正要下去等待和校长等人会合，恰侍者也过来敲门，说有人打来电话找她，自称姓贺，听声音是位年轻小姐。

苏雪至心微微一跳，立刻下到大堂，接起了电话。

电话果然是贺兰雪打来的，说刚刚老鲁夫妇打电话给她，说她哥哥昨晚在外头喝醉了酒，今天一天看着人都不大对劲。早上贺汉渚接了个电话，接完电话，人差点晕倒，东西也没怎么吃，现在好像还在睡觉。

“贺妈说我哥哥这几天看着精神也很是不好，像是撑着在应酬。他们说他肯定是生了病，偏偏自己又不去医院。我打电话找鲁道夫医生，想请他再去看下我哥哥，但听说他中午喝醉了酒，现在还没醒，我只好找你了。苏少爷你能不能再帮个忙，帮我去看下我哥哥？我听贺妈说，他晚上好像还要去哪里应酬的样子。我实在是担心……”

隔着电话，苏雪至都能听出来贺兰雪语气里的焦急。

她倒是有点同情贺家妹妹，遇上了这么一个不让人省心的兄长。

听完描述，苏雪至就基本断定，贺汉渚肯定是伤口发炎导致发烧了。

但不是她不愿尽医生的职责，而是她确实没这个时间。

她看了眼墙上的挂钟。

这里是城东，丁家花园在城西，京师那么大，自己要是去了，回来绝对赶不上火车。

她便据实以告，说自己是七点的火车，实在是没时间。

电话那头，贺兰雪向她道谢：“我明白了。不好意思，又打扰你了。谢谢你苏少爷，你一路顺利。”

苏雪至感到贺兰雪好像在忍着羞愧说了这句话，心里也有点不是滋味，但她真的没法答应，只能建议：“贺小姐，你另外找个医生，或者让你哥哥自己尽快去医院接受诊治。遵照医嘱，好好休息，这一点非常重要。”

挂了电话，她回想着贺兰雪的话。

中午他没应约来吃饭，令她没法还钱，原来是他不舒服。她怀疑他是因为攀附曹家不顺，因为联姻不成受了打击，所以才颓丧不振的。但在老妈子的眼里，就成了“精神不好”“撑着应酬”，是个可怜人了。

苏雪至心里虽然同情贺家妹妹，但她的那个哥哥简直就是活该。

这个人完全不值得她同情，一切都是咎由自取。

何况，刚才怎么说来着，他昨晚竟还出去喝醉了酒?

这人对他自己的身体一点都不在乎，这好像也不是第一次了。

她想起以前刚认识时，他腿上的伤口发炎，当时也是拖了好久才好起来的。

他不是小孩子，自己作死，谁拦得住。

苏雪至正一个人坐在下面胡思乱想，忽然看见傅明城与校长他们说说笑笑地下来了。

苏雪至忙起身迎了上去，一起在饭店的饭厅里吃了顿便餐，随即出发去往火车站。

到了车站，天已黑了。

傅明城包了两个包厢，一节卧铺，一行人顺利上了车，安排校长与苏雪至各住一个包厢，接着又亲自将她送到了其中一间包厢的门前，打开了门，笑道：“你进去吧，晚上好好休息，睡一觉就到了。放心，不会再有事的。”他用强调的语气说道，指了指隔壁的车厢，“我就在这里。有任何需要，尽管叫我。”

苏雪至微笑道谢，随即低下头，带着自己的东西进了包厢，反锁了门。

才半年，那个人就遇到了两次暗杀，说他是丧门星也不为过。

只要撇清关系，自己就不会再有什么意外了，就像傅明城刚才说的那样。

但她却再也无法像一周前的那个晚上一样，彻底地放松下来。

她坐到了靠车窗的一张椅子上，隔着擦得锃亮的玻璃，望着外面的月台和月台上正匆匆忙忙挤着上车的乘客，渐渐又出了神。

不知道那个人到底有没听他妹妹的话去医院。

她想起打血清的事，他也根本没听自己的叮嘱。

对了，贺兰雪好像说他今晚还要继续去哪里应酬?

无论如何，他这次是为救自己才受的伤。

虽说已打了破伤风，但现在还没有很好的消炎抗生素，就算是铁打的人，再这样折腾下去怕也没得好。

他真要有个三长两短，叫她怎么去面对泪眼汪汪的贺兰雪……

世上怎么会有这样的人！

他到底是想干什么！

苏雪至很想骂人，又骂不出来，心里一阵阵地窝火，越想越气。

站台上忽然起了一阵喧嚣。

两个乘客抢道发生了冲突，推推搡搡，阻拦了后面的人，乘警跑了过来厉声呵斥。提醒火车就要开动出站的尖锐哨声也响了起来，剩下还在站台上的乘客蜂拥着争相挤进车门……

苏雪至感到身下的火车突然微微一抖，面前杯子里的水漾出了一圈微弱的涟漪。

火车就要开了！

她的心里猛然涌出一阵焦躁之感，突然站了起来，拎了箱子，打开了包厢的门，冲到隔壁包厢，在门口对着正在说说笑笑的校长和傅明城等人说她刚才突然想了起来，这边还有个朋友没拜访，让他们先回天城，自己完事再走。

苏雪至说完，转身就下了火车，沿着站台朝外匆匆走去。

火车发出一阵鸣笛，车头的两侧喷出了浓烈的白色烟雾，几乎弥漫了整个站台，蒸汽的力量带动着整列车厢开始朝前缓缓移动。

“苏雪至！”

她听见身后传来了叫自己的声音，转头见傅明城追到了车厢的门口，他一手攥着列车员就要关闭的车门，探出身体，看着自己。

苏雪至停在了站台的一段风雨棚下，朝他挥了挥手，示意他进去。

火车速度变快，越来越快，最后出了站台，渐渐消失在了夜色里。

第六章

贺汉渚再次醒来，透过那面依旧半遮半开的窗帘看见外面的天已擦黑，看这光景应该是五点多了。

他觉得头还是有点痛。

闭目片刻，他忽然想起白天答应的那个饭局，伸手摸索着开了床头的灯，翻身下地，走过去一把拉上窗帘，入了浴室，洗漱了下，胡乱刮了刮脸，出来正找着晚上要穿的衣服，这时贺妈跑了过来，说小姐打来了电话。

贺汉渚去接电话，听到妹妹问自己是不是生病了，就说没事，扭头瞥了眼站在身后不远的地方正扭着手盯着自己的老妈子。

“贺妈和你说的？别听她胡说，上了年纪，就爱大惊小怪——”

“小姐，我没大惊小怪！”老妈子喊了一声，见他又扭头看自己，忙转身往厨房去，嘴里说道，“嗳，我去看看炖着的汤，应该也快好了。孙少爷你吃了再出去吧——”

“哥哥你就骗我吧！受了伤，你不和我说，不去打血清！现在生了病，都发烧了，你还骗我！”

贺汉渚听到电话里的妹妹的声音好像带了点哭腔，想到这周自己过得确实有点乱，好像忽略了妹妹的感受，他心里忽然一阵愧疚，声音变得温柔了，哄道：“哥哥真没事，今天就是有点累，已经吃了药，也睡了一天，好多了，你放心吧——”

他顿了一下，接着说道：“正好，我等下出去，顺便去找鲁道夫，让他先给我看一下。这样你总放心了吧？”

贺兰雪吸了吸鼻子：“鲁道夫中午喝醉了，现在还没醒酒。苏少爷要赶火车，也去不了。哥哥你去医院吧。或者你不要出去了，你等着，我找王庭芝，叫他带个医生来……”

贺汉渚心里忽然涌出一丝没来由的狼狈和懊恼，打断了妹妹的话：

“你找小苏了？你怎么跟她说的？她很忙的，我的事以后你不要随便麻烦人，省得别人心里不愿，碍于面子又不好明说，记住了吗？”

贺兰雪顿住，迟疑了下，弱弱地替苏少爷辩解：“他不会的……”

“你听我的就是！”

贺兰雪感到兄长的语气都不一样了，好似十分不悦，忍不下他对自己喜欢的人的误解，心口一热，冲口而出：“他真不是那样的人，哥哥你不要误会他，就前几天，他都记得你受伤，还怕你不打血清，特意提醒我呢！”

贺汉渚一怔，心跳忽然有点加快，问苏雪至这是怎么回事。

贺兰雪又不说了，变得吞吞吐吐，顾左右而言他。

“兰雪，现在连你有事也不和哥哥说了吗？”贺汉渚问电话那头的妹妹，语气凝重。

天彻底地黑透了。

贺汉渚开着车，去赴那场白天答应的饭局。

觥筹交错，称兄道弟。这样的交际场，他早就习惯，也没理由去拒绝。

凤来楼在有名的八大胡同附近，入夜那一带便灯红酒绿，美人如云。

他到了马路前的一个十字路口。

沿着这条路继续往前，再进去就是了。

倘若往左，向东，路则通往东车站。

在那里，今晚七点，一班火车即将南下。

贺汉渚慢慢地停了车，转头望着火车站的方向，凝神了片刻。

他的妹妹终究还是被他问出了话，告诉他，一周前火车出事的第二天晚上，快要十点钟，苏少爷给她打了一个电话。

她是照着苏少爷的吩咐请鲁道夫医生帮忙确认，他到底有没有去打过血清。

妹妹还说，是苏少爷让她不要在哥哥或者鲁道夫面前提她打过电话的。

贺汉渚扭着脸，注视着自己左手边的那个方向，心里忽然生出了一个念头。

他想问她一声，倘若他告诉她，他听她的话，都听她的，那么有没有可能，她对他好一点，再好一点点。

只要一点点，他就够了。

随着这个念头的萌生，他感到心底里也仿佛有什么东西开始苏醒，重新又冒出了头，周身的血亦渐渐随之变热，又恢复了温度。

谁说一定没有可能？

那个晚上，在旅途那间破旧的旅馆里，纵然他冒犯了她，她不是依然还记挂着他有没有打血清吗？

他迅速地低头看了下表。

快七点了！

再不去，她真的就要上车，就这样和别人一起走了！

脑子一热，血瞬间仿佛变烫，在胸腔里翻涌滚动。

贺汉渚再也忍不住，打了一下方向盘，踩下油门，调转方向，朝着火车站的方向开了过去。

东车站是京师最大的火车站。临近年关是一年当中最是繁忙的时段，又是晚上六七点，正当热闹，站前广场的路上聚满了等待接客的人力车和骡车，穿插着贩卖各种吃食的摊子。

贺汉渚终于在七点还差五分钟的时候赶到了这里。他猛按喇叭，然而车子仿佛被淹没在了一个喧嚣而嘈杂的大海里，只能缓慢前行。

贺汉渚弃车在了路边，下了车，狂奔着，他穿过人头攒动的站前广场，奔进候车室，推开阻拦自己的人，冲到了今晚开往天城的那班火车的站台。

火车晚点是家常便饭，他指望今晚自己的运气也能好一点。只要火车稍晚个几分钟，就能让他追上她了。

然而，站台上，那段长长的风雨棚下，乘客已全部消失不见。

就在几分钟前，那一列火车载着他想要追的人南下去了。

贺汉渚迎着冷风立着，眺望夜色下那延向了远方的铁轨，身体里原本已沸腾了起来的血又仿佛失了温度，渐渐地凉了下去。

运气终究还是没有站在他的一边。

他早就该有这样的觉悟的，他在心里想。

苏雪至奔出站台，将累赘的行李箱暂时寄存在了车站里，随即坐了辆东洋车，直奔鲁道夫的家。

果然，仆人告诉她，鲁道夫还是没有醒酒。

苏雪至直接拿了他的医药箱离开，随后按照地址，在晚上八点多的时候找到了丁家花园的那处住所。

她拍开了铁门，老鲁出来开门，得知她姓苏，是贺汉渚的表外甥，受贺小姐的委托来给贺汉渚看病，他喜出望外，忙将她请了进去。

贺妈更是热情招待，让她坐，又去给她沏茶。

苏雪至让她不要忙，问贺汉渚在不在，得知他出去了，追问去了哪里。

贺妈说："好像是凤来楼。苏少爷你稍等，我这就叫老鲁去叫！我真的很担心啊，白天他接完电话，人都晕了过去！我说他又不听，我就只好打电话给小姐了！”

“真晕了？”苏雪至和贺妈确认。

“晕了！我就眼睁睁看着孙少爷吧唧一下摔在了椅子里！”贺妈的语气十分坚决，说完匆匆跑出去，派老鲁找人。

苏雪至听着庭院里飘来的贺妈和老鲁说话的声音，心里想着凤来楼又是个什么鬼地方，不住地劝告自己要忍耐。

她临时改主意回来了，无关病人操行如何。

姓贺的是救她而受的伤。

作为医师，她必须有始有终。

老鲁出了门，贺妈在客厅里陪她，攀谈几句，又不时地跑到大门口张望一下。

苏雪至等着。

时间一分一秒地过去，

晚上九点钟了，她终于彻底地失了最后的一点耐性，决定起身先离开，回车站取回东西，找家旅馆过夜。

老妈子似乎不想让她走，劝她晚上就住这里，说自己去给她收拾房间，这样孙少爷一回来，她就能给他看病了。

苏雪至婉拒，出门而去。

丁家花园是处闹中取静的所在，出去不几百米外，转上一条行车路就是热闹的商街夜市，拉了电灯，两边是各种各样的买卖。白天是绸缎烟铺，戏院药店，针线鞋帽，天黑后，就变成了吃食摊，将近年底，这里的生意都做到天亮。

苏雪至招了辆人力车，坐了上去，让车夫去东车站。

车夫拉着她经过前面一座桥时，对面开来了一辆汽车。

桥面略狭，没街面那么宽，车夫怕冲撞，往侧旁让了让，等在桥下。

贺汉渚开车过桥，沿街中间的车道，继续往丁家花园而去，下桥后，知前头人杂，打起精神，正要拐弯走另一条人少的道，忽然，透过半开的车窗玻璃，眼角瞥见桥头路边有辆东洋车。

车夫避开他的汽车后，拉着客继续上桥。

贺汉渚的视线掠过车上的那个人，一阵恍惚，直觉以为自己看错了。

他猛地踩下刹车，迅速扭头，盯着后面的那道背影，他心跳加快，简直不敢相信自己的眼睛。

是她？

怎么可能？

她不是已经乘火车离开了这个地方吗？

很快，那道背影随车消失在了桥下。

贺汉渚不假思索地推开了车门，下车，追上了桥，再下去，追出去十几米，追上那辆东洋车，叫停车夫，随即伸手一把抓住车身，对上了车上人投来的两道视线。

竟真的是她！

街边铺子里的灯光照了出来，昏暗朦胧，影影绰绰里四目相对。

当看到他的时候，她显然也有些错愕，坐在车里望着他，一动不动。

贺汉渚才知道自己的心脏竟是如此的虚弱，才追了如此一段短短几十米的路他便喘了起来，没法停止。他一只手五指紧紧地抓着车身不放，抓得手背都起了几道迸出的青筋，他的眼睛也一眨不眨地望着她，心跳得就像是一面被捶破了的鼓。

没想到出来后，会在他住所的附近遇到他。

短暂的错愕过后，苏雪至就回过了神，见他还那样挡在前头，看着自己不说话，便朝他点了点头："回了？"语气淡淡。

他还是不说话，依然这样挡在车前。

桥上，一拨逛夜市的路人经过，张望了这边几眼。

车夫也有点慌，莫名其妙被这个军官模样的人粗暴地拦下，不知道出了什么事，很快发现好像没自己的事，他便放了心，站在一旁等着。

苏雪至被贺汉渚看得渐渐尴尬，竟有了几分不自在的感觉，好在片刻后，见他目光终于从自己的脸上挪开了，落到了她手里还拿着的医药箱上。她如释重负，忙又道："我另外还有事，所以留了下来，没和校长他们一起走。恰好贺小姐又打了电话给我，说你生了病，托我来看病。"

贺汉渚的目光再次落回到那一张隐隐泛出一层粉雾的脸上，凝视着，他的喉结微微地动了一下。

他松开了他那只一直抓着车身的手，慢慢站直身体，用带了点沙哑的嗓，低低地道："好，我让你看。"

他伸出手，接过了她手里的医药箱，回到他还扔在桥头下的车旁，打开车门，随即站在一旁，默默地看着她。

夜市的灯火勾勒出了立在桥头的那道身影。

苏雪至还坐在东洋车里，扭头看着，恍惚间忽然冒出了一种奇怪的感觉。

仿佛就会发生什么事情了——倘若她现在继续朝着那道身影走过去的话，她在心里隐隐地想到。

她不知道，自己回来到底是对还是错。

“先生——”

她的思绪被一道声音给唤了回来，定了定神，迅速地驱散了脑海里的杂念，给还在一旁眼巴巴望着的车夫付了钱，下了车，在他的注目下匆匆走了过去，钻进车里。

他替她轻轻地关了车门，随即上车，带她回往丁家花园。

苏雪至在上车之后，没片刻，心里就开始隐隐地生出了一种懊悔的感觉。

她在懊悔自己的冲动和孟浪。

不知道今晚是怎么了，脑子一热，竟干出了这样的事，临时从将要开动的火车上下来，回头找到这里。

固然，这首先是出于医者天职的驱动。但倘若换个角度，用客观作为唯一的标准去审视或者评价自己今夜的举动，说实话，她认为绝无必要——她只能给出如此一个结论。

病人得的不是立刻能要人命的急症，而且他的医生鲁道夫先生最迟明早也能醒酒了。

即便是出于感恩的目的，她真的也大可不必如此举动。

然而，世上没有后悔药。

事，她做了。

人，现在也遇上了。

还能怎样？

等他驱车缓缓走完了桥下一段熙熙攘攘的夜市，拐进侧旁的另条僻静道路，车外方才所有那些似乎可以用作转移注意力的热闹和烟火气便随之顿消。

夜悄无声息，周遭仿佛只剩下了自己和他两个人，车里这个原本不算狭小的空间也陡然变得逼仄了起来。

苏雪至双目看着前方，耳朵却敏感得能分辨出身旁那个人的呼吸频率，余光更是觉察到他时不时地微微转头看一眼自己，再转头，再看她。

到了后来，她别扭得全身毛孔几乎都要炸了。

从和他相遇的桥头到他居住的丁家花园寓所，路不长，短短四五百米而已，苏雪至却仿佛在经历一段煎熬的长途。

她没法呵斥他，命令他不许看自己，只能愈发板起脸，盯着前方一动不动。好不容易等到他将车开到了大门前，见他下车，似乎要过来替自己开车门，她一把拎起医药箱，抢先推开车门，飞快地钻了出来，才站定，面前忽然飘过了一片白色的飞絮。

轻絮随风，温柔地沾到了她的鼻尖之上，微凉。

她抬起头，才发现夜空又落雪了。

他走了过来说："进来吧。"语调低沉，气息如雪絮般温柔地轻轻拂过她的耳鼓。

苏雪至回神，低头，沉默转身，走了进去。

老鲁去找贺汉渚还没回，贺妈忽然看见两人一道进来，喜出望外，跟着到了书房，端水递巾打下手。

苏雪至洗净手，帮他量体温。

高烧，三十九度多，扁桃体也发炎。

她又让他脱了上衣，看了一眼。

果然，和她预计得差不多，正常来说一周时间就差不多已可以拆线的伤口现在还呈红肿状。

老妈子站在一旁看着，不停地摇头，嘴里啧啧不停，发出表示心疼和抱怨的响声。

贺汉渚反坐，人趴在椅背上，方便苏雪至检查。

老妈子表达着她的心疼，他没作声，微微转头，瞥了眼她。

苏雪至面无表情地盯着他的背，继续处置着伤口。

老妈子好不容易在医师在旁的情况下获得一个劝他的机会，继续苦口婆心："你人都不舒服了，还不休息，饭也不好好吃！昨晚上你出去喝醉了酒，今天白天你就只吃了两口东西，晚上你又跑了出去……"

贺汉渚立刻出声打断："我肚子饿了！"

贺妈改口叫他稍等，转身匆匆走了出去。

苏雪至依然面无表情，手里握着钳子，夹着块消毒纱布，正拭着处理过的伤口边缘，等贺妈出去了，她突然手劲一大，纱布压在了伤口近旁的皮肉上。

贺汉渚陡然吃痛，"嘶"了一声，龇牙咧嘴，一张俊面都扭曲了几分，扭头对上了投向自己的两道冷淡目光，忍着痛辩白。

"我今天自己吃过药了，真的！"

“你吃了什么药？”

贺汉渚说是阿司匹林。

苏雪至停手，看着他，微微蹙了蹙眉：“你昨晚宿醉，喝得应该不少，酒精进入人体需要二十四到四十八小时才能代谢完毕。阿司匹林和酒精同服，会导致酒精的代谢物在体内堆积，加重人体的发热和疼痛，严重的甚至会导致肝的损伤！贺司令，我希望你下次自己胡乱吃药之前，先弄清楚吃的药有什么禁忌。免得病没好，反而对身体健康造成了二次伤害。”

贺汉渚一声不吭地听着，等她说完，点头：“是，是，你说得很对，我记住了。”他抬起手，揉了揉两侧太阳穴，叹了口气，“难怪我今天吃了药，睡醒反而比没吃之前更难受，头痛得厉害，像要裂开。其实现在，我还是有点痛——”

桌上的一架电话突然响了起来，打断了他的话。

他似乎有点不快，皱了皱眉，随即示意她稍等，自己依然趴在椅上，伸出一臂，扯着电话线将座机拉了过来，拿起话筒。

打来电话的是京师警察厅的老段，埋怨他今晚不来，说请了个很会唱曲的伶人，他不来，大家伙都不得尽兴，草草散了，要改日约。

老段大概有点喝醉，嗓门很大。贺汉渚扭头看了她一眼，见她已转身整理起了纱布，他赶紧站了起来，端着座机走到靠窗的方向，压低声说自己晚上突然不舒服，下回自己请客。挂了电话，他走了回来，看着她，道：“你听到了吧，今晚上我真的没去应酬，我其实是去了——”

苏雪至打断他，淡淡道：“衣服穿回去吧。”

贺汉渚见她对自己解释行踪不感兴趣，只好打住了，怏怏闭口，拿起了刚脱下来挂在椅背上的衬衫，背过身，穿了回去，扭头见她手里又多了一支注射器，他吓了一跳：“干什么？”

“臀肌注射。”苏雪至示意他坐回去，准备打针。

贺汉渚盯着那枚又粗又长的注射器针头：“我感觉我好多了，头不痛了，真的！你给我吃点药就行了，我保证，我一定会按时吃的！”

“你是医生吗？”她推了下注射器，排空气体，反问了一句。

贺汉渚一顿，在她的注目之下，只好走了回来，勉强挨坐到椅子上，慢腾腾地解了皮带。

“自己拉！”她提醒他。

贺汉渚醒悟，忙伸手到腰后，稍稍往下，拉了拉自己的裤腰。

“下去点！”她在他的身后又命令了一句。

他照着，继续拉。

“再下去点！”她继续指示。

贺汉渚的手微微顿了一顿。

她的语气其实非常平静，完全是医师对病人的口气。

但话入了他的耳，鬼使神差一般，贺汉渚忽然想，她现在就站在自己的身后，离得那么近……

贺汉渚身体微微一僵。

他实在是无耻，更怕被她发觉，立刻保持着姿势，不敢再挪动半分。

苏雪至看看裤腰褪下的位置差不多了，取了块酒精棉，正准备进行肌肉注射，忽然留意到他背影有点发僵，想起了刚才的一幕。

他对打针似乎有点抗拒。

这下就算了，她有点心软了，弯下腰的时候，就用酒精棉替他轻柔地擦拭了几下要注射的肌表，随即用稳健而迅速的动作将针头扎入肌肉，开始缓缓推注药水，和他说话分散他的注意力。

“表舅你别紧张，你放松，不会疼的，我马上就好……”

贺汉渚并没觉得疼。

他只清清楚楚地感觉到她的指拈着棉花，在轻轻地来回摩擦着自己的皮肤。

尤其是当听到她竟用这样温柔的语调叫自己，和自己说着话，他整个人顿时变得愈发不好了。

苏雪至很快注射完，一手拔针，另一只手用酒精棉按住微微出血的注射点，提醒他：“你自己按一会儿！”

她说完，见他没反应，依然那样僵坐着，好似一尊雕像，不禁奇怪。

“针打完了！你自己按！”她再次提醒，随即直起身，站直的时候，视线自然地越过了他一侧的肩，无意之间似乎瞥见了可疑的一幕。

她顿了一顿，还以为自己看错了，再看一眼，她几乎不敢置信，反应了过来，心里“腾”的一下冒出一股无名的恼羞之火，转身背对着人，迅速地收拾了药箱，拿出几样常规药丢在桌上，抓过一支笔，在处方笺上飞快地写了几行服药医嘱，冷冷地道：“照标注的剂量服药！药箱我也留下了，你自己还给鲁道夫教授！”

她说完，没回头，更没再看他第二眼，朝外走去。

贺汉渚身体方缓了些回来，看她发怒要走了，手忙脚乱，衣物都没来得及彻底整好就冲过来，追她到了门口。

“等一下！你听我解释！”

苏雪至停步，转过身，目光扫了眼他那没完全系好皮带还显得有点凌乱的军裤裤腰。

“先整理好你自己，可以吗？”

贺汉渚低头看了自己一眼，忙背过身，飞快地理好自己的衣物，再转向她，张口就道歉：“对不起，我不是故意的。我发誓绝对没有对你不敬的意思，你别生气……”

“无所谓，我见多了。”苏雪至道了一句。

他被噎了一下，身子一顿。

伴着一阵脚步声，贺妈回来了，看见两个人站在门口，笑着过来，叫道：“苏少爷，你替我们孙少爷看好了吗？夜宵也准备好了，孙少爷，苏少爷，你们下来，一起吃吧！”

贺汉渚只能打住了，用带了点乞求的目光看着她。

苏雪至想了下，转身对着贺妈，脸上露出笑意：“谢谢你了，我不饿，不吃了。”

她下了楼，穿过客厅，朝外而去。

贺妈急忙跟了过去，极力挽留，客人执意要走。她看向孙少爷，暗示他开口留人，却见他神色仿佛有点沮丧，就默默地站在一旁，一声不吭，贺妈不禁费解。

“贺妈，我真的不饿，也不便打扰。我另有事，先走了。”

“我送你去饭店吧。”贺汉渚忽然追了出去，说道。

他还发着烧，苏雪至当然拒绝了他。

但他说完就丢下她，大步就走了出去，开着车出了大门，等着她。

苏雪至没办法，只好再次上了他的车。

雪下得很大了，纷纷扬扬，街道两旁的屋檐墙头覆了一层薄薄的白衣。

晚上十点多，火车站的行李寄存处已关门。

苏雪至让他直接送自己到她住过的那家饭店。

贺汉渚开着车，一路沉默着，将她送了过去，开好房间。

苏雪至向他道谢，随即催促：“我上去了，你也赶紧回吧，早些休息。”

“我送你上去，我再走。”他的声音听起来有点沉闷。

苏雪至也就随他了，上楼到了房间门口，用钥匙打开门，她进去了，预备关门，再次催他：“你走吧！”

他居然……还不走！

他就那样站在门口，用那一双长得很好看的黑黢黢的眼睛看着她。

苏雪至仅存的最后一点耐性，在这一刻彻底被磨光了。

那股她一直隐忍着的无名火气，终于再也无法遏制。

她盯了他片刻，忽然冲他微微一笑，眸光流转，轻声道："表舅，你是没试过像我这样扮男人的女人的滋味，所以才想着勾搭我的吗？"

苏雪至看向贺汉渚。

他一怔。

走廊里，灯影投映着他面容的轮廓，他迟疑了下，低低地道："方便我进去吗。有些我以前的事，我觉得我最好还是向你解释一下——"

苏雪至方才面上的笑意已经消失了："抱歉，不方便，我也没兴趣听你解释什么你以前的事，你怎么样，好与不好，都是你的私事，和我无关。倘若我刚才说得不对，误会了你，我为我的自大向你道歉。"

"但恕我直言，"她话锋一转，"我大概率是没有冤枉你的，所以，我请你听我一句，立刻打消你的念头。贺先生，尽管我不感兴趣，但在中午的饭桌上，我还是不可避免地听说了一些关于你的私事。我个人建议，你现在最应该做的是怎么解决你的问题，想法子尽快和曹小姐复合，这才是你的正事——"

苏雪至说话的时候，见他还是那样看着自己，眼睛一眨不眨，她心里不禁愈发后悔了，为自己临时下了火车的愚蠢决定感到后悔。

她加快了语速，神色也变得愈发严肃："我是出于完全的真诚，不想你在我这里浪费时间，所以开诚布公和你说了这些。一句话，别打我的主意了，该干什么干什么去。我也很忙，没空陪你玩儿！"

她说完，抬手就握住了门把。

"请你走吧！我也要休息了！"

她不再看他，关门。

就在门要合拢的那一刹那，啪的一下，一只手突然从门缝里伸了进来，阻止她关门。

苏雪至一愣，反应了过来，更加恼火，她把心一横，肩膀顶着，用尽全力，想逼他自己缩手，但终究还是敌不过外面那个人的力气。

门一开，贺汉渚就跟着走了进来，站定后，揉了揉他那只刚被她夹在门里的手，看了她一眼："算你狠。"

苏雪至往后退了几步："你自找的。我让你回了。"

他又沉默了，就是没有要走的意思。

她点了点头："行，那我走——"

她抬起脚，朝外走去。

他看着她从身边经过，扭过头，视线跟随她的背影，在她就要迈步出门的时候，伸出他那只刚被她夹了的手，握住她的胳膊，轻轻一拖，便将人拖了回来，顺手关上了门，迅速地制服了她的挣扎。

"做我女人吧。"

毫无预警，他忽然俯首，唇附到了她的耳边，就这么低低地来了一句。

苏雪至还以为自己听错了，猛地抬起头看向他。

神色微微紧绷，仿佛做出了什么决心似的，继续道："你刚才说了那么多，只有一句，你说对了。你没冤枉我。我承认，我是在打你的主意，我想要你，做梦也在想……"他微微地顿了一下，声音变得无比的温柔，"我想我应该是喜欢上你了，苏雪至。"

苏雪至仿佛被什么魔咒给定住了，看着他俯视着自己的一双眼眸。

"你不想听我以前的那些事，那就不说。我知道，我确实不是什么好东西，但我可以向你保证，那些都是以前了。以后，从今晚开始，如果有幸蒙你垂爱，我会对你好，很好，尽我所能。"

"你跟着我，做我的女人吧！"最后，他重复了一遍，停下来，盯着她看。

他靠着她，两个人的距离是那么的近。

一种似曾相识的，如那夜在旅途破旧旅馆里的感觉，突然再次朝着苏雪至袭了过来。

她有点晕眩之感，更是发蒙。被他直白的，甚至像带了几分命令式的话给惊住了。

他这样算是在求爱了？

她忘了反应，就这样微微地仰着面，和他四目相对着。

他的眸色沉晦，目光闪烁，一双眼仿佛涌动着暗潮的深渊……

对着这样的一双眼，恍惚间苏雪至感觉刚认识时的那个贺汉渚又回来了。

她有一种自己正被猎手凝视的感觉。

他还在那样凝视着她，仿佛深情无限，等了片刻，见她没反应，便抬手，手指拂过她的一绺短发，又落到她一侧的面颊之上，试探似的轻轻抚摸了一下，随即低头，似乎想要吻她了。

她皮肤的冷白被他带着灼热体温的略糙的手指摸过，像被溅上了几点炉膛子里飞出来的火星子，烫得仿佛要钻入了皮肉。

苏雪至一下子清醒了过来，仓促地后退，几乎是凭着本能一把打开了门。

他吻了个空，手也顿在了半空。

“对不起，我无意羞辱于你，但我对你的建议毫无兴趣。请你别忘了你的身份。另外，鉴于你的地位，我想你也不至于沦落到要用强的地步。我最后再说一遍，请你走。”

他立站在那里，看着她。

她偏过脸，神色冷漠，不去看他，视线落到门外的走廊里。

空气里浮出了令人无法忽略的难堪。

他的脸色渐渐也变了，变得难看，不复片刻前的温柔。

他的肩膀动了一下，慢慢地放下了那只手，随即紧紧地抿起了嘴，什么也没说，迈步从她面前走了出去。

苏雪至的心还在怦怦地跳，看着他的身影消失在了走廊里，她靠在门后，闭目停了一会儿，急忙又来到房间的窗帘后，勾开一点缝隙，打开窗户，微微探身出去，看着饭店侧旁的一条路，车就停在那边的一片空地上。

很晚了，那里已经看不到人，只剩路边一片昏黄朦胧的灯光照着几重树影。

贺汉渚是个很高傲的人，也不知道他脑子里搭错了哪根神经，竟对自己动起了念头，想必他也就是一时脑热，想玩玩罢了。

刚才，这样被自己丝毫不留半点面子地拒绝了，想必他没理由再继续下去了。

果然，苏雪至很快就看见了他。

他从饭店的大门里大步走了出来，朝一个跟着殷勤相送的侍者丢了个银圆充作小费，随即继续走向停车的地方，很快汽车开了出来，伴着引擎发出的一阵咆哮之声，疾驰而去，转眼便消失在了夜色里。

四周恢复了宁静，唯有雪影继续从夜空落下，一片片地堆积在刚才那辆汽车停留过的地面和附近的树丛里。

苏雪至慢慢地吁了口气，坐到饭店房间的床边。

她感到心情依然有些烦乱，最后命令自己不要再沉溺于这个乱七八糟的夜晚所带给她的负能量里。

睡一觉，明早去车站拿回行李，坐最早的那班火车就能回去了。

她果断地站了起来，去洗了个澡，洗完套了件饭店里的浴袍出来，正要熄灯睡觉，看见窗帘被风吹得微微拂动，应该是刚才没关好窗，于是她走了过去，伸手正要闭窗，忽然她的手微微一顿。

就在斜对面，刚才停车的那块地方又多了一辆车影。

难道他又回来了？

或许是别的来住宿的客人？

苏雪至一时也看不清楚到底是不是贺汉渚的车。

她急忙回来，关了房间的灯，再到窗帘后，在夜色的掩护下再次探身出去仔细地看。

凭着直觉，苏雪至认为就是他的车！

但距离有点远，那头光线又暗，树影重重，黑乎乎的，她看不见人，不知道他又回来干什么。

她控制不住自己，刚好不容易才恢复正常的心跳又有点加快了。

她不敢再开灯，从窗户后缩了回来，屏住呼吸，听着外面走廊上的动静，唯恐有人再来敲她的门。

时间一分一秒地流逝。

苏雪至在黑暗里静坐了至少半个多小时，始终没听到他回来的动静，更没有什么敲门声。

一开始的戒备和紧张慢慢地消失，取而代之的是不满，甚至是恼怒。

他现在到底在哪里？

这样下雪的寒冷深夜，他还发着烧，他是想干什么？

苏雪至起身，又到了那扇窗户后，推窗探身出去看。

雪依旧下着，无声无息地落到了那辆黑乎乎的汽车的背顶之上。

苏雪至看了下时间，子夜了。

她再也按捺不住，穿回自己的衣服，出了房间，来到饭店的大堂，向值班的一个大堂侍者询问刚才是否有人进来过。

侍者摇头说没有。

苏雪至看了眼门外那片飘着雪的浓重夜色，走了出去，踏着已经能没过脚背的积雪，朝着那辆汽车走去。

渐渐走到近前，她终于看清楚了。

车里有个猩红色的烟头，明灭不定。

贺汉渚真的折回来了。

此刻，他就坐在车里，还在抽烟。

苏雪至顿时气得七窍生烟，跑了过去，快到车前，脚下一滑，扑摔到了雪地里。

车里的人一把推开车门，丢掉香烟，跑过来，将她扶了起来。

“姓贺的，你有病！”苏雪至不顾自己模样狼狈，爬了起来，还没站好就一把打掉了他扶着自己的手，开始骂。

“你这个人真的有病！你不是走了吗，你又回来干什么！你晚上刚打了针，竟然还在抽烟？你要作，不拿身体当回事，你滚远点，别在我跟前晃！你还是不是个男人？知不知道，你这样很不要脸？你以为你这样，我就会——”

他起先一动不动，任由她骂着，突然身体晃了一下，朝她靠了过来。

“苏雪至，是你自己送过来的。别怪我！”

一道低沉而嘶哑的嗓音滑入了她的耳中。

苏雪至还没反应过来，下一刻，便觉自己落入了一双坚硬如铁的臂膀里。

贺汉渚一掌托住她头，迫她仰面，自己低头，一下便吻上了她。

两人的脸颊登时也紧紧地贴在了一起。

他面颊的皮肤像冰雪一样，嘴唇也是冷的，不带半点活气，因为发烧而变得干燥起皮的唇像是一张粗糙的砂纸，不带丝毫的怜惜，粗暴地摩擦着她的皮肤，从面颊磨到了嘴唇。

苏雪至奋力挣扎，推他，踢他，但在他那似乎带着强烈报复力道的臂抱之中，就好像不识水性的人掉进水里，徒劳扑腾，倒显得有几分可怜。

她屈腿，用膝盖狠狠地顶一下。

只要狠狠的一下，他就将失去冒犯她的能力。

苏雪至恼自己，竟偏偏下不了决心，犹豫不定。

一阵无声的逃避和追逐的纠缠，两人的气息很快变得紊乱。

男人仿佛感觉到了她的犹疑，得寸进尺，愈发猖狂，开始试图从她这里索要更多。

苏雪至感到他的亲吻停在了自己的嘴上，碾压片刻后，他的舌毫不犹豫地撬开她的唇，轻而易举撬开了她最后的一道齿关。

苏雪至脑子昏昏沉沉，一阵晕眩，她用力咬了下去。

犹如一场狭路相逢的攻守之战，她是一退再退，毫无还手之力。

只剩最后一点理智，还在疯狂地鸣着警报。

倘若她再无一点稍微像样的反抗，她在他的面前，将只剩彻底的臣服。

他一顿，猝然而止，停下了对她的索要，但依旧抱着她，和她嘴对着嘴地贴着。

应该是咬破了他的舌，她感到自己嘴里慢慢地渗入了一缕腥甜的味道。

她的脸后仰，终于挣脱了出来，以血结束这一场惨烈的唇舌追逐，随即扭过脸，大口大口地喘息着。

“松开我——”喘过来气，她又厌恶地推他还抱着自己的手臂。

他也喘了几口气，非但不放手，反而将她突然凌空抱了起来，走到汽车旁，把她放坐到了积雪的引擎盖上。

她双腿凌空，踢他，他抓住她的两条腿，强行合拢在一起，随即欺身而上，令她无法继续动弹。

他喘着气，目光烁烁，在雪光夜色里，他的身影看起来就像是一头充满了原始雄性攻击力的危险猛兽。

“贺汉渚，你要干什么！”苏雪至真的有点慌了，被强迫着坐在积了层薄雪的车头上，勉强保持着最后的一点镇定，厉声叱他。

他双眼幽幽地盯着她，缓缓抬手，拇指抹了下出着血的嘴皮。

“我被你勾得连曹家的婚事都不要了，你还跟我装什么正经？分明你也对我有感觉的。否则，你晚上人都去了火车站了，怎么掉头回来找我？我坐在这里好好的，你又下来做什么？”

呼的一下，随他话音落下，苏雪至的全身血液仿佛倒流，面红耳赤，她想辩解，张了张口，话却说不出来。

这时，身后饭店大门的方向走来了一道人影。是大堂的值夜侍者见客人迟迟不归，有些不放心，找了过来。

“别闹了，跟我回去了！”贺汉渚回头看了一眼，低声道，语气变软了，随即作势抱她。

“不用你，我自己会走！”苏雪至还没从他刚才的那一句质问里缓回来，郁闷得快要吐血了，负气要躲，被他单臂抱了起来，顿时不上不下，身体摇摇欲坠，不得已伸手搂了下他的脖颈，免得摔下去。

他就这样抱着她走到车旁，打开车门，将她推了进去，关上车门，自己也迅速地上来，发动了汽车。

“记住，今晚起，你就是我贺汉渚的女人了。”他道了一句，随即带着她驾车而去。

苏雪至起初有点担心那个找过来的侍者会看到贺汉渚和自己搞出来的事，幸好这边光线很是昏暗，他们也发现得早，及时打住了，等乘车出来，见那个侍者就等在路口，发现是贺汉渚去而复返带着自己离开便殷勤相送。

看样子应该没被发现异常，苏雪至这才放下心，等车上了路，下意识地转头看了他一眼，发现他竟又在看着自己，似乎就在等着她，见自己也转过了脸，竟立刻冲她一笑，一副怡然自得、心情很好的样子。

他的心情越好，苏雪至的心情就越差。

她冷着脸，面无表情，那股刚因被他质问为何从火车站折返的闷气也再次冒了出来。她忽然想了起来，立刻取出随身带的一块手帕，反复不停地擦嘴，余光终于瞥见他脸上的笑挂不住，她心里头的闷气才稍缓，收了手帕，扭回脸，望向自己那侧的车窗，盯着外面飘扬的夜雪。

她发烫的额头靠着冰冷的车窗玻璃，一动不动，心里五味杂陈，还没缓过来劲，又想到了另一个接踵而来的现实问题——接下来的这一夜该怎么过?

汽车走在纵横如同棋盘的街道之上，穿过了飘着雪的半个夜城，在凌晨时分回到了丁家花园。

苏雪至已经想好了应对。

今晚就这样，姑且过一夜，明早就走。

至于他说的什么今晚开始，她就是他的女人……

苏雪至忍不住又是一阵恶寒，手臂皮肤直往外冒着鸡皮疙瘩。

有人习惯了自说自话而已。他要自己信以为真，敢再来一遍刚才在饭店外面对她做的事，甚至精虫上脑，她是绝对不会再对他有半点留情的。

苏雪至下了车，往大门走去。

“当心，这里有个台阶，被雪埋了，可别又摔了。”贺汉渚紧紧跟着她，殷勤地伸手替她开门，又细心地提醒。

苏雪至一言不发，走了进去。

因为贺汉渚送客人出去还没回，老鲁夫妻俩现在还没睡，忽然看见今晚的客人竟去而复返，老鲁夫妻意外之余，十分高兴。

贺妈热情相迎，问是怎么回事。

“旅馆饭店都住满了，没地儿，所以回了。”贺汉渚解释了一句。

“行！我就说嘛，年底了，京师人多，稍微像样的地方全是人，回来就好。孙少爷，那你和苏少爷先去吃夜宵，我再去收拾下客房——”

苏雪至向她道谢，说自己不饿，不吃。

老妈子就看向贺汉渚，忽然发现他嘴皮子破了，虽然已经没流血，但还挂着点痕迹，吃惊地“嗳”了一声：“孙少爷，你嘴巴怎么了！出去的时候还好好的！”

贺汉渚飞快地看了眼苏雪至，见她扭过去脸没看自己，他摸了摸唇，说是自己不小心咬破的。

老妈子有点心疼，又费解地嘀咕了几句。

贺汉渚说没事，又看了眼苏雪至，立刻让贺妈带她去客房。

送客人到了房间，贺妈留意到客人没随身行李，身上穿的衣裳看着也有些潮湿，出来提醒贺汉渚去找件衣裳，让客人过夜。

苏雪至进了客房，关门。

她身上穿的外套是毛纺料子，很容易吸水，之前落了雪，现在已经潮湿了。

她脱下外衣，挂起来晾着，进了盥洗室，洗漱的时候感觉里头的衣服也潮乎乎的。不止这样，因为摔了一跤，裤子上也沾了些融化后的泥水。她皱着眉，正擦拭着，听到敲门声，便出来，重新套上外套，过去打开门，见是贺汉渚站在外头，他的手里拿了套睡衣。

“你衣服湿了，晚上穿我的睡觉吧。”

“是干净的。”他又补了一句。

“不用了！”苏雪至拒绝。

他已走进来，把衣服放到了床头，转身道：“你衣服湿的，怎么睡觉？和我，你不必客气，当这里是你自己的家。”

苏雪至见他说完话还站在床边看着自己，还没要走的样子，顿时想起什么今晚开始自己是他女人的混话，当时没缓过来劲，现在正好是个机会，她冷脸道：“贺先生，有句话我得提醒你。我不需要男人，我也无意去做谁的女人。有人喜欢自以为是老子天下第一，我管不着，但我的忍耐是有限度的。”

“我望你自重。”最后，她一字一字地说道。

贺汉渚似乎正在想着什么，一愣，看她一眼，又看了眼床，忽然嗤地发笑，笑得肩膀都在动。

苏雪至恼怒：“我不觉得我的话有什么可笑之处。”

贺汉渚终于忍住笑，看着她，慢吞吞地道：“我承认，我是很希望……”他又瞥了眼床，“不过，我再下流，也不至于会到强迫女人的地步。你想多了。”

苏雪至连正眼都懒怠看他，冷笑不语。

他话音落，似乎也想起了什么，迟疑了下，神色凝重，慢慢走到她的面前，注视着她，低声道：“雪至，晚上的事，确实是我冒犯到你，你别生气。请你原谅我。我保证，绝对不会再有下次了。”

苏雪至这才盯了他一眼，见他的两只黑黢黢的眼睛又巴望了过来，脸上一副诚实懊悔的模样，她险些就信了，忽然又想起他当时那副凶狠的鬼样子，顿时又不想看了。

“我要休息了。”她淡淡地道。

他似乎还是不愿走的样子，但见她已丢下自己进了盥洗室，砰的一声关了门，他立了片刻，终于还是走了出去，轻轻带上了门。

苏雪至收拾完出来，将门反锁，试了试，感觉门锁不是很牢固，使出吃奶的力气，拖了张桌子过来，顶在门后。

她看了眼他拿过来放在床上的衣服，提起来就丢到一旁，穿着自己的衣服，上了床。

已经很晚了，今天也有点累，苏雪至尽力排空脑子，想入睡。但大概是衣服有点潮的缘故，好久还没睡着。

忽然，耳中隐隐传来一阵咳嗽的声音。

她睁开眼睛，仔细再听。

咳嗽声断断续续，听起来有点压抑，好像是从楼上的某个房间里发出来的。

再片刻，伴着一阵匆匆的脚步声，房子里的灯好像也亮了，是贺妈起来了。

苏雪至忍不住从床上爬了下去，又使出吃奶的力气，把桌子从门后一点点地挪开，最后靠着门听。过了一会儿，她听到脚步声朝着这边走来，好像是贺妈来找自己，慌忙跳回到了床上去。

贺妈敲门。

她又下床，开灯，开门，装作刚睡醒的样子，露出个头：“怎么了？”

贺妈神色显得有点焦急：“实在不该这时候来吵您。但孙少爷的老毛病突然又犯了，刚才咳得厉害，一时停不下来。苏少爷，您是医师，您帮忙去看看吧！”

苏雪至不假思索地答应，让贺妈稍等，关门匆匆整理好了自己，跟着贺妈到了楼上，走到一个房间的门口。

门关着，但隔着门就听到了一阵的断断续续的咳嗽声。

贺妈推开门。

苏雪至停在后面，看见贺汉渚背对着门的方向正穿着衣服，一边穿，一边似在极力忍着咳。

贺妈急忙进去，吃惊地问：“孙少爷你这是做什么？你还要去哪里？我已经在煎药了，等下就好……”

“没事，我就出去一下，等下就回来，你不要去吵小苏……”他咳着，说话间转过了头。

年轻男子额上的乌黑头发凌乱覆落着，脸色发白，眼角泛红，面带病容之态，显得有些狼狈，他忽然一顿，随即望向贺妈，眉头皱了起来。

贺妈忙解释：“苏少爷是医生，我看你咳得实在难受——”

苏雪至走了进去，道：“你要去哪儿？”

贺汉渚迟疑了下，忽然又咳了起来，急忙转身，匆匆进了盥洗室，关上了门。

苏雪至跟了进去，推开门，靠在门边，看着正趴在盥洗台上极力忍咳的男人，道：“你不用顾虑我，我本来也没睡着。你已经在咳了，还出去，是想毁了肺吗？生病不是什么羞耻的事。上床吧，多穿点衣服。”

他止住了咳，慢慢直起身，默默接水，漱了下口，扯过毛巾，擦了擦嘴，走了出来，脱衣，掀开被子，坐回到床上。

贺妈感激地看了眼苏雪至，忙给贺汉渚递了件厚的睡袍，再往他背后塞了个枕头，替他拢了拢被角，拜托苏雪至照看下孙少爷，自己又匆匆去看煎着的药。

他靠在床头，注视着她，自我解嘲似看了下周围，笑：“像我这样的废人，晚上连睡觉都要吵到人的，说不定哪天咳着咳着就会断气儿，还想着要怎么着你，不自量力，天打雷劈，是吧？”

“不是绝症。你戒烟戒酒，尽量规律作息，慢慢调养，会好起来的。”苏雪至淡淡道。

他将脑袋歪靠在床头上，一双因为咳嗽而添了点湿漉感的黑眸看着她，默默地不说话。

苏雪至被他看得有点不自在，见他手里还拿着贺妈刚才递的衣服没穿，就板起脸：“把衣服穿起来！”

他仿佛如梦初醒，“哦”了一声，收回目光，急忙穿上，又道：“我听你的。但我这个人很烂，有时候脾气上来，我自己也管不住自己。你好好管我，我让你管。你要是发现我再抽烟喝酒，随便你怎么样都行。”

他的语气听着十分认真，但又好像是在油嘴滑舌。

苏雪至一时也分不清他到底是前者还是后者，却觉自己的腹内心肠好似绞了一下，纠结成团。她勉强保持着平静之色，不想回应这种话，转移话题，问他现在发病吃什么药。

他指了指床头柜。

苏雪至走了过去，拿起来看了下，是两种帮助缓解咳嗽症状的药，已经是现在能得到的最先进的药物了。但这两种药的抗炎作用很弱，易致使用者因为长期过度的使用而控制不佳导致身体其他脏器出现不良反应，尤其现在，没有有效的抗生素，一旦感染到了肺部，后果就不能预料了。

她的心里忽然生出了一种焦躁的急迫之感。

她翻着手里的药时，他观察着她的神色，感觉她面色有点凝重，忽然道："其实我并不是经常这样的。我也很久没咳了。意外！这真的纯粹是个意外！我身体好着呢，干什么都没问题……"

话没说完，他突然又咳了起来，赶紧背过身，极力压着。

苏雪至瞄了他一眼。

"留点力气吧，我求你别说话了。知道你生猛，见证过。"她的语气略带嘲讽。

贺汉渚终于勉强止住了咳，扭头看她。

她立在床头边的灯旁，灯影朦胧，她乌溜溜的眼斜睨自己，眸光盈盈。

虽明知她在嘲讽自己，贺汉渚竟忍不住还是心神一荡，脑子一热，立刻就歪过来身体，凑了上去，觍着脸小声问："那晚上我弄疼你没？我可真是该死！"

苏雪至手一顿，啪地扔下药。

他仿佛吓了一跳，闭嘴，又坐了回去。

贺妈恰煎好中药送了进来，苏雪至不再理会他了，转身向贺妈交代了一些他饮食上的注意，尽量清淡，慎吃雪里蕻、芹菜等物，平时饮食甜咸冷热适度，尽量避免辛辣，以免刺激咽喉引发咳嗽。贺妈一一记下，连声感谢。

贺汉渚赶贺妈回去睡觉，说自己没事了。

有医生在，孙少爷看着也确实好多了，贺妈也就放心走了。

苏雪至看着他皱眉苦脸地喝了药，接过碗，又给他倒了杯温水，让他漱口，说道："贺汉渚，你别不拿这个当回事。你自己不想着养好身体，继续作下去，风吹感冒都有可能会让病情发作。你看你这几天在搞什么。发烧，喉咙发炎，晚上你还吹风抽烟，你不发病谁发病？"

他一声不吭地漱口。

苏雪至接过杯子问："怎么样，还难受吗？"

他靠回在了床头，双手交枕在了脑后，姿态放松闲适，看着她笑：

“你陪着我，我就不难受了。”

苏雪至重重一顿，放下了杯子，转身往外去，冷冷地道：“既然不难受了，那就睡觉！”

贺汉渚急忙伸臂，从后一把抓住她。

苏雪至停步，扭头盯着他那只拉着自己的手。

贺汉渚不撒手，轻轻拉了一下，苏雪至便身不由己跌坐到了床沿边。

她恼火地抬起眼，正要呵斥，却撞上了他那双望着自己的眼睛。

“苏雪至，晚上你帮我打针，我出丑，惹你生气了，但我真不是故意的。你认定我下流无耻，我活该，我认了。我就送你去住饭店，我舍不得就那么和你分开，你赶我就算了，听听你当时都说了什么？夹枪带棒，冷嘲热讽，还什么叫我恢复和曹家的婚事，你是故意想气死我是吧。行，我也忍，谁叫我喜欢上你呢，巴不得上赶着让你气！我就向你表白，想对你好，你又不屑一顾。行，全是我贺汉渚一个人在犯贱，我遂你愿，我走。”他的语气里，好像还是带着点不平。

苏雪至想起他当时怒气冲冲开车离去的架势，挪开视线，甩掉他还握着自己手腕的手，嗤了一声：“走了好啊，又回来干什么！”

贺汉渚看着她：“是，当时我真的想走了，开出去了几条街，我又回来了。你知道我是怎么和自己说的吗？”

苏雪至不看他。

他继续道：“路上我对自己说，那个我喜欢的人，或许她对我是和别人有点不一样的。她会在被我冒犯的情况下，明明很生气了，依然记挂着我到底有没有打血清，还不让我知道。她明明都已经要乘火车走了，却在知道我生病的消息后回来给我看病。所以我告诉自己——”

他突然停下。

“苏雪至！你到底有没有在听？你看着我！我在和你说话！”他又下起了命令，好像很是不满。

苏雪至没办法，扭脸再次对上了他望着自己的眼眸。

那是一双深邃的眼，或是咳后刚恢复过来的缘故，瞳仁看起来分外的明亮。

“所以我告诉自己，”他继续说道，“我再赌一次，现在回去，再给自己一个机会。倘若这个晚上，她知道我在下面等她，还是不管我，我认了，这辈子不再去打扰她。但是倘若她肯下来，那就是——”

他指了指头顶，语气平静。

“老天爷给的女人，我不能不要。”

分明是男人嘴里说出来的骗人鬼话罢了，苏雪至清清楚楚地知道这一点，但在她的心里却竟涌出了一种全然陌生的感觉。

仿佛一股温热的细流自她胸间的某个深处缓缓溢出，无声弥漫，一直满到了她的喉头之上。

太蠢了，一定是她内心的虚荣之感在作祟。

一个平日高傲如斯的男人，为了一个女人竟委屈至此地步，备受折磨，任是铁石心肠怕也无法全然不被打动。

男人说完了话，便再次握住她刚挣脱的那只手，五指慢慢收紧，阻止了她试图收手的举动。

带着薄茧的略糙掌心缠了上来，温度滚烫，灼着她的手背。

苏雪至半边身子都好像没了力气，竟无法动弹，就这么睁大眼睛，眼睁睁地看着男人的那张脸朝着自己慢慢地靠了过来，越来越近。

“苏雪至，你明明也关心我，喜欢我的，是不是……”催眠般的温柔耳语在她的耳边响了起来。

老天！世上怎么会有这么好看的男人，嘴巴还会说这么温柔缠绵的情话，难怪那么多的女人都甘心为他顺从……她的脑子里忽然模模糊糊地冒出来这么一个念头。

以前的柳小姐就算了，但差不多一周之前，他还公然和唐小姐在饭店里厮混，搞出那么大的动静……

相信一个习惯猎艳的男人会因为自己的独特魅力而甘心臣服，从此浪子回头?

男人一副饱满的额，就快要碰到她的眉了……

苏雪至猛地回过神，打了个寒噤，霍然而起：“行了，你说得够多了！我再说一遍，我没兴趣陪你玩。你省点力气吧，别和我来这一套！”

她没再看他，更不再停留，转身就出了房间，快步回到了自己在楼下的那间客房。

她爬上床，躺了下去，恨不得现在就天亮，立刻离开这里。

讨厌的地方，讨厌的雪，还有身上这带着潮气的讨厌的衣服。

她闭目，忍着这个漫长的冬夜。

忽然，门外传来了两道轻轻的叩门声。那声音又不疾不徐，响过便停了下来，似乎笃定门里的人一定会有所回应。

她不理。

但过去了良久，凭直觉，她觉得门外的人还没离开。

终于，她恨恨地坐了起来，一把掀开被子，开灯，打开半道门，果然见他还背靠着门框守在外，见她终于开了门，站直身体，面向着她一笑。

“你别生气，我是还有几句话，虽然你没兴趣听，但我得说，不然晚上，我恐怕没法睡觉。”他低低地解释了一句，不待她应，接着又道，“你最早在天城我那边遇到过的那位柳小姐，她是我贺家从前一位老管事的孙女，祖父于我贺家有恩，所以我会照顾她，除此，我和她没有任何关系。”

“曹小姐，我和她认识很早，在欧洲，一次偶然的机会，我救了她。婚事本来是各取所需，现在我退出了。”

“至于唐小姐……”他抬手，揉了揉他乱发覆着的额，“我承认，傅氏酒会那天晚上，是我一时昏了头，但后来我后悔了，她帮我松活了下背，出来了我就看见了我妹妹，然后下去找你。经过就是这样。”

“我的身边，没有别的女人。”男人看着她，轻声说道。

苏雪至沉默了下去。

“好吧！我想你是已经打定主意，明早大概要走的。这个年我也打算回天城过，但后天我要随大总统去北营参加阅兵，还有王庭芝订婚，所以实在没法明天陪你回。”他顿了一下，看着她，见她始终一言不发，眼底掠过一缕失望之色，点了点头，“那么就这样了。你去睡吧，明早我送你去车站。等我这边事完，回了天城，我就去找你。”

他低低地向她道了句晚安，随即伸出手，替她轻轻地闭合了门。

伴着几道零星的低咳，脚步声渐渐远去，消失在了耳畔。

苏雪至对着门，在原地站了许久，终于转身，关灯，回到了床上。

她又躺了下去，翻来覆去了好一会儿，坐了起来，在黑暗里伸出手，摸索着，摸到那套他送来的睡衣，一把拽了过来，随即脱了自己身上的，换上了他那套睡衣。

睡袍很大，很长，柔软的绒面衣料无声地贴在了她的肌肤上，温暖而干燥。苏雪至仿佛闻到了一股糅杂着檀木和体皂的淡淡的味道。

并不讨厌，好像还有点……好闻。

她再次躺了下去，缩在衣物和被窝的包裹里，终于感到舒服了不少，闭目，在萦绕着的若有似无的气息的陪伴下，听着窗外偶尔传入的簌簌落雪之声，睡了过去。

第七章

一觉好眠，第二天早上，苏雪至醒来，昨夜挂起来的衣服已晾干，她洗漱后，收拾好，走了出去。

房间在一楼靠左的方向，经过一道玄关，拐弯就是客厅，快到的时候，她看见了贺汉渚。

她起得已经很早了，他比她更早，衣装整齐，侧对着她，坐在客厅的一张沙发里，微微低着头，翻着手里的报纸。

苏雪至的心微微一跳，脚步随之一停。

贺妈手里端着东西，正从对面的厨房里出来，看见她，热情招呼："苏少爷你起来了？站着干什么？饿了吧，快来吃早饭！"

苏雪至急忙走了出去，若无其事。

他扭脸，看见她，立刻放下报纸站了起来，朝她走了过来。

"起来了？"他和她招呼，注视着她。

他今天穿的是便服，裁剪合身的马甲，打着领带，衬衫的袖扣也扣得严严整整，头发整齐，精神奕奕，不复昨夜的病态。

苏雪至忽然有点梦幻之感，觉得昨夜根本不像是真的，好似是梦。

她避开了他的目光，点了点头，跟着贺妈入了餐厅。

贺妈端上两只热气腾腾的小蒸笼，笑道："今儿农历二十三，小年日，得吃饺子。大寒小寒，吃了饺子好过年，讨个吉利兆头。就是不知道苏少爷你爱吃什么口味，我就随便各包了几只，蟹黄虾仁、冬菇素馅，你拣着合口的，自己随便吃。"

苏雪至站起来，给她道谢。

老妈子赶忙摆手："别客气，别客气！昨晚亏得有你在，我是巴不得你能多留几天。外面冷，你赶紧吃，暖暖身子再出门。"

苏雪至看了眼贺汉渚，他拿着调羹低头在吃粥。

她也就坐了回去。

贺妈包的饺子个头小巧，形状漂亮，像弯弯的月牙，一只一只整整齐齐地摆在蒸笼里，冒着热腾腾的烟。

不但好看，味道也好。但大概是刚起来的缘故，她也没什么胃口，吃了几只，再喝完一小碗甜粥就感到饱了。

贺妈对她的食量表示惊诧，极力地劝："苏少爷，你怎么吃这么少？我家小姐都比你吃得多！是东西不合你口味？我再去做别的，你好歹再吃点，今天还要乘火车呢，万一路上饿了呢！"

苏雪至敌不过老妈子的诧异，又拿起筷子。

终于结束了这顿早饭。

贺汉渚几口喝完粥，站了起来。

"你先休息一下？"他询问。

"不用了，昨天我看早上有班八点的火车，现在出去应该还能赶得上。就是不知道能不能买到票了。"

他不再说话，接过贺妈赶着送来的外套，走了出去。

他的司机兼保镖已经等在外头，见两人走了出来，打开车门。

苏雪至跟着他上了车，离开丁家花园。

下了大半夜的雪，今早雪停了，白茫茫一片。

临近年底，忙碌了一年的人这几天终于可以松下劲儿，时间也还早，街道两旁的店铺都闭着门，街上静悄悄的，几乎看不到人。

路上，他没说话，一路沉默着，顺利地将她送到了车站，取了她昨夜寄存的行李。

八点那班的车票果然已经没了，白天剩下的班次也都没了，只剩晚上的一个班次还有。

贺汉渚让司机去找站长，很快，站长匆匆跑了过来，说实在抱歉，包厢确实是腾不出来了，但八点即将要开的这班，他手头还有几张留着以备意外急需的空票，可以安排坐到一等车厢里去。

苏雪至连声感谢，说给他添麻烦，有坐票已经极好，她非常感激。

站长赔笑，说是他的荣幸。

他提了她的行李，带着她从候车室里穿过去，来到月台，送上车厢，替她放好东西。

"那个……谢谢你了……我没事了……你回吧……"

贺汉渚看了她一眼，没说话，下了车。

她位置靠窗，旁边是个胖太太，身上裹了件厚厚的貂皮。

贺汉渚站在月台上的积雪里，透过那扇蒙了层雾气的车厢玻璃，隐隐看见她吃力地从那位胖太太留下的狭窄空间里挤了进去，坐下后，扭头望了出来，见他还立着，好像迟疑了下，最后凑过来，伸手擦掉了玻璃上的雾气，脸贴过来，冲他拂了拂手。

离火车开还有五分钟。

贺汉渚掉头走出月台，踱出火车站的大门，他的脚步放缓，最后停在了门前的广场上，站了一会儿，转头望向身后这座三层楼的车站大厅。

大厅大门正上方的巨大拱形盖顶之上覆盖着一层厚厚的积雪，旁边那座高耸的尖顶钟鼓楼上立了一只不知道哪里飞来的寒鸦。

几个赶火车的乘客提着箱子匆匆走进门里。

“先生，买包烟吧！”一个耳朵冻得发红的烟童挎着烟匣兜售香烟。

贺汉渚转回头，继续站了一会儿。

“当——当——当——”

突然，身后的头顶传来大钟整点报时的撞击之声，隐隐地，在火车站的深处又有鸣笛发出的长鸣之声。

“先生，行行好，买包烟吧！”

终于，贺汉渚往匣子里丢了一块钱，拿了包香烟和火柴。

他咬着烟，划了根火柴，低头，一手挡着风，点着了烟，扔了火柴梗，迈步正要朝前去，边上突然伸过来一只手，将刚点着的香烟从他的嘴里一把夺走。

他的心猛地一跳，转头见苏雪至拎着一只箱子，站在他身后的雪地里，眉头紧皱，神色不悦。

“贺汉渚，你说话是当放屁吗！我到底还能不能信你嘴里说出来的话？”

贺汉渚望着她，身影定了几秒，忽然咧嘴笑了，摸出兜里那包刚拆的纸烟，连同火柴一起扔回到了烟童的烟匣里，随即伸手接过了她手里的箱子。

“苏小姐，你说话太不文雅了！回去了我再和你说！”他俯首，将唇附到了她的耳畔低低地说道。

看到孙少爷再次带着苏家少爷回来，说买不到回去的火车票，索性留下来等过几天和他一起回天城，贺妈同情之余，更无比欣喜。

贺汉渚让老妈子忙她的事去，自己提着苏雪至的东西送她回到昨晚住的那间客房，进去后反锁了门，放下行李，将她拦在了自己的身前。

“你怎么又下车了？”他看着她，问道。

刚才回来的路上，车里还有一个司机，他一直忍着。

苏雪至微微仰面，和他四目相对，见他紧紧地盯着自己，心里分明知道他想听什么，也分明知道自己在想什么。

分明知道接近这个人，对自己而言或许将会是个大麻烦，她却还是无法抽身，落入了猎手的圈套。

心放不下，人，也就没法跳出来了。

“快点！说。”他的眼底含着笑意，轻声地催促她，命令着她。

苏雪至终于开口了：“也没什么。就是火车快走时，我突然想起来，我这里还有样东西没还你。”

他一怔。

苏雪至走到行李箱前，打开箱子，指着里头放着的几筒银圆。

“喏，就这个，不算是小数目，所以想早点还你。”

贺汉渚的视线从那堆纸筒上收了回来，盯着她，脸色微沉。

苏雪至装没看见，见他不动，自己取了出来，递给他。

“你数下数目，看对不对。”

他还是不动。

“快点，怪沉手的呢……”她也学他，催起了他。

贺汉渚慢慢地伸出手，手指要碰到她拿着钱的手时，忽然反手攥住她的手腕，将她扯到面前，随即打横抱起来，走了几步，扔到了床上。

苏雪至没提防他会这么粗暴，纸筒从手里飞了出去，掉在地上，散破裂开。

伴着一阵天女落花般的叮叮当当声，钱滚了一地，她也被他丢上了床，趴在那里，模样狼狈，扭头看见他已站到了身后的床边，伸出手仿佛要抓自己似的，她顿时头皮发麻，惊叫一声，手忙脚乱地爬了起来，想从床的另侧跳下去，人都已爬到床沿了，一只脚踝被他抓住，她惊叫一声，就被强行拖了回来。

他单膝跪在了床上，不由分说将她的身子翻了过来，令她仰在床上，随即欺身而下，将她牢牢地压制在了身下。

苏雪至再也绷不住了，一边推他，一边发出低笑声，笑了两声，发现他低下头，似乎盯着自己的嘴，接着脸就一寸寸地压了下来。

她感到又是紧张，又是刺激，脸发烫，心如鹿撞，急忙推他的脸，不让他的意图得逞。

他试了几次，未能如愿，倒也没再强迫了，但顺势捉住她的手圈握在掌心里，带到唇边，轻轻吻了吻那几根纤细的手指，随即看着她。

苏雪至对上男人那双近在咫尺的眼眸，慢慢地止住了笑，片刻后，终于说道："贺汉渚，我想我应该也是喜欢上你了。"

贺汉渚凝视着身下的这张面颜，眼睛一眨不眨，片刻后，忽然，唇附到了她的耳边。

"苏小姐，我要亲你了——"

苏雪至还没反应过来，唇便被他吻住了。

他的吻起先十分温柔，渐渐转为热烈，很快两人都心跳加快，变得气喘吁吁。

忽然他停了下来，趴她身上，一动不动。

苏雪至当然知道是怎么回事，她也不敢乱动，免得愈发糟糕，境况尴尬。

过了一会儿，她试探着推了下他。

他没反抗，顺势从她身上滚了下去，继续趴在床上。

她暗暗松了口气，赶紧爬下了床，再找个事情做，捡地上的钱。

房间里静悄悄的，只有她捡钱时银圆碰撞的清脆悦耳之声。

过了一会儿，她听到身后传来声音："过来！"

她瞄了一眼，见他好像已经恢复了，翻身坐了起来，靠在床头，朝自己勾了勾指。

苏雪至当然不会再过去了，继续捡着钱。她捡完外面地上的，看见靠墙的一张单人沙发椅下好像也滚了一块进去，又过去找。

贺汉渚从床上翻身而下，将忙着捡钱的她抱了起来，放坐进沙发上，自己俯身捡起那枚银圆，随意坐在沙发椅的一侧扶手上，对靠在椅背上的她说："明天北郊阅兵式，你陪我一起去吧。"

苏雪至迟疑了下。前两天她在报纸上看到过对这次阅兵的消息报道，十分正式，包括大总统在内的诸多政要以及各国公使都将出席。

"我去合适吗？"

他点头："我带勤务。我还有伤，你不就是现成的卫生勤务？"

苏雪至忽然想起自己的那几个室友，就问他们是不是还在军营里。

"对，他们也还在。明天检阅完毕，就地解散。"

苏雪至点头："行，那你也带我去吧。我去看看他们。"见他盯着自己，好像不悦，"怎么，你还不乐意？要不是你折腾的，他们至于这么辛苦，大冬天的，现在还回不了家！"见他还是绷着脸不说话，她也不理他。

这时，贺妈忽然敲门，喊了声苏少爷。

苏雪至吓了一大跳，飞快地站了起来，整理了下自己刚被弄得有点皱的衣服，回头看了眼贺汉渚，示意他立刻坐正，走了过去。

苏雪至怕贺妈起疑，尽量轻地开了锁舌，这才打开门。

老妈子可做梦也不敢想，自家孙少爷和苏少爷在房间里会有什么反常举止。

“苏少爷，是那位宗先生打来的，问我你是不是在这里。我说是，他就叫我请你接电话。”

苏雪至急忙出去，接了电话。

原来宗先生一早从和校长那里得知，她昨晚临时改了主意，下了火车留下来，便打来电话，询问需不需要自己帮忙安排她住宿之类的事。得知她这几天打算住在丁家花园这边，笑道：“也好，你们是亲戚，有贺司令照看，我就放心了。另外，我打电话给你，是想问下你晚上是否得空，今天是我太太生日，在家办了个生日小沙龙，请了些平日往来的好朋友，都想见见你。”

苏雪至忙说荣幸。

宗先生很高兴：“好，那就这么说定了，晚上你来。”

苏雪至礼貌地应是，打完了电话，正要请宗先生先挂掉，身后忽然伸过来一只手，将电话从她的手里拿了过去。

苏雪至扭头，见贺汉渚背过了身，对着电话那头道：“宗先生，是我，汉渚。昨日承蒙邀饭，未能赴宴，实在遗憾。今日尊夫人诞辰，汉渚诚颂在心。贤伉俪若不嫌我鄙陋，晚上我送雪至到你府邸如何？”

电话那头，宗先生一愣，大约是没想到他突然会插进来说话，听完了，笑道：“贺司令你客气了！我是怕你分身无暇，所以不敢贸然相邀。既然这样，我是求之不得。那晚上你和小苏一起来。”

贺汉渚挂了电话，转身，见苏雪至盯着自己看，扬了扬眉：“你看我干什么？走了，出去帮你买点东西！你好意思两手空空地进去？”

苏雪至收拾了下，跟着他出来给宗夫人买礼物。

贺汉渚将她带到了前门大街，这里有座宏伟的四层西洋建筑，是京师现在首屈一指的商业大楼，中西百货骈列，还有饭馆、咖啡厅、露天品茗处、空中花园和戏院，平常就是京师中的有钱人爱来的地方。

苏雪至进去后，很快买好了今晚上要送给宗夫人的生日礼物，准备走，贺汉渚忽然问她有没有别的东西要买，说可以陪她再逛一下的。

白天也没事，苏雪至就随意逛着，他跟在她的后面。经过一个售卖化妆品的洋行商铺时，她的视线停住了。

平常她用来护肤的凡士林快用完了，不知道这里有没有。

柜台里摆着各式各样的化妆品，左边陈列的是男女共用的头油、美发膏、牙粉、牙膏等日用品，右边则是女人的天下，香粉、胭脂、口红、香水，中外品牌，应有尽有。

苏雪至向店员要了支普通的凡士林，看见右边的玻璃柜台擦得晶亮，里面陈列的化妆品摆设用心，目光便在一支口红上停了一下。

口红的管体是暗金色的，细而长，印着一朵深红色的玫瑰，显得美丽而优雅。

店员立刻介绍了起来，说是本洋行最新进口的美国丹祺牌口红，顶顶高级，这个颜色也最适合年轻小姐了。

“先生，您可以买了送给女朋友，保管她会喜欢！”

苏雪至笑着摆了摆手，说自己没女朋友。

店员转向一旁的贺汉渚：“先生您呢？”

苏雪至见他看了眼自己，立刻扭头离开柜台要走，忽然听到身后有人惊喜地叫了一声：“贺司令！苏少爷！”

苏雪至扭头，竟遇到了有些时日没见的庄阆申！

他笑容满面，快步而来，和两人热情招呼。

苏雪至叫他伯父，打完了招呼，庄阆申说自己来这里和朋友约了饭局，随即关心地询问贺汉渚的伤情。

贺汉渚说有惊无险，自己没事。

庄阆申连声说万幸。

“那您二位今天这是……”

他打量了眼两人。

贺汉渚正要说话，苏雪至抢着开口：“宗夫人今天生日，我跟表舅过来买礼物！”

贺汉渚看了她一眼，闭了口。

庄阆申“哦”了一声，点头：“原来如此！”又说了一会儿话，他的朋友来了，这才分开。

苏雪至怕又遇到熟人，见那个店员也不停地看着自己和贺汉渚。

她立刻付了凡士林的钱，不再逛了，掉头就走出了大楼。

贺汉渚很快也跟着她出来，到了外面，问她怎么突然走了，听完她的理由，想了下，说："那么去吃饭？快中午了，你应该也饿了。两个男人去吃饭，应该不算什么奇怪的事吧？"

苏雪至已经没了兴致，还是摇头："算了，还是回吧……"

贺汉渚微笑道："我知道一个地方，不但清净，边上没什么人，东西也还行。"

"有道菜叫春藏雪月。三分肥七分瘦的猪肉，桂枝熏的火腿，新鲜挖的肥厚冬笋，一两片蜜汁叉烧，再加点韭黄，全都切成均匀小粒调味，麻油烧酒蒸熟，将鸡蛋去壳，开成两半，上下铺满食材，再用秘制调料浇淋上去。"

"有道菜叫玛瑙玉羹。打散的嫩豆腐用秘制的上汤煮熟，加入蟹黄和鸡茸，上菜前，铺一层鲜嫩的芫荽，入口是清甜的味道……"

苏雪至忍不住咽了口口水。

他注视着她，眼底笑意更浓。

"还有什么花胶鸡丝、五柳石斑、腿汁扒白菜、蟹茸燕窝……"他顿了一下，"我出来前把位子都约好了，就等着你去吃。既然你不去，那就算了，只能便宜别人了，回吧——"

他作势要走。

"等等！我去！"苏雪至跳了起来。

贺汉渚扭过脸，好像笑了好几下，很快又忍住，转回头。

"那就走吧。"

原来他请吃饭的地方在什刹海的边上，这里最早是因周围散落十座古刹而得的名。

苏雪至跟着他来到一座看起来应该是前王府的大宅，有个长袍马褂传统穿戴管事模样的人已在门口候着，见两人来了，躬身行礼，一路引着两人，穿庭过廊，最后来到了后花园的深处，面前有座小楼，苏雪至以为是这里，没想到还要继续往前，最后来到一条直通水边的石阶，水边停了一条楼船。

"上去吧。"见她看向自己，他微笑道，随即领她上了船。

客人上船，舫舟便离了岸，缓缓而去。

苏雪至登上顶楼，往船室而去，管事打帘，才进去，扑面就闻到了一股充盈在暖气里的幽幽暗香。

原来室内供着暖，门口立了一尊洁白的美人瓶，里头插了枝新折来的红梅。梅枝态舒展，梅萼点点，半闭半绽，刚闻到的暗香就是来源于此。

几样古玩器具疏落地陈列在博古架上，墙上悬了两幅牡丹仕女画，仕女衣纹细秀，姿态娴雅，船室左右两面又镶着拭得一尘不染的玻璃，四角悬了几盏华丽的宫灯，窗边则铺了张可供眺望赏景的软塌。陈设富丽，又不失雅致。

管事请贵客落座，轻击掌心，船尾的方向便飘来一阵琵琶和着洞箫的曲声。隔着一扇屏风，影影绰绰，原来那里坐了两个伎人。

管事看着也是个雅人，候菜的功夫他卷袖净手，亲手给贵客倒茶，道粤菜鲜淡，最合碧螺春茶。

苏雪至端起一只瓷色润白的茶盏，轻轻饮了一口。

菜还没上，船尾飘来的曲调悠扬，她侧耳片刻，只觉好听，就是不识曲调。

贺汉渚的面前，她也用不着装雅人，问了管事一声。

管事立刻笑着介绍，曰，凤凰台上忆吹箫。

“此词牌名下，最有名的一阕词，当推易安居士之‘新来瘦，非干病酒，不是悲秋’，堪称千古绝唱，私以为，自宋以来，无出其右者。又，凤凰台上，吹箫引凤，乘龙而去，所谓神仙眷侣如是也，千百年来文人墨客怀颂不绝。”

这典故太经典，苏雪至还不知道实在说不过去。她瞟了眼对面，见贺汉渚闲闲靠坐，眼睛看着自己，于是正色点头，挽了一下尊：“萧史弄玉，人间佳话。”

“正是，正是！所谓男欢女悦，人间仙侣！公子你不但玉貌丹唇，玉树临风，更是才高八斗，通贯古今！佩服佩服！”管事一本正经地奉承了起来。

贺汉渚刚端起面前的茶杯，喝了一口，听到，猛地转过脸，“噗”的一声，一口茶竟直接喷了出来，跟着弯下腰，咳嗽个不停。

管事赶忙递送手巾。

贺汉渚一边咳，一边拂手，示意管事出去。

苏雪至闹了个面红耳赤。

等他咳嗽完，用手巾压口，直起身，苏雪至不客气了，在桌下伸脚过去，狠狠踢了他一脚，见他忍痛赔罪，连说不该，下次不敢，再想到那个管事的奉承之词，自己也是绷不住，嗤地笑了起来。

“算了。确实够夸张，也亏他说得出口。”她自我解嘲了一句。

没想到贺汉渚却又不笑话她了，双目落在她的脸上，注目了片刻，忽道："他说得没错。"

苏雪至笑道："行了，刚和你玩笑。我又不是小孩子，不用你来哄我……"

说话间，见那管事带着人进来上菜了。

新烹的各式菜肴很快陆续上齐。

贺汉渚果然没有骗人，菜肴色香味俱全，令人食指大动。

苏雪至肚子饿了，注意力立刻被吸引，接下来闷头吃饭，吃饱撤桌，泡了壶茶，她坐到窗边的软榻上消食。

今天风和日丽，午后暖阳照入玻璃，水光潋滟，暖洋洋的。

船已到湖心，停了下来。苏雪至靠在榻上晒着太阳，耳边曲调淙淙，和对面的人有一句没一句地说着晚上的事，渐渐困意袭来，撑不住，竟睡了过去，待一觉饱足，睁眼才惊觉舱室里的光线暗了下来，日影西落，一片夕阳从一侧的窗中斜射而入。

她竟睡到了黄昏!

船尾的伎人不知何时走了，耳边静悄悄的，她的身上盖着一件外套。对面的人不见了。

苏雪至坐了起来，环顾四周，还是没找到他，起身走到船室的门口，掀开门帘，终于看见了他。

他背对着这边，双手插兜，站在船头的甲板上。身后，影子拖成了长长的一道，消失在近前甲板黯淡的一片残晖阴影里。

湖心起了晚风，甲板上寒意飒飒。他的背影却一动不动，似乎正在凝神地看着落日，陷入了他自己的世界。

"贺……"苏雪至迟疑了下，终究还是没有叫出声，停了下来。

不知道为什么，此情此景，令她想起了第一次遇到他，半夜时他独自在甲板上吸烟，被贸然而来的自己和随后过来的表哥惊动，迅速离开。

苏雪至悄悄地望了片刻。

这个背影忽然令她觉得有点遥远，甚至是陌生，好像她又看到了第一次遇到时的那道身影。

她讨厌这种不适时宜的感觉。

她又偷偷地望了片刻，还在犹豫着要不要出声叫他，忽然看见他肩膀微微一动，似乎要转头了，心竟没来由地一跳，紧张起来，她立刻放下帘子，跑回到窗边坐了回去，一把盖上他脱下的外套，闭上眼睛装睡。

伴着一阵轻轻的脚步声，他果然回来了。

苏雪至将头歪向里侧，一动不动。

她感到他停在了自己的身边，似乎在看着她。

她依然不动，片刻后感到有只手朝着自己伸了过来，仿佛是他的手掌碰到了自己颈侧的一片肌肤。她登时浑身紧绷，想着他到底要干什么。

下一刻，感到那件盖在身上的外套已被人往上轻轻地拉了拉，接着那只手便缩了回去，他仿佛也走开了。

苏雪至暗暗呼出了一口气，为自己的疑神疑鬼感到尴尬，定了定神，装作刚醒的样子，动了下，睁眼。

他正在倒茶，转头看了一眼，走了过来，扶着她坐了起来，笑道："醒了？是我吵醒了你吗？"

男人的声音温柔而宽厚，仿佛带着一种沉稳的力量。

苏雪至暗笑自己的多心。

他喜欢她，她也被这个男人吸引了，想和他在一起。

承认自己其实也喜欢他，让她感到很快乐。

她把衣服还给他，摇头说睡得很好——睡得太好了，以至于一睡就是半天，让他空等了这么久。

他抬臂，手指抚了抚她睡得有点乱的头发，笑道："没事，我难得有这样的清静。"

他看了眼窗外那片渐暗的天色。

"那我们回去了？准备一下，你也要去宗先生家了。"

苏雪至点头。

贺汉渚出去了下，船动了起来，朝着岸边而去。两人上岸回了丁家花园，收拾了下，天黑后，两人准时抵达了宗先生的家。

宗先生住在一处传统的宅邸里，两人到的时候，家里灯火辉煌，已是宾客满堂。客人当中，有部分是苏雪至之前见过的，但还有好些没见过，但报出名，大多是有听过的学术或文化界的名人。

宗先生也为贺汉渚和客人相互做着介绍，报出他的身份和名字。

众人起初有些惊讶，大概没想到他也会来这里，以至于原本热烈的气氛都冷了一下，待宗夫人先走了过来，笑着表示贵客临门，欢迎至极，才有人陆续跟着开腔，以贺司令之称和他招呼。

苏雪至怕他尴尬，心里正有点急，想着怎么打个圆场，却见贺汉渚上前，将他带来的一束鲜花奉给宗夫人，恭贺生辰，随即对着近旁之人笑道："我这个不速之客登门，除了诚贺夫人生日，也是听闻今晚贵宾如云，卧虎藏龙，想望风采，故贸然前来。诸位都年长于我，这里也非客套场合，何妨省去繁文缛节，叫我名字便可。”

他西装革履，轩昂潇洒，神色自若，双目光若寒星，谈吐谦恭，而又不失风范。

开场白说完，众人看着他的目光便有些不一样了。

宗先生笑道：“你们不是在谈论前些天的东亚药厂一案吗，便是贺司令主查的案子。老实说，这样的功劳，换成沽名钓誉之人，怕不是早就传得天下皆知，迄今我却没在报上看到过一篇贺司令的访问。有功而不造势，可谓侠气，在我看来，查案固然不易，这份侠气更是难得。”

众人面露讶色，纷纷变得热情了起来。

一个年纪老迈的老者分开众人上前，紧紧地抓住了贺汉渚的手，神色很是激动：“原来贺司令竟是药厂一案的功臣！我与令祖早年同榜，不敢说深交，但也算是有过几分往来的。贺司令你小时候，我还见过你，不知你是否还有印象？后来世事变迁，我与令祖父天各一方，消息零落，等我再得知，他已蒙冤而去。我当时四处寻访，你不知所踪，我只能作罢。前几年等我再获悉你的消息，你已是高官厚位。可恨不知哪些小人对你造谣毁谤，怪我愚昧，竟信以为真，还暗自可惜了一番。今日才知原来你是蒙受冤屈！”

苏雪至认得这个说话的老者，是位有名的国学大师。

贺汉渚诚恳万分：“言之者无罪，闻之者足戒。可见我平常做得不够好，这才叫人有机可乘。总之，往后更要日省吾身，有则改之，无则加勉，以不负长者之望。”

众人赞他家学渊源，老者更是激动，拉着贺汉渚就走了进去，坐下和他叙旧。

苏雪至终于松了口气，他受欢迎比自己受欢迎还要让她有成就感。

时间慢慢过去，聚会的气氛渐渐推到高潮。

宗先生告诉众人，太太的生日其实也是他夫妇二人的结婚纪念日，至今已有三十余载。

宾客纷纷祝贺，又要求两人表演节目。掌声之中，宗太太弹钢琴，宗先生拉小提琴，两人琴声和鸣，奏了一曲舒伯特的小夜曲，浪漫动人。

曲毕，满堂再次起了掌声。

欢声笑语里，贺汉渚站在后面，看见她满面笑容，眼睛明亮，正随众人一道用力鼓掌。

想必，她此刻是真心在祝福宗先生和太太的鹣鲽情深，相伴半生。

这样的陪伴和白头偕老，不是人人都能轻易获得的。

贺汉渚注视着她，神思渐渐恍惚起来，烟瘾仿佛突然也上来了。

他习惯性地伸手，往衣兜里摸，却摸了个空。

他一顿，回过了神。

宗先生和太太合奏完毕，起了身，笑着向众人道谢。

贺汉渚继续站了片刻，转身悄无声息地退了出来，往庭院去，想排掉心里那种或许是因为烟瘾没法得到满足而生出的躁郁之感。

他走到门廊前，忽然听到身后有人叫了声自己，转头见是宗太太走过来了。

他立刻停步，含笑打招呼："夫人有事？"

原来宗太太是来保媒的，说有个好友相中了小苏，想撮合女儿和小苏。

宗太太介绍完年轻小姐的情况和家境，笑道："倘若条件一般，不堪匹配，我自然不会答应。其实这几天，已经有好几个人找我，向我打听，希望我牵个线，我一律全给推了。这回我是看着确实和小苏般配，多事一回，应承了下来。贺司令你算是小苏的长辈，小苏家人不在这里，所以先向你打听了。你觉着如何？若是还算满意，可否问问小苏，他怎么想？"

贺汉渚微笑道："夫人考虑确实周到，也感谢夫人美意。不过，据我所知，雪至一心求学，心无旁骛，恐怕要辜负夫人好意了。"

宗太太轻轻"啊"了一声，起先有些失望，很快又笑了，点头："原来如此！也是，小苏前途无量，婚事又关系一生，关键是他现在年纪也还小，没定下心性，将来再过几年，等他遇到合适的，可扶持一生，那时再议也是不迟，否则仓促定下，于他非但没有裨益，反而影响不良。我有数了，回去就推掉。"

贺汉渚感谢她的体谅，再谈笑了几句，将宗太太送了进去。

聚会结束后，贺汉渚和苏雪至被宗先生夫妇送出门，回往丁家花园。

苏雪至今晚心情很好，加上贺汉渚在旁，她很是放心，后来喝了好几杯酒，出来的时候走路都有点虚，上车坐定，她好奇地问："我晚上好像看见你和宗太太在门廊那边说了好一会儿的话。你们说了什么？"

贺汉渚道："你前途无量，宗太太也想替你保媒，却被我拒了。你别怪我，坏了你的桃花。"

苏雪至正用微凉的手背压着自己发烫的面颊，顺手打了他一下："你也取笑我！"

贺汉渚笑了，看了她一眼，见她面颊红扑扑，带着醉态，便让她靠着休息。

晚上她喝的是梅子酒，甜津津的，当时也没多少感觉，现在坐进车里，车一开，头晕更甚。

她“嗯”了一声：“那我先缓一会儿。怪我，晚上一高兴就喝多了。”

她抱怨了一句，闭上眼睛。

贺汉渚不再说话，不疾不徐地开着车。在晚上十点多的时候，带着她，回到了丁家花园。

“到了。你怎么样……”他停好车，转头，看向身旁的她。

她醉得已经睡了过去，安静地靠在椅上，身体微微倾着，侧向自己这边，人一动不动。

贺汉渚不禁暗自失笑，以后再有这样的场合，除非自己也在，否则绝对不能允许她喝酒。

贺汉渚略微迟疑了下，怎么把她弄进去?

“雪至！雪至！”贺汉渚试着轻声唤了两声。

她动了几下，似是极力想要回应，却又被什么力量给死死地拉住，再次沉坠了下去，口里含含糊糊嘟囔似的呜了两声，又不动了。

贺汉渚一臂支在方向盘上，扭头看着她的挣扎，只觉得她可爱极了。

原来她醉后是这样贪睡的娇憨模样，从前根本没法想象。

他不忍心，也舍不得再强行叫醒她了。

花园的近旁有盏夜灯，昏黄的光影如橘红的月光从车窗的前方投在了她的脸上，将面容映得如一轮皎洁的玄月，半明半暗。

她闭着眼，长睫在眼睑的下方映出了两道月牙般的睫影，仔细看好像还在微微抖动。

车厢的空气里隐隐地浮动着一缕甜醉的酒气，那是从她的口鼻里呼出来的气息。

她呼吸的时候，大约是醉酒了的缘故，倘若侧耳细听就能听到正常呼吸声下藏着咻咻的急促气声，好像……好像他亲吻她后，她为了努力呼吸发出的那种气声。

贺汉渚怦然心动，凝视着她，终于情不自禁地朝她靠了过去。

“雪至，醒醒……”他附到了她的耳边，再次轻声唤她。

作为反应，她扭脸，朝向他的呼唤，面颊靠在椅背上，再次安静了下去。

贺汉渚不再试图叫她了。她的一侧面颊正压在椅背边缘凹凸不平的边上，他怕硌到她，伸手托住她的脸，轻轻地挪了下，他的手一顿，视线不由自主落到了她的嘴上。

或是对刚才的打扰有点不满，醉睡中，她的两片唇瓣微微地嘟噜了起来，像朵含着苞的花骨朵。

客厅那扇半开的门忽然全开，灯光打了出来，老妈子刚才在里头隐隐听见开门的动静，半晌却又不见人进来，出来察看，看见汽车便走了过来，嘴里喊道："孙少爷，是你回来了吗……"

贺汉渚陡然惊醒，迅速地收回了手。

贺妈走到汽车旁，看见他坐在车里，便弯下腰，伸直脖子，透过车窗玻璃张望："孙少爷你怎么还不进来？苏少爷他——他喝醉了？"

贺汉渚没回答。

"苏少爷！苏少爷！快醒醒，到了！进去再睡吧！"老妈子的嗓门很大，苏雪至终于被叫醒，发现到了，她迷迷糊糊坐直身子，自己扶着车门下去，脚没站稳，晃了一下，老妈子一把扶住她，"哎呀，当心当心！"又扭头对着贺汉渚喊，"孙少爷，那我先扶苏少爷进去了，你也快点进来！外头冷。"

苏雪至头重脚轻，整个人还晕乎乎的，被贺妈送回到房间里。

贺妈要帮她脱衣服，苏雪至仅存的清醒令她想到了自己的身体状况，连忙推脱，打发走老妈子，关门胡乱除了衣，随即躺了下去，很快又睡了过去。

等她酒劲完全过去，再次醒来已是一点钟了。

她感到口渴，慢慢坐了起来，揉了揉脑壳，开了床头灯下床，发现杯子里没水，便裹上一件外套，轻手轻脚地到厨房喝水。

甘甜的水滋润了嘴和喉咙，她终于感到舒服了，洗了洗杯子，从厨房里出来。

房子里悄无声息，苏雪至放轻脚步，再次经过那道通往二楼的楼梯时她下意识地抬起头，朝上面玄关右侧的方向瞥了一眼。

他的卧室在走廊的右侧，最靠里。

昨晚上车后没多久，她好像就睡了过去，但愿没出什么丑。

她在心里再次懊悔自己昨夜喝酒，望了一眼，正要收回目光，她的脚步又停住了。

玄关旁是书房，那里好像有微弱的灯光透出来。

苏雪至有点意外，沿着楼梯慢慢上了二楼。

是书房的门没关紧，灯光从里面透了出来。

她悄悄走了过去，停在门口，透过门缝看见贺汉渚确实在里头。

他好像是睡了一半过来的，靠窗立着，也不知道多久了，指间夹着一根没点的香烟，正在下意识似的翻弄着，他的目光投向窗外，身影凝定，仿佛怀着什么心事。

她屏住呼吸，看了片刻，终于抬手，叩了叩门，随即推开门。

他扭过脸，见她站在门口，立刻转身，突然想起什么似的，低头看了眼自己手里的那支香烟，扔到桌上，随即朝她走来。

“我没抽，就闻了闻。”他开口就是解释。

苏雪至没说话，看了眼被他丢开的烟。

“你怎么不睡觉？”他又问她。

“你怎么不睡觉？”苏雪至反问。

“睡了一下，醒来后烟瘾有点上来，睡不着，躺着也难受，就过来了。”他继续解释，看了眼房间里的时钟，“我没事。这个点你该睡觉。走吧，我送你回房间。”

他关了书房的灯，走了出来，送她下去。

苏雪至没办法，只好跟着他下去，回到了自己的房间，说自己刚才醒来，口渴出去喝水，发现上面亮着灯，就上去看了一下。

他将她按坐到了床上，自己蹲下去，替她除鞋，将她的两只光脚丫搬到床上，示意她躺下去，随即扯过被子，替她盖上。

“还要喝水吗？我再去给你倒。”他的语调很是温柔。

苏雪至躺在枕头上，看着他，摇头。

“行，那你继续睡，明早还要早起。”他说完，伸手替她关灯。

“等一下！”苏雪至实在忍不住了，伸出手扯住了他的衣袖。

他停住，扭头看她。

苏雪至又迟疑了下，终于，试探着，轻声道：“你怎么了？是有心事吗？”

“你不要误会，我绝对没有存心冒犯你隐私的意思。”苏雪至问完话，又立刻解释了一句。

黄昏之时，在船上偷偷看到的那一幕此刻也忽然跳入了她的脑海里。她忽然觉得，自己当时的第一感才是对的，他真的有心事。

“当然，你要是方便，愿意和我说，虽然我未必能帮得上，但我很愿意听。”她凝视着他，再次说道。

贺汉渚和她四目相望着，很快笑了起来。他看了眼她那只还扯着自己衣袖的手，反手抓住，握了握，感觉她的手有点凉，便掖进被下。

“我没事，刚才想着明天的事而已。还要早起，我再去睡，你也睡。”

她没再说什么，安静地看着他。

他在她的注目之下，关了灯，带上门，走了出去。

没开走廊里的夜灯，他就这么在黑暗里继续朝前而去。

他的步伐起先是平稳的，直到登上楼梯，脚步变得慢慢沉缓，最后停了下来，停在楼梯玄关的角落里，也陷入了一片浓黑的夜色里。

明知自己或许没有来路，还是在冲动之下听凭欲望的驱动对她下了手——是的，现在回想两天前刚发生的事，那就是占有的欲望。即便是感情，也只配称之为卑劣的感情。而像他这种人，哪怕是喜欢一个女人，也就配生出这种卑劣的感情。

所谓爱，这字眼太过崇高，离他也太过遥远。

他顺利如愿了，从昨天早上开始，从她再次为了他奔下火车的那一刻开始，他享受着忽然间得到了一个想要的女人的种种愉悦。

然而，也只有他自己知道，他在享受着这种愉悦的同时，罪恶之感也油然而生。

今晚，他更是明白了过来，伴随着愉悦在同时折磨着他的那种罪恶感到底是来自何方，不仅仅只是因为他连自己都没法确定的未来。

或许，更像宗太太说的那样，她还涉世未深，心性未定，所以她才会那么容易就相信了他，接受了他，乃至对他毫不设防。

刚来这里的她，还有她的家人，把他视为可以照顾她的长辈。而他就这样无耻地诱惑了她，一个比自己妹妹都大不了多少的年轻女孩。

白天，她在自己的陪伴下，在船上晒着暖阳，沉沉睡了半天。

这样安好的时光，他能为她留驻多久?

贺汉渚立在楼梯角落的沉沉黑暗里，闭目，他忽然想起德国老头子鲁道夫经常对他说的一句话，祝你好运，上帝保佑。

他也曾对她说，她是上天给的女人。上天给了，大约也就耗尽了他的所有好运了，现在他有足够的力量，去保住这一份好运吗?

他贺汉渚，终于还是引诱了这个名叫苏雪至的年轻女孩，但他真的负责得起她的一生吗?

第二天，天没亮苏雪至就起了床。

昨晚下半夜，大概是白天睡得太多，回来后又睡了一觉的缘故，她一直醒着。洗漱出来，她穿好昨天送来的一身副官行头，最后套上皮靴，到镜前整理仪容。

她看着镜中的自己，渐渐走神。

不知道是不是错觉，贺汉渚在向她表白后的表现，尤其是昨晚，令她有一种强烈的撕裂之感。

说实话，在决定下火车回应他的求爱，跟着他回到这里之后，她心里最大的不确定是担心他对自己提出某种她现在可能还没那么快就能准备好的亲密关系。

结果令她意外，他很克制。

这当然是好事。但昨夜过后，他给她的感觉已不仅仅只是克制，好像有点回避她了。

她愈发看不懂他了，虽然以前就不大懂。

贺汉渚，难道属于某种因为喜欢而克制，一夜过去，克制得越来越客气，甚至令她生出一种他是不是后悔追求她的感觉?

但怎么看，他也不像是这样的正人君子。

昨天一早她因不忍心他怏怏离去，毅然决定再次下火车，只为回到他的身边陪着他不顾一切的心情也大打折扣。

她感到有些失落，更感觉不到他的热情了。

难道是她答应得太快，他追到了她，觉得她没想象中的好，所以后悔追求她?

苏雪至脑子里胡思乱想着，忽然听到叩门声。

她回神，出来开门，见他也已穿戴整齐，站在门口，打量了眼她，笑道："不错，很适合你！"

苏雪至打起精神，让他给自己看下伤处。

他走了进来，顺从地脱掉了衣服。

苏雪至拉高他的衬衫，检查后背，指轻轻压了压伤处："晚上回来，帮你拆线。"

他穿回衣服，边穿边玩笑道："有随身的医务官就是不一样，好得这么快。"

苏雪至也是一笑，看着他穿衣，迟疑了下，道："今天的阅兵，你看我真的适合去吗？要是不合适，我可以不去。"

贺汉渚套着外套，闻言停了一下，看了她一眼，随即笑道："有什么不合适？不是说想见你的室友吗？”

苏雪至也笑道：“说说而已。要是不方便，就不用了。”

贺汉渚道：“都说好了的，况且你留下也无事，一起去吧。”

苏雪至不再开口，驱散心中杂念，下去准备好，跟着他出发去北营。

北营离城区有二十多公里，阅兵仪式早上九点开始。

今天的场面将会非常盛大，京师政要和各国公使几乎全部到场，场地的安保做得极其严格，京师卫戍司令部负责，警察厅长段启年配合。接近场地的路上，每隔五百米就设一关卡。

到了北营外，贺汉渚让随行留在外，自己带着苏雪至继续开车往里进，端着枪的宪兵上前检查后，方打开裹着铁丝网的大栅，他入内随即领她到了军医处，让她进去。

苏雪至走到军医处外。

今天要接受检阅的，除了传统的步兵、骑兵、炮兵、工兵等兵种，为了彰显与时俱进，还在最后特意安排了一个军医列队。

这也是为什么蒋仲怀他们现在还在这里。只剩半小时了，众人正在做着最后的准备，突然看见苏雪至从天而降，几人惊喜不已，全都跑了过来，和她热情打招呼。

蒋仲怀更是喜出望外，冲了上来，伸手就要捶苏雪至的肩，嘴里叫她九仙女：“你怎么突然来了？”

苏雪至早有防备，知道要是被他捶中，下一步就是勾肩搭背，立刻后退了一步，避开他的拳，笑说自己随校长参加完医学大会，另有点事，就留下了下来，知道他们今天在这里，所以过来探望一下。

她说着话，下意识地扭头看了眼身后。

贺汉渚远远地站着，背对着这边。

蒋仲怀也看见了人，说：“他带你进来的？你的面子还挺大嘛！”

苏雪至转移话题：“你们怎么样，都还好吧？”

她不问还好，一问，全都诉苦，说还是她明智，当初没被利诱，说是一个月，现在快过年了，他们还回不去，天天要跟那帮根本没法讲理的兵痞子打交道不说，还要操练军阵，简直是非人的痛苦折磨。

“我上次还差点中了冷枪，现在想起来还后怕！”

“怎么了？”苏雪至急忙问。

蒋仲怀压低声告诉她，别的地方他不知道，反正这个冬训营里，光是部队番号就不下六七个，分属不同的管辖，平常训练矛盾丛生。他刚到的时候，有天晚上，两个营的士兵打了起来，他凑热闹跑去看，没想到有人竟放枪，把他的帽子给射飞了。

“苏雪至我跟你说，幸好你这回没来……”

贺汉渚远远地立着，等了一会儿，扭头看了一眼，见那个叫蒋仲怀的凑到她耳边，不知道在说什么，嘀嘀咕咕。

他微微皱了皱眉，看了眼表，正要叫她回来，忽然对面狂奔来了一个副官，是负责今日现场调度的军事处处长董琦的人，便停了下来，问：“怎么了？”

副官大口大口地喘息：“贺司令，不好了！出事了！第二营和第三营刚刚因为站位碰撞，打了起来，二营的人打死了三营营长，那人平时对士兵不错，颇得人心，三营的在闹。处长已经赶去调解了，但三营的人不干，处长听说你也到了，请司令你赶紧也过去！”

二营是王孝坤亲信的人，三营隶属于现任的副总统，而这个营长也有些来头，是副总统一个亲戚的儿子。

贺汉渚转身匆匆要走，又停了一下：“人确定死了？”

“脑袋被砸，脸瘀青，快没气了。现场有个军医，说活不成了！”

贺汉渚立刻扭头：“苏雪至！”

苏雪至注意力一直在贺汉渚这边，忽然看见有人奔来找他，神色焦急，似乎出了什么事，便一直看着，听到他喊自己，她立刻跑了过去。

贺汉渚将副官的话转给她：“还有救吗？”

“马上去看看！”

今天阅兵的主场是一个巨大的校场，参加的队列这个时间都已陆续到场，等在近旁的另一个场地里。

二营和三营在站位的时候起了冲突，双方大打出手，三营那个姓方的营长现在倒在地上，两边士兵剑拔弩张，附近队列里的士兵则纷纷赶来围观。

大总统等人就快到了，这里却出了这样的大乱子。

负责今日现场调度的军事处处长董琦极力弹压着现场，下令无关之人全部归位，调来宪兵维持秩序，他看见贺汉渚奔来，冲了上去，将情况简单说了一下。

“二营的人先动的手，现在又失手打死人，三营不听劝，在闹……”

他话音未落，身后，三营的人高声喊叫：“弟兄们！还阅个什么兵！别人骑在头上欺负就算了，营长还这么活活被打死了！这就抬到台下去，叫大总统来评个理！”作势就要冲出去。

宪兵队奋力阻挡。

贺汉渚推开宪兵，走了进去，喝道：“今天这样的场合，我看你们哪个吃了熊心豹子胆敢闹事！”

带头的副营长见是他到了，一顿，随即指着地上的人，悲愤地喊：“贺司令你也看见了，活活打死了人，难道就这么算了！”

苏雪至提医箱匆匆进去，命人散开，放平伤者，蹲到边上，快速检查了下，判断应该是颅脑外伤引起昏迷，导致下呼吸道分泌物潴留，伤者无法自主呼吸，脉搏已经感应不到，但还有微弱的心跳，呈假死状。

当务之急是先紧急处理一下，让伤者恢复呼吸，否则他很快就会死去。

“去找根管子来！毛笔笔杆也行！快点！”她喊道。

营房里有文书房，很快取了过来。

苏雪至摸准窒息者喉结下方气管软骨环之间的间隙，毫不犹豫，用刀切开了一个小口，迅速擦干涌出的血，握着笔管，直接插了进去。

伤者立刻恢复了呼吸，片刻后，原本已经停下的脉搏又跳了起来。

四周没有半点声音，所有人都看着。

“活了，活了！”军医搭了下脉搏，兴奋地大声喊道。

周围的士兵发出一阵嘈杂声，三营的人急忙又围了上来，高声喊着长官。

气管紧急切开术其实早就有了，但因为有一定的危险性，对位置不熟悉，或者操作不当，很容易误伤血管，致死率很高，没有得到推广。刚才的军医或者未接触过，或者不敢操作，都有可能。

苏雪至站了起来，叫人不要靠近。

众人纷纷看着她，停了下来。

苏雪至叫取担架，马上将人送去医院，接受进一步的急救，对贺汉渚说，自己同行，方便路上随时观察情况。

她对这里头的纠纷还不十分清楚，但隐隐有种感觉，这个人的命非常重要，不能死。要是死了，今天的这个意外恐怕会变成一件大事。

贺汉渚凝望了她一眼，点头，低声道：“我派我的人送你过去。”

董琦见人救活了，松了口气，立刻照办。

紧急处置完现场，伤者也被送走了，离九点不到五分钟。军营大门的方向，已经传来一阵军鼓乐的声音。

他看了眼还被宪兵围着的二营士兵，问贺汉渚：“司令，二营怎么处置？”

贺汉渚道：“撤下，缴枪械，关起来等待处置！”

董琦有点犹豫：“这……王总长那里要是问起来……”

“你说是我的意思。”

董琦等的就是他这一句话，点头，用力握住他手，感激地道：“多谢贺司令，今天你算是救了我一命！等今天的事过去了，我摆酒致谢！”

九点，各界嘉宾到场，报纸记者云集，三千名有幸获准前来现场参与观礼的各部官员也各自就位。

伴着军鼓乐和礼炮之声，大总统身着戎装，阔步登上观礼台，他的身后是副总统方崇恩，再是王孝坤、陆宏达。

四人登台，坐于观礼台最前排的各自位置。大总统发表完讲话，全场掌声雷动，阅兵开始，头阵骑兵，雄赳赳气昂昂。

嘉宾目不转睛，纷纷赞叹，台上大总统也是笑容满面，观看着台下经过的队列，不时点头，和身边的人指点着笑谈几句。

贺汉渚还混不到前两排去，他坐在第三排，和京师警察厅长段启年等人同坐。

段启年看了一会儿军阵，靠过来低声问：“我听说早上王总长的人差点打死了老方的一个亲戚后辈？怎么回事，问题不大吧？”

贺汉渚微笑应：“小意外，不影响今日之盛况，段厅长放心吧。”

一个副官弯腰快步走了过来，对贺汉渚低声说了一句话。贺汉渚起身下了观礼台，章益玖朝他招了招手，两人转到了台后的一个角落里，章益玖给他递烟，贺汉渚摆了摆手：“身体不好，正在戒烟。”

章益玖一愣，随即取笑：“太阳打西边出来了，你居然会戒烟？老实说，是不是唐小姐的功夫太厉害了，你应付不了……”

贺汉渚一笑，问他什么事。

章益玖随即也收起嬉笑，正色道：“听说救人的是你的那位表外甥？有没有讲伤者具体怎么样？大总统得知消息，震怒之余很是挂心，刚才边上人杂，来不及细问，叫我问下你。老方那个亲戚家三代单传，就这么一个儿子，老方的脸当场都绿了。”

贺汉渚说：“现场是救回来了，也紧急送去医院了。但我不敢担保如何，尽力而已。”

章益玖点头：“也是。总归算是运气好了，但愿无事。今天也是巧，这种场合出事，人活回来还好，要是没了，老王怕没那么容易擦屁股。他下头的人马，这两年也是太顺了，你知道刚才大总统说了句什么？”他顿了一下，“换成我的人，恐怕他们也敢打！”

“大总统海纳百川，对诸路君子，毋论性情，不问政见，皆包容优待，大家更该同心齐力共建局面才是。”

贺汉渚称是。

章益玖注视着他：“烟桥，有句话不知当讲不当讲。”

贺汉渚笑道：“你我兄弟，无话不可讲。”

章益玖看了眼四周，靠过来些，压低声：“我知道你和王总长渊源颇深，你又是个重义之人。不过，风起于青萍末，今天这事既是意外，恐怕也是必然。观礼台正中间的位子就那么一个，你是聪明人，有些事你应该比我看得更透，我就不多说了。总之，大总统对你一直极是爱护，常言，恨家族子弟众多，无你这般出众之材。”

“烟桥，话既说到这地步，我索性不隐瞒了。你可知道，时至今日，还有人惦记当年的长毛窖藏。陆宏达有个幕僚，据说就是当年长毛军里一个相关知情人的后代，言之凿凿，称折合数千万之巨。就算没那么多，打个半折，也是一笔大钱，你想想，能当多少军饷！头两年我就知道，姓陆的还没死心，暗中派人深入当年长毛兵败的一带查访。现在有没有继续我不清楚，不过也有人认定，当年就是被你祖父藏匿，你应有所知晓。上次你和曹小姐议婚，就有人到大总统面前挑拨，说你私藏巨财，本不该为你所有，当奉献充公，归入国库。你知道大总统怎么回应？”

他看了眼沉默着的贺汉渚，继续说：“大总统大怒，把最喜欢的一只用了十几年的烟斗都给砸了，说捕风捉影，杀人诛心！退一万步说，哪怕是真的，你一人也抵得上千万！当场放话，往后谁敢再就此事对你施加诽谤，绝不轻饶，将那人赶了出去，命往后不许再入大门。”

章益玖说完，注视着贺汉渚，说：“良禽择木而栖，烟桥你当为自己将来多考虑几分才是。”

他重重地握了握贺汉渚的手，快步而去。

观礼持续到正午圆满结束，大总统和众多嘉宾合影留念，完毕后，亲自送走德高望重的长尊之人，随后才走，亲信一路相随，谈论着军容威武，走到停车场的附近，大总统仿佛突然想了起来，随口笑问：“听说二营官兵个个都是冬训营里拔头筹的好汉，怎么刚才好像没看见？”

话音落，笑声止，众人都看向王孝坤。

王孝坤神色沉重：“一伙剐了都算便宜的兔崽子，丢光我的老脸！更怪我无能，几个人都管不好！今天老方是不怪我，但我自己是没脸再拉出来丢人现眼了，全都已经关了起来，等待军法处置！”

方崇恩八字胡，脸容清瘦，起先一路都没说话，听到这话他摆了摆手：“下头人失手，和王总长你有何干系。我那个侄儿平日也是粗人，想必他自己也是有错。好在刚才收到医院消息，说情况有所稳定。人没事就行了，王总长你也不必过于自责了。”

大总统圆墩墩的脸上露出关切之色，点头：“人救回来最大，别的都好说。”说完转向王孝坤，喟叹了一声。

“咱们是多年的老兄弟，肝胆相照，你的难，我比旁人更能体会，所谓鞭长莫及，保不齐下面人阳奉阴违。万人万条心，想拧成一股绳，不容易啊。不过话又说回来，下面人胆气壮是好事，但该约束还是要适当约束的。今天幸好烟桥处置及时，否则要是出了人命，影响倒是其次，老方他不好向家里的老太太交代啊。”

王孝坤再次诚恳致歉，众人纷纷出言安慰。

大总统走到了要乘坐的专车前，忽然又停了下来，在四周的注目之下亲自走向立在人群里的贺汉渚。

贺汉渚上去一步敬礼迎接。

大总统停在他的面前，含笑问他的伤情，得知已然痊愈，说：“这就好。这回你回来，我没给你派事，就是想让你快些养好伤，身体最是要紧。趁着年底有空，你再好好休息几天，别逞强。年纪轻轻，千万不要落下什么病根，否则和我一样，年轻时不在意，老了，这里也不好，那里也不好，苦头只有自己知道。”他叹息，“倘若不是时局留人，有时我都恨不能立刻解甲归田，回乡去做回我的农夫了。”

贺汉渚恭敬地道：“多谢大总统，百忙之中不忘关爱，谆谆教诲，汉渚铭记在心！”

大总统点头：“上回我见过你那个姓苏的外甥，少年英才。今天又立下功劳。你代我传个话，望他持续努力，将来勇于担起国家科学振兴之重任。”

贺汉渚应是。

大总统颔首，亲密地拍了拍他胳膊，随即在周围响起的掌声里，含笑上车，被护送着离去。

第八章

王孝坤回城的第一件事，就是亲自过去探望方家的祖母老太太，诚恳赔罪。回到王家，看见等待着的妻兄佟国风，脸色立刻转为阴沉，一言不发，去往书房。

佟国风惶恐跟上，进去后便连声自责，说没有管好人，连累他今天受辱，那个辖二营的师长现在就在外头，负荆请罪。

王孝坤没有回应。

佟国风站着不敢动，大冬天，额前汗慢慢地冒了出来，不停地擦。

半晌，王孝坤才冷冷地道："今天没出人命，什么都好说。要是出了人命，要去负荆请罪的恐怕就轮到我了！枪打出头鸟，这道理你不会不知道。我平常怎么和你说的，你怎么管的你的手下？人不必来见我，怎么处置善后，你自己看着办，别问我！"

佟国风满面愧疚，说知道了，退了出去，看见贺汉渚来了，他站在庭前，正和一脸担忧的王太太低声说着话，似在安慰她，叫了一声，上去握了握他的手，道谢，随即匆匆而去。

贺汉渚走进书房。

王孝坤的脸色这才缓了回来，听贺汉渚开口赔罪，说今早擅作主张临时撤下二营，请他见谅，便说道："罢了，怎么你也和我学会客套？你做得很对，就该这样处置。怪我大意了，只顾盯着远的，对身边的人，竟疏于敲打，今天险些栽了跟头，也算是个及时教训。烟桥你今天帮了我个大忙，还有你的外甥。回头我得好好谢谢你们！"

贺汉渚微笑道："伯父没事就好，我们也没做什么，正好在，顺手的事。"

王孝坤注目他片刻，道："大总统对你确实算得上厚待。他如此赏识你，上次婚事却是阴差阳错，遗憾错过。烟桥你其实人可不必意气用事，只要现在改主意，我料曹家婚事也不是没有商量的余地。"

贺汉渚和王孝坤对望，沉声说：“事既不成，如同天意。伯父看我像是出尔反尔之人？”

王孝坤注视了他片刻，忽然从椅子上站了起来，走到他的面前，重重地拍了拍他的肩，面上露出欣慰的笑意：“我就知道，我没看错你。总有一天，我必助你手刃仇敌！”

贺汉渚道谢。

王孝坤点着了烟斗，端在手里抽着，在书房里慢慢踱了几步，说道：“其实最近我正有点担忧，想找你商量。今天出的事也是给我的提醒，不怕一万，就怕万一。”他顿了顿，“连柳昌现在在干什么，你知道吗？”

连柳昌也是个风云人物。早年投靠王孝坤，功劳赫赫，被认为是王家的嫡系亲信之一，两年前因为没能如愿当上副总统，称病下野，回了关西。

“此人野心勃勃，又眼界狭隘，我对他一直放不下心。果然，这几个月我陆续收到消息，他和洋人暗中勾结，借款购置军火，还以贿赂到处拉拢我的人。现在应该准备得差不多了，随时可能会有大动作，时间已经很紧。昨天我又收到一封密报，三天后，他会秘密抵达热河，拜会我的一个部下。”

他取出一份电报，走到贺汉渚的面前，递了过来。

“要是让他拉走我的人，政变成功，自立山头，必有人跟风浑水摸鱼，牵一发动全身，到时候大乱子是免不了的。牵连我就算了，民众受难，生灵涂炭！”

贺汉渚看完电文，沉默了片刻，抬起眼：“需要我做什么？”

王孝坤目带寒色：“除掉此人！”

“关西军一盘散沙，全靠他勉强黏合。斩蛇斩首，他死了，关西军就翻不起水花。姓连的平日防范严密，这趟热河之行就是最好的机会，只能成功，不能失败，若失手往后麻烦无穷。我也想过派别人去做这个事，但别人办事我不放心，思前想后，还是只能劳烦你。需要什么人，多少人，但凡我能调用，全部听你之命！烟桥，这个事，你可否亲自走一趟？”王孝坤注视着他，缓缓问道。

天渐黑。

经过医院的全力抢救，白天的那个伤者从昏迷中苏醒，情况也稳定了下来，应当算是逃过一劫了。

苏雪至拖着有点疲乏的腿，离开医院。快到大门的时候，意外地看见台阶下竟立着一道修长而挺拔的身影。

是贺汉渚！他亲自来接她！

看到这道背影，她心跳蓦然加快，胸腹一暖，连疲倦都消失了，她急忙加快脚步朝他走了过去，走到他身后的台阶上，想叫他，却又停了下来。

叫烟桥？太亲密了，她叫不出口。

叫贺司令？又太生疏，不合适。

叫贺汉渚？好像在和他吵架！

叫表舅？近旁没别人，现在还这么叫好奇怪。

苏雪至张了张口，竟不知道该叫他什么才好，最后……

“嗳！你来了？”

他扭过头，看见她立在台阶上，脸上露出微笑，登上台阶问：“可以走了吗？”

苏雪至点头：“没问题了。”

他亲自开车将她接回到丁家花园。

贺妈已经做好晚饭，正在等着他们。

苏雪至让贺汉渚先吃，她自己回到房间洗了个澡，换了身干净的衣服，出来时看见贺汉渚坐在客厅里，好像还没吃的样子。

贺妈笑道：“孙少爷要等你一起吃！”

苏雪至看向他，恰对上他投来的两道目光，仿佛某种心有灵犀，只有两个人知道，贺妈是不知道的。

她的心里又慢慢地生出了几分甜丝丝的感觉，昨晚下半夜时睡不着的种种胡思乱想忽然也都淡了下去。

他从沙发上起身走来，含笑看着她：“去吃饭吧。”

晚餐很是丰富，贺妈手艺也没得说，苏雪至又饿，吃了一大碗饭一堆菜，最后看着面前盘子里剩的最后一块红烧肉，觉得浪费可惜，又吃了下去，她终于放筷，抬起头，又对上了贺汉渚看着自己的两道目光。

他好像早就吃完了，就一直这么坐着，默默看着自己吃饭。

苏雪至不禁生平第一次真正地想要检讨一下，自己会不会吃得太多了。她顿了一下，解释为什么吃这么多：“晚上我打算去跑个步的。我看你家花园的路，就很适合跑步……”

他点头：“挺好的，你去跑吧。”

苏雪至站了起来：“我先帮你拆线。”

他站起来，跟着来到苏雪至的房间。她洗手出来，见他已经脱好衣服，反向坐在椅子上等着自己，拆线很简单，消毒了皮肤表面，很快就拆掉了。

“好了。”

他好像没听见，依然那样趴在椅背上，又或者是在出神地想着什么。

苏雪至又提醒了一句，他才站了起来，重新穿衣。

苏雪至一边收拾器械，一边偷偷瞄他穿衣的背影，视线忍不住就瞟到了那天打针的部位……

忽然听到他说：“我这几天有个临时的差事，晚上就要出发……”

苏雪至一愣，抬起眼，盯着他的脸：“什么事？怎么这么急？之前都没听你说过，离年底只剩不到一周了！”

他没立刻应答，低下头，一颗一颗慢慢地扣好衣服的扣子，才转过身，脸上带着微笑，走到她的面前道：“是，我也没想到。不过不是什么大事，是临时的事，很简单，只是时间有点赶而已，你不必担心。要么明天我派人先送你回天城？等我回来，我去找你。”

苏雪至看着他，轻声道：“一定要你自己去的吗？”

他一顿：“是。不方便别人经手。”

苏雪至点了点头：“那什么时候能回？”

他迟疑了下：“年底前，我一定赶回来，陪你过年，守岁。”

苏雪至沉默了片刻，说道：“今天廿四，离除夕还有一周。说好的一起回，我可以在这里等你。”

他凝视着她，片刻后，颔首：“行！”说完拿了外套，走了出去。

贺妈知道了他要临时出差的事，一边惊诧抱怨，一边忙着替他收拾带出去的简易行装。再过一会儿，苏雪至听见他和贺兰雪打电话的声音，打完电话，九点不到，他再次过来，抬手敲了敲开着的门。

他已经换上一身普通的青灰色长袍，敛尽目芒，乍看像个儒雅的青年教书先生。他的一侧肩膀靠在门侧，看着她，轻声说道：“走了。”

苏雪至立在门里。

“早去早回。”

他没说话，就那样斜斜地靠在门边，沉默地看着同样无言的她，半晌，忽然他的肩膀微微一动，一手仿佛缓缓地抬了起来。

苏雪至的心陡然一阵急跳，几乎以为他就要伸臂将自己搂入他的怀里了，眨了下眼，却见他的那只手又放了下去。

或许，就是她看花了眼而已。

下一刻，他已站直了身体，英俊的脸上也露出了笑容：“你好好休息。我走了。”

他的语调十分轻松，说完就转身而去。

苏雪至心跳得几乎已快要跳出喉咙了，她站在原地定了定神，迈步追出去，看见他从贺妈手里接过递上的一顶黑色礼帽，低低地压在头上，随即快步走了出去。

“孙少爷，你早些回来啊！”老妈子追了出去，送到门口。

苏雪至又奔到了客厅的门关旁，忽然觉得好像没了力气，慢慢停了下来，靠在门边，睁大眼睛，看着他和几个等在门口的人一道离去，头也没回，他的身影就这样消失在了这片浓寒的冬夜夜色里。

后天就是王庭芝订婚的日子。

原本说好的，等他参加完订婚宴回来，两人就动身回去。

而现在他突然走了，连夜离开，事先毫无征兆，行色匆匆。苏雪至不知道他去往哪里，也不知道他口中的所谓“不是什么大事，只是时间有点赶的临时的事”到底是个什么事。

他叫她不用担心。他打电话给贺兰雪交代归期的时候，说的也是告诉她的那些相同的话。

但苏雪至的直觉告诉她，事情应该没有那么简单。

他用同样的言辞，应付她和贺兰雪两个人而已。

这个严寒的冬夜里，她躺在丁家花园的房间里，温暖而舒适。

他呢？此时此刻，正行在通往何地的旅途之上，在想着什么，做着什么？会不会又咳嗽？带出去的药能不能起效？

苏雪至根本控制不住自己胡思乱想，几乎失眠了一夜，天快亮的时候，才困极睡了过去，大概九点多她被贺妈的敲门声弄醒，说王家派了管事来看她。

苏雪至起了床，出去。

王家来的管事恭恭敬敬，带了许多东西来，道是王家对她昨日救人的谢礼，还有请柬，邀她明天过府，参加王公子的订婚宴。

苏雪至道谢后推辞，说自己是医师，救人是应尽的本分，又解释今日体感不适，可能昨夜着凉，恐怕要辜负美意，就提前恭贺王公子的喜事了。

管事走后，苏雪至感到自己好像真的生了病，回到房间又睡了下去，再次起来，还是头昏脑涨。

她反省了一番，觉得这样不行。

不就是贺汉渚突然有事走了吗，何况说好很快回来的，也没几天，等等就过去了，她怎么就变得这么沮丧，心神不定?

苏雪至想起了昨夜后来没跑成的步，振奋起精神，在庭院里热身后，绕着圈跑，一直跑，估计至少跑了四五公里，直到天黑，浑身全是热汗，进去洗了个澡，她终于觉得脑子清醒了些。

贺妈问她想吃什么，她请贺妈简单煮碗面就可以。

贺妈煮了一碗鸡丝面。

处了些天，她和贺妈渐渐熟了，她吃的时候，老妈子在一旁陪坐着，有一句没一句地搭话，听她说等贺汉渚回来再一起回天城，贺妈很是高兴，说："难得孙少爷也有个伴了，我看他和你合得来，小苏你还是个医师，真是太好了！"

苏雪至一笑。

老妈子仿佛受到鼓舞，顿时打开了话匣子："小苏你不知道，孙少爷他打小起，身边就没玩的伴儿。他时不时会咳，老太爷和太太很担心，管得很严，亲戚家的小孩也记着大人的话，碰见了他，恭恭敬敬却不敢和他玩。好像是七八岁那年吧，他有回趁着边上人没留意，跑了出去，不小心掉水里，自己爬了上来，回来后就犯了病，差点出大事。太太抱着他哭，人都晕倒了。也是上天保佑，他好了，太太倒是病了大半个月，跟着他的人也都吃了重罚。家里几个多嘴的下人在背后闲话，说什么郎中说的，要是再有个不好，说不定就救不回来了，所以太太才那么伤心，正好让他听到了，打那后，他就懂事得让人心疼。"

老妈子见苏雪至好像对自己说的话很感兴趣，就继续道："我早年是太太身边的人。记得整个冬春，孙少爷就整日整日地待在屋里，读书，写字，陪着小姐，教跟前的几个丫头认字，写她们的名字。孙少爷变得斯斯文文的，也不大笑了。过年亲戚小孩儿上门，一堆凑在一块儿热热闹闹，抽陀螺，堆雪人，放炮仗，他就一个人远远站在一旁，看别人玩。哎呀，说实话，太懂事了，懂事得叫人看着都有点心疼……"

苏雪至听得渐渐出神，忽然身后传来一阵脚步声，老鲁跑了进来，说刚才门外开来了一辆汽车，车里是王家的公子，停在大门的附近。见王公子没下车，他就上去问，王公子却又什么话也没说，开车走了。

"苏少爷，我感觉王公子喝醉了酒，醉得还挺厉害，满身的酒气，身边又没旁人，要不要打个电话告诉王家人？"

苏雪至让他马上通知，想了下，她有点不放心，自己也出来了，沿着门口的路找了一会儿，出门不过一二百米，远远看见前头路边的一根电线杆下斜停着一辆车，好像是撞了上去的样子。

她心一紧，急忙追了上去。

汽车的前玻璃已经部分碎裂，王庭芝趴在方向盘上一动不动，引擎还在响着。

苏雪至拉开车门，推了推他，叫了几声。

他慢慢地抬起头，睁眼看见她，他仿佛清醒了，抬手胡乱抹了下正在流血的额头，嘴里含含糊糊地道："没事……我没喝醉，刚看见有条狗，避了一下……我乘东洋车回吧……"说完，他自己扶着车门溜了下去，丢下车，摇摇晃晃地继续朝前走去。

"站住！"苏雪至喝了一声。

王庭芝停下了脚步。

苏雪至将汽车熄火，拔下钥匙，转头见老鲁和贺妈也跑了出来，她让两人帮忙，将王庭芝带回屋里。

苏雪至取出医药箱，见王庭芝还站在客厅里，耷拉着脑门淌着血的脑袋一声不吭，便指了指沙发，让他坐下去。

"快点！王公子你赶紧听话！老天爷，你看看，你头都破了，血流成这个样子！快让苏少爷给你看下！"贺妈推着王庭芝，连声催促。

王庭芝看了眼皱眉的苏雪至，没反抗，默默坐了下去，照着她的吩咐，头往后仰，人靠在沙发上，慢慢地闭上了眼睛。

苏雪至拭净他脸上的污血，检查额上的伤。幸好伤得不严重，伤口不到两厘米，清理过后消毒，缝了几针，最后她取了块消毒纱布包好，这才开了口："王公子，你醉成这样还开车？不考虑路人，自己的命，难道也不管不顾？"

"王公子，明天你还要订婚的！这么俊的一张脸，破了相，可怎么办才好！"贺妈替他想到明天，又是惋惜又是担心。

王庭芝依然那样仰头靠着，闭目一动不动，好像睡了过去。

苏雪至知道他我行我素，和他说这些，想必他也听不进去，只好作罢，最后道："无论如何，还是希望你往后不要再做这种危险的事了，这也是为了你自己好。你先待在这里休息吧，刚给你家打了电话，等一下他们会来接你回去的。"

贺妈怕他着凉，拿了条毯子，盖在他的身上。

苏雪至不再多说，收拾了药箱，回到自己的房间，看着鲁道夫送自己的那本德语书，她渐渐走神，忽然心念一动，合上书，又走了出去。

王庭芝还那样靠在沙发上，不过他的眼睛已经睁开了，盯着头顶客厅天花板上的灯，表情呆滞，也不知道在想什么，看见她又出来了，他收回目光，慢慢地坐直了身体。

苏雪至坐了过去，问他晚上来这里干什么。

王庭芝发红的眼睛盯着自己的两只脚，低低地道："没事……我是忘了四哥不在家，本来是来找他玩儿的……"

苏雪至向他打听："那你知道他这趟出差要去哪里，做什么事吗？"

王庭芝唇微动，又迟疑了下，就那么看着她。

苏雪至感觉自己问对了人，他似乎知道点什么，便若无其事地道："你也知道，他有咳嗽的老毛病，这种天气更容易犯病，我有点不放心。"

王庭芝终于说道："你不要和别人讲，这个也是我自己猜的，但这个时候四哥突然离京，他应该去了热河一带。那边的驻军司令出了点问题，可能会叛变。半个月前，他找借口扣下了我爹派过去的人。"

苏雪至的心猛地一跳。

贺汉渚这个骗子！

他果然骗了自己，还说是小事！

王庭芝见她沉默了，也安静了下去，默默地望着她，过了一会儿，似乎觉察到她神色有异，他试探着，轻声问："你怎么了？"

苏雪至陡然回神，抬眼，对上他投来的两道目光，她压下心里涌出的不宁之感，笑了笑，摇头："没事，你再休息一下，我先回了——"

她突然想了起来："对了，我还没祝贺你的喜事。谢谢你们邀请，但我明天去不了，正好你在，就提前祝贺你们百年好合。"

和王家结亲的女方家和王家门当户对。苏雪至听贺妈闲聊时提过一句，据说女方家原本计划要和别家议亲的，就年底前的那几个月女方家获悉王太太在给儿子物色对象，主动托人抛上橄榄枝，两家彼此满意，婚事就这么定了下来。

苏雪至说完，朝王庭芝点了点头，站了起来，转身要走。

"苏雪至！"王庭芝突然伸手，站了起来，一把拽住了她的手。

苏雪至扭头看向他，见他神色紧绷，望着自己，眼睛一眨不眨，眼底好似愈发红了，她不禁疑惑，不解地道："王公子你怎么了？"

王庭芝一动不动，也不说话，呼吸变得急促，紧紧地攥着她的手，攥得苏雪至感到自己的手都有点疼了。

“你是还有事？”苏雪至不知道他的意图到底是什么，试了下，抽不开手，忍着疼，提醒他。

这时外头的大门口隐隐传来了开门和说话的动静。

贺妈刚才出去了，很快又跑了进来，喊道：“王公子，你家派人来接你了——”

王庭芝仿佛如梦初醒，颓然地撒了手。

“没事，谢谢你了。”他避开了她的目光，仿佛做梦似的喃喃地说了一句，随即转身，踩着还带了几分虚浮的脚步踉踉跄跄地出了客厅。

隔日，贺汉渚离开后的第三天，贺妈闲聊说，上午她出去挑鱼的时候，遇到了王家的一个老妈子，说王庭芝昨天的订婚宴场面盛大，来了许多贵宾，除了京师里的大人物，还有不少人是从外地赶来的。

转述了来自王家老妈子口中的关于订婚宴的各种描述后，贺妈对前夜的那个意外依然感到耿耿于怀：“我就是觉着可惜了，王公子这个时候居然破了相！听说原本要和女家的小姐一起当堂照相的，结果也不能照了，约定过些天再补上去。”

苏雪至心不在焉，一边听着，一边快速地翻着今天刚托贺妈买来的各种大小时报。

对于王庭芝前夜的种种举止，苏雪至并没多想，只觉得他大概是喝醉了，一时失态而已。

真正给她带来冲击的，是她从他那里打听到的内情。

然而，即便她知道了贺汉渚的去处，又能怎样?

她迅速地浏览完今天的几份时报，在时政版块没看到有什么关于热河方面的消息。

把报纸当成消息的来源，非常愚蠢。但除了这个间接而滞后的方式，她再没有第二个能获悉他此行消息的法子了。

苏雪至慢慢放下了报纸，心里面的隐忧并没有丝毫减轻。

大门口传来一阵动静，好像有人上门。

很快，老鲁进来了，说来了一位自称姓傅的先生，找苏雪至。

苏雪至一怔，急忙出去迎人，远远看见门口立了道穿着灰色西服的身影，果然是傅明城。

她快步走了过去，将他请了进来，带到客厅入座，吩咐贺妈上茶。

傅明城说自己是昨天过来的，来参加王家的订婚宴。因为女方和海关总署署长是亲戚，平日与傅氏有往来，他也收到了请帖。

“本来我今天要回去了，临走前，忽然记起你，所以过来看一下你。你的朋友拜访得如何了？”他笑着问她。

苏雪至这才想起自己那天临时改主意下火车留下的借口，说已经拜访完毕了。

傅明城点头：“那么你有计划什么时候回去吗？离年底也没几天了，若是打算回，我可以等你一起回，路上也有个伴。”

苏雪至正想着怎么再找个借口婉辞邀约，听到他又道：“你应该还不知道吧，你表哥叶先生前两天住院，昨天才出的院。”

苏雪至一惊。

她那天临时改主意下了火车之后，和表哥打了个电话，交代自己的行程，说年底前尽早回去，但具体归期没定，让他放心。随后这几天，两人就没再联系了。

“他怎么了？”苏雪至立刻追问。

“不是大事，你别担心，”傅明城立刻安慰她，“大前天，他带人追捕一个通缉凶犯，对方穷凶极恶，抢了他手下人的一把枪，挟持市民，叶先生为了保护市民挺身而出，最后抓获凶犯，但他自己胳膊中了弹，是校长亲自替他做的手术。你放心，手术很成功，问题不大，子弹没有伤及关节，后续也没感染的迹象，住了两天医院，昨天他就回家了，再休养些天就能好。我去医院看过他，他怕你知道了担心，坚持不肯告诉你……”

苏雪至自责不已，没等傅明城说完，迫不及待地站了起来：“我这就回去！”

她匆匆收拾了随身物件，向贺妈交代了一番，当天便立刻和傅明城一道赶回天城。两人分开后，她回到了租屋。

在巷子的路口停着一辆车，好像是贺兰雪平日乘坐的那辆，在院子的门口，她又遇到了贺公馆里做事的吴妈。

吴妈正要出去买菜，说自己是贺小姐派来的，这几天临时伺候叶公子。

苏雪至万分感激，连连道谢，吴妈忙说不敢，指了指里头，笑道：“我们家小姐早上也过来了。”说完，挎着篮子去了。

苏雪至进了屋，见表哥坐在床上，一手打着石膏，挂在脖子上，贺兰雪在一旁，削着一只苹果，削完用小刀切成精致的一块一块，放在一只碟里，用叉子叉了递给他。

叶贤齐用他那只没事的手接了过来，张嘴就说好吃。

贺兰雪说：“你就会胡说八道！都还没吃呢，怎么知道好吃！”转过头，她忽然看见了门口的苏雪至，一愣，忙惊喜地喊道，“苏少爷，你回来了！”

苏雪至走了进去，向她诚挚道谢。

贺兰雪顿时忸怩了起来，小声地道：“没什么，我们两家是亲戚，苏少爷你又不在，叶公子受伤不便，我没事就偶尔过来看一下，也是应该的……”她一顿，“你们应该有话吧？你们说吧，我先回了。”

“贺小姐我送你——”叶贤齐立刻要下床。

苏雪至让他不要动，自己将贺兰雪送了出来，走到汽车旁，司机打开车门，请她上车，贺兰雪没上去，迟疑了下，转身问：“苏少爷，我听说我哥哥本来要和你一道回的，现在突然有事。他有和你说他这趟去做什么事吗？”她咬了咬唇，又解释，“以前他也有突然临时出门的情况，有一次回来还受了点伤。这回离过年都没几天了，他还要出去。到底是什么事，我有点担心……”

她看着苏雪至，眼睛里流露出担忧之色。

苏雪至点头道：“说了，就是一趟临时的普通差事，需要他亲自过去而已。你放心吧。”她顿了一下，又补充，“他年底前肯定能回的。其实我本来还没打算回来的，我之前和你哥哥约好，就在那边等他。我是知道了表哥受伤的事，这才回来了。”

贺兰雪听了，终于吁了口气，脸上露出笑容：“这样就好！那我没事了，苏少爷你快进去吧！”

苏雪至含笑点头，目送她上车离去，再进去，见叶贤齐已经出来了，跑到门口。

“表哥你伤怎么样？怪我太粗心了，这几天都没和你联系，连你出事也不知道。”苏雪至看着他受伤的胳膊，心里有点愧疚，又感到后怕。

叶贤齐满不在乎，说自己没事，让她放心，随即问：“你怎么这么快就回来了？不是说年底吗？我还以为你要在那边多待几天呢！”

听他的口气，好像不是很乐意自己回？

苏雪至看着他。

叶贤齐见表妹打量自己，顿时一阵心虚，赶紧摆手：“别误会啊！我可没有不欢迎你回来的意思！回来也挺好。对了，和校长和他的太太说，除夕请我们过去，到他们家一起过年，吃年夜饭！”

苏雪至原本是担心表哥才匆匆赶回来的，看他活蹦乱跳，在家里根本就待不住，贺兰雪一走他就吊着胳膊到处跑，日常也有吴妈照顾，确实没什么大事，她也就放了心，又想起了贺汉渚。

过了两天，腊月二十八的那天，她打电话到丁家花园问，被告知他还没回来。

离除夕只有三天了，他能赶回来吗？

苏雪至不知道他是否会履约。

但她说过的话，如同许下的诺言，除非实在没办法，否则她得回去，如那日对他承诺过的那样，她就在那个地方等着他。

苏雪至拜访过校长和太太，再去探望了余博士，送去一些年货，回来告诉表哥，她要再去一趟京师，今天就出发。

叶贤齐不懂了："怎么了？你好好的又要跑过去？晚上傅先生请客，校长他们都去，也叫了我们，你不去？"

苏雪至道："我那边另外有事。你帮我和傅先生说一声。"

叶贤齐本来有点摸不着头脑，转念一想，表妹走了，说不定贺小姐记挂自己的伤，又过来探望，岂不美哉？立刻改口："好，好，你的事情重要，你尽管去，别记挂我，我很好！我这就送你去火车站，帮你弄张票！"

叶贤齐陪着苏雪至去了火车站，通过之前的那个警长顺利搞到了一张坐票。

苏雪至立在人头攒动的站台上，等待着。

火车入站，缓缓地停了下来，车门开启，旅客争相上下，站台上乱哄哄的。

苏雪至找到了自己的车厢，等在拥挤的人后，待人上去了些，正要跟上，忽然身后有人喊了自己一声。

她回头，竟是傅明城来了。

他从候车室里大步地奔来，追到了站台上。他似乎是一路跑来的，停到她的面前，呼吸略略急促，看了眼身旁那列正待北上的火车，道："你要回京师？"

苏雪至微笑着和他招呼了一声，点头："是！"

"你是为了贺汉渚才回去的吗？"

苏雪至一怔。

她惊讶他猜到了自己的目的，更是奇怪他怎么会这么直白地问话。

话说出口，他自己似乎也觉不妥，对上她投去的目光，抚了抚额，喘了口气，道："抱歉，我知道这是你的自由，但我——"

话说一半，他打住了，似乎有什么难言之话，一时说不出口。

他看了她片刻，仿佛终于下定决心，再次开口："你一定要去吗？本来今天晚上，我是想……"

不远之外，一个工人模样的人，从一群正在上车的旅客后头走了出来，走到他的身旁，躬身行礼，恭敬地问："请问，您就是傅先生吗？"

傅明城被打断，转头看了来人一眼："什么事？"

工人直起身，苏雪至就看见他从衣服的下摆里抽出了一把匕首，以迅雷不及掩耳之势朝着傅明城的胸口心脏部位直刺了过去！

"当心，他有刀——"她失声大叫。

傅明城惊觉，猛地后退，抬臂挡了一下，另手去掏身上带着的枪。

但还是来不及了，事发实在太过突然，匕首虽然被挡了一下，最后还是插入了他的胸中。

在周围人发出的一片惊叫声中，工人拔出匕首，要再刺下第二刀，傅明城已拔枪，射中对方的腹部。

那人捂腹，推开乘客，跌跌撞撞地逃遁而去。

傅明城手中的枪也随之掉落，他脸色煞白，慢慢地倒了下去。

苏雪至冲了上去，扑跪在地，迅速解下自己的围巾，用手掌紧紧地压住他胸前不住外涌血的伤口，她抬起头冲着周围那些目瞪口呆的乘客厉声大喊："去叫站长！我需要帮助！"

站长获悉月台上出了事，奔来见竟是傅明城被刺，他大惊，急忙叫人。起先被傅明城留在外的保镖也闻讯奔入，一群人在苏雪至的指挥下，将傅明城转到了车上，送往最近的清和医院。

热河出省府向北一百多公里，有一处驻军的所在，叫木家营，再往西北几十里有座福寿喇嘛寺，本是前清建在此的皇家寺，如今变了天，香火虽然不复昔日之盛，但寺里靠着从前圈来的大量庄园和田地，至今养着上百喇嘛。

这日傍晚，一个穿了身黄皮军服的中年男人从喇嘛寺的后门里出来，却不见了自己下午带来的卫兵，他四处张望几眼，感觉不对，一边掏枪，一边快速掉头进寺，他才转过身，腰后就被一杆坚硬的东西顶住，还没反应过来，枪被人缴掉，接着眼前一黑，什么也看不见了。

此人来头不小，是前两天刚到木家营的一位司令部参谋，名叫周云师，是热河驻军司令尚义鹏的结义兄弟，平常颇有计策，办事也很有能力。

现在人没了，枪也没了，更不知道对方是什么来头，他只能被迫随着身后的枪，被推着朝前去，走了一段路，终于停下，有人把他的头罩摘了。

他睁眼，看见自己被带到了喇嘛寺后的一个小树林旁，路边站着一个人，头戴礼帽，帽檐压得很低，遮了上半张脸，露出来的面颌轮廓坚毅，感觉年龄不会很大。

周云师盯着对方，觉得眼熟，但一时又想不起是谁。

对方举臂，抬高礼帽，暮光里，只见那人剑眉清目，眸光炯炯，朝他微微一笑，道："周兄，经年未见，别来无恙？"

"贺汉渚！"周云师脱口叫了一声，脸色微变，才动了一下，腰后又顶上了一杆硬物，扭头，见是一个脸容冷漠副官模样的年轻人，执枪顶着自己。

周云师登时冒出了一身冷汗，万万没有想到，自己竟会落到了这个人的手里。

他当然认识贺汉渚，两以前虽无私交，但也时常碰面，他知道对方心狠手辣，曾活埋过一个企图绑架王家儿子的仇人，忍着心中惊惧问："你想干什么？"

贺汉渚示意丁春山后退，走到他的面前，诚恳地道："周参谋，我听闻尚司令对你很是器重，这两天你们好像有位贵客，我想知道你们接待贵客的具体计划，譬如，抵达的时间和地点，所以冒昧将你请来这里。倘若你能告知，贺某不胜感激。"

周云师一声不吭。

贺汉渚等了一会儿，拂了拂手，另一个手下上去，一把扯开盖在近旁一堆小土坡上的毡子。

周云师看了一眼，面容大变。

原来底下土坡，旁边就是一口刚挖出来的深坑，堆起来的就是坑里挑出来的泥巴。

丁春山再次拿枪顶着，将奋力挣扎的周云师一把推下土坑。

周云师从坑底里爬了起来，大喊："姓贺的，你敢动我，尚司令不会放过你的！"

贺汉渚走了过来，蹲到土坑旁，看着他狼狈地掸着簌簌落在头上和身上的泥，笑道："那是我的事，不牢周兄你记挂。你还是先想想你自己吧。知道我为什么喜欢挖坑埋人吗？既干净，又省事，连棺材钱都省了。就是有一样不好，挖坑挺累人的，所以这回我学聪明了，放着你那几个手下不用，岂不可惜？"

丁春山打了个呼哨，他的手下从林子里押出来几个垂头丧气的当地兵，停在坑边。

贺汉渚笑道：“坑是你的手下替你挖的，埋，也让他们埋吧。”

“快点！”丁春山拿枪顶着当地兵的脑袋，几人哭丧着脸，冲着坑里的周云师嚷了几声对不住，抓起铁锹，往里填埋。

周云师起先在土坑底下跳着脚，破口大骂贺汉渚缺德。

贺汉渚站在坑边，脸色漠然。

泥巴填埋到了胸口，周云师脸色发青，眼睛翻白，终于憋不住了：“我说，我说……贺司令你放了我吧……是我缺德，这样总行了吧……”

贺汉渚盯了他一眼，示意把人挖出来。

周云师躺在地上，张嘴呼哧呼哧地透了一会儿气，交代连柳昌会明天傍晚五点从秘密路径抵达，到喇嘛寺落脚，先由自己接待，谈好了再去木家营与随后过去的尚义鹏会面。之所以这样安排，一是出于谨慎，二来，尚义鹏也打算先给连柳昌一个下马威，免得关西军轻看了自己。

贺汉渚走了过去，将周云师从地上扶了起来，替他掸了掸衣服上的泥巴，管丁春山要了支烟，递过去，亲手给他点烟，笑道：“早说不就好了！都是自己人，将来说不定还要共事的。周兄勿要见怪，抽支烟压压惊。”

周云师心有余悸，拿着烟的手还在微微发抖，苦笑着狠狠地抽了口烟，定下心神，道：“我知道王总长对尚司令不满，只是大家都有难处，还望贺司令你得饶人处且饶人。实在不行，往后我和我下面兄弟要没地方吃饭了，还望贺司令你能记着今天，提携兄弟一把。”

贺汉渚笑道：“周兄过谦。我贺汉渚就喜欢你这种讲义气的。我没别的好，只一点，恩怨分明我还是懂的。你今天帮了我的忙，只要你不嫌弃，往后有我吃饭的地，就不会饿到你。”

次日傍晚五点钟，一队十几人的北方常见的皮毛商骑着马，从远处朝喇嘛寺走来，行到寺外，队伍停在了路上，没有立刻靠近。

借着暗沉的暮色，可见马队的领队是个身形魁梧的男子，他头戴皮帽，派手下探路。那人走到喇嘛寺的大门前，进去又很快跑了回来，说有一队当地驻军的人，已经如约在等候了。

领队望向前方，果然见门里走出来一个身穿当地驻军服饰的军官，面带笑容，领着身后的人朝着自己大步走来。

“你不是周参谋！说好的和他碰头！他人呢？”领队示意手下不要靠近，话音未落，他脸色一变，突然大喊，“不对！快走！”

喇嘛寺的门后迅速地涌出了人，二话不说就开火，双方枪战，领队是重点招呼的对象，根本无法逃脱，没退出去多远，很快他后背中弹，被打得像只马蜂窝，人从马背上掉了下去。

军官冲上去，将人从地上翻了过来，看了一下脸，喊道：“不是连柳昌！”

片刻前，连柳昌虽然抵达这里，但出于谨慎，没有立刻如约定那样前去喇嘛寺见人，而是派了个和自己的身形有几分相似的手下先去探路，他自己则停在距离喇嘛寺数里外的一处位于河滩边的高地上，居高观察，一听到枪声，就知道不对劲，他骂了声娘，立刻带着身边的人撤退。

丁春山从沿路分布的暗探那里得知了连柳昌一行人的行踪，自己防的就是他这一手，岂容他逃脱，早就远远尾随，埋伏在周围，等这一群人马仓皇下了高地，退到地势低洼的河滩边，利于围歼，当即带着人马现身开枪。

连柳昌发现自己竟也落入了包围，短暂的狂怒过后，在亲信的保护下，他趴在马背上夺路而逃，又接连扔出炸弹，轰然巨响中靠着凶猛火力的撕扯，他终于冲出了被包围的洼地，逃出火力圈，冲上道路。

他的亲信还在身后替他挡着火力，剩下的不是被打死，就是逃走了，他的身边已经没了人。

身后，射来的子弹还在不停地从他的耳边呼啸而过。好在他骑术过人，临危不乱，始终牢牢控着身下的马，他趴在马背上，一边逃，一边回头，用枪里的最后一颗子弹射倒后头追得最近的一个人，随即稳住心神，迅速地环顾了一圈四周。

暮色浓重，已看不清楚远处，但他观察到野地侧方有片乱林。只要逃进去，那里就是个绝佳的藏身之所，等天彻底黑了，有的是机会逃脱。

他立刻做了决定，下马，用手里的空枪狠狠地击了一下马，令马匹继续朝前奔逃，随后他扶着刚才在乱战中被射了一枪的腿，在暮色的掩护下，跌跌撞撞地朝着乱林逃去。

果然，刚才那帮围歼自己的人追错了方向，朝着马匹逃的方向追去。

连柳昌精神一振，继续狂奔，眼看就要逃出去了，突然，他的脚步顿住了。

乱林的前方，横着刚才那条从高地下弯曲绕流而来的浅滩。

在笼罩四野的浓重暮色里，从斜对面地平线的方向，沿着滩边的乱石野道出现了一辆汽车的影，仿佛就在眨眼之间呼啸着开到近前，横在他的面前，挡住他的去路。

车门被人从里推开。他看见车上下来了一个戴着礼帽的青年男子，朝着自己走了过来。

暮霭沉沉，男子的身影宛如一把薄剑，带来了死亡的阴影。

连柳昌大口大口地喘息着，定在原地，瞪大眼睛，死死地盯着对面越走越近的人，当看清来人的面孔之时，那片死亡的阴影，也迅速降临，蒙上了他的眼膜。

很快，他拖着受伤的腿，迈步跌跌撞撞地迎了上去。

“贺汉渚，我知道咱们从前不合，我也给你下过绊子，不过，人在其位，身不由己，你是个人物，我不信你没这样的肚量。说吧，你要怎样才能放过我，多少钱我都能出，一百万？两百万？只要你开个口！不但这样，你要是看得起兄弟我，咱们也可以摒弃前嫌，联合去干大事！这世上只有好处才是真，别的全是虚的！我劝你，也要为自己的将来考虑一下。王孝坤他今天能这样对付我，将来也能这样对付你……”

他的声音戛然而止。

贺汉渚缓缓地举起了手里的枪，黑洞洞的枪口对准了他的额头，一言不发，扣下扳机。

“砰”的一声，污血从被子弹爆开的额洞中喷涌而出，四下飞溅。

连柳昌的身躯后仰，砰然倒地，气绝身亡。

贺汉渚立在苍茫的暮霭里，片刻后，掏出一块手帕，擦了擦溅在脸上的几点血，又低下头慢慢地拭着枪口。

丁春山带着人赶来，看了眼地上的尸体，面露愧色：“司令，我——”

贺汉渚摆了摆手，收枪，问喇嘛寺那边的情况。

天黑了下来，热河驻军司令尚义鹏按照计划抵达木家营子，等着周云师的回报，听见外面传来一阵骚动声，正要出去察看究竟，副官飞奔而入，喊道：“司令，不好了！好像出事了，喇嘛寺那边有火光！”

尚义鹏一惊，奔出营房，登上瞭望台，接过望远镜，朝着远处夜幕下的火光望去，派人立刻快马赶去喇嘛寺查看究竟，很快木家营子的营长匆匆进来报告，说连柳昌的人马在喇嘛寺外遭到一伙人的突袭，伤亡惨重，连柳昌逃走，不知下落。

尚义鹏惊怒不已，问那帮人到底什么来历，又问周云师去了哪儿，为什么现在还没消息。

营长吞吞吐吐，似乎不敢说话。

“说！”

营长忙道：“他的一个手下刚才跑了回来，说是贺汉渚的人做的，周参谋他……他被抓了，没办法，只好也投了过去……”

尚义鹏大怒，一把掏出枪，下令召集人马，立刻去追。

营长忙召集士兵。

尚义鹏治军颇是严格，也时常操练士兵，很快营子里的几百人马整合完毕，营长请尚义鹏发令。

尚义鹏却又不说话了，双目盯着远处那片熊熊燃烧着几乎映红了半边夜空的火光，迟疑不决。

营子里的几百号人全都看着他。

“报——”一个哨兵奔了进来，打破了寂静。

“报告司令！外面来了个人，自称贺汉渚，说要见司令！”

士兵惊讶，纷纷扭头张望营房大门的方向，窃窃私语。

尚义鹏起先一愣，很快他目光微微闪烁，道：“把他带进来！”

贺汉渚让丁春山等人候在外，任对方取了自己的枪，在几百当地士兵的无声盯视之中，走进了尚义鹏的营房，刚进去，几名亲兵就冲了上来，枪口对准了他。

贺汉渚停步，看了眼坐在对面的人。

尚义鹏方脸阔额，沉面端坐，看着他。

贺汉渚抬手将顶在胸前的一杆长枪推开，继续走了过去，不请自坐，从桌上取了只茶杯，自己提壶倒茶，说：“不过两年没见，尚司令的待客之道未免也过于隆重了。”

尚义鹏冷冷道：“贺汉渚，这是我和王孝坤的事，我奉劝你一句，不要插手为好。”

贺汉渚喝了口茶，笑道：“王总长的事，就是我的事，你难道不知道？何况我已经插手了，你的劝告，来得太晚。”

他放下茶杯，从兜里掏出一块用布包裹的条状物，扔到桌上。

尚义鹏抖开，布条里赫然滚出一根戴着刻字扳指的大拇指，断根处血污斑斑，他大吃一惊，猛地跳了起来：“你杀了连柳昌？”

贺汉渚面上笑容消失，冷冷道：“勾结日本人，妄图在关西搞国中之国，这是他最好的下场了！”

尚义鹏咬牙道：“贺汉渚，你以为我真的不敢杀你？”

贺汉渚靠坐在椅中，看了眼又冲上来端枪对着自己的几个士兵，缓缓抬眉，盯着尚义鹏的眼，道：“我赌你不敢。你要真敢现在就撕破脸，半个月前，也不会只是扣下王总长的人那么简单了。”

尚义鹏眼角肌肉不停地抽搐，片刻后，慢慢抬手拂了拂。

士兵收枪，陆续退了出去。

贺汉渚看了眼桌上的断指，道：“既然你摇摆不决，所以我来帮你下个决心。连柳昌死了，死在你的地盘上，就是前车之鉴，你要是还不知道该做什么不该做什么，等着你的就是关西军和王总长的两面施压。问问你自己，你有双手同搏的实力吗？”

尚义鹏咬牙道：“是王孝坤派你来谈判的？”

“不是谈判，是叫你悬崖勒马，给你最后一个机会。”

周围安静了下去，贺汉渚盯着脸色发青的尚义鹏，说道：“不过，尚司令，我直言了，这一回即便没有王总长的意思，就我个人而言，我也不想看到你因一时之气误入歧途。我知道你的出身，穷苦农家少年郎。几十年下来博得今天，别人眼里你双手沾血杀人如麻，但哪个不是九死一生？谁又会容易？咱们从前虽无深交，但我对你还是佩服的，知道你对士兵还算有所约束。至于连柳昌的人，算什么兵？几年前地方打仗，公然把百姓家的女人拉到战壕陪睡，臭名远扬，你不会不知道吧？何况现在，又和日本人勾结。你真愿意和这种部队为伍？”

尚义鹏背过身去，沉默着。

贺汉渚也不再说话，端起茶杯，静静地喝茶。

片刻后，尚义鹏猛地转身，说：“贺司令，我感激你对我的高看，但实话说，王孝坤，我信不过！我非他嫡系，打仗了，他拉我人在前，有好事轮不到我，军饷也全是我自己筹措。现在这片的地皮，刮得都下去了三尺，再加税，百姓活不下去，顾百姓，士兵就发不齐饷银，要闹事！我干这些是自保而已！何况现在已经得罪了王孝坤，就算我再投诚，我也不信他会对我毫无芥蒂，说不定什么时候就又要我的命！”

他走到了贺汉渚的面前。

“贺司令，我知道你，虽然年纪不大，但是个人物，比起王孝坤，我更愿意相信你。今天你既然来做说客了，我可以给你这个面子，但我要你给我一句话，要是我投诚，王孝坤他就动不了我。只要你说一句没问题，上次扣的人，我立马放！”他盯着贺汉渚，沉声，一字一句地说道。

时间过去了将近一个小时。

等在外的丁春山见人进去那么久，还是没有出来，不禁心焦，在营房的大门外徘徊，最后实在忍不住，迈步要进，被门口的士兵阻拦。

丁春山一个反手就把那个地方兵牢牢制住，掏枪抵着脑袋，正要当人质进去，忽然看见一道身影从营房的深处独自走了出来，他认出是贺汉渚，松了口气，一把撒开了手里那个正在叫唤的士兵，继续等在门口。

贺汉渚走出营房的大门。

丁春山跑过去，替他打开车门。

他走到车旁，停了下来，再次看向远处夜幕里的那片熊熊火光，凝神了片刻，又掉头，眺望西南方向远处黑沉沉的夜空。

那片夜空之下，就是她的所在。

差不多一周前，她和他约好，说她会在那里等着他。

他也向她承诺，他会在年底前回去，陪她一道过年，守岁。

他迅速收回目光，弯腰钻进汽车，在身后那群当地士兵的注目下消失在了夜色之中。

这一年的最后一天，贺汉渚连夜驾车，终于在除夕日的清早，晨光熹微的时分，穿过北面的城门，回到了他一周前离开的这座四方巨城。

为了赶路，他几乎一夜未眠，但此刻精神却极好，丝毫不觉困乏。

他知道自己这样有点蠢。但想到就在约定的最后一天，她或许早已不抱希望了，而片刻之后，自己却突然犹如从天而降出现在了她的面前，她可能会有的反应，竟忍不住在胸腔里慢慢地涌出了一阵微微的战栗之感。

现在他只想见到她，然后将她搂入怀里紧紧抱住，狠狠地亲她。

他被想象中的情景刺激着，心跳加快，热血沸腾，踩下了油门，在雪还未化尽的清早，疾驰在京师纵横阡陌延亘数公里长的通衢大道上，经过一个十字路口的时候，突然踩了刹车，转了方向，朝着一座大楼开去。

开到了，还早，大楼没有开门。

他坐在车里，耐心地等待，等着天大亮，周围，骡车、行人、挑着鸡鸭赶旧年最后一天的早市的贩子从近旁络绎经过，一直等到八点钟，大楼开门，他下车走了进去，来到了那日她曾停留过的那个洋行柜台前，买下了她曾注目过的那支口红。

店员看了眼面前这个一大早就赶来买东西的风尘仆仆的顾客，笑着应了一声，取了支崭新的口红出来，笑问："先生买了是送太太？我建议您再多花一角钱，用盒子和彩带包起来，打个蝴蝶结，顶顶高级，女人都会喜欢的。"

贺汉渚微微一笑，吩咐："包得漂亮些。"

店员装饰着礼盒，贺汉渚等待的功夫，看了眼时间。

已是上午八点多了。

她自律又勤奋，这个时间应该已经起床，不知道正在做什么。在小花园里散步？在他的书房里看书，做事？

或者有没有可能，她此刻正在丁家花园的门后，守望着每一辆从近旁经过的汽车和走过的路人，悄悄盼着自己的现身？

他被想象中情景弄得有点心神不宁，恨不得立刻插翅飞过去。

“先生，好了。您看还满意吗？”

贺汉渚一把接过递来的包得精致而美丽的小礼盒，匆匆放下方才从车里取的两块银圆，转身就走。

“先生，还没找零——”身后店员喊道。

贺汉渚头也没回，摆了摆手，大步往门口去。

除夕日的早上，这里的生意反而比平常要忙，才开门就有顾客络绎不绝地到来，趁着旧年的最后一日，添齐先前忘记购置的物品，尤其在售卖衣帽和化妆品的一楼。

贺汉渚径直走出大门。

街旁正停下一辆刚刚到来的汽车，司机开门，车里下了两个女人。打扮富贵的少妇太太挽着个西洋装扮的年轻小姐，说笑行来。

是曹家的十二小姐自华和一个平日与她交好的嫂子。

曹小姐仿佛有些心不在焉，正被嫂子挽着往里去，突然看见贺汉渚从里出来，停了脚步。

她的嫂子也看见了，迅速地瞥了眼小姑，立刻笑着上前招呼：“贺司令，好巧，一早竟在这里遇到！你也是来买东西的？”

贺汉渚回礼，向二人点了点头，叫了曹太太和曹小姐，随即继续迈步往自己的汽车走去，到了车旁，伸手打开车门，正要上去，身后传来了一阵脚步声。

他转头，见是曹小姐突然小跑着追了上来，她停在身后，看着自己，欲言又止的样子。

“你有事？”

曹小姐迟疑了下，很快道：“其实早就想找你的，但又怕打扰你，这么巧，今天这里遇到了，可否借一步说话？”她转头，看了眼身后的大楼，“顶层有咖啡馆，也有茶室，你若方便……”

“就这里吧！”贺汉渚转身向她，“我还有事，你长话短说。”

曹小姐一顿，点了点头，随即开口：“前几日王公子的订婚宴上，我没看到你，听说你有事离了京，我还以为这个年底你不会回来了。王公子的宴会很盛大，但不知道为什么，我感觉他好像抑郁不乐，并且，头也破了。听说是订婚的前夜，他一个人出去，喝醉了酒，出了个小车祸……”

贺汉渚掏出怀表，看了眼时间：“曹小姐，有事直接说。”

曹小姐闭了口，心绪仿佛有些纷乱，低头，闭目，压了压眉心，再次睁眼，道：“我知道你是直爽人，那么我就直说了。我得先向你道歉，上次是我的错，我不该做那种蠢事。当时我实在是太想成事了，我害怕出意外，所以一时糊涂，做了那种事。我知道我错了……”

贺汉渚打断了她：“都过去了！我说过我还有事，要是为了这个，我先走了。”他转身，要开车门。

“等一下！”曹小姐上前一步，挡住了他开车门的手，“烟桥，不是我自高，我想提醒你，和我结婚，对你有百利而无一害。想想你的仇家，还有你无限的未来。实话说，到了你今天这样的位子，不进，不更上一层楼，不把你的对手压在下面乃至除掉，别人就会压制你。如果有一天，万一你失败了，你有退路吗？我见得多了，失势下了野的人物，哪怕从前再风光，做一个能保安稳的寓公，就是最好的结局了。倘若你也如此，你甘心吗？你就甘心看着你昔日的仇家踩在你的头上，荣华富贵，耀武扬威？”

她一顿，注视着贺汉渚的眼睛。

“当然，我不是说你不娶我，你就一定没法复仇，没法上行，但面前有一条更容易更好走的道路可选，为什么不选？烟桥我了解你，除了复仇，你必也有男儿的雄心和壮志。你也是我见过的最有眼光，最擅筹谋的人，我相信，你一定能做出对你最有利的抉择。另外我想告诉你，虽然上次的事闹得有些不愉快，但我伯父并没有对你有任何的芥蒂……”

“够了曹小姐！”贺汉渚神色平静，再次打断了她的话，“我明白你的意思了，谢谢你替我考虑，但没必要，抱歉，我改主意了。我走了。”

他转身，拉开车门，低头上车。

“对了，你的那位表外甥，他已经走了！”

贺汉渚手一顿，再次转头。

曹小姐看了眼他放在驾驶位旁的一只小礼盒，抬起眼，对上了他投来的注目。

“几天前他就和傅明城一道回了天城，并且你这两天大约没看报纸，还不知道吧？”曹小姐道，“傅先生前天在火车站遇刺，被一个遭解雇后怀恨在心的船厂工人用匕首刺中了心脏。好在他命大，当时苏先生也在他边上，送去医院，做了一个成功的心脏手术，性命应该无忧了。我想，你的表外甥这两天应该都在医院里照看着傅先生吧……”

贺汉渚一言不发，坐进车里，关上车门，撇下曹小姐驾车而去。

他双目平视着前方，起先他平稳地开着车，速度不快也不慢，渐渐地越开越快，越开越快，最后疾驰着行在回往丁家花园的路上，穿过那座早上还不大见得到人的空荡荡的桥，在上午八点四十分的时候，他赶了回来，将汽车戛然地停在了大门之外。

他一把推开车门，下去，拍门。

贺妈出去买菜，老鲁昨夜喝了几两烧酒，现在还睡得死沉，没应门。贺汉渚后退，助跑了一段路，攀上围墙直接翻了进去，疾步走进客厅，奔到一楼她住的客房，一把推开门，环顾了一圈。

房间里空荡荡的，被子叠得整整齐齐。

她不见了，真的走了。

贺汉渚只觉呼吸一滞，人顿在了门口，血犹如离开了心脏，一股凉气遍布胸腔。

心口便犹如眼前的房间，空荡荡的，冷了下去。

他的手停在门把上，立了片刻，压下随之涌出的巨大失落和一缕他自己说不清也道不明的愤怒之感，转身朝外走去。

从这里到天城，开车快些的话四个小时就能到。

今天中午，他就能过去。

没有片刻的停留，他迅速地出了门，开车离去。

第九章

天城，清和医院，这个旧年的最后一天，苏雪至还在这里，与校长和木村三人讨论着前日那场心脏手术。

两天前，傅明城在火车站遇刺，所幸当时挡了一下，但还是刺中了心脏的部位，只是深度可能有所减轻。

她不是专业的心胸外科医生，但也知道，在心脏刺穿损伤的情况下，百分之八十到九十的人通常都是因为送医时间延误，死在到达医院之前。如果能幸存到医院，那么存活率往往就能达到百分之八九十了。

现在，无菌手术已经相当成熟，和校长则是国内首屈一指的心脏手术专家。这次医学大会，他原本准备的论题就是心脏的外科手术，所以时间对于抢救傅明城的生命来说，至关重要。

在他被刺伤二十几分钟后，就被送到了清和医院。和校长也迅速赶来，大约四十分钟后，就制定了抢救计划，麻醉医师也到位，由校长主刀，木村和苏雪至协助，实行紧急开胸探查手术。

当时傅明城已出现了意识障碍，有心脏压塞的征兆，病情凶险，随时都有心脏骤停的可能。

现在没有吸氧设备，在苏雪至的建议下，由她操作，在傅明城的内踝上方大隐静脉处紧急建了静脉通道。随后手术探查的切口，选在左胸外侧第四肋间。开胸后，查明左心前区刺破，当即进行心肌缝合。

整个手术过程，过后回顾，可谓是一波三折，紧张无比。

缝合心脏裂口之时，如何控制出血，是缩短手术时间从死神手里争夺生命的关键。

就在缝合的时候，出了一个意外，心脏裂口突然大量喷血。苏雪至直接用手指牢牢按捏住出血的部位，木村清理，协助校长继续手术，终于控制住了情况，最后成功缝合。

除了控制出血，扩容治疗也出现了问题。恰好当天医院里以前查明是

O型血的人都不在，现场检查血型的结果还没出来，而傅明城有休克的迹象了，急需输血。

危急之时，苏雪至想到了一个临时顶用的简单法子，将胸腔和心包腔里的不凝血用消毒容器收集到消毒盆里，以多层的无菌纱布过滤，最后用输血器将回收的过滤新鲜血液重新输回到了傅明城的体内。

就是靠着这个心包积血自体回输的“土办法”，终于为手术赢得了宝贵的时间。

校长顺利地做完了手术，随后，就是等待手术的效果。

昨天早上，傅明城醒了过来，但情况不是很稳定，很快又昏睡过去，如此反复几次，在煎熬了总共将近四十八个小时之后，今天上午，他终于彻底地苏醒了过来。

经检查，他的各项生命体征趋于稳定，没有术中或者术后感染的症状，接下来只要再继续接受一段时间的住院观察和治疗，应该就没什么大问题了。

校长、木村和苏雪至全都松了一口气。

查过房后，校长没立刻走，而是与木村一道探讨着苏雪至在手术过程里建的静脉通道和血液自体回输的法子。

苏雪至简单介绍了下，听着校长和木村的讨论，心思控制不住地飘远。

从傅明城苏醒开始，她的精神放松，便心不在焉了，过了一会儿，她忍不住借故起身先出来，借用医院的电话往两天都没来得及联系的丁家花园打了个电话过去，询问贺汉渚是否回来了。

贺妈接的电话，说自己从外头买菜回来了，预备迎接孙少爷，但他还是没有回来，又说就在刚才，小姐也打电话问了。

虽然在打这个电话之前，苏雪至就不抱多大的希望，但当真的听到了这样的回答，她的心情还是骤跌，一下落到谷底。

今天就是除夕，旧年的最后一天。

他说会在年底前回，和她一起过年守岁。

不过只剩半天时间了，他能做到吗?

最关键的是，如果不能，他到底什么时候才能平安归来?

她慢慢地放下电话，出神片刻，很快就做了决定。

傅明城已经脱离危险了。还有半天的时间，不管他能不能守住答应的事，她得回去。

现在就走，乘最早的一班火车北上，晚上就能到。

她会回到他出发的地方，如答应过他的那样，在那里等他，等到新年到来前的最后一刻。

她回了办公室，对校长说她有私事，晚上不去他家中吃年夜饭了，她会让表哥和贺小姐过去。等过两天，自己事情忙完会就他关注的问题写一份详细的手术报告，供他参考。

出来，她正要脱掉白大褂，离开医院，一个护士迎面找来，说傅明城请她去一下。

苏雪至戴上口罩，来到病房。

傅明城住在一间单人高级病房里，两个专门护理的护士都在，一个替他测量血压和心率，另一个记录。两人做完事，和苏雪至笑着打了声招呼，随即走了出去。

苏雪至观察了下他。

他的面容虽依旧苍白，血色不足，但精神看着还是不错的。苏雪至翻了下护士每隔半个小时就测量记录一遍的体征数据，再搭脉，亲测了下他的脉搏，很是平稳。

他能平安，苏雪至真心感到高兴，恭喜他脱离危险，叮嘱他接下来要好好配合治疗，争取早日恢复健康。

“傅先生你自己就是医师，要注意的事，就不用我再多说。”她微笑，“刚才护士说你找我？什么事？”

“我听说手术里是你想出了法子，解决了输血的困难，救了我的命。”他看着站在病床边的她说道，声音带了几分元气不足的虚弱。

苏雪至笑道：“这是迫不得已的法子，你不用谢我。刚做过手术，你好好休息，我先走了。”

她转身要走，忽然听到傅明城又叫了声自己：“你知道那天在火车站里，我本来想对你说什么吗？”

苏雪至停步转头，看着他，略带困惑。

他凝视着她露在口罩外的一双眼眸，眼睛一眨不眨，语气带着前所未有的坚定：“我本来是想告诉你，我喜欢你。倘若能叫我有幸，也同样获得你的感情，那么于我而言将会是一件无比的幸事。”

苏雪至惊呆了。

她是真的惊呆了。

她诧异地看着病床上的傅明城，对上了他凝视自己的两道目光，突然若有所悟，什么都明白了。

她勉强压下自己震惊而凌乱的心情，问：“你是怎么知道的？”

傅明城的眼里流露出一缕温柔的笑意，轻声道：“对不起，我知道我让你受惊了。我一直没告诉你，其实早在去年，还在省立医校的时候，我就已经猜到了。你还记得去年的圣诞节吗，你喝醉了酒，受了点伤，我送你回去，当时就感觉你有点不对劲，后来你跟我说，你不想做男人，想做回女孩儿，我……”他微微一顿，“很抱歉，我不是故意的，但我大概猜到了你的事。后来你来天城，我和你相处越多，我就越发感觉我慢慢喜欢上了你，这种感情是我自己也无法控制的。我知道，你以现在的身份生活，有你的苦衷，我不想给你另外造成困扰或者压力。另外……”

他苦笑了下：“最近我的直觉也告诉我，你和贺汉渚的关系大概也不像你们表面看起来那么简单。我承认，我的心里有点乱，甚至充满嫉妒。这次你留在京师没回来，那天我去贺家看你，我故意告诉你叶先生的消息，我想将你接回来……”

他闭了闭目，慢慢吁了口气，再次睁开，继续道：“其实在这之前，好几次我都想向你坦白，想向你表达我对你的感情，但我顾虑重重。这一回……”

他停了一下，神色忽然显得有些激动，想坐起来些。

“你不能起来！”苏雪至反应了过来，上去将他一把扶住，压着他，让他躺回去。

他握住了她伸向自己的手。

“苏雪至，今天早上，当我完全地醒来，你知道我的第一个念头是什么吗？我很庆幸，我还活着。我第一次体会到了人生的无常。差一点我就这么死去了，倘若再不让你知道我对你的倾慕和感情，我怕往后就没有机会了。”

他的手紧紧握着她的手。

“等这一回我出了院，你能给我一个机会，容我追求你吗？我可以等你的，一年，两年，五年，十年，一辈子。只要我也能得到你的感情，我就心满意足了。”他凝视着她，缓缓地道。

贺汉渚在中午时分将车开进天城，径直来到清和医院。

他熄了一路燃得滚烫的引擎，下车，大步入内，走到了护士台前，向坐在后面的一个护士询问苏雪至是否在这里。

护士是位年轻小姐，不认得本城卫戍司令，见来的是个年轻英俊的男子，眉间隐隐积着几缕沉郁之色，不禁暗暗紧张，急忙点头：“苏医师在的！”

“她在哪里？”

“刚才我看她出来了，后来又去了傅先生的病房。”

护士指了指方向。

贺汉渚看了眼病房的方向，抬步要走，迟疑了下，又停步问：“这几天她一直都在这里吗？”

护士小姐点头：“是的。那天就是苏医师将傅先生送来医院的。傅先生做完手术，刚开始情况不稳定，苏医师连着两夜都在这里值班，一步也没离开过！”

贺汉渚顿了一下，道了声谢，终于迈步往病房走去。在走廊上，他看见那扇门里出来了两个护士，低声说笑着走了过来。

“苏医师对傅先生真是上心。他们应该是好朋友吧？”

“听说以前本来是傅先生的学生。”

“这样的啊！难怪。嗳，你说，刚才傅先生叫我们出来，是想对苏医师说什么？”

“不知道，应该是有些私下感谢的话，不便叫我们听到吧。要不是苏医师，傅先生恐怕就有性命危险了……”

护士说着话，从他的身边走了过去。

贺汉渚朝着前面的门继续走去，越近他的步伐变得越慢，这一路驱使着他赶来这里的那一口心气仿佛也在渐渐地离他而去。

门的上方嵌着玻璃，玻璃后的帘没拉紧，透过缝隙，贺汉渚终于看见了她的背影。

他听不清她和病床上的人在说什么话，就这样远远地立在外，隔着门，默默地看着，渐渐入神，忽然他听到身后传来了一道问话声：“先生，请问您有事吗？”

他猛然惊醒，转头见是一个路过的护士停在不远处的身后，戒备地盯着自己。

他顿了一顿，不再看了，转身一言不发地走了出去。

来时，一路炙着他的满腔嫉妒和恼怒，在此刻出来之时早已荡然无存了。

他有什么资格嫉妒，又有什么资格恼怒？

她的表兄曾亲口告诉过他，她从前就喜欢着傅明城，甚至为他投了河。

他的眼前，是他方才的亲眼所见。她对着傅明城，照顾他的时候，是如此的温柔。即便戴着口罩，她的眼中也充满了对他的关切和爱护。这叫他想起自己受伤后她的态度，天壤之别。

她就没有对自己这么温柔过，从来没有。

她答应了他的求爱，不过是愈发证明他的无耻。是他利用了她的涉世未深，诱惑了她而已。

贺汉渚压下心中涌出的酸涩，又想起了今早和曹小姐的偶遇，也再次想起自己曾对王庭芝说过的话。

王庭芝全然地信他，他却出尔反尔，自欺欺人。

他在车里坐了片刻，缓缓地抬手，摊开右掌，盯着掌心。

杀人染上的血早已洗去了，看不出半点的痕迹。但染的血实在太多了，一重又一重，血的味道早已渗入了掌心的纹路，无论怎么洗，也是洗不去了。

忽然又想抽烟了。

他收掌，习惯性地伸手到车的一只暗屉里，摸了个空，才想了起来。

他在戒烟，车上的烟都已经扔了。

他忍着想一拳捶烂什么东西的冲动，郁躁地揉了揉额，心头茫然，不知道自己该去什么地方的时候，突然，想起了自己的妹妹。

他昏了头了!

回来后，居然没想起过她!

不像别人，她应该对自己很是担心，真正的担心。

还是先回公馆，向妹妹报个平安。贺汉渚压下纷乱的心绪，发车回到贺公馆。

门房老夏见他忽然回来，喜出望外，但紧接着又告诉他，小姐不在家。

就在片刻之前，和校长的太太亲自过来，将小姐接去了她家，晚上一起吃年夜饭。吴妈也一同去了，帮忙做饭，家里现在只剩梅香一个小丫头。

梅香闻声跑了出来，说立刻就打电话到和家，让小姐回来。

贺汉渚吩咐：“不必让小姐回来，就在和家一起过年吧。你跟小姐说一声，我回来过即可。我等下还有事，要走的。”

梅香答应了，扭头往里跑，立刻要去打电话报平安，忽然听到身后贺先生又叫了声自己，赶紧跑了回来。

“贺先生，你还有事？”她看着始终坐在车里就没下来过的贺汉渚，问道。

贺汉渚微微低头，盯着早上放在车里的那只礼盒，拿了起来，从车窗里抛了出去，扔给等在门口的小丫头："送你的！"

下午两点钟，他开着车，漫无目的地穿行在天城的街道之上。

车窗外，大街小巷里，熙熙攘攘，人来人往，人人笑容满面，哪怕这一年再不顺利，街坊街头遇见了，张口也是恭喜发财高升利市。而那些行色匆匆，在这最后一天还行在路上的跋涉之人，则是为了能赶到家，吃上全家人一起吃的那顿年夜饭。

离天黑还早，意寓着除旧迎新的零星的炮仗声，已开始迫不及待地回荡在这座城的上空。

人人都有自己的来路，也有归处。

唯独他没有。

旧年的最后一天，剩下的这十个小时，他该去什么地方，又有什么地方可去?

一时之间，他竟有些想不出来。

苏雪至从医院里走了出来，看了眼时间，下午两点钟。

她知道有一班下午三点的火车，到达那边是晚上十点多。

从医院到火车站，大概半个小时的路程，现在还能赶得上。

她叫了辆东洋车，让车夫送自己过去。

除夕日的最后半天，火车票便不似之前那么紧张了。

即便依然买不到坐票也没关系，她可以买站票。

她坐在车里，经过电报局的门口，忽然想起昨晚贺兰雪再次向自己询问是否有她哥哥消息时流露出的担忧之情，不知她现在如何了。

她忽然有点不放心，决定打个电话再问一下。

她让车夫先停车，跑进电报局，往贺公馆打了一个电话。

接电话的是梅香，告诉她，贺小姐在中午时就被和太太接走了。

苏雪至微微松了口气。

和太太温柔而体贴，去了她那里，就会很热闹。希望那样的气氛能让贺兰雪暂时忘记忧心，先好好过个年。

她说了声知道了，正要挂电话，听见梅香在那头又道："苏少爷，你还不知道吧，贺先生今天也回来了！就刚才到的！他还送了我一支口红！是丹祺牌子的，可贵了！我们小姐也有这种牌子的口红！贺先生可真好啊——"

苏雪至猛地睁大眼睛，反应了过来，一下挂掉电话，掉头就冲了出来，坐上那辆正在等着的东洋车，报上贺公馆的地址，让立刻过去。

半个小时后，快三点钟，她赶到了贺公馆。

梅香兴高采烈地告诉她，贺先生来过，但很快又走了，说另外有事。

“啾，苏少爷你看，这就是贺先生今天送我的口红！你看，漂亮吧，老天爷！还包得这么好看！我真是舍不得拆！可是不拆，我又不知道贺先生送的是什么！我等下就把它包回去——”

苏雪至看了一眼那支眼熟的暗金色印玫瑰的细长膏管，打断了小丫头的话，迫不及待地问：“他有说去哪里吗？”

梅香摇头，茫然道：“这个我就不知道了！反正贺先生让小姐不用回来，晚上就在和太太家里过年……”

苏雪至从贺公馆里走了出来，坐在东洋车里，一时有点不知所措。

她不明白，贺汉渚既然在今天回来了，还到了天城，他为什么不去找自己。

他不可能不知道自己在哪里。

她感觉他在生气，生自己的气。

但他为什么生气？到了天城，又为什么不去找自己……

等等，他不可能不去找自己的！

“先生，还要去哪里？”车夫拉着车杆等了片刻，没听到指令，回头问她。

“清和医院！”

这个除夕日的下午三点半，她折回到了清和医院，冲到护士台前，向护士描述了贺汉渚的容貌，问今天有没有这样的一个人来找过自己。

护士立刻就想起了中午的那个人，点头：“是，是有这么一位先生来问过你，我还给他指了方向，过了一会儿，我看他出来了。我以为他已经找过你了。”

近旁，另个护士插话道：“苏医师，原来那位先生是找你的啊？我当时正好路过傅先生的病房，看他就那么站在门口，也不进去，也不走，有点奇怪，我就问了一声，他什么也没说，掉头就走了——”

苏雪至顿时明白了过来，全部都明白了。

这个蠢男人！

他的脑子里装的，到底都是些什么？

等她找到了他，她非得狠狠地敲他脑袋，把他的头给敲肿了不可！

她丢下了还在说话的护士，转身就冲出了医院。

他会去哪里？不在贺公馆，难道是司令部？

苏雪至立刻又上了那辆还在等着的东洋车，让车夫拉自己过去。

四点多，她赶到了卫戍司令部。

大门紧闭，只有一个卫兵在站岗，告诉她说，贺司令没现身过。

犹如当头一盆冷水，苏雪至的希望又落空了。

也不在司令部，难道他是去了天城饭店的那家俱乐部？

苏雪至觉得自己的想法荒唐，但也说不准。

在五点钟，天色擦黑的时候，苏雪至又赶到了天城饭店，跑了进去，来到之前自己被他带进去过的俱乐部，要进去却被拦在了门口。

大年三十的晚上，这里不但没有关门，反而更加热闹了。

隔着厚重的门，苏雪至就听到了里面发出的阵阵嘈杂之声。

她仿佛看到了贺汉渚在里头，和那些衣着暴露的女人喝酒调情的一幕，心里突突地冒出了一阵火气。

他最好不在，真要是在这里，有他好看。

侍者认得这里的全部会员，说她不是会员，不让进。

苏雪至就问贺汉渚在不在，侍者态度傲慢："无可奉告！"

苏雪至强忍怒气，说自己是贺汉渚的外甥，上次跟着他来过这里的，现在有急事找他："要是耽误了，你担待得起？"

侍者这才收了傲慢，仔细地打量了她一眼，突然"哦"了一声，记了起来，态度立刻变好，说自己也是刚刚轮班来的，不知道贺司令在不在，可以放她进去找一下。

苏雪至冲了进去，在令人眼花缭乱的炫目灯光里，在震耳欲聋的嘈杂声里，在搂着漂亮女郎饮酒作乐的人堆里，找了好一会儿，确定他不在这里，她出来，停在饭店的大堂里，一时茫然，不知自己还能去哪里找。

也是这种时刻，她又一次地感觉，她对贺汉渚这个男人，真的是半点也不了解。

她除了知道他说他喜欢自己之外，她不知道他想什么，也不知道他平常会去什么地方。

她忽然有种想哭的感觉，突然听到有人叫自己。

她扭过头，见竟是唐小姐。

唐小姐披着一件白裘披肩，红唇精致，款款地走到她的面前，说晚上来这里有个约会，刚恰好看见了她。

"苏先生，我见你从俱乐部里出来，门童说你想找贺司令？"

苏雪至望着她。

她立刻道："你稍等，我打几个电话，问问贺司令以前经常会去的地方。”

她走了进去，借用大堂电话打了出去，过了一会儿，走了回来，神色抱歉：“苏先生，我问过了，都说没见到他。”

她一顿，狐疑地看了眼她：“你和贺司令……”

苏雪至微微一笑，向她道了声谢，转身走出了饭店。

五点半，天已经彻底黑了，家家户户都在吃着年夜饭了。

苏雪至先前的生气早已没了，取而代之的是满心的惶恐和焦急。

这个除夕的夜晚，他到底去了哪里？

她茫然地望着周围，身后，城北的方向，突然升起了一道烟火，冲上夜空，“啪”的一声在夜空爆炸，放出了一圈炫目的烟花。

苏雪至远远地眺望着，就在烟花绽放最为绚烂的那一刻，电光火石之间，她突然想到了那个地方。

两个人的约定！

约好的，她在那里等着他！

旧年还没有过去，还有最后的六个小时！

刹那间，她胸间一阵热血沸腾。

不用再找了！

她就回那里去，不管他在不在，她要过去，去履行自己的诺言！

苏雪至奔下了饭店的台阶，坐上那辆今天被自己包下的东洋车，再次回到贺公馆。

她检查了贺兰雪停在庭院里的那辆汽车，确定油量足够，又在贺汉渚的房间抽屉里找到了一支填满子弹的手枪，带上，随即开车上路。

她是在晚上六点出发的，沿着双城之间那条几百年来被行人和驮马踏出的官道，一路向北，疾驰而去。途中走错了两回道，折了回来，在一番折腾过后，终于历时五个多小时，在这个旧年除夕的深夜，在晚上十一点多，在满城爆炸的绚烂烟花和震耳欲聋的炮仗声里开到了丁家花园。

她拍开了门，在老鲁诧异的目光注视之中，问贺汉渚在不在。

老鲁点头：“在的！在的！孙少爷也是晚上回来的！就是比你早些！这么巧，苏少爷你怎么也回来了？”

苏雪至的心在跳，这一路的所有疲惫和不确定，在听到他也在的这句话后全都消失了。

她冲了进去，奔上二楼，来到他的书房，一把推开了那扇半开着的门。

书房里没有开灯，但她看见了一道人影。

窗户开着，他就靠在窗前，在抽着烟，眺望着窗外夜空之中那片不断腾空爆炸的烟花，看得似乎入了神，连她的到来都未曾觉察。

苏雪至走了进去，啪的一下拉亮了灯，在他猝然回头的那一刻，盯着他咬着烟、仿佛瞬间凝定了的脸，一字一句地道：“贺汉渚，你到底是什么意思？你分明已经到了天城，你竟不见我？”

他和她四目相望了片刻，终于慢慢地转过身，将嘴里的香烟拿掉，掐灭在了窗台上，沙哑着嗓问：“你怎么来的？”

“开着你妹妹的车来的！我一个人，开了五个多小时！”苏雪至将藏在身上的手枪拿了出来，压在了书桌上，“带着这个！从你公馆的房间抽屉里找到的！”

她朝他走过去，停在他的面前。

“我没忘记我说过的话。我会在这里等你回来的！”带着几分负气和委屈，她紧紧地盯着他的眼。

贺汉渚望着她，一动不动。

窗外，对面不远的一道巷子里，忽然噼里啪啦地爆出了一阵震耳欲聋的爆竹之声，一股淡淡的硫黄味道也随风慢慢地飘入了书房。

苏雪至的职业病顿时又犯了，立刻想到了他的老毛病，暂时压下心里对他的不满，立刻伸手，要去关窗。

就在她动了一下身子的那一刻，他突然伸手，将她一把拉进怀里，下一刻，他低下头，便含住了她的嘴。

他亲吻她，是此前未曾有过的凶狠的亲吻，苏雪至很快就被他吻得透不出气了，这个晚上，一路的焦急和火气，也全都消尽了，再不留半分。

他好像洗过澡了，冲入她鼻息的混合着烟和体皂的男人的气息，令她有些迷醉，双腿发软。

她忽然感觉，自己竟是这么喜欢他，喜欢着这个叫贺汉渚的男人。

再大的不满，再多的委屈，只要他的一个亲吻，她就能全部地原谅他。

她情不自禁伸出双臂，紧紧地勾住了他的脖颈，仰着自己的脸。

就在她有些意乱神迷之际，他突然放开了她，在她发出的一道猝不及防的低低惊呼声中，将她一把扛在肩上，一言不发，带到他的卧室，反锁了门，放在床上，大步过去，唰地一把扯上窗帘，将夜挡在外，随即反身，压了下来，再次激烈地吻住了她。

夜空烟花绽放，光芒时不时地投在了窗帘上，房间里的光线，忽明忽暗，苏雪至双眸半睁半闭，被压着，在外面此起彼伏震耳欲聋的鞭炮声中，任这男人对自己为所欲为。

很快，衣裳的领被撕扯开了，就在她半是紧张半是战栗，尽量想要放松自己身体的时候，忽然，她感到这个男人又停了下来。

片刻后，在她不解的等待里，他动了一动，缓缓地附唇到了她的耳畔，哑声道："你可以阻止我的，趁现在还能停——"

他顿了一下。

"我不是个好人，不值得你这样对我。我实话告诉你吧，这趟出去，我是在杀人。我上了一条船，上去了，我就没法控制方向了，我自己都不知道明天会是怎样，更没法向你保证，你要是成了我的女人，明天将会怎样——"

"你可以后悔的，你要是后悔了，现在就可以走，你当之前什么都没发生，我们还是像以前一样，我做你表舅。我向你保证，我在，或者我没了，我都会尽力，保护好你和你们苏叶两家……"

他停了下来，沉重的身躯压着她，脸埋在她的耳畔，寂然。

苏雪至一动不动，片刻后，她突然用力地推开了压着自己的男人。

他从她的身上滚了下去，仰面，躺在了床上。

苏雪至翻身起来，一个抬腿，跨坐在了他的身上，将他压于下。

她俯身，伸出手，够到了床头灯，开灯，居高俯视，盯着被制在了自己身下的这个男人的眼。

"没用的东西！勾引了我，现在又想逃了？"

"我有我自己的明天，用不着你给！你怕什么，怕我要你负责我的一生吗？那么我也实话告诉你，我没打算找丈夫，我也不需要……"

她在男人目不转睛地注目和持续的不定气息声中，缓缓地，一件件地除了衣裳，最后只剩下白色的细棉束胸。

贺汉渚望着眼前这一副沐浴在柔和灯光下的身子，喉结微动，双手却仿佛僵住，摊在床上，不动。

苏雪至等了片刻，点头，轻声道："明白了，看来我是让你失望了。没关系，我无意勉强，那么你也当我没来过吧——"

她一个翻身下去，拿了自己的衣物，背过身，要走。

贺汉渚眼角泛红，咬着牙，一言不发，猛地将她拽了回来，一下便将她压倒，恶狠狠地摁了回去。

"你这个……"他咬着牙的低语声，被窗外又一阵突然爆发的巨响给淹没了。

爆竹声此起彼伏，响彻耳鼓，如充盈了整个宇宙。

新一年的子时，来临了。

贺汉渚其实原本应当已经很是疲倦了。

前夜在和丁春山分开后，他先是开了几百公里的路，于黎明时分赶回京师，再追到天城，最后又折了回来。这个中间，他没片刻合眼的功夫。

今夜，冲的澡和控制不住又抽起来的烟，都没能令他心情得以释放。

他感到自己又累又困。疲乏像一个将他困在黑洞中间的旋涡，拉着他不停地下坠，命令他去休息。

他也该休息了。

但他却就是没有丝毫的睡意。

片刻之前，当他在黑夜里靠着窗抽着烟看着窗外远处冲上夜空的朵朵烟花之时，他还觉得自己就像是一个得了绝症的病人，心脏也半死不活了，然后奇妙的事突然就发生了。

他和女孩的体肤中间没有任何的阻隔了。她热热的腮和玉凉的鼻尖，贴依着他的面脸。他又闻到了他从前曾为之迷醉的奶香气息。

一瞬间，贺汉渚便感到自己又复活了。

他不再是那个心脏快要死的病人，他全身的每一寸皮肤，每一个细胞，都重新流淌起了新鲜而滚烫的血液。

他一阵战栗，几乎与此同时，恰一声巨响，外头不知哪里，突然再次烟火大作，爆竹冲天。

在连绵不绝震耳欲聋的满城烟花和炮仗声中，在爆裂带来的无可比拟的强大而极骤的终极绚烂和冲击下，他彻底地丧失了斗志，放弃了战壕，将自己的一切一切，全部都缴献了出去，丝毫未留。

烟火平息，耳边也慢慢地寂静了下来。

刚才她拿掉了他还搂着她的胳膊，让他休息，自己去洗澡了。

贺汉渚闭着目，趴在床上，喘息着，平复他依然如鼙鼓般快速撞击着肋骨的心脏。

当那种仿佛要将肉体也燃化为灰烬的疯狂爆发的快感过去之后，本就疲软下去的他，就被随之而来的一股沮丧之情给攫住了，愈发没了力气。

刚才她是不是不大满意，那么快就拿开了他抱着她的手，丢下他，自顾去洗澡。

贺汉渚慢慢地睁眼，侧耳听着浴室里传出的哗哗的水声，人趴在枕上，出神了片刻。

算了，他根本就像她说的那样，完全没自己想象中的那么有用。

她要轻视，就让她轻视吧……

伴着脑海里冒出来的安慰自己的念头，贺汉渚感到心底里竟似冒出了一缕兴奋的感觉。

何况，她记得两个人的约定，回到这里来找他了，在旧年只剩最后一刻钟，在他完全不抱任何希望的那个时刻，奇迹般降落在了他的面前。

刚才仿佛已被吸光了的力气，如追随满月悄然复涨的潮，又都涌回到了他的身体里。

骤然而猛烈的冲动，也再次袭来。瞬间，贺汉渚觉得自己又恢复成了一个少年，力足以缚龙搏虎。

他从床上一个翻身，拽过一件衣服，盖住身体，赤脚便朝她所在的浴室走去。

苏雪至立在水下，一只手握着龙头，用温热的水流冲洗着。

她睁眼，转身抬胳膊去够毛巾，冷不防看见浴室的门口竟多了道人影。

她吓了一大跳，水龙头都差点脱手，反应了过来，发现他似乎对吓到自己很是满意，竟龇牙一笑，她气不过，立刻举起龙头，往他脸上喷水。

贺汉渚再也忍不住了，哈哈地笑出了声，带着点恶作剧成功的胜利感，走了过来，抬臂挡朝自己喷来的水，另手探过去，将人扯了过来。

他继续用一臂箍她，禁止她的逃脱，另手抹了下刚被她喷的全是水珠的脸，随即从她手里顺利地缴了用来攻击自己的武器，插回到原来的地方。

"刚才为什么不等我？"在头顶哗哗落下的水幕里，他低下头，看着抓来的禁锢在自己胸膛里的女孩，质问。

苏雪至停止挣扎，仰着湿漉漉的脸，嘲笑他："看你累呀，你需要休息，我又不累。"

浴室的灯亮照着怀里女孩那散乱的湿漉漉的乌黑短发，一双眼睛透出亮晶晶的光点，神态娇俏而动人。她是贺汉渚此前从未曾见过的模样。

贺汉渚感到自己的心脏又悄然撞了一下肋骨，低头就吻住了这张还不肯放过他的无情小嘴，制止了她的嘲笑。

抱成一团的两人周围热气氤氲，很快，伴着头顶不绝的哗哗的落水之声，火苗再次点燃。贺汉渚喘着气伸手关水，拽来一条大浴巾，将她和自己一起包裹住，胡乱地擦了擦，随即一把抱起她，送回到卧室，将她放了下去，自己也跟着躺下，让她枕在自己的臂上，扭脸看着她。

"还疼吗？"他的眼底暗光闪烁，沙哑的嗓充满诱惑，嘴凑到她的耳根旁，问她。

苏雪至感到他在往自己的耳朵里吹气，一阵发痒，低声笑，躲开他压靠过来的脸，往里滚了一圈，滚出他的怀抱，随即扯过被子，裹住了自己的身子。

"不要！我饿死了！中午起我就没吃饭，到处找你。你家，司令部，那家俱乐部，还在那里碰到了唐小姐，亏的她热心，帮我打了好几个电话找你，说你都不在，我才想到来这里碰碰运气！"

贺汉渚一顿，望着她两只亮晶晶的眼眸，想起今夜她两眼冒火地走到自己的面前，从身上掏出手枪压在桌上说她开了五小时的车过来的那一幕，心中忽然充满了懊悔和愧疚，更是后怕。

这两年北方暂时没打仗，从天城到京师的这段官道也得以太平了些，从前趁乱拦路抢劫的流贼和盗匪固然不大出现了，但中间的很多路段都是荒村野地，保不齐会有各种宵小之徒趁夜活动……

贺汉渚摸了摸她脸，问她想吃什么。

"随便什么都行，你快点，我饿死了——嗳，你可千万不要惊动贺妈，厨房里有什么你拿什么，我不挑。"苏雪至忽然想起贺妈来，提醒他。

贺汉渚让她稍等，立刻下床穿了衣服，走了出去。

等待的功夫，苏雪至从床上爬了下去，锁上门。

她来得匆忙，没带行李，刚洗过澡，身上还没衣服，她又不想穿回自己的脏衣服，到衣柜里翻了一会儿，找了件他的上衣，套到身上，卷起衣袖，长度正好落到大腿，方便睡觉。

遮好了身体，她又回到床上去等。过了一会儿，听到他回来的叩门声，打开了门。

他说厨房里的东西都冷掉了，找了找，只能给她拿了几片面包、果酱，还有火腿、水果、桂花栗糕，外加一杯牛奶。牛奶也是冷的，他只能往里搀热水，免得她喝下去太冰。

苏雪至真的是饿得前胸贴后背，什么都能吃，夸了句他能干，接过托盘放在被子上，跪坐起来，拿了低头就吃。

她吃了面包和火腿，再吃掉一只苹果，喝了半杯牛奶，有点饱了，但见桂花栗糕好像也很好吃的样子，忍不住又拿了一块，正要放进嘴里，抬起头，见他看着自己，便伸手，送到他的嘴边："你也吃。"

他让她先吃。她吃了一半，他接过剩下的，吞了进去。

苏雪至的视线就被他吃东西时动着的喉结给吸引了，眼睛看着对面男人喉咙上的那像小鱼一样的突出喉结，问：“白天我去公馆找你，没找到你，倒是看见你送给梅香的一支唇膏。”她的一条大白腿伸了过去，足尖踢了踢他，“嗳，你都想到送礼物给梅香了，怎么都不顺便也送我点东西？”

贺汉渚咽下嘴里的糕点，顾左右而言他：“还要吃吗？要不我再去厨房给你找点别的什么……”说着抬腿就要下床。

“饱了，不吃了，你看着我，我在问你话呢！”

贺汉渚接了她递来的托盘，躲不过去了，只好承认，说原本打算是送她的。

“然后你不高兴，就送给了梅香？”

贺汉渚一声不吭，看她皱眉盯着自己，道：“你别生气，我会给你补。”

苏雪至道：“我还要惩罚你。”

贺汉渚略略紧张，不知她想干什么，见她示意自己靠过去，照办了，又低声地哄她：“我真的错了，不该误会你……”

苏雪至跪坐，上半身朝他凑了过来，在他茫然的注视中，张嘴，含住了他随说话而再次游动的喉结，突然咬了一口，在他的脖颈上留了个齿痕，听到他倒抽凉气，嘶了一声，这才松齿，笑道：“痛吧，痛就对了，叫你记住，下回再把送我的东西给扔掉——”

贺汉渚被她咬得打了个激灵，摸了摸喉结，刚下去的火气顿时再次冒了上来，顺势抬起手把她推倒在了枕上，追逐她刚咬痛了自己的那张嘴。

苏雪至低声地笑，奋力地躲着他的脸，不让他亲。

两人正在床上闹着，突然听到有人敲门，贺妈的声音跟着传了过来：“孙少爷！孙少爷你还没睡吧？苏少爷是在你房间吗？晚上炮仗响声大，我睡不着，刚起来转悠，听老鲁说，苏少爷他半夜来了？我刚去他房间，也没看到他在，厨房里好像有人动过东西，是你们肚子饿了吗？”

苏雪至吓了一跳，要从床上下去，躲进浴室。贺汉渚将她按住，扯过被子盖住她，随即朝着门的方向应：“我跟他在谈心！不饿了！你不要管，去睡觉！”

贺妈“哦”了一声：“这样啊，那你们好好谈吧。”

苏雪至屏息听着贺妈走了，松了口气，却见贺汉渚又转头看了眼自己，仿佛突然想起什么似的，示意她噤声，随即下床，打开门走了出去，叫住了贺妈。

苏雪至躲在被子下，侧耳听着两人在门外的对话。原来他放贺妈和老鲁的假，让两人明天不必待在这里，出去赶庙会。

贺妈拒绝："多谢孙少爷体谅，不过，我们不去。又不是小年轻，腿脚也不好，凑什么热闹。我就在家，伺候你和苏少爷！"

贺汉渚诚恳地请她不要留在家，务必和老鲁出去散个心，一年到头忙个没完，正月过年，也需要休息。

贺妈不赞同他的话："孙少爷你客气了！这一年有半年的光景你都不在，我跟老鲁就看个房子有什么忙！我们明天不出去！"说完，踢踏踢踏地走了。

贺汉渚进来，关门落锁，苏雪至见他一脸无奈，想想也是有点好笑。

这里不方便，怕被贺妈撞到；回天城的公馆，贺兰雪在；去饭店，无论是京师还是天城，他都是个大熟脸，要是被熟人撞见，好像也有风险。

他见她还笑，脸一沉，门外又传来了老妈子的声音："对了，孙少爷，我刚才没看见苏少爷的行李。是不是也在你房间？他什么时候回房休息？要不我先帮他整理下行李？"

贺汉渚神色懊恼，扭头冲门大声道："她自己会收拾的！贺妈不用你忙了，你年纪大了，赶紧去睡觉！"

老妈子叹气："哎，我年纪大了，觉浅，本来就睡不好，等下炮仗声又要起来，晚上怕是睡不着了，要醒到天亮。那你们谈心吧，我下去了，我去看看老鲁，省得他又背着我偷偷喝酒——"

贺妈这回终于走了。

苏雪至也待不住了，推开他下了床。

"你去哪儿？"贺汉渚不让她下去，又将她拖了回来，按她坐回在了自己的腿上，从后抱住她。

苏雪至掰他箍住自己腰身的胳膊，说："贺妈都说了，她要醒到天亮，你没听见？我还是回下面客房去吧，万一被她知道了。"

他就是不放，苏雪至放弃了，扭头看着他，忽听他道："我们换个地方。那里很清静，没人打扰。"

片刻之后，贺汉渚带着苏雪至从丁家花园开车出来，穿过满城再次绽放的烂漫烟火，从西北城门出去，来到了西山附近的一座别墅。

这里是他最早住过的地方，后来搬进城里，就空了下来，偶尔才会过来住几天，平时只有看门人鲁二，是老鲁的亲戚，耳朵有点背，但手脚勤快，平时除了看门，也负责打理庭院。

贺汉渚唤醒鲁二，吩咐了一声，说自己和同来的客人有事，命不许打扰，随即带着苏雪至进去，来到了位于二楼的一间主房，关门，落锁。

城里的爆竹声响了一夜，天亮才停。

贺汉渚和苏雪至这一夜也是快到天亮才倦极，相拥睡了过去。

接下来几天，除了应酬没什么正事，贺汉渚把电话线也给拔了，带着苏雪至在这里住了下来。除了睡觉之外，白天，他带她出去爬山、打猎，晚上燃起壁炉，烤火、同眠，山中不知日月长，转眼，三天就过去了。

昨晚又睡得很晚，次日，苏雪至是被饿醒的，在床上睁开眼，见身边的男人还在沉沉地睡，呼吸平稳，没吵醒他，她轻轻地将他压在自己身上的胳膊和腿给挪开，下了床，往身上裹了件他的法兰绒睡衣，系上腰带，下摆垂至小腿。

她卷了袖子，轻手轻脚地走出房间，下楼去弄东西吃。

鲁二的耳朵有点背，人也忠厚老实，贺汉渚叫他不要打扰，他每天除了早上往房子的门口放些食材，就真的都没来打扰了。

苏雪至开了反锁的客厅门，拿了鲁二今早送来的食材，来到厨房，做最方便的蛋炒饭，正在弄，忽然，身后伸来一双坚实的手臂搂住她，接着，男人那张还没刮的带了点胡茬的脸便压在了她的后颈里，亲她。

苏雪至的脖颈被他的脸刺得发痒，缩着脖子躲，让他走开，说："还没够啊，别打扰我，出去等着！"

"不够……"他含含糊糊地应，仿佛不满她的态度，用面颊狠狠地蹭了蹭她衣领下的一片柔嫩肌肤。

苏雪至刺痛，"哎哟"了一声，关了火，转身打了他一下，推开他。

"三天了，什么时候回天城？"

"等你开学了再回。"

他走了过去，吃了口她炒的饭，嫌弃地摇了摇头："叫你不用做的！还不如我弄给你吃。"

开学就是元宵后了。

苏雪至靠在桌边，又是好笑，又是好气："贺司令，你不用做事了？"

"过两天插回电话线就好了——"

"不行！"苏雪至打断了他，"我们在这里待这么几天，差不多了，再待下去，我怕惹人怀疑。"

贺汉渚扭过脸，看着她，神色不快。

苏雪至当没看见，正色道："我还有个事要和你说，回去后，咱们得约法三章。"

"第一，你不要再提让我搬去你那里住的话。我不方便过去。我就住学校里，应该会有单人寝室了。”

这两天，他老是在她耳朵边说什么让她回去了就搬他那里去住的话，苏雪至简直是烦不胜烦。

“第二，在外头，不管边上有人没人，都不能有任何的越界行为。”

这一点，她对自己很放心，但他就……她有点不放心，所以还是丑话先说在前为好。

“第三……”她顿了一下，“下学期我应该很忙，事情很多，当然，你肯定也非常忙碌，所以，要是需要见面，最好提前一天约，免得临时有事不方便，我相信你应该能够理解的。”

她每说一条，他的脸色就变得难看了几分，等三条说完，他黑着脸，一把就把饭勺扔回到了锅子里。

“你干什么？你又生气了？”苏雪至点头，“好，再加一条，爱生气的人，不要来找我了。”

贺汉渚盯着她，忽然冷笑：“你这么厉害，我怎么敢生气？我全听你的，满意不——”话音未落，苏雪至已是双脚离地，人被他一把扛了出来，甩到了客厅的一张长沙发上。

苏雪至“哎哟”了一声，从沙发上爬了起来，扭头，见他站在身前，双目盯着自己，见状不妙，急忙从沙发上下去，说：“我肚子饿！你不吃，我自己吃。”

贺汉渚置若罔闻，扑过来就将她压倒在了沙发上，扯她的衣带。

“不要！昨晚我都要累死了，我腰都断了，我现在腿还酸——”苏雪至立刻改了策略。

他一顿，果然停了下来，下巴颏轻轻蹭她的脸，在她耳根边低声命令：“那你求我。”

苏雪至是真累，怕他真来，急忙说：“求你了，求你了。我知道你最好了。”

他看了她片刻，低低地叹了口气，翻身，抱着她，和她躺在一起，亲了亲她的腮：“你再陪我两天。”

苏雪至和他对望了片刻，心里也知道，等回了天城，大概真就没机会能再像这几天一样地日夜共处了，心里一软，终究是不忍拒绝，点了点头：“好吧，那就再住两天……”

他笑了，凑过来亲了亲她，低语：“苏小姐，你做的东西，吃了要死人的，昨天你放了什么，我吃了东西，肚子痛，我都没敢和你说。等下我去做给你吃吧——”

苏雪至不满地捶他，说自己吃了都没事，他胡说八道。

他发出一阵快活的大笑。

“好了好了，求求你了，赶紧放开我。”苏雪至催他。

他还是不放。

“你这个……”苏雪至简直一个头两个大，只能屈腿踹开他，这才得以脱身，坐起身，整理了下刚才被他弄乱的衣物，抬起头，大吃一惊，当场差点没魂飞魄散。

刚才她取食材进来后，因为是白天，客厅的门就没落锁，就在她抬头的功夫，赫然看见贺兰雪竟推开了门，面带笑容，冷不丁看见了沙发里的自己和贺汉渚，她推门的手停住，一双眼睛登时瞪得滚圆，脸上露出了不敢置信的震惊和疑虑之色。

“嗳，今天你还要出去爬山啊？我实在是爬不动，又浪费体力……你能不能饶了我，咱们就待这里，哪里也不要去了……”贺汉渚还没看见自己的妹妹，懒洋洋地躺在沙发上，手又跟藤蔓似的，缠上了她的腰。

苏雪至一把拂开他的手，人从沙发上蹦了起来。

贺汉渚这才觉察有异，扭过头，一顿：“兰雪？！”

贺兰雪仿佛终于反应了过来，慌忙后退，掉过头，扭身就往外跑去。

贺汉渚大惊，人跟着从沙发上一跃而起，飞快地系回刚解了的皮带，又迅速地整理了下剩余的衣物，要追出去了，忽然又停下，看了眼苏雪至那张也已变了色的脸，抄起昨天两人爬山回来后他脱了还丢在客厅里的一件衣服，罩在她的肩上，低声道：“她应该还不知道你是女的，我会处理的。你不用怕，先回房间去，别出来。”说完，这才转身奔出客厅，关上了门。

苏雪至定了定神，有点不放心，追到客厅的门后，推开一道缝，朝外看了一眼。

不看还好，这一看，简直是心惊肉跳。

今天这是怎么了，这些人竟好像商量好，全跑来了这里。

不止贺兰雪，苏雪至看见厅门正对出去的大门附近还有两个人，一个是表哥叶贤齐，另一个和他同行正往这边来的，是王庭芝。

表哥的那条伤胳膊依然吊在脖子上，王庭芝的脑门前也还包着块纱布，两人看着倒挺对称的。

这两人，虽然很早就在出川的那条船上遇到认识了，还一起打桥牌，但王庭芝倨傲，目中无人，表哥也是背地对王庭芝不以为然，下了船后，两人就没往来过了。苏雪至不知道这俩人的关系什么时候竟变得这么好了，只见表哥一边往里走来，一边东张西望，王庭芝说着话，看样子是在给表哥介绍周围的环境。

苏雪至当场就吓出了一层冷汗，迅速闭门，低头看了眼自己的模样。

法兰绒质料很厚，衣物阔大，只是弄得有点乱而已。

贺兰雪刚才那样仓促一眼，应该就像他说的那样，确实不至于就能看出自己是女人了。但两人是什么关系，她肯定已经猜到了。

现在要是再让表哥和王庭芝看到她穿着明显就是属于贺汉渚的睡衣……

苏雪至简直不敢想象，掉头直奔房间，反锁了门，随即迅速换衣，整理着自己。

贺汉渚让苏雪至回房间，自己从厅门里出去，见妹妹已快要跑到大门口了，有点意外，没想到她竟能跑得这么快。

他正要追上去，忽然又看见了两个人，认出是王庭芝和叶贤齐，脚步微微一顿。

叶贤齐的这个大年夜是在和校长家里过的，吃完饭他送贺兰雪回公馆，方知自己的表妹今晚之所以没去吃饭，竟是孤身驾车连夜去了京师。他不放心，第二天大年初一又找贺兰雪打听消息。

贺兰雪也猜测哥哥应该是回了京师，就打电话到丁家花园问。贺妈告诉她，昨晚她的哥哥和苏少爷一起，于深夜离开丁家花园，去了西山别墅。她的哥哥走之前说，他旧伤未愈，趁这几天休息，去清净点的地方调理，苏少爷是医师，所以同行。

表妹现在太能干了，已经能干到超出了叶贤齐的脑子能理解的程度。他对表妹生出了一种近乎盲目崇拜的她干什么都对的想法，根本就没思考她大年夜的为什么要做这样反常的事，只以为她是有事，现在既然平安抵达了，还是去帮贺汉渚调理身体，他也就放了心，彻底丢开。

然后又过了两天，吴妈来给他送饭，提了一嘴，说小姐这几天无事，想去京师看下贺先生，叶贤齐动了心，跑过去说自己也要去看表弟，两人一拍即合，贺兰雪让司机保镖不用同行，就这样和他乘火车来了。两人今早先到丁家花园安顿，遇到了来拜年的王庭芝，三人便结伴而来。

叶贤齐没想到今天王庭芝的态度竟意外的好，不但客客气气，刚才到了这边，还主动介绍，称这里适合打猎，他家在附近也有一座别墅，让叶贤齐有空的话多待几天，等手伤好了，可以陪他一起去打猎。

叶贤齐不知道王庭芝突然怎么就放下了身段，但他那样的身份和地位，主动结交自己，他自然也不会不给面子。刚才在门口，因为看王庭芝给自己指点周围的环境，还耽搁了一下，没跟上前头的贺兰雪，忽然见她从里头飞奔而出，神色张皇，眼眶发红，泫然欲泣的模样，他吓了一跳，问：“贺小姐，你怎么了？”

贺兰雪没停，从他身边风一样地卷了过去。

叶贤齐一急，丢下王庭芝正要掉头去追，又见贺汉渚也出来了，从自己边上经过，追到门外，拦住了他的妹妹。

贺汉渚轻轻握住妹妹的臂，挡住她的去路，扭头看了眼停在门里正望来的王庭芝和叶贤齐，压低声：“兰雪，你先别走，等下哥哥向你解释。”

叶贤齐已跑了过来：“贺小姐你怎么了？谁欺负你了？”

贺兰雪极力忍住就要夺眶而出的眼泪，摇了摇头，飞快地背过身去。

贺汉渚早已镇定了下来，看了眼客厅的方向，估摸她此刻应该已经回房间了，又对妹妹吩咐了一句，让她先去书房，说自己等下就去找她。

贺兰雪刚才实在是震惊于无意撞见的那一幕，不啻头顶落下了一个晴天霹雳，一时几乎无法相信自己的眼睛，情绪失控，这才跑了出来。

现在外人在场，她挣扎了几下，挣脱不开兄长的手，虽然心里对他极是气恼，但也不愿让他在外人面前过于难堪，很快停了下来，照了兄长的吩咐，一言不发，低下头，转身往里，匆匆走了进去。

叶贤齐目送贺兰雪的身影消失，想追又不敢，只能压下心头疑虑，和贺汉渚招呼，先照着正月见长辈的规矩，向他拜了个年，随即道：“我是来看我表弟的。听说她这几天都在这里，帮表叔你调养身体？”说完，张望着客厅的方向。

贺汉渚没作声。

叶贤齐说话时，王庭芝望了几眼客厅的门，没看到人，压下心里涌出的微微失落之感，走了过来。

“四哥，我前两天也想来给你拜年了，只是听说你好像来了这里，电话打不通，我怕打扰你的休息，就没敢来。恰好我母亲今天要给亲友分送自家做的年糕，我就往丁家花园打了个电话，贺妈说昨晚接到小妹电话，她今早会到，我就去了，一是送小妹来这里，二来给四哥你拜个年，祝四哥顺意红运，平安亨通。”

王庭芝的语气十分诚挚，贺汉渚面露微笑，向他道谢。

叶贤齐见表妹还没出来，忍不住又问：“表叔，我表弟呢？她在里头吗？我去看看她！”说着，抬脚就要往里去。

贺汉渚叫住了他：“小苏昨天爬了一天的山，回来乏累，早上应该还没起来，不知道什么时候会醒。”他转向王庭芝，“我还有点事，没法陪你们，就不请你们进去坐了。庭芝你若有空，先带小叶到附近走走？等下小苏应该就会起来了。”

王庭芝在他这里如同幼弟，叶贤齐更是小辈，他的话说出来便带着几分不容商榷的语气。

王庭芝对贺汉渚向来是言听计从的，私心也是舍不得吵醒还在睡觉的苏雪至，立刻答应，让叶贤齐跟自己先到附近走走，等下再回来。

来到天城后就勤奋自律得像是机器的表妹，居然也会睡懒觉了？叶贤齐有点不信，但她没出来，贺汉渚又这么开口了，他也不敢强闯，只能先听从安排，满心狐疑地跟着王庭芝出来了。

贺汉渚打发走了人，站在原地，目送两人走出庭院，身影消失，立刻转身进去，快步来到了书房，推开门，就见妹妹坐在椅子里，趴桌上，脸埋在臂弯里，没听见她的哭声，只是两只小肩膀一耸一耸的，知她在默默抽泣，看着十分可怜。他迟疑了下，走了进去，关上门，慢慢地走到了她的身后，俯身靠过去些，柔声道：“兰雪，别哭了！”

贺兰雪再也忍不住了，直起身，抬起一张布满泪痕的脸，站起来嚷道：“哥哥你和苏少爷是怎么回事？”

她想起早上看见的那一幕，喜欢的人穿着哥哥的衣裳，被哥哥搂着腰坐在沙发里，两人举止亲密，禁不住一阵心酸，眼泪又扑簌簌地滚落了下来。

贺汉渚看着有些心疼。身上没带帕巾，抬手要替她擦眼泪，贺兰雪立刻后退了一步，自己抹着眼泪，不让他碰：“一定是哥哥你……”

贺兰雪的伤心滚滚不绝，哭得撞气，鼻涕泡泡都冒了出来。

贺汉渚尴尬，苦笑着收回手，说：“兰雪，是哥哥错了，不该瞒着你和她好。哥哥本来也不想这样的，但真的控制不住。哥哥做梦也想和她在一起，忍不住就去追求她了。哥哥是真的喜欢她，非常喜欢。瞒着你，确实是哥哥的错，但哥哥不知道怎么和你说这件事，所以没告诉你。你原谅哥哥，好吗？”

贺兰雪又哭了一会儿，哽咽道：“那他呢？他也喜欢哥哥你吗？不是哥哥你强迫他的？”

贺汉渚愈发尴尬，道：“她也喜欢我的，哥哥没有强迫她。你哥哥是什么人，你不知道吗，这种事，怎么会强迫别人？”

他说完，见妹妹不再开口了，默默地又掉了片刻眼泪，渐渐止住泣，情绪看着似乎稳定了些，便再次开口：“兰雪，你千万不要怪她。她完全不知道你喜欢她的事。你要是真的伤了心，不肯原谅，那就怪我，全是哥哥的错，和她无关。”

贺兰雪依然不说话，低头又默默地垂泪了片刻，终于擦干眼泪，抬起头，道：“我不会怪他的，哥哥你放心吧。”

贺汉渚松了口气，正要开口，听她又道：“我想回去了。”

贺汉渚一怔，道：“你刚来，再住几天吧，到时候一起回。”

贺兰雪摇头：“不用了，我现在就想回——”

她说着，眼眶又是一红，立刻背过身去。

贺汉渚有点不知道该怎么哄妹妹了，怕自己说不好话再惹她伤心哭泣，站在一旁，默默陪着。

贺兰雪背对着兄长，深深地呼吸了几口气，逼退刚又涌出来的一阵泪意，彻底擦干面上的泪痕，转过身道：“我没事了，我也想通了，本来我和苏少爷就没什么的。哥哥你们再待几天吧，我回了，我不用你送——”

贺汉渚看着妹妹眼睛还有点发红的样子，直觉自己并没完全劝好她，极力挽留：“兰雪你听哥哥的话，你再住两天。”

贺兰雪抬头看着兄长，唇边露出了一缕笑意，用轻松的语气说道：“我真的没事了，哥哥你放心吧。你们的事……”她一顿，“我不会说出去的。”

她说完，打开门，低头匆匆下了楼，往外走去。

贺汉渚怎么放心就让她这么回去，追上去，继续劝说，谁知平日一向听话的妹妹，此刻却固执异常，不管他说什么，就是不愿留下，自顾快步下了楼梯，穿过客厅，朝外走去。

贺汉渚生平第一次颇觉束手无策，满心无奈，只好道：“那这样，你稍等，要是你真想现在回，我去和她商量下，我们一起陪你回去。”

贺兰雪却又拒绝了：“不用，你们难得有空，不用管我，我不是小孩子了——”

“兰雪！”身后忽然传来声音。

贺兰雪转头，抬眸望去，一愣。

竟是苏家的少爷。

他已不复方才那被自己兄长抱在沙发里衣衫不整的模样，穿回了他自己的衣服。他的面容洁白如玉，眼中带着笑意，眸子明亮若星，正是他平日的样子。

苏雪至走了过来，微笑道："兰雪，我能和你说几句话吗？"

贺兰雪睁大一双还带着泪痕的眼，怔怔地望着朝着自己走来的人，一动不动。

苏雪至便转向贺汉渚，示意他出去。

贺汉渚看了她一眼，又看了眼一言不发的妹妹，迟疑了下，一步三回头，慢吞吞地走了出去。

苏雪至带着贺兰雪再次回到书房，关门，让她坐下来。

贺兰雪不坐，就站在门后，软软地耷拉着脑袋，视线落在她自己脚上穿着的一双小羊皮靴上，一动不动，模样看着倔强又可怜。

苏雪至便没再勉强她，自己也停在她的面前，轻声道："兰雪，我还记得我第一次遇到你的情景，不知道你有没印象了。那会儿我刚来天城没几天，去参加为你哥哥举办的一个欢迎酒会，当时你就和你哥哥在一起，庄先生领我过去介绍，让我叫你表姨，你捂着嘴笑，眼睛亮晶晶的，说你才不要我叫你表姨呢。当时我就心想，世上怎么会有这么可爱又漂亮的女孩儿呢。"

贺兰雪垂着的脑袋动了一下，慢慢抬脸看着她，眼眶已是微红，隐隐含着眼泪。

苏雪至继续道："不止这样，你哥哥当时也笑了，他口中对庄先生说'舍妹不懂事，让人见笑'，但看着你的眼里却充满了宠爱……"

苏雪至注视着她，微笑："你知道吗，那会儿我刚认识你哥哥不久，在出门的船上，恰好同行了几天。他给我的印象强悍、坚忍，但也非常冷漠，很难让人生出愿意靠近的念头，我没想到他还会有这样温柔的一面。我有点意外，所以印象深刻，"她顿了一下，"说句老实话，应该就是那一刻开始，我对你哥哥的印象有所改观。"

贺兰雪眼中含泪，怔怔地望着她。

"你要是不嫌我啰嗦，我再给你讲讲关于我家里的一点事。"苏雪至说完，见她沉默，便牵了她手，带着她走到椅子旁。

贺兰雪不再反抗，乖乖地坐了下去，还接过了苏雪至递给她的一块雪白的手帕，擦了擦眼睛。

苏雪至靠在桌沿上，低头望着抹眼泪的贺家小姑娘，继续道："你应该没去过叙府，那里地处内陆，信息闭塞，陈规陋俗，大行其道，至今也还是如此，但那里水路交汇，商业又很发达。我家就在当地的一个县城里，世代经营药材，算是大户。我没见过我的生父，我母亲还没生下我，他就已经没了。我母亲是个非常能干的女人，家里的药材行是靠她的经营才发达起来的。但她再能干，死了丈夫，如果苏家没有男性的继承人，她作为寡妇，很有可能遭到宗族合力觊觎，夺走她经营了半辈子的一切。所以，在她十月怀胎满，生下孩子发现是个女儿后，她把女儿变成儿子，就这样，苏家从此有了一个少爷——”

苏雪至注视着再次抬起了头的贺兰雪。

“那个少爷，她现在就站在你的面前，在和你说话。”

音落，书房里变得静默无声，贺兰雪连哭都忘了，仰着脸和苏雪至对望了片刻，突然从椅子里一下跳了起来。

“苏少爷你……你说你是女人？”她的眼睛瞪得滚圆，满脸的震惊之色，简直比今天无意撞见自己哥哥和心上人亲热时还要来得震惊。

“是，我是个女人，和你一样。”苏雪至点头。

贺兰雪上下地打量着她，忽然捂住脸，闭目，使劲地摇头：“不可能！这怎么可能！你怎么可能是女人！我不信，你是在骗我！”

苏雪至背过身去，解掉了刚才穿回去的束胸，再转回身，微笑道：“兰雪你看，我没骗你。”

贺兰雪鼓足勇气，终于睁开眼，从指缝里偷偷地看，看了好几眼，慢慢地，她放下了捂脸的手。

她盯着面前苏家少爷，嘴巴微张，呆若木鸡。

苏雪至随即穿回了束胸，接着道：“兰雪，我因为家庭的缘故，从小就以男人的身份生活，来到这里之后也是这样，并非故意欺骗你。但我知道，你确实还是因为我而受到了伤害，也因为我误会了你的哥哥。所以我把我的秘密告诉你，我希望能获得你的谅解。”

贺兰雪继续呆呆地看着她：“那我哥哥……他也知道你是女孩子……”

苏雪至点头：“是。之前因为偶然的原因，他知道了我的秘密。”

贺兰雪喃喃地道：“我明白了……”

她猝然停了下来，看着苏雪至，忽然，仿佛又涌上了一阵什么强烈无比的骤然的情绪，飞快地转身，朝门跑去，跑了几步，听到苏雪至在身后叫她，就停了下来，但抬起手再次捂住了自己的脸，一动不动。

苏雪至的表面看着很是镇定，心里其实一直忐忑不安。

贺汉渚维护着她不想让人知道的秘密，连唯一的亲妹妹也不例外。贺家的妹妹，也纯真善良得让人心疼。

苏雪至真的被这一对兄妹给感动了，不说什么投桃报李了，就她自己而言，她也不想令贺兰雪就这样心里带着疙瘩地走掉，更不想因为自己让感情深厚的兄妹生出裂痕。

但苏雪至对如何劝人其实也是毫无经验可言，刚才分明见贺兰雪似乎已经有些接受了，突然情绪再起变化，斟酌了下，又小心地说："兰雪，我是觉得，我既然和你哥哥好了，你是他唯一的亲人，他又那么爱你，那么我的所谓秘密也就没必要再向你隐瞒，也不应该再瞒你……"

"苏少爷——"贺兰雪突然打断了她的话，又一顿，"苏小姐，你不要说了……"她没回头，继续捂着脸，含含糊糊地道，"我都明白了，我就是……我就是……"她顿了顿脚，"我就是快要羞死了！我没脸见人了！我怎么会这么蠢！你会不会觉得我是个傻子，还要和哥哥抢……"

她突然呜呜地哭了起来，满是羞愧。

苏雪至终于松了口气，再次感动，又觉得有点好笑，见她还在捂着脸呜呜个不停，道："怎么会？我很荣幸你喜欢我。你这么漂亮，又可爱，我要真的是个男人，我肯定也会喜欢你的。"

贺兰雪慢慢地停了哭泣，终于，放下了捂脸的手，转过身看着她，脸红红的，眼睛也红红的："真的吗？"

苏雪至点头："真的！"

贺兰雪咬了咬唇，又垂下粉颈，不说话了。

苏雪至等了一会儿，试探："兰雪，那你还生气吗？你肯原谅我和你哥哥对你的隐瞒吗？"

她沉默了片刻，慢慢地摇了摇头，低声说："我不生气了……就是心里还有点乱……"

苏雪至立刻道："我理解。那今天你先不要走了，留下来，我们保证不打扰你，好不好？"

贺兰雪轻轻"嗯"了一声。

苏雪至牵住她手，开了书房的门，看见贺汉渚两手插兜就站在门外，看着很是不安，见两人出来，一个箭步上前："兰雪——"

贺兰雪没吭声，还是低着头。

贺汉渚又看向苏雪至。

苏雪至说先送贺兰雪回房，陪她到了，停在门口，微笑道："兰雪，那我就不打扰你了，你先休息。要是还有什么话想说，随时来找我。"

贺兰雪低低地应了一声，走了进去。

等妹妹关了门，刚才等在后头的贺汉渚立刻上来，把苏雪至拉到自己的房间里，问怎么样了。

苏雪至把自己刚才和贺兰雪的谈话内容简单讲了下，最后道："问题应该不是很大。让她一个人先待一会儿吧，她需要时间，等消化了，我想她应该会接受的。"

贺汉渚终于长长地松了口气，道："谢谢你这么信任我的妹妹。"他的语气里带了点感激。

苏雪至一笑："兰雪是你妹妹，自然也不是外人，都这样了，没必要再瞒着她。"

贺汉渚低头，默默看了她片刻，忽然将她搂进怀里，凑过来就要吻她。

苏雪至现在哪有心情和他亲热，好不容易把贺兰雪劝住了，又想起自己的表哥和一起来的王庭芝，从他怀里挣脱了出来，问他们去了哪儿。

贺汉渚被她提醒，想起了刚被自己打发走的那两人，叹气，说刚让王庭芝带叶贤齐去外面了，估计他们现在也快回来了。

苏雪至再次提醒他注意言行，和自己保持距离，随即丢下他，匆匆走了出去。

王庭芝带着叶贤齐在附近走了一圈，两人其实都有点心不在焉。溜达了一圈，叶贤齐说该回去了，说不定表弟已经起来了，王庭芝立刻答应，两人便一道折了回来。

路上，王庭芝请他明天去自己那边做客，说正月里头无事，有桥牌的局，自己可以和他搭个档。

叶贤齐说："我等下问问我表弟吧，看她怎么说。"

王庭芝听他忽然提及那人，心微微一跳，表面却若无其事地笑道："你是表哥，怎么连这种事都要去问他？"

叶贤齐说："王公子你是不知道，我表弟现在实在是太厉害了，什么都比我强，我哪敢不听她的？不说别的，就说桥牌，以前还是我教她的，现在她早就打得比我好了，以前在船上，你也是见识过的。"

王庭芝沉默了。

那个时候，他眼高于顶，目中无人，他的人生是纸醉金迷，随心所欲的。他以为自己看不惯那个姓苏的少年，因为他救过自己欠了人情，总是耿耿于怀，每每想起，满心都是不舒服的感觉。

现在想起船上初遇之时自己强迫他学戏的种种，王庭芝竟生出了一种恍若隔世的虚幻之感。

那真的发生过吗?

他又想起了定婚前的一夜，他替自己缝合额头伤口的一幕。

他的心里慢慢地泛出了一缕淡淡的苦涩而甜蜜的感觉，如在嗅着一朵微微绽开的苦丁香。

年轻而苦闷的王庭芝就这样独自暗暗地咀嚼着心底那幽微而隐秘的感觉，脸上带笑，道：“也好，你照他的意思来吧，省得惹他不高兴。我感觉他的脾气似乎不是很好。”

叶贤齐立刻表示反对：“我表弟也不算脾气不好。她就是很讲原则而已，其实心肠很好。她来京师参加医学大会，完了，我本来以为她要回来了，结果她留了下来，说照顾贺司令的伤。这也是应该的，贺司令上回是为了救她而受的伤。但我没想到，年底前她人都已经回了天城，大年夜的晚上竟连饭都不吃，推了校长夫人的约，自己一个人连夜开车又从天城赶到这里来照顾贺司令！我还以为贺司令的情况有多严重呢，刚才看着好像也没什么大事。总之，我表弟就是看着凶而已，其实她的心肠很好的！”

王庭芝缓缓抬头，望着不远处前方的那座别墅，停了脚步。

“哎，我表弟出来了！”叶贤齐忽然看见苏雪至从别墅的大门里走了出来，眼睛一亮，喊了一声，丢下王庭芝，快步走去。

王庭芝很快也回过了神，望了眼大门外含笑等着的苏雪至，迟疑了下，慢慢地跟了上来。

苏雪至笑着叫了声表哥，问叶贤齐胳膊的恢复情况，说了几句话，见王庭芝远远地停在表哥的后头，便也和他招呼了一声。

王庭芝终于走了上来，开口为自己那天晚上的醉酒失态道歉，说麻烦她了。

苏雪至到了他的面前，叫他低下头。

王庭芝茫然，但也没多问，照她的意思微微低头，这才惊觉，原来是方便她检查自己额头的伤。

苏雪至抬起手，掀开他包着额的一角纱布，看了一眼，说：“疤痕结得还可以，王公子你这两天回去就可以拆线了，注意不要吃酱油之类的东西。我缝合的时候，针脚尽量做细了，你的额上应该不会留下太明显的疤痕。我也不麻烦，只要你能吸取教训，往后别再醉酒开车就可以了。”

她说着话，指尖微微地触到了他的额。王庭芝感到面门有轻风拂过，鼻中仿佛也钻入了一缕来自她皮肤的气息，还没反应过来，那只手已经拿开了。

王庭芝抬起头，便对上了她含笑望着自己的一双眼睛，他终于回神，仓促地应是。

这时，贺汉渚也跟了出来，招呼两人，让他们进去坐。

王庭芝定了定神，说自己过来就是想给四哥拜个年，现在没事了，要回城去。

贺汉渚便没强留，含笑点头，叮嘱他出去开慢些。

王庭芝应是，又和叶贤齐道了声别，叫他进城记得来找自己，说完朝苏雪至胡乱点了点头，不再停留，匆匆开车离去。

他出去了一段路，缓缓地停了车，坐在车里，扭头，再次眺望了眼身后那座掩映在冬树丛后的房子，摸了摸自己还包着纱布的额，愣怔了片刻，忽然摇了摇头，驱散了心里涌出的那种怪异至极的荒唐之感，随即继续前行。

第十章

苏雪至将表哥带进去安顿了。

午后，贺妈也带着大包小包的东西来了，说小姐既然到了，她自然是要过来伺候的。

贺汉渚想和苏雪至单独再过两天的计划，至此彻底破灭。

晚上贺妈做好饭，苏雪至敲开贺兰雪的门，让她下来一起吃饭。贺兰雪听了她的话，终于出来，吃了一点，又回了房间。

天黑，叶贤齐百无聊赖。这种走出去几里地也看不到几个人的郊外，房子再好他也住不惯，只好也早早地去睡了。

来这里的前三天，苏雪至一直和贺汉渚同睡，今天房子里一下来了这么多人，苏雪至当然不可能再继续住贺汉渚的房间了，晚上睡在了另外一间空房里。

郊外的冬夜宁静异常，原本最合安眠，苏雪至却怀了心事，想着贺兰雪的事情，睡不着觉。到了大约九点多，听到几下轻轻的叩门声，她直觉是贺汉渚来了，下床开门，见果然是他来了。

苏雪至锁了门，压低声，问他来干什么。

她连灯也不敢开，就怕贺兰雪万一还醒着，被她察觉。

贺汉渚也低声道：“我睡不着。兰雪她到底是什么意思？晚上吃饭，我看她倒是听你的话，但就没看我一眼。她还在怪我骗了她？”

苏雪至也有点弄不明白贺兰雪的想法，只好安慰做哥哥的：“你不要急，耐心些，什么事都有个过程的。何况对她来说，白天的事应该是个很大的冲击——”

她话还没说完，忽然，门外又传来了轻轻的叩门声。

苏雪至一顿：“谁？”

“是我。你睡了吗？”

贺兰雪来了！

苏雪至吓了一跳。

小姑娘还没完全接受自己和他兄长的关系，要是再让她看到她兄长这么晚还在自己的房间里，就算两人什么都没干，万一贺兰雪误会……

她急忙把他推往盥洗室的方向：“别出声！”

贺汉渚十分郁闷，又没办法，只好照她安排，先藏了进去。

苏雪至这才开了灯，稳了稳神，走过去开门。

贺兰雪站在门口，显得有点忸怩，低声说：“我有没有打扰你休息？白天你说，我要是有话，随时可以来找你说……”

“当然了，我还没睡，你快进来。”苏雪至将贺兰雪迎入，让她坐下去，见她双手交握放在膝上，一双眼睛看着自己欲言又止的样子，便笑道，“你有话的话，放心说，无论是什么想法，你都可以提的，咱们可以一起讨论。”

贺兰雪仿佛受到了鼓舞，终于说道：“你……你是真的喜欢我哥哥吗？”

苏雪至有点意外她开口竟说这个，一顿，点头：“是，我喜欢你哥哥。”

贺兰雪吞吞吐吐：“那个……我是想提醒你一下，我哥哥他……可风流了，等不喜欢了又很无情，我怕你受骗。以前有个柳小姐，他们的具体关系我不大清楚，我也不敢乱说，但我知道我哥哥赶走柳小姐的时候，说了些很难听的话，柳小姐非常伤心。还有曹小姐，你也知道，我就不说了。现在那位唐小姐，我告诉你，那天晚上我是亲眼看见的，他和唐小姐在一个房间里，唐小姐还穿着浴衣。现在他又不要唐小姐了！今天他和我说，他喜欢你，做梦也想和你在一起。我……”

她咬着唇，面露为难之色。

“虽然我也很希望哥哥每天都能过得很快活，但我真的很讨厌他这样！我更不想你也被他给骗了。万一将来，他要是也不要你……”她仿佛有点说不下去了，停住。

贺兰雪特意找来，竟会和自己说这样的话。

苏雪至起先感到惊讶，等听完了，她的心情已变成了感动，问道：“今天后来你闷闷不乐，其实都是在想这个？”

贺兰雪“嗯”了声：“我很烦恼。白天我其实就想和你说了，又觉得说了好像对不起哥哥，他对我那么好……但是晚上，我想来想去，觉得还是应该和你说。我真的担心，万一我哥哥欺负了你，以后又变了心，那该怎么办！我不想你被他伤了心难过……”

苏雪至压下心里涌出的感动之情，想了下，道：“兰雪，你太好了，谢谢你特意提醒我。但你哥哥的这些事，其实他自己都告诉过我了。他也没你以为的那么糟糕。我之所以和他在一起，纯粹是因为我也喜欢他。何况……”她一笑，“我也不怕他变心。即便将来他真的不喜欢我了，也没关系，那我也不喜欢他了。两个人是因为彼此喜欢相互吸引，所以自然地在一起了，将来，如果有一方变了心，那就如同联系两个人的纽带断了，分开就可以了，谈不上欺负不欺负。我和你哥哥现在是在恋爱。在一段恋爱的关系里，只要自己知道现在做的是什么，为什么这么做，就没有谁能欺负到自己。”

贺兰雪吃惊地睁大眼眸，突然，惊叹地“哇”了一声：“苏小姐，你的这个想法，我太喜欢了！”

片刻前她神色里的所有犹疑和纠结全都消散了，她望着苏雪至，眸子晶亮，目光之中充满了崇拜之情。

“原来你不但医术好，体育好，就连你的想法也是这么好！你说得太有道理了！你怎么这么厉害，我太佩服你了！”

贺家妹妹的反应竟这么大，对自己如此一通猛夸，实在太过捧场，苏雪至不禁汗颜。但看她的情绪好像确实完全转了过来，心里也是高兴，便道：“我没什么，非常普通，尽最大的努力做手头的每一件事而已。兰雪你也一样，只要你想，你也可以的。”

“真的吗？我也可以？”

苏雪至用肯定的语气道：“谁都可以！”

贺兰雪兴奋地点头：“好，我也要努力，像苏小姐你一样！”

苏雪至瞄了眼盥洗室紧紧闭着的那扇门，把话题转了回来：“那么你哥哥那里，你还生不生气？”

贺兰雪摇头：“我不生气了！你肯和我哥哥好，我真的很高兴，我希望你们能一直好下去。而且，你这么厉害，我哥哥他也欺负不了你！”

苏雪至一时忍俊不禁。

贺汉渚平常和他唯一的妹妹到底是怎么相处的，以至于在亲妹妹的眼里都是这么一个形象，还根深蒂固，连自己替他解释了都没用。

苏雪至怕他在里头关久了气闷，就说：“那么我陪你回去，睡觉了？”

“好。”贺兰雪乖乖点头。

苏雪至开门，送贺兰雪出去，走到门口，却见她又停了下来，磨磨蹭蹭，似乎不愿意离开。

“怎么了？还有事？”苏雪至笑着问道。

贺兰雪两只手扭在一起，显得有点羞涩，犹豫了片刻，终于鼓起勇气，小声地问：“苏小姐，晚上我能和你一起睡吗？我……我还有好多的话，想和你说……”

苏雪至一怔，下意识地又瞄了眼盥洗室的那扇还静静闭着的门，迟疑间，见贺兰雪睁大眼睛屏息望着自己，一副满含期待的模样，很快就在兄妹之间做了选择。

“好，没问题！”她点头，给他制造一个可以离开的机会，“要么，你回房间去拿个枕头过来？”

贺兰雪眼睛一亮，喜笑颜开，用力点头：“好的好的！苏小姐你等等我，我马上就去拿！”说完飞快地跑向自己的房间，去拿枕头。

等贺兰雪一走，苏雪至立刻过去，敲了敲盥洗室的门：“好了，快出来，你妹妹走了！”

门打开，贺汉渚走了出来，看着她，一言不发，神色似乎有些不善。

苏雪至没留意，见他杵着不动，推着他就往外去，催促：“听到了吧，兰雪晚上想和我睡。你赶紧回去，等下你妹妹就回来了，别让她看到你大晚上的在我这里。”

他盯了她一眼，没说话，掉头，走了出去。

苏雪至松了口气。

果然，才送走人，贺兰雪就抱着她的枕头小鹿似的奔了回来。

这一夜，苏雪至和犹如刚发现了新大陆般兴奋的贺家妹妹同床共枕，听她叽叽咕咕地和自己说着她的一些日常事，表达着她对自己做了她哥哥女朋友的欢喜之情，称呼很快也从苏小姐变成了苏姐姐，一直说到深夜，苏雪至都有点困了，强撑着，眼睛半睁半闭，有一句没一句地应。

忽然，她听到妹妹又含含糊糊地道：“苏姐姐，我哥哥其实很好的，他是世界上最好的哥哥。他也一定会对你好的。你以后会和他结婚，做我的嫂子吗……”

苏雪至有点醒了，正在想着怎么回答，耳边又安静了下去。过了一会儿，传来了均匀而轻微的呼吸之声。

贺家的妹妹额头靠着她，沉沉地睡了过去。

苏雪至微微吁了口气，替她轻轻掖了下被角，想到了贺汉渚，这么晚了，他现在应该也睡着了。

困意再次袭来，苏雪至眼睛一闭，也睡了过去。

第二天的早上，苏雪至和贺兰雪一起起了身，收拾好，一边下楼，一边商议着今天去哪里玩。走到楼梯的玄关口，苏雪至就看见贺汉渚和表哥叶贤齐两人已坐在楼下的客厅里了。

贺汉渚乍看正襟危坐，神色严肃，再看时他的目光似乎落在客厅对面的一扇大窗外，有点走神。

苏雪至循他视线瞥了一眼。

窗外是几棵庭院里的枫树，大冬天的，树叶早就落得光秃秃的，什么都没有。

叶贤齐陪坐在旁束手束脚不敢乱动，正浑身难受，忽然看见表妹和贺兰雪从楼上说说笑笑地下来了，他松了口气，赶紧站起来去迎。

贺兰雪高高兴兴地从楼梯上下去，和过来的叶贤齐打了声招呼，随即跑到贺汉渚的面前。

“哥哥！今天是初五，正阳门有舞大狮的庙会，可热闹了，我好几年都没去看了，你要是有空，我们今天一起去？苏……”她一顿，想起了她对自己的叮嘱，“苏少爷她也答应了！”

贺汉渚收回目光，看了眼正和叶贤齐低声说着话的她，转向终于肯和自己和好如初的妹妹，站了起来，脸上露出笑容，颔首：“行，没问题，我陪你们去。”

那边表兄妹也在商量日程。叶贤齐说昨天王庭芝邀他去打牌，问苏雪至他要不要去。

王家的门庭高且深，苏雪至下意识地不愿表哥和王庭芝有过多的不必要往来，就说：“咱们和王公子平常没交往，他应该只是客套，随口说说而已，真的登门恐怕贸然。贺小姐今天想逛庙会，表哥你要是待着无聊，可以一起去。”

叶贤齐觉得表妹说得很有道理，何况陪贺小姐去逛庙会他求之不得。

贺妈叫众人去吃早饭。

饭毕，准备出门之时，贺兰雪提议不如直接搬回城里去，交通更方便些，叶贤齐双手双脚赞成，苏雪至也觉得有道理，贺汉渚没出声，于是就这么定了，包括昨天刚来的贺妈，一行人浩浩荡荡全回了丁家花园，安顿好，出了门。

这一天剩下的时间，几人都是在游玩。先是去了贺兰雪想去的舞狮庙会，再转琉璃厂，晚上到白云观吃了顿有名的正月斋饭，到了晚上八九点钟，一行人方尽兴而回。

自然了，最尽兴的还是贺兰雪和表哥两个人。苏雪至留意到贺汉渚这一天几乎都没怎么说话，一声不吭，跟在后头，看着表哥全程大献殷勤充当着贺兰雪和自己的护花使者。

回来后，还没从昨天的兴奋里冷静下去的贺兰雪又抱着枕头来找她夜谈，苏雪至陪她谈到半夜，她方倦极，再次睡了过去。

苏雪至今晚却睡不着了，继续躺了片刻，等到身畔的贺兰雪呼吸变得沉熟，她蹑手蹑脚从床上爬了下去，悄悄地出了房间，穿过寂静的走廊，溜到了一个房间的门前，轻轻地叩了叩门。

门里没有回应。

她试着开门，门是虚掩的，并没反锁，她顺利地推开，闪身入内，反锁了门。

卧室里没开灯，光线昏暗，但眼睛已适应了夜的暗影。

苏雪至看见贺汉渚卧在床上，一动不动，仿佛睡了过去。

她轻轻地走到床边，伸手，推了推他。

没反应。

苏雪至趴到床边，弯腰，唇凑到了他的耳边，吹气："别装了。"

居然这么沉得住气，还是没反应，就是不理自己。

苏雪至才不信他真的睡着了，又爬上了床。

他是光着上身的，她轻轻地依了过去，在黑暗里，伸出一条胳膊，抱住了这个大概觉得被冷落了的男人。

他应当刚洗过澡，躺下去还没多久，苏雪至那敏感的嗅觉又捕捉到了日渐熟悉的来自他的体味。清爽的皂，混合着男人的荷尔蒙的气息。

她闻着这个属于她的男人的气味，用手心感受着他给自己带来的愉悦，忽然，想起了贺兰雪昨晚向她描述的亲眼看到的哥哥和唐小姐在一起的一幕，又想起他也对自己说，那天晚上，他只是让唐小姐给他按摩了下……

想到别的女人，竟也和自己一样，曾这样用手去感受过他……

苏雪至的心里突然涌出了一阵强烈的嫉妒之情，手挪了下去。

夜色迷离，什么也看不见。

贺汉渚突然闷哼了一声，抬臂微微支起身体，一个翻身，便将她搂入怀里，随即狠狠地吻住了她，在她气喘吁吁快要透不出气时才放开，亲了亲她落在额前的一绺乱糟糟的短发，随即对着怀里的人，下了道命令："明天起不要和兰雪一块睡了。她不懂事。下次她再说要和你睡，你不许答应！"

黑暗里，苏雪至一边喘着气，一边低低地笑："凭什么啊，我就喜欢和兰雪一块睡！你不高兴，你去找别人给你按背呀——"

贺汉渚一顿，伸臂，开了床头灯。

卧室里顿时充盈了一片柔和的昏黄色的灯光。

苏雪至睁眸，望着他俯下来停在自己视线上方的一张英俊的脸，四目相望，对峙片刻，她叹气，投降："好了好了，我知道了，我尽量。"

凌乱的短发，明媚的眉眼，笑盈盈的靥，令人恼火的不饶人的嘴，那一声勾人而不自知的慵懒叹息，还有片刻前在黑暗里对自己的肆意撩拨和挑战。

倘若不是他凭着强大的意志抵抗，及时打断，恐怕又要当场出丑，惹她讥笑……

贺汉渚的眸色变得愈发暗沉，喉结无声地动了一下。

苏雪至扭脸，奋力地躲着来自他的亲热："唔……等一下……我看你今天早上就不高兴了。你怎么又不高兴，不会真因为昨晚我留你妹妹一起睡了？"

贺汉渚停了一停。

她终于记起了他，在夜深人静的时分，偷偷过来和他私会。

卧室那扇没有落锁的门，等的，不就是这个吗?

贺汉渚不愿扫兴，扫自己的兴，扫她的兴。他也不想再回想前夜她说的那些话了。

尽管她嘴里说出来的话，如一根刺，投在了他的心里，没法拔除。

亲不到脸，他便顺势游移而下，笑着，自顾胡乱地啃她，口里含含糊糊地道："我没有不高兴……"

"你明明就是不高兴！"

他慢慢地停了下来，埋脸在了她的颈侧。

苏雪至感到他潮热的呼吸扑洒在她褪落了衣裳的一侧肩膀皮肤上，好像蚂蚁在爬，有点痒，忍不住缩了缩肩，笑催："快点，老实说，你到底为什么又生气了！我最讨厌爱生气的人了……"说完，她见他还沉默着，便作势要推开他。

忽然，他低低地道："你昨晚最后和我妹妹说的话，是什么意思？"

苏雪至想了想，回忆起了昨晚自己最后和她妹妹说的话。

"不会吧？你就为了我说的那几句话？"她一顿，第一反应，"你是觉得兰雪被我带坏了？"

贺汉渚其实在说出来的那一刻，就后悔了。

何必讲出来，让她知道呢?

连他自己也明白，他的不快和郁闷，其实是如何的无理和可笑。他可以自己处理这些不该有的情绪，等排解完也就过去了。现在讲了出来，他便被她的反问给噎了一下，忽然感到意兴阑珊。

他沉默片刻，慢慢地松了她，微笑道："算了，不说这个了。我真没事。要么睡吧？"他征询她的意思，"也不早了，今天走了那么多地方，你应该累了。"

苏雪至打量了他片刻："别转移话题。你到底是什么意思？你说清楚，你是觉得我的话错了吗？"

她想了下，忽然，再次若有所悟："你不会是要我现在就发誓，山无棱天地合，乃敢与君绝？"

她自己说完，如同听到了什么笑话，嗤地笑了出来，扑了上去，两只光滑的胳膊撑在他的胸膛上，手搂住他的脖颈，调侃他："嗳，贺汉渚，难道是真的？我要是这么说，你相信？你就会高兴了？"

贺汉渚心里莫名感到一阵难堪，强行忍着，坐了起来。

"我没要你这么说。"他断然否认。

苏雪至依然趴在他的胸前，再端详了他片刻，终于感觉到他的情绪似乎真的不对劲，刚才脸上带着的笑意也渐渐地消失了。

她松开了他的脖颈，抽回自己搂着他的胳膊，跪坐在一旁，看着他："不会吧，你真的为了我说的那几句话在生气？"

"我觉得你大概是误会了。我那么说，并不是表示我在玩弄你的感情。我的想法是，我们刚在一起，彼此是否真的适合长久还是个未知数。其实未必就是我，也有可能，接下来在相处了一段时间后，你会觉得我不适合你。"她说着，忽然又想起昨晚贺兰雪在睡着之前问自己的那最后一句话，"不用说我了，就说你，难道你现在就决定了要向我求婚，让我嫁给你？"她问他。

他报之以沉默。

"所以你看，我那么说，我不觉得有任何的问题，总比刚开始就胡说八道什么一生一世一双人要好。你说呢？"

贺汉渚看着她，依然沉默着。

苏雪至道："你还在生气？"

"我没有了。"他闷闷地应她。

"你有！"

毫无预警，突然之间，他仿佛就变得烦躁了起来，脸色蓦然一沉，闭了闭目，再次睁眸，看着跪坐在旁的她，用一种仿佛在极力忍耐似的语气道："我说了没有！你别没完没了了。"

苏雪至端详着他，神色渐渐也冷了下去："那么你休息吧，我走了！"

她掀被，从他的床上跳了下去，背对着他整理刚被弄乱的衣服，微微转头，见那男人只是望着自己，竟没有任何试图阻拦的意思，便不再停留，开锁，快步走出了这间卧室。

像来时那样，苏雪至无声无息地穿过寂静的走廊，回到了房间。

贺兰雪还在沉沉而眠，丝毫不知道她出去过，又回来了。

伴着耳畔贺家妹妹那均匀而轻微的呼吸之声，苏雪至睁着眼睛，看着眼前这片浓得如墨般化不开的夜色，心里感到烦闷不堪。

他到底是什么意思？竟会因为自己说出的那么几句话而耿耿于怀。

这个世上怎么会有心胸狭隘到了如此地步的男人？

她本来以为，自己在那个决定和他在一起的晚上，在跨出那一步之前，和他说得已经够清楚了。

不止这样，听他当时的口气，对于将来，他自己也是如履薄冰。

现在倒好，在一起才几天而已，他竟对自己有了这样的要求？

他的脑子里，装的到底都是什么？简直是荒唐可笑！

苏雪至越想越气，没法入睡，又怕吵醒妹妹，躺床上也不敢乱动，正难受着，忽然耳中仿佛传入了一下轻轻的叩门之声。

她一怔，侧耳，听见那叩门声是真的，敲了一下以后，声音又响了起来，随后就停了，仿佛在等待着什么。

苏雪至闭上眼睛，不予理会。

她还在生着气，不想见他。

他的妹妹此刻就在房间里睡觉，她不信他不走。

但令她意外的是，片刻后敲门声竟又响了起来，比刚才的响声还要大。因为是深夜，听起来格外清楚。

苏雪至顿时紧张了起来，借着夜色，看了眼枕畔的贺兰雪。

她在睡梦里仿佛也略有所觉察，苏雪至看到她微微地动了一下。

敲门声停了，但很快再一次笃笃地响了起来，带着种不把人叫出来便不罢休似的顽固。

苏雪至再也绷不住了，小心地从床上爬了下去，鞋都没时间找了，光着脚便下地跑过去，轻轻打开了门，闪身而出，压低声叱骂外头的人："你疯了，吵醒你妹妹——"

男人一言不发，将她拽了过去，压在门边的墙上。苏雪至还没反应过来，就被他吻住了。

走道里没开灯，黑漆漆的，没有窗，夜色比房间里还要浓重。

苏雪至就这样，被男人压在伸手不见五指的墙边，被迫仰着头，承受着来自他的激烈亲吻。她感受到了他此刻的情绪——连他的亲吻都带了几分报复似的惩罚之感。

她不喜欢被他这样折腾，想阻止，但男人仿佛觉察到了她的意图，突然将她高高地抱了起来。

“苏雪至，你说得对，全都对，但你是个没心没肺的女人。”黑暗里，他在她的耳根旁，用压抑的声音，咬着牙低低地说了一句，随即俯首，不复先前的怜惜，隔着层睡衣，张嘴狠狠地咬了下来。

苏雪至差点叫出了声，狠命地咬住唇，忍着不发出声音，人打了个哆嗦，身子便软倒了，很快，任他抱着，被带回到了他的卧室。

男人又凶又猛，拥有着绝对的统治之力。苏雪至完全招架不住，被迫地承受，急忙绷起了身体，阻止着他的意图。

“你戴上东西。”她在他的耳旁命令道。

他的身体停了一下，一言不发，随即又强行继续。

“戴上！我们说好的！”苏雪至再次下令。

他喘着粗气，声音嘎哑：“搞出事，我会负责！”

苏雪至陡然彻底地清醒了过来：“你怎么负责？就算你想，我也不需要！”

一滴滚烫的汗从年轻男人的额头滚落，溅到了他身下的女孩子的额上。

她丝毫也没退让：“听见了吗贺汉渚？要么照我说的做，要么就结束。”

他咬着牙，没再继续，却也没有后退。他浑身的肌肉紧紧地绷着，仿佛一头亟待脱笼而出的兽，在黑暗中和她僵持。

苏雪至等了片刻，发力将人从自己的身上推了下去。

他滚落，趴在了床上。

苏雪至迅速从床上爬了下去，摸索着抓回了自己的衣物，待气息稍定，对着床上的那道人影道：“你是成年人了，管好你自己的情绪！”

她丢下了他，赤着足，今夜第二次走出了这间卧室。

贺兰雪睡得还很熟，苏雪至轻手轻脚地上了床。

这一夜他没再来了，她也几乎醒到天亮。

醒着的时候，她反复地回想着昨夜发生的一切，最后不得不承认，她和贺汉渚的关系发展得其实太快了，短短不过半个月，就完成了从心意的相互感应到男女双方最后一步的跨越。

苏雪至从前一直觉得自己是个感情无能的人，原来不是这样的。只是她没有遇到贺汉渚而已。

无可否认，这个叫贺汉渚的男人对她有着强烈的吸引力。

那应该就是来源于荷尔蒙的吸引力了，掩盖了两个人之间的巨大的鸿沟，令他们走到了一起。

而今夜，不过是端倪初露。

苏雪至觉得，她和贺汉渚都需要冷静一下。

次日，她醒来，有点晚了，贺兰雪已不见，枕头也抱走了，大概是早早地回了她自己的房间。

下去，也没看见贺汉渚。

贺妈说他有个推不掉的应酬，今天一早就出了门。

昨天外出游玩归来，贺妈曾向贺汉渚列举了白天接到的好几个电话，都是打来找他的。

苏雪至还没从昨夜的事里走出来，正有点不想面对他——其实是尴尬，还没想好今天碰面了该怎么自处。本来他出去了，最好不过，但不知怎的，她的心情却又很低落。

"孙少爷说，他今天不能陪你们了，他叫了人来，替你们开车，送你们出去玩。"

贺兰雪昨天说她今天还想去个地方玩。

苏雪至便问她在哪儿，贺妈说她好像在庭院里。

苏雪至走了过去，听见表哥问她打算几点出发。

贺兰雪好像有点犹疑，沉默着，不说话。

苏雪至叫了她一声，她扭过脸看了一眼，急忙走了过来。

苏雪至含笑道："我早上起得晚了，耽误了时间。咱们可以出发了。"

贺兰雪看了她一眼，摇头："我想了想，人太多了，去玩也没意思，还是不去了。我今天就待在家里休息。"

苏雪至正提不起劲，求之不得，再说了几句闲话，便进去了。她想起傅明城，往天城的医院打了个电话，询问情况，获悉他术后的这几天恢复得不错，遵照医嘱，现在人还在住院。

挂了电话，她出神了片刻，很快做了决定，等贺汉渚晚上回来，和他说一声，她明天就回天城去。

元宵节后马上开学，她还需要准备实验室，会很忙。

中午吃饭的时候，她和贺兰雪说了一声，自己打算明天回天城，让她在这里再多玩几天。

贺兰雪立刻表示，她其实也不想留在这边了，可以和她一起回天城。叶贤齐自然是跟着她俩走的，于是事情就这么定了下来。

午后，苏雪至和表哥、贺兰雪一起出去，买了些回去后送给校长与太太的礼物，以表对他们过年时照顾的谢意。

这个晚上，贺兰雪大概是说完了悄悄话，没再抱着枕头来找苏雪至要和她一起睡了。十点左右，苏雪至还没睡，靠坐在床头上看着书，隐隐听到大门的方向传来了一阵汽车开进来的声音。

她盯着手里的书，没动。

过了一会儿，响起了轻微的敲门声。

她放下书，披衣下床，定了定神，慢慢地打开了门。

一大早就出去的那个人终于回来了，穿着整齐的军制服，一只手插在裤兜里，立在她的门外。

两人四目一对上，便立刻各自飞快地挪开了视线。

“贺妈应该和你说了吧？”苏雪至的目光停在他领口处的一颗铜扣上，用若无其事的声音说，“我们打算明早回天城了。”

他看着她头顶的一绺短发，低低地“唔”了一声：“我和你们一起回吧。刚开年，司令部里这几天的事情也很多。”

苏雪至没话了，默立片刻，见他也不再说话了，还是那样手插裤兜立着，便点头：“好，那就明早见。”

她说完，合上了门。

男人看着门在自己的面前关闭了，迟疑了下，忽然仿佛下定了什么决心似的，抬手，似想再次叩门，门后发出了一道轻微的响动。

“咔嗒”一声，是落锁的声音。

他的手停在了半空，顿了片刻，最后缓缓地放了下来，再次插入了裤兜，指尖触到了放在里头的东西。

他立了片刻，转过身，慢慢地走了。

早上八点，有列南下的火车。

七点五十五分。

正月出头还没多久，加上时间尚早，坐这列火车外出离京的人不多，站台上只稀稀落落地等了十来名乘客，都是商旅模样的人，正眺望着铁路的远处，翘首等待火车，忽见候车室里来了一行旅客，是站长亲自送进站的，他们的注意力便被吸引了，都看了过去。

五六个人，有随行，有少爷，也有年轻的小姐，还有一名穿着军制服的年轻男子，他个头高挑，身形挺拔，立在站台上，神色有些凝重，看着颇是惹眼，乘客纷纷投以注目。

这时，伴着一道由远及近的鸣笛之声，火车进站，缓缓停稳。列车员打开了车厢的门，乘客纷纷上车。

站长殷勤地将这一行人引到了包厢的车厢前。

随从将行李带上了车，贺兰雪和表哥上去了，苏雪至也上去了。

“贺司令，您请上车！您运气好，坐的这趟准点进了站，马上就发车了！俗话说，正月里头看一年，今年您保管也是一帆风顺，节节高升！”站长站在车门旁的月台上，嘴里说着吉利话，笑着相送。

贺汉渚微笑，点了点头，正要上车，忽然，站台的入口处跑进来一个车站的司务，看见贺汉渚，高声喊道：“贺司令！留步！”

贺汉渚停步。

司务跑到他的面前：“刚才站里接到总统府秘书处打来的电话，叫我们拦下贺司令，说大总统今日临时召开一个紧急会议，请贺司令你暂停行程，立刻回去参会！”

苏雪至停在车厢的门口，见贺汉渚转过头，看了她一眼，迟疑了下，走了过来。

苏雪至立刻道：“你有事，去忙吧，我们自己回去就行了。”

同行的人里也有训练有素的随从。

贺汉渚将两个手下叫了下来，吩咐了一番，最后看向苏雪至，道：“我会让丁春山到车站去接你们的。”

苏雪至点了点头，转身走进车厢，坐了下去。

贺兰雪也知道了她哥哥临时走不了的消息，打开车窗，探身出去，和他挥手道别。

火车快要开了。苏雪至透过车窗，看见又一个车站里的人跑了进来，冲着贺汉渚高声地喊话，说这回是个叫章益玖的人打来的电话，催他立刻回去，让他去接电话。

他依然立在站台上，没动。

整点到了，站台上的乘警吹着火车预备出站的口哨，火车头的方向也传来了一道深沉的鸣笛之声。

在蒸汽的牵引之下，轮毂缓缓摆臂，牵引着火车黑色的铁轮，缓缓朝前移动，车身随之微微颤抖了一下。

火车就要开动了。

突然，苏雪至看见贺汉渚迈步朝着自己所在的车厢追了上来。

她的心一跳，什么都没想，下意识地便从位置上站了起来，跑出包厢，朝着车厢的入口奔去，抬起头，见他已敏捷地登上了开始朝前移动的火车，向着自己跑来。

两人遇在了走道上。

列车员正要关闭车门，忽然见他攀着车门上来，不敢催促，等在一旁。

苏雪至见他一手从裤兜里掏出了一只小小的四方盒子，另一手拉起她的一只手，将那只仿佛还带着他些许体温的盒子放到了她的手心里，低声飞快地道："我是个禽兽不如的东西。你要是不原谅我，可以扔掉的。"

他说完，立刻转身，奔向车厢的门，在火车即将脱离站台的前一刻跃了下去。

苏雪至反应了过来，追到车厢的门口，抓着门轨，探身努力地看出去，见他已转身，沿着站台大步朝里走去。

火车彻底地驶出站台，将那道身影抛在了后面，很快消失在了视线里。

"先生！先生！这样很危险！请您快点进来！我必须要关门了！"列车员十分紧张，在旁不停地提醒。

随了火车的提速，风大了起来，从开着的门里涌了进来，吹着苏雪至的短发。

她慢慢地退了进来，手里握着他最后一刻塞给她的东西，回到包厢，慢慢地坐了回去。

一颗心依然还在怦怦地跳着，几乎要跳出了喉咙。

连柳昌这样身份的人横死热河，消息自然不可能隐瞒得下去，他的死讯很快传开，尚义鹏公开承认自己所为，称连柳昌勾结外来势力，迫自己与之同谋行分裂之举，他不愿同流合污，遭受威胁，乃冒风险毅然锄奸。

这是年底前后的那些天里最为引人关注的一个大消息，全国迅速聚焦，舆论声援尚义鹏，称之为爱国义举。

大总统收到尚义鹏的请罪电报，不但不怪，反而予以嘉奖，财政部在预算捉襟见肘的情况下尽力腾挪，特事特办，几天里就火速拨了十万元的军费下去，虽属杯水车薪，但也算是对尚的锄奸之举的正式肯定。

事件性质火速盖棺论定，关西也乱成了一锅粥，各股势力谁也不服谁，势力小的自立山头先行观望，兵强马壮的在连柳昌死讯传出的第二天就迫不及待地争夺他原来的地盘，相互混战，影响极其恶劣。

年刚过去还没几天，元宵的汤圆都没吃上，大总统接到消息，连柳昌手下原本势力最大的两股，占据西北面平凉的马官生和盘踞南面兴安府的陈三元为争夺关西中心地带相互对峙，火炮连天，不但造成平民伤亡，昨日还误伤了几名来不及撤退的英国商会侨民，其中一个伤重死去。英公使震惊愤怒，联合其余几国公使提出严正抗议，要求赔偿并尽快平息事变，保护当地侨民的利益。大总统获悉消息，也十分震怒，应付完洋人，今早立刻召开紧急会议，商讨对策。

贺汉渚赶到的时候，这个在总统府办公室临时召开的会议，其他人已到齐，就等他一个了。他在众人齐刷刷投来的目光里笔直敬礼，为自己的迟到道歉。

大总统点了点头，示意他入座。

贺汉渚选了个最末的位置坐下去，看了一眼，见到场的除了章益玖等几个总统府的机要人员，剩下都是来自参谋本部、军部和将军府的人。

大总统开门见山，把关西的情况说了一遍，向众人问对策。

王孝坤和陆宏达不说话，其余人议论纷纷，有叱骂关西那帮人不是东西的，也有暗示尚义鹏沽名钓誉捅下娄子的。

一个平日和陆宏达交好的参谋本部次长冷笑道："尚义鹏倒好，杀了人，得了钱，还大赚名声，现在全国都知道他是英雄了。他搞出的乱子，他倒是去收拾啊。王总长，他是你的老部下，要不你和他说说？"

王孝坤最近看着身体不大好，神色疲倦，双目无神，人也显得苍老了不少，摆了摆手："罢了，何必为难我。尚义鹏早就已经自立山头了。客气的话，见了面叫我一声老司令，不客气的话，我还得敬着他。我说话能顶什么用。"

军部次长接道："尚义鹏一向老奸巨猾，他在东，和关西路途遥远，就算他口头答应了，到时候磨磨蹭蹭，调个军队恐怕都要半年，王总长是心有余而力不足啊！"

众人面面相觑片刻，转了话题，开始你一言我一语地献策，谈及关西之乱，都是恨不得立刻发派军队前去震慑平定，但一说到让哪家出兵，又都哑了下去。

出兵打仗，要有甜头。这回这场仗，就算打下来了，全国都盯着，一个外来的和尚也不可能占庙，没好处还要赔上饷粮，外加人员的损耗，谁愿意当这个冤大头?

讨论半晌没个结果，章益玖咳嗽了一声，道：“兄弟我斗胆说两句。当今和平之局面，乃大总统苦心维系而得，来之不易，轻易不可破坏，劳民伤财不说，就怕地方宵小趁势捣乱，到时候可就不是一地之乱了。依我看，打不如谈。何不先派特使过去，传达大总统的上令，清肃地方，平定局面。倘若能够就此平息乱局，岂不比劳师动众要好？真打起来，局面到底如何，要拖多久，我怕在座诸位，谁也说不出个数。”

他话音落下，将军府的几名将军纷纷点头。

章益玖既然这么开口，想必就是大总统召开今天这个会议的真实意图了，自然无人反对。又见今日破格把原本没有资格参会的贺汉渚也给叫了过来，显然，接下来的特使人选，非他莫属。

众人心知肚明，再次齐刷刷地看向了他。

章益玖继续笑道：“我和烟桥虽无私交，但这两年我是亲眼看着他办过不少漂亮事的。他虽年轻，但无论见识、威望、应变，还是能力，无不叫我钦佩。这次的关西特使，担责巨大，需超凡的胆量应变，方能胜任，我首推烟桥。”

陆宏达面露微微的不豫之色，但终究是没开口说话。

王孝坤则是双目微闭，看着几乎就要睡了过去。

大总统和他边上的几名将军低声商议了几句，环顾一圈众人，问有无别的人选推荐，见无人应答，点头道：“那就这样定了。”

他站了起来，看向贺汉渚：“烟桥，我委任你为大总统特使，替我过去走一趟，尽快把事情解决了。委任状稍候下发，你即刻就任！”

贺汉渚也从位置上迅速起立，敬礼应命。

简短的授权和授剑仪式过后，大总统私召贺汉渚，勉励他，说这是他首次独当一面，自己对他委以重任，全国也在关注，相信他不会令自己失望。

贺汉渚再次敬礼，回说，他感谢大总统的信任和栽培，必全力以赴不负使命。

一个光杆特使，自然办不了任何的事。为了给关西各方施压协助特使，以就近调兵的原则，大总统下令调集关西周围的几支直属军队组成一个联合师，必要之时以武施压，打或不打由贺汉渚全权指挥。

原本是内部的事，突然升级成外交事故，这个白天剩下的时间，贺汉渚没有片刻停歇，组织特使团成员，安排出行路线，做完准备，深夜时分便乘坐一列为他此行特意安排的运兵专列，出京去往关西。

风雨棚下，灯火通明，深夜的月台之上，没有普通乘客，只有一百名列队整装待发的士兵。列车入站后，士兵依次登上火车。

大总统代表章益玖、王孝坤派的佟国风等人悉数到车站为贺汉渚送行。

章益玖恭喜他，私下话别，说等他凯旋，晋位可待，事情若是办好了，就是一个能够大涨声望的机会，是大总统给他的良机，让他好好把握。

佟国风在稍早的私下会面里，则向贺汉渚分析了关西附近派给他调用的那几支军队的情况。

所谓联合师，其实就是凑在一起的杂牌师，由三方构成。

一方是驻扎芮城的潘彪，据说大部分是大烟兵，战斗力可想而知。

一方是解州的蔡忠贵，其部动员力尚可，但这个蔡忠贵和天城的廖家有千丝万缕的联系，佟国风转王孝坤的话，让贺汉渚务必多加留意。

三方里唯一可以用的，是来自川北太平厅的冯国邦的人马。

冯国邦与关西交战一方的马官生有交情，从前和王孝坤也有往来，应当可以起用。

这三支部队按照命令，应当是接令后即刻调集起来，于三天内赶到位于关西口附近的凤凰县汇合，等待大总统特使的到来。

贺汉渚乘坐的那节车厢车门开启，两队背负长枪的士兵跑步到了车门两旁，等待他上车。

佟国风和章益玖等人纷纷与他握手道别，预祝凯旋。

章益玖笑道："时间紧张，今天实在没法替烟桥你设饯行宴，我先欠下了，到时候和接风宴一并合办，为你凯旋庆功！"

贺汉渚含笑道谢，与月台上前来相送的其余人挥手道别，转过身，他面上的笑容便消失了。

他的心里十分清楚，大总统急需以最小的代价平定关西之乱。他的总统任期即将届满。以其人的强势和手腕，当然不肯轻易放权，他要保证继任，甚至有传言，大总统意欲谋划终身任制。他需要在这个关头维持住他营造出来的稳定大局，证明他的统治之力。

正是在这种局面下，被各方视为二号人物的王孝坤现在遭受着空前的压力。王孝坤全力支持自己，目的是让自己保持，甚至扩大影响力。

贺汉渚有一种预感，王孝坤在做以退为进的应变了。

暗杀连柳昌，贺汉渚就已料想到了这如同连锁反应的一步。

只是来得这么快，还是有些出乎他的意料。

这一趟，他只能成，不能败。

不过，哪一次他又可以有失败的机会?

从贺家灭门之后，在他成长的人生里，他必须谨小慎微，步步为营。所谓前贤多晚达，莫怕鬓霜侵。所谓东隅既逝，桑榆非晚。这些，离他都很遥远。

他没有可以试错的机会。

十来岁到现在，这十几年间，他做过的唯一的失了理智的不确定事，便是……

贺汉渚停在了车厢的脚踏之前，转头眺望了一眼远处那座城的所在的那片夜空。

他现在十分后悔，后悔前夜自己为什么控制不住脾气，要和她争执，惹她不快。

除夕的那夜，她独自开了五个小时的车，从一座城赶到另一座城，来赴和他的约。

为他到此地步，夫复何求? 事先两个人不是说得清清楚楚吗?

他没法向她保证明天如何，她也不需要他的负责。

两个人在一起，只是一段随时都可以结束的欢情罢了。

倘若他足够理智，他当时就该拒绝的。但他已经完全地丧失了理智，根本没法抵御她的靠近。

短短才几个日夜的肌肤相亲，他竟又起了新的贪念，得寸进尺。

他相信自己在浴室里听到的她对他妹妹说的那一番话。她此前那种种令他目不暇接的举动和她超凡的勇气，早就已经向他证明，她是如何特立独行的女孩，她的所言便是她的所想。

他极力忍着，当时才没有出来，打断她对妹妹说的话。

他感到不满，感到失落。

他不想接受这样一个现实，将来的某天，或许因为叫贺汉渚的男人死掉了，或许因为叫苏雪至的女孩变心了，她将不再属于自己了，她还会喜欢上别的男人，这念头令他嫉妒万分，心里像有毒蛇在咬。

和她口角把她气跑之后，他忍不住又去将她带了回来。

他想要毫无阻碍地真正洽合在一起。他要自己真正地感受到她的火热和柔软，彻底地占有她。

在被她严词拒绝后，他就清醒了。他违背了除夕夜两人在一起时的约定，又干了件完全丧失理智的蠢事。

他无颜再去面对她，但他却没有忘记，她用轻松的口吻问他，难道你现在就会向我求婚吗。

他想告诉她，他不会。因为他没那个资格。

但，如果他可以的话，他愿意。

“呜——”火车头的方向传来了一道鸣笛发出的低沉的气浪之声，音之威严令脚下的月台也为之微微战栗。

贺汉渚猝然收回目光，登上了车厢。

半夜了，白天回到天城的苏雪至依然醒着，毫无睡意。

表哥在隔壁的房间里早已睡得呼呼作响，隔着墙都能隐隐听到他的声音。

苏雪至靠在床头，就着一盏昏黄的床头灯，注视着手里翻弄着的一枚戒指。

戒指造型朴素，纯金，简单的圆环造型，唯一特殊的是背面的内圈刻了四个细微的篆字，仔细辨认，汉渚谨诺。

昨天他一大早跑了出去，竟然是定制了这么一只戒指?

从他匆忙给了自己这样东西下了火车，到自己回来的这整整一天，苏雪至的心情怎一个乱字了得。

这一刻，夜深人静，她看着戒指，回想着刚过去的那个奔波在途的除夕夜，当她如约而至，两人到了最后一步之时，他的退却和他的坦白。

她对他了解不多，但她知道，他有强大的仇敌，他有向上的野心。他不是普通意义的好人。他身陷漩涡，如他自己所言，栽在了烂泥坑里，阴谋、杀人，他的双手染血。

他曾无情地讥嘲她的星空，但他也会毫不犹豫地去帮助她揭开对他而言并没有多少实际利益的药厂黑幕。他对人无情，对他自己亦浑不在意，完全不知惜身，就仿佛那真的只是一具灵魂寄存的躯壳。

但与此同时，他又是一位温柔的兄长，一个无条件地愿意为她保守秘密默默保护她的“表舅”。

就是如此一个充满了矛盾又有着致命吸引力的男人，让她在意识到自己对他的喜欢后，不顾一切奔向了他。

那一夜的那刻，她分明感觉到了他对自己的极度渴望，但他竟退缩了，在她完全默许的前提下。

苏雪至真的是被这个男人的克制和退却给深深地打动了。

那一刻，他的这个举动给她带来的感情的冲击，远胜他之前对自己的所有关照和表白。

所以，她毫不犹豫地告诉他，她不需要他负责。

是真的，她被这个男人打动了，什么都不想，只想和他在一起。

她一向是个不愿给别人增添压力的人，因为知道他对明天惶恐，她希望他能放下对自己的沉重负担感和责任感，和她一起，随缘而聚，纯粹地享受男女之情。

身处如此一个乱世，又立于漩涡之上，倘若他的明天真的如他所言无力掌控，继而注定和她没有结果。譬如，他会如他担忧的那样，意外身死；又譬如，他会不得已地离开她。她想她也会很难过的，但她也会做好这样的准备。

随缘而聚，随缘而散，她以为他也认同的。

所以，前夜的那场口角和随后的身体冲突，来得实在莫名。

她没有想到，自己当时那句用来堵住他嘴的随口一问，他竟会耿耿于怀，在一夜过后，用这样的方式来回答她。

他留过洋，自然知道送出戒指对恋情里的男女双方的意味。

到底什么时候开始，他竟突然有了想要向自己求婚的念头？

她固然是喜欢他的，喜欢得要命。苏雪至觉得自己已经被这个男人迷得神魂颠倒，简直不是她自己了，这才会干出深夜开车五小时去赴约的疯狂举动。

但是太快了，一切实在都太快了。

在听从了内心的指引，一次次地转头奔向他，和他做了恋人之后，现在，面对他拿出来的指环，她做好了再进一步，将自己全部的身和心毫无保留彻底交付给他的准备吗？

早上他看起来应该有重要的事，不知道什么时候会回天城。等他回了，他会立刻来找自己吗？他现在又在哪里，在干什么？

自己住的这个地方没有电话，万一他要是找自己，联系不便。哪天是不是需要去申办，装一台电话？

她闭目，靠在床头，指尖反复地摩挲着戒指，感受着那四个细微的篆字在戒身留下的笔画凹痕，又试着慢慢地将指环套进了自己左手的无名指，大小居然差不多。

她正在心里胡乱地想着，突然这个时候，外面传来了一阵敲门声。

她确定，是有人半夜来了，在敲院落的门！

是贺汉渚？

苏雪至一下睁开眼睛，竟紧张万分，心怦怦地跳，慌忙掀开被子，从床上跳了下去，趿了鞋，胡乱套了件外衣，匆匆忙忙跑出屋，穿过庭院，奔到了门后。

她伸手，正要开门，借着朦胧的冬月月光，看见手上还套着戒指，忙摘了下来，捏在手心里，定了定神，这才慢慢地打开了门。

门外站着一个人，是丁春山。

巷口的头处隐隐有汽车灯光射着，似乎在等他。

苏雪至的心跳一顿。

“苏少爷，不好意思，这么晚还来打扰你。是这样的，司令让我转告你，他连夜出发，要去关西，这边暂时回不来，让我和你说一声。”

丁春山感到上司的这个吩咐反常，有点莫名其妙，但也只能照办。

他客气地说完，点了点头，转身就要走。

苏雪至叫住了他：“是要打仗吗？”

丁春山斟酌了下，说：“差不多吧。事情有点急，司令在京师，刚上火车走了，我也要走了，赶去那边和他会合。”

苏雪至的心沉了一下，略略迟疑：“他没有别的话吗？”

丁春山看了眼苏家少爷裹紧大衣的样子，摇头：“没有。苏少爷你休息吧，不打扰你了。”说完，再次要走。

“丁处长！”

他转身走了几步，忽然听到苏家少爷又叫了自己一声，便再次停步，转头。

“劳烦你，见到贺司令，帮我带句话，东西我收到了，不会丢掉的。”她顿了一下，“希望他早日归来，我想听到他亲口对我说明他的意思。”

丁春山心里愈发觉得不对劲，又看了眼门后月光下的这张看起来洁白而柔和的脸，点头：“没问题，我把苏少爷的话带到司令面前。”

苏雪至看着他转身匆匆离去，背影消失在巷口，很快汽车也开走了，周围重新陷入一片宁静。

她关了门，摊开掌心，低头看了一会儿那枚在月光下泛着柔和暗芒的金属指环，又捏紧，慢慢走了进去。

此时，贺汉渚抵达位于关西口百里外的凤凰县。

潘彪号称的一个师，大约三千人，是来得最早的一拨。潘彪亲自带的队，和当地县长以及缙绅代表到县城的正门外迎接，还配了个军乐队，阵仗不小，惹得附近进出城门的百姓纷纷驻足。

此人四十多岁，脸色焦黑，对贺汉渚的态度是毕恭毕敬，先是敬烟，贺汉渚摆手说不抽，他便口口声声长官在上，全力配合。

贺汉渚看了眼军容，官兵松松垮垮，队列里就有人哈欠连天，剩下的有人打量自己，眼神好奇，散漫敷衍。

潘彪老脸一热，恨丢了自己的脸，上去踹了脚前排一个哈欠打得眼泪都出来了的士兵，厉声叱骂。

士兵急忙憋住，站得笔直。

潘彪教训完手下，扭脸对着贺汉渚解释道："这不，知道特使你要用兵，手下兄弟连日加紧训练，昨晚练兵太迟，休息不够，让特使见笑了。"

贺汉渚收回目光，向潘彪颔首笑道："潘司令辛苦。"

潘彪命人替特使牵马迎他入城，这时，城门里出来了另一队人马，带队的是蔡忠贵手下的一个参谋和蔡忠贵的弟弟，旅长蔡忠福。

参谋说路上难行，蔡司令昨夜半夜才赶路抵达县城，十分困倦，今早尚未醒来，自己和旅长一起，代替司令来迎特使，如若不周，请他见谅。

他口里说着客气话，表情却是一派高深，那个蔡老二干脆连马都没下，不过坐在马背上冲着贺汉渚抱了抱拳，说了两句场面话。

蔡忠贵的所在距离凤凰县比潘彪近，却拖到昨晚才到。今早明知特使到了，也不来迎，什么意思自不用多说。

潘彪的手下昨晚和蔡忠贵的人为营房起了冲突，要不是潘彪气不过，亲自过去放了几枪压住阵脚，先来的差点被后到的抢走占好的地，摆明了对方瞧不起自己。他心里有气，趁机道："蔡司令该不是昨晚进了窑子又不给钱，被娘儿们脱了裤子剩个光腚，出不来吧？"

这有个典故，据说蔡忠贵早年还没发家之时，曾去窑子，完了想溜，被老鸨抓住当街脱裤。

潘彪说完，他手下大笑，对面蔡部人人变色，蔡忠福听到兄长被辱，愤然拔枪。

潘彪冷笑："怎么，想动刀动枪？蔡老二你算个老几？我还告诉你，要不是看在特使的面上，昨晚的事我还没完！"

蔡忠福见参谋朝自己使眼色，勉强压下怒火，恨恨收枪。

潘彪这才转向骑马在旁冷眼看着的贺汉渚，又变回笑脸，道："乡下人不懂规矩，让特使见笑了，特使请进城。"说完，一挥手，军乐队又奏起嘹亮军乐，一路呜里哇啦，在当地百姓的翘首之下，护送大总统特使进了县城。

第十一章

贺汉渚的指挥部临时设在县城的府衙，刚下榻，县长等人便邀请宴饮，贺汉渚拒了，这时前几天和他半路汇合的丁春山带着一个打着绑腿的络腮胡军官进来，说是太平厅冯国邦的部下。

冯国邦的大部刚刚赶到，和贺汉渚前脚后步到的。此刻在城外的营房里落脚，他来见特使，为迟到而致歉。

从川北到凤凰县，行军六七天也不算很慢。贺汉渚问了句冯国邦，络腮胡再次致歉，说冯国邦现在另有事务缠身，故没法随军前来，请特使见谅。

贺汉渚问详情，见对方含糊其词，似乎不愿多说，便没追问，等人走了，叫丁春山去查下。

很快，丁春山回来禀告，说找了络腮胡的副官，给了两个银圆，打听到了内情。

这两年，冯国邦在川北的势力渐大，去年他试图染指水路之财，想加税，却犯冲到了另一个人物，便是郑龙王。

当地水户去向郑龙王求助，郑龙王拒了冯国邦提出的共享利益的提议，不点头。

郑龙王掌控水路几十年，手下组织严密，极得民心，当地人又多悍勇，这些年乱纷纷的，到处都是民团，配枪自保，郑龙王一呼百应，说随时可以拉出一支人马，丝毫没有夸张。

强龙斗不过地头蛇，冯国邦知道对方不好惹，无计可施，遂作罢，但他的儿子却不甘受挫，去年年底买通了郑龙王的一个手下。

那人从前曾是水会里的六当家，因犯规位子被夺。其人表面认罚，心里却对郑龙王怀了怨恨，和冯国邦的儿子一拍即合，密谋在郑龙王外出之时刺杀。郑龙王受了伤，却没死。

随后，就在上周，冯国邦的儿子被郑龙王的人绑走了。

冯国邦就这么一个儿子，获悉消息便四处请人出面说情，愿以重金赎回儿子。但据说郑龙王受伤不轻，水会之人义愤填膺，扬言若是有事，必拿冯国邦的儿子开刀祭祀江神。

冯国邦正心急火燎，恰收到大总统的出兵令，哪还有心思管，前些天派部下拉了两千人马应对，自己则亲自赶去叙府营救儿子。

丁春山讲完了打听来的消息，神色凝重，掩不住心里的隐忧。

这种地头蛇之间的利益纷争和复仇，和司令本无干系，但这三支人马里，原本也就冯国邦算是可以用的，谁料运气这么不好，他们刚到就遇了这样的事。丁春山不禁暗暗替上司感到担心。

贺汉渚沉吟了片刻，吩咐："叫个最好的军医来，再替我准备两支老参，你留这里，盯着点，我先去趟叙府。"

又带军医，又带老参，自然是去看那个受了伤的郑龙王。

丁春山忍不住问："司令你和郑龙王有旧？"

贺汉渚道："去年巧合，和他手下的三当家碰上，还救了我一命，这么久了，都没去道谢，这回他受伤，既然来了这里，路也不算很远，再不去拜望，说不过去。"

丁春山顿悟。

上司除了叙旧，还应该是另有所图。借着和水会三当家的旧交去拜望郑龙王，倘若能攀上交情，帮冯国邦解决他儿子的问题，接下来的关西之事，冯国邦必会倾力相助。

"明白！马上就办！"

当天，贺汉渚带着一队随从，易装，悄然出了凤凰县。

从凤凰县往西南到叙府，路程千余里，贺汉渚舍了好走但费时的水路，一路披星戴月，快马加鞭，几日后赶到府城，派人带着自己的拜帖，去找之前和他在船上有过一面之缘的水会三当家王泥鳅。

出去的人很快回来，带来一个消息，王泥鳅正在江口祭天。

贺汉渚询问详情。

原来之前被冯国邦儿子买通合谋暗杀郑龙王的水会六当家也被抓住了。照水会的规矩，王泥鳅今天先拿他开刀，一是清肃叛徒，二是以血祭神，为郑龙王祈福。

贺汉渚立刻更衣，赶到江口，到的时候，见那里挤满了人，里三层外三层。隔着一道拉起来禁止闲杂人进入的红布，在十几丈外江口的一道江滩前，正在进行着一场公开的行刑。

一人袒胸露腹，被绑在一根木桩上，神色惊恐，脸色惨白。桩子的两边立着几十名水会会众，各个神色肃穆。前面一张神案，上头摆了五牲和香炉。一个皮肤黝黑的精瘦汉子立在神案前，正是此前曾下水救过贺汉渚的那个王泥鳅。他的近旁，一人正在观察日晷。

日头渐渐升到头顶，日晷的影投向了午时。

“三当家，时辰到！”那人扭头，高声喊道。

江滩两边，聚了至少上千的人，闻声倏然闭口，现场顿时鸦雀无声。无数双眼睛盯着滩头上正在发生的一幕。

绑在刑柱上的人奋力挣扎，却是徒劳无功，越是挣扎，浸了水的牛皮筋便勒得愈紧，磨破皮肉，渗出血水。

王泥鳅神色肃穆，焚了香，朝着神案行拜礼。

一个头上系着红布的壮汉手持匕首，走到刑柱之前。

匕首磨得雪亮，在正午的日头下，闪烁着白色的精光。

“三哥！饶命！看在我从前没功劳也有苦劳的份上，帮我向大当家再求个情！求求你了！往后我一定改过！饶了我吧，我不想死——”刑柱上的人终于停了挣扎，看着壮汉手持匕首而来，瑟瑟发抖，不停哀求。

王泥鳅面无表情：“行刑！”

伴着那人发出的一道惨叫之声，壮汉手里的匕首插入他胸，划拉几下，拗断肋骨，很快挖出了一团血肉模糊的东西。

另一个人端了铺着红布的托盘，接过这团还跳弹的、冒着热气的东西，送到了王泥鳅的面前。

王泥鳅卷起红布，一个振臂，掷入江心。

波涛翻涌，很快那团红布便被浪花吞噬，消失不见。

人群里发出阵阵的喧哗声，妇人捂住眼睛，不敢再看，男人神色激动，高声咒骂诅该死，议论以其罪行，剖心太过便宜，本当受那凌迟之刑。

王泥鳅在喧声里再次焚香祭坛，完毕，命手下用白布将死人裹了，连同郑龙王出的一笔养老钱，送到老六家中交给他父母。

人群见行刑结束，没什么可看了，议论着渐渐散了。

一个水会的人奔了进去，递上一张拜帖，低声说了几句话。

王泥鳅抬头，见不远处的江岸之上立了一个二十来岁的年轻男子，长衫礼帽，身影潇然，气度大方，其人身后，远远另有数人，虽一色是短打的装扮，但形貌彪悍，不像常人，应该是他随行。

王泥鳅的目光微微一动，立刻迈步，走了过去。

贺汉渚也快步下了江滩，照着老规矩，和王泥鳅相互抱拳，寒暄了两句，随即解释，自己前几日到了西关口的凤凰县，无意获悉郑龙王遇刺受伤的消息，十分记挂。

“去年出川船上，幸蒙三当家的搭救，贺某方存命至今。当时三当家走得匆忙，贺某未能致谢，深以为憾。这回既来了近邻之地，无以为报，带着军医折道前来，盼能为大当家尽上一份微薄心力，但愿大当家伤情无碍，早日痊愈。”

王泥鳅笑说大当家已无大碍，请他放心，也感激他的好意，自己回去了，会向大当家转达他的心意。他说完拱了拱手，匆匆离去。

都是道上的人，这个时候，自己突然带着军医赶来这里，以对方的老练，不至于猜不到内情。

贺汉渚没法获得和郑龙王见面的机会，目送王泥鳅一行人离开，沉吟了片刻，只能回往落脚的旅馆，打算与冯国邦先会个面。才进去，一个四五十岁方面阔颌的人朝他迎面走来，紧紧地握住了他的手。

这人便是冯国邦，他几天前就赶来了这里，请当地的几个头脸人物出面，希望能和郑龙王见个面，商谈儿子的事。但他听闻郑龙王伤得不轻，被告知暂时不见外人。

儿子落在对方的手里，生死不知，他投鼠忌器，今天又从手下那里获悉，王泥鳅在江口对儿子的同谋，那个水会里的老六，施剖心之刑，他又气又恨又是焦心，正一筹莫展，忽然收到消息，贺汉渚今天从凤凰县赶了过来，当即找来。

早几年前，贺汉渚曾和他在京师见过一面，还有点印象，将人请入后，坐下叙话，听他讲了这几天的情况，也复述了一遍中午自己赶去江口与王泥鳅碰头的经过。

冯国邦的眼里顿时燃出希望之火：“贺司令你和那个王泥鳅竟有旧交？此人油盐不进，手段狠辣，犬子就是被他绑走的！要是能在他那里疏通一下，只要他们愿意谈，我这边可以赔罪，重金赎人！”

贺汉渚道：“我本想通过他见郑龙王一面的，见到了人，就什么都好谈。但他应该猜出了我的来意，没说两句就走了。”

冯国邦咬牙道：“他们要是敢动我儿子一根汗毛，我和他们没完！”

贺汉渚道：“冯司令，恕我直言，这回是你理亏在先。但只要郑龙王不出大事，令郎应当不会有性命之忧。三当家走之前，也说帮我带话给郑龙王，你稍安，先等等，看水会那边有没有后续。真要是没消息，咱们再想别的办法，无论如何，既然来了，总是要把令郎领回来的。”

冯国邦放完狠话，心里其实也是没底。

事到如今，也只能这样了。盼贺汉渚靠着和那个王泥鳅的一点关系，帮自己继续转圜，便请他吃饭，说辛苦他赶来，要替他接风。

正说着话，忽然贺汉渚的一个手下过来，道水会的那个三当家来了，现在人就在外头等着。

贺汉渚和冯国邦对望了一眼，立刻出去，果然见王泥鳅立在路边。

贺汉渚快步走去，王泥鳅也上来，笑道："贺司令，龙王说了，既然是你要人，这个面子不能不给。冯公子的事，一笔勾销。人我们已经放了，就在三江码头的一条船里，你们去接人吧。龙王还说，谢过贺司令的好意，他心领了，知道贺司令有事，不必再耽搁时间，自便便是。"

王泥鳅传完了话就走，贺汉渚和冯国邦回过神，火速赶去三江码头，到了，迎面来一个船夫，朝二人躬了个身，也没多话，领着他们到了泊在码头边的一条船前。

冯国邦还是有点不信，担心是郑龙王设的圈套，自己没立刻登船，让一个手下先上去，自己在岸上盯着。那人才登上船，便高声喊："司令，公子在里头！"

冯国邦急忙抢入舱中，果然一眼就看见了自己的儿子被绑着躺在舱里，嘴满塞破布，正拼命挣扎，口里呜个不停。

冯国邦箭步上去，扯掉破布，解了绳索，见儿子除了形容狼狈，有点擦伤，大约又饿了几天，有气没力，其余没有大碍，他长长地松了口气。

人没事，安全地回来了，他心里的怒火就涌了出来，又瞥见贺汉渚立在船头看着，半是怒，半也是做给他看，扬起手，狠狠扇起巴掌，厉声怒斥："兔崽子！没学成老子半点本事，歪门邪道倒是不少！你老子都不敢干的事，你竟敢瞒着我，差点给我捅了个大娄子！郑龙王是你动得了的人？这回要不是贺司令脸面大，你个兔崽子怎么死都不知道！"

他儿子涕泪交加，抱着头连声求饶。

贺汉渚立在舱外，看了一会儿老子教训儿子的戏码，见差不多了，进去劝了两句。

冯国邦又踹了儿子一脚，方作罢，让手下先把人带回去。

这回他接到上命，出兵配合特使平乱。

他的地盘和陈三元接壤，一向就有摩擦。

他原本的想法，这件事，既不能出全力，也不能不管。

不出全力，是关西那边打得越厉害，自己就越能得利，最好两败俱伤，将来说不定他就能将地盘再往北推过去一些了。

但陈三元也不是吃素的，万一人算不如天算，要是让他真成了事，灭掉马官生，取代死了的连柳昌完全控制关西，那对自己就是大不利了。

所以，他计划先和特使贺汉渚见个面，摸清他这趟过来的底，看看他有什么计划，然后自己随机应变。

他没想到儿子突然闹出这样的事，完全打乱了他的计划。更没想到，贺汉渚一来，竟有天大的面子，一下就帮自己解决了问题。

利益归利益，这种乱世群殴的局面下，想混得长久，完全不讲道义必是死路一条。

等儿子被手下人弄了出去，他慨然道："贺司令，这回要不是你的面子，犬子惹出的祸没法这么容易就解决。我冯国邦欠你个天大的人情！关西的事，我全力配合，需要我做什么，尽管吩咐！"

贺汉渚向他道谢，沉吟了片刻，道："既然这样，我便不客气了。实话说，令郎的事给了我一点启发。我有个大略的想法，就是不知道是否可行。"

冯国邦请他说，等听完，他眼睛都在发光。

倘若说，刚才他那个全力配合的表态还只是出于感恩的话，现在则完全变成了激动。倘若这个计划能够成功，那自己简直大赚，他当下拍着胸脯道："贺司令，你是大总统派下地方的特使，一切听从你的指令，我冯国邦无所不应！倘若真能叫我如愿，我也不是不知感恩的人！我和马官生以前有点交情，事不宜迟，咱们分头行事，我立刻去见他！"

贺汉渚径直离了叙府，赶回凤凰县。

大总统特使贺汉渚到来的消息，早已传了出去。获悉消息后，原本打得不可开交的关西两派不约而同各自停了火，但也没撤退，双方隔着阵地挖战壕，一边继续对峙着，一边观望。

转眼十来天过去，那边却没有任何的动静。

陈三元派出去探听消息的人回报，潘彪和蔡忠贵的部下每天只在练兵，太平厅的人马则草草来了两千，至于冯国邦自己压根就没到，而贺汉渚这十来天都没动静，就是去了叙府帮忙，他本人昨天才回来。

郑龙王平日行事极其低调，尤其这几年更是深居简出。但他的名号，川地却是无人不知，是个极其难缠的狠角色。冯国邦竟和他结下了大仇，事情怕没那么容易能解决。聚到凤凰县的三支人马，贺汉渚本来就只能指望冯国邦出力，冯国邦被这事给缠住，贺汉渚就如同斩了一半手脚，难怪他心急火燎，丢下这里的事就走了。

陈三元派人再去探听消息，获悉冯国邦还是没解决事，贺汉渚请不回他，怕凤凰县这边出事，所以昨天自己先回来了。

陈三元大喜，立刻派人去和马官生谈，劝他先与自己停战，合力趁着这个机会把聚到凤凰县的人马先打掉，消除外来威胁。没想到人被马官生赶了回来。原来，冯国邦虽被缠住，但贺汉渚这一趟还是没白走。冯国邦碍于王孝坤的情面，派了个人随贺汉渚一道面见马官生，马官生被贺汉渚的三寸不烂之舌说动，答应给他面子，停火，暂时不打了。

贺汉渚虽年轻，但其人确实是有几分能耐的，这一点陈三元也是有所耳闻。

他起先担心这是个圈套，耐心又等了两天，获悉马官生真的在退兵，弃了与自己已对峙大半个月的战壕，队伍撤退回往平凉，这才信了。

马官生退走，没了后顾之忧。冯国邦主力没来，潘彪和蔡忠贵不足为惧。陈三元的胆子立刻放开了，筹谋借着这个天赐良机打一场大仗，在关西立威，镇住其余势力，继而取代连柳昌的地位。

隔日，他收到了贺汉渚传来的信，称马官生已退兵，邀他面谈，共商和平，他哪里放在眼里，集结队伍，主动朝着凤凰县打了过去。

凤凰县这边，很快也收到陈三元打来的消息。

贺汉渚手下的人马，和十来天前他刚来的时候一样，潘彪、蔡忠贵各三千多人，外加太平厅的两千人，勉强凑成一个师。而且，蔡忠贵在他去往叙府的那些天，以身体不适为由先行走了，让他弟弟蔡忠福主事。

贺汉渚整合人马，以总司令自居，下令拔部应战。

三天之后，正月二十六日的这一天，两边人马相遇在了忠义县，战事一触即发。

潘彪表面上对大总统特使毕恭毕敬，暗中却吩咐部下，阵前装装样子，放几枪就跑，千万不要送死。

他知道蔡忠福阵前不会真的出力。让自己的人冲上去当炮灰，他傻吗?

潘彪确实不傻，蔡忠福也和他一样聪明，同样吩咐手下做个样子，开几枪就撤。

大家都是不同地方的，不是你死我活的仇家，通常有个惯例，打起仗，只要一方战败撤退，另一方通常不会赶尽杀绝，讲究点到为止。

偏偏陈三元这厮不讲武德，仗开打后，竟真枪实弹，丝毫不留情面。

战果可想而知，联合军一触即溃，兵败如山倒，两个小时不到就结束了。

潘彪折了上百人，将近一半的官兵来不及逃，成了俘虏。出去三千，回来不到一半。

蔡忠福更惨，逃跑的时候不慎从马背上跌落，自己也成了俘虏，被陈三元的人给抓了。

陈三元大获全胜，得意万分，送来消息，三天内，潘彪给一百万赎人。至于蔡部，因为蔡老二身份金贵，额外加钱，要两百万。

简直是狮子大开口，潘彪气得跳脚大骂。

蔡忠福的参谋带着残兵，狼狈退回到了战前设的后方指挥部，向贺汉渚求助，请他务必设法营救。

参谋汇报完情况，见他却跟没事人一样，带了两个卫兵，在一处空地上，自顾端了杆长枪，瞄着远处的一个草靶，一枪一枪地打着靶子玩。

参谋在旁等了一会儿，忍不住变了脸色，道："贺司令，你这样未免不够义气吧？你是大总统派下的特使，我们旅长是效劳贺司令你，身先士卒，这才不幸被俘，出了事，你竟然不闻不问？"

贺汉渚端枪瞄靶，不紧不慢，射出了枪膛里的最后一发子弹，正中红心，这才把枪丢给一旁的卫兵，转过身道："你慌什么？他不是要钱吗？可惜你们旅长阵前跑得慢，马术也不好，要不然就能回来了。我穷，一时拿不出两百万。不过你放心，我奉大总统之命来，事情一天没完，我就一天不走，砸锅卖铁，我也一定要把你们旅长给赎回来。"

参谋知他应该是知道了自己这边阵前后退的事，脸一阵红一阵白，说不出话。

贺汉渚说完，走到潘彪面前。

潘彪身上的军服在逃跑时被树枝刮破，挂下一道长长的口子，模样可笑。

贺汉渚伸手替他正了正歪到一边的帽子，道："战败之责，也不在潘司令你，在我。全怪我，指挥无方，拖累了你们。司令你先去休息，压压惊，你的人手，我也会想法子帮你要回来的，你放宽心。"

潘彪又是懊恼，又是尴尬，见贺汉渚说完话，便丢下自己走了，只好自认倒霉，先回驻地，命人清点伤亡和被俘数。

他当然不信贺汉渚说的什么要帮自己要回俘虏的话，到了晚上，隐隐听见对面阵地又传来阵阵喧哗，夹杂着枪炮之声，知道是陈三元部在大肆庆祝胜利，气得他鼻子都歪了。

让他筹措一百万去赎人，还不如杀了他，何况，别说一百万了，就算十万，他现在也是拿不出来。

对面一直欢庆到了将近半夜才消停下去，潘彪又气又恨又担心，迷迷糊糊睡了过去。还没睡多久，被突然跑进来的一个手下给惊醒，正要骂，却获悉了一个新的消息。

冯国邦原来早已回来了，几天前就带着他的主力赶赴兴安府，炮轰陈三元的老窝，占领了府城。陈三元刚刚应是收到了消息，连夜撤退。

潘彪狂喜，冲了出去，果然，见对面阵地起了火光，传出枪声阵阵。

第二天，后续的消息也来了。陈三元在撤退的路上落入埋伏，被乱枪打死。他既死，手下人或投降，或逃散。

其人盘踞关西多年，横征暴敛，百姓早就对他恨之入骨，听说他被打死了，等枪声停下，附近的民众纷纷出来，冲着他的尸首吐口水，砸石头，据说附近有些曾遭受过凌辱的女子家人也闻讯赶来，毁尸泄恨。

战斗彻底结束，当天，先前作战被俘的人员便都跑了回来，陆续归队。

潘彪点数了人，见基本都还在，庆幸之余，对贺汉渚是佩服不已，来自到指挥部道谢。

丁春山入内，向贺汉渚禀报，蔡老二的一个手下供认，原本他们还计划趁乱放冷枪，想干掉他。现在人已经绑了过来，问如何处置。

贺汉渚走了出去。

蔡忠福五花大绑着被几个士兵押了过来，踢了一脚，人便扑跪在了地上。

士兵从四周聚拢过来，看着这一幕。

贺汉渚停在了蔡忠福的面前，端详着他。

蔡忠福早就没了那天在县城门外坐在高头大马上的气派，趴在地上，狼狈不堪。

贺汉渚脸上并无愠色，只道："蔡旅长，我仇家不少，想要我命的人比比皆是，多你一个倒也无妨。何况你是出于义气，我不怪你。但你阵前退缩，贻误军机，这个罪，该怎么定？"

潘彪仿佛忘了自己也是半斤八两，喊："枪毙！"

他的手下见他喊了话，也纷纷起哄，枪毙之声此起彼伏。

对面的蔡部官兵心知肚明，阵前退缩只是借口，遇到这样被人算计要放冷枪取命的事，哪个肯善罢甘休？个个垂头丧气，一声不吭。

参谋听闻过贺汉渚对付人的狠辣手段，远的不说，现在的陈三元，就是个活生生的例子，慌忙冲进来求情，说旅长原本和他无冤无仇，全是廖寿光挑拨离间才遭受蒙蔽，请他大人大量，放过蔡忠福这一回。

贺汉渚想了想，掏枪卸了子弹，令弹夹只余一颗，笑道："我若当没事，恐怕不服众。但参谋说得也是，他遭受蒙蔽在先。这样吧，让我的副官开上三枪，是生是死，看天意。"

丁春山应是，接过枪，随即命人将蔡忠福扶起来，送到墙边靠立。

全场官兵屏息注目，见蔡忠福哪里还立得住脚，脸色惨白，站起来，又摔倒，反复几次，最后是被两个士兵强行架着，这才靠上了墙。

丁春山走到他的面前，举枪，枪口对准他的脑门。

啪啪，干脆利索，先连开两枪。皆空。

蔡忠福两眼翻白，咕咚一声，一头栽倒在地，裤裆里湿漉漉一片。

丁春山摇了摇头，改而举枪对天，又啪啪啪啪，连开四枪，竟全部是空枪。

原来弹夹里的最后一颗子弹，方才也被他给卸了。

众人这才明白了过来，贺汉渚手下留情，对蔡忠福略加小惩而已，不禁轰然喝彩，甚至包括蔡部的许多官兵，看着贺汉渚的目光也不由得多了几分敬佩之色。

潘彪回过神来，大拍马屁："贺司令，我老潘佩服！够英雄！够义气！往后贺司令有用得着兄弟我的地方，尽管开口！"

贺汉渚只笑了笑，向他道谢。

忠义县一战陈三元被毙，消息迅速传开，关西剩下的几股小势力见风使舵，收到大总统特使随后送来的招安令后，纷纷表示拥护，从前怎么样，往后还将怎么样；马官生一跃变成关西老大，向大总统发送电报，表示绝对拥护；冯国邦也没白忙活，多了兴安府的地盘，盖了之前水路收税不成的挫败，皆大欢喜，对贺汉渚都是钦佩不已。

不到一个月，关西之乱便就平息，特使也要回京复命了。

马官生和冯国邦等人为贺汉渚办饯行宴，当晚宴毕，已是深夜，贺汉渚回到下榻的地方，丁春山和他同行，问明早几时动身回往京师，却听上司道："先再去趟叙府吧。我去拜望郑龙王。"

这回的事能如此顺利，郑龙王帮了大忙。别说他之前还受了伤，就算是人没事，事毕，于情于理，也不能就这么走了。

丁春山立刻道："明白了，我明早就安排！司令早点休息。"

贺汉渚点头，让他也去歇，说完，迈步上了台阶。

丁春山目送上司走到门前，自己便也转身，去往休息的地方。

明早再去叙府，等完事回到京师，最快也是下月中旬了。

也是巧，那个小苏，上司的表外甥，不也是叙府的人吗？

等等，小苏……

突然间，丁春山想起了一件事。

“司令！”丁春山急忙转身，飞快地跑了回去，“我想起来了，月初我离开天城前，司令你叫我找小苏交代下你的行程。当时他说了几句话，让我转给司令你。全怪我！一忙，我竟然忘了！”

贺汉渚正要推门入室，脚步一顿，手停在了门把上，心跳蓦然加快，一时竟有点不敢去听的感觉。

他慢慢地转头，尽量用平稳的语调问道：“她说了什么？”

丁春山的记忆力极好，立刻就将那夜的话说一遍：“小苏说，东西他收到了，不会丢掉的。还说希望司令你早日回去，他想亲口听到你对他说明你的意思。”

丁春山复述完，又被勾出了好奇心，极力忍着才没有问上司到底送了什么东西出去。

他盯着上司，见他依然那样停着，神色似乎有些恍惚，在想什么东西，忽然间，他又回过神，朝自己点了点头，推门，迈步而入，随即关上了门。

贺汉渚在床边静静地坐了良久。

终于，慢慢地，他仰身躺了下去，卧在枕上，闭上了眼眸。

那日启程回往天城，他被忽至的消息留在了站台上，眼看她就要被火车带走了，直觉告诉他，下次再见或许就是多日之后，冲动之下，他跳上了火车，将那件昨夜想送而未能送出的东西放到了她的手里。

出来后，这将近一个月的时间里，他曾几次想问自己的下属，那夜让他替自己向她传话，她的反应如何，是否有说过什么。

但每每话到嘴边，始终无法出口，终于不了了之。

夜深人静之时，当他无法入睡，他便告诉自己，以她的脾气，没立刻将东西交给丁春山让他还回来，便是最好的消息。

其实，他也知道，这不过是他的一种自我安慰罢了。

贺汉渚没有想到，原来，她不但留下了那枚铭刻了他的名字和许诺的戒指，竟还给了他那样的留言。

原来她当时就已经原谅了他，根本就没有生他的气！

世上怎会有如此可爱的女孩？他贺汉渚又何德何能，一个陷身泥沼不可自拔的人，不但有幸遇到她，竟还获得了她如此垂青。

黑夜里，贺汉渚在枕上辗转反侧，极力地制止着心里涌出的想连夜立刻动身回去见到她的那种强烈的冲动。

再忍一忍吧，叙府的这一趟，无论是出于致谢，还是别的什么理由，他都得再走一趟。

但他却是如此思念她。他完全没法入睡，闭着眼，只能反复地回味着和她单独相处那短暂又销魂的三个日夜，以此来打发这个漫长的难熬的冬夜。

他的掌心里，仿佛残留着她身体的丝绒般的触感；他的鼻息里，仿佛飘荡着她皮肤散出的香气；他的耳朵里，仿佛萦绕着她发出的比希腊神话里的海妖塞壬的歌声还要动人的吟哦……

黑夜里的呼吸不复平稳，男人的心跳也越来越快，猛烈地撞击着胸膛。

冬夜寒冷，贺汉渚的额上却渗出了一层细细的浅汗，在心里盘算着大概多久能回去，慢慢地睡了过去。

第二天，略感不安的丁处长早早起身，想弥补自己的失职。

他有种感觉，昨夜在听到自己的转述后，上司的反应不同寻常。

他出来的时候，天色还带黑。他以为自己够早了，没想到上司居然比他还要早！人就站在庭院最高的一处台阶上，双手插兜，背对着他，面朝刚泛出些浅浅鱼肚白的东面天空，眺望远方。

应当是听见了自己的脚步声，他扭头瞥了一眼，淡淡道："去把弟兄们叫起来，走了。"

丁春山听他语气并无责备之意，松了口气，忙应声，匆匆叫人准备出发。

天没亮透，晨光熹微之时，贺汉渚轻装简从，只带了丁春山和另几名手下，再次南下，在二月初的这一天入了叙府。

他没有惊动任何人，早上，夹杂在来自川、滇以及上下游的商人和众多的由鸦片贩子、掮客、赌徒组成的密集人流里，悄然入了府城的城门，落脚在上回住过的那间旅馆里。

旅馆坐落江边，距离码头不远，交通便利，三层楼，虽已老旧，雕着古老花卉祥云图案的青砖风火墙头爬满了暗绿色的苔藓，但依然不失宏屋的气派。入住这里的多是外地来的大商，现在出了正月，各行生意早已恢复，楼下人来人往，各种口音都有，有些杂乱。

贺汉渚派人再去寻水会的三当家，请转拜帖给郑龙王，随后无事，立在位于顶层雅间的窗前，正远眺江心，想着自己的心事，忽然房外传来一阵急促的噔噔噔的脚步声，接着丁春山敲门，称有客来访。

访客便是叶汝川。

叶汝川这几日恰在叙府，安排发运年后出去的第一批货，刚才正在码头忙碌，年底前一起随他去过天城的叶大匆匆来找，说送客去往会馆，路过江边旅馆，在门口好似看到了贺汉渚，但只晃了一眼，还没细看，人就进去了，不是很肯定。他是下人，不敢贸然上去，赶紧来找他，告诉他这个消息。叶汝川放下事就赶来旅馆，向掌柜打听，描述了外貌，便知叶大没有认错人，上楼来找人。

“啊呀！真是贺司令你！什么时候到的！到了这里，竟都不知会我一声！”叶汝川惊喜不已，见到人，连声寒暄。

“我在这里也有间会馆，虽算不上好，没法和贺司令你住惯的那些洋派旅馆相比，但比这里好歹要清净几分。上回在天城吃饭，我就和你说过的。你到了，竟也不叫个人告诉我一声，未免太过见外了！”他又埋怨贺汉渚不通知自己，不去住自家的会馆。

贺汉渚没想到这么快就碰到了叶汝川。

其实那日清早，动身之前，他也在想，是否趁着这个机会，顺道也去拜访下她的舅舅，甚至她的母亲——那位之前他从庄阗申的口里听到颇有些传奇色彩的苏家女当家。只是他心里始终有点犹疑，觉得自己似乎不配，最后到了动身后，还是没有定下。

现在，大约因她之故，贺汉渚看见这位找过来的“远房表兄”，心里竟有种前所未有的亲切之感，将人请入房间，落座，上茶，先是告罪，随即解释缘由，说自己前段时日到关西出公差，得到了郑龙王的相助，过来拜谢。

“并非我见外，而是来得突然，知道您忙，怕打扰，又想着在这里联络三当家应当更方便些，也没多想，便住下了。您请见谅。其实原本我就想着等拜会完郑龙王再找您叙旧。”

贺家的这位后人，竟对自己用上了敬称，态度比之去年在天城会面吃饭之时，仿佛来得更是恭敬，甚至有种以后辈自居的感觉。这叫叶汝川错愕之余，深感担待不起，急忙摆手：“贺司令快别这么说！看得起，叫我一声表兄便是。我明白了，你正事要紧。”

贺汉渚心里下意识有些抵触这个称呼，表面自然不动声色，略过，含糊地应了一声。

叶汝川丝毫没有觉察，继续热心地问：“大当家那里，你现在可有回复了？”

贺汉渚说刚叫人送拜帖去寻三当家，请他代为转交，暂时还没收到消息。

叶汝川道："你来得不巧，恰好前两日我在码头看见三当家外出了，不知道什么时候能回来。"

"大当家的伤情如何，可有新的消息？"

"我也许久没在外头碰见大当家了。这些年蒙大当家罩着，水路平安，我三天前来的府城，当时备了些礼，托人送过去，觍着脸问个好，大当家没收，东西退了回来，不过带了句话，平安无事。司令你不必过虑。"

贺汉渚颔首："大当家无事便好。"

"要不这样……"叶汝川略一沉吟，"三当家也不知道哪天才回，你诚心来拜谢大当家，也不能就这么空等着，不如我再觍着脸托水会里认识的人，帮你去递个帖。"

贺汉渚忙致谢："那是最好不过了，劳烦您。"

叶汝川笑道："自家人别见外。真论谢，我外甥在天城那边蒙你照顾，该谢的是我才对。事不宜迟，我这就替你送去。"

他持了帖子匆匆离去，约莫半个时辰后就回来了，说已将帖子送了出去，等着郑龙王的回复便是，又道："舍妹的夫家在保宁县，走快些的话，不过大半日的路，贺司令你今天左右无事，既然到了，无论如何，一定要去坐一坐的，容舍妹略尽地主之谊。"

郑龙王那边，最快应该也是明天才能有消息。

她的亲舅舅开口了，主动邀请自己去她家做客，贺汉渚不是不愿意，但实话说，原本他在犹豫的事眼看就要成真了，这一刻，在贺汉渚的心里，一种前所未有的虚怯之感又生了出来。

他一时沉默。

叶汝川怎想得到他心里的那些弯弯绕绕，见他不说话，只以为他不愿，再次力邀："贺司令你若过而不入，舍妹知道，定会怪我不请你去，往后我怕是再进不去她家的门了。且实不相瞒，方才我回来的路上，便已打发人赶去县里传消息，你不去，舍妹自己也会来这里邀客。"

贺汉渚知是推辞不了了，心一横，顺水推舟地应下。

叶汝川大喜，知他也需更衣做些准备，说自己去准备车马，约定半个时辰后在码头见，先去了。

前些天的饯行宴过后，马官生和冯国邦等人私下各自都送来了赠别之礼。礼物价值不菲，其中便有金条。

但出发前，他也没想好到底要不要去拜访她的家人，就没细看，只带上了一匣金条和上次没机会送出手的两根老参，打算这回一并送给郑龙王，聊表心意。现在初次登苏家的门，自然不能空手而入。等叶汝川一走，贺汉渚让丁春山立刻替自己准备登门的伴手礼。

丁春山向来能干，办事利索，很快就回来了。

两匹布，两罐茶叶。

贺汉渚一看，就让他带回京师，自用。

丁春山明白上司这是对自己准备的东西不满意了。东西其实都是好东西，也不算便宜，以上司和苏家的关系，完全不至于失礼。丁春山心里有点委屈，嘴里也不敢反对，就说再去买，却被贺汉渚叫住，他亲自出去了。

叙府商贸发达，各种店铺鳞次栉比。知她母亲应是老派的妇人，贺汉渚备了两匹上好的绸缎，一件貂皮袭袄，一副金镶玉的凤鸟首饰，看得丁春山是诧异不已。

贺汉渚备好东西，回来更衣。

平常私下外出，为免惹人注目，他极少穿制服或者西装。这回来得匆忙，更没做好准备，只能换上惯穿的长衫了，好在还算齐整。他洗了把脸，出门前照了照镜，戴上礼帽，便带上礼物，到了约定的地方。

叶汝川已在等了，见他来就一道上路，出了府城，去往保宁县。

傍晚，快到县城时，道上又迎面遇见了苏忠和苏家的几个下人，说主母收到消息，十分欣喜，派自己带人出来迎接贵客。

一行人入县城后，暮色已重，但一路进去依然引来了不少人的注目，路人纷纷张望。

叶汝川看起来在这里颇受敬重，在路人的一路招呼下，引着贵客到了苏家。

叶云锦提早收到了回报，知贺汉渚快到，早就换好见客的衣裳，大开正门，亲自领了人出来，候在大门之外。

她先前陆续从兄长的口里听到了不少关于贺家后人的描述，知女儿在天城那边很得他的照应，连兄长年前去探望女儿的那一趟也颇受礼遇，心里本就对他很是感激。此刻初面，见兄长陪着，走来一名青年男子，作旧式的装扮，虽则常服，却是器宇轩昂，举手投足一派世家子弟的老风范，还没说上话，登时，第一眼的印象就好到了极点。她立刻去迎，两边的人会在了苏家的大门之外。

叶汝川替妹妹和贺汉渚做相互的引荐。

叶云锦是主，自然先开口，笑道：“贺司令大驾光临，今日我苏家真正是蓬荜生辉，不胜荣幸！”

贺汉渚接道："苏夫人您言重，您和我千万不必客气。这回有事，路过本地，本不敢叨扰苏夫人的，承蒙盛情邀约，极是感激。我名汉渚，表字烟桥，苏夫人您直呼我名字便可。"

叶云锦微微一怔。

自己母亲和对方的母亲是远房表姐妹，自己和他平辈，虽然年长，但对方位高，初次见面寒暄，她自然不能托大，直接以表弟称对方。

他也不叫自己表姐，以苏夫人代称，虽显生疏，但问题不大，毕竟不是什么正经的亲戚关系，以他如今的身份，愿意认亲，还如此照顾素未谋面的远亲后辈，今天又拨冗上门做客，已是给了自家极大的脸面了。

叫叶云锦意外的，是贺家的这位后人，怎的说话的语气对自己恭恭敬敬的，倒好似把自己当成长辈，给她一种他以后辈自居的感觉?

好在叶云锦也是在外走动的人，纳罕归纳罕，她并没有表露，只以为他敬自己年纪大才会如此。

也是，若他母亲如今还在世，和自己正是差不多的年纪。当下没多想，心里更加喜欢这个谦恭的"表弟"，忙笑说担待不起，随即在附近邻人的张望里将贵客迎入家门。

主客落座，没叙两句，苏家的几位宗族长辈也悉数赶到，一同陪客。

论辈分和年纪，是那位老眼昏花的老秀才三伯爷最高。论声望，则是儿子在省城里做了教育官员的六叔最为卓著。剩下几个也都是苏家宗族里的头人，在本地有家有业，出去了别人都要称呼一声爷。

叶云锦平日和这几个苏家长辈是面和心不和，逢年过节，照礼数意思一下的交情罢了。但今日家里来了亲戚贵客，她心里再厌烦，也是要将苏家族人请来陪客的，否则两边都失礼。

贺汉渚遂起身，向苏家长辈见礼。

众人早听闻叶云锦去年替苏家攀了一门贵亲，说对方是从前贺家的后人。又从那个儿子在省城里做官的六叔口里获悉，贺家后人如今在京师那边是如何的位高权重，终于有机会见面，全然不顾长辈的身份，拉下老脸，一张开嘴，什么龙驹凤雏，丰采高雅，久仰大名，神交已久，全都出来了，争相奉承。

这于贺汉渚而言不过是个小场面，面带笑容，一一应对。众人见他态度谦和，毫无架子，愈发可劲地攀交情，一时间客堂里欢声笑语，其乐融融。

红莲笑容满面地过来，说饭已备好，请司令移步。

叶云锦便起身，领客转到饭堂。

她虽一介女流，但当家多年，坐主人位理所当然。只是一张饭桌，也只有一个上宾之位。

众人不约而同，纷纷推举贺汉渚上座。

贺汉渚坚决推辞。

推来让去，最后让那个走路都要人扶的三伯爷颤巍巍地坐了下去。

次座，众人又推贺汉渚。

贺汉渚再拒，请叶汝川入座。

叶汝川受宠若惊，起先也坚决不肯接受，定要贺汉渚坐，道自己和他同辈，不过虚长几岁罢了，何况他今日是客，自己是万万不敢越座的。

贺汉渚诚恳地道："叶老爷为本省的行业翘楚，一向有古道热肠之名，我虽从小外出，但也是有所耳闻，对叶老爷向来敬重。我又年轻，不经事，怎敢自大。这个位子，非叶老爷莫属。"

苏家的那些个长辈原本向来是看不惯叶汝川的，说他手长心贪，想控制叶云锦，继而侵夺苏家产业。但现在，这意思很明显了，贺汉渚是要抬举他。虽然不明就里，也不知道贺家的这位大人物怎如此看重叶汝川，但在场个个全都是人精，又岂会悖逆他的意思。

六叔立刻笑哈哈地道："俗话说，娘舅大过天，舅老爷你就是我们苏家的自家人！平日你忙，难得一聚，今日叫我沾了贺司令的光！舅老爷你快请入座，等下我还要敬你一杯！"

其余人也纷纷附和。

叶汝川实在退避不过，最后勉强坐了下去，贺汉渚这才坐他的下手位。其余人也各自照着齿序和地位，终于全部入座，接下来就是开场酒。

叶云锦是主家，先站了起来，端酒，注视着贺汉渚笑道："我儿雪至在外求学，离家千里，承蒙贺司令的大力照应，方顺利落脚，如今还略有学成，我这个做母亲的，除了感激，别无他念。今日贺司令又来家中做客，是我苏家之荣。我这里是乡下地方，小门小户，实在没什么可待客的，只能自饮为先。水酒一杯，不成敬意！"说完一饮而尽，意态豪爽，丝毫不输男子。

座上那些个苏家的长辈相互对望，默不作声。

照规矩，现在须得客人回酒了。

丁春山就立在近处，等着这一刻，遂插话，道上司现正戒烟戒酒。非不敬，实是医嘱难违，只能以茶代酒，请主家见谅。

好似是在上司遇到苏家少爷这个医师之后，最近终于听进了劝，幡然悔悟，知道惜命，肯遵医嘱了。每逢这样的场合，丁春山便会适时开口，替上司推酒。两人已然配合默契。

这种酒场往来，能不能以茶代替，其实全看双方的地位，以及谁想结交谁。

地位高的，被求的，愿意喝，对另一方来说，固然是给面子锦上添花，不喝，也不算什么失礼。

叶云锦知贺家的孙少爷小时候就身体不好，现在虽然看着和平常人没什么两样，但既然开了口，又怎会要对方喝酒，立刻命下人撤了客人的酒，以茶水代替，笑道："医嘱大过天。贺司令你不嫌弃的话，到了我这里，一切都如同自家，以方便为上。"

丁春山见自己的任务完成，便闭了口，正要退出去，没想到上司竟微微抬手，拦了前来撤酒的苏家下人，接着，自己提壶满斟一杯，随即起身笑道："我无大碍。苏夫人是女中豪杰，汉渚闻名已久，今日有幸对饮，岂能失礼。"

说完，他双手举杯，也是一饮而尽。

丁春山再次诧异。

叶云锦也是意外。

同桌的那些苏家长辈反应了过来，纷纷看向叶云锦，眼里暗藏羡妒。

贺汉渚回敬主家完毕，继续自斟了第二杯，单独再敬叶汝川。

最后斟了第三杯，向在座的苏家长辈也共同敬了一圈，这才释杯，请叶家兄妹和在座的众长辈见谅，说等日后有了机会，再弥补今日之憾。

倘若说，刚开始在门外的初见感觉，还有可能是错觉的话，现在贺家孙少爷的这一番做派，叶云锦是丝毫不再怀疑了。

对方确系，刚才就是在苏家的宗族面前抬举自己。

但她不明白，他为什么会对自己和兄长这么敬重，见同桌的那些个苏家叔伯轰然大声叫好，说他豪气干云什么的，只能压下心中不解，笑着招呼用饭。

宴席是叶云锦特意请了县里的大厨来家里掌勺的。

当地有九斗碗待客的风俗，即家中再穷，客人登门，桌上也必须要有九个荤菜。贫寒之家为了撑门面，就在碗下以边角料或者笋芋粉条等物填充，表面覆肉，而富贵人家为彰显身份，又不满足于普通的肉菜，会在碗里添加各种名贵食材，于是蹄筋、海参、鱼翅等，全都入菜。

今天要招待的是上宾，苏家的饭桌之上，不但上了顶好的配菜，还把九大碗扩成了十八碗，山珍海味，无所不包。主人存心交好，客人放下身份，又有那七八个苏家长辈连番捧场，可谓是宾主尽欢，气氛极好。

叶汝川心情大好，不知不觉喝了不少，正有些醉意，冷不丁突然听到苏家的那个六叔公问自己儿子何日学成归来。

他心里咯噔一下。

儿子早就弃学归国，现在在天城那边当了个小警察。这种丢脸的事，他怎么肯让别人知道。年前回来之后，他气不过，只在妹妹叶云锦一个人面前发过牢骚，外人那里是瞒得如同铁桶，一个字不提，连红莲都不知道。每次被人问起，他就说儿子还在东洋留学。没想到今晚这个关口，这个六叔哪壶不开提哪壶，竟问起了这个。

他儿子在省城里当了个官，叶汝川知他是存了想和自己攀比的念头。要是照实说，岂不是当众自打嘴巴，颜面尽失，但要睁着眼睛说瞎话，道儿子还在留学，坐他手边的贺汉渚又分明是知情的，叫他怎么扯谎。

叶汝川登时说不出话，见满桌人都看着自己，支支吾吾，无以应对。

叶云锦知兄长爱面子，看他被问住了，脑门上都迸出了一层汗星子，正想打个圆场把问题混过去。忽听贺汉渚开口："六叔问的应当是贤齐吧？也是巧，年前我在天城，遇见他表弟，偶听她提了一句，说她表哥明年便就毕业了，成绩骄人，等他回来，便可大展身手。"

苏家长辈一听，忙恭喜叶汝川，说等贤齐回来，再有贺汉渚这个现成的表叔提携，往后是前程无量云云。

叶汝川没想到贺汉渚竟会主动开口替自己解围，全了他的脸面，大大地松了口气，一时也不知道该说什么是好，心里又是羞惭，又是感激。

叶云锦看了眼贺汉渚。

接下来桌上再没出什么意外，一顿饭终于吃完，包括叶汝川在内，苏家的那几个叔伯全都喝高了，争相力邀贺汉渚明日到自家做客，贺汉渚随意应对了几句，众人被各自家人扶着，醉醺醺，心满意足地去了。

叶汝川也是大醉，叶云锦叫人送兄长去休息，他不去，挣脱了出来，晃到贺汉渚的面前，拍他肩，大着舌头道："大兄弟！够义气！往后啥事，你开个口，我叶汝川要是不应，我就不是人……"说着晃了一下，险些站不住脚，幸亏贺汉渚眼疾手快，一把扶住了他，口里连声感谢。

叶云锦见兄长醉得不像样了，怕他在客人面前再弄出笑话，忙喊苏忠。苏忠拽着舅老爷强行带走，场面这才消停了下来。

已经不早了，今夜贺汉渚自然是要留宿的。

叶云锦和红莲带着几个下人，亲自送客到客房去休息。

路上，叶云锦话不多，只说了几句今晚招待不周之类的客气话。

红莲却不住地向贺汉渚打听自家少爷在外头的情况，问他知不知少爷的寒假是怎么过的，年又是和谁过的，说："少爷打小是我看着大的，这么多年，去过的最远的也就是省城了。每个年都是家里头过的，就这回例外。家里这边，大年三十晚上，热热闹闹。虽则知道少爷在那边有您这位表舅顾着，自然是放心的，但想她一个人，还是有点记挂。我要是话多，贺司令您别见怪。"

贺汉渚看得出来，这个胖胖的妇人提及她，满心满眼全是牵挂。

同行的叶云锦虽没开口，但也望了过来，眼底带着一缕掩饰不住的关切之意，他登时心虚，哪敢说她是和自己在一起的。

他顿了一顿，含含糊糊地说，自己也不清楚，但听闻她很得校长夫妇的喜爱，除夕仿佛是在校长家里度过的，还一起吃了年夜饭。

红莲原本就怕雪至一个人，凄惨惨地度过大年夜，想起来就难过，闻言松了口气，十分高兴，连说校长夫妇是好人，自己要去庙里给他们夫妇二人祈个福。

叶云锦脸上也露出了笑容，将他送到院门前，停步，含笑请他进去休息。

这一夜，贺汉渚躺在苏家的床上，闭目，听着窗外夜风吹过走廊的声，久久无法入眠。

终于见到了她的母亲。

叶云锦款待自己，热情而周到，但又不会有令人不适的过分殷勤之举。这让贺汉渚生出了一种久违了的宛如归家的亲切感觉。

他对这个行事爽利的妇人很有好感，也庆幸自己今天来了这里，得见她的家人。

有那么一瞬间，贺汉渚甚至生出了一种冲动，想立刻再去面见叶云锦，将自己倾慕她女儿的事告诉她，希望获得她的许可。

然而，这念头如光如电，刚冒出来就立刻寂灭了下去。

他希望自己能堂堂正正地向她的亲长表明自己对她的喜欢。

然而，他有这样的能力和资格吗?

一个连有没有明天都不知道的人，拿什么去向她的亲长请求许可?

叶云锦看着强干，但对女儿的眷眷之情还是表露无遗。

她还有她的兄长叶汝川，都是如此信任自己。

自己却做了什么？

表面一本正经，高高在上，背着人却私德全无，不但窃了苏家香玉，还没法顾全未来。

他有点不敢想象，要是哪天让他们知道了自己对她做下的事，他们会是如何的反应？

他得偿所愿，得到了她，也以那枚镌有自己姓名的戒指赠她，以为许诺。

然而，他贺汉渚，到底能不能做到，守住这个诺言？

这一夜，贺汉渚便如此，在欣喜和愧疚这两种截然不同的感情交替反复中睡了过去。

第二天，他醒得很早，天还没亮就穿好衣服，从房里出来，到了院中，舒展身形，活络筋骨。

他小的时候，祖父为了让他增强体质，聘来了有名的武师，悉心教授他拳脚和功夫。从他六岁开始，一直学到了十二岁。

后来的这么多年里，他在阴沟里挣扎向上，这早不是每天清早的必修了，他对自己的身体也浑不在意，但为纪念感情深厚的祖父的缘故，倒也没彻底废弃。

尤其是最近，在为她戒烟戒酒之后，他又特别想再重新捡起小时候的这个功课。

他劲道沉稳，发力如山，打完一套拳脚，天光已亮，人立在院中，闭目片刻，睁开眼，感到耳聪目明，神清气爽，浑身的筋骨和血气仿佛都舒展了开来，四肢百骸，充盈力量，身上也出了热汗。

时间还早，苏家的下人大概以为他仍在睡觉，还没送来洗漱用的水。

贺汉渚便开了院门，凭昨晚的记忆，朝厨房的方向找了过去，转过一道走廊，看见叶云锦和苏家的管事苏忠两个人站在路旁，在说话。

贺汉渚正要上去招呼，隐隐听到苏忠正在提自己，脚步停了一下。

“夫人，贺司令送您的伴手礼也十分贵重。您看怎么回礼为好？”管事询问主母。

叶云锦交代了一番。

苏忠点头应是，笑道：“说起来，贺司令昨晚是真的给夫人和舅老爷面子。那几位回去了，醉了还好，要是醒着，我估计都睡不着觉了。”

叶云锦一笑，想了下，又问：“你昨晚送舅老爷去休息，有没问他给大当家那边送东西的事？”

苏忠道："问了。舅老爷让我和您说一声，咱们两家一并送去的东西，大当家全都没要，退了回来。不过，捎了句话，说他平安无事，也感激好意，请舅老爷不必记挂。"

苏忠传完话便没再出声了，悄悄看着主母，神色似乎有点不安。

叶云锦面容也渐渐转冷，沉默了片刻，忽然哼了一声，淡淡地道："罢了，他是什么人，瞧不上咱们，人没事就行了，不收便罢，由他！你去看看贺司令起了没。我去厨房瞧下早食，他出身官宦人家，饮食要比咱们这种人家讲究。他不和咱们摆架子，咱们自己不能怠慢了贵客。"

苏忠仿佛松了口气，忙应是。

不知怎的，贺汉渚忽然就想起了早先从庄阗申那里听来的关于叶云锦和郑龙王的一些传言，见苏忠朝这边来了，下意识地立刻退了回来，折回到自己住的地方。等苏忠来叩门，他才如同刚起身的样子，出来开门。

这个早上，贺汉渚用过了叶云锦亲手替他烹的早饭，叶汝川也酒醒，起了身。

贺汉渚再盘桓片刻，谢过主人的盛情款待，说要动身回往府城了。

叶云锦知道他还在等着郑龙王的消息，便也不再强行挽留，将他送了出来。叶汝川和他同行回去。刚出县城的门，苏家的那些个叔伯闻讯，追了出来，再次苦苦留客。

贺汉渚再三拜谢，费了好大一番劲，又放话，请他们下回去天城，尽管来找自己，最后可算是得以脱身，在保宁县县民的注目下继续上路。

他是在晚上九点多的时候回到府城的。和叶汝川分别，径直回了自己住的旅馆。刚进去，他留在旅馆里的一个手下就递上一封回帖，说傍晚，郑龙王的一个手下送过来的。

贺汉渚立刻接过，拆阅。

郑龙王在回帖里说，收到了他的重礼和慰问，不胜感激，自己在江边码头的船里恭候，请他回来见帖后，移步相见。

今夜云层厚重，月影朦胧，那片由双江交汇而成的宛若龙头形状的江湾漆黑一片，码头前的广场上，白天的喧嚣和热闹也消失了。

贺汉渚停在初春的这个潮湿而阴冷的江埠头，眺望了一眼那阔远的黑魆魆的对岸，收回了目光。

他的近旁，沿岸是一字排开的不计其数的夜泊船只，大部分都被吞没在了夜色里，只少数宿人的船里，这个点还隐隐能看见舱里透出来的点点黯淡渔火。

一个苦力打扮的醉汉，嘴里哼着不成调的俚曲，晃晃悠悠地从他的近旁路过，显得四下愈发寂静了。

他耐心地等待了片刻，一条泊在他左手方位距他不过十几米的大篷船忽然仿佛活了过来，往他所在的埠岸缓缓地荡来。眨眼之间，船头也突然多了一个身形健硕的光头汉子，不知道是从哪里冒出来的，在船快到岸的时候，那汉子纵身一跃，敏捷地稳稳落地，随即那汉子走到他的面前，躬身恭敬道："大当家在等您了。司令请上船。"

丁春山带着两名手下，就立在贺汉渚不远之外的身后。

显然，那位带了点神秘色彩的水会的大当家此刻就在舱里。

他观察了下船，这是一条极其普通的旧篷船，看起来就和停在附近的其余船只一样。但舱的门窗后却是乌沉沉的，从外看透不出半点光。

刚才要不是这条船突然动了，汉子现身在船头，他没想到这条船里竟还有人。

上司就要登船了，他想跟上去，那人略略抬手，阻了一下。

"对不住您，大当家只见贺司令一人。"汉子的手在他面前稍稍拦了拦，便立刻缩了回去，态度也显得愈发恭敬了，但说话的语气却带着几分不容反对的意味。

丁春山有点不放心，看向上司，见他转过脸，朝自己微微颔首，无可奈何停在了岸上，注视着上司上了船。

舱门打开，终于漏出来一道照明的光，但随着上司的身影消失在舱门里，刚透出来的光又迅速地消失了。

周围再次陷入昏暗。

光头汉子也没跟进去，像他出现时那样，在夜色之中，忽然就隐身在了船头，人也不见了。

丁春山看着船离岸，向着龙头处的那片辽阔江心缓缓驶去，最后停下，抛锚在了双江交汇的江心里。远远望去，犹如矗在那里的一座孤礁。

跟随上司多年出生入死的经验和直觉告诉他，对方不像是有敌意，自己不必过虑。但出于谨慎，他还是叫来身后一个今日被他派出去打探消息的手下，盘问所得。

手下低声告诉他，水会以郑龙王为首，最早下面有另外九名当家。老二从前因故没了，郑龙王为纪念兄弟，一直空着位置没有填补。其下就是老三王泥鳅。这两年，这边码头的事多由王泥鳅和他下面的一个绰号叫和尚的人管着。今天白天，他在附近远远看见过这个光头汉子，就是和尚，确系水会的人。

丁春山听了，这才稍稍放下了心。

他和豹子不一样，不是贺汉渚的旧族故人，但他对上司的忠诚丝毫不逊豹子。

他出身于南方农村的一个小地主家庭，小时读书，中学快毕业的时候，父亲病死，家道就此落魄，再无力支撑他继续求学。当时时局又风起云涌，他便投笔从戎入了行伍，恰投在了贺汉渚的麾下。

他很幸运，行伍里极少有像他这样受过教育的士兵，他作战又不畏死，很快被贺汉渚注意到，提拔了上来，最初是做秘书官。后来大概贺汉渚觉得他是可造之才，也是为了替他谋取资历，送他去了国内最著名的一所陆军学校。早年从那里出来的许多人，现在都成了叱咤风云的人物。他接受了两年正规的军事教育，以优异的成绩毕业后，没有丝毫的犹豫，放弃了别的机会，回来继续跟随老上司辗转，一路升迁，直到现在。

他对上司这种必要时可用性命去守的忠诚，固然是出自知遇之恩，但更多的还是来自对上司能力的崇拜，以及发自内心的敬重。

各派混战的这个时代，普通士兵地位低下，在诸多当权者的眼里，上了战场便形同消耗品，死了自然会有新的来代替，士兵的命贱不如马。至于死后对家属的抚恤，更是动辄克扣，制度形同虚设。

他的上司固然也是慈不掌兵，甚至在外还有心狠手辣活阎王的名声，但对于为他打过仗的官兵和做过事的下属而言，他是罕见的会拿下面人当人看的上位者。每仗他必力求最小伤亡，对于死了的士兵的抚恤，更是不会有半点含糊，再难，也是优先发放，绝不短缺一分。早年他就曾亲手毙掉了一个私下克扣阵亡士兵抚恤的军官，那军官还有点来头，是王孝坤的一个远亲。所以，在早几年打仗，他带兵之时，固然也遇到过军饷短缺导致欠饷士兵集体喝粥的困难时期，但手下却从没有像别的部队那样，动辄哗变。

爱惜士兵的性命，没钱就和官兵一起喝粥，来了钱立马下发。乱世当兵混饭吃，能遇到这样的上司，还有什么可求的?

丁春山渐渐进入这个权力的世界，也完全地融入其中，明白了从上到下到底是怎么一回事后，他越发感觉到了自己当初投对人的幸运。

他极目眺望，双眼一眨不眨地盯着江心。

夜深了，湿冷的夜霾渐渐浓重，浮荡在黑色的江面上，锁住了那条停在江流中央的篷船。

他按捺性子，寸步不离地等着，等待上司上岸归来。

第十二章

贺汉渚入了舱，舱门“吱呀”一声在他身后关闭。

他没立刻前行，而是停在舱口，抬起视线。

舱篷的顶上悬了一盏马灯，发出一团昏黄的光，借着这团光，他看见舱门的对面摆了张竹椅，上面坐了一个身形精瘦的人，粗衣布鞋，花白色的短发，脸上有道看着年深日久的伤疤，浓眉下两道目光深邃，不怒自威，皮肤是长年在外经受风吹日晒的那种古铜色，所以看不出明显的年纪，大概是在五六十岁之间。

这个人应该就是他此番特意前来拜望的郑龙王了。

精悍，深不可测，这是贺汉渚与对方四目相对之时，得来的第一印象。

但这条水上的龙王此刻却似乎有些虚弱，身上还覆了条毯子，见他进来，也没起身，只是脸上露出些许的浅浅笑意，朝他微微颔首，指了指摆在对面的一张椅子，道：“失礼了，贺司令勿要见怪。请坐。”

他的声音低沉，说话之时看着他的目光温和，完全不像是一个叱咤水路几十年的江湖人物，倒更像是一位年长慈爱的长辈。

贺汉渚立刻便明白了，郑龙王的伤情应该还没痊愈，但也没多问这种不该自己问询的事，没入座，而是上前几步，停在其人面前，恭敬地道：“上次承蒙龙王襄助，给了我天大的脸面，我才得以顺利解决关西之乱，平乱后，我想着回去之前，无论如何也当面见龙王表谢，所以回来贸然再次求见。多谢大当家赐面，请受我一礼。”

他循旧制，向郑龙王郑重行礼。

郑龙王摆了摆手：“贺司令不必多礼，放个人，于我只是一桩小事。况且关西的事，我前些时日也略有耳闻。你能这么快就平乱，可见能力卓著，绝非凡人。贺司令你是胸有丘壑腹吞乾坤之人，此番有我没我，于大局并无影响。客气了，不必站着说话，请坐。”

他再次让座。

贺汉渚终于坐了下去，简单讲述了下自己平乱的经过，最后道：“冯国邦在其中帮了大忙。倘若不是龙王放人，让我平白得他感激，他也不会这么痛快就下了决心全力助我。总之，我欠龙王一个天大的人情。无论是现在，还是往后，若有效力之处，请龙王开口，我虽不才，但必尽全力！”

贺汉渚说完，注视着对面沉默着的郑龙王。

他自忖与对方从无往来，更谈不上有渊源——非要说渊源，那就是去年在出川的路上，王泥鳅救了自己。这样说起来，还是自己倒欠人情。然而这回，他竟如此痛快地送了自己如此大的一个人情。

不弄明白，他怎么安心回去。

不过在他心里，也早略有考虑。

以他的推测，极有可能郑龙王是有事想要自己替他去办。

其实这样最好不过了。既能顺势结交这位平日没有机会认识的西南水路之王，也能还掉人情——他最不愿欠的就是人情。

凭着感觉，他知船已停在了两江交汇的龙头江湾之中，江流变得湍急，船头船尾虽落下了锚，但还是被冲得微微摇摆。舱顶的马灯随之左右摇动，光晕晃荡，投在对面郑龙王的脸上，令其蒙了一层莫测的暗影。

贺汉渚耐心地等着对面的人开口，片刻后，听他缓缓道：“贺司令不必执着，郑某是在还你人情罢了。”

贺汉渚一愣，旋即反应了过来，对上了郑龙王投向自己的目光，没接口，知他必还有话。

果然，听他又接着道：“你对早年翼王手下所谓郑大将窖藏一事，应当不陌生吧？”

贺汉渚再次愣怔。

十几年前，他的祖父和贺家满门就是因为所谓的长毛窖藏而横遭大祸，直到现在还有人认定他知道窖藏的秘密，他怎么可能会陌生。

他看着对面的郑龙王，忽然想起了传言里那个和自己祖父有过往来的姓郑的大将。

眼前的这位郑龙王，也姓郑，又在自己面前忽然主动提及这件旧事。

难道……

他紧紧地盯着面前的郑龙王，心脏飞快地搏跳了起来。

郑龙王仿佛感应到了面前这个青年人的所想，却是神色如常，淡淡地道：“你猜得没错，我就是当年那个郑大将的后人。我也见过你的祖父，那年我十二岁，令祖当时也很年轻，三十左右的年纪吧，官任监察御史，受命来与我父斡旋，解救围城人质。倘若贺司令你有兴趣，我倒是可以和你说下我知道的一些旧事。”

贺家没有私藏所谓的什么长毛窖藏，这一点，贺汉渚绝对可以肯定。

但实话说，这些年以来，在他的心里也隐隐存了一个疑问。

祖父年轻的时候，是否真的如传言所讲，同情那位造了前朝反的翼王手下郑大将，暗中助力对方脱身，于是招致谣言，说什么对方在事败之际，将窖藏的秘密托付给了他，最终，多年之后，官场倾轧，在有心之人的拱火陷害之下，终为贺家惹来了私通逆贼隐匿窖藏的滔天罪名。

但时间过去已经太久了，他本以为这成了一笔糊涂账，自己这辈子恐怕都没机会获悉真相了，没有想到，今夜，就在这条船的舱里，在他的对面，竟坐着当年那位郑大将的后人。

贺汉渚慢慢地坐直了身体，神情肃穆，道：“愿闻其详。”

船舱之中，一老，一少，中间一盏马灯。

往事本已如烟，但随着郑龙王的讲述，又渐渐变得清晰了起来。

郑龙王本名道先，他的父亲是翼王麾下的一名心腹大将，在他出生之前，天京已陷入内讧，翼王率部出走，郑大将誓死追随。数年后，翼王被俘，受凌迟之刑，却是凛然不惧，从容就义。第二年天京也彻底陷落，但郑大将依然不甘，带着剩余还愿跟从的旧部继续作战。他想要继承翼王遗志，誓反清廷到底。就这样东西转战，又过去数年，渐渐地，他的心里也明白，大势已然去了，他再是满腔奋勇运筹帷幄，凭一己之力，想扭转乾坤，也是不可能了。

他甘愿秉承翼王遗志战死阵中，但追随他的，多是并肩多年的忠臣和义士，身后有老有小。郑大将不忍再让他们随自己送死，决意遣散人马，但大部分的手下都不愿离开。

郑大将最后做了决定，给愿意走的发放安置银，不愿走的和他一道远迁西南，寻个隐居之地，先落脚，等日后倘时机再来，重举反清大旗。

然而，一个拿了钱走掉的人却出卖了他，向当地的一名皇族将军告密，称翼王死后，多年累积的窖藏埋藏所在，只有郑大将一人知晓。那将军为夺窖藏，亲自领兵追击到了芦山一带，郑大将神威无敌，在阵中冲杀进去抓获将军，又一番血战后，领着身边仅剩的最后几百人马突围而出。

当日，前面是夹门关，后面是大批的追兵，最后的生机就是夺下夹门关，以那名将军为质，谋求后路。

分明是一场惨烈至极的对战和厮杀，但在郑龙王讲来，却是语气平静，仿佛那些都真的只是过眼云烟。

他望着对面凝神在听的贺汉渚，继续说道："天国不存之后，我父领着最后的孤军，和清廷继续对抗了多年。聚在我父身边的人，无不骁勇善战，以一敌十。我也出生在我父追随翼王转战的途中，六岁握刀杀人。那一年，我十二岁，却已经历过了大大小小不下数十个仗了，当时我随我的父亲和那些叔伯一道，以几百人之力夺下城关，随后和追到的围兵对峙了半个多月。"

从他上船后，郑龙王一口气说了这许多的话，精力似乎有些跟不上来，慢慢地靠在了椅上，语速也放缓了："清廷的副将为了救回将军，答应放走我们。但有翼王的前车之鉴，我父不信这些人。他死无妨，他想为这最后的几百人谋条活路。我父当年带兵，体恤百姓，杀贪官，惩恶绅，当地乡民皆是同情，曾千方百计暗中加以掩护。令祖当时在京师做官，因是本地之人，贺家在当地又是名门世族，深孚众望，所以被调来担任参军，赞画方略。我父拒绝谈判，直到你祖父的到来。我父答应见面。你的祖父也是大无畏，接受了孤身入关的条件，冒险单独见我父亲，面谈过后，达成条件。我父许诺不走，在我和他的部下全部撤离后，他将释放将军，并自戕，人头任凭令祖取去交差。令祖在见过那个被俘将军的面后，征得对方同意，答应保证让包括我在内的这几百人安全离开，绝不派人尾随，也不再计罪。双方为取信对方，皆以子孙后裔福祉，对天立下毒誓。"

他停了下来，微微闭目，似在回忆往事，又似在平复着此刻的内心情绪，片刻后睁眼，继续说道："我至今仍记得我父与我诀别时的留言。他对我说，令祖人品应当可以相信。谈判之时他曾试探，称可将翼王窖藏的秘密也一并告诉他，事后愿和他私分，以此来换取他对我和这几百人的保护。但令祖不假思索严词拒绝，称应将窖藏交与朝廷，若是如此，我父不用自戕，他可以代我父向朝廷求情，将功折罪，饶过一命。我父深恨清廷，死意已决，怎肯苟延残喘，何况他也不信清廷，鞑人怎知信义。他叮嘱我，倘若侥幸能够脱身，往后就此埋名，不必再想着为他或者翼王复仇了，余生寻找并周济从前那些战死的部下家小，娶妻生子，安度一生。"

纵是一代悍枭，末路赴死，舐犊之情，亦是表露无遗。

贺汉渚听到这里，不禁微微动容。

郑龙王靠在椅上，却是一笑："贺司令，我父当日确实没有错估那些人，不过，也没有信错令祖。果然，在我与那几百叔伯出关三日，我父依照诺言，释了将军并自戕之后，那些人便不顾令祖反对，悍然毁约，四处通缉，设下天罗地网追查我的下落。半个月后，我因受伤未愈，行踪泄露，危难之际，令祖派人送来了消息，我方得以脱身。此后我便行走江湖，日复一日，谨记我父临终之托，寻找当年那些旧部散落出去的还活在各处的家人。不瞒贺司令你，今日在我水会之中，便有不少是翼王和我父旧部的后人。”

郑龙王终于讲完了这段发生在四十多年前的早已湮没在了历史云烟里的往事，贺汉渚的眼前仿佛也出现了那过往的一幕一幕。英雄末路，血和战，生与死，阴谋和诺言，一时之间，他也不禁心潮涌动。

他深深地呼吸了一口气：“大当家便是因我祖父与令尊以及你当年的那段渊源，这回才襄助于我？”

郑龙王先是颔首：“令祖信守诺言，事后，据理力争，以一人之力，反对毁约，助我脱身，高义令人敬仰。你是他的后人，既然寻了过来，我若能够助力，自然不遗余力。”

贺汉渚起立，再次郑重道谢，态度极其诚恳。

郑龙王示意他坐回去，注视着他，忽又微微一笑，跟着摇了摇头：“不过，贺司令你其实也不必过于放在心上。我固然愿意出力，但我所谓的还你人情，并非说这个。”

贺汉渚再次微怔。

“当年之事，我郑家不算欠了你祖父的恩情，双方各自守诺，履约罢了。令祖忠于清廷，事后也因救回将军，又获得我父首级，以功得了提拔。至于到了十几年前，令祖因当年之事蒙冤，你贺家家破人散，这事我也是知道的。固然，灭门之祸是因旧事而起，但冤有头，债有主，害了令祖与你贺家满门的罪魁，非我郑氏，而是清廷和陆宏达之流的小人。”

贺汉渚不得不承认，郑龙王这平静，甚至是带了几分冷血的话，其实也确实说到了点子上，并没有半点的错。

“那么龙王可否告知，所谓的还我人情，到底是什么人情？恕我愚钝，倘若不是祖上渊源，我贺汉渚今日何德何能，叫龙王给了我如此的脸面。”

郑龙王凝视着他：“我是为了叶氏的女儿，还你对她的救命之恩。”

音落，贺汉渚一定。

他震惊地望着对面的郑龙王，半晌，当确定自己没有听错之后，回过来神，无数个疑问便争相地涌了出来。

郑龙王怎么会知道苏家少爷是女儿？

贺汉渚顿时想起关于他和叶云锦的传言。

他们到底是什么关系？

他又怎么断定自己知道了她身份的事？

所谓的救命之恩，难道是说年前发生的火车爆炸案？

贺汉渚想开口，然而一时之间有太多的疑问，根本不知自己该先问什么才好。

他顿了一顿，最后还是没有发声。

他知道，对面的人一定还会继续说下去的。

果然，他听到郑龙王继续说道："叶氏早年于我有极大的恩，我无以为报，只盼她母女二人能一生安好。上回她遭遇火车爆炸，你救了她。要不是你及时赶去，她人可能已经没了。这是天大的恩情。别说一个冯国邦的儿子了，就算十个，一百个，也抵不上你救下她的恩情。"

在贺汉渚的心里，各种情绪再次猛地冲击而来。他仿佛若有所悟，却又不敢肯定。但很快，他便镇定了下来，略过了不该他问，也不必他多问的事，理出了一个头绪："敢问龙王，这件事，你是怎么知道的？"

当日火车爆炸一案的动静实在过大，没法制止报章的报道，但明面上，外界和大众并不知道当时她和自己换了行程险遭误杀的内幕。这事连她家人都分毫不知，郑龙王人在西南，怎会知道得这么清楚？

郑龙王道："四方会陈英的义父是我父的旧部。当年从夹门关离开的时候，他正当青壮。十几年前，我和他重新见了一面。"

贺汉渚再次惊了一下。

郑龙王却是神色如常，仿佛这是再寻常不过的一件事，继续道："叶氏之女出了远门，家人鞭长莫及，故我拜托故人，若她遇到她自己解不了的大事，请照拂一二。不瞒你说，得知火车上的人是她后，四方会当时也连夜派人前去搭救，但终究还是没能赶上火车。所以我对贺司令你是加倍的感激。大恩大德，无以为报。"

贺汉渚想起当时那颗手雷被投入车厢的惊险一幕，依然是心有余悸，愧道："大当家你言重了。起因全是我的过错，她是遭了我的连累，倘若她出意外，我是万死不辞其罪。救她本就是我本分。"

郑龙王微微一笑，看着他，停了一停，忽道："贺司令，我听说，去年的这个年，她是一个人和你在京师过的？"

贺汉渚的心又是咯噔一跳，猛地抬眼，望了过去，对上了两道已然转为锐利的目光。

一阵短暂的茫然和不知该如何应对的感觉过后，贺汉渚听到郑龙王又道："恕我冒昧，再问你一句，贺司令，你当时的伤情，真的重到须她陪伴在你身边，和你一起过年？"

贺汉渚陡然便清醒了过来，他对上了对面那眸光沉沉的犹如老猎人的一双眼，沉默了片刻，终于，带着几分艰涩，低声地道："你知道了？"

郑龙王精明的眼盯着他，起先没说话，半晌，道："那么你和她……是真的了？"

见他没应声，显然是默认，郑龙王的眼底掠过了一缕恼怒之色，但迅速地压了下去，眯了眯眼，道："也是巧合罢了，就是前几天的事，我收到了陈英义父派人送来的金疮药，还有问我伤情的一封书信，信末他提了下，这个年，她是和你一起在京师过的，说你对她很是照拂，叫我放心。"

事情是这样的，年前那日，陈英义父想起郑龙王曾托自己照拂苏家儿子，恰好四方会从前也是得到苏家儿子的帮助才洗刷了罪名，便派人上门去送年礼，到了那里，家中却是无人，查了查，得知苏家儿子去了校长家中过年，便作罢，放下东西走了。

年后初二的那天，叶贤齐巡逻，路过四方会总舵的地盘，进去给老爷子拜年，谢礼，陈英义父问了句苏家儿子，才知道原来他为了照顾贺汉渚的伤，年是在京师和他一起过的，现在人还没回来，便在发给郑龙王的这封信里提了一句，本是好意叫郑龙王放心，但说者无心，听者却是有意。

以郑龙王这样的老江湖，事关放在心里的人，能猜到点什么，也不是难事，果然，刚才不过略微施压，这个贺家的孙子，自己便就承认了。

郑龙王一扫先前的疲态，身体挺得笔直，双目如电，紧紧地盯着对面的这个年轻人。

"我不通官场，但想来官场之凶险不逊江湖，乃至更甚江湖。至少，江湖还是个讲规矩的地方。贺司令，你不是甘于平庸之辈，何况你还身负血仇，深陷其中，你不进，便没有退路，个中难处，你应该比我这个门外之人更是清楚，我不多说了。我也非常欣赏你，但是，恕我直言——"

"贺司令，你和她，不是同道中人。"最后，郑龙王缓缓地说道，一字一句，声音不大，却宛如重锤，直击贺汉渚的耳鼓。

他忽然觉得郑龙王口里说出的这话很是耳熟，自己仿佛从前在哪里听说过。

是的，他确实听过，不止听过，并且这话也曾经从自己的口里说出来过。只不过那时候，是他教训王庭芝的话。

他只觉自己的心脏一阵狂跳，冷汗顿时涔涔而出，咽喉如被一只看不见的手给掐住了，胸中一阵气闷，仿佛透不过气，什么话都说不出来了。

夜潮渐涨，推着江心的一股湍流无声无息地涌向船体，篷船再次被冲得左右晃动，头顶的马灯也随之剧烈摇荡，灯柄和挂耳之间的关节生着斑斑的铁锈，随着灯体的晃动，发出咔嗒咔嗒的刺耳之声。

贺汉渚依然那样坐着，身影投在其后的舱门上，随着船体也在左右地晃。

江流涌了过去，船体渐渐恢复了平稳，刺耳的咔嗒咔嗒的声音，也终于在耳边消失了。

郑龙王方才那逼人的目光也消去了，他望着依然沉默着的贺汉渚，神情渐渐变得萧瑟了起来："贺司令，我老了，这个世代也早不是我从前的世代了。翼王窖藏埋我手中无用，我知这些年也一直有人在暗中刺探，倘若有朝一日，不慎落入奸人手里，便是助纣为虐。这窖藏不多，但也不算是小钱，我估算了下，以今日之价，足以支撑十万人两三年的军饷。我愿助你，全部献出！"

贺汉渚的心咚地一跳，猛地抬头，站了起来。

郑龙王摆了摆手："借这个机会，我再多说一句。陆宏达当年设计陷害令祖，固然是你贺家灭门之首恶，但据我所知，最初的起因，却是有人私下匿名以所谓当年夹门关知情人的身份向他告密，称令祖与我父面谈之时私下立约，得了窖藏之秘，所以事后才极力坚持放走了那几百人。你祖父的信守诺约，落在无耻之辈的眼里，便成了别有用心，另有所图。就是因这个似是而非的告密，才有了陆宏达随后的罗织罪名和陷害。这些年我常想，我父当年对你祖父提及窖藏一事极是私密，外人怎会得知。告密者，或许便是你祖父身边的人。至于是私怀怨恨意图报复，或者小人不知君子之义，以己度人，认定你祖父是因窖藏之利才坚持放人，贪念驱使之下，做出恶事，我不敢肯定。言尽于此，贺司令你是个人物，今夜能够和你会面于此，畅所欲言，郑某荣幸之至。"

郑龙王话锋一转，忽然掀了盖在身上的毯子，缓缓地站了起来。

又一阵江流涌过，船再晃，他身形也随之晃动，有些立不稳脚的样子。

贺汉渚箭步上去，待要扶他，郑龙王已是自己扶住了椅把，立稳脚，接着，竟朝贺汉渚郑重地行了一礼，道："多谢你对叶氏之女的救命之恩。无以为报，受我一拜。"

贺汉渚怎能受他这样的礼，立刻扶住他的手。

郑龙王的双手仿佛龟裂的旱地，掌心更是布满重重老茧，触手微冷，但在他反握住贺汉渚的手时，却仿佛两只坚硬的铁犁，依然十分有力。

他紧紧地握了握对面这个年轻人的手，凝视着他，缓缓地说道：“贺司令，希望你能考虑一下我的话。我随时准备好了。”

“我等着你的回复。”

深夜，天气变得愈发阴沉，头顶的弦月彻底看不见了，风也渐渐大了起来，江边起了微浪，卷动一排泊船，微微晃动，似乎就要下雨了。

等了许久的丁春山终于看见那条船再次动了，从漆黑如墨的江心回来，缓缓地靠岸。

一道身影从舱里走了出来，他认出正是上司。

光头汉子也再次现身，恭敬地将人送上了岸，那条船便再次离岸。

“司令——”丁春山上去叫了上司一声，却没听到回应，看了一眼，见他停在岸边，似目送着船。

船很快走了，船影也彻底地消失在了夜江之上，他却还没离开，依旧面江而立。

丁春山不知道他在看什么，直觉气氛沉重，迟疑了下，停了脚步，没再继续靠过去，而是安静地等在一旁。

再片刻，他忽然感到面上微湿，仰头，天已落雨。

“司令，下雨了！”他忍不住再次出声提醒。

贺汉渚终于转过了身，迈步离去。

几天之后，他风尘仆仆悄无声息地入了省府，来到了那条名为太平的街。

贺家曾承载了他许多记忆的老宅便位于这里。

在他的记忆里，双扇大门，一宅三院，青砖灰瓦，古朴庄严。曾经大门前的两只石狮和那一排的拴马桩，也见证了无数的节变岁移迎来客往。而今，几度变迁，石狮早已没了，拴马桩的位置也只剩下了残留在地上的一排孔洞。

贺家的这座旧宅，先是成了前府台的兵营，再变成一名富户的私宅，几年后那人家道败落，转手到了外地大贾的手里，被用作会馆。再后来，会馆也经营不善倒闭，无人接手，几年之前，他派人将宅子盘了回来。

他知道，这座老宅早已面目全非了，尘螨蛛丝，荒草丛生。再不见祖父曾经手把手教他写字的书房，也没了书窗外那一枝曾伴他多年的蜡梅。

他一直没有回来过，也没有叫人重新清理，或者试图去恢复成从前的样子。

即便是去年，他回来扫墓，也没路过这里。

他曾对自己立誓，贺家的仇一日未报，他便一日不会回来。

就让它颓败着。

倘若感到软弱，疲乏，踯躅徘徊之时，想起这里，他就能再次恢复他的力量，穿回他的盔甲，握紧他的利刃，继续朝前行去。

细雨霏霏，丝绒一般的水雾随风卷着，打湿了压在他头上的礼帽。

水缓缓地渗透而下，终于聚成水滴，穿过贺汉渚的眉，沿着他的面容滚落而下。

他便如此立在街口，立了许久，远远地眺着那两扇紧锁的破败不堪的褪了色的大门，他发现时至今日，他竟还是没有勇气走过去，去推开那两扇记忆里的门。

他贺汉渚是一个不折不扣的懦夫。

学校在元宵节后开了学。

去年放假前被调走的没有参加期末考的蒋仲怀等人回来补考完毕了，唯一能和苏雪至竞争的同级同学高平生，因他军事体育科成绩也只一般，位列第二，就这样，苏雪至如愿以偿，终于正大光明地搬回到了她去年曾经住过的那个独寝，再也不必担心生活不便了。

她实验室的计划也有了一个顺利的开头。开学前，她提前向校长打了报告，说有意向和余博士一道研究一个关于微生物细菌方面的课题，希望能准许余博士自由进出学校和实验室。

她的实验室属于傅氏定向捐赠，私人性和自由度很高。校长自然不会干涉她研究的内容，批准了。

苏雪至便忙碌了起来，很快出了正月，又过去两周，时令进入二月的中旬。

又一个周末到来了，因为上周太忙，她没回出租屋，这周有点空，就想回租住的地方去看下表哥。和余博士分开后，她出了实验室，离开前，迟疑了下，看向校长办公室的方向，正要过去打个电话，看见校长办公室的助理跑了过来叫她，说有她的电话。

“是贺小姐打来的。”

苏雪至心一跳，立刻跑了过去。

真的太巧了，其实她刚才就是想打电话找贺兰雪，问下她这几天有没收到她哥哥贺汉渚的消息。

他是正月初七离开京师的。

从他走了后，苏雪至就时刻关注着报纸。到了月底，她从报纸的消息获悉，他顺利地平定了关西的乱子，当时各大报纸还刊载了马官生发给大总统的电文。

苏雪至当时便安了心，开始算他什么时候能够回来。

以她的估计，二月初十左右，他应该能够回到京师。

再继续扳手指计算，在京师，他也需要几天耽搁。大总统的接见、庆功、同僚间的应酬，这些都是必不可少的。

苏雪至再给他一周的时间，应该足够，到了二月十七的前后，他应该就能回到天城了。

然而，今天已是二月二十日了，他比她预计回京师的时间，已经推迟了十天。

上周起她做事便心不在焉了，时不时会想到他，猜测他是不是在路上耽搁了，或者又去办别的什么事了。

幸好没两天，贺兰雪那里收到了关于她兄长的消息。丁春山发回来一个电报，说推迟几天才能回，贺兰雪当时立刻就转给了她。

苏雪至这才又安下心，耐下性子，暗暗地继续又等了一周。

明天是周末，刚才她有点忍不住了，想再联系贺兰雪问下她这几天有没关于她哥哥的最新消息，没想到贺兰雪自己先打来了电话。

她奔进办公室，一把抓起话筒："兰雪，是我，有事吗？"

"苏少爷——"贺兰雪现在还是这么叫她，是苏雪至让她继续这么称呼的，"你应该也知道了吧？我哥哥他上午回京师了！我是刚才贺妈打电话告诉我的！我哥哥有没和你说，他哪天能回天城？"

贺兰雪的声音听起来充满了欢喜。

苏雪至心里蓦然也涌出一阵喜悦之情，定了定神，转头瞥了眼刚跟进来的校长助理，背过身，压低声道："我还不知道。"

贺兰雪仿佛有点意外，脱口道："我还以为哥哥和你联系过了呢！他人都回京师了！"

苏雪至刚才只觉喜悦，听她这么一说，顿了一下："他应该忙吧，今天刚回来，想必事情很多。"

贺兰雪恍然："对，对，你说得对，我哥哥他今天一定很忙！等他空了下来，他肯定会和你联系的！你要是知道了他哪天回来，记得也告诉我一声！我现在老是找不到他！"她的语气带了几分小小的抱怨。

苏雪至含笑答应，和她又说了两句，挂了电话，便匆匆回到寝室，收拾了下，立刻离开学校，回到城里。

“卖报！卖报！刚出的今日晚报！”一个报童在街上跑着，挥舞报纸，大声叫卖。

苏雪至叫住报童，买了张还散发着油墨味道的晚报。

打开，第一眼就看见了一条占了很大版面的消息。

果然是关于他的消息，今日上午十点，大总统派去处理关西之乱的特使凯旋，乘坐火车，回到京师。

大总统派多人去往车站迎接，设军乐队，场面隆重。

消息的下方还配了一张照片，照片拍摄于站台，应该是他刚下火车时的情景，镜头里挤满了人，他立在中心，是整张照片的焦点。

照片的像素模糊，但穿着军制服的他身姿笔挺，笑容满面，掩不住的容光焕发，那双望着镜头的眼里，光芒仿佛穿过纸面，直击人心。

苏雪至看着这条刚刚发生在今天早上的新闻，反复地看了好几遍，最后和照片里那个人对望着，想起一个半月前的那天，他追上火车，将装了戒指的盒子强行放入自己手里的一幕，心竟没来由地微微颤了一下。

因为是最后一个学期了，本科班的学生今年夏季便将毕业，课堂教学几乎全部结束，这个学期大部分的内容是安排到附属医院实习，以及随后会有的军队实习。

实习对苏雪至而言，问题不大。如果没有贺汉渚这个变数，她现在的全部精力其实都可以投入到实验室的工作里了。

从他凯旋的消息见报后，又过去了三天。

他却始终没有联系她。

这三天里，苏雪至无心旁事，每天替自己找一个他不联系的理由。

第一天不用说了，他肯定非常忙碌——什么理由都不必找，没空是理所当然的。

第二天大总统接见，庆功。这个理由，她在报纸上找到了力证。

第三天，他应该是忙于应酬。他本就是交际场上很受欢迎的人物，现在据报纸这两天的口风，关西一事，不但往他的资历上添了浓重的一笔，而且他的威望也得到了极大的提升，升官指日可待。

到了第四天，苏雪至再也找不出能说服自己的理由了。

再忙，也不至于连打个电话的时间都抽不出来。

城里租住的房子没电话，但从他回京师后，她一直住在学校里，完全可以找得到她。

不联系，唯一的理由，就是他不想，如此而已。

他不可能一直不回来。

苏雪至决定不再找理由了，告诉自己，耐心等着就是。

今天轮到她去医院实习，医院里有件重要的事，和输血有关。

清和医院对输血这项医疗技术的工作做得十分先进，可以说是国内目前走在最前列的一所医院。但即便这样，年底前傅明城的那台心脏手术在这个环节里还是出了意外。当时如果不是临时采用自体回输的措施，那台手术恐怕就是另外一个结果了，而并非所有的手术都适合自体回输，加上存在感染风险，出于总结和教训，在校长的建议下，军医附属医院决定效仿清和医院建血库，以备不时之需。

血液的保存需要严格的温度和适合的环境，以当代的工业设备水平，却是很难支持保存血液，现在的血库概念就是动员更多的人自愿接受血型检测，建立档案，当需要的时候，可以随叫随到，提供血源。

虽然手段原始，但意义却十分重大，苏雪至非常支持。这天一早，她摒除心中杂念，去了医院。

她到了后，意外地看见了木村院长，他正向附属医院的医生现场传授清和医院在这方面的一些总结和经验，并向实习学生讲解了目前国际医学界对于血液的最新研究成果。不但如此，最后他还亲自现场演示了他最新研究出来的检验并判断血型更为便捷的一种方法。

他的助手告诉大家，木村先生为这个研究成果写了一篇论文，投给了柳叶刀杂志，正等待发表。

也就是说，他竟在研究文章公开发表之前，冒着被人剽窃的风险，向同行提前传授经验。

木村先生这种对于医学事业的热忱和无私分享的精神，不但赢得了附属医院全体医护和实习学生的热烈掌声，苏雪至也再次深受感动。

在她的实验室里，抗生素的研究工作才刚开头，她不知道能否成功。

将来如果能够成功，她也无意靠这个卖专利赚钱。这不是属于她个人的成果，况且，单一的保密生产，以现在的工业化水平，产量势必有限，推广不开，救的人也将非常有限。

就她本人而言，她其实更愿意做一个像木村这样的国际主义医学从业者，公开发表实验数据，让各国医学界的人士都能自由取用，这对于推广药物为全人类服务的意义，不言而喻。

但是，苏雪至也很清楚这东西对于战争的意义。

正是出于这个顾虑，除了她能够信任的合伙人余博士，她还没有向任何人透漏过关于抗生素这样一个对当代而言还是全新的医学概念。

但这并未妨碍她对木村先生的敬重。

木村的事情结束后，校长向他表示感谢，聊了一会儿，将苏雪至也叫了过去，道："我和木村院长等下要去看下傅先生，做一个关于术后情况的评估。你也一起去吧。"

像傅明城那样的心脏手术，属于高难度的级别。作为主刀医师，校长自然格外重视。傅明城当时在医院里住了三周，是上个月的下旬出院回家的。在他出院后，校长每周一次会亲自去往傅家做回访。

苏雪至知道傅明城的术后恢复很是不错。

现在手术过去已经快两个月了，除了剧烈活动还被严格禁止之外，其余日常的轻微活动已渐渐恢复。

木村也笑道："手术真的非常成功。听说他最近已经能在家中处理公司的事务了。再过些时候，想必就能痊愈如初。和校长你的医术真的非常了不起，我十分佩服！"

校长在同行面前自然非常谦虚，摆手说，手术能够取得成功，是全体参与人员的功劳。

"尤其是小苏，要记大功！"

木村也频频点头，看着苏雪至，目光里充满了赞许之色。

苏雪至忙说侥幸，又推辞说自己不去了，医院很忙，她想留下帮忙。

校长想想也是，便也没勉强，和木村一道走了。

苏雪至暗暗松了口气。

年底前的那天，傅明城术后苏醒，向她坦承自己早就知晓她的身份，还向她表白感情。苏雪至当时十分感动，但毫无疑问，她当场便拒绝了他的求爱，随后她只身开车去了京师。然后是正月，她回来后，获悉他恢复良好，也就放了心。

这段时间为避免尴尬，像见面这种事，自然是能免则免。

送走了校长和木村，苏雪至便投入了工作。

第一批自愿加入血液库的人自然是本院医护和军医学校的学生。尤其是学生，更是踊跃，苏雪至的七个前室友全都来了。自愿报名的人通过初步的体检，就可以接受血型检验了。

苏雪至和几人一道负责抽血，忙碌间，见表哥叶贤齐和贺兰雪也一起来了。表哥要求参加血型的检测登记，说要弥补自己从前学医不成的遗憾，舍出血肉，支持医学事业。

苏雪至记得清清楚楚，去年小玉出事需要输血的那回，他已经检验过血型了。现在却装作不知，又跟着贺兰雪来了，做出这么一番样子，因为什么自然心知肚明。

又见他背对着贺兰雪，使劲冲自己丢眼神，想想算了，他要再挨一针，随他好了，便亲手替两人各自抽了血样。

贺兰雪学校里下午有课，抽完血就要回去。

苏雪至送她出了医院。

汽车在外头等着，叶贤齐跑过去，抢在司机之前殷勤地替她开了车门。

苏雪至见贺兰雪还站着，似乎不想走。

小姑娘藏不住心事，忧愁着脸，一副欲言又止的样子。

她装作不觉，若无其事地笑着催道："回吧，有了结果我就告诉你。谢谢你的加入。"

这两天，她感到贺兰雪似乎也觉察到了什么，没再像刚开始那样，频频向她打听兄长哪天回天城的消息。

果然，她最后还是没说什么，点了点头，转身低头上车去了。

苏雪至目送汽车离去，转身进了医院，继续做自己的事。

她在医院里忙碌了一天，傍晚结束工作后，几个一同轮班的同学要进城吃饭，邀她同行，她婉拒了，直接回校。

她依然是步行，一个人走在那条两旁都是荒坟地的路上。

白天事忙，她忘了心事，现在空了下来，心事便再次浮上心头。

忽然，身后传来了自行车的铃声。

"雪至——"有人喊自己的名字。

她转头。

表哥骑着他的自行车，风风火火地追了上来。

她还以为他有什么急事，原来不过是来向她打听贺兰雪的血型检验结果，说自己答应帮她来问的。当得知她是B型，和自己的血型相同，他十分得意，话里话外一副他和贺兰雪十分有缘的口气："我就知道！雪至你说，我跟贺小姐是不是挺有缘的？她跟她哥都不是一个血型，居然和我一样！"

苏雪至不想直接打击他，加上自己的心情也不怎么样，不作声。

"走吧走吧，我送你，这还有几里地吧。"叶贤齐拍了拍自行车的后座，让表妹上来。

苏雪至坐了上去。

叶贤齐一边踩着自行车往学校去，一边继续絮絮叨叨地和表妹扯着闲话："雪至你知道了吧，贺小姐和我说的。那个贺家的司令，他回来了！我今天还特意找了头两天的报纸看了看，挺威风的。他是不是要升官了？等回了天城，咱们要不要过去给他贺个喜？你去的话，叫我一声，我和你一起去。你不去，我也拉倒，我看见他就心里发怵。"

苏雪至坐在自行车的后座上，望着野地尽头的地平线上快要落下去的夕阳，继续想着自己的心事，没应声。

叶贤齐丝毫也没觉察到身后表妹的情绪，愈发兴致勃勃了起来："哎，对了，刚说到血型，我跟贺小姐一样，你和他一样，你说巧不巧？"

苏雪至终于回过了神："你怎么知道他血型的？"

"不就去年傅氏年会的那个晚上，周小玉出事，要输血……"叶贤齐顺口应了一句，突然仿佛想起什么，打住了。

"小玉输血？跟他有什么关系？"苏雪至听他话说一半没了，问。

"没关系，没关系！我随口瞎扯的！你也知道我说话没个谱。雪至，你怎么越来越沉了，最近你是不是胖了——"

叶贤齐假意蹬不动车，把着车头歪歪扭扭作挣扎前行状，见表妹已从车上跳了下去，站在路旁，只好跟着停了下来，一脚踩地，扭头催她："你上来啊，赶紧的。送完你，我还要回去呢，有事！"

"小玉上次输血跟他什么关系，你说清楚。"

搪塞是搪塞不过去了，叶贤齐只好道："他自己说的！"

"他怎么突然和你说这个？"苏雪至愈发疑惑了。

反正也不是坏事，说就说了，叶贤齐索性把当时自己跑去找他的经过讲了一遍。

"那天晚上我在医院里没看见他来过！"苏雪至记得很清楚。

"你肯定不知道！别说你，我也不知道他是怎么想的。我跟他赶到医院的时候，傅明城刚好把输血的人都叫了回来，你恰好也从诊室里出来，他掉头就出去了，还吩咐我不要把他来过的事告诉你，然后就走了。"

苏雪至呆住了，突然醒悟过来，质问："你怎么现在才说？"

叶贤齐叫屈："我的表妹，是他不让我说的！对了，你可千万别告诉他你知道了！我的嘴最严实了，今天真的是个意外！"他看了眼天色，"好了好了，你赶紧上来，天要黑了！"

苏雪至的心里涌出一阵细细的甜蜜又感动的暖流，不再说话，再次坐回到表哥的自行车后座上，回到学校。

表哥蹬着车又风风火火地走了，和他来时一样。

她回到寝室，关门，拉了窗帘，开灯，坐在灯下，再次拿出了他送自己的戒指，在指尖转了几圈。

灯光里，朴素的暗金闪烁着玫瑰色的柔和光芒，上面那几个简单的字样，她已看了不知道多少遍了。

汉渚谨诺。

那种甜蜜又感动的感觉再次涌上了心头。

为什么一定要等他先联系自己呢?

自己为什么就不能先联系他?

或许是丁春山忘记了把自己的话传给他，他还在担心自己在为上次的事别扭着，生着他的气，所以他才不敢联系自己?

他好像一直就是这样的。在外头看着很威风，别人怕他，但自从两人暧昧之后，私下里在她的面前，每到关键时刻，却是缩手缩脚一副很没自信的样子。

总之，不管这个猜测对不对，也不管他是出于什么样的缘由，直接找他问清楚不就知道了，远胜现在这样猜来疑去自我折磨。

血微微地热了起来。

苏雪至不再犹豫，收好戒指，立刻便起了身。

这个时间，校长办公室里已经没人，苏雪至回城，电话局也关门了，她径直来到贺公馆。

贺兰雪惊喜地从楼上飞奔而下。

“你怎么来了？有事吗？”

“没别的事，借电话一用。”苏雪至笑道。

“想找你哥哥。”她又解释了一句。

贺兰雪听了先是欢喜，接着又一顿，把站在一旁的梅香给撵走，等边上没人了，看了眼她，小声地说：“我哥哥他现在可能不在……我听贺妈说，他回来后的这几天，天天都要半夜才回，很忙……”

“没关系，我让贺妈给他留个言。”

贺兰雪松了口气，急忙点头。

苏雪至拿起电话，要了个打往京师的长途，等待了片刻后，终于电话转到了她要的地方，丁家花园。

接电话的是贺妈。

果然就像贺兰雪刚才说的那样，贺妈说他不在，不知道什么能回。

“孙少爷这几天可忙坏了！回来后我看他就没睡过一个囫囵觉！家里从早到晚，不停有人找！苏少爷你是有事吗？要是你有留言，我帮你转达！等孙少爷一回来，我马上就告诉他！”贺妈热情洋溢。

“没别的事，就是劳烦你告诉他一声，我找过他，让他有空，回个消息给我。”

“好的好的，我记住了！”

苏雪至道过谢，挂了电话。

贺兰雪留她晚上睡这里，苏雪至婉拒。

贺兰雪也不强留，就让她乘自己的车，说让司机送她回去。

这个苏雪至没拒绝，贺兰雪依依不舍地送她出来，一直送到大门口，趁人不注意，将唇贴到她的耳边，飞快地耳语：“苏姐姐你太好了。我哥哥他要是以为这回升官了，眼睛长头顶，敢欺负你，我发誓我一辈子都不理他了！”

苏雪至心里又涌出来了一股暖流，笑着点了点头，让她进去，自己坐车，回到了学校。

这时已经是晚上八点多了。

打完了电话，她如释重负，心情比前些天要轻松不少，见时间还早，想去实验室看一下。

一切都是从头开始，第一步，是要找到青霉菌，然后进行反复的培养、分离，直到得到可以用的纯种霉菌。

这个过程的长短完全无法控制，运气好可以很快，但运气不好，一年，甚至几年，都有可能。

好在霉菌在自然界里分布广泛。开学后到现在的这段时间，苏雪至和余博士两人基本一直都在到处收集霉菌。

因为只有两个人，进展缓慢。苏雪至其实也在考虑招几名有生物学基础的学生当实验室的助手，但考虑保密的需要，又在犹豫不决。

前几天，余博士在一块肉渣上发现了霉菌，移在培养基上进行培养。

苏雪至想去看一下进度。

今天余博士还在外面找菌种，没来实验室。

她回了寝室，取了实验室钥匙，正要出来，忽然外面传来一阵急促的脚步声，接着有人啪啪地敲门。

她打开门，见竟是余博士来了。

他的神色显得极其怪异，眼眶发红，看到她，人一时几乎说不出话来。

他大晚上的找了过来，情绪又是如此的激动。

苏雪至吃了一惊，不知道出了什么事，急忙请他进来。

余博士摇了摇头，哑着嗓道："小苏！青鹤可能找到了！"说完，他的眼眶一红，再也忍不住，泪光闪烁。

"他人呢？"

苏雪至心一紧，立刻追问。

看余博士这个样子，必然是凶多吉少。

东亚药厂去年破产之后，被另一家药厂并购，现在正在进行改造。中午，工人在一个废弃的废水坑里排水的时候，池底出现了一具高度腐烂几乎只剩骨架的尸体，众人联想到了之前失踪的吴青鹤，当时就报告到了警察局。孙孟先非常重视，亲自赶了过去，但一时之间无法确定身份，暂时封闭药厂，严禁闲人进出，说要进行尸体的勘验，最后确定身份。

"一定是青鹤！一定是他！他们杀了他，把他扔在了废水池里！畜生！这帮该死的畜生！"余博士泪流满面，人微微颤抖，忽然，他的脸色发白，手扶着墙，慢慢地倒了下去。

他的身体本来就不好，此时情绪太过激动，竟晕厥了过去。

苏雪至大惊，急忙施以急救，等他恢复意识后，觉他脉搏心跳血压都不是很稳定，怕出事，立刻叫来了蒋仲怀等人，将人送去附属医院。

蒋仲怀二话不说，背起余博士就和几个同学一道朝外而去。苏雪至跟在后，将余博士送到了附属医院。

经过一番用药，余博士的情况终于稳定了下来，躺在病床上昏昏沉沉地睡了过去。

苏雪至向蒋仲怀等人道谢，让他们回去休息。

同学走后，苏雪至一个人坐在急诊室门外的椅子上，出着神，忽然大门外面传来一阵动静，有人进来。

她以为是夜诊的病人，抬头见竟是警察局长孙孟先下面那个叫姚能的人，带了几个手下，连夜找她到了这里。

姚能的态度十分恭敬，把中午在东亚药厂废水池里发现尸体的事情说了下，接着道："因为尸首高度腐烂，我们没法辨认身份，但今天消息已经传开了，很多记者闻风而至，都在等个说法。知道您在这方面有所专长，以前也帮过我们的大忙，所以我们局长派我来请您，可否请您过去再帮个忙？"

苏雪至定了定神，从椅上慢慢地站了起来。

就在这时，医院的大门之外疾驰来了一辆汽车，嘎吱一声制刹，停在了门口。

苏雪至扭脸，见一个穿着军装的男人从车里推门而下。

医院门口的灯光照射到了那人的脸上，透着几分风尘仆仆之色。

竟是贺汉渚!

他在众人诧异的目光里大步走了进来，停在她的面前，转脸，对姚能淡淡地道："我这里有事，需她帮忙，叫孙局长另外找人办事。"

他说完，丢下姚能，却也没问苏雪至的意思，伸手便轻轻地攥住了她胳膊，半请半强制地带着她径直出了医院的大门，一直走到车前，用另一只手替她打开车门。

"上去吧。"他低声说了一句，便将她推进车里，关上了门。

前些天在等着他回的时候，苏雪至曾经设想过很多次，两人将会如何碰面。

她没有想到，时隔一个半月之后，再见会是如此一个情景。

将她弄上车后，他便驾车带她往城里去。

苏雪至终于反应了过来，心跳也慢慢地从刚才乍见到他现身的激动里平复了下来。

一时间，无数的话从她的心里涌了出来，然而面对这样的他，她却好像又不知该说什么。

"你从京师刚到?"她转脸，眼眸望着身旁那张在夜色里显得半明半暗的侧脸，终于，轻声地问。

他"唔"了一声。

"你要带我去哪里?"她看了眼车窗外有点陌生的街道。

她来天城的时间也不算短了，但平常大部分时间都在学校，除了几条主街和一些和日常有关的地方，很多街道她都不认识。

他没有回答她。

苏雪至便没再问了，任他带着自己穿行在夜幕笼罩下的天城里，进入新界，最后停了下来。

他下车，替她开了车门。

她抬眼，见是一处陌生的所在，小洋楼的样式，大门紧闭，四周花木扶疏，摇影婆娑，十分静僻。

门很快打开。

苏雪至意外地看到唐小姐无声无息从里走了出来，微笑着低声道："苏少爷请进。知道您要来，这边现在很清净。"她的语气十分恭敬。

苏雪至看了贺汉渚一眼。

他将她带了进去，送她到了一个房间里，吩咐："你在这里先安心休息几天，暂时哪里都不要去。有需要尽管和唐小姐提。"

"等我回来了，我再向你解释。"他深深地看了她一眼，说完，转身要走。

她已经明白了过来。

那具白天被意外发现的尸骨，或许将会引发一场风波，风波通往何处，她还不知道。但她知道，这背后必定充满了肮脏。

他想让她置身事外。

她叫住了他："是因为药厂发现的那具尸骨吗？"

他停步。

"又要隐瞒一些不能叫人知道的东西，是吗？"她望着他的背影，又轻声地问。

他立了片刻，缓缓转头："对不起，让你失望了。"

苏雪至沉默了片刻，望着他的眼，说："如果可以，等事情完了，请给那具骸骨一个应该有的对待。它值得有人情的对待。"

他和她对望着，什么也没说，转头匆匆走了。

就这样，苏雪至在这座显然是唐小姐私宅的房子里住了下来，待了三天。

房间里的设施很好。唐小姐显然是个非常懂得享受的女人，虽然平日打扮传统，但住的地方却是西式装潢，房间里不但有浴缸、能提供热水的洗澡设备、抽水马桶，甚至连暖气也装了。

期间，苏雪至一步路也没出房间。

第一是走不掉，外头有人。第二，他既然这么安排，她自然不会强行离开，悖逆他的意思。

这三天里，这座房子的主人唐小姐也将她照顾得很好，到点便亲自给她送饭，其余时间则如同隐身，绝不至于烦扰到她。

苏雪至让她给自己送来每天的报纸，她也照办了。

第四天的深夜，苏雪至听到敲门声，过去打开门。

唐小姐站在门外，含笑道："苏少爷，您可以走了。"

苏雪至走出了这座她待了四天的小楼。

大门外停了一辆汽车，丁春山在等着她，见她出来，快步走来相迎，送她回往学校。

这短短又漫长的几天里，当她在小楼里冥想，消磨时间的时候，外面，围绕着那具被意外发现的尸骨掀起了一场声势浩大的风浪。

去年东亚药厂一案因牵涉过大、性质恶劣令人发指，在当时，吴青鹤下落不明疑似遭到药厂灭口的事便引来了全社会的极大同情。只是找不到下落，事情慢慢也就过去了。现在突然又爆出这样的消息，立刻再次引发关注。甚至在次日，就有报纸刊载了一名药厂“前工友”匿名提供的回忆报道，称去年十月初，有一天晚上夜班，那人外出如厕，曾远远撞见几名工厂打手抬着一条布袋似的东西往后头的废水池方向去，那天之后，时任药厂生产经理的吴青鹤就再没露过面，据说他是辞职回了老家。当时那人也没多想，后来药厂出了事，他想起来心里疑惑，但怕惹祸，一直不敢提，直到现在，终于鼓起勇气说了出来。

但是，天城警局请的医师在检查了被废水腐蚀得几乎只剩尸骸的遗体后，对比过吴青鹤生前同事提供的他的身高等特征，做出了不是吴青鹤的判断。

消息公布之后，社会各界不接受这个结论，舆论哗然。有的怀疑尸检结果是被警局操纵了，有的批评医师平庸无能，建议请之前在这方面颇有名气的军医学校里的那个姓苏的学生参与检验。当天就有许多记者直接去往军医学校找人，甚至找到了对方租住在城里的住处。

非常不巧，学生这几天人不在天城。

和校长出面解释，说他和实验室的一名同事对实验室现有的干燥设备不满意，一起去了外地寻找更好的设备来源。记者这才作罢。

与此同时，随着事件的快速发酵，舆论也再次提起当初药厂那不了了之的关于后台人物的调查，隔一天，传言就四处散播了开来，暗中纷纷指向王孝坤。

事情闹得太大了，大总统很快下令，命京师警察厅接管了案子，委托那名现被京师警察厅聘为特别顾问的苏格兰场法医、英国医师莱恩再次来到天城检查尸骨。

场面是公开的。在众多记者和相关人士的见证下，莱恩经过检查，声称这具尸骸不可能是吴青鹤，根据他的经验，极大可能是名女性。这个时候另外一名以前在药厂的废水池这里做过工的女工也站出来证明，说去年有个和她关系不错的女工友突然走了，当时自己以为她是受不了这边的脏活不辞而别，现在看来，应该是在独自干活的时候不慎掉下水池淹死了。

前有洋人顾问的背书，后有工厂女工证词，不管民间如何谈论，这件闹得沸沸扬扬的东亚药厂废水池尸骸案就此下了一个官方结论，系此前在此工作的女工不慎跌入水池死去后的遗骸，和那个药厂前生产经理吴青鹤没有任何的关联。

吴青鹤依然生死不明。也就是说，还有可能活在世上。

既然可能活着，要求立案进一步调查他死亡内幕的诉求，自然不会被警局接受了。

丁春山送苏雪至回到学校后，没有立刻离开，告诉她，余博士现在正在实验楼里等着她。

深夜的校园里，教学楼和寝室楼的那片方向，除了几盏夜间照明的路灯之外，其余地方，全都漆黑一片。

苏雪至在丁春山的陪伴下悄然到了实验室，在标本间，她见到了余博士。

他坐在地上，神情呆滞，两眼怔怔地望着他身旁的一口木箱，听到她进来的脚步声，抬起一双布满了血丝的眼，慢慢地站了起来，嘶哑着嗓子低声道："小苏，劳烦你帮我看看，他是不是青鹤。"

他打开了木箱的盖。

药厂废水的酸碱性很高，时间又过去半年多了，早就只剩一堆腐蚀得十分严重的骨架，几天前发现的时候，一碰就散，不但零落，很多还是残缺不全的。

苏雪至取了工具，套上外衣，戴上手套，将遗骨一件一件地从箱中取出，摆放在铺了毡布的台上。

很快，她便将箱中的遗骨全部恢复位置，形成一具有所残缺的遗骸。

她先是检查死因。在头骨和其余遗骸的部位，没发现枪伤或者钝器击打过后留下的机械性损伤痕迹。

她推测在落水前的状态，可能是机械性的窒息或者遭受到了没有伤及骨头的体伤。

她没对余博士提这个，继续检查盆骨、坐骨切迹和下颌骨的升支，呈弯状，最后根据耻骨联合面计算了下年龄，说："是男性，年龄在四十岁左右。"

余博士闭了闭目。

确定性别年龄后，她根据遗骸的总体长度大致定下身高，再用股骨和胫骨测得的长度加以推算复核，说：“身高一百七十三厘米，上下浮动误差在一厘米之内。”

余博士看着在灯下带着斑斑腐痕的骨架，颤声道：“是！青鹤他就是这个身高！”

“你回忆下，还有别的关于他的一些体征吗？比如，他以前有没有骨折过？”虽然极大的可能，这具骸骨应该就是吴青鹤了，但出于谨慎，苏雪至又出言提醒他。

余博士想了下：“去年上半年！他左腿的小腿曾经摔断过！愈合后曾向我抱怨，说遇到了庸医，下地后的感觉不是很好，常有胀痛之感！”

一两年内，骨痂应该还在。苏雪至检查了下遗骸的左胫骨。但因为腐蚀得厉害，这一点，她没法做出确定的结论。

她再次仔细检查，终于，自己又发现了一个特殊的点，问道：“吴先生是左利手吗？”

她发现遗骸的左臂、左手和左腿的骨比右侧的要粗壮些。

而一般人因为是右撇子，情况相反。

“是的是的！他是左利手！”余博士猛地点头，又道，“难道真的是……”

苏雪至不想下结论。但性别、身高、年龄，以及左利手这特殊的一点全部吻合，那么误判的概率可以说是微乎其微了。

她没回答。

余博士自己显然也是清楚了，并不需要她的回答。他转过头，怔怔地望着这具静静地躺在台上的尸骸，眼眶再次红了。

毫无疑问，直接的凶手是那个已被钉在耻辱柱上以死谢罪的药厂所有者。

但杀死一个良心未泯仍愿坚持正义的药厂经理的凶手，却又远远不止那一个人。

“对不起。”苏雪至轻声道。

她也不知道自己在替谁说对不起。

是这个永夜难明的时代，还是时代的洪流下，那每一个渺小如同蝼蚁的身不由己的个体，譬如，再也无法坚持为正义去发声的自己？

余博士一动不动。

她悄悄地退了出去，让余博士一个人陪着他的朋友。

“小苏！”她走出来的时候，忽然听到身后传来的声音。

她转身，见余博士追了出来。

“小苏，你不必对我道歉。我明白，全都明白。”他说道。

“能收回遗骨，让我为他落葬，我已经知足了。”余博士目里有隐隐的泪光在闪烁。

“我和青鹤都是凡人，年轻的时候，是存了为国效力的心才毅然远渡重洋外出求学的。现在青鹤去了，如果我们实验室的研究能够成功，将来能为国为民做出贡献，那么于我而言，便是不负初心。于我的朋友而言，也是一种慰藉。我是一个失败者，原本我这一生的结局大约就是潦倒病死，谢谢你，我有了实现初心的机会。我更要谢谢你，让我能够为我的朋友做他在这世上的最后一件事。令他入土为安。”

他朝着苏雪至深深地鞠了一躬，随即转身进去了。

苏雪至在走廊上站了片刻，走出来，向还等在那里的丁春山发问：“你们司令现在人在哪里？”

丁春山道：“年初司令去往关西后，王总长身体每况愈下，数次向大总统请辞，大总统苦苦挽留。这回又出了这样的事，谣言缠身，王总长无法自证清白，正式请辞下野。京师里这两天应该有点乱，所以司令一时之间还回不来。”丁春山偷偷地看了眼她，“司令叫我告诉您一声，等他事情完毕，他便回来找您。”

京师王家，王太太忙着指挥家里的管事和用人收拾东西预备离开京师，暂时先去天城新界里的宅邸落脚。

天城是北方的百年老埠，人口众多，光户籍登记就达两百万之众，又聚集了各国租界的新界，向来就是下野的寓公和败了的前风云人物的养老蛰居之地。

王太太看着满屋七零八落乱糟糟的样子，眉头紧锁，不住地责备下人蠢笨，收拾东西都不会，让别的东西少搬，把少爷房里的物件先行收拾，尽量全都搬过去，免得到了那边住不习惯。

王家用人心惊胆战地应。她见了，又心里冒火，骂下人个个哭丧脸触霉头，倒是把下人给弄得更加心惊胆战，不知道自己是该哭还是该笑。

毕竟，总长是正式下野了，大总统批了，消息也登报了。这是好听的说法，直白点就是下台了，马上就要走了。谁敢笑？不笑，又被王太太责骂，众人正无所适从，鸡飞狗跳，王太太叫住一个管事，问陈家太太有没有什么表示。

陈家就是几个月前刚和自家定了亲的女家，财长府邸。

当听到陈太太那边还没消息，冷笑：“什么狗屁人家！先前巴巴地贴上来结亲，现在看我们家下去了，头都缩了回去！我倒要瞧瞧，他们能坐多久的位置！等我们哪天回来了，看他们又是什么嘴脸！”

管事擦了擦汗，连连说是。

王太太又看了眼丈夫书房的方向，压下心里愁烦，喃喃地道：“还是烟桥厚道。这会儿也就他还肯来送老爷了。”

书房里，王孝坤一改最近的萎靡病态，端坐桌后，和贺汉渚的谈话也进行到了尾声。

“年初你去了关西后，曹惺惺作态，对我数次挽留。现在药厂那事又被翻了出来，最想压下去的就是他吧！洋鬼子验尸，这是收了好处，睁眼说瞎话！”王孝坤冷哼，“药厂的事，就算他自己没沾边，但曹家族大人多，手伸得长，谁不知道！把事情压下去，再针对我进行无耻的陷害和栽赃，贼喊捉贼，也可以顺势批我的辞呈了。妙啊，一箭双雕。”

贺汉渚沉默着。

“我下野了，这也正是我的所愿，烟桥你一定要抓住我替你创造的绝好机会，千万不能错过！我在一天，他和陆宏达就会达成平衡，一起防范我。现在我下野了，他们的争斗就会浮上明面。离选举没几个月了，关西之乱，他不愿意看到，但他愿意看到陆宏达那一派先动手，这样他就有借口操控局面推迟选举，谋求他的长远计划。我听说他今晚设家宴，把你请了过去。你应该知道，他是想重提联姻，在等着你彻底站到他的那一边去。烟桥，让你和曹家联姻，不但是他等你和我割裂、彻底投向他的意思，他恐怕也是要借这个事向陆宏达施压，逼迫他沉不住气，先动手。我退了，他和陆宏达一战，在所难免。他们各自也早在磨刀霍霍加紧练兵了。现在这个关口，只要你和曹小姐联姻成功，他们一定很快就会爆发冲突的。到时候，水混了，你就有了彻底扳倒陆宏达为你贺家复仇的机会！”

王孝坤注视着对面神色冷肃的贺汉渚。

“烟桥，我以前答应过你，我会倾尽全力助你复仇。现在我就是在履诺，我给你创造了复仇的机会。当然，我也不瞒你，我现在不但是在助你复仇，这于我自己也是一个赌局。我把全部的赌注都押在你的身上。如果你输了，不但你复仇无望，我也将很有可能老死乡野。但——”他话锋一转，目光烁烁，瘦削的面上，露出了一缕平日罕见的逼人神采，“我向来将你视为亲子侄。如果你赢了，将来就会是你我一起开创新局的时代！生逢乱世，大丈夫空有为国为民的抱负，却不放手一搏，岂不遗憾？”

贺汉渚从位子上缓缓地站了起来，向王孝坤恭敬地致谢，道了声保重，随即出了书房。

等在外的佟国风代替王孝坤将贺汉渚送了出去，随即匆匆回来，低声道："姐夫，你这样做风险太大！如果将来他复仇成功，扳倒了陆宏达，真的完全投向曹家，那咱们怎么办？"

王孝坤面露寒光，怒叱："小人之心！杞人忧天！烟桥是什么人，你难道还不清楚！往后再让我听到你提这种话，我饶不了你！"

佟国风羞惭，忙低头称是。

王太太接替自己兄弟送贺汉渚出大门，路上强作笑颜，拉着家常："我和庭芝先搬去天城那边，正好和你还有兰雪做伴。就是昨天兰雪打来电话向我问好，闲谈了两句，我才知道，原来她就要出国留学了？"

贺汉渚颔首："是。她很快便要中学毕业了，她立志学医，我便委托一位和我相交多年的德国教授替她物色了一所合适的医学校。等手续办好，很快就能出去了。"

王太太说："虽是好事，但她年纪小，孤身到欧洲那么远的地方去，怎么忍心？要学医，国内不也有医科学校吗？叫我说，不如先在国内学个两年，等她大些再送出去也是不迟啊！"

贺汉渚微笑道："多谢伯母对兰雪的好意。伯母您放心，教授人缘不错，等兰雪过去了，会得到妥善照应的。"

王太太唏嘘了两句，又道："听说大总统晚上设家宴，请你也去？曹小姐她……"

王太太也看明白了，曹家是害自家落得今日地步的罪魁，亏的曹小姐今天竟还不忘打来电话问她的安，说什么过些天去天城看她。

虽则曹小姐的语气诚恳至极，但在王太太听来，难免要歪曲别人的好意。

她微微撇了撇嘴："倒是很会做人，不愧是大家族出来的。不过，我看她的面相，瘦腮帮，三白眼，不像旺夫之相。当然，好在烟桥你自己有本事，倒也不用担心，肯定什么都能镇得住。"

大门也到了。贺汉渚没搭话，只含笑请王太太止步，随即上了司机开来的汽车，乘车而去。

第十三章

晚上七点钟，贺汉渚准时抵达曹宅，大总统的嫡长子曹昭礼亲自出来迎他。

曹昭礼三十多岁，蓄着两撇精神的短髭，西装革履，仪表堂堂。他的母亲是大总统的发妻，贤良淑德，持家有道，不幸在他父亲发家之前就死了，所以他的父亲后来虽然又娶了不少女人，但对于糟糠发妻始终怀有一份感情，连带着对这个儿子也是十分看重，从小便着力栽培，前清之时，还曾安排他跟随朝廷的大臣使团出国游历。

做了大总统后，为避任人唯亲之嫌，曹对儿子和亲眷的任用一向是能免则免。唯独这个长子是个例外，因为深得他心，能力又很出众，长袖善舞，便一直带在身边。尤其这几年，随着地位登顶，大总统深感周遭暗流涌动，手下派系纷争，不少事也开始倚重长子。水涨船高，曹昭礼的身边自然也聚了一群各怀才学之能士。

曹昭礼说说笑笑，领了贺汉渚入内。

曹家的大堂此刻华灯高照，大总统还没出来，曹昭礼先引客人去见老太太。

老太太已坐在高位上，周围簇拥着曹家众多的太太和儿孙后辈们，金玉满堂，富贵逼人。

十二小姐没露脸。

她之所以不出来，自然了，第一曹家是旧派人家，讲究规矩。有客登门，家里除了辈分高的太太们，像她这样的小姐辈是没有资格也不能随意出来见客的。第二，人人都知贺汉渚今晚应邀来赴曹家家宴的意义。既然是和联姻有关，她更不可能现在就出来自堕身份了。

曹家管事代客献上给老太太的拜望之礼。

老西门有名的五福斋糕点两盒，包金嵌犀福寿纹的香木手杖一支。

不算名贵，但也见用心。

呈上东西，也向座上的老太太见礼后，贺汉渚立在曹家大堂中央，面带微笑，受着来自周遭的无数道目光的注视和打量。

今晚他衣着寻常，平日的一套军制服而已，但身姿挺拔，神色坦然，自有一番出众的别样风度。

曹老太太出身于乡间小绅之家，信奉女子无才便是德，大字不识一个，后半辈子靠着儿子一步登天，享尽荣华，在她看来，自己如今就跟以前的太后差不多了，虽也是菩萨心肠怜弱惜孤，但她对后辈冒犯过自家的狂妄之举，一时却是不能释怀。

老太太今天听说那个曾闹出沸沸扬扬风流案的贺家孙子现如今没了后台，一改之前的骄狂之态，竟又重新求上门了。

照老太太的心气，对这种不识好歹的人，不教训一下就是给了天大的脸了。偏偏今晚，人又是当了大总统的儿子请的，她也没法反对。

老太太打量了眼立在面前的年轻人，说："你就是贺家的孙子？早就听说过你了，可算是见着面了。要不是上回耽搁，这顿饭也不至于闹到现在才吃。也罢，来了就好，你也放宽心，我们曹家，不是那种计较是非的小门小户。"

老太太话音落下，堂里静悄悄没半点声息，曹家众人神色各异，看着贺汉渚。

他依然微笑，恭敬道："长者教诲，汉渚受教。"

老太太的鼻孔里"嗯"了一声，态度不冷不热。

曹家老大和堂妹曹十二的关系不错，心里更是明白父亲的用意，见祖母糊涂，连忙打岔，对着老太太道："祖母，父亲还在书房等着烟桥，我先带他过去，等下出来一道用饭。"

贺汉渚向座上的老太太行了个辞礼，随曹家长子转去大总统的书房。

"父亲，烟桥来了。"曹昭礼恭敬道了一声，让跟进来的下人替客人斟茶，随即带着下人退了出去，带上了门。

大总统穿了身家常衣裳，正坐在桌后，戴着老花镜忙着批公文，抬头看了看贺汉渚，亲切地招了招手，让他不必多礼，自己一边继续阅着公文，拉家常似的道："你从关西回来后，我本想让你好好休息的，谁知天城那边药厂的事又出来了，接二连三，我怕你累，就让段启年协助你。怎么样，身体还吃得消吗？要是累，一定及时告诉我，千万不要仗着年轻硬撑。"

贺汉渚致谢："承蒙大总统的关怀，段厅长雷厉风行，那边事也完了，这两天已经空下来了。"

大总统随口道："我也听到了几句传言，说东亚药厂的背后靠山是王孝坤。无凭无据，我其实是不信的。不过，这个案子去年刚出来的时候，是你负责并一手拔除毒瘤立下大功的，关于这个靠山的传言——"

大总统望了他一眼："烟桥你怎么看？"

贺汉渚道："我与大总统持相同看法。无凭无据，不敢妄言。"

大总统"嗯"了声，又道："可惜当日那场大火别有用心，将药厂账册都烧光了，否则到底谁是后台，总有蛛丝马迹可循，查下去就一清二楚，也省得时至今日，栽赃的栽赃，喊冤的喊冤，以至于乌烟瘴气正气不扬，如此乱局，实在非我所愿。"

"怪我无能，当时没能彻查到底。"

"你勿自责，你已经做得够好了，我也只是随口感慨罢了。怎么样，你这两天都在忙什么？"大总统转了话题。

"王伯父今日离京，白天我过去，探望了下。"

大总统闻言停笔，抬头，慢慢地放下了手里的笔，忽然，摘掉老花镜，揉了揉两侧太阳穴，靠在椅上注视着贺汉渚，微笑道："烟桥，你知道我最欣赏什么样的人吗？才能出众固然难得，但知恩图报、重情重义，方是人立身处世之根本。王孝坤今日下野，固然是他咎由自取，但看那些往日围他边上的趋炎附势之辈，今日个个见风使舵，唯恐避之不及，可谓丑态百出。虽说明哲保身逐利而行是人之常情，但也未免叫人齿寒。他们以为我曹某是如此气量狭隘之辈，送下王孝坤，我便会怀恨在心蓄意报复？"

贺汉渚起身道："大总统雅量，若明月入怀，汉渚十分敬佩。"

大总统示意他再坐下去，自己站了起来，双手负于背后，踱了几步，随即停下，道："刚才你进来，可见到十二的面了？平常她在我的面前，对你可是赞不绝口。这个丫头没别的本事，看人倒是颇有眼光。"

大总统说完，含笑望他，眼神带着鼓励。

贺汉渚从座上站了起来。

"多谢大总统的厚爱，但实不相瞒，我今晚登门，并非为求亲而来。"

刚才的融洽气氛顿时凝固住了。

大总统盯着贺汉渚，面上笑容渐渐地消失。

他回到座上，缓缓地坐了下去。

"烟桥，时至今日，我以为某些事，你我之间，应当是无须多说的。你可以看不上我的侄女。但娶了她，对你应该也没什么坏处。"大总统说道，语气喜怒不辨。

贺汉渚神色如常："有句话，不知我能讲不能讲？"

"讲。"

"娶了十二小姐，倘若我想背叛大总统，难道我会因为十二小姐而改变主意？"

大总统倒也不恼，眯了眯眼："你非我嫡系。那么你倒是说说，我凭什么才能放心用你？"

"陆宏达是我死仇之人。我可以凭孤勇寻找机会刺杀他。但是凭我一己之力，我却没法铲除他的全部势力。在刺他之前，我要顾虑我的亲人是否会遭报复，效忠我的下属是否会受连累。所以我的复仇必须是要将陆宏达和他的势力连根铲除。除了大总统你，我能倚仗谁？这个理由还不够吗？何必联姻多此一举。"

大总统盯了他片刻，突然笑了起来。

"有胆色，也够傲气！不愧是我相中的年轻人。忠不必亲，亲不必忠，道理，我当然明白，"他再次从座位上站了起来，踱步沉吟片刻，又道，"但是你也知道，现在你若和我侄女联姻，陆宏达或会沉不住气。只有他动了，我才能有机会抓他破绽。我要的，是这个效果！"

他冷哼了声："姓陆的是条老狐狸，最擅隐忍。现在王孝坤走了，我不刺激下他，他怎么可能动起来让我抓尾巴？他手下的一帮人，以陈公石、戴叔弘为首，时常聚在易王胡同的陈家宅邸里，以俱乐部的名义活动，暗中密谋年中选举对我不利，以为我不知道？就在今夜，他们又在聚会！我不能让他等到年中对我发难！"

贺汉渚道："大总统如果是想向陆宏达施压，逼迫他先动，我倒有一个更方便的法子，立竿见影。就问一句大总统，现在是否已经做好随时开战的准备？"

大总统紧紧地盯着他："你有什么法子？"

贺汉渚一笑，右手探向后腰，从插在腰间的枪套里拔出一支美制的柯尔特自动手枪，举了起来，朝着自己的左臂，毫不犹豫地扣下了扳机。

"砰"的一声枪响，子弹射入他的上臂。

一股鲜血涔涔而出，迅速地濡湿了衣袖，沿着他的手臂流淌而下，滴落在了他脚下的地面之上。

"烟桥！"大总统掩不住内心的惊诧和震动，大喝一声，抢上前去。

贺汉渚额头已经沁出一层冷汗，却是面不改色，将枪插了回去。

"这就是法子。我等下会去医院取子弹，等我走后，大总统您也可以下令去抓人了，问问陆宏达，为什么派人刺杀我。”他一字一句地说道，目光平静而坚忍，却又透着一股冰寒刺人的杀意。

当天晚上，就在京师里的消息灵通人士还在猜测贺汉渚今晚是否真的要向大总统求娶十二小姐，往后仕途锦上添花之时，一个突然惊爆出来的消息，震动了京师的军政两界。

贺汉渚从曹家赴宴出来，半路遭遇刺杀，侥幸逃脱，但人已受伤，入院接受手术。

刺客被抓，承认是受了陈公石的指派。

陈公石是参议院的副院长，陆宏达的结拜兄弟和心腹谋士。

章益玖带着军警直接冲入陈家位于易王胡同的宅邸里，将正在那里密聚的一群陆党骨干全部抓获。

大总统震怒，质唤陆宏达。

陆宏达提前收到消息，连夜逃出京师，与此同时，两派驻军在城北发生了小面积的交火，局面虽然很快就受到了控制，但京师随即进入戒严，全部城门关闭，严禁任何人的出入。

深夜，当居住在城北的民众被一阵密集的犹如除夕爆竹般的响动给惊醒，猜疑到底又出了什么事的时候，贺汉渚的手术终于完毕，在重重的保护之下，回到了丁家花园。

贺妈见他一臂裹着纱布，担心万分，天没亮就起身去看他，到了他的卧室前，却见门开着，房间里空荡荡的，他已是不见。

老鲁说他今早五点不到就走了，应当是回往天城了。

这天从清早开始，苏雪至就忙个不停。

丁春山派手下送余博士带着他老友的遗骨归乡落葬去了，实验室里今天只剩苏雪至一个人。

上午她忙着从上次的肉渣培养基上提取纯种霉菌，准备接下来的分离试验，以获取帚状霉菌。

离成功还很遥远，现在不过是跨出了第一步而已。

下午她还要去医院。

她是实习小组的组长，原本晚上八点钟就能结束自己这个小组的轮班了，但十分不巧，快走的时候，十几里外一个庄子里的村民在今晚的一场同村喜宴上吃了不干净的东西，集体食物中毒，一下竟送来了二十多个人，上吐下泻。

出了这样的事，苏雪至自然不可能丢下不管，带着同学留下来和当班的医师一道紧急施救，忙得是人仰马翻。

好在经过抢救，症状轻的，在接受了催吐洗胃和给药后情况渐渐好转，陆续被家人接走，最严重的几个人也没出大问题，稳定了下来。

等全部急诊处理完毕，医院渐渐恢复宁静，已是凌晨了。

苏雪至让忙到半夜的同学先回学校休息，自己却还不能走，来到医师休息室，做今天的当班记录。

绷了一个晚上的神经放松下来，苏雪至也感到了无比的疲倦。

她打起精神，想快点把事情弄完。但坐下去，没写几个字，人就走起了神。

丁春山那天对她说，王孝坤要下野了，所以他还回不来。等事情完了，他就来找她。

已经过去了几天，昨天她在报纸上看到了王孝坤正式下野的消息。

今天从早上起，她的事情就没停下来过，太忙了，还没来得及看报。

但照她的推测，他应该至少还要几天才能回吧。

苏雪至正出着神，休息室那扇虚掩的门被人推开了。她抬头，见医院里那个去年起就对自己似乎怀有好感的小护士殷勤地探头进来，问她累不累，要不要喝水，说去给她倒。

苏雪至朝小护士笑了笑，道了声谢，说不需要，让她赶紧去休息。

“我没事，我不累，晚上就替你打打下手而已。苏医师你才累吧？呀，窗户都没关好。这两天倒春寒，又冷了，我帮您关窗。”

小护士进来，走到窗前，忽然她仿佛看到了什么，停了一下，转头奇怪地道：“苏医师你来看！侧门出去的路上怎么有个人！这人是来看病的吗？那怎么不进来？外面这么冷，又这么晚了，还站那边干什么？”

苏雪至一顿。

不知道怎的，小护士的描述，让她突然想起了去年的一个夜晚。

那天晚上，她替马太太的儿子做完阑尾手术之后，也是在这扇窗外对面的这条路上，她看到了等着她的贺汉渚。

苏雪至一把丢下了笔，人从椅子上站了起来，疾走到了窗前。

“喏，就那边，你看，刚乍一眼，还吓了我一跳呢！”

医院侧门外的光线很暗，隔了几十米远，那人只是一道被夜色勾勒出的轮廓，肩上似乎披了件大衣，是个男人，静静地立在深夜里。

苏雪至还是一眼就认了出来。

老天！

竟然真的是他！

贺汉渚这么快就回天城了！

昨天王孝坤才正式下野，他今天就回了，来这里找她了！

所有的疲倦之感，一扫而空。

苏雪至转身就朝外飞奔，跑到门口又想了起来，急忙脱了白大褂，一把抓起自己的外套，匆匆穿着，从侧门奔出去，飞快地跑到了他的面前。

知道小护士肯定还在窗后窥着，她极力压下心里涌动的情绪，低声问："你回来了？"

不过如此简单的一句问候，她却感到自己的耳根都暗暗地热了起来。

他是正月初七那日离开的，现在是二月末了。

也是在和他分开了这将近两个月之后，她才知道自己其实有多想他。

一周前的那匆匆一面，只让她对他愈发牵肠挂肚而已。

她见他凝视着自己，应道："是，我回了。"

"等多久了？你怎么不进来？"她继续轻声地问。

"我见你一直在忙，怕打扰到你……"

"所以你就在这里，等到了现在？"苏雪至诧异，忍不住嚷了起来。

他微微一笑："没关系。晚上我空。"

可是晚上这么冷啊！而且，冷空气有可能刺激到他的呼吸。

苏雪至简直是心疼万分，立刻道："我可以走了！"

他点了点头，大衣下的左臂垂着没动，只抬起他的右臂，指了指前方："车在那边。我先送你回校去。"

苏雪至忽然觉得他似乎哪里有点不对劲，但一时又说不出是哪里不对。

她还略略恍惚着，见他已转身朝前走了几步，大概发觉到她没跟上，停步，扭头看着她。

她回过神，忙迈步跟上。

她走到了他那辆停在几十米外的车前，当看到丁春山从车里下来，替他们打开了车门，刚才心里的那种不对劲的感觉变得愈发强烈了。

"上来吧。"他依然是右手替她扶着车门，转头见她立着，还不上车，出声提醒。

其实以他的身份和位置，日常外出有随行或者保镖跟从才是正常的。

苏雪至心里想着，弯腰，坐了进去。

他跟着上了车。

丁春山关好车门，开车沿着野地中间的那条老路，去往医学校。

车里除了他们俩，还有个丁春山，说话不便。

苏雪至便不时地悄悄看一眼坐在自己身旁的贺汉渚，见他始终望着窗外那片黑漆漆的野地，目光凝然，仿佛在想着什么心事。

片刻后，他似乎终于感觉到了她在看他，转回脸，朝她一笑："你靠着，休息一下。到了我叫你。"

车里的光线极是昏暗，但苏雪至却看得清楚，他的面容很是温柔。

她心里感到一阵暖暖的细密甜意，"嗯"了一声，闭目，将头靠在座椅的后背上。

从医院到学校的路不远，很快到了。

依然是丁春山替两人打开车门。

苏雪至下了车。

他跟着她，将她送到了学校的门口，停下脚步。

苏雪至等着他和自己再说点什么。

终于他从京师回来了，今晚来找她了，难道就这样结束?

她望着他，见他也默默地望着自己。两人就这样立了片刻。

心里那种觉得不大对劲的感觉，又再次袭来……

就在苏雪至快要忍不住的时候，忽然，他抬起了右臂——

苏雪至的心一跳，下一秒，却见他从怀里摸出一只怀表，打开表盖，低头，看了眼时间，开了口："快一点钟了，你晚上应该很累了，你进去吧，先好好休息。"

苏雪至迟疑了下，终于问出了自己刚才想要问的话："你怎么了？是不是有事？"

他转过脸，眺望了一下远处的漆黑夜色，随即转了回来："没事……是今晚实在太迟了，你最需要的是休息。明天吧……明天等你有空，我再来找你。"

他的声音依然那样温柔，为她考虑得也如此周到。但当听到这样的话从他的口中说出，她心里却只感到茫然，又隐隐地失落。

严格来说，他们真正亲密相处的时间，就是从去年除夕夜开始的那么短短三四个昼夜而已。虽然分开之前确实闹了一点不愉快，但苏雪至知道，自己并没有真的生气。

她觉得，他也和自己一样。

他们现在应当还算是处在热恋之中的情人，这么久没见面了，现在再次相见，原本不该是这样啊。

怎么会这样呢?

苏雪至分明有感觉，他今晚有话要和她说。

她也在等着他向她解释，他那天追上火车将镌刻字样的指环交给她的意思。

然而现在……

她望了眼不远处直挺挺地立在汽车旁的丁春山，终于点了点头，轻声道："好，那就明天吧。"

"我进去了。"

苏雪至走进校门之后，数次转头，见他的身影始终那样立着，一动不动。

他在目送她。

她便这样，怀了几分惆怅、几分迷惘，又有几分甜蜜的心情，回到了自己住的独寝。

她住的还是去年刚来的时候分的那个房间，苏雪至进了自己的房间，反锁门，洗漱后换了衣裳，躺了下去。

真的不早了，下半夜一点多了，前半夜又那么忙，简直累瘫人，她确实需要休息，就像他说的那样。

但是她却睡不着，她闭着眼睛，在床上辗转反侧。

与其这样躺着浪费时间，还不如去实验室看下她的宝贝。

她重新起了身，穿好衣服出来，来到了实验楼，独自穿过那道在深夜里显得有些幽闭的长长走廊，在自己发出的单调的脚步声的陪伴下，来到她的实验室。在门墙边，她看见了一份报纸。

从年初贺汉渚去了关西之后，她的生活就彻底离不开报纸了，每天都要看一下。校长办公室的那位助理和她的关系不错，知道她的习惯，有时会顺手帮她把当天的报纸放在她实验室的门口，方便她取阅。

苏雪至顺手拿了报纸，开门，进到她的实验室。

为了避光，也是出于保密的目的，她这间用作培养的实验室位置靠里，外面是无法窥见内部情况的。门也配了进口精密锁件，没有钥匙的话，除非暴力拆锁，否则不大可能私入。

至于她和余博士现在合作的项目，对外解释是在研究伤寒血清——余博士从前从事血清研究这方面的工作，这一点人尽皆知。这样的解释，足以回答别人的一切好奇提问了。

苏雪至检查了温度和湿度，观察不同编号的培养基上的细菌生长情况，记录完毕后，坐了下去，拿起刚才收到的报纸。

贺汉渚人已经回了，看不看今天报纸，其实也无所谓了。

不过，出于对相识的王家的关注，她还是翻了翻，想看看有没有关于王庭芝父亲的后续消息。

就在打开报纸的那一刻，苏雪至的视线定住了。

一列硕大的黑字标题，跃入了她的眼帘——昨夜京师突发特大买凶刺杀案件。

报道说，昨夜，新近立下平定关西之耀目功勋的贺汉渚从大总统府邸赴宴归来，半途遭遇凶手刺杀，侥幸逃生，但一臂中弹，随后紧急送往医院手术取弹。记者去医院探访后获悉，受害者臂伤严重，系粉碎性骨折。

报道又说，凶手幕后指使之人系议院副院长陈某某，陈某某又系陆某某之心腹谋臣。事败后，陆某某连夜潜逃出京，京师动荡，相关驻军一度交火，继而引发宵禁。

报道最后说，社会各界人士对贺汉渚遇刺一事予以了十分关注，愤慨不已，皆严厉谴责陆某某陈某某之不法行为，要求大总统就此案予以彻查，还施公道。

苏雪至死死地盯着这篇报道，心惊肉跳，突然明白了过来，为什么今晚看到他的时候就觉得不对劲。

他被大衣遮挡住的左臂，一直就没动过！

她也明白了过来，他今晚来找她，丁春山为什么同行——现在的汽车，单手是没法完成操作的。

苏雪至再也忍不住了。

校长助理这几天就住在学校里，离她的寝室不远。她奔到宿舍，叫醒了沉在梦乡里的对方，取了办公室的钥匙，进去打了个电话。

她没打到贺公馆，而是打给丁春山。

他似乎刚睡下去不久，被来电给惊醒，当听出是她的声音，起初蒙了一下："小……小苏？怎么是你？这么晚了，什么事？"

"我刚看到报纸消息！贺司令遇刺！真的吗？"苏雪至劈头就问。

丁春山一下就沉默了。

不说话，那就是真的了！

苏雪至心绪紊乱，深深地呼吸了一口气，再次开口之时，改用尽量平缓的声音问："他回公馆了？"

"没。"这回他倒应得很快，"回了城，司令叫我送他去司令部，到了那边，就让我回来休息，他说很久没回司令部了，想处理亟待处置的公务，晚上就在司令部里过夜。他办公室里有间休息室，以前偶尔也会睡在那边。”

“小苏，你放心……”他想了下，又安慰她。

没等他说完，苏雪至就挂了电话，到了上学期她住过的男生寝室，拍门。

很快，寝室里传出昔日室友的骂骂咧咧之声。

“哪个丧门星，大半夜不睡觉来吵人！滚——”蒋仲怀怒气冲冲地骂。

“是我！”苏雪至应道。

“九仙女？”骂声立刻就没了，很快，蒋仲怀过来开门，剩下的几个前室友也都从被窝里爬了出来，点亮学校里禁用但他们自己偷藏起来的一盏马灯，看着苏雪至闯了进来。

“什么事啊？”

“借你西洋单车一用！”一开门，苏雪至就找车。

蒋仲怀这学期也买了一辆单车，平时宝贝得很，谁来都不借，自己不用，就藏在寝室里。

她走进去，见那辆车靠在墙上，推了出来。

“哎！你会骑吗？大半夜的你要去哪儿？要不我送你去？”蒋仲怀一边打着哈欠，一边问。

“不用！我自己会骑。”苏雪至丢下一屋子莫名其妙的前室友，推着单车直接走了。

她和门岗说了一声，跨到车上，借着月色，一个人便朝城里去。

她踩得飞快，两个轮子呼呼作响，十几分钟就走完了那段路，到了入城的北城门外。

城门现在还是照着以前的规矩走，夜晚关门，禁止一般人出入。

苏雪至喊门，守夜的士兵起先不开，驱她，但听到她说她是贺汉渚的表外甥，态度立马就改了，开了小门，放她进去。

苏雪至骑着单车，在深夜那空荡荡的街道上疾行，拐过几条街，赶到了位于城东的卫戍司令部。

司令部的铁门闭着，透过大门的栏杆，便能望见那幢坐落在大院深处的办公楼。

这个时间，司令部里的一切都隐没在了黑暗里。远远望去，在一片模模糊糊的夜色当中，只有那间办公室的窗口还透着一片黯淡的昏光。

门口有守夜的卫兵。

苏雪至便问贺汉渚。

卫兵和她是老熟人了，以前也曾得到过吩咐，只要是她来，不必盘查，也不必通报，直接允入，立刻告诉她，司令就在里头。

苏雪至经过黑魆魆的大院，来到办公楼下，推开大门，穿过大厅，上去，径直来到了他办公室的门前。

她伸手握住门把，推开了门。

入目对面就是他的办公桌，桌上静静地亮着一盏台灯。

刚才在大门口看到的那片灯光，便是这里发出来的。

灯照着桌面。苏雪至看见上头摊了些文件，显得十分凌乱。椅子的靠背上则随意挂着一件外套，正是他的衣服。

但他人却不在。

苏雪至望向办公室的西南角。

那里还有一扇内门，此刻，那门正半开着。

苏雪至走到门口，停了下来。

门后是个稍小的房间，布置成卧室的格局，但家具陈设简单，桌椅床柜而已。内室里没开灯，但借着身后办公室那盏台灯透入的微弱余光，苏雪至看见了贺汉渚。

他和衣，仰面躺在床上，一动不动，看起来仿佛沉沉睡去了。

但苏雪至却有一种感觉，他其实是醒着的，也知道她来了。

果然，他缓缓地转过了脸，睁开眼睛，望向正停在门口的她。

“这么晚了，你怎么来了！”他问了一句，嗓音沙哑，接着右臂撑住床，翻身想坐起来，身体动作明显发僵。

苏雪至立刻快步走了进去，弯下腰，伸出双手，按住了他的肩。

“你不用起来！”

他身体一顿，脸微微地仰了起来，望着她。

苏雪至将他轻轻地压了下去。

他没再反抗，垂下眼眸，顺从地照了她的意思，躺了回去，最后半坐半卧，人靠在了床头上。

苏雪至伸手，打开床头灯。

昏黄的灯光立刻充满了整个房间，也照出了这个男人的样子。

他的面容已不复今夜早前出现在她面前时那样，带着微笑的神采。

相反，此刻灯下的他疲态尽显。他眼底布着一层蛛网般的血丝，面色晦暗，神色疲惫得犹如整个人刚被放空了血，身上穿的日常总是平整得犹如熨过的制服衬衫，此刻也是皱巴巴的，整个人看起来颓丧万分。

苏雪至的目光从他疲惫的脸上挪开，落到他受伤的臂上，停驻片刻，慢慢地坐到了他的床边。

“晚上回去后，我在报纸上看到消息，说你昨晚从曹家出来后遇刺，手臂中弹。手术怎么样？是谁给你做的？”她用尽量平稳的声音问道。

贺汉渚抬起右手，摸了摸自己的伤臂，报出了一个医师的名字。

“取弹过程很顺利，问题不大，你不用担心。”

这个人苏雪至上次在医学大会里见过面，确实是京师里最好的一名西医骨科医师。

她终于稍稍松了口气。

“出了这么大的事，你晚上为什么一个字也不说？”她盯着他的眼睛，又问。

这一次她实在有点控制不住自己的情绪了，语气稍带不悦。

他的回答是沉默。

苏雪至再也忍不下去了。

“你今天晚上去找我，到底是想对我说什么？我知道，你一定是有话。”她说道。

贺汉渚却还是沉默着。

床头灯的光勾勒出了他半张脸的清晰轮廓，他垂着眼，微微阖目，眼睫在下眼睑的位置上投下了一弧暗影，这令他的面容笼罩上了一抹沉闷而压抑的阴影。

苏雪至端详着这个沉默的疲倦男人，心里忽然涌出一种不祥的感觉。

她点了点头：“你不说算了，那么我先说吧。第一件事，我要谢谢你对吴青鹤做的一切。无论如何，我知道你已尽了力，你做到了你能做的一切。我或者余博士，我们都很感谢你。”

他的脸色现在比起刚才并没有好多少，依旧泛白，充满倦色。对来自她的褒奖，没有丝毫的反应。

“第二件事……”她顿了一下，“如果你确曾收到过年初我请丁处长捎给你的话，那么，我想你应该不至于忘记。贺汉渚，我一直在等你回来。我想听你亲口告诉我，你那天追上火车送我那枚戒指的意思。”

“你是什么意思？”她重复了一遍，问他。

贺汉渚一只手揉了揉他的额，片刻后，忽道：“对不起，我能抽支烟吗？”

苏雪至看着他。

他的眼躲开了她注视的目光，问完便自己略微吃力地坐了起来，抬起他那还条可以活动的胳膊，从床沿边探身出去，拉开了床头柜的一只抽屉，自顾在里面翻着，片刻后，终于掏出一只烟盒，拿了出来。

他单手开盖，大约是力道大了些，盒盖弹开的时候，手抖了一下，排在里头的香烟便撒了出来，在床前滚了一地。

他看也没看，取了烟盒里剩下的最后一支香烟，咬在嘴里，又低下头，继续在抽屉里翻，却始终找不到火。

“会议室里有吧……我去去就来……”

男人那两道眉紧紧皱着，嘴里叼着烟，神情懊丧。他含含糊糊嘟囔了一句，拖着他的伤臂，翻身便要下床。

苏雪至忽然站了起来，出去，从会议室里找到了一只他要的打火机，带了回来，坐回到床边，捻了一下，一束蓝色的火苗蹿了出来，在她的手里，安静地摇曳着。

她一言不发，将火送到了他的面前。

他看了她一眼，慢慢地凑了过来，点着了烟，深深地吸了一口，随即从床上下去，走到房间的窗前，推开窗，背对着她，独自向着窗外的夜空，开始抽烟。

片刻后，半支烟的功夫过去了，他依然停在那里，抽着烟。

苏雪至望着这个男人的背影，终于，走到他的身后，伸出自己的双臂，从后慢慢地搂住了他的腰身，将自己的脸颊轻轻贴在了他宽厚的后背之上。

“你到底是怎么了？你昨晚去曹家做什么？是曹家又重提婚事，你没法拒绝，是吗？”她压下心里突然涌出的一阵难过之情，长长地呼了一口气，定了定神，继续用轻松的语气说道，“其实你大可不必如此为难。我能理解，不会怪你。我们在一起的时候，我就说过，我无须你为我的将来负责。我说的全是真的。有事，你和我说清楚，就可以了。”

贺汉渚闭了闭目，忽然在这一刻，彻底地下了决心。

那夜江湾的船上，郑龙王说出的话，字字句句，犹如利刃，直投人心。

他其实一直也都知道怎样做才是对——如他曾正告过王庭芝的那样。

只是她太迷人了，不知道什么时候起，她印在了他的心里。心里有了她，他便再也无法抵抗她的靠近，一寸寸失了防线，直至彻底昏头，完全坍塌，做下了本不是他能做的事。

他实是罪无可赦之人，卑劣无耻之人。

唯一的庆幸，便是现在才刚开始。

她的潇洒，远胜世间如他这般的凡俗男子。以她的通透，对他应也无太深的感情和羁绊。

他贪婪地体味着此刻那还停留在他后背和腰间的来自女孩的拥抱。他盯着自己在窗台上捻灭烟头的那只手，直到剩余的裹在纸里的半截烟草和纸壳全部都被捻得稀碎。

最后，他的手掌握住了那双交在腹前的手，将它们轻轻地，却坚定地分开了。

她慢慢地收回了搂着他的胳膊，看着他转过身，和自己面对面地站着。她屏息等待。

现在他的神色看起来比刚才平静了许多，精神仿佛也恢复了过来。

"曹家无意和我再提婚事。昨晚我去，只是普通的做客。不是你想的那样。"他说道。

苏雪至心口一热，为自己刚才的多心感到可笑——但那热意才刚冒出个头，还没来得及燃，顷刻就又熄冷了下去。

"不过，最近我想了很多。"

苏雪至睁大眼睛，望着他。

"雪至，我能遇到你，是我此生莫大的幸运。你太好了，我也不知道我的幸运从何而来，能蒙你垂青。"

"我小时候身体有问题，"他继续说道，"我母亲爱我，但她限制我的行动，尤其在我父亲早逝之后，她对我更是紧张万分。我去哪里她都不放心。所以后来有一次在我差点出事吓到她之后，我懂事了。为了让她放心，我彻底不再外出。我对我十二岁之前的最深的印象，就是我家中的四面高墙和书房的窗，而我，每天就在墙和窗里生活着，直到我贺家没了的那一天。"

"我的祖父，他是个正直得令人尊敬的人，他也很爱我，一切都为我考虑。他为我请来最好的武师，期望我强身健体。赋闲在家的时候，他就亲自教我读书。但他也是一个严厉的人，不苟言笑。我对我的祖父，既敬且畏。小时候我努力读书，我想要弥补因为我的不足而带给祖父的遗憾。"他深深地凝视着她，"雪至，在我的从前里，我想不出我有什么能回忆的乐趣可言，直到我遇见你。和你在一起的那几天，是我这二十多年里的最好的时间。我……"

他蓦地停了下来，转过脸去，仿佛在压制他心里突然涌上的一阵什么情绪，片刻后他慢慢地呼吸了一口气，再次望向她："我感到非常幸运，真的，除了幸运，我不知道我该怎么形容我能遇到你——"

"但是你现在还是改了主意。"苏雪至忽然打断了他对自己的赞美，"王孝坤下台了，陆宏达也出京了。是要白刃相见了，对吗？"

他顿了一下。

"是。"他应道。

"兰雪最近情绪不大好。她告诉我说，你安排她提早出国。"

"她是你的妹妹，你们身体里流着相同的血，天然无法分割。但我不一样。你刚才嘴里说着幸运，心里其实你在后悔。你后悔和我好了，后悔你招惹了我，和我有了关系，这成了你的负担。你怕牵累我，错上加错。刚才你对我说了那么多，其实就是一句话，你要去复仇了。你安排好了兰雪，现在轮到我了。"

"我说得对吗？"苏雪至看着面前这个英俊的年轻男人，最后问他。

"是。这么多年，我一直在等着这一天。"贺汉渚的视线不再有任何的闪避，"现在它到来了。"

他凝望她。

"雪至，那天我追你上了火车，把戒指给了你，我是想说，我对一人动了心，这一辈子，只她一人，再无第二。我想向她许诺，将我余生全部交付给她，保护她，和她一起老去，那一定会是件非常美好的事。但那个时候我却忘了，在这之前，是我要有资格去许诺，有能力去保护，而不是像现在这样，朝不谋夕，祸自我始。你再给我些时间，我把我该做的事彻底了结掉。到了那个时候，如果我还在，真正有了资格，可以去向你许诺了，而那个时候，我也还有这样的幸运，你仍旧愿意再给我机会，我一定会履我对你的诺言。"

"你有没想过，假如到了那时候，我变了心，我不再喜欢你了呢？"她忽然问他。

话音落，房间里变得静悄无声。

灯光也沉默地照着男人那凝定的身影。

良久，他的身体微微动了一下。

"如果那个时候，你另外有了别人……我也会为你感到高兴的。"

他的语气平静，细听竟似还带着诚挚。

苏雪至盯了他片刻。

“这就是你晚上来找我，原本打算要和我说的话？”

“是。”

他本以为他可以拖延到明天了，哪怕只迟一天也是好的。

她沉默了。

“贺汉渚，我最后再问你一遍，你真的这样决定了？”忽然，在他的耳边又响起了她的问话之声，一字一句，无比凝重。

贺汉渚感到心脏一阵狂跳，喉咙发干，呼吸在这瞬间似乎也变得困难了起来。

他立着，和她四目相望，忽然感到一侧手臂抽痛，惊觉，缓缓地松开了自己那不自觉间紧紧捏了起来的手掌。

“对不起，一切错都在我，一开始我就不该……”终于，他低低地道，声音艰涩无比。

“不，不！”苏雪至立刻打断了他的话，“我从没后悔我们的开始！请你不要用任何不好的字眼去贬低它！”

他停了下来。

“当然，现在如果你觉得这样更好，我也尊重你的想法。”她的唇角微微上翘，竟慢慢地笑了起来，“虽然我们好了总共也没几天，不过，那几天我很愉快，留下了很美好的印象。所以你完全不必对此有任何的负疚，或者向我道歉。贺汉渚，你不欠我什么，真的。”

贺汉渚定定地望着她。

她说完，也沉默了下去。

房间里静悄悄的，两道身影投在墙上，一大，一小，屹立不动，面对着面，宛如一对相互深情对视的石像。

她的目光却是飘忽的，仿佛也在望他，又仿佛穿过了他的身体，飘向了不知哪里的远方。

不知过了多久，又或许，只是片刻罢了，她突然惊觉，抬起眼眸，再次和他四目相对。

“那就这样吧，我该回了。”她略微仓促地朝他点了点头，转身匆匆要走。

“等一下！”贺汉渚追上几步。

她停步，转头。

“太晚了，你一个人回去不安全。你稍等，我叫丁春山把车开过来，送你回去。”

苏雪至望着他，起先没说话，片刻后，唇角再次微微上翘，点了点头："也好。"

贺汉渚仿佛松了口气，立刻走了出去，拿起办公桌上的电话，打了出去，吩咐丁春山开车到司令部来。

"你送小苏回去。"

"是。十分钟内到！"丁春山在先前接完苏雪至的电话后，便有一种感觉，自己今晚大约是用不着睡觉了，刚才就起身穿好衣服，坐等电话。那边果然打了过来，他立刻驾车赶去司令部。

贺汉渚挂了电话，扭头见她走了出来，告诉她，十分钟内丁春山就能到，让她稍等。

苏雪至点了点头，随意坐到了身旁的一张椅子里。

他立了片刻，也慢慢地坐到了办公桌后的他的位置上。

谁都没再说话了。

凌晨三点多，在这间静得听不到半点声音的空旷的办公室里，两道身影陪伴着两个各自沉默无声的人。

不知怎的，苏雪至就想起了第一次到他这间办公室时的情景。

当时自己好像就是坐在现在的这张椅子里，选择去侧对着他。

他和她谈忠诚，她和他讲星空，两人驴唇不对马嘴，当时不欢而散，现在想起来却是有点好笑。

好笑的，还不止这一件事。

在那之前，他带着她和兰雪去吃饭，她大剌剌地点了最贵的香槟，又在男厕和他相遇。

再后来，他还带她去天城饭店的俱乐部里看大腿舞，甚至安排风情万种的唐小姐和她过夜，目的就是想要治好她的"病"……

一件一件的往事，在这一刻，就像是打开了盒盖，忽然全都涌了上来。

当时真没感觉，但现在想起来，为什么却是那么的好笑……

而她竟也有心情，在这个时候，居然真的笑了起来。

她低下头，抬手捂住了自己的脸，极力不发出任何的声音，闷声地笑，最后笑得肩膀都在微微发抖了，笑着，笑着，她抬起头，撞见了他凝望着自己的两道沉沉目光，忙一边极力忍笑，一边道歉，解释说："不好意思，你别误会，我刚才是突然想起了我们以前的一些事。第一次去饭店吃饭……在你的这间办公室里吵架……你后来带我去俱乐部……还有唐小姐——唐小姐真的很有魅力，我第一次看到她的时候，就觉得她很美。还有，说实话，俱乐部我也有点想再去一次，她们跳舞真的好看。难怪男人都喜欢去那种地方，连我这个假男人也觉得好……”

他没什么表情，默默地看着她语无伦次边笑，边絮絮叨叨个不停。

“贺汉渚，你难道一点也不觉得好笑吗？”她继续笑道。

他依然没有反应。

苏雪至忽然也觉得意兴阑珊了。

明明她才是被甩的那一个，现在两个人的样子，怎的竟好像是她甩了他。他如丧考妣，苦大仇深，而她却没心没肺，傻了一样，一个人都能笑这么久。

她忍不住又笑了起来，自己摇了摇头，终于笑完，接着也沉默了下去，看了一眼挂在墙上的钟表。

十分钟，终于过去了。

门外的走廊上，响起了一道矫健而迅捷的脚步声。

苏雪至立刻站了起来，见贺汉渚也跟着自己站了起来，便道：“你受了伤，不必送我。”

她说完，转身朝外走去。

他说：“我送你到大门口吧。”

苏雪至没回头，口里道：“真的不必了。”

“没关系，我送你吧。”

就在这一刻，苏雪至突然觉得自己所有的耐性都消失了，心里只剩无比的厌烦，为什么会有这么啰唆的男人……

“我说过的！我不用你送了！你听不懂我的话吗？”她猛地回头，提高声音，厉声斥了一句。

他一顿，脚步便停了下来。

门外的丁春山一惊，飞快地看了两人一眼，急忙扭过脸，装作什么也没听到，什么也没看到。

“小苏，我去外头等你。”他目不斜视地道，说完快步离去，自到大门外去等候。

苏雪至叱完，自己立刻就后悔了。

她从不知道，原来她的脾气竟也会这么坏。

她望着丁春山匆匆离开的背影，定了定神，慢慢吐出一口气，道歉：“对不起，我的意思是不用你送。你受了伤，真的没必要。”

“我明白。那我就不送了。”他低低地应。

苏雪至脸上再次露出笑容，点了点头，转身出了这间办公室。

她出了楼房，当走在昏暗的没有灯光的大院里的时候，一双眼睛忽然控制不住，变得又热又涩。

她不喜欢这种感觉，眨了眨眼，迅速逼退这种感觉，继续迈步朝外而去。

丁春山已经将她的单车搬上了汽车，人正在大门口等她，见她出来，打开车门，请她上车。

苏雪至道谢，上了车。

贺汉渚凝立在办公室的窗帘之后，望着汽车载着她消失在视线之中，终于，他迈着滞沉的步伐，回到他的办公桌旁，坐了下去，推开面前桌上那一堆杂乱的文件，抽出信笺，提笔，在纸上写下"龙王钧鉴"四个字。

他是上月上旬见的郑龙王，现在三月初了。

这封信，他早应当回复。

贺家世代书香，他小的时候，一是耳濡目染，二是祖父寄望，三也是身体使然，除读书外无事可做，所以终日捧卷。谈不上博览群书，但提笔写封书信，于他而言，本当易如反掌。

然而这一刻，在写下了这四个字后，他竟迟迟无法继续落笔。

过去的这些天里，在经历过无数次的踯躅和摇摆之后，终于，他下了决心。

既然已经决定了，不过一封复信而已，又何至于如此，墨凝思涩，艰难无比。

他盯着自己写下的那四字，良久，继续走笔，写完书信，共两页纸，随即抛了笔，封信。

这封信，他的答复，将会以最快的速度被送出去。

落定了。

从他十二岁后就在等待的这一天，他一个人的复仇时刻，很快就要到来了。也但愿，他能做到如他信中最后所言的那样。

贺汉渚关灯，黑暗如一泓深水将他吞没，他独坐在司令部的办公室里。

十来天后，三月中旬。

傍晚，阴雨连绵，客厅里摆的那座西洋自鸣钟的时针还没走到五点，天就黑了下来，苏家的下人在几间晚上有人走动的屋里陆续地掌起了灯。

叶云锦独坐在账房里，对着手里的账册拨着算盘，珠子噼里啪啦走动如飞，其实打的人清楚，平日闭着眼睛也不会错的账目，刚刚已是误了好几次了。

她感到有些心浮气躁，索性停了下来，想换个事，便打算去巡仓库。

最近黄梅天，库房里的药材最忌这种天气，万一哪里防潮出了纰漏，不是个小事。

可以说，她这一辈子，从她嫁入苏家之日开始，除了女儿之外，生意就是她活着的意义了。

她倒也没觉自己有多热爱这个东西，但她要是放了手，或者说没了天德行，她活着，从早到晚，还能干什么?

这个时间，红莲正在忙着张罗家里的晚饭。叶云锦自己拿了把伞，也不要下人跟，正独自去往后头的库房，忽听身后传来追赶的脚步声，见是白天管着药铺的苏忠撑了把青布油伞急匆匆地追了上来，确定周遭无人后，上来小心翼翼地低声道：“掌柜的，刚水会的三当家路过县城，亲自到咱们天德行抓药，这是方子。我顺便给您捎带过来了。”

他从袖中取出一张药方，递上来，随即也没多停留，转身就走了。

药方!

这么多年了! 竟也叫她等到了那人送来的一帖药方?

叶云锦脸色发白，死死地盯着手里的药方，视线落到纸上写着的那夹在几列药名里的“当归”二字。

这么多年过去了，她固然没有忘记许多年前的那个清早，自己随口说出的那句话，但她以为对方早就忘了。

他竟也还记得? 她的心跳得飞快。

片刻后，她忽然回过神来，心里又涌出了一缕不祥的征兆。

那人狠心如斯，可以做到一二十年也不和她私见一面。

现在竟忽然想要见她了! 难道最近外面的传言是真? 老东西熬不过受的伤，真的快要不行了?

她捏着方子的手微微发抖，一阵恐慌之感朝她袭来。

早春暮雨，潇潇不绝。苏忠送完药方，天很快黑了下去。

那是很多年前的久远事了，久远到苏雪至出世之前，有一回，女掌柜曾私下叮嘱苏忠，说哪天要是王泥鳅拿方子到自家的药铺来抓药，让他务必记住，将方子取来给她。

药铺每天晚上打烊前，需整理归档白天抓过药的方子，一张也不能失，这事重要，苏忠亲自管的。

但这么多年过去了，从没发生过这样的事，以至于苏忠原本早就忘了还有这么一茬吩咐。今天傍晚，他乍看到王泥鳅来的时候，心里还想着是不是郑龙王的伤没养好，有点担心，等人留下方子走了，收归时，突然记起早年女掌柜有这么一个吩咐，一时心惊，表面不露声色，趁伙计没留意取了，匆匆赶了回来。

交了方子后，苏忠心里忐忑不安，晚上胡乱吃了两口饭，哪儿都没去，就在自己屋里等着。

他有一种预感，今晚上女掌柜可能要出门了。

掌车的活儿，别人谁都干不了，还得自己来。

这么多年了，有些事虽然从没明说过，但女掌柜大概也知道他阴差阳错应该知道了点什么。

等着传唤的功夫，他就坐在屋里对着油灯，听夜雨打在庭院树木上发出的窸窸窣窣的声，出起了神。

他姓苏，是苏家的远亲，至于怎么他这个苏姓人倒成了叶云锦的自己人，说起来也是话长。

最早，他是苏家药铺里的一个伙计，因为做事勤快，为人厚道，还能写会算，被苏家老太爷看中，调到账房里当了几年管事。但这引起了当时一个大管事的嫉妒，后来和下面的伙计合起来栽赃，诬陷他贪墨账银。

老太爷那会儿病得糊涂了，竟也信以为真，苏忠百口莫辩，眼看要吃官司，是当时嫁进苏家才一年的叶云锦站了出来，查明真相，帮他洗脱了罪名。

原来是贼喊捉贼的把戏。

这个大管事虽是苏家的老人，但这几年，老东家生病，少爷苏明晟根本不是做生意的料子，少奶奶叶云锦年少，又是一介女流，他自然也不放在眼里，便借着掌管药铺多年的便利，暗中贪墨东家的钱，还栽赃到了苏忠的头上。

赶走大管事后，彻底掌了家的叶云锦便重用苏忠。

投桃报李，从此以后，苏忠自然也对她感恩戴德，忠心耿耿。

在苏忠的眼里，女掌柜叶云锦精明而刚强，不输男人。

她嫁进苏家至今快要三十年了，即便是老太爷刚死、苏家败落最困难的那几年里，无论是人前还是人后，苏忠也从没见她流过半点眼泪。

正是因为如此，苏忠这辈子唯一一次撞见的她的失态，才会叫他印象深刻，至今难忘。

直到现在想起来，苏忠还是觉得心情复杂，甚至不敢多想。

之所以不敢多想，是因为女掌柜那恰被他撞见的一次失态，就是和郑龙王有关。

那个时候，叶云锦还只十九岁，才嫁进苏家两三年，而郑龙王也不是现在的郑龙王，那会儿他只是官府组织的救生红船上的一名水手头子。

关于女掌柜和郑龙王到底是怎么认识的，外头至今还有各种说法流传，但其实这一点，再没有人比苏忠更清楚了。

叶云锦嫁进苏家的头一年，丈夫苏明晟就在外室那里长住不肯回来，苏家生意上的事，也是彻底撒手不管了。

云贵川三省每年春秋两季举办药材集会，会上天下客商云集，是件大事。逢当年春会到来，叶云锦亲自找了过去求丈夫，让他回来，带人去参会，丈夫嘲笑她，说老爷子既然给他娶了个能当家的媳妇，那就让她代替自己过去。

春会在外地，一趟来回要一两个月。

当时水会内斗，形同虚设，江上水贼出没，船家出门都要雇佣护卫。

十七岁的叶云锦一咬牙，回来雇了人，亲自去往春会。

那一次，苏忠也同行，路上遇到了漂在江里的一个受了伤的人，看号服，像是红船上的水手。

那个年月，官府的红船也分派别，水手之间时常相互斗殴。

那人看起来像是被刀砍了落水的，已是奄奄一息，眼看就要支撑不住沉下去了，苏家同行的管事怕惹麻烦，不想救人，但叶云锦反对，在她的坚持下，将人捞上了船。

落水的伤者就是王泥鳅，他得了救，几天后一个红船的水手头子闻讯，来接回他的结义兄弟。

这个水手头子就是后来的郑龙王。就这样，叶云锦和郑龙王认识。为了报答她救兄弟的恩，她的回程就是他带着人亲自护送的。

那次之后，接下来的几次春秋商会，都是叶云锦自己去。而无一例外，来回水路也都是郑龙王亲自护送。苏家的船平平安安，再没出过任何的意外。

但流言也传开了。

在外头的苏明晟听到了议论，说苏家那个年轻貌美的少夫人和一个姓郑的红船水手头子有私情，他大怒，跑了回来。

他虽恼恨叶云锦占了自己所爱的女子的位置，也不喜她性格刚强，连在房里都没半点女人当有的温柔妩媚，冷冰冰毫无趣味。但听说她和人有私情，他又无法忍受，不敢去找那个面相凶恶脸上有疤的男人，他就和叶云锦大闹，不许她再出去抛头露面。叶云锦没有理睬丈夫。但接下来的那一次秋会，郑龙王再没出现，不再护送苏家的船了。

就这样，叶云锦一边侍奉卧病在床的苏家老太爷，一边独力撑着苏家生意，在她嫁入苏家两年，十九岁的时候，老太爷去世了，这边丧事才完，风波又起，那边债主竟就来收房了。

她这才知道，她丈夫这两年在外头亏空得厉害，欠了一屁股的债，就等老太爷一死，回来就偷了房契。也亏得他不敢全卖，但把半边连铺面一并给卖了，拿了钱就躲了起来，不敢见叶云锦的面。

叶云锦气得当场就晕了过去，醒来后，病了一场。

她是个极好强要面子的女子，平日这边不好的事，能隐瞒的必瞒着省城里的娘家人。但这回事情闹得太大，纸包不住火，她的兄长叶汝川闻讯暴怒，跑来找妹夫斥骂，要断绝关系。

苏明晟心亏，照旧是躲藏起来不见人。叶汝川是个急脾气，当场就把妹妹带回了娘家。

妻子一走，苏家就乱了套。

苏明晟虽然沉迷风花雪月，只擅吃喝玩乐，但也不是个蠢到家的人。他倒也想在叶云锦跟前争一口男人的气，自己把生意理起来，奈何没这个本事，也根本受不住做生意的苦。没几天，他急得团团转，拉下脸想去接人，不料上马车的时候，绊了一下，摔断了腿，只好派苏忠去，要他代自己诉说懊悔之情，无论如何，也要把主母给接回来。

苏忠去了叶家，替男主人解释，再三地赔罪，叶汝川余怒未消，只说随妹妹的心意。

苏忠跟了女掌柜两年，多少有点摸到她的性子，面见叶云锦，就半句也不提苏明晟如何，只说她走后，苏家生意全都乱了套，不止这样，不少客人也着急等她谈之前还没完的生意上的事。

苏家的生意，就是女掌柜的心血。

叶云锦什么也没说，一夜之后默默地上了马车，踏上回往叙府的路。

女主人虽然上路回来了，但一路之上，似乎郁郁寡欢心不在焉，他也不敢催促，就慢慢地走。

从省城到县城，原本三四天的路程，竟足足走了五天，在第五天的下午，才抵达府城。

原本倘若急切，直接继续行路，晚上夜里迟些，也能赶回到苏家。但苏忠见女主人似乎不愿继续赶路，便安排过夜，打算次日再继续上路。

那一夜，发生了那件令苏忠至今想起来还是心惊肉跳百感交集的事。

深夜，苏忠自个儿琢磨着女主人的事睡不着觉，忽然听到住在隔壁的女主人发出开门的动静，似乎出去了，他不放心，也起身跟出去，发现她独自往码头方向去，他不敢靠近，就远远随着，最后见她到了一处水手聚居的院坞附近。

她和一个男人在夜半的水边见了面，两人相对而立。

当时周围夜色昏暗，距离有点远，但苏忠还是认了出来，那男人就是郑龙王。

苏忠本就骇然震惊，更没想到，平日要强的年轻的女主人竟在郑龙王面前哭泣。

他隐隐听见叶云锦断断续续地说，她不想再过这样的日子了。她的兄长也不强迫她继续留在苏家，只要他点个头，她什么都不要，拿了休书，往后跟他。

“你要是怕人说闲话，你也可以带我离开这里，走得远远的，到个谁也不认识我们的地方……你不用担心往后的生计，你也再不用像现在这样打打杀杀。我会做生意，我们开个铺子，安安稳稳过日子……”

郑龙王当时起先是沉默，良久才开了口，拒绝女主人，说他绝非良善，是个有今天没明日的人，会连累到她。

“我不怕连累！只要你不嫌弃我，我什么都不怕。”女主人的语气竟如在哀求。

但郎心如铁，无论她怎么哀求、哭泣，对面的男人竟丝毫不为所动。

女主人的情绪终于慢慢地平静了下来，停止了哭泣。

“原来是我会错了意，竟以为你也对我有意。叫你见笑了。”她点了点头，抑着声，一字一字地道。

“今夜倒是打扰你了。”她转身就走。

“叶氏！”她走了几步，刚才一直沉默着的郑龙王忽然追了上来。

女主人倏然停步，却听他用凝涩的声音说，自己欠她人情，往后她若有事，找王泥鳅就可，尽管吩咐，他必会倾力相助。

女主人仿佛笑了两声，转身就走了。

苏忠记得自己一身的冷汗，当时缩在暗处不敢动，唯恐发出声音引来郑龙王的注意。见他在水边立了良久，终于也离去了，苏忠当时松了口气，擦了擦额头的冷汗，正想赶紧赶回客栈装作什么都不知道，转个身，吓得魂飞魄散，险些站立不住。

他的身后，不知何时，竟站着那个王泥鳅，目光如刀，阴森森地盯着他。

苏忠反应过来，忙说他送女主人来的，又强调他也是她一手提拔起来的人。他的腿和牙齿都在打颤。

终于，王泥鳅转身，也快步走了。

那一夜的后来，苏忠深一脚浅一脚地回到了客栈，知道女主人已经回了，他仿佛生了一场大病，倒头就睡。

第二天他出来，女主人看着他，没说话，他也不出声，只恭敬地站着，低眉顺眼，一动不动，直到女主人淡淡地说了句回了，他应是。

那夜之后，叶云锦便没事人一样回了苏家。苏明晟没安分两天，又故态复萌，继续在外浪荡。而在苏忠的眼里，女主人也变得比从前愈发严厉刚硬，不苟言笑。随着时间推移，有时候他甚至都怀疑那一夜是不是自己在做梦。

再后来，七八年又过去了，到了她嫁入苏家的第十个年头，终于，在苏明晟掏空身体病死之前的几个月，她怀了身孕，生下了遗腹女——应当说是遗腹子。

女掌柜终于有了“儿子”傍身，可以名正言顺地保住这些年她一分一分挣出来的天德行，绝了苏家宗族的觊觎，苏忠也替她感到高兴，觉着老天有眼，松了口气。

苏家人多眼杂，宗族虎视眈眈，把小姐当少爷养，这样的事想瞒天过海，光靠红莲一个人是不够的。所以自己非常幸运，就此也成了女掌柜的这个秘密的为数不多的知晓者之一，从此之后也真正成为她的心腹之人。

十八年的光阴，又这样过去了。

门外忽然传来敲门声，将苏忠从往事里的回忆里惊醒。

他急忙开门，果然是家里的下人来传话，说女掌柜要出去，吩咐他同行。

第十四章

苏忠赶车，送女主人来到了县城码头附近的一间客栈旁。

这是水会的地方。

他停了车，目送整个人都罩在披风里的女掌柜匆匆往客栈走去，身影迅速消失在了暗巷里。

叶云锦默默地跟着来接自己的王泥鳅继续往里，在夜色的遮掩下，从后门悄然入内，登上二楼，进入一间屋，抬眼见屋内一灯如豆，烛影摇晃，一人正坐在桌旁，身影被灯火投映到了墙上，凝然不动，看着倒像是已经等了许久的样子。

两人四目相望，谁也没说话，也没动，就那样一个立在门后，一个坐在桌边。

良久，叶云锦见对方缓缓地从椅上站了起来，似想迈步朝自己走来，她冷笑："今天吹的这是什么风，怎么你竟愿意纡尊降贵亲自跑到这里要见我了？"

十八年前的那一夜，在她嫁入苏家的第十个年头，在那条晃晃荡荡的船里，她再一次地找上了他。

那个时候，他正当壮年，早已不是水手，而是被人尊为龙王的大当家了。他威震水路，提起他的名字，无人不知，无人不晓。

那个时候，她也不是当年绝望之下会冲动跑去哀求一个平日其实连话都没说过几句的男人带她走的叶云锦了。

时隔七八年后，她再次找上了他。

这一夜，男人终于留下了她。

终究是有了肌肤之亲，一夜缱绻之后，女人天明临走前说，以后你要是还想见我，叫你兄弟给我送个药方，写上当归这个药名，我就知道了。

她出了舱，才发现，昨夜不知何时，雪竟悄然而至，白霜覆岸，雪满山头。

叙府冬日湿暖，雪景罕见，遇到便是吉年。

但在那个落了雪的一夜过去之后，十八年了，除了难以避开的有旁人在场的偶遇，别说私下再找她了，就连不久前，连获悉他受伤，她和兄长一起送过去的东西对方都没收，退了回来。

叶云锦褪下戴在头上的披风，露出了面容。

烛火幢幢，映出她依然姣好的脸容，但神色却很是冷漠。

“我还以为你快不行了，有遗言要留。”她上下打量了对方一眼，冷冷道，心底深埋多年的情绪在翻腾，她的语气充满了尖酸的讽刺。

郑龙王便停在了屋中桌上那盏黯淡的灯火旁，身影顿住。

“云锦……我令你失望了，对不住你……”这条在黑道纵横了一辈子的龙王，此刻豪气不复，声音低沉，“你怎么怪我，都是应该……”

叶云锦却是半点也不想听他说这些话。

“什么对得住对不住！你别怪我当年逼迫了你，我就谢天谢地了！”她继续夹枪带棒。

郑龙王苦笑了下，沉默了。

“突然找我，到底什么事？”她再次冷冷地道，神色绷得愈发紧了。

郑龙王的身影再次凝立了片刻。

“雪至在那边，和人相好了。”终于他缓缓地说道。

叶云锦一惊，突然就想了起来，女儿去年在去往天城之前曾和自己闹过的那桩事。

“是谁？”

“贺家的孙子。”郑龙王说道。

“谁？你说谁？贺家的孙……”叶云锦终于反应了过来，诧异地睁大眼睛，几步走到郑龙王的面前，伸出双手，狠狠地揪住了他的胳膊，“你说谁？贺汉渚？你个老东西，我看你是老糊涂了！你嘴里胡说八道什么！怎么可能和他！雪至叫他表舅！就上个月，他还特意来过我那儿，亲口答应的，说会照顾雪至来着——”

突然，叶云锦想起当时他登门那一系列的反常举动，他对自己的异常恭敬的态度，还有他送的那些过于贵重的礼物……

她的声音戛然而止，吃惊地微微张口。

难道是真的？女儿去了那边，真的竟和贺家的这个孙儿好了？

叶云锦也不知自己此刻心情到底如何，只觉震惊无比，古怪万分，万万没想到，竟会出这样的事！

她终于稳住了神，盯着对面的人。

“雪至和贺家孙子到底是怎么回事？你把话给我说清楚！”她咬着牙，几乎是一字一字地从嘴里蹦出了这句话。

郑龙王低声道：“你先坐下来……”

“你快给我说！他们是什么时候的事？”叶云锦的声音里，已经带着几分焦躁和怒气。

她年轻时那急躁的一把性子，到了现在，虽早磨去棱角，但遇到这样的事，关系她唯一的女儿，她怎么忍得下去。

郑龙王知她性子，立刻便解释了起来：“你别急。我最早知道他们相好，是出于偶然。我在天城有个故交，去年雪至去了之后，我请对方代我留意一下她。大约是在年底前的一个月，我得知一个消息，她因为贺家孙子，险些出事。”

叶云锦双目紧紧盯着他：“什么事？”

郑龙王提了下当时的火车爆炸案。

他描述简单，但叶云锦的眼里还是现出了极大的后怕之色。

“出了这么大的事，你为什么早不和我说？”她失声嚷道。

“我怕你知道了担心，加上雪至也没出事，所以当时就没告诉你。”

叶云锦手紧紧地握拳，指节发白，喃喃地道：“你是说，当时杀手是冲着贺家孙子去的，雪至误乘了他的包厢，这才险些出了事？”

“是。贺家孙子获悉消息及时，奋力救下了雪至。这是救命大恩，我当尽力回报。但云锦你想，当时情况千钧一发，也是上天有眼，雪至这才得以化险为夷。倘若贺家孙子慢了一步，或者，雪至运道不济……”

他猝然停了下来。

他这一生，大风大浪不知经历多少，生死的那道鬼门关口，也早等闲视之。唯独这件事，郑龙王每每想起，都是心有余悸。

至于叶云锦的脸色，更是难看。

“所以到了今年年初，当我得知去年的除夕，雪至竟是单独和他一起的，二人在他京师西郊的房子里过的年，我就不放心了。恰好当时关西出了乱子，我便给贺家孙子送了个人情。我料他事后必会回来致谢。果然，上月他平定关西之乱后，前来见我。我试探了下，如我所料，他和雪至已经……”

他再次停下了话。

离当时见面过去已经有些天了，但提及这个事，郑龙王依然是双眉微皱，消瘦凹陷下去的一双眼里透出一丝恼色。

叶云锦是过来人，一看他这神色，便猜到了他没说出来的言下之意。

一个是血气方刚的青年男子，一个是鲁莽天真离家在外身边无人提点的妙龄女郎……

接二连三，事情一桩接着一桩，全是突如其来的做梦都想不到的意外。

叶云锦一时之间连句完整的话说都不出来了。

这姓郑的狠心是狠心，绝情是绝情，但说话做事倒从不是个没谱的人。

叶云锦早年在女儿这个年纪，已带着人奔波在外了，经商看货，头头是道，至于人情世故防范人心之类的功夫那更是生存的基本技能。

但在她的感觉里，现在同样十八九岁的女儿，却一直如小时候那样，天真浅白，根本不知道什么是人间险恶。

她反应了过来，立刻变得暴怒无比。

“姓贺的竟干出了这样的事？”她气得声音都发抖了，“难怪上次他来，对我这么客气！我还道他不拘身份顾念人情！果然！无事献殷勤，非奸即盗！我竟然看走眼了！无耻至极！禽兽不如！”

叶云锦是真的没想到，贺家那个看起来风度翩翩礼数周全的孙子，空长了一副好皮囊，私下的品行竟如此卑劣！

兔子不吃窝边草，他对自己的女儿却能下去这样的手！而自己和兄长，不但毫无防范，对他信任万分，还感恩戴德！何其讽刺，又何其可恨！

虽还不知道他是如何知晓女儿身份的，但想都不用想，必是他知道了后，利用身份的便利，欺负初到花花世界涉世未深的女儿。

叶云锦骂了几句，非但没解恨，反而愈发气愤，又懊悔万分，自责不已：“全都怪我！当初我就不该为了什么攀附亲戚让她一个人去那么远的地方！我怎么那么糊涂！竟会相信一个素昧平生的人会真的好好照顾雪至！他名声还那么坏！我又不是不知道……”

郑龙王起先沉默着。

那夜江船之上，小子在自己的略微试探下，当场就供认了他和女儿关系发展的实际地步。

郑龙王不得不承认，和她母亲一样，即便是到了现在，他心里头的因为这事而扎进去的刺也还是没完全拔出。

一想到这个，他也气恼不已，现在见她如此自责，他心中不忍，正要开口继续说话，叶云锦又突然想起个事。

就在去年，苏家老六隔壁县的一个亲戚家里，有个年纪轻轻就守了寡的女儿，据说和夫家的一个下人私通，弄大了肚子，怕被人知道，自己抓了虎狼猛药想要打胎，不幸血崩，当天人就死了……

叶云锦两眼发直，心扑通扑通地跳，也顾不得骂人了，撒开郑龙王，转身匆匆就要走，才迈开步，脚在披风的下摆上绊了一下，身子跟着一歪，险些绊倒。

一只骨架粗大皮糙如砂的铁手探了过来，一把将她托住。

“你要去哪儿？”

叶云锦的眼睛看都没看他，不敢高声，唯恐被人听了去，只咬紧牙关低嚷：“你说我去哪儿！出了这样的事，我这就立刻赶过去，把我女儿给领回来！我不能叫人就这样糟蹋了她！”

郑龙王见她脸色发白，显然是乱了心神，托她胳膊的五指没松，略略发力，将她人带到自己身前，随即抬手，轻轻搭在她双肩上，压了一下。

叶云锦身不由己，跌坐到了他刚坐的那把椅子里。

“你别急，我还没说完……”

叶云锦心急如焚，恨不得立刻插翅飞到天城去，见他还是一副慢吞吞的样子，气不打一处来，再也忍不住，推搡着骂他：“姓郑的，你这个没用的老东西！你奈何不了姓贺的，要做缩头乌龟，我不逼你！但雪至好歹也是你的女儿，你不管她死活就算了，你还不让我去把她接回来？”

郑龙王依旧面沉如水：“我当时和他谈过关于雪至的事了。”

叶云锦一停，仰头，眼睛睁得滚圆：“怎么说的？你快说！”

郑龙王继续解释：“云锦，还有个事，现在我和你说下也是无妨。早年我一直是清廷的钦犯，我的手头也有一笔不算小的窖藏。”他见叶云锦吃惊地看着自己，微微笑了一笑，“具体的事说来话长，等日后方便，你若还想知道，再详说也是不迟。我懂你心情。贺家孙子身负家仇，他自己要复仇不说，想要他命的对头也是层出不穷。”

叶云锦的心揪成了一团。

“别说我不知道他对雪至是真心还是逢场作戏。就算他是真心，他也实在鲁莽，只贪眼前，不顾将来，不知轻重，不为雪至考虑。他怎么就不想想，像这样有今天没明日的人，万一雪至认定他，他死了，雪至将来怎么办？万一他连累到了雪至，那又怎么办？”

叶云锦急得两眼都要冒出火星子，突然打断了他的话：“你啰嗦个什么！我不知道这些吗？谁要听你说这个！我问你，你当时到底是怎么和他说的？”

“我当时提了一个条件，我愿把窖藏托给他。我望他听劝，为雪至将来考虑，拿走窖藏，去做他自己的事，往后不要再打扰她。”

“他呢？他怎么说的？”叶云锦目光微动，立刻追问。

“当晚他走后，手下人说他去了趟省城他贺家的老宅，几天后，他回来，再次见我，说了一件事。”

“什么事？”

“说他不取窖藏。”

“什么！”叶云锦面带怒容，腾地站了起来，“他这是吃定了，要连累咱们女儿？”

“倒也没这么说。关于雪至，他说他没法立刻答复，他要再考虑下，叫我给他些时间。”

郑龙王等着叶云锦再发怒，却意外地见她没再骂了，只皱了皱眉，问自己：“那你怎么说的？”

“我还能说什么？我就两句话，第一，尽快给我答复，第二，守礼。”

叶云锦双手扶着椅把，慢慢地吐出了一口气，出神了片刻，抬眼望向一直站在自己面前的郑龙王：“你今天叫我来，是他有答复了？”

郑龙王微微颔首，从身上摸出一封信，递了过去：“来了。”

叶云锦劈手夺过，飞快地展信。

郑龙王默默地将烛台挪了些过来，靠向了她，为她照亮。

叶云锦就着烛火看信。

信的开头，贺家孙子就说他“驽懦之躯，泥滓之身，终日蝇营狗苟，自顾尚且不暇，却昧己瞒心，以侥幸之念，犯迷心大错”。

“错全在我，恣意妄行，实禽兽不若，玷渎明珠，辜负了叶氏尊伯母的托付，羞惭无地自容，万死也不足以谢罪。”

得棒喝而警醒，惶悚之余，他知自己应当如何去做。这一点，他请郑龙王放心，也一并转告到叶氏面前。

叶云锦看信的时候，眉头微皱，神色始终不悦。

这个世上，没有哪个母亲会愿意看到自己的女儿与一个无法给她长久幸福的男子在一起，更何况贺汉渚这样的情况。

现在他地位显赫，如日中天，投过去求个靠山自然是好的。但这种乱世，政坛军界本就斗争激烈，他还有仇敌在侧，保不准哪天就会出什么事。

论儿女之情，他绝非良人。

所以现在看他信里的回复，他是答应郑龙王的要求，不再祸害自己的女儿了，中云锦感到如释重负。只是，她一口气还没吁完，再一想，他不管不顾，该做的，不该做的，全都做了，即便现在这样，又如何能够抹平一切?

她不愿看到女儿继续和他一起。但想到女儿现在可能已经因为他而受到的伤害，她的心里顿时再次如有猫抓，难受无比。

她停了一停，见信还另有一页，压下心里的不忿，继续看了下去。

在这另起的一页信纸上，贺家孙子开头说，他知自己接下来的话，或会引来郑龙王和她的不满，但考虑过后，还是决定附上，以表心志。

真心二字重若千钧，如他这样的人，不敢妄谈真心。但他也知，世上男子能给所爱之人的最大承诺，是许以婚约，护其终身。这是他梦寐以求的事。

但是现在，他却朝不知夕，甚至连许诺求婚的资格也没有。

所以这于他而言，不是结束，而是开始。

血仇是他身为贺氏子孙必须直面的事，纵然以命相搏，也是在所不惜。但这也是契机。在他向她许诺之前，他需要为自己博取一个新的将来，一个有资格能够堂堂正正开口去向叶氏求娶她的将来。

最后他在信末说，倘若他能够全身而归，彼时，也侥幸能够获得谅解和接纳，他必将庶竭驽钝，以己之余生，护她安好，不死不休。

“以上字字出心，若有冒犯，敬祈谅解。”

“顿首再三。”

“后辈小子汉渚谨禀。”

叶云锦看完了信上的最后一个字，她定住神，怒气消失，渐渐地神色变得复杂了起来。

沉默良久，她抬头，望向对面的郑龙王。

“你怎么看? ”她压下心中的纷乱思绪，低声问道。

这封信，郑龙王已看了好几遍，内容早就了然于心，听到她问自己，他不禁也犹疑了起来。

从前他不应叶云锦之求带她离开，一是不愿连累她，二来，他也无法丢下一切责任，不管不顾。

那夜过后，他不和她私下往来，是担心坐实传言，坏了她的名节。

她是苏家的当家主母。这样的事如果被人发现，自己无妨，于她却绝非小事。他绝不能令她身处险地。

况且他心里也十分清楚，他们的女儿，苏家的“少爷”雪至，在慢慢长大后，对他这个传言里和她母亲有私的外人也是颇有敌意。

这么多年过去，他早就不再怀有别念了，唯一能做的就是在暗中保护她们。

这两年，她和兄长在省城那边遇到了荀大寿的滋事挑衅，他也是知道的。去年他便是获悉叶汝川可能要遇不利，这才赶去救了人。

当时他原本计划，倘若荀大寿继续逼迫，他便出手。没想到叶云锦兄妹另外找了条门路，联系上了贺汉渚，将女儿送去天城读书，阴差阳错，这才有了现在这诸多后事。

在收到贺汉渚的这封回信前，郑龙王便已得知京师里的突发事变，猜他和贺家的仇家陆宏达应当快有一战了。

收到信后，这几天，他的心里也是反复思量，想了不少。

自己终究不是明道上的人，他也已年迈，这回又遭了这样的意外，只怕余日不多。

何况，即便他在，有时也是鞭长莫及，一旦等他走了，还能顾全她们母女多久?

他终于也下了决心，开口了："上回我之所以在他面前提及窖藏，也是想要试探他对雪至的心意。倘若他取窖藏，弃雪至，那样最好，一了百了。现在看来，他除了和雪至的事急色了些，考虑不周，别的倒也没那么不堪。且看他信中言辞，也算是知道轻重之人，尚有几分赤子之心。"

他继续道："今天我收到了天城那边的一份电报，南北两派快要打仗了。这是贺家孙子的一个坎，他是个男人，必须自己面对。倘若这个坎他过不去，那就是命中注定，他不是雪至的良人，也没能力去保护雪至。早点分开，对雪至也有好处。"

他顿了一顿，道："但如果他能过去，雪至日后也还是愿意跟他，那我也没别的想法了，竭尽全力，往后能助他几分，我便做几分。"他望着叶云锦，深陷的眼窝里，两道目光暗藏柔和，"只是我想着，你是雪至的母亲，这是关乎她终身的大事，只有你能做主，所以冒昧今夜将你请来，将事情全部都叫你知道，好让你心里有个数。"

叶云锦坐在椅中，微微仰面望他。

面前人已是不复当年的狠勇强壮。面容消瘦，鬓发星星。

半晌，她忽然开口："这么多年了，我以为你对雪至也是不管不顾……"

她的声音有些不稳，说着，蓦然转过脸，等逼退眼里刚才突然冒出来的那一阵酸楚热意，转回了脸，点了点头："总算你还有几分做人父亲的心肠。"

郑龙王默然。

叶云锦也不再看他了，低头，自顾将那封信又看了一遍，沉吟了良久，终于说道："女儿不是我一个人的。你既然认她，这个事，我没话说。照你的意思办吧。我就想问一句，出了这样的事，雪至现在怎么样了？"

她最担心的，是女儿性情偏激，万一无法接受。

郑龙王道："你放心。她应当没受太大影响。说她这些天都在学校的实验室里忙着事。"

叶云锦闻言，慢慢地吐出了一口气，继续坐了片刻，见郑龙王再无二话，也不欲多留。

"我走了！"

她站了起来，戴上刚脱下的披风帽首，再不看他一眼，转身就朝外走去。

郑龙王依然站在原地，目送她身影走出了那道门。

待她出去，立了这许久，他终于支撑不住，手一把抓住桌沿，身形缓了一缓。

叶云锦走出屋，始终没听到身后再有什么挽留自己的片言只语，无声无息，虽明知这人心肠冷硬，几十年都这样过来了，但心里的那一口气却依然堵着，憋得发慌。

她踏着楼板，走了几步路，远远看见王泥鳅守在梯口，等着送她出去，不由停了步，犹豫了片刻，终还是压不下那口气。

既然见了面，倘若不问出来，她就这样回去了，只怕是如鲠在喉。

她咬着牙，突然转身又走了回来，一把推开门。

"姓郑的，倘若不是今天女儿的事，你这一辈子，就算是死了，是不是也没打算再见我一面了……"她的声音忽然顿住，脚步停了一停，反应了过来，疾步奔了上去，伸手抓住郑龙王的胳膊，"你怎么了！"

郑龙王面色蜡黄，额上沁着一层冷汗，和刚才见她时的样子判若两人。

叶云锦登时想起他之前受伤的事，心慌不已："你的伤还没好？！你怎么样，还撑得住吗？"

她慌忙转头，要叫王泥鳅进来。

"不用叫了！你扶我坐回去，缓一下就行。"郑龙王低声说道。

叶云锦只好扶住他，用自己肩膀撑着他半边身体，架着他慢慢地坐回到了椅中。

"我没大事。上次是疏于防范，没想到老六竟会伙同外人对付我，这才着了道。刀头涂有乌头，所以伤好得没那么快。"他解释道。

“我命硬，老三也请了不少良医。我没那么容易死，你不用担心。”郑龙王靠在椅背上，望着神色焦虑的叶云锦，微笑着再次安慰她。

叶云锦探手摸了摸郑龙王的额，触手微热，知他发着低烧，又是心疼又是怒，咒骂了那个老六几句，忽然想起来：“对了！雪至！我听我兄长说，雪至在那边学得不错，去年冬假，还去了什么万国医学大会！我让她回来帮你看看！要是她不行，她肯定也知道一些好的西医！”

“我也看过西医了。你不用麻烦她。”郑龙王不假思索地拒绝。

“不行！她那边的医生肯定不一样！你等着，我这就回去，给她发电报！”

叶云锦急匆匆转身就要走，忽然感到手一热，扭头见郑龙王伸出手臂，攥住了自己的手。

她一怔，停了步，看着他握住自己的那只手。

郑龙王缓缓地松了手，收了回来。

“真的不用找她了。我不希望你们母女因为我再起不快。”

女儿大了之后，大约是从旁人口中听到了些早年关于自己和郑龙王的传言，对他极是厌恨，这一点叶云锦不是不知道。

她回过神来，心里忽然一阵冲动：“我去告诉她，你是她的爹！我把我以前的事统统都告诉她！我告诉她，当初是我没办法，我去找你，是我强迫你的！和你无关！”

郑龙王凝视了她片刻，微笑了起来，低低地道：“云锦，外头人都说你精明胜过男人，你却怎么这么糊涂？以前我要是真的不愿意，你又怎么能强迫我？”

叶云锦呆住了。

“不要让她知道。倘若她知道了，以此为耻，反而更加伤她。我怕她因此怨你一辈子。”

叶云锦怔怔地望着面前这个自己年轻时便结识了的人，慢慢地眼角泛红。

郑龙王低声道：“我现在最大的心愿，就是你们母女往后平安，除此，我无所求了。你不要再拿我的事去打扰她。”

叶云锦潸然泪下。

郑龙王笑道：“别哭了，我真的没事，不会那么快就完。我六七岁就拿刀杀人，这辈子受过的伤又不止这一次，多少回比这更严重的都挺过来了……”

叶云锦再也忍不住了，委身扑了过去，额头靠在他的肩上，闭目。

郑龙王的身体微微一僵。

楼外的夜雨，窸窸窣窣地敲着瓦顶，一缕携了潮气的夜风从不知何处的门窗缝隙里钻了进来，屋里暗火摇曳，掠得墙上人影也随之晃动。

他没动，既没伸臂抱住女人，也没推开她，任她靠在自己怀里默默流泪，良久，忽然听到外面码头的方向隐隐传来一阵呼叫之声。

是今天的最后一条夜船泊了岸，船主在呼人卸货。等卸完今日这最后一批货，那些还等在码头的苦力就会涌进这里，呼叫堂倌替他们打几提老酒，喝几口，驱散潮寒，享受这一天劳作后的短暂的放松。

郑龙王低头，缓缓抬起一只手，用粗糙的指替还靠在自己怀里的女人擦了下她面颊上的一颗最大的眼泪，低声道："晚上要说的话，也都说了，你回吧。等下这里就会来人了……女儿那边的事，我会托人留意，再有事，我会及时告诉你的。"

他说完，收回手，身体靠回在了椅背上。

灯火投映在郑龙王的脸上，他的神色又恢复了平日的威严和沉静。

叶云锦慢慢起身，自己掏出手帕，抹去泪痕，看了他一眼，什么也没说，转身走出了屋，跟着一直等在外的王泥鳅下了楼。像来时那样，她从后门走了出去，随即上了马车，在雨水织成的无边夜幕里无声无息地离去。

叶云锦回到家中，深夜无眠，独坐在房里，沉吟了许久，终于打定主意，坐到她平常用来理账的一张桌前，取出信笺，写了一封信。

三月中旬。

距离京师事变，过去半个月了。

短短不过半个月的功夫，局势已经大变。

陆宏达南下，抵达他在江淮的大本营，纠集支持他的地方人马，指责曹企图改制，对自己施加迫害，构陷罪名。

大总统则宣布陆宏达一派要搞分裂和对立。

双方的矛盾彻底公开化了。

最近的时政报纸，每天都在连篇累牍地报道这方面的动态。因为曹的人马多来自北方数省，而陆宏达的结盟部队则来自南方，所以称京师为北方，陆宏达一派为南方。南北两边各自调兵遣将，大有一触即发之态。

三月二十日，大总统召集将军府的全体阁员召开军事会议，决定举兵讨伐南方叛国军，并调北方的各路军队南下备战，同时宣布全国进入战时紧急状态，成立总司令部，自任总司令，以章益玖为参谋长，下设三路讨逆军。

第一路司令范惠民，此人是不久前刚接替王孝坤担任军部新总长的实权人物，大总统长子曹昭礼的大舅子，也是大总统的绝对亲信。

第二路司令也是刚提拔的一个人物，现任总统府军事参议将军的段启年。

第三路司令，就是贺汉渚。

这次南下讨逆，大总统也下令调拨关西的马官生、潘彪、冯国邦等地方人马共同组成联合师。这些平日不是大总统直系不好控制的地方部队，全部划入贺汉渚的一路，除此之外，他还可以调用天城附近的所有地方部队参战。

军事会议结束后，二十一日，贺汉渚从京师赶回天城。当晚，天城各界人士将在饭店为他举办一个壮行的欢送酒会。

等酒会结束，次日，二十二日，他便就南下参战了。

酒会晚上七点开始。除了天城的各界人物，也有随同他参战的地方部队代表，所以他必须出席，也需要提早过去，先和那些人见个面。

五点多，他更衣完毕，对镜最后整理了下身上的军服，下楼看见妹妹贺兰雪也换好了出去的衣服，正坐在客厅里发呆，便叫了一声。

贺兰雪也快要出国了，船票就定在下周。贺汉渚原本打算等送走妹妹再南下，但现在军务紧急，他也只能先走了，让丁春山代替自己安排妹妹出国上船的事。

今天恰是周末，晚上妹妹要和几个同学吃饭，以叙别情，吃饭的地方和贺汉渚同路，所以坐他的汽车，和他一起出发。

贺兰雪见兄长已经收拾好下来了，面带笑容地看着自己，急忙从沙发上站了起来，跟着他朝外走去。

“哥哥，你的胳膊没问题吗？你的伤还没好。”贺兰雪问道。

贺汉渚让她放心，说有一名专业医官随行，没有任何影响。

贺兰雪便沉默了。

贺汉渚带着妹妹出了客厅，朝外走去，见她眼睛盯着地面，神情郁郁寡欢，知道她最近的情绪低落，便柔声安慰：“你不用记挂我。等哥哥日后有空了，便出去看你。”

贺兰雪闷闷地道：“哥哥，我真的一定要这么早就走吗？”

贺汉渚“嗯”了声，看了眼妹妹，又解释：“不是哥哥非要你这么早就出去的，而是有这个必要。你想，路上船期就要三个月，到了那边，已经是七八月了，你还需要提前先熟悉环境。所以真的不算早。再晚，过去就要手忙脚乱了。”

贺兰雪依旧不说话，直到快到大门口，才幽幽地道：“我知道这些，之前苏姐姐都和我说过的。可是最近怎么了，为什么她都不来我们这里了？前几天我叫她来我们家吃饭，她都不来，说实验室很忙。我知道她很忙，可是……”

她一顿，停下脚步，望着自己的兄长，吞吞吐吐：“哥哥，你们是不是出了什么事？我总感觉……”她顿了一下，最后仿佛终于下定决心，“其实年初在京师西郊的别墅里，我们走的时候，我就感觉你们好像闹了别扭。是不是你惹她不高兴了？哥哥，要是你真的让她不高兴了，她不理你，我可以帮你去她那里说好话的！”

贺汉渚胸间蓦然一阵发堵，面上却是若无其事，微笑道：“你想多了，我们很好，会出什么事？只是她真的忙，最近都在工作，哥哥也要走了，事情很多。而且你也知道，她身份不便让外人知晓，所以我们不方便时常见面。”

贺兰雪咬唇：“可是……哥哥你明天就要走了，你们今天也不再见面？”

贺汉渚一顿，很快，咳了声，笑道：“小孩子事情还挺多！大人的事，难道每次都要告诉你？”

贺汉渚说完，见妹妹依然沉默着，便握了她的手，牵着朝外走去，改了话题：“走吧，再拖下去，要迟到了。”

贺兰雪心中虽然还是悒悒不乐，但想到明天哥哥就要南下了，自己也不能让他牵挂，脸上便勉强露出笑容，“嗯”了声，跟着兄长走了出去。

贺汉渚到了大门口，却没见司机和车。

约好的时间是五点半。

他看了眼怀表，五点二十五分了。

司机平常通常都会至少提早十分钟到，像今天这样的情况有些少见。

他倒不急，正要叫妹妹进去等，忽见司机开着座驾赶到，连声道歉，随即打开他们惯坐的后座车门，请两人上车。

贺汉渚随口问道：“今天怎么晚了？”

司机面带愧色，说自己来的时候，半路擦了一个抱着小孩的女人，只能送去附近的诊所，幸好没大事，赔了点钱，匆匆赶来，这才晚了。

贺汉渚口里道：“往后小心些——”

他和司机说话的时候，贺兰雪已经弯腰上了车，贺汉渚正也要跟进去，目光无意间落在了车的门把锁上，他突然目光一定，陡然变得锐利了起来，示意贺兰雪立刻下车。

“哥哥，怎么了？”贺兰雪下了车，见他神色凝重，莫名其妙地问道。

贺汉渚没说话，盯着车门的锁孔，示意司机过来，指着锁孔旁的一道油漆的轻微刮擦痕迹问道：“怎么回事？又是你开车碰的？”

司机摇头：“没有。这个位置，绝对没有碰擦！就算是侧面碰擦，也不会碰在锁孔上……”

司机凑过去，仔细看了一眼，发现掉的漆痕像是被铁丝之类的锐物给刮擦出来似的。他突然醒悟，一凛，看向贺汉渚：“司令，你怀疑有人用非正常手段开过车门？”

贺汉渚沉声道：“检查一下，看看车里有没情况。”

他说完，带着妹妹后退，等在一旁。

陆宏达对他恨之入骨，现在这种特殊时刻，多防备着点，总是没有坏处的。

司机应是，立刻检查车里的状况，从前座到后备厢，不放过任何一个地方。

突然，他高声喊道：“司令！车里有情况！”

座驾里，后座的下方，一个不起眼的角落放了一个布包，看起来鼓鼓囊囊。

根据形状，大致已能猜到点什么了。

贺汉渚立刻让贺兰雪连同门房老夏等人全部散开，远离大门。

司机轻轻打开袋子，当看到里头的东西时，顿时屏住呼吸，心跳也猛地加快。

里头包着的，果然是炸弹。

很快，丁春山就带着司令部技术科的一个科长赶到了。

科长精通各种枪械和炸弹设备，经过检查，很快给出结论，这是一个现在在国外的军火黑市里刚出现不久的机械定时炸弹，原理非常简单，用电池电线将雷管和火药连接，再把钟表齿轮和弹簧用机械装置控制住，等齿轮走到了预定的位置，电路接通，炸弹就会自动引爆。

因为这东西刚出现不久，还非常稀罕。据科长所知，目前在国内，他还从没听说过有相同的使用案例。

“年初在东洋，曾发生过一起这样的爆炸案，我当时很感兴趣，到处找资料，特意加以了解。”科长又检查了一番，用紧张的语气说道，“司令，我可以确定，这玩意就是仿东洋那颗搞出来的！我当时本来也想搞一个出来，但没实物，现在自己送上来了！但我担心机械设备不稳定，所剩时间也不多了，你们赶紧散开到安全距离，我尽快解决。这样当量的雷管，一旦爆炸，别说人了，整辆汽车也会被掀翻的！”

等周围的人全部散开，科长小心翼翼，顺利解除了控制设备。

丁春山叫他将东西弄走，随后亲自上车，再次检查了一遍，连车底也没放过，角角落落，全都看了，确定没有任何问题，这才让人守在车旁，自己快步走进公馆。

贺兰雪受惊不小，她惊魂未定，打电话和同学道歉，推说身体不舒服，取消聚餐。

贺汉渚将妹妹送回房间后，叫吴妈和梅香陪她，自己坐在客厅里询问司机。

司机是他的亲信，跟随多年，不可能反水。

唯一的可能，就是汽车在没人的时候被做了手脚。

司机愧疚万分，告诉贺汉渚，白天汽车一直停在司令部里，不可能被人动过，唯一的空档就是他送女人去诊所。当时孩子啼哭不停，女人扯着他不放，赔钱也不肯，说要检查孩子的情况，他将人送去诊所后，一道进去，当时担心时间，摆脱了女人后，便匆匆出来。

当时汽车停在外面，总共不到十分钟。

“应该就是那个时间有人撬开车锁放了东西！是我的错，我不够警惕！当时见是女人和小孩，我就没多想。要不是司令你及时发现，我……”

贺汉渚坐在沙发里，面沉如水。

估计因为当时时间紧张，安放炸弹的人对开锁撬门大约也不十分精通，为赶时间，这才会在锁孔的边上留下刮擦痕迹，让他发现了异样。

但丁春山可就没贺汉渚这么镇定了。虽然东西已被移走了，但他整个人还是绷得如同一张紧弓，还没听完，忍不住狠狠一脚就踹了过去。

司机名叫振武，是他的远房族弟。因为信任，在经过训练后，才让他做了最贴身的护卫。这两年一直平安无事，见他事情做得可以，小姐出国，也是打算让他同行的。

现在竟然出了这样的大纰漏。如果不是上司心细如发，又足够警觉，及时发现异样，继而排除险情，现在在路上，恐怕已经是车毁人亡了。

丁振武被自己的兄长狠狠一脚给踹到了肋腹之上，人直挺挺翻在了地上。他咬着牙，痛处摸也没摸一下，继续谢罪：“哥，你毙了我吧，我绝无怨言！”

丁春山掏枪，一把顶在了他的脑门上，咬牙切齿："司令要是出了事，你当我不会？"

贺汉渚说："算了，记住教训就行了。"

丁春山恨恨地盯了丁振武一眼，这才作罢，跟着自己也向贺汉渚谢罪。丁振武是他挑的人，还是他的族弟，现在出了这样的意外，他自然难辞其咎。

贺汉渚拂了拂手，没说话。

丁春山推测是陆宏达那边的人搞的鬼。

现在战事就要开打了，临出师前，倘若北军的一路堂堂司令被人这样炸死在街头，则陆宏达不但能够除去心腹祸患，往后高枕无忧，更重要的是，这对打击北军，振奋南方联军的士气，都将大有裨益。

不过，既然出了事，肯定是要追查的。

丁春山见他沉默着，神色微微怔忪，似乎在想着什么，没敢打扰，走了出去，叫了司令部调查处的人，派丁振武同去认人。

丁振武应是，转身匆匆就走。

丁春山望着他的背影，迟疑了下，忽然叫住了他。

丁振武急忙停步。

丁春山走了上去，问："怎么样，还疼吗，没大问题吧？"他语气温和，不复片刻之前的凶暴。

丁振武一愣，摸了摸自己还隐隐作痛的胸腹，摇头："没事！"

丁春山道："刚才我下脚是重了点，主要是你的篓子捅得太大了！今天因为你的疏忽，差点害了司令和小姐！"

丁振武愧疚万分，低头不言。

"不过，"他语气一转，语重心长，"既然司令都不怪你，我自然更没话说。今天这样的陷阱，说实话，手段确实高明，你一时不察，在所难免。做事谁也不敢保证万无一失，只一点，我望你能像司令说的那样，牢记教训。这事就算过去了，但小姐出洋，绝不能再出任何岔子，明白吗？"

丁振武本以为自己犯了这样的错，护送小姐出去的事不会再交给自己了。但现在丁春山既然这么说，那就表示司令对自己依然还是信任的。

他不由得心口一热，立正保证。

丁春山点点头，让他去了，自己返回，问贺汉渚："司令，为您的安全考虑，晚上的活动要么取消吧？"

贺汉渚回过神，一笑，从沙发上站了起来。

“没必要，走吧。”

他话音落下，迈步，朝外大步走去。

丁春山只好带着几名亲信同行，他亲自开车，将上司送往天城饭店。

路上，贺汉渚靠在车后座上，微微闭目，神色看似无波，实则心情并不平静。

他知道这是谁干的，十有八九和陆宏达有关。

上次他在自己这里吃了一个大亏，这回便趁自己南下之前，实行报复。

天城里投靠陆宏达的廖寿光现在虽已举家离去，但留人手窥伺，伺机安排这种事，不是问题。

对方在暗，自己在明，天城又是个人口百万的特大城市，就算有四方会的支持，想将隐藏在暗中的有可能会对自己不利的人全部清查出来也是一个不现实的想法。

正是因为如此，贺汉渚才感到后怕。

他不是害怕自己刚才险些被炸飞，而是他的妹妹也跟着他差点遇难。

想到刚才送妹妹去房间时她那张吓得惨白的小脸，贺汉渚就觉得无比心疼，更是痛恨自己无能，没能尽早将敌人除掉，以彻底消除后患。

他愈发感到了要将妹妹及早送出去的必要性。

还有她……

他的敌人强大，手段卑劣，无孔不入，而且如果消息没错，陆宏达应该已经投靠了日本人，这才如此猖狂，肆无忌惮，连今天那样的东西都能弄到手。

就在这一刻，在贺汉渚的心里，半点也不后悔自己做出的那个决定。

在生死的面前，什么都是次要的。

没有什么比她的安好更为重要了。

天城饭店很快就到了，门口铺出地毯，此刻已经站了不少的人，灯火辉煌，乐队奏出的欢快的乐曲之声，随风送入耳中。

汽车停在饭店门口，立刻引发一阵骚动，等在饭店门口的人认出了车，纷纷涌来相迎。

“司令，到了。”耳边响起了丁春山的呼唤之声。

贺汉渚睁开眼睛，从打开的车门里下去，朝着对面的人走去，脸上已经带着他惯常的笑容。

晚上的天气其实不是很好。云层厚重，可能很快会有一场夜雨，但这丝毫没有影响今夜的这个壮行酒会的热烈气氛。

贺汉渚与恭祝他早日凯旋的天城各界名流谈笑风生，随后又与因为他的迟到而推迟了见面叙话的几名地方驻军长官见面，正把酒言欢，丁春山走了进来。

贺汉渚借故起身，和丁春山到了礼堂外一个人少些的地方。

丁振武他们调查完毕，传回了消息。

他们分别查找了那个女人和诊所附近的目击者，进展顺利，两边得出的结果，全部指向了码头的一个名叫斗爷的帮会头目。

这个斗爷以前投靠廖寿霖，曾试图和四方会争夺地盘，后来廖寿霖死了，斗爷偃旗息鼓，今天就是这个斗爷派人将东西送进了贺汉渚的汽车里，晚上他一直在等消息，左等右等没等到预期中的动静，感觉不妙，正想跑路，被丁振武带人抓住，几下拷问就全部交代了。

和料想的一样，是廖寿光的指使，那玩意儿也是他的人现场做的，斗爷只负责派人放到车上去。

丁春山说到这里，心里又是一阵后怕，咬牙道："全都是陆宏达的走狗！留着也是祸害。那个什么斗爷，死不足惜，不如直接做了了事。"

贺汉渚淡淡点头，转身便要进去，这时身后有人叫了一声："四哥！"

他扭头，见王庭芝来了，站在了门的入口处。

王孝坤下野后，回乡休养身体，王太太则带着王庭芝暂时搬到了天城。

贺汉渚停步，脸上露出笑容。

王庭芝走了进来。

等丁春山出去了，贺汉渚让他坐，闲聊了几句，随即笑道："你最近怎么样？前几天你母亲打了个电话过来，问兰雪出国的事，我听她的意思，你最近好像和她有些别扭。"

王庭芝面露郁懑之色。

南北局势日益紧张，战事一触即发，他想追随贺汉渚，入其麾下参战，却遭到王太太的极力反对，今天又以自己头痛为由，要儿子安居在家。

"四哥，晚上我来找你，就是为了这个事。四哥你明天就要南下，我也想去！我从前也是念过军校的！我绝不会给你拖后腿！你让我跟你一起去吧！再这样待在这个地方，我快要疯了！"

贺汉渚心知肚明，王太太前几天打电话过来，除了问兰雪，主要目的，其实还是担心儿子私下找自己南下，所以提前叮嘱了一番。

王太太既然开口了，贺汉渚当然不便插手，更不能随意点头，毕竟这不是小事。

他斟酌了下，道：“庭芝，打仗和你以前在军校里受过的训练，完全是两回事。相信我，任何人只要经历过一回，就绝不想再回去的。你前途大好，真的没必要为了打发时间动这种念头。”

王庭芝脸上露出失望之色，沉默了片刻，喃喃道：“我明白了，一定是我母亲找你说了什么。算了，我也不好为难你……四哥你继续忙吧，我走了……”他站了起来，低头，朝外而去，走了几步，忽然仿佛想起了什么，又回头，脸上露出一丝笑意，“我差点忘了，该向四哥你道凯旋的。四哥你早点回来！”

贺汉渚见他笑容勉强，心里也是有点感慨，上去拍了拍他的胳膊，向他道谢。

他目送王庭芝怏怏离去，又回了礼堂，继续应酬。

傍晚再次遭遇暗杀的惊险经历，他无意公开。

这是属于他和陆宏达的私人恩怨。现在决战在即，再渲染过多，除了让人在背后又多一桩议论的话柄之外，没有任何意义了。

到了晚上九点，正是酒会高潮，众人渐渐喝开。

一群军官搂着女伴跳舞，剩下的也喝高了，嘴里吟着什么醉卧沙场君莫笑，自古征战几人回，博得满场喝彩。

贺汉渚看看也差不多了，无意再留。

明天自己就要走了，妹妹这个样子，他实在有些放心不下。

贺汉渚便以臂伤为由，谢过众人到场，随即提早离开饭店，回往公馆。

车开到半路，他闭目之时，忽然想到妹妹对自己和她的关系的质疑，不禁迟疑了下。

妹妹的怀疑，也是有道理的。

明天他就要走了，照两人之前的关系，按理说，再忙，今晚无论如何也总是要见一见的。

贺汉渚看了眼时间，九点一刻钟。

他开口，对开车的丁春山道：“先不回了，你随便在城里开几圈，晚点再回。”

上司今天再次遭遇惊魂，在鬼门关口走了一趟。丁春山见他面带倦容，上车后就靠着假寐，以为他疲乏，加上明天还要南下，就想尽快送他到公馆，好让他早些休息，没想到他却忽然开口这样吩咐，虽然莫名其妙，但上司既然这样吩咐了，他自然照办。于是开着汽车绕着天城，从老南门开到北门，又从北门开了回来。

到了晚上快十一点，终于听到后座的方向传来吩咐，可以回去了。

丁春山应了一声，立刻开车回往公馆，到了，门房老夏忙着开门，迎他进去的时候，笑道："贺先生，小苏来了！"

贺汉渚心猛地一跳，停住脚步："她怎么会来的？"

老夏说，吴妈晚上发现小姐躲在房间里，一个人偷偷地哭，吴妈心疼小姐，也不知他晚上会几点回来，想到小姐和小苏的关系好，两人一向很是谈得来，就打电话找小苏。

当时已经不早了，电话没人接。

老夏也心疼小姐，自告奋勇去找小苏。先是去了小苏城里住的地方，没人，叶公子也不在家，就改道赶去医学校，终于找到了小苏。

"贺先生，小苏连周末也在忙。不过他可真的是个热心人。我去的时候，他在实验室里，一听到我说了今天的事，又听说小姐受惊，二话没说，立刻就跟着我赶了过来……"

那天在司令部里和她分开之后，大半个月就过去了。

他知道那天之后，她就在医院和实验室之间来回，整天忙忙碌碌，看起来，她确实应该完全没有受到这件事的困扰。

这令贺汉渚彻底地松了口气。

明天他就要南下了，也没有再和她见面的打算了

但是他真的没有想到，今天晚上，就在此刻，她竟然来了，现在就在公馆里。

贺汉渚扭头看了眼房子的方向，呼吸一紧，丢下身畔还在絮絮叨叨的老夏，抬脚朝里快步而去。

今天是周末，医学校的一周里气氛最为轻松的时刻。晚上校园的路上，不时走着三三两两谈笑风生的学生。

苏雪至下午从医院回来，便又一头扎进实验室。

余博士安葬完老友回来后，也辞去了原来的中学教职，一心扑到这边的事情上。

现在正是紧要的时刻，两人都很看重。余博士已经连着几个晚上都睡在实验室里，半夜时不时爬起来观察情况。苏雪至知道他的身体不好，怕他吃不消，今晚让他好好休息，改自己守夜。

她是晚上九点多的时候得知贺公馆的老夏跑来找自己的，出去后，听说了傍晚发生在公馆大门口的意外，当即赶了过来。

苏雪至赶到公馆，贺妈和梅香立刻领她上楼。梅香一边走，一边讲着

傍晚在公馆门外发生的惊魂一幕。

苏雪至神色凝重，快步来到贺兰雪的房间门前，敲了两下，起先里头没动静，再敲了两下，叫了声兰雪。

房间的门慢慢地开了。

贺兰雪出现在了门后。她的眼睛浮肿，看起来刚哭过的样子。当看到真的是苏雪至，愣怔了片刻，忽然双眼一红，一头扑进了她的怀里，随即紧紧地抱着她一动不动。

吴妈见状，飞快扯了下梅香。梅香这才反应了过来，扭头见老妈子冲着自己眨眼努嘴，急忙出去，轻轻掩上了门。

苏雪至抱着扑进了自己怀里的贺兰雪，感到她身体冰冷，瘦削的肩膀仿佛还在微微颤抖。

苏雪至知她此刻的心情，低声抚慰："别怕，已经过去了，不会再有这样的意外了。"

贺兰雪没吭声，半晌，慢慢地抬起头，含泪望着苏雪至，低声说道："苏姐姐，其实我不是害怕我自己，我是害怕我哥哥……"

苏雪至的心微微一牵。

"哥哥这么急地送我出去，说什么要我提前过去准备。其实我都知道，他是担心我会出意外。可是他才是最危险的那个人……我真的害怕，万一这一回，他要是出了什么意外，那该怎么办……"

苏雪至握住贺兰雪发冷的手，带着她走到了桌边，坐下去，随即望着她的眼睛，一字一字地道："兰雪你相信我，你哥哥他不会出事的，没有什么意外！你想，那么多次他都能化险为夷，平安无事，这说明什么？"

"什么？"贺兰雪眼里噙着泪，问道。

"说明你哥哥命大，也说明他有本事。你想，一个人，他命大，又有本事，他能出什么意外？"

贺兰雪怔怔地望着她。

"譬如今天，"苏雪至继续说道，"你上车的时候，会留意车门的锁孔吗？"

贺兰雪摇头。

"假设你留意到了，你会立刻想到可能出了问题吗？"

贺兰雪再次摇头。

苏雪至笑道："现在你明白了吧？你哥哥就是这么厉害。别人看不见的问题，他能看见。别人想不到的事情，他能想到。他能走到今天，自然有他不同寻常的地方。所以你什么也不用担心，照着他的安排，高高兴兴上船就行了。这样他才会放心。”苏雪至凝视着她，“兰雪，你也不希望你哥哥带着对你的担忧南下去打仗吧？”

贺兰雪使劲摇头，想了下，脸上终于露出一抹笑容，说：“苏姐姐，我本来晚上心情很坏，但是听你这么一说，我觉得也很有道理。你说得对，他一定不会出事的！”

仿佛是为了给自己打气，她咬牙，用力地握了握拳头。

苏雪至笑了，替她擦去眼泪，却见贺兰雪又看着自己欲言又止的样子，便问她又怎么了。

贺兰雪迟疑了下，轻声说：“苏姐姐，你最近怎么都不来这里了？是不是我哥哥惹你生气，你不想和他好了？今天我问他，他说我想多了。可是我有感觉，你们真的好像……”

苏雪至笑了起来：“会有什么事？你哥哥说得没错，你就是想多了。最近我是真的很忙，脱不开身，所以上次你叫我吃饭，我也没来……”她顿了一下，又道，“你哥哥明天就要南下了，你要过些天才走，他托我务必代他把你送上船去。我们没事。再说了，你是小孩子，难道我们每次见面，都要告诉你不成？”

贺兰雪一想，傍晚哥哥也对自己这么说过，她忽然就相信了，长长地舒了一口气：“这样就好。本来我很担心，我怕我走了，苏姐姐你要是又不和我哥哥好，往后他一个人怎么办，现在我放心了……”

她说着，声音哽咽了起来，刚擦掉的眼泪又掉了出来，急忙再擦，却越擦越多，最后实在忍不住，又一头扎进了苏雪至的怀里。

苏雪至也伸手，慢慢搂住了她的身子，轻轻拍她肩膀。

半晌，贺兰雪的情绪仿佛终于平了些，慢慢地抬起头，低声说：“这么多年了，我哥哥的生日，他自己从来都不记得过。去年他生日，我记得那天他回来得很晚，我给他煮了一碗面，但后来，我和他吵架……”

苏雪至柔声道：“以后他的生日，我会替你记住的。我也保证，他生日的时候，我不和他吵架。”

贺兰雪一边说，一边眼泪扑簌簌地落了下来：“我哥哥的脾气不大好，他以后万一要是真的惹你生气了，你不要不管他……”

苏雪至笑道：“我不会不管他的。我会骂他，我脾气比他更不好。”

贺兰雪破涕而笑，扭头看了眼时间，惊呼：“糟了，这么晚了，是不是你和我哥哥约好，他去学校找你，结果你来了这里，他还不知道？”

这时，她才听到外面又传入的沙沙雨声，忙又道："外面下雨了！要不晚上你留下来？我哥哥找不到你，自然就会回来的。"

苏雪至站了起来，笑道："没事，我还是回去吧。你哥哥有时很呆，他看不到我，说不定一直会在等着。"

贺兰雪一边伸手开门，一边口中自责道："全怪我，耽误了时间……"突然，她睁大眼睛，惊喜地喊道，"哥哥！你什么时候回来的！"

苏雪至抬眼，见贺汉渚竟就立在门外，看起来似乎在这里站了已经有一会儿了。

他的目光望了过来，人微微地动了一下，似乎想说什么，最后却又沉默下去。

她若无其事地道："兰雪，那我先走了。"

贺兰雪看到哥哥已经回来了，很是欢喜，猜他们应该是想私下见面不便让自己看见，急忙点头："好！"

苏雪至一笑，走了出去。

贺汉渚在原地停顿了一下，很快也迈步，跟了上来。

丁春山刚才一直没走，正在等着，看见人下来了，立刻跑了上来，问了一声，便出去开车，准备送人。

贺兰雪将苏雪至送到客厅的门口，苏雪至叫她不用送了，贺兰雪笑着点头，促狭地戳了戳自己兄长的胳膊，转身飞快地跑了进去。

雨下得大。贺汉渚从送客的吴妈手里接过一把雨伞，走到了门廊里，见她立着，轻声道："走吧。"

苏雪至没说话，只迈步，朝着大门走去。

贺汉渚右手撑伞，跟上了她，和她并行，踏着庭院的甬道，走了几步，待前后没有人了，他低低地道："晚上谢谢你了，我没有想到……"他仿佛一时不知该如何表达自己的心情，慢慢地吁出一口气，"对不起，我还没有把我们的事告诉她，兰雪她不知道，所以她才会说出那些话……"

苏雪至望着前面的雨帘，说："没关系。兰雪最近心情本来就不好，她也快出国了，我们的事确实没必要让她知道。"

"谢谢……谢谢你，雪至！真的，谢谢你这么为她考虑。"他喃喃地重复着他对她的谢意。

"不必客气。我们只是结束了一种关系，又不是反目成仇。兰雪心思单纯，我也很喜欢她，不想她凭空再添无谓的烦恼，如此而已。"

他不再说话了，为她撑伞，一路将她送到了汽车旁。

“我送你回去吧。”最后他凝视着她，哑着嗓，轻声说道。

雨点哗哗地落在伞面上，苏雪至看着对面这个为自己撑着伞的男人，沉默了片刻，弯腰坐了进去。

她是坐在最靠里的那个位置上的。

贺汉渚心怦然一跳，立刻合了伞，正要跟着上车，忽然客厅的门里跑出一道身影，吴妈高声喊道：“贺先生！刚王公子的司机打来电话，说他在天城饭店里出了事，请你赶紧过去帮忙！”

电话那头，王家司机的声音十分急促，一听到贺汉渚的声音，立刻求救。

“到底怎么回事？”

“四爷，我家公子想随您一道南下，但太太不许，您也是知道的……刚才我是接到了公子打来的电话，说他在那边喝得有点多，没法开车了，叫我过去接他，我就赶紧过去，谁知我到了就看见公子和人打起来了！”

“和谁？”

“孙家公子！”

这个孙家的公子，贺汉渚略有耳闻，是海军部一个大员的公子，也是京师天城两地的一个有名的纨绔，与王庭芝则素来不和。

不止这样，去年和王家定亲的陈家本是要和这户孙家议婚的，后来却被王太太横插一杠，好事不成。

今晚也是巧，王庭芝和贺汉渚见完面后，心情不好，就去俱乐部喝酒，恰这个孙公子也在。冲突的由头，是个俱乐部里的当红舞女，见王庭芝独自喝闷酒，便上去搭讪，被王庭芝一把推开，舞女摔倒在地，自觉扫了脸面，去找孙公子诉苦，孙公子便跟出去。就在刚才，等王庭芝晃晃荡荡出来时，在大堂里凑上去撞了一下，反咬一口，称他故意撞自己，要他赔罪。

王庭芝向来都是横着走路的人，现在家中突然生变，虽然他舅舅在跟着父亲离开前曾再三地叮嘱，要他务必低调，但以王庭芝的脾性，被人这样找上来挑衅，加上晚上的心情本来就恶劣，怎么忍得下去。

贺汉渚挂了电话，冒雨跑了出来，向还坐在车里的苏雪至解释了一下，随即向她道歉。

苏雪至立刻道：“没事，赶紧去看看吧！”

第十五章

半夜了，饭店的大堂里还聚着闻声而出的俱乐部客人，但全都远远地观望着，低声窃窃私语。

王庭芝已被孙公子带着人打得趴在了地上，鼻青脸肿，嘴角流血。

饭店经理刚才试图上前劝阻，也被那个孙公子一把推开，险些摔倒，现在不敢再上去了，无奈只能打电话向警局报案求助。

孙公子去年议婚不成，被人在背后讥笑了好一阵子，新仇旧恨积聚在心，现在王家下了台，他终于逮到个报复的机会，怎么可能手软。

王庭芝身体蜷曲，双手紧紧抱头，闭目，一动不动，任人踢打，看起来仿佛死了一样。

孙公子觉得还不解气，假意阻止，随即弯腰，扇了扇王庭芝的脸："想我放过你，也容易。给我认个错，叫声爷，我立马让你走！"

王庭芝慢慢地睁开眼睛，盯着孙公子。

孙公子看了眼四周围观的人，顿觉下不了台，再次怒从心头起，索性抬起脚一脚踩住王庭芝的头，冷笑："姓王的，你以为谁真的怕你？你当你是个什么东西？没了你爹护着，你就连条狗也不如！"

王庭芝的牙关慢慢地咬在了一起，突然抱住孙公子那条踩在自己头上的脚，用力一扭，孙公子顿时失了重心，整个人当场就被掀翻在地。

王庭芝随即爬了起来，抄起近旁的一张椅子，转身一言不发冲着刚被人从地上架起来的孙公子狠狠地砸了下去。

孙公子惊恐万分，抬手去挡，"喀拉"一声，椅脚断了一条，飞了出去，孙公子惨叫一声，那条抬挡的手臂当场折断，以奇怪的角度垂挂了下来，人也跟着再次倒地，抱着断了的胳膊，身躯痛苦地蜷缩成了一团。

孙公子的几个跟班回过神来，大怒，一拥而上，正要对着王庭芝拳打脚踢，突然，只见他从身上掏出了一把枪，举了起来，啪啪两声，朝着饭店大堂的头顶连开两枪。

伴着尖锐而刺耳的枪响，子弹打碎了穹顶上的一盏琉璃巨灯，大堂里的光线一暗，与此同时，无数的玻璃碎屑犹如雹雨四下溅迸，惊得近旁围观的客人尖叫不停，纷纷夺路而逃。

这几个公子少爷不过是些来自天城次等人家里子弟，现在真的出事，谁还敢动，回过神来，掉头就跑，转眼不见了踪影。

孙公子只觉自己半边身体都要碎裂了，见王庭芝蹒跚着步履冲着自己走来，恐惧不已，嘴上却依然不肯服软："姓王的……你以为你有枪……我就怕你……有本事……你冲我开枪……"

王庭芝眼底充血，目光死死地盯着孙公子，扯了扯正流着血的嘴角，慢慢地露出了一缕狞笑，朝着地上的孙公子慢慢地举起了枪。

还剩在角落里的客人见状无不惊恐，饭店经理更是急得满头大汗，眼看王庭芝势若疯虎，手指已是扣住扳机，心知这一枪若是下去，死的还是孙公子，自己往后怕也没活路了，硬着头皮正要冲上去阻拦，突然，听到大堂的入口处传来一道大喝之声。

"庭芝！住手！"

经理扭头，见一道人影从外飞奔而入，他认出是贺汉渚赶来了，如逢大赦，松了口气，等他奔到王庭芝的面前，将他手里的枪一把夺了，急忙也跟了上去，一边叫人抬孙公子去就医，一边将贺汉渚请到一旁，连声赔罪，又将刚才的经过说了一遍。

贺汉渚皱了皱眉，收起刚从王庭芝手里缴下的枪。

"贺司令，我们这边的这盏大灯是西洋进口的，要四百银圆……我一个月的薪俸，也才二十块钱……"经理壮着胆，吞吞吐吐地提醒。

"把单子送我司令部去。"贺汉渚道。

经理感激涕零，差点没下跪道谢了。

贺汉渚看向一旁还僵在原地的王庭芝，见他面带伤痕，嘴角挂血，走了过去，问："你怎么样了？身上有没有伤？我送你去医院。"

王庭芝慢慢地抬眼，望向跟了进来站在饭店门口的苏雪至，眼底掠过一缕狼狈之色，扭过头抬手胡乱擦了下嘴角的血迹，定了定神，转回脸。

"我没事，又让四哥你费心了。"他嗓音嘶哑，晃着身体，迈步就要朝外走去。

贺汉渚不放心，一把攥住了他的胳膊："庭芝——"

"四哥我真的没事！你们去吧，我回家了。"

王庭芝挣脱开贺汉渚的手，头也没回地快步离去。

贺汉渚见他步伐踉跄，还是有点不放心，追了出去，却见王庭芝已冲进雨幕，奔到大门外阶梯下的一棵树旁，随即扶着树干弯腰吐了起来。

贺汉渚停住了。

王庭芝吐完，胡乱抹了下嘴，自己起身，继续朝着停车场去。

贺汉渚迟疑了下，没再上去了，吩咐王家司机跟上。

贺汉渚想起今晚王庭芝找自己表态的一幕，心情有些沉重，目送他身影消失，在原地立了片刻，忽然想了起来，转头见苏雪至正默默地站在自己不远之外的身后，急忙迈步走了过去，向她解释："雪至，我……"

苏雪至看出他面带歉意，大概是为刚才忽略了自己的缘故，摇头："我没事。王公子还好吧？"

"应该没事。"

贺汉渚又看了眼停车场的方向。

远远地，一辆汽车开了出来。

贺汉渚转回了头。

"我刚认识他的时候，他才七八岁，比我妹妹大不了多少，也算是我看着他大的。他性子是急冲，但心地还是不错的。最近他心情不好，晚上才又惹了事。"仿佛怕她误会，他又向她解释了一句。

苏雪至笑了："我都知道。"

贺汉渚便沉默了下去，片刻后，轻声道："走吧，送你回去了。"

王家司机开出去一段路，偷偷看了眼王庭芝，脸上的青肿痕迹清晰可见，心想等回去了，太太恐怕又要骂得全家不得安宁。迟疑了下，忍不住问："公子，要不先去医院看下？您这样回去了，我怕太太要担心。"

王庭芝没半点反应。

司机只好继续上路，突然，听到身后一道声音道："停车！"

司机停了车。

"下去！"

司机一愣，转头："公子，您是……"

"下去！"王庭芝又道了一句，随即也下了车，冒雨站到驾驶位的车门旁。

司机明白了，他是要自己开车去什么地方了，想劝，抬起眼却见他神色阴鸷，司机知道他的脾气，也不敢多说，急忙照办。

王庭芝上车，立刻掉转车头，朝着天城饭店的方向疾驰而去。

脸肿着，嘴角也在流血，但王庭芝却没有感觉。他唯一的感觉，便是全身上下还有心脏的部位，像是有无数的针在密密麻麻地刺着他。

他的十指紧紧地攥着方向盘，整个人被心里涌出的那前所未有的海啸般的强烈感情给吞没了。

他掉头回来，想去找自己的四哥，再次求他，求他带着自己，奔赴战场。

宁可死在那里，死得像个男人的样子，也不想这样活着。

孙公子说得没错，没了父亲的庇护，他王庭芝算是个什么东西?

他目眦欲裂，双眼通红，直勾勾地盯着前方，开到十字路口，就要拐弯时，看见一辆汽车正开了过来，朝着城北疾驰而去。

王庭芝一眼就认了出来，这是四哥的车。

他应该是送苏雪至回学校的。

王庭芝踩下油门，追了上去。

汽车将苏雪至送到医学校的时候，已经是凌晨了。

贺汉渚让丁春山将车停在路边，自己拿起雨伞撑开，送她下去，送到了医学校的大门口，停在路灯的一团光晕之下。

贺汉渚立了片刻，将手里的伞递了过去，道："你拿去吧。雨大。"

苏雪至接过，道："早日凯旋。"

她说完，转身要走，贺汉渚忽然又道："等一下！"

苏雪至便停步，扭头望他。

"我不在的时候，你有事的话，无论什么事，都可以去找丁春山。"他深深地凝视着她说。

苏雪至嫣然一笑："好。我知道的。"

她朝他点了点头，撑着伞，迈步去了。

贺汉渚望着她的背影往里走去，终于消失在了视线里。

王庭芝立在雨中，整个人从头到脚很快就被雨水淋得湿透了。

深夜的雨令人倍感寒冷，但他却仿佛没有感觉。

他也不知道自己怎么回事，当远远看到四哥和苏雪至共撑一把伞，对立在校门外的灯下时，突然就又想起了年初正月的那桩事。

在京师西郊的那座别墅里，他们一起过了年……

那种怪异的感觉，在这一刻又再次朝他袭来，强烈之程度前所未有。

鬼使神差一般，他竟将汽车开进了岔道旁的一个土丘后，然后下了车，自己冒雨靠近，只想看得清楚一点，再清楚一点。

当苏雪至接过四哥递去的伞，进去之后，四哥却还不走，就一直那样立在雨里，王庭芝感到自己的心跳得厉害，不停地撞击着他的胸膛。

终于，四哥上车走了。

闪电如同一柄疯狂的铁剑，肆意地割裂着旷野里的漆黑天幕。

王庭芝却依旧还是那样停在路边的野地里，一遍遍地想要驱走自己心里冒出来的一个不该有的念头。

那个曾用无情的言语骂醒自己，说出过“我们和他不是同路人”的这样的话的四哥，和他怎么会有别的什么关系?

然而今夜，当再次看到四哥和他独处的这一幕，他再也无法装作什么事都没有了。

他定定地立在雨幕之中，突然转身，走过漆黑的旷野地，回到了自己的汽车旁，上去发动汽车，猛地踩下油门，想要冲上道路，立刻回城。

才刚开出去没多远，突然车身猛地一晃，一阵天旋地转，气血翻涌，王庭芝昏厥了过去。

当他清醒过来的时候，发现车头冲进了一道沟坎里，汽车翻覆，而自己趴在了原本应该是车顶的位置上。

他挣扎着，终于从车里爬了出去，深一脚浅一脚地上了路，回到了城里，最后，来到了苏雪至他们住的那条巷子外，摸着黑走了进去。

去找他的表哥叶贤齐，问问就清楚了。

叶贤齐本以为表妹会回来的，他正有事想找她商量。没想到她不回来了，他便一个人仰在屋里的床上，怏怏地想着心事，到了晚上十点多，迷迷糊糊睡了过去，刚才被一阵雷声惊醒，正心烦意乱，突然听到有人拍门。

“王公子？怎么是你？”

叶贤齐将这个下半夜突然闯来的不速之客让进自己的屋，见王庭芝脸孔青白，浑身上下湿透，人冻得瑟瑟发抖，脸上还青一块紫一块，嘴也破了，模样狼狈不堪，忙着要给他找干毛巾擦头脸，却不料他一把攥住了自己的手，双目通红，直勾勾地看了过来。

叶贤齐感到他的手冰冷，没半点活气似的，力道却又奇大无比，攥得自己生疼，“哎哟”一声：“我说，外头这么大雨，王公子您现在跑来?您这是怎么了，成了这个样子，您赶紧先松开我……”

王庭芝的心跳得厉害。

就在这一刻，他竟忽然又胆怯了。

“你的表弟和我四哥，到底是什么关系”。

如此简单的一句话，他忽然竟失了勇气，不敢问出来。

四哥和他没有别的关系，四哥怎么可能那样对自己。

王庭芝撒开了叶贤齐的手，一言不发，转身又朝外走去，没走两步，忽然“咕咚”一声，一头栽倒在了地上。

叶贤齐吓了一跳，摸了摸他的脑门，感觉有点烫手，靠近闻到他的呼吸里隐隐有股酒味，又见他闭着眼睛，应是昏了过去。

叶贤齐是丈二和尚摸不着头脑，见他一动不动，怕他出事，记得表妹房间里有个医箱，里头仿佛有种能刺激人精神的醋酸，急忙拿了她放在自己这里的钥匙，打开隔壁的门，找到醋酸，拔了塞子，凑过去让他嗅。

王庭芝慢慢地睁开了眼睛。

叶贤齐松了口气，赶紧把人从地上弄了起来，扶他坐到椅子上。

王庭芝低低地道了句谢，再次摇摇晃晃地站了起来，要朝外去。

叶贤齐哪敢就这么让他走掉，把人拼命按了回去，让他等着，说自己去给他叫辆东洋车拉他回去，说完匆匆跑了出去。

王庭芝苍白着脸，脑袋靠在墙上，视线落到桌上的那只医箱上。

他盯着，看了片刻，闭了闭目，站了起来，扶着墙，踏着虚浮的脚步，出了叶贤齐的房间，正要离开，忽然他的脚步又定住了。

隔壁应该就是他的房间了。

里面黑黢黢的，但门却半开着。

王庭芝定定地看了片刻，犹如鬼使神差，迈步走了进去。

雨越下越大，又是下半夜，街上连个鬼影也无。叶贤齐跑了好几条街，才总算遇到一辆人力车，叫过来，回到了住的地方。

“王公子，你怎么样了？我给你叫了辆车——”

叶贤齐冲了进去，却见屋里空荡荡的，不见了人。

王庭芝已经走了。

天亮了。

贺汉渚睁眼，起身，和早早醒来在等着他的妹妹告别，再三叮嘱过后，一早出发，先去往司令部，意外地听到卫兵报告，说王庭芝凌晨四点多就来了，一直在里头等着他。

贺汉渚一怔，急忙走了进去，抬头，就看见王庭芝坐在司令部会客厅的一张椅子里，身影凝定，见他进来，慢慢地起了身，随即迈步，迎了上来，道：“四哥，我还是那句话。我想跟着你一起南下。”

和昨晚的样子判若两人，此刻他语气平静：“我浪荡了太久，再不趁这样的机会历练下，我大约是要废了。我母亲那里，您不用担心，我自己会和我父亲说的，如果他同意了，请四哥您给我一个机会！”

贺汉渚有些惊讶，打量了眼王庭芝。他衣着笔挺，眼底虽还布着血丝，脸上也依然留着青肿印迹，但人却显得精神奕奕，目光透着只有斗士才有的坚毅之色，甚至烁烁如有刀锋隐含其间。

贺汉渚忽然有种感觉，在他眼里从没真正长大过的王庭芝，一夜之间仿佛就变成了一个真正的男人。

他见王庭芝的两道目光紧紧地盯着自己，迟疑了下，终于一笑，抬起右手，拍了拍他的肩膀，微微颔首：“看你父亲的意思吧。我这边，其实问题不大。”

“谢谢四哥。您真是我的好四哥。”王庭芝凝视着他，面上缓缓露出笑容。

当天上午，贺汉渚乘着火车南下，离开天城。

苏雪至的日常，和此前并没有什么两样。

一周后，又是一个周末，傍晚，苏雪至早早回到城里住的地方。

贺兰雪明天上午，将登上去往瑞士的船。

晚上她要和表哥一起去贺公馆陪贺兰雪吃饭，明早再送她上船。司机和梅香会随她一道出国，丁春山临时又多派了两个手下一道护送贺兰雪。

叶贤齐早就回来了，人在屋里，听见苏雪至在外头和他打招呼的声音，喊：“过来，帮我看看！这样穿行不？”

苏雪至走到他房间门口，一看，他换了套西装，正忙着对镜梳头，一笑：“挺好的。怎么，你想好了？”

随着贺兰雪出国日期的逼近，她的表哥闷闷不乐，前几天终于憋不住，跑到学校去找她，说也想去留学，读他以前开了个头的经济学，问她觉得怎么样，又担心他爹要是知道了，会不会又要打断他的腿。

当然，这回他要去西洋了。

表哥其实人很聪明，就是定不下心性。他若真想重新留学，那当然是好事。

苏雪至就说了两点，第一，希望他是真的想去好好求学，而不是带着别的什么目的出去；第二，如果他想好，也决定了，她会帮他和舅舅说。

叶贤齐说：“我想过了，还是先等你这边学业结束，我再出去吧。贺小姐有人陪着同行了，到了那边也有人接应。你就一个人，我不放心。”

苏雪至有点感动：“其实我真的没关系。表哥你不必考虑我。”

叶贤齐手一挥：“就这么决定了！反正你也快毕业了，我的事，等等再说！这么中途丢下你，我算个什么哥！”

苏雪至一笑，点头：“也好，你考虑清楚再做决定吧。我回房了。”

她已经一周没回来了。用自己的钥匙打开了平日锁着的门，走进去，见桌上的那只药箱好像挪了下位置，就问：“表哥，我房间你来过？”

“对！上周末晚上，王公子大半夜的突然冒雨跑来找我，鼻青脸肿，好像还喝了酒，刚进来，一声不吭，人就晕了，当时把我给吓了一跳，我就开门进了趟你的屋，拿了药箱弄醒他。等我出去给他叫了辆东洋车，回来，嘿，你猜怎么着？他又走了！”叶贤齐边嚷边走了过来。

“我当时是莫名其妙。前两天听手下人跟我说，天城饭店那天晚上出了事，他被人揍了一顿，”他摇头，“家里突然倒了霉，一时想不开，也是情有可原。大概是心里憋屈，又没地去，可惜我也帮不上啥忙……”

苏雪至听着表哥说话，拉开抽屉，取出之前就准备好的放在里头的一个笔记本，还有一支钢笔。这是她为贺兰雪求学准备的礼物。

她还在里头夹了一张信卡，是她亲手写的临别赠语。除了几条出国在外提醒的小贴士，她还贴心地交代了当面不便说的私密事。

第一是她告诉贺兰雪，根据她的体验，每月特殊的那几天，需要的东西，可以用一种美国产的某牌子的医用绷带代替。

第二，她提醒妹妹，倘若日后在外，她遇到了喜欢的人，觉得可以和对方在一起，务必记得做好自我保护。这一点非常重要。

兄妹来到贺公馆，看见门口停着一辆汽车。门房老夏告诉他们，王公子来了，送别小姐。

苏雪至走了进去，果然见王庭芝正坐在贺家客厅的沙发里，和贺兰雪说着话。

他新理了短发，穿着笔挺的军装，显得十分精神，也不知道说到了什么，和贺兰雪一起笑了起来，看起来与一周前的晚上在天城饭店里出事时的样子完全不同了。他正笑着，见兄妹进来，扭头看了过来，停了说话。

贺兰雪急忙跑到客厅门口迎接，告诉苏雪至，王庭芝明天就要南下和她的哥哥汇合了，知道她也明天出发上船，特意过来看她。

叶贤齐已走了过去，和王庭芝寒暄了起来：“你那天晚上怎么了！我叫了车回来，你又走了。”

王庭芝从沙发上站了起来，笑着道歉：“那天晚上醉得厉害，出丑了，叨扰叶兄。”

苏雪至也不知道这俩人什么时候关系竟这么好了，看了一眼。

叶贤齐哈哈地笑，拍了拍他胳膊："你没事就好。吓我一跳！是要入军伍了吗？"他打量着王庭芝的一身军装，"真好！刚才我差点认不出你了！要不我也去找表叔说说，干脆咱们一起……"

苏雪至咳了两声。

叶贤齐扭头看了眼表妹，闭了口。

王庭芝沉默着。

贺兰雪对王庭芝笑道："庭芝哥哥，你也留下一起吃饭吧！"

王庭芝脸上露出笑容："我还有事，饭就不吃了。明早我不能送你了，小妹你一路顺风，祝你早日学成归来！"

贺兰雪知道他明天走，晚上应该还有别的事，便也不强留了，向他道谢，又含笑点头："没关系，祝你也心想事成！明天苏少爷会送我的！"

王庭芝含笑点头，和叶贤齐辞别，最后转向苏雪至，目光落到她的脸上，顿了一顿。

见他整个人精神大变，犹如脱胎换骨，苏雪至也替他感到高兴。

她主动上去，正想说一两句赠别的祝好之语，话没出口，见他已经垂目冲着自己点了点头，略带了点仓促似的转身便朝外去了。

苏雪至感觉他似乎不大想和自己说话，猜测他或许是心里还梗着上周那个晚上的事，觉得在自己面前失了脸，毕竟那夜他真的极其狼狈。

她自然不勉强，便作罢，看着贺兰雪和表哥一起送他，接着兄妹和贺兰雪一起吃晚饭。

大家的心情都很不错，说说笑笑。

吃完饭，叶贤齐说他已经告了假，明天和贺小姐一起上船，可以送她到广州，然后自己再回来。

贺兰雪忙说不好麻烦他。

叶贤齐挠了挠头："表姑，你要是不嫌我这个人话多没用，吵到了你，我真的没事！"

贺兰雪偷偷瞄了眼苏雪至。

苏雪至装没看见。

贺兰雪咬了咬唇："随便你了！"

苏雪至就打发了表哥，自己陪着贺兰雪上去，看了下她准备带出去的东西，然后将自己准备的礼物送给她。

贺兰雪惊喜地摸了摸钢笔，又打开本子，看见卡片，读完，她的面庞微微泛红，低声向苏雪至道谢，忽然，她眼睛又一红，扑到了她的怀里，依依不舍，喃喃地说："苏姐姐，我真的舍不得你们，我不想走……"

话音未落，门外传来了拍门声，叶贤齐喊："你们在说什么呢！上次我给你带的一口酥你不说好吃吗？你还叫我再给你买！你要吃的话赶紧说，你现在不吃，下回就不知道什么时候能吃得到了！"

贺兰雪脸有点热，看了眼苏雪至，顿脚："他可真讨厌！说得我好像很喜欢吃……"

苏雪至忍俊不禁，过去打开门道："你想买就赶紧去买！再啰唆，怕真要关门了！"

叶贤齐想想也是，掉头就跑了。

苏雪至陪着贺兰雪又说了一会儿的话，看看也不早了，约好明早的时间，随即起身告辞。

贺兰雪吩咐司机送苏雪至回去，却见门外那条路的对面停了一辆汽车，车里有个人，见贺公馆的门开了，下车，丢了烟，走了过来。

"庭芝哥哥？你不是走了吗？"贺兰雪有点惊讶。

"我有句话想和苏少爷说。顺便送她回去。"王庭芝道。

贺兰雪"哦"了声，看向苏雪至。

苏雪至心里不解，望了眼王庭芝，沉吟了下，便叫贺兰雪进去，说完话，扭头见王庭芝已经走了回去，替自己打开车门。

"你回哪里？"王庭芝问了一句。

明早要送贺兰雪，苏雪至打算晚上住城里。

他发车离去。

苏雪至坐在车里，等了半晌，见他只是开车前行，沉默不言，她便也没发问，耐心地等着。眼看就快要到住的地方了，他还是不说话，她终于忍不住了，问道："王公子，你有什么话？可以说了。"

王庭芝还是没有出声，继续行路，他将车开到巷子口，停了下来。

外面夜色浓重，车里更是昏暗无光。

苏雪至见他身影一动不动，再等片刻，说："你要没话，那我走了。劳烦你送我回来。回去路上开慢点。"

她正要下车，忽然听到他说："你之前在船上救过我，我却好像一直没向你道过谢。这回不知道还有没有机会回来，所以向你道声谢。"

苏雪至一愣，没想到他竟是对自己说这个。

"其实我真没做什么。"她说道，"当时在船上，真正救了你的人是贺司令。你完全不必和我这么客气。"

王庭芝的身影在夜色里凝定着，一动不动，半晌，他忽然笑了起来。

“是，”他点头，“你说得很是。我没有忘记，从来没有。”

苏雪至也笑了，真挚地道：“你能振作，我想你四哥应该会很高兴的。我也一样。”

他一笑，随即再次沉默。

“那么，祝你南下顺利，早日凯旋！”苏雪至道别，随即下车离去。

她只觉王庭芝的变化太大了，整个人像是完全换了一个人。

家里突然遭变，失了往日的护身符，一向高高在上的他能这么快就重新站起来，愿意脚踏实地去做事，还是上战场这样的事，难能可贵。

对他的变化，苏雪至并没多想，现在她真的太忙了，无暇分心。

第二天上午，丁春山开车来接她，和她一道送走了贺兰雪以及随船的表哥等人。随后丁春山送她回去，临走前再次提了下，说她无论有什么事，往后都可以去找他。

苏雪至道谢，回来后心无旁骛，一心扑在了实验室里。

她和余博士的工作在紧张和繁忙中有条不紊地推进着。一周后，他们的努力初见成效。在经过多次的失败和试验后，显微镜下，成功地在葡萄球菌培养皿里观察到了他们期待的一个白色的无菌圈。

这表示，他们获得了一株能产生抗生素的宝贵菌种。

兴奋的余博士请苏雪至给这株菌种起名。

苏雪至将它命名为W一号。

W是去世了的吴博士的姓氏发音首拼。

余博士沉默了片刻，向苏雪至道谢，说：“我们还会有W二号，三号，四号……青鹤虽去，名却不朽。他泉下有知，也当欣慰。”

实验室的工作继续推进。

分离获得了宝贵的菌种，下一步，就是培养发酵。

青霉菌对于余博士来说，是一种之前从未接触过的新的菌种。在保存好母菌菌种并分别进行固体和液体两种培养方法的测试比较之后，他果断地采纳了苏雪至的建议，全力进行液体培养法。

第一次他们培养了一百份，每份液体培养基约两百毫升。在成功地接种后，接下来的时间里，除了必要的外出，苏雪至几乎日夜都泡在实验室里，时刻观察着霉菌的生长。

室温三到四天后，培养基的表面慢慢长满了霉菌，四五天后，颜色变青，出现了金黄色的滴状水珠。

这种画面，落在苏雪至的眼里，简直就是世界上最完美、最珍贵的名画。

现在距离他们实验成功，还有三步。

第一步，将青霉菌液和培养液分离，获得纯粹的青霉菌提取液。

第二步，测试药性。

最后一步，冷冻干燥，获得结晶。

在分离提取这个阶段，余博士和苏雪至经过多次失败之后，慢慢调整，这天她将培养液的酸碱度调节至pH2.0，随即加入醋酸戊酯，轻轻摇晃，使之充分混合。

苏雪至期待的一幕，终于发生了。

含有青霉素的醋酸戊酯浮上了表面，和下层的菌液彻底分离，泾渭分明!

之后就顺利了，在余博士的指导下，用pH7.0的蒸馏水反复提取，数次过后，木炭脱色，氯仿再提炼，最后溶于无菌水。

至此，提炼终于完成，他们获得了第一份纯粹的实验室青霉素液。

兴奋归兴奋，苏雪至心里其实也十分清楚，用实验室的这种方法获得的青霉素，效价不会很高。

离可以批量工业生产，距离还非常遥远。

接下来，他们需要更多的研究，获得更多的优良菌种，扩大规模，增加专业人员，提高制造工艺，以便进入量产。

实话说，虽然几个月来，余博士一直在尽心尽力地工作，但他对于苏雪至一开始向他描述的能救治败血症这种在当代被认为是绝症的所谓抗生素，其实还不是很相信。

直到这一天的到来。这是这一年的五月底，阳光明媚，静静地透过实验室的玻璃。

苏雪至戴着手套，对几只试验用的在几天前被注射过葡萄球菌的家兔，进行青霉素液的静脉注射。

这样的静脉注射，进行了两天。

第二天，原本已因细菌感染而奄奄一息的兔子，奇迹般地好了起来，无一例外，全部都在笼子里跳来跳去，十分活跃。

虽然已经有了心理预期，但余博士还是被眼前的一幕震惊到了。

他闭着眼睛，长长地呼吸了一口气，喃喃地说：“小苏，我到现在还是不敢相信，我们竟然真的做出了这样神奇的药！”

苏雪至微笑：“我们接下来的工作就是继续研究，提高工艺，以便在将来可以实现量产，让它走出实验室，实现它问世的真正意义。”

余博士激动不已，点头：“是，你说得很对！但我们需要扩充技术人员，还需要化学家，需要一个更大的场地！”

“我会考虑搬迁实验室的，搬到更合适的地方去。至于人员，你从业多年，若有你认为合适的，你给我名单。”

当天晚上，苏雪至约见了丁春山，告诉他，自己有搬迁实验室的打算，需要一个偏僻、安全，面积足够大的地方。

丁春山一口答应，随后又说，他这里正好也有个消息要转告她，取出了一封信，说：“司令叫我转你的。”

苏雪至回到寝室里，拆开了信。

信确实是贺汉渚的亲笔，但在信里，他没有半句余墨，除了礼节性地向她问好之外，只说了一件事。

他先前收到了一封来自她母亲叶云锦的信。叶云锦告诉他，郑龙王上次受伤之后，身体有点问题，遍请名医，但收效甚微，因为不便打扰女儿，知道他认识的人不少，就写信给他，请他帮忙寻个医术精湛的西医再去看下情况。他联系了鲁道夫。鲁道夫赶了过去，前些天回来，回复说，病人因外伤感染，转成了心包炎，无药可治。他已尽力，十分抱歉。

贺汉渚最后说，他考虑再三，觉得还是应该将这个消息告诉她。

苏雪至看完了信，出神了片刻。

她和这个被人称为郑龙王的水会大当家如同陌路，非但没有感情可言，甚至她原来关于对方的印象，还是抗拒和不喜。

叶云锦是自己的母亲，她竟然会开口向贺汉渚求助，令苏雪至感到十分意外。但也可见，这件事在叶云锦的心里重要到了何等的程度。

但从信里的描述看，郑龙王的身体已经非常虚弱了，加上他的年龄，让他现在长途辗转来这里接受治疗是不可能的。

只能是她带着药品赶回叙府，但这就有个储藏的致命问题！

青霉素对热极不稳定，提取后，除非短期内用掉，否则必须经过冷冻干燥变成结晶，才不致丧失效力，而冻干设备现在非常稀缺。

去年实验室刚成立的时候，她就通过傅明城，向一家经营进口医疗设备的洋行订购了一台，要至少半年之后才有可能到货。

苏雪至立刻起身，跑出去找到校长助理，拿了办公室的钥匙，冲进办公室，往傅家打了一个电话。

傅明城这个时间还没休息，人在书房里。电话响起，他没抬头，一手拿起话筒，另一只手执着水笔，继续在文件上写着。

突然，笔尖在纸张上停住。

“雪至？”他迟疑了下，仿佛有点不敢置信。

“是我。抱歉这么晚打扰你。”

这是去年底自他遇刺入院向她表白被她婉拒之后，两人之间的首次单独对话。

傅明城一顿，随即反应了过来，立刻道：“不，不，没打扰！我还没睡！你有事吗？”

倘若没事，她是不会突然主动找自己的，他心里微微带了点苦涩。

“你还记得去年我委托你向洋行订购的那台冷干设备吗？大约两个月前，洋行通知我，他们已经订到了设备，委托承运。我知道时间还没到，但现在情况特殊，你能帮我查下，船具体什么时候能到吗？”

傅明城立刻道：“你的这件货是由我的船和一家外司货轮联合托运的，对方从欧洲出发，走的是远线，海路全程需要半年。几天前我恰好查过，这条货轮才经过好望角，要到港的话，至少还要三四个月的时间。”

那台冷干设备现在还漂在大西洋的海面上，郑龙王怕是等不到了。

苏雪至沉默了片刻，道了声谢，慢慢放下电话，随即陷入沉思。

冷冻干燥，无外乎化学和物理两种方法。在时间紧张越快越好的前提下，化学干燥法显然更为可行。

干燥剂不是问题，可以采用硫酸钙。

但光有硫酸钙不够，有没有可能，让专业的人配合，尽快做出一架简易实用的小型干燥设备？

这时，刚放下的电话突然响了。

她感觉应该是傅明城打回来的，便接了起来。

她的预感果然没错，确实是傅明城打回来的。

他问她出了什么事，他的语气听起来有些犹疑。

“实话说，刚才接到你的电话，我感到很是意外……”他顿了一下，最后仿佛终于下定了决心，“雪至，上次你拒绝了我，当时我对你说，如果你愿意的话，我非常愿意继续做你的朋友。我感觉你应该是遇到了什么事。很抱歉，你需要的那套设备，我确实没法令它提早到港，不过，如果你有困难，可以和我说，我看看我能否尽点力。这是我的真心话。”

苏雪至心念一动。傅氏在北方的商业地位和影响力是毋庸置疑的。在傅明城执掌傅氏之后，产业也开始扩展到纺织等制造业，傅氏和各种下游供应商以及不同产业的人员打着交道。

苏雪至不再犹豫，问道：“你认识电力机械方面的从业人员吗？你说得没错，我确实遇到点麻烦，实验室里急需冷干设备。”

她把自己刚才的想法向他描述了下。

傅明城略加思索，便道：“问题不大。我收购了一个电厂，应该有这方面的工程师，我尽快联系。”

苏雪至向他道谢。

“小事。你等我消息，明天应该就能回复你了。”

苏雪至打完电话出来，稍稍松了口气，出来后了无睡意，就想再去看看最新一批霉菌的生长情况，便往实验室走去。

快要晚上十一点钟了，学校里黑漆漆的，静悄悄不闻人声。

苏雪至进了实验楼，打开廊灯，忽然听到前方传来轻微咔嗒一声。

为了节省电力，走廊里安的电灯瓦数很低，发出的光也十分昏暗。

她停了下来，朝前看了一下，并没什么异样，耳畔又恢复了寂静，以为自己听错了，便继续沿着熟悉的长廊，在影影绰绰的白炽灯光里，朝自己的实验室走去，到了门口，拿出钥匙正要开门，感到一阵夜风涌入。

她的手停了下来，转头看了眼走廊对面的窗户。

最近夜里时常下雨，为防积水倒灌，走廊的窗户也需要关闭。

苏雪至有印象，今晚上她和余博士离开的时候，确定窗户是关了的，而且内侧用来固定窗户的销拴也扣下了。

但是此刻，一扇窗户却开了，夜风就是从打开的窗户里吹进来的。

晚上，这里的实验室，除了她和余博士，别人也不会来。

苏雪至又想起了刚才进来时听到的那一道轻微异声。

她走到窗边，朝外望了一眼。

窗户的对面是学校的图书馆，这个时间自然也是黑漆漆的，看不到半个人影。

她关了窗户，重新插上插销。

第二天上午，余博士来到实验室，苏雪至问他昨晚后来是否有回来过。

余博士说没有。

苏雪至走了出来，自己推开窗户，盯着窗台，出神之时，一个同学来叫，说傅明城来了，正在外面等她。

苏雪至回神，急忙出去，果然见傅明城立在实验楼大厅旁的船王纪念室外，便快步走了过去。

傅明城也迎了上来。

小半年没见，应该是那场手术的缘故，虽然现在身体渐渐康复，但他还是消瘦了不少。不过，他的双目还是那样明亮，脸上也带着熟悉的笑容。

这样的傅明城，让苏雪至感到十分放松，并没有任何她原本担心的见面的尴尬。

她请他进去坐。

傅明城道："不用了。你事情急，所以我来告诉你一声，我找到了人，是早年工科留学回来一位电厂机械工程师，很有经验。我把你的想法和他说了下，他应该可以胜任，但需要先设计图纸。"

苏雪至立刻去见了那位姓杨的工程师，将自己的设想作了一番解释。工程师加以改进，几天后，图纸就出来了，接着工人夜以继日赶工，不过一周，便制得了一架简易的真空干燥器。

苏雪至拿到干燥器，便进行最后一步。

在经过试验证明可行之后，她和余博士将剩余的全部提取液都分装进若干的安瓿瓶，冰冻后，安瓿与干燥器相连，抽气，经过二十四小时的连续工作，终于成品出来，获得了干燥的能够在常温下保存的药物。

时间已经不等人了。苏雪至收好这头一份的珍贵的药，去找校长请假，说自己要回乡探望一个病重的亲长。

丁春山的做事效率也极高，这时找了过来，通知苏雪至，已经有了一个符合她要求的地方，位于京师的西郊。

那里最早是前清的兵工厂，地处山间，位置隐秘，现在废弃了，但场地全部完好，可以根据她的要求进行改造。

苏雪至找到余博士，交代了一番，又请丁春山对余博士加以保护，随即在他派的卫兵的随同下，匆匆上路，踏上了回往叙府的归途。

就在苏雪至走后没几天，一个深夜，医学校的实验楼里突然失火。

楼里保藏着的许多样本都是孤品，还有船王纪念室的资料，这些都是非常珍贵的东西，失去便不可复制。

全校师生都被惊动，出来加入救火。

火灾烧毁了起火的源头，一个公共实验室，也波及近旁的几间实验室。好在发现及时，天城消防所的人也带着水龙车赶到，及时灭掉。但火灾过后，实验楼的走廊熏得漆黑，满地积水横流，狼藉一片。

傅氏实验室的门上，当初安装的是进口的精密锁件，锁芯牢固，没有钥匙的话，除非暴力拆门，否则很难开启。余博士闻讯匆忙赶来配合。开门后，见地面泡水，在学生的帮助下整理抢救，忙乱排水。万幸，损失不大，一切很快就恢复了正常。

事后校方调查，认为应该是学生用完酒精之后保管不善从而引发的火灾，以此为戒，在全校开展了一场关于防火的安全教育。

这个时候，苏雪至还行在回往叙府的归途之上。为抢时间，她走的自然是辛劳但要快很多的陆路，晓行夜宿，车马辗转，终于在六月下旬的这一日踏入了叙府的境地。

三更时分，保宁县的县城里漆黑一片，打更人敲着梆，慢吞吞地经过街头和巷尾。

梆声笃笃，越过了重重的宅墙，送入耳中，声声如催。

“吱呀”一声，苏家大门开启。

门房见是几天前去往府城分号巡视的苏忠夜归了，讨好地搭讪：“这么晚了，大管事还从府城赶路回来？辛苦了！”

苏忠神色凝重，随意应了一句，迈步匆匆朝里，去向女掌柜复命。

叶云锦这个时间也还没休息，听到下人传话苏忠回了，立刻出来，进到她平日用来理事会客的一间厢房里。

“怎么说？”她关上门，转身便问。

苏忠低声说了几句话。

叶云锦凝立了片刻，慢慢地走到桌旁，手扶着桌角，人无力地软坐了下去，随即以手撑额，闭目，半晌一言不发。

苏忠站在一旁，心情沉重，见女掌柜这般模样，更是不敢贸然出声。

洋人医生留了半个多月，最后只说他爱莫能助，希望上帝保佑。

他有龙王之号，统御水道，号令所至，莫不遵从。但他终究不是真正的龙王。

原先他的身体已经稳定了些，高热也退了下去，只是心胸隐痛，有时呼吸困难而已。为了稳定水会人心，前些天他还出来露面，亲自见了些人。但这些天，他的情况忽然又转危了，不但高热再度袭来，且呼吸也变得愈发困难，人已经无法外出。

郑龙王体恙的消息也终于瞒不下去，叙府许多靠水吃饭的民众无比担忧，纷纷来到各色庙宇，虔诚地为他祈福，盼望他能转危为安。而沿江那些往日受到镇压的各股势力则在暗中观望，蠢蠢欲动。

桌上灯火跳跃，屋内寂然无声。

苏忠看了眼一直扶额闭目的女掌柜，迟疑了下，又吞吞吐吐，小声地道："我还打听来一个消息……水会外地的那些当家，这几天陆续也都赶回了叙府。说是大当家把他们召了回来，是要把事转给三当家了……"

叶云锦眼角泛红，猛地睁眸，从椅上站了起来，咬牙道："替我准备马车！我要去趟府城！"

苏忠吃了一惊，眼见女掌柜人已到了门口，就要开门出去，慌忙一个箭步上去，拦劝："掌柜的，你不能去！现在情况特殊，全叙府的人都看着水会！不说那边了，就是咱们这边……"

他想起自己刚才回来乘的骡车经过街面，这么晚了，住在斜对面的老六家还偷偷地开了一道门缝，有人脑袋钻了出来，探头探脑。

这个特殊时刻，女掌柜要是深夜赶往府城，难保不会引发各种议论。

叶云锦的手停在了门把上，顿住。方才心里燃出来的那一簇冲动的血火也骤然熄灭了。

她何尝不知道这些天，背后时刻有人盯着自己的一举一动。

她不惧，丝毫也是不惧。

但她还有一个女儿。

女儿本就对郑龙王心怀不满，现在她在外头过得很好，倘若叫她得知自己的母亲再次和郑龙王有所牵扯，她将会如何看待她这个母亲倒是其次，重要的是，她往后如何在乡人面前抬得起头做人?

因为自己的自私和固执，女儿已经被迫做了十八九年的少爷，现在倘若让她再次因为自己和郑龙王的旧日孽缘而遭受新的伤害，被人指指点点，她于心何忍?

便是那个老东西，他应该也不想见到这样的事情发生。

叶云锦捏着门闩的手，指节发白，终于，她打开了门，手垂落，道："我不去，我回房休息了！不早了，你赶路辛苦，也去歇着吧。"

苏忠见她声音疲惫，在心里暗暗地叹了口气，也不敢多说一句话，应是，低头正要出去，忽然外头传来跑路声。

苏家门房也不怕半夜吵人了，一路奔了进来，扯着嗓门，兴奋地高声嚷道："掌柜的！少爷回来了！咱们家少爷回来了！"

少爷突然回家，这个消息迅速地传遍了苏家。上从红莲，下到丫头小翠，整个苏家的人全都从床上爬了起来，呼啦啦地跑了出来。

叶云锦疾步到了前堂，竟真的看见女儿回来了。

她刚跨进堂屋，一身男装，风尘仆仆，身后跟着几名侍从，虽都着了便衣，却无不是身形孔武，精壮强悍，一望便知不是普通之人。

叶云锦感到一阵欣喜，这喜悦甚至令她一时忘记刚才因为郑龙王的消息而带给她的无限压抑和悲伤。

一转眼，女儿离家已近一年了。

阔别这许久，此刻突然再见，叶云锦想上去像别人家的母亲那样把乍归的女儿抱进怀里。

但她也知道，女儿不会喜欢她这样的。

最后她顿住脚步，停在了原地，望着女儿什么都没做，看着衣裳都没穿齐整的红莲从自己的身旁扭着小脚，飞一般地奔了过去，做了自己刚才想做又没能做的那件事——伸臂一把便紧紧地抱住了她。

“我的少爷！你可把红姨给想死了！”红莲激动万分，又哭又笑。

苏雪至喘出了一口气，叫了声红姨，望向默默看着自己的叶云锦。

忽然，庭院里传来一阵踢踏踢踏的脚步声，有人闻声上门了。

叶云锦举目望去，见是住在斜对面苏家老六的婆娘。

女儿长大，渐渐和自己关系疏远，倒更亲近苏家的这个六伯母。

苏家伯母还没和苏雪至说完客套话，堂屋里又陆续赶到了另几个住在附近的族人和苏家姑婆。

苏家伯母瞥了眼苏忠，似随口问：“大管事你也从府城回来了？我最近听人说，水会的大当家遇到了个坎，怕是要过不去了？你刚去过府城，有没打听到什么消息？难道是真的？”

苏忠说自己这摊过去忙事，不知详情。

她便叹气：“虽然咱们苏氏和郑大当家平日没什么往来，但毕竟这些年，全是靠了郑大当家在，咱们水路进出，才能平平安安。”她仿佛突然想了起来，又转向叶云锦，“弟妹，天德行的货，这些年从没出过半点磕绊。这也是托了郑大当家的福。照我说，现在郑大当家出了事，你就算去探望，那也是应该的！”

她话音落，刚还围着苏雪至说客气话的族人和姑婆们便纷纷附和，又偷看苏雪至。

众人眼神里的意味，呼之欲出，都在等苏家儿子变脸。

叶云锦的身形僵硬了，倘若此刻不是有女儿在，她早就翻脸，怎容这帮苏家姑婆如此得寸进尺。

叶云锦感到愤怒而不安，她担心女儿的情绪，望向她，忽然又想起上次和郑龙王见面时，他对自己说的那一番话。

她定了定神，想向雪至解释一下，忽然听见一道平静的声音说道：“有劳各位伯母叔婆提醒。我这趟回来，就是为了郑大当家。”

堂屋里变得鸦雀无声。

叶云锦的手心蓦然发冷，她看着自己的女儿，手指甲深深地掐入了掌心，一时之间，竟无法动弹。

苏雪至从苏家的姑婆堆里走了出来，在身后那些期待的目光中，走到了叶云锦的面前，看着她那张褪了血色的脸，继续说道：“我带了种新药回来，或许对大当家有用。事不宜迟，我想现在就去叙府。”

叶云锦惊呆了，突然，她反应了过来，猛地转头，冲着同样也惊住了的苏忠喊道：“听见了吗？还不快去备车！”

苏忠跳了起来，忙应是，大声叫了几个下人，匆匆奔了出去。

苏家伯母和众姑婆目瞪口呆，盯着苏雪至，眼神狐疑。

叶云锦定下心神，冷冷扫了眼面前的妇人们，转向红莲：“送客！”

苏雪至带着医箱，连夜赶往府城。

府城之北。

天明晓色渐亮，寂静了一夜的古老江湾再次苏醒，岸上的广场里人来车往，噪声不绝。

又是一个百货山积、帆樯如林的繁忙日子。

距离江湾不远的一处巷口，有株百年老槐，近旁一座四方老宅，青墙灰瓦，两扇不知多早之前曾刷了黑漆的陈旧大门上，不见任何的标记。

此处便是名震西南的叙府水会总堂所在。

此刻，内里那间三开的阔大堂屋里，坐满了水会的诸多当家，外面的庭院里，则立了几十名帮众，皆是当家之下的各路头目。

就在今早，最后几个距离最远的驻在下游夔州等地的老七和老幺等人也连夜赶到了，堂屋内外肃然无声，气氛显得异常沉重。

后堂的一间屋里，郑龙王正靠坐在窗边的一张官帽椅中，微微阖目。王泥鳅站在他的身旁，凝神望着一个郎中为他搭脉，复查病情。

这个郎中是叙府最有名的良医，被请过来为郑龙王做日常的调治。

片刻后，郎中收手，提笔，涂涂改改，半晌，终于开出方子。

王泥鳅接过一看，愠道：“怎么又是这个方子！和上次有分别吗！”

郎中有些紧张，举袖擦了擦刚才额头憋出来的一层汗，支支吾吾。

郑龙王忽然睁目，示意郎中自去。

郎中松了口气，朝他躬身道谢，收拾了东西，慌忙退了出去。

郑龙王望向神色忧懑的王泥鳅，脸上露出一缕淡淡的笑意，道："往后不必再叫郎中来了。能治，早就治了，还等到现在。生死有命，到了咱们这个地步，你难道还看不开？不必过于执着。"

他面容消瘦，最近因为频繁的呼吸困难，喉头水肿，有时连说话也十分困难。此刻即便他能够发声，嗓音也变得异常嘶哑，有些吃力。

王泥鳅平日胆大心细，性情稳重，被认为是水会里最有郑龙王风范的一个人物，论威望也仅在郑龙王之下。他极力抑住紊乱的心绪，勉强做出轻松模样，道："要不，大当家你先休息一下——"

他话音未落，郑龙王便摆了摆手，自己扶着椅把，缓缓地站了起来。

"趁今天还能说话，兄弟们也都到齐了，我去见下他们，把事情给交代了……"

"大当家！偌大的水会，我怎么担待得起来！大当家你不要这么急！古人自有天相，大当家你一定会好起来的！"王泥鳅焦急地道。

郑龙王一笑，不言。

王泥鳅知他身体实已极其虚弱，又劝："大当家，你坐着便是。我出去，将弟兄们叫进来。这里说话也是一样。"

郑龙王一字一顿："到议事堂的那么几步路，我还是能走的。"

王泥鳅知他是想助自己立威，心里百感交集，只能照他意愿扶他出去，不想才到门口，郑龙王迈步，足却顿在了门槛上，忽然一手攥住门框，身体微微佝偻，脸色苍白，豆大的汗珠从额上滚滚而下。

王泥鳅这些时日整日陪伴，知他应是胸痛再次发作，惊骇不已，慌忙将他搀住，靠回在了躺椅上，又用了前次那个洋人留下的急救止痛药。

片刻后，郑龙王感到胸闷剧痛稍稍缓解，闭目，喟叹了一声："老三，我真的是老了……没想到今日，兄弟们在外头等着，我却连这几步路，都走不过去了……"

他的神色依旧平静，但语气里的苍凉却令人无限唏嘘。

王泥鳅再也忍不住了："大当家，我再去药铺，送个药方！"

郑龙王沉默了良久，缓缓睁目，低声道："不必打扰她了，徒增困扰。倘若她们因我再生意外……"他停了下来，"你不要打扰她！"郑龙王再次开口，已是一字一顿，将话重复一遍。

"大当家！"王泥鳅这个刀头舐血一贯杀人不眨眼的汉子此刻也是眼眶泛红，声音微微颤抖。

忽然外面前堂的方向隐隐传来一阵喧嚣之声。

王泥鳅转头，望了一眼。

郑龙王苦笑了下："怕是老幺那个暴脾气，又嚷着要替我报仇吧。"他顿了一下，"我好多了，可以出去了。老三你扶下我。"

他所料没错，此刻前头的喧嚣，正是水会老幺煽动的。

刚才郎中出去的时候，被一个彪形大汉叫住，问大当家怎么样。

那大汉便是当家里的老幺，今早才赶到这里，郑龙王的面还没见着，此刻他眼带血丝，见郎中含糊其词，咬牙切齿地从椅子里站起来，怒道："要是大当家真有不测，老子绝不放过冯国邦的那条狗崽子！"

他话音落，站在外头庭院里的几十名随众也跟着怒吼，一时间声音冲天而起，惊得老槐树上的巢鸟扑簌簌振翅，逃离而去。

苏雪至乘着马车赶到。她下来，停在门外等待着，看着苏忠跑上去拍门，忽然里头隐隐发出一阵轰然作响的吼声，不但惊得鸟从树上飞离，附近路过的行人也纷纷驻足，默默观望。

苏忠用力地扣着铺首，半晌，终于见门打开，出来了一个人。

那人面色不善，杀气腾腾，是水会的一个帮众，平日常在三江码头走动，自然认得苏忠，见是他，脸色才稍好了些，道："今日当家谁也不见！苏管事你有事，过后再来！"说完便要关门。

苏忠忙指着站在身后的苏雪至道："是我家少爷！从天城学医回来了！快去告诉三当家，就说我家少爷来给大当家看身体了！"

那人一愣，看了眼提着药箱的苏雪至，叫稍等，转身匆匆朝里奔去。

王泥鳅扶着郑龙王去往前堂，还没到，远远就见老幺一脸暴怒，往里冲来，另几个稳重些的当家则追了上来，连路劝阻，只是老幺悍猛，平日只听郑龙王的话，此刻发起怒来，旁人一时哪里压得住他。

郑龙王一把撒开了王泥鳅扶着自己的手，缓缓挺直腰背，双目望向前方，虽面色依旧灰败，但眼中却陡然绽出精光，喝道："老幺！你干什么！天塌下来了？"

老幺停下，扭头见郑龙王走了出来，脚步稳稳，一愣，反应了过来，松了口气，大喜，冲上来喊道："大当家！你没事了？"

郑龙王停步，微微含笑："刚听到前头吵闹，不用看就知道是你。老幺，我知你忠义，但报仇之事——"他语气转为严厉，"我早说过，和太平厅的冯家，恩怨已经两清。你再这样，传出去，是想叫我失信于人？"

老幺面露惭色，低头不语，忽然又怫然变色，骂道："杀千刀的庸医！刚我问他大当家你如何了，他吞吞吐吐，我非拧下他的脑袋不可！"

郑龙王抬眼，目光扫过周围这些和自己同生共死过的弟兄，见众人无不默然，面带忧色，唯独老幺鲁直，浑浑噩噩，还在那里替他自己找着场子，便极力振作精神，含笑道："走了，都去议事堂吧。我有话要说……"

"三当家——"这时，只见外头一个守门的会众疾奔而入，口里先是喊三当家，发现郑龙王也出来了，改口，"大当家！天德行的苏大管事来了！说苏少爷从天城学医归来，来给大当家你看身体了！"

众人意外，全都扭头望去。

郑龙王猝然停步，身影顿住。

在他身旁的王泥鳅也惊呆了，忽然，手臂一紧，低头，见是郑龙王捏住了自己的胳膊。他的手冰冷，指节却如铁爪，捏得他一阵作痛。

几十年前，他的结拜兄长正当壮年，带着他和手下的几十人豪横水路，饮血拼杀之时，正是因为自己的缘故，这才偶然和天德行那个抛头露面出来行走的貌美女掌柜相识了。

随后这么多年，二人若即若离。那不能为外人所知的隐秘，他当然一清二楚。

而苏家小姐，对大当家向来不喜，大当家自然也有所觉察，对这个不能认的女儿充满自愧，更是不敢接近，即便想保护她也只能暗中行事。

她是真的来看人，还是另有意图?

王泥鳅反应了过来，心里有些忐忑。他望向郑龙王，见他目光凝固，依然一言不发，急忙代替他发问："少爷人呢? "

"就在外头！"

"快请进来！"

那帮众应了一声，转身就走。

王泥鳅见郑龙王依旧那样立着，双目定睛，身形却渐渐微晃，显然是要站不稳了，怕万一那位小姐借口看病来者不善，等下当着众多弟兄的眼，场面难堪，轻声问："大当家，我扶你进去，你先坐下来? "

郑龙王闭了闭目，睁开眼，已经再次立稳，随即松开王泥鳅的手臂，沉声道："不必。我在这里接她。"

苏雪至提着医箱，进了大门，在前后左右众多水会帮众投向她的目光盯视之中，随引路的人快步匆匆穿过庭堂。

她抬起眼，便看见那个叫龙王的水会大当家正立在庭中。

比起去年在码头偶遇的样子，眼前的这个郑龙王，面色惨淡，病容憔悴。但他却依然腰杆挺直，看着自己，一动不动，身影望去，稳如泰山。

苏雪至知道，以他现在的身体状况，他竟还能有如此的精神状态，必定是在强撑着。

是什么样的念头，才能令一个身体其实已经衰败到了如此严重地步的人还能表现出这般的模样?

苏雪至知道关于自己母亲和对方的一些传言。叶云锦这回会瞒着自己私下向贺汉渚求助，她隐隐若有所悟，非但没有任何的厌恶或者抗拒之感，甚至，当这道如高山般稳重的身影跃入她眼帘的时候，苏雪至只觉自己的心里涌出了一股前所未有的暖意。

那是从她有记忆以来，她从未曾感觉过的，宛如寻到了生命依靠的心安之感，其厚、其重，甚至就连贺汉渚也不曾带给她过。

苏雪至停顿了一下，将药箱递给身旁跟着的人，随即快步走到了郑龙王的面前，伸出自己的手，搀住他的手臂。

“大当家，我是来替您看身体的。您快进去吧。”她面带微笑，轻声说道。

郑龙王定定地望着这个含笑伸手搀扶住他的苏家女儿，起先僵着，仿佛失了反应，半晌，他的眼底缓缓似有泪光闪现，神情也变得柔软无比。他的肩微微地动了一下，口里喃喃地说了句“好”，随即转过身，迈开步，乖乖地跟着苏家女儿往里去了。

水会的众人追随他多年，只知大当家纵横决荡，英雄豪气，似这等模样，往日又何曾见过？不禁纳罕，周围一时静悄无声。不料，他才走了几步，忽然一晃，一头栽倒在地，竟晕了过去。

众人惊骇，纷纷叫着大当家，冲了上来，场面顿时一片混乱。

“大当家怎么了！”水会老幺见郑龙王双目紧闭，焦急万分，冲着苏雪至大吼。

苏雪至没理他，只命人全部散开。

王泥鳅将龙王匆匆送进屋去，照她吩咐放卧，她随即进行急救。

众人见她动作虽快，却忙而不乱，目光沉稳，身影从容，如同感觉到了一股无言的安抚力量，不敢违背她的意思，登时全都安静了下来，聚在门外屏息焦急等待。

郑龙王刚才突然晕倒，是那一瞬间，惊喜、迷惘，不敢置信，心情起伏巨大，太过激动所致，经过一番急救，很快苏醒，缓缓地睁眼。

“醒了醒了！”

“大当家醒了！”

屋外众人看见，一阵低呼，全都松了口气。

郑龙王沉默地望着正在榻前为自己忙碌着的作男子装扮的女孩，终于相信了眼前这突然降临下来的事实。

叶氏为他生的女儿，他这一辈子唯一和他血脉相连的人，她竟不再敌视他了，而且她想让自己活下去。

郑龙王听从她的指挥，在她和王泥鳅的相扶下，半坐半卧，接着又顺从地接受着她对自己做的一系列的身体检查。最后，他见她取了西洋医生的听诊器，俯下身，将她的小脑袋靠了过来，凝神听着自己的心音。

郑龙王极力地忍下了想伸手轻轻摸一摸她脑袋的冲动。

这个行走江湖一生，纵泰山崩于前而色不变的老父，这一刻也感到喉头发堵。

郑龙王恐自己情绪表露太过吓到了她，便再次闭目，极力平复着心情。

片刻后，他的耳畔，女孩的声音再次响了起来。

她初步做完检查，直起了身。

“大当家，我会尽我所能地帮助您。接下来的治疗，您可能要受些罪。也有可能……”女孩的声音停了下来。

郑龙王睁目，见她神色严肃地凝视自己，目光中又似带着一缕犹疑，便用眼神示意她说下去。

苏雪至转头，望了眼身后和左右那些盯着自己的目中已燃出希望之火的人，缓缓呼出一口气，继续说道：“也有可能，徒劳无功，甚至因我的医治，大当家您的身体更加虚弱。并且，不排除最坏的可能……”

她打住了，但所有的人立刻都明白了她的意思。

顿时，神色本已变得轻松了些的水会众人又愣怔了。

感染引发的化脓性的心包炎，在现在没有任何可视医疗设备辅助的前提下，接下来的穿刺抽液、可能的要向心包腔内注入抗菌药物的治疗，以及她刚从实验室里获得的未经临床验证的抗生素本身，都带着风险。

她会万分谨慎，但真的不敢保证结果到底将会如何。

随着她的话音落下，空气仿佛再次凝固住了。

但很快，这沉重的气氛就被笑声给打破了。

郑龙王大笑，笑声带着几分嘶哑，但却满是坦然和豪气。

他望着面前的女孩，目光炯炯，笑道：“你不要有任何顾虑。你能来，我便已无憾。”

他说完，目光投向那一群还立在门里门外的水会众人，环视了一圈，神色转为肃然：“你们都听见我方才的话了？尽人事，听天命。水会上下，绝不能对她有半分的不敬！”

他眸光威严，语带森然。

众人平日对他尊若神明，见状全都应是。

郑龙王最后又望向王泥鳅。

王泥鳅看着身畔这个话不多的年轻女孩，心中虽不敢抱太大的希望，却也依旧盼她能有妙手回春之能，见郑龙王望向自己，知他心意，道：“大当家放宽心。”

西南闭塞，叙府的府城里，只有一间西医诊所，医师是省校毕业的，算是苏雪至的师兄，平常给人看看头痛脑热的小毛病。

苏雪至这趟回来，除了带药，也带了能够携随的可能用到的重要治疗设备，剩下短缺的，如生理盐水，消毒、麻醉药剂等，全部列在单子上，叫人立刻去诊所取来。

当天，苏雪至清理出了一个治疗室，彻底消毒之后，不许无关之人随意进入，随后又再次仔细地检查了郑龙王的身体，嘱他今晚好好休息，接着马不停蹄地详拟治疗方案，又试着调配药剂。

忙忙碌碌，不觉之间天黑了下去。

苏忠差人赶回县里，去向女当家回报今天这里的事，自己则跟着自家少爷半步也不离开。

郑龙王从他口中得知，女孩昨天半夜才到的家，没有片刻的休息，连夜赶来这里。昨晚下半夜，她只在马车里胡乱合了一眼，今天白天又忙了一天，见她现在还在为自己费神，十分心疼，开口让她回去休息。

苏家在府城里开有分号，地方不小，前堂后屋都是自己的房产，住人自然没有问题。

“少爷你若还有事要留，我就把你马车里的行李带过去，先打理好，晚些再回来接你，你回去了，就能歇息。”苏忠建议道。

“我看苏少爷你就住这里吧！省得来来去去，麻烦！”苏忠话刚说完，一旁那个水会的老幺就已替她做了主，开口嚷道。

苏雪至自然知道这个大汉的意图。他应是怕自己走了，万一晚上郑龙王又出什么意外。

不止这大汉，其余人也是抱了相同的想法，跟着老幺纷纷劝留。

苏雪至迟疑时，忽听郑龙王道：“我没事，她方便要紧。”

苏雪至望去，见郑龙王靠坐着，正转头望着自己，眼里目光柔和，掩饰不住的慈爱之色，心里又是一暖，顿时做了决定，扭头对苏忠道：“我就住这里吧，方便些。劳烦管家帮我把行李拿进来。”说完又转向王泥鳅，“有劳三当家费心了。”

王泥鳅知郑龙王铁肩担责，江湖提刀，一生光阴都在奔波里度过。和女掌柜更是有缘无分，几十年来只能遥望而已。

外人将他敬若神明，但于他而言，此生实无多少欢情可言。他所拥有的，不过是他脱不开的责任和道义。

现在这女孩突然到来，还对他显露出了亲近。他猜大当家的心里，必是盼望她能住在身边的，所以刚才顺着众人之言极力劝留。

此刻见她应了，他飞快地看了一眼。果然大当家脸上虽没现出多大表情，但却立刻闭了口，不再说那些让她回去的话了。

王泥鳅心里欢喜，对这女孩更是感激，忙道：“少爷你客气了，是我们应当的。”说完，忙叫人跟苏忠去取行李。

便是如此，当夜起，苏雪至留住在了水会总堂，伴在龙王的身边。

在苏雪至投入医事之时，那场发生在黄淮两河之间的南北战事，也已持续三个多月，开始进入收尾阶段。

经过几场战事，北军节节推进，南方部队败退，于六月下旬被挤压到了位于鲁豫苏三省交界的一带。

陆宏达不甘落败，利用地形和黄河伏汛，死守虬龙沟附近一个叫榆关的崮口，暂时得以喘息后，又在附近的永城和徐州等地重新组织人马，准备再次反击。北军则驻在虞城附近，休整人马，准备最后一击，以结束战事。

七月初，一个普通的日子，双方交会在了一个叫刘家口的地方，展开最后的决战。

王庭芝没有参与这场作战。

事实上，几个月来，他一直就没正面加入战事，仅有的几次交火经历也都是以侧应的方式，带人扫尾而已。

这是贺汉渚的安排。贺汉渚没明说，但谁都知道，这是出于对他安全的考虑，才如此安排。

这一仗也是这样。几十公里之外，刘家口激战发出的炮火轰隆之声，隐隐传入耳中。而他却带着几个营的人马守在这里，无所事事。

因为他们的任务，就是截住通往刘家口的其中这一条后路，防范南军偷袭而已。

这几个营的官兵，都是王庭芝的舅父佟国风从前的亲军，其中便有上回阅兵典礼上曾闹出过事的那一拨狠人。

但对这样的安排，上从营官，下到大头兵，倒也没人感到不满。

一边是曹大总统的部队，一边是陆宏达的人马，和他们并无直接的利害关联。不用冒险，等两边打完了仗，他们拍拍屁股回去，也是件好事。

刘家口的战事从昨天开始，陆陆续续打到现在，还没结束。

中午，官兵在野地里一边起火造饭，一边议论战局，谈着前线今早最新传来的消息。

陆宏达为了这一仗，暗中从日本人那里借了三十万贷款购买欧洲最新产的某型榴弹炮。这种榴弹炮价钱昂贵，但性能超群，不但具有极好的山地机动性能，也是目前射程最远的一种榴弹炮，精准射程将近十公里，当下各方军队的炮兵营普遍配备的榴弹炮射程通常只有五六公里。

就在几天之前，陆宏达的榴弹炮终于运到，于是有恃无恐，昨天主动袭击刘家口，靠着新炮威力，在阵地上狂轰滥炸。

北军火力被压，陷入劣势，情况堪忧。

王庭芝双手枕在脑后，身上的军装敞着几个扣子，皮带也没系，随意丢在一旁，头发凌乱不整，仰面躺在一顶帐篷里，听着外头士兵的议论之声，双目闭着，仿佛睡了过去。

一个参谋匆匆跑来，奔入帐篷。

王庭芝睁开眼睛，从床上一骨碌坐了起来，问道："怎么说？"

参谋道："少帅你猜得没错！人马没出现，不是不来，而是知道咱们驻在这里，知道讨不了便宜，所以绕了个远路，昨天走了西面的道，和守在那里的部队打了起来。"

"战况！"

参谋摇头："他们人多，至少一个旅。派去的人回报，那边快要守不住了。要是破了，估计傍晚就能开到刘家口。"

这支陆宏达的人马一旦抵达刘家口的后方，和前线两面夹击，毫无疑问，对于本就没有火力优势的北军而言，将是雪上加霜。

"通知我四哥了吗？"

"刚才电台接通了本部，还没来得及发送，突然断了。估计那边被炮火击中。"

王庭芝快步走出帐篷，攀上一处高地，眺望着刘家口的方向，立着，良久，一动不动。

近旁官兵不知道他想干什么，渐渐停了议论，看着他。

突然，远处发出“轰”的一声巨响。

这巨响犹如地底雷动，巨龙翻腾，咆哮着，闷声沿着地表一路奔来，传到附近的山谷和沟壑里，如此远的距离，回声依旧嗡嗡震荡。

官兵都被这巨响的余声给惊动，全都站了起来，张望远处的前线，面带惊疑，再次低声议论了起来。

王庭芝盯着刘家口的方向，眼皮子猛地跳了一下，掌心慢慢捏紧，突然，他转身，从高岗上跃了下来，回到帐中，对着参谋下令：“马上整合人马，全速赶去西路，阻止他们会合！”

参谋吃了一惊，见王庭芝穿衣扣扣，回过神来，慌忙劝阻：“少帅，他们可是一个旅！我们才勉强一个团！况且，咱们分到的任务，就是守着这条道，西南路不归我们管！事后咱们就说不知道。再说了……”参谋一咬牙，“南北两军打得越狠，伤亡越是惨重，对咱们来说，未尝不是好事……”

王庭芝勃然大怒：“去你娘的好事！滚开！老子自己带人过去！”